HEYNE <

ULF TORRECK

ZEIT DER MÖRDER

ROMAN

WILHELM HEYNE VERLAG
MÜNCHEN

Vollständige deutsche Erstausgabe 12/2019

Redaktion: Lars Zwickies
Dieses Werk wurde vermittelt durch die
Michael Meller Literary Agency, GmbH, München
Printed in Germany
Umschlaggestaltung: designomicon/Anke Koopmann, München,
unter Verwendung von © ullstein bild –
Roger-Viollet/Roger Schall
Satz: KompetenzCenter, Mönchengladbach
Druck und Bindung: GGP Media GmbH, Pößneck
ISBN: 978-3-453-43889-7

www.heyne.de

»Was sind das für Zeiten, wo
Ein Gespräch über Bäume fast ein Verbrechen ist.
Weil es ein Schweigen über so viele Untaten einschließt!
Der dort ruhig über die Straße geht
Ist wohl nicht mehr erreichbar für seine Freunde
Die in Not sind?«

Bertolt Brecht, 1938

»Dem Menschen ist die Neigung angeboren,
das echte Unglück nicht wahrzunehmen,
ja mehr als das: er wendet die Augen von ihm ab.
Das Mitleid hinkt nach.«

Ernst Jünger, 1. Januar 1943

»Er ruft spielt süßer den Tod der Tod
ist ein Meister aus Deutschland
er ruft streicht dunkler die Geigen dann
steigt ihr als Rauch in die Luft
dann habt ihr ein Grab in den Wolken
da liegt man nicht eng«

Paul Celan, »Todesfuge« 1944/1945

»Es kommen härtere Tage.
Die auf Widerruf gestundete Zeit
wird sichtbar am Horizont.«

Ingeborg Bachmann, 1953

Für Herbert, Erich,
Edith, Helmuth, Regina,
Willy und Bruno

Nichts, wovon auf den folgenden Seiten
die Rede sein wird, ist wahr.
Mit Ausnahme derjenigen Gedanken,
Ereignisse und Dinge,
die ich frei erfunden habe …

I

Die guten Mörder

Oktober 1947

1

Die Toten waren tot. Das war sicher. Aber manche Toten hatten die Eigenheit, als Gespenster wiederzukehren. Und nicht alle taten es nur deswegen, um sich an den Lebenden dafür zu rächen, dass sie nicht mehr eine Welt mit ihnen teilten.

Er saß am Boden seiner Zelle und starrte die Wand an. Sie war weiß gekalkt und aus Ziegeln errichtet, die ziemlich unterschiedlich gebrannt waren. Vor vielen Jahren hatte es zu seinen Aufgaben gehört, die Bauqualität von Gefängnissen beurteilen zu lassen. Dieser Knast hier hätte ganz bestimmt keine Bestnote von ihm bekommen.

Er fragte sich, ob er bald genauso tot wäre wie die Toten, die ihn manchmal in seinen Träumen heimsuchten. Ihn dann anstarrten, vielleicht sogar so taten, als atmeten sie, und in seltsamen Gesten mit ihm zu kommunizieren versuchten. Aber dabei nie ein einziges Wort sprachen.

Der Krieg war erst seit ein paar Jahren vorbei. Die ganze Welt war voller Männer und Frauen, die von Toten träumten. Und vielleicht waren ihre Totenträume ja sogar nicht immer nur unangenehm für sie.

Trotzdem glaubte er, dass er der Einzige sei, dessen Tote niemals mit ihm redeten.

Er erhob sich, trat mit steifen Gelenken zu dem grob gezimmerten Tisch, setzte sich auf den knarrenden Stuhl und griff nach den Kohlestiften und dem Packen weißen glatten Papiers, das man ihm gestern in die Zelle gebracht hatte.

Er war nicht sicher gewesen, was die beiden Polizisten sich davon erwartet hatten, ihm Papier und Kohlestifte zu bringen. Vielleicht hofften sie ja darauf, dass er ein Geständnis verfasste. Andererseits hätten sie ihm dann sicher keine Kohlestifte und unliniertes Papier gebracht, sondern einen Füllfederhalter und einen dieser Kanzleiblöcke mit dem Siegel der Republik und der Adresse des Polizeipostens von Ennis darauf. Er hätte aber darauf genauso wenig ein Geständnis geschrieben wie auf das reinweiße unlinierte Papier. Jedenfalls nicht mit Worten.

Er dachte, dass er nach roten Wachsstiften hätte fragen sollen, und solchen in einem ganz hellen Ocker, das neben dem Schwarz der Kohlestifte und dem Rot wie Fleischfarbe gewirkt hätte.

Während er die ersten Striche aufs Papier brachte, sicher und ohne abzusetzen, hörte er wieder das leise Klirren der Gläser, roch den Rauch all der Zigaretten, und dann – hörte und roch und fühlte er nicht nur, sondern *sah.*

Das Gesicht eines seiner stummen Toten tauchte gleich neben ihm auf, die Narbe am Kinn dunkler und seine Augen so glänzend, flüsterte der Tote Worte, die ohne den Umweg von Lauten unmittelbar in seinen Kopf zu fallen schienen. »Sieh sie dir an! Da drüben, Hauptmann Meerbusch, vier stramme Kinder und 'ne fesche Hausfrau mit Mutterkreuz zu Hause, wie er die Titten der Brünetten anpackt? Dahinter Klausner, Heimbach, Keller und von Gleisner – auch alle verheiratete Etappenhelden. Trotzdem sind die in ein paar Minuten so weit, ihre Huren auf der Tischkante zu ficken. Und du fragst, ob das der richtige Ort ist, um über Verrat zu sprechen?«, fielen die Worte eines seiner Toten in sein Hirn.

Dante hatte in seiner Hölle einen ganz besonderen Ort für Feiglinge reserviert, dachte er. Und war sich plötzlich sicher, dass dieser nicht weit von dem gelegen haben konnte, den er für die falschen Propheten und jenen blutdürstigen Gott des Krieges reserviert hatte, dem all die Helden damals so rücksichtslos huldigten. Weil jeder von ihnen ahnte, dass sie sich längst schon in Schatten verwandelt hatten, deren Reflexionen, die ab und zu in den funkelnden Gläsern und Spiegeln aufschienen, viel zu bunt und verzerrt waren, um real sein zu können.

In seiner Erinnerung sang der Spatz von Paris »L'Accordéoniste«.

Mehr tonlose Worte fielen in sein Hirn, wiedererweckt aus seiner Erinnerung, von der er doch wusste, dass ihr nicht zu trauen war.

An diesem Tag, an dem das große Tier gegen Armageddon zog und auf den Schlachtfeldern und Schinderstätten die Toten aus den Gräbern rief, um die Apokalypse zu feiern, würde sich dann auch seine Asche aus der Düsternis erheben, um ein allerletztes Mal in die knochigen Gesichter *seiner* Toten zu blicken?

Nichts stand auf ewig geschrieben. Die Erde, über die sie alle gingen, lag voller modernder Leichen, deren Träume, Pläne und Sehnsüchte von den Göttern verlacht worden waren.

Strich um Strich, Schraffur um Schraffur füllte er das Papier, während er sich vor dem Augenblick fürchtete, an dem die Toten in seiner Erinnerung erneut zu sprechen begannen.

2

Dermot Lynch stellte den Motor seiner schwarzen Triumph Tiger ab und schob die Motorradbrille über die braunrote Lederhaube. Vor ihm lag das Haus des Mannes, den er vor vier Tagen in einer der acht Zellen des Polizeipostens von Ennis weggeschlossen hatte.

Das Haus stand am Rand von Doolin, einem Fischernest am Atlantik, nicht weit von den Cliffs of Moher.

Dermot war in Ennis aufgewachsen, aber hatte Verwandte in Doolin, sodass er den Ort und seine Bewohner ganz gut kannte. Hier lebten ehrliche, hart arbeitende und kräftig trinkende Katholiken.

Dermot selbst trank nicht. Er hatte gesehen, was der Alkohol aus seinem Vater und einem seiner vier Brüder gemacht hatte. Er fürchtete sich davor, dass er eines Tages so enden könnte wie sie: vor ihrer Zeit ergraut, zittrig und an manchen Tagen zu schwach, um das Vieh, das sie auf der Familienfarm bei Ennis hielten, auf die Weiden zu treiben.

Dermot bockte das Motorrad auf und ging nachdenklich an dem Haus vorbei in Richtung des ehemaligen Stalls, der dazugehörte.

Auf dem Stück fettig grünem Gras zwischen Haus und Stallgebäude steckten immer noch die Fähnchen, die seine vier Constabler und er vor knapp einer Woche um die Leiche des Mannes in den Boden gerammt hatten, den Claas Straatmann, der Besitzer des Hauses, erschossen hatte.

Der Tote war immer noch nicht identifiziert worden, und Straatmann weigerte sich starrköpfig, irgendeine Aussage darüber zu Protokoll zu geben. Deswegen war Dermot hier. Er hatte das Haus, in dem Straatmann mit seiner Frau Natalie lebte, zwar schon zweimal durchsucht, aber er war dabei nicht allein gewesen und abgelenkt von seinen Männern und den Witzen, die sie rissen, um sich gegenseitig zu versichern, dass sie abgebrühter seien als ihr junger Vorgesetzter.

Der Fall Straatmann war die seltsamste Sache, die Dermot je untergekommen war. Und das paradoxerweise gerade deswegen, weil der Fall eigentlich so einfach hätte sein müssen.

Ein bewaffneter Fremder war auf Straatmanns Grundstück eingedrungen, hatte zwei Schüsse abgegeben, die jeweils eins der Fenster in dem alten Stall durchschlugen. Woraufhin Straatmann mit seiner Browning-Pistole aus dem Haus getreten war und auf den Fremden geschossen hatte. Doch Straatmann traf, was er treffen wollte. Denn der Fremde lag inzwischen mit drei Löchern im Leib und einem weiteren im Gesicht auf einer Bahre in der Leichenhalle der Sankt Josephs Church in Ennis. Dem kühlsten Ort, den Dermot im Ort finden konnte.

Eigentlich ein glasklarer Fall von Notwehr. Keine der Spuren, die sie hier aufgenommen hatten, widersprach dieser Feststellung. Straatmanns Festnahme wäre eine reine Formalität gewesen, und ein paar Worte von ihm hätten genügt, um Dermot dazu zu bringen, ihn auf Kaution gehen zu lassen, bis die Voruntersuchung abgeschlossen war, der Richter in Ennis den Tod des Fremden dann auch offiziell als Notwehr wertete und damit die Angelegenheit zum Abschluss brachte.

Straatmann hatte jedoch darauf bestanden, keinen Kautionsantrag zu stellen und auch gleich nach seiner Festnahme darum gebeten, eine Reihe von Telegrammen absenden zu dürfen.

Dermot, der unwillkürlich davon ausging, dass diese an Straatmanns Frau oder einen seiner Verwandten gerichtet sein müssten, gewährte ihm den Gefallen und begleitete ihn persönlich zum Postamt.

Dort staunte er allerdings nicht schlecht, als sich herausstellte, an wen die Telegramme in Wahrheit gerichtet waren.

Eines davon ging an Ian McGuiness in Dublin, einen der bekanntesten Anwälte der Republik. Während des irischen Unabhängigkeitskrieges gegen das britische Empire war er Mitglied der legendären Killertruppe »Zwölf Apostel« gewesen, die damals auf persönlichen Befehl des Rebellengenerals Michael Collins die Spitzen der britischen Besatzungspolizei liquidiert hatte. Dermot war McGuiness vor einigen Jahren in Cork vorgestellt worden. Er war ein in sich gekehrter Mann mit stumpfen Augen und einem buschigen Schnurrbart, der so leise sprach, dass man Mühe hatte, ihn zu verstehen.

Der Empfänger des zweiten Telegramms war sogar noch ungewöhnlicher. Es war an einen Monsieur Bruno Perreau adressiert, angeblich Commissaire der Sûreté Nationale in Paris. Soweit Dermot das verstanden hatte, war ein französischer Commissaire so etwas wie ein Chief Superintendent hier in Irland. Es handelte sich bei Perreau also um ein hohes Tier in der Polizeiverwaltung.

Dermot hatte den Inhalt beider Telegramme gelesen und abgenickt. In beiden stand dasselbe: *Erwarte Sie in acht Tagen von heute an. Stop. Polizeistation Ennis, County Clare, Irland. Stop. Best Wishes. Stop. Claas Martin Straatmann.*

Doch das zweite enthielt außerdem noch einen für Dermot rätselhaften Zusatz: *PS: Wäre dankbar, falls Sie E. B. hinzubitten könnten.*

Als Dermot sich im Wagen auf dem Rückweg zum Polizeiposten erstaunt und neugierig bei Straatmann danach erkundigte, was er sich vom Besuch der beiden Männer erwartete, antwortete Straatmann, dass er darüber leider derzeit nichts sagen könne.

Keine Stunde nachdem er seinen merkwürdigen Gefangenen wieder in seine Zelle geschlossen hatte, klingelte Dermots Telefon im Polizeiposten, und ein Constabler verband ihn mit Eamon Broi, dem Assistant Commissioner der nationalen Polizeibehörde. Wie Ian McGuiness war Broi ein Held des Unabhängigkeitskrieges und derzeit der angesehenste Polizist in Irland. Dermot war entsprechend beeindruckt. Broi sagte allerdings nichts weiter, als dass er Ian McGuiness auf dem Trip nach Ennis begleiten würde und deshalb erwartete, dass Dermot ihnen beiden im Ort eine angemessene Unterkunft beschaffte.

Keine Frage, dass es sich bei Broi um jenen rätselhaften E. B. handelte, um dessen Beisein Straatmann Ian McGuiness gebeten hatte.

Dass sich der bekannteste Anwalt und der angesehenste Polizist des Landes auf das Telegramm eines obskuren Kunstmalers hin nach Ennis aufmachten, war mysteriös genug.

Doch drei Tage nachdem Straatmanns Telegramm nach Paris abgegangen war, erreichte Dermot ein Luftpostbrief mit dem Siegel der französischen Republik und der Ankündigung, dass er die Ankunft von Commissaire Bruno Perreau zu erwarten habe, der höflich darum bitte, dass ihn ein Constabler am Fährhafen in Dublin Holyhead empfing und nach

Ennis begleitete. Beigefügt waren Ankunftszeiten von Perreaus Fähre aus Cherbourg.

Für Dermot war das genug gewesen, um sich Straatmann noch einmal intensiver vorzuknöpfen und nach all jenen illustren Besuchern zu befragen. Doch alles, was er aus seinem Gefangenen herausbekam, war ein Versprechen, dass sich alles klären würde, sobald die drei Herren in Ennis eintrafen.

Dermot hasste Straatmanns Verbindlichkeit und dessen unerträglich herablassende Höflichkeit. Doch vor allem hasste er die Rätsel, die mit diesem Fall einhergingen, der sich inzwischen offenbar zu einer internationalen Staatsaffäre auswuchs, in die jede Menge mächtiger Männer verstrickt waren, die einem kleinen Provinzinspektor mühelos das Leben zur Hölle machen könnten.

Straatmanns höfliches Schweigen war ja nicht das einzige Rätsel in der Sache. Denn da war natürlich auch die Tatsache, dass der Fremde, den er erschossen hatte, bisher noch nicht zu identifizieren gewesen war. Er war etwa Mitte vierzig, gut genährt, seine etwas dünnen aschblonden Haare gut frisiert, und als er starb, trug er maßgeschneiderte Kleider. Seine Fingernägel waren sogar manikürt. Doch eines der Projektile hatte ihn mitten ins Gesicht getroffen. Dadurch war dessen linke Hälfte zerfetzt worden, was das Gesicht des Mannes unkenntlich machte.

Der gemeine irische Kriminelle und Räuber trug keine Maßanzüge und machte sich nicht die Mühe, seine Nägel maniküren zu lassen. Und hätte es sich bei ihm um einen Familienvater, höheren Angestellten oder erfolgreichen Kriminellen gehandelt, dann hätte er nach beinahe einer Woche wohl inzwischen auch identifiziert sein müssen, weil ihn irgendjemand in Irland vermisste und eine entsprechende

Anzeige aufgegeben hatte. Doch Dermot hatte Anfragen an jede Polizeistation der Republik und sogar die Royal Ulster Constabulary in den Nordprovinzen ausgesandt, welche allesamt negativ beantwortet worden waren. Seinen Toten auf der Bahre in der kleinen Kirche schien in Irland kein Mensch gekannt oder vermisst zu haben.

Straatmann folgte zwar klaglos jeder Anweisung, die man ihm erteilte, und hatte bisher auch keine anderen Vergünstigungen verlangt als dieses Zeichenpapier und einige Kohlestifte. Doch davon abgesehen, hielt er stur den Mund. Mehr als einige Floskeln, die den täglichen Umgang mit ihm erleichterten, bekam man nicht aus ihm heraus. Nach nunmehr vier Tagen ging seine verfluchte Höflichkeit inzwischen allen im Polizeiposten auf die Nerven. Dermot kam es so vor, als sei dieser Straatmann aus feinem, trockenem Sand gemacht, wie man ihn im Sommer auch hier in Doolin überall am Strand fand. Griff man hinein und hob eine Handvoll davon auf, dann war es völlig gleich, wie fest man seine Finger darum schloss. Denn immer fand sich eine winzige Lücke, durch welche der Sand rann, um sich dann am Boden unter Abermilliarden anderer Sandkörner wieder zu verlieren.

Was Straatmanns Frau Nathalie betraf, so war diese vor acht Tagen mit der Queen Mary nach New York abgedampft. Es gab sogar ein Zeitungsbild davon, auf dem sie zu erkennen gewesen war. Sie war Wissenschaftlerin und hielt dort an Universitäten Vorträge, deren Titel von lateinischen Begriffen nur so wimmelten und die sich mit psychologischen Phänomenen beschäftigten. Dermot hatte sich Fotos ihres Reisepasses aus Dublin verschafft und festgestellt, dass Mrs. Straatmann schon einmal verheiratet gewesen war. Und zwar – ausgerechnet! – mit einem französischen Adeligen, dessen Namen Dermot nicht auszusprechen vermochte. Außerdem verfügte sie über gleich zwei Doktortitel, und unter »Besondere Merkmale« war angegeben, dass sie auffallend graue Augen hatte sowie an einem Hüftschaden litt und daher humpelte. Das Gesicht, das ihn von ihrem Passbild aus anschaute, wirkte selbst auf dem etwas verwackelten Foto in ihrem Pass eigenartig. Wenn auch keinesfalls abstoßend. »Unverwechselbar« war wohl der treffendste Begriff dafür.

Während er jetzt einen Moment vor der Tür zum ehemaligen Stall verharrte, erinnerte er sich an das Innere des Straatmann-Hauses. Es war so sauber und aufgeräumt gewesen, wie Dermot es selten zuvor gesehen hatte. Jedes Möbelstück und Küchen- und Hausgerät an seinem Platz, blitzblank geputzt und so penetrant praktisch angeordnet, dass Dermot bei seinem ersten Rundgang vor über einer Woche beinah glaubte, sich in einer Kaserne zu befinden. Sogar das Schlafzimmer wirkte so aufgeräumt wie eine Kasernenschreibstube nach dem Besuch eines missmutigen Generals. Schwer zu glauben, dass in diesem Haus wirklich Menschen lebten, Frühstück anrichteten, Tassen und Teller abwuschen, ab und zu eine Zigarette rauchten, sich begrüßten, vielleicht sogar manchmal küssten oder die verdammte Toilette und die Badewanne benutzten.

Der einzige Ort, der dieser furchtbaren Kasernenstubenordnung nicht ganz entsprach, war der ehemalige Stall. Er war in zwei große helle Räume aufgeteilt worden. Einer davon diente Straatmann als Atelier, der zweite seiner Frau als Bibliothek und Arbeitszimmer.

Beide Räume hatte Dermot seinerzeit bereits durchsucht aber nichts darin gefunden, was seinen Polizisteninstinkt geweckt hätte. Straatmanns Farben, Leinwände, Pinsel, Bilder und Staffeleien wirkten genau so, wie er es bei einem Künstler eben erwartet hätte, und das Arbeitszimmer seiner Frau war voller Fachbücher gewesen. Ein paar Romane waren ihm dort zwar auch aufgefallen. Doch darunter war keiner so außergewöhnlich gewesen, dass man ihn nicht auch in einer gut sortierten Stadtbücherei hätte finden können. Eines der Bücher, die er da sah, hatte sich auch seine Verlobte Melissa Gayle neulich erst gekauft. Es stammte von einem Engländer namens Orwell und hieß *Animal Farm*. Auf dem Schreibtisch fanden sich einige Broschüren und Magazine in deutscher und französischer Sprache. Da Dermot beide nicht beherrschte, konnte er nur anhand der Fotos und Illustrationen darauf schließen, dass es sich wohl um medizinische Fachpublikationen handelte. Er stellte fest, dass zwei der Artikel darin von Straatmanns Frau verfasst worden waren.

Doch auch wenn er Straatmanns Atelier beim letzten Mal gründlicher durchsucht hatte als die Arbeitsräume seiner Frau, war ihm später aufgefallen, dass er den Zwischenboden, auf dem man früher Heu und Stroh für die Tiere aufbewahrte, bisher noch nicht selbst in Augenschein genommen hatte. Sein jüngster Constabler Colin Tobin hatte zwar einen Blick hineingeworfen und war auch einige Zeit dort oben herumgekrochen. Doch seine Auskunft, er hätte dabei nur einige Blechkisten mit Farbtöpfen und jede Menge halbfertiger Landschaftsbilder gesehen, genügte Dermot inzwischen nicht mehr. Deswegen war er hierhergekommen. Um sich doch noch selbst ein Bild von dem Zwischenboden und den Dingen darin zu machen.

In dem Atelier roch es nach Ölfarben, Terpentin und feuchtem Papier.

Dermot warf einen Blick auf die Landschafts- und Seestücke, an denen Straatmann gearbeitet hatte, bis er verhaftet wurde, und ging auch noch einmal lustlos die Stapel von Skizzen durch, die auf dem Arbeitstisch lagen. Auf keiner von ihnen waren Menschen oder Gebäude zu sehen. Auch zwei Quittungen von einer Galerie in London lagen unter den Papieren und Skizzen auf dem Tisch. Darin wurde bestätigt, dass man vier von Straatmanns Werken in Kommission verkauft hatte. Sein Anteil am Verkaufserlös: vierhundertachtunddreißig Pfund.

Das war kein Kleingeld in diesen Zeiten.

Dermot griff die Schnur, mit der sich die Luke zum Zwischenboden öffnen ließ, zog daran und stellte dann die mit bunten Farbspritzern übersäte Leiter an.

Er stieg sie hinauf, schlüpfte durch die Luke und sah sich um.

3

McGready war der Junge mit dem frischen Bauerngesicht und den gräulichen Augen, die manchmal so naiv wirkten wie frisch gefallener Schnee. Er war dem Mann in der Zelle bisher als der angenehmste der fünf Constabler erschienen. Doch als McGready jetzt die Zelle betrat, wirkte sein Gesicht verschlossen.

»Der Inspector erwartet Sie!«, sagte er und streckte die Hand aus, um ihn durch den Korridor an den übrigen Zellen vorbei zu Inspector Lynchs Büro zu führen, in dem es nach schwarzem Tee und Torffeuer roch.

Straatmann hatte sich bisher kein endgültiges Bild von Dermot Lynch machen können. Manchmal wirkte der junge Inspector verschlossener und abwesender, als es für einen Polizisten eigentlich angebracht war. Hin und wieder vermittelte er aber auch den Eindruck, beinahe so frischforsch, zuversichtlich und unerschüttert vom Leben zu sein, wie es der junge McGready noch war.

Auf dem Tisch des Inspectors lag eine der kräftigen Papprollen, in denen der Mann aus der Zelle seine Skizzen, Gouachen und Gemälde an Käufer und Galerien verschickte.

Lynch hatte den hohen Kragen seiner Uniform mit den silbernen Rangabzeichen geöffnet und die Koppel abgelegt. Neben Aktendeckeln, diversen Schreibutensilien und der Papprolle standen auch eine Kanne Tee, zwei Tassen, Zucker und Milch in einem Kännchen auf dem Schreibtisch. Der

Tee war nicht mehr ganz frisch, und im Boden einer der beiden Tassen glänzten Zuckerreste.

Straatmann blieb vor dem Schreibtisch stehen und wartete darauf, dass Lynch ihm einen Platz anbot. Doch das tat er nicht, sondern verabschiedete lediglich McGready, als dieser den Raum verließ.

Lynch fuhr sich nervös durch das kurze dunkle Haar und schaute dem Mann aus der Zelle einige Zeit in die Augen. Kein Wort fiel. Lynch öffnete den Deckel der Papprolle und zog einige Papierbögen und Leinwände heraus.

Straatmann erkannte jedes einzelne Stück davon. Lynch war auf dem Speicher über dem Atelier gewesen, dachte er. Und jetzt glaubte er offenbar, dass das, was er da in einer der zerbeulten Blechkisten gefunden hatte, ausreichte, um zu beweisen, dass Straatmann ein gefährlicher Irrer sei. Dabei hatte dieser jungenhaft nervöse Provinz-Inspector ganz bestimmt noch nie einen wirklichen Wahnsinnigen gesehen. Anders als Perreau und Straatmann. Damals in Paris, während jenes grotesken Maskenballs aus Verrat und blutig abgetriebenen Hoffnungen.

»Erklären Sie mir das!«, forderte Lynch ihn auf, nachdem er einige seiner Bilder auf dem Tisch ausgerollt hatte.

»Das sind Gemälde, Aquarelle und Zeichnungen. Ich bin sicher, dass ein paar davon sogar signiert und datiert sind«, antwortete Straatmann.

Lynch schüttelte verärgert den Kopf. »Das meine ich nicht, Sir. Ich rede von dem, was darauf zu sehen ist …«

Straatmann antwortete nicht, weil er fand, dass es im Grunde nichts gab, was er Lynch darauf hätte antworten können. Falls er nicht fähig war, zu erfassen, was die Bilder darstellten, dann würden auch tagelange Erklärungen nichts daran ändern können. Kunst und Erläuterungen vertrugen sich nun einmal nicht miteinander. Das war schon so gewesen, als der erste Mensch unter irgendeinem Baum damit begonnen hatte, aus einem Stück Knochen etwas zu formen, das weder einen konkreten Zweck hatte, noch einer Erklärung bedurfte. Sondern entweder die magische Kraft besaß, für sich selbst zu sprechen und deswegen jeden zu berühren, der die Gelegenheit bekam, es zu betrachten. Oder eben als untauglicher Versuch auf den nächstbesten Abfallhaufen gehörte.

Lynch wartete immer noch auf seine Erklärung. Er war geduldig, das musste Straatmann ihm zugestehen. Und Geduld, so hatten einige der Besten ihrer Zunft ihn einst gelehrt, war die wichtigste Eigenschaft eines Polizisten überhaupt.

»Sie wollen mir also nicht antworten?«, fragte Lynch schließlich. »Dann sage ich Ihnen, was das hier ist, Sir. Das gehört zum Abscheulichsten, was ich je ansehen musste. Das kann nur die Ausgeburt eines kranken Geistes sein. Erklären Sie mir das, oder ich werde heute noch zu Richter O'Leary gehen und beantragen, dass man Sie wegen Mordes unter Anklage stellt.«

Lynch griff eines der Bilder und schob es dem Mann aus der Zelle zu. Es zeigte einen Mann mit Fedora, dunklem Mantel und glänzenden Schuhen, der dem Betrachter den Rücken zuwandte, während er auf ein Anwesen blickte, das auf einem Hügel stand. Vor dem Mann im Mantel stand ein etwa zehnjähriges Mädchen in einem hellen Sommerkleid mit bunten Blumen darauf. Sie sah den Betrachter aus flehenden, ängstlichen Augen an. Ihr Gesicht war fahl und ihre verängstigten Augen so dunkel wie ihr Haar. Unter dem Saum ihres Kleides floss ein dünner Faden Blut ihre unnatürlich weißen Schenkel herab. Und aus den vielen Schornsteinen des Anwesens, zu dem der bedrohlich dunkle Mann neben ihr blickte, stieg geisterhaft dichter Rauch. Rauch, aus dessen gespenstischem Grau sich die Gesichter weiterer Kinder und Frauen formten. Jede von ihnen in höchster Angst oder Pein schreiend.

Straatmann betrachtete das Bild wortlos. Er dachte darüber nach, ob er Lynch von Otto Dix erzählen sollte, der ein Altarbild für die Soldaten des ersten großen Krieges gemalt hatte, voller verwesender Leichen, die durch eine öde Trümmerlandschaft zogen. Und mit einem Mittelteil, auf dem er den hingerichteten Erlöser als halb verfaulten Infanterielandser darstellte.

Nein, dachte Straatmann, *nichts, was ich ihm über Kunst erzählen könnte, würde etwas an Lynchs Empörung ändern.* Das hätten nur ganz bestimmte Erfahrungen vermocht. Und Lynch war keiner davon jemals auch nur nahegekommen.

»Und das?«, rief Lynch, ergriff ein zweites Bild und warf es über das erste. »Auch dafür haben Sie keine Erklärung?«

Das Bild zeigte einen Jungen und ein Mädchen, deren Köpfe auf den Rücken gedreht worden waren. Das Mädchen schien etwa fünfzehn Jahre alt zu sein. Es trug eine schwarze Uniform aus Hose, Jacke und glänzenden Reitstiefeln. Der Junge war etwas jünger und trug einen blauen, zerrissenen Mantel, aber keine Schuhe dazu. Die beiden standen in einer öden Wüstenlandschaft. Weit hinter ihnen ragte ein Baum in den fahlgrauen Himmel. Seine Äste, sein Stamm, die Zweige und Blätter bestanden aus den zerfallenden Leibern von Menschen. Um ihn herum stapelten sich Koffer und Taschen, Schuhe, Brillen und alte Kleider, auf denen Raben und Tauben hockten, und um die bösartig zähnefletschende Füchse und Katzen strichen.

»Niemand, der fähig dazu ist, solche Widerwärtigkeiten auf eine Leinwand zu bannen, kann bei klarem Verstand sein, Sir!«

Straatmann griff in den Stapel der Bilder und zog eines davon hervor, das er wiederum Lynch zuschob. »Dieses hier zeigt Erwachsene. Falls es Ihnen darum ging, Inspector, dass ich Kinder dargestellt habe …«

Auf dem Bild waren etwa zwanzig halbnackte Männer und Frauen dargestellt, die in einem riesigen, grell ausgeleuchteten OP-Saal von einer Gruppe aus vier Rotkreuzschwestern erschossen worden waren. Die Augen der Schwestern erinnerten an die von Raubtieren, vielleicht große Hunde oder Wölfe.

»Angesichts all dieser Scheußlichkeiten, Sir, ist es nicht der Punkt, dass Sie auf einigen Ihrer Bilder Kinder dargestellt haben. Selbst wenn das zugegebenermaßen meine Abscheu noch erhöht«, erwiderte Lynch.

»Sie machen einen Fehler, wenn Sie mich anhand meiner Bilder verurteilen. Die können nämlich nie mehr sein als eine Reflexion der Realität.«

Es war Straatmann unangenehm, zu beobachten, wie sich in Lynchs Gesicht erneut Abscheu spiegelte.

»Sie wollen mir doch wohl nicht erzählen, dass irgendeine dieser Monstrositäten, die Sie gemalt haben, einen Bezug zur Wirklichkeit haben könnte?«, fragte er verblüfft.

Straatmann strich gedankenverloren mit Daumen und Zeigefinger über die raue Oberfläche des Bildes.

»Selbstverständlich, Inspector. Schließlich ist die Realität immer grausamer und grotesker als die Kunst, die sie ja stets bloß zu imitieren oder wenigstens zu interpretieren versucht.«

4

Dermot sass nackt auf der Bettkante und schaute nachdenklich die Wand des winzigen Schlafzimmers an. Das Bett war zerwühlt und roch nach Schweiß und Sex. Unter der dünnen Steppdecke zeichnete sich der Leib seiner Verlobten Melissa ab. Dermot war nicht sicher, ob sie ihn vielleicht aus halb geschlossenen Augen betrachtete.

Eigentlich hätten sie beide nicht hier zusammen in diesem Zimmer sein dürfen. Erst recht hätten sie keinen Sex haben sollen. Die drei Kondome, die sie seit gestern Mittag dabei verbraucht hatten, waren beinah so schwer zu bekommen gewesen wie ein zweiköpfiger Papagei, der in drei Sprachen »Guten Morgen!« krächzten konnte. Dermot hatte sie schon seit Wochen in seinem verschlossenen Safe im Büro verwahrt. Zwar war es in der Republik Irland nicht direkt verboten, Kondome zu besitzen, aber vertrieben werden durften sie nicht. Weswegen Dermot die Dinger von einem ehemaligen Schulkameraden kaufte, der sie mit einem heftigen Preisaufschlag aus Liverpool einschmuggeln ließ. Dermot war ein guter Katholik, und es hatte ihn durchaus Überwindung gekostet, hier mit Melissa gegen die Gebote der Kirche und seiner Familie zu verstoßen. Aber was sollte an ein bisschen Liebe am Nachmittag eigentlich so falsch sein? Falls Gott wirklich nicht gewollt hätte, dass die Iren Sex miteinander hatten, dann wäre ihm ja wohl etwas Besseres eingefallen, um sie davon abzuhalten, als Verbote und vom Höllenfeuer predigende Priester.

Die Wohnung, in die sie gekommen waren, um zum ersten Mal miteinander zu schlafen, gehörte dem Besitzer eines Tabakshops, dessen Adresse unter jüngeren Polizeioffizieren und Beamten kursierte. Es gab eine lange Warteliste mit Interessenten dafür. Dermot hatte einen vollen Wochenlohn hingeblättert, um an deren Spitze zu gelangen und sich die beiden kleinen Zimmer für knapp vierundzwanzig Stunden sichern zu können. Aber die Mühe war es wert gewesen. Trotz seiner nagenden Schuldgefühle der Heiligen Mutter Kirche gegenüber fühlte Dermot sich gerade, vielleicht zum allerersten Mal in seinem Leben, wirklich erwachsen und wie ein Mann.

Melissa bewegte sich unter der Decke, streckte ihre Beine aus und drehte sich zur Wand. Dabei atmete sie ruhig.

Dermot sah zu ihr hinüber und konnte immer noch kaum fassen, dass sie wirklich hier war, nackt unter dieser Decke und immer noch nass geschwitzt vom Sex mit ihm.

In Frankreich, Amerika und sogar im völlig zerstörten Deutschland, so hatte Melissa ihm berichtet, ging man bei Weitem nicht so streng gegen unverheiratete Paare vor, die einen Unterschlupf für ein bisschen vorehelichen Sex suchten.

Melissa rührte sich neben ihm im Bett. Sie schlug träge die Decke beiseite, stützte den Kopf in die Hand und schaute Dermot an. Mit diesem ganz besonderen Blick, der ihn jedes Mal aufs Neue leicht verunsicherte, weil darin so gar keine Spur von Scham lag.

Aber ihre Mutter war Amerikanerin und ihr Vater Protestant. Sie hatten sogar noch weniger Ehrfurcht vor den Geboten des Herrn als Dermots Familie, die vom Gemeindepriester zu Hause wegen ihrer angeblich lockeren Moral schon immer etwas schief angesehen worden war.

»Du siehst aus, als ob du vor irgendetwas Angst hättest, Dermot. Vor mir kannst du keine haben. Das hätte ich gemerkt. Was ist es dann?«, fragte Melissa leise.

Dermot, dem nicht bewusst gewesen war, dass er ängstlich wirkte, schüttelte den Kopf. »Es ist dieser Fall. Straatmann, du weißt schon. Ich habe das Gefühl, er will mich hinters Licht führen. Ich glaube, der Assistant Commissioner, Ian McGuiness und dieser Franzose – die Männer, die er einbestellt hat – wissen viel mehr über ihn als ich.«

Melissa strich ihm mit der rechten Hand über den Rücken. Das fühlte sich gut an. Erregte ihn.

»Vergiss das doch jetzt, Dermot. Wir sind hier. Zusammen.«

»Hm …«, sagte Dermot und wandte sich ihr zu.

Sobald Melissa ihre Lippen auf seinen Mund legte, vergaß Dermot jeden Gedanken an den Mann in der Gefängniszelle.

Die kleine Wohnung, in der Melissa und Dermot sich gerade leidenschaftlich küssten, lag in der Nähe der Saint Nicholas Church, einer der ältesten Kirchen der Republik.

Doch nur etwa zweihundert Meter entfernt von hier befand sich auch das Galway Harbour Hotel, in dem McGuiness, Broi und dieser sehr merkwürdige französische Commissaire Perreau untergebracht waren, bis Dermot sie am nächsten Morgen nach Ennis begleiten würde.

Broi war der erste der drei gewesen, der in Galway eintraf. Ein wortkarger Mann mit eingesunkenen Schultern und dünnem grauen Haar, dessen Tweedanzug wirkte, als hätte er ihn ein paar Jahre zu lange getragen. Dermot begleitete ihn ins Hotel und wartete dann auf Ian McGuiness, den Anwalt, der sich im Unabhängigkeitskrieg als Killer für die Rebellen hervorgetan hatte. McGuiness hatte sich um keinen Deut verändert, seit Dermot ihm vor vier oder fünf Jahren in Dublin zum ersten Mal begegnet war. Anders als Assistant Commissioner Broi, der mit einem Wagen und Fahrer in Galway eintraf, kam McGuiness mit dem Zug und wollte vom Bahnhof abgeholt werden.

McGuiness bestand darauf, dass Dermot in der Hotelbar einen Whisky mit ihm trank. Obwohl es verdammt früh für Alkohol war. McGuiness warf ihm einen amüsierten Blick zu, als Dermot ihm mitteilte, dass er keinen Alkohol anrührte.

»Dann trinken Sie eben Tonic oder Wasser, Junge. Aber trinken werden Sie mit mir, verstanden?«, sagte McGuiness und winkte den Barkeeper herbei.

Dermot war es etwas unangenehm, neben dem Anwalt an der Bar zu sitzen.

»Eamon schon da?«, fragte McGuiness. Dermot bestätigte das. Der Anwalt blickte eine Zeit lang brütend in sein Whiskyglas. »Trägt immer noch Anzüge, die aussehen, als hätte sie der Lumpensammler weggeworfen? Trinkt nichts? Sagt nichts, oder?«, fragte er schließlich.

»Nun ja, Sir ...«

McGuiness nickte.

»Der Mann, den Sie da in Ihrer Zelle festhalten ... Ich kannte den Vater seiner Frau. Hat mir anno '19 vier Kugeln rausgeschnitten. Tommy Gun. Sind durchs Blech von unserem Fluchtwagen gepfiffen, nachdem wir die zwei Briten erschossen hatten. Dachte, ich geh drauf. Broi war unser Fahrer. War der jüngste von uns. Sah aber damals schon aus wie hundert. Hat auch selten was gesagt. Aber konnte Entscheidungen treffen. Hat mich zu Wyann's Hotel in der Henry Street gefahren. Dann den Doktor geholt. Der hat mir die verdammten Kugeln rausgeschnitten. Mit so 'ner Art Küchenbesteck. Auf 'ner Billardplatte im Rauchsalon. Inzwischen lief auf der Sackville Street die Polizei Amok. Außer den beiden, die wir an dem Morgen umgelegt haben, gab's an dem Tag noch vier andere Tote. War 'n guter Mann, der alte Metzger Burns.«

Dermot hörte dem alten Mann zu, obwohl er ihm nur mit Mühe zu folgen vermochte. Offenbar sprach er über den Unabhängigkeitskrieg und von Straatmanns Schwiegervater, dem Chirurgen Doctor James Burns. Dass allerdings Assistant Police Commissioner Broi damals den Fluchtwagen eines Killerkommandos der IRA gefahren haben sollte, war Dermot neu. Und er war nicht sicher, ob er das als eine besonders passende Lebenserfahrung für einen der obersten Polizeiführer seines Landes werten sollte.

»Na, nun mach dir mal nicht ins Hemd, Junge. Komm und trink was. Hast dein Glas ja noch gar nicht angerührt«, meinte McGuiness und tippte dabei an Dermots Tonic mit Eis und Zitrone.

»Danke, Sir. Ich trinke schon, Sir!«

»Hm, schon gut. Hast du James' Kleine mal kennengelernt, Junge? Lebt ja nicht weit von deinem Posten, was? Kannte sie noch als ganz junges Ding. War damals immer verdammt altklug. Kluge Frauen sind schwierig. Haben einfach zu hohe Ansprüche an ihre Männer. Hält nicht jeder von uns 'n Leben lang durch.«

Dermot nickte und dachte an Melissa, die davon träumte, eines Tages mal Romane zu schreiben. Altklug war sie ihm zwar nie vorgekommen. Aber manchmal fühlte er sich ein wenig verunsichert von ihrer Bildung. Die deutlich umfassender war als seine eigene.

»Nein, Mrs. Straatmann und ich, wir hatten bisher noch nicht das Vergnügen, Sir.«

McGuiness trank seinen Tullamore aus und bestellte einen zweiten. Außer ihnen und dem Barmann hielten sich nur drei weitere Männer in der Bar auf. Keiner von ihnen interessierte sich für den uniformierten Polizisten und den älteren Gentlemen an der Bar.

»Na, wird sich jetzt ja vielleicht gar nicht mehr vermeiden lassen. Bei dem, was ihr Mann da angestellt hat, was, mein Junge?«

»Sie ist derzeit in Amerika. Vortragsreise, Sir. Weiß nicht, wann sie zurückkehrt«, erklärte Dermot.

McGuiness nickte. »Der Franzose schon da? Perreau?«, fragte er.

Dermot schüttelte den Kopf. »Nein, Sir. Der wird morgen früh erwartet. Er nimmt die Fähre von Cherbourg nach Rosslare. Dann den Zug von Dublin hierher.«

McGuiness drehte sein Glas auf dem kleinen Untersetzer, mit dem es serviert worden war.

»Ich hab' mich über ihn erkundigt. In Paris. Wunderte mich, dass Nathalies Mann 'nen Franzosen dabeihaben wollte. Meine Kontakte da drüben auf dem Festland sind der Ansicht, Perreau sei kein kleiner Fisch. Könnte sein, dass der Mann der nächste Polizeipräfekt von Paris wird. Perreau war in der Résistance aktiv. Ist deswegen heute gut dran mit de Gaulle und dessen ganzer Bande. Die haben ihn auch mit Orden behängt, nachdem die Alliierten die Deutschen aus Frankreich rausgeworfen haben. Und das waren keine von der Sorte, die man sich verdient, während man in einem bequemen Büro hockt, falls du verstehst, was ich meine, Junge.«

Dass Perreau im Widerstand aktiv gewesen sein sollte und wohl dabei so einige Abschüsse auf seiner Liste gelandet haben musste, war Dermot tatsächlich neu. Und obwohl er nur eine verschwommene Vorstellung davon hatte, was ein Polizeipräfekt war, ging er unwillkürlich davon aus, dass der Posten etwa dem eines Polizeichefs entsprach. Und noch dazu in der Hauptstadt. Nein, Perreau konnte wirklich kein kleiner Fisch sein.

Ein Assistant Commissioner aus Dublin, Irlands berühmtester Anwalt, dazu dieser angehende Polizeichef von Paris – Straatmann hatte wirklich einige mächtige Männer dazu gebracht, sich wegen seiner Aussage auf die Reise nach Ennis zu machen. Dermot begriff das nicht. Was zur Hölle war an diesem offensichtlich verrückten Maler dran, dass solche Männer wegen seiner Aussage eine derartige Mühe auf sich nahmen?

»Du siehst aus, als hätte dir jemand die Butter vom Brot geklaut. Normalerweise wäre das für mich ja ein Anlass, dir einen Drink für Männer zu bestellen. Denn es fällt mir schwer zu glauben, dass dir noch ein verdammtes Tonic Water irgendwie dabei helfen könnte, deine Laune aufzubessern. Also? Spuck's aus …«, forderte ihn McGuiness auf.

Dermot fasste sich ein Herz, blickte McGuiness an und sagte: »Ich verstehe nicht, was so wichtig an Straatmann oder diesem Fall sein soll, dass Sie und Assistant Commissioner Broi und der Franzose …«

McGuiness unterbrach ihn jedoch mit einer Geste. »Das ist zwar 'ne gute Frage, Junge. Aber es ist trotzdem die falsche. Du weißt, wer ich bin. Du weißt, wer Broi ist. Und wer der Franzose ist, weißt du inzwischen auch. Aber es gibt noch mehr, was uns alle drei verbindet als unsere Stellung in der Justiz. Frag dich besser, was das ist. Bei Straatmanns Aussage geht es darum, zu entscheiden, ob er aus Notwehr gehandelt hat oder ein gemeiner Mörder ist, richtig?«

Dermot nickte.

McGuiness trank einen Schluck von seinem Whisky. »Dann, Junge, solltest du dich fragen, ob Straatmann nicht ein verdammt cleverer Hund ist, weil er sich als Zeugen für seine Aussage nämlich ausgerechnet drei veritable Killer einbestellt hat. Denn genau das sind Broi, Perreau und ich. Auch wenn's lange her ist und bei jedem von uns für eine mehr oder weniger gute Sache geschah. Doch Killer bleibt Killer …«

So betrachtet, bestand daran kein Zweifel, fand Dermot. Die Frage, die sich daraus ergab, lautete: Weshalb hatte Straatmann es so eingerichtet?

Es gelang ihm nicht, den Gedanken daran völlig zu verdrängen. Schließlich hatte es Gerüchte über Kriegsverbrecher gegeben, die sich in den Wirren der letzten Kriegswochen vom Festland aus nach Irland abgesetzt hatten. Keiner in der Republik wagte es zwar offen auszusprechen, aber verstummen wollten die Gerüchte darüber auch nicht. War es also das? Konnte Straatmann einer von denen sein, die diese Lager und die Killerkommandos befehligt hatten, von denen man nach Kriegsende überall in den Zeitungen und Kinowochenschauen berichtete? Brachte er es deswegen mit nur einem läppischen Telegramm fertig, diese drei hohen Tiere nach Ennis zu locken? »Killer bleibt Killer«, hatte McGuiness gesagt und dabei mehr als nur angedeutet, dass Straatmann sehr wohl wusste, wen er sich da als Zuhörer für seine Aussage herangeholt hatte. Andererseits war das offensichtlich gewesen, denn Straatmann hatte in seiner Zelle Porträts der drei Männer gezeichnet. Vielleicht hatte er Broi und McGuiness irgendwann mal auf einem Foto in einer Zeitung gesehen und sie deshalb so gut darstellen können. Doch das lebhafteste der drei Porträts war das des Franzosen, und keine irische Zeitung hatte bisher einen Grund gehabt, ein Foto von ihm zu veröffentlichen. Dermot war daher sehr gespannt darauf zu sehen, ob Perreau Straatmanns lebhaftem Porträt wirklich ähnelte. Denn in diesem Fall war es offensichtlich, dass Straatmann ihn kennen musste. Und zwar aus Frankreich. Aus Paris.

5

Straatmann war froh über den Anzug, den der junge McGready ihm gestern gebracht hatte. Er band die Krawatte und zog den Knoten zusammen und fragte sich dabei, wie oft er sich wohl in seinem Leben bereits eine Krawatte gebunden haben mochte. Musste eine erschreckend hohe Zahl sein. Straatmann war sicher, dass der Knoten perfekt saß.

Er ging zum Tisch und betrachtete einen Moment lang den Stapel Zeichnungen, den er während der letzten Tage produziert hatte. Deren Qualität schwankte ein wenig. Aber angesichts der Umstände waren die Bilder auch keine volle Blamage. Allerdings war es zweifelhaft, ob sich sein britischer Galerist selbst für die besten unter ihnen je würde erwärmen können. Denn sie zeigten entweder die Porträts einiger berüchtigter deutscher Polizei- und SS-Offiziere oder die Leichen von namenlos gebliebenen Franzosen. Doch weder deutsche Offiziere noch tote Franzosen zählten zu den Sujets, die auf dem Kunstmarkt aktuell gefragt waren.

Straatmann hatte versucht, jeden Gedanken daran, was ihm in ein paar Minuten bevorstand, zu verdrängen. Doch als er jetzt seine Zeichnungen durchblätterte, spürte er, wie Furcht in ihm heraufstieg. Was hatte er sich nur dabei gedacht, diese Männer hierher zu bestellen und von ihnen am Ende seines Berichts sogar so etwas wie eine Absolution zu erwarten? Vielleicht dachte er, dass es klüger war, statt eines bloßen Berichts über seine Zeit in Paris gleich eine regelrechte

Lebensbeichte abzulegen? Immerhin würde er in Inspector Lynchs Büro nicht nur um seine eigene Zukunft kämpfen. Sondern in gewisser Weise auch um die von Perreau.

Andere hätten in dieser Situation wohl Zuflucht in einem Gebet gesucht. Niemals vertrauten die Leute so inbrünstig auf die Gnade der Götter, wie vor einer Schlacht, auf der Anklagebank oder dem Sterbebett. Aber Straatmann misstraute Gebeten. Sie waren für Menschen da, die immer noch die Illusion hatten, dass sich irgendwo ein letzter Strohhalm finden würde, an den sie sich klammern konnten, während rundum die Flut trotzdem ungerührt weiter anstieg. Nein, auf die Götter durfte er nicht setzen. Eher schon auf die Geister der Toten, die er mithilfe seiner Zeichnungen in den letzten Tagen herbeizuzitieren versucht hatte. Sie gaben bessere Rettungsringe für Verzweifelte ab. Denn sie existierten nur noch als Schatten und Halbwesen in den Falten der Erinnerungen und waren deswegen zwar nicht ganz und gar wehrlos, aber manipulierbar.

Wie sprach man diese nach wie vor *stummen* Geister an? Straatmann wusste es nicht und ging deswegen einfach davon aus, dass die schon wissen würden, wann er ihre Hilfe nötig hatte, um seine Erinnerungen zu schärfen. Und um aus dem Chaos, das sie jetzt noch in seinem Kopf bildeten, so etwas wie eine Erzählung zu formen, die es wert war, angehört zu werden. Ob sie gut genug sein würde, seine Taten zu rechtfertigen, stand dabei allerdings auf einem ganz anderen Blatt. Aber er würde seine Geschichte auch gar nicht erzählen, um sich dadurch reinzuwaschen. Denn dies hätte Reue vorausgesetzt. Und für die meisten der furchtbaren Dinge, die er getan hatte, empfand er keine Reue.

Was ihm heute Morgen bevorstand, war zwar kein Hinrichtungspeloton. Trotzdem würden die Männer, die ein paar Räume weiter gerade auf ihn warteten, ihn in gewisser Weise töten. Deswegen hatte er sie schließlich hierhergebeten.

Straatmann hörte McGreadys Schritte vor seiner Zellentür und machte sich bereit. Im letzten Augenblick, während er bereits die Schlüssel im Schloss klirren hörte, griff er nach dem Krawattenknoten, öffnete ihn und warf den Schlips auf sein Bett. Als McGreadys rundliches Jungengesicht im Türrahmen erschien, war Straatmann noch dabei, den obersten Hemdknopf zu lösen.

»Sir?«, sagte er.

In Dermot Lynchs Büro angekommen, warf er einen langen Blick auf den einzigen freien Stuhl bei dem Tisch, an dem der Inspector seine Besucher hatte Platz nehmen lassen.

Straatmann blieb einige Schritte vor dem Tisch stehen, schaute Dermot in die Augen und sagte: »Fürs Protokoll, Inspector: Mein Name lautet Carl Friedrich von Maug. Vom Herbst 1943 bis zum Sommer 1944 war ich im Rang eines Obersturmbannführers Teil der deutschen Besatzungstruppen in Paris. Ich vermute, Sie finden meinen Namen auf diversen Fahndungslisten von Kriegsverbrechern.«

Es dauerte einen Augenblick, bis die Männer am Tisch auf seine Worte reagierten. Der Erste, der es tat, war Dermot. Er sprang auf, sah seinen Gefangenen an und schüttelte dabei fast unmerklich den Kopf.

Straatmann lächelte nachsichtig. »Jawohl, Inspector Lynch, bevor Sie sich die Mühe machen, nachzufragen: Obersturmbannführer war ein SS-Rang.«

Bruno Perreau schnäuzte sich, stand auf und schenkte frischen Tee in eine Tasse.

»Noch irgendwer?«, fragte er dann in die Runde. Seine Worte klangen seltsam langgezogen.

»Danke, Perreau. Ich nehme einen …«, antwortete Broi.

Dermot war unbegreiflich, wie diese beiden Männer über Tee sprechen konnten, nachdem sie eben ein Ungeheuer in den Raum hatten treten sehen.

»Carl? Tee?«, erkundigte sich Perreau und hob dabei die Kanne an.

Straatmann nickte. »Falls du etwas Zucker dazu hast, Bruno …«

Der wahrscheinlich zukünftige Polizeipräfekt von Paris nickte, schenkte eine weitere Tasse ein, fügte zwei Stück Zucker hinzu und servierte zunächst dem Assistant Chief Commissioner der irischen Polizei und dann dem ehemaligen SS-Obersturmbannführer Carl von Maug jeweils eine Tasse guten, kräftigen Darjeeling.

Broi warf Dermot einen Blick zu. »Setz dich, Junge!«, befahl er.

Dermot nahm Platz.

Straatmann sah zu Boden, nicht verschämt, sondern um Konzentration bemüht. Und das Erste, was er hörte, während die Geister seiner Toten sich versammelten, war das Geläut der Glocken von Notre-Dame, das plötzlich vom Pfeifen eines Zuges im Lehrter Bahnhof überlagert wurde.

Straatmann sah wieder auf.

In seiner Nase hatte er den unangenehmen, fauligen Geruch nach ungewaschenen feuchten Kleidern …

II

Marionetten

6

DER GERUCH NACH klammen Kleidern, der im Anhalter Bahnhof herrschte, widerte Carl an, während er sich durch die Menge in grauen Uniformen, gesetzten Anzügen, Arbeiterjoppen und feuchten Frauenkleidern drängte, um den Nachtzug nach Paris zu erreichen.

»Herr Obersturmbannführer?«, hörte er den SS-Rottenführer sagen. »Hier entlang bitte zur Ersten Klasse!«

Carl nickte ihm zu und wies auf den Gepäckträger mit seiner ausgewaschenen blauen Schürze und der Schirmmütze. Der Name des Rottenführers lautete Heinz Becker. Man hatte ihn Carl heute Morgen als seinen neuen Burschen zugewiesen, als er sich seine Papiere und die Fahrkarten für den Nachtzug nach Paris abgeholt hatte.

Zwei Männer in Anzügen traten rücksichtsvoll vor ihnen zur Seite. Sie hatten Carls Rang erkannt. In den letzten Wochen war es immer wieder zu Zusammenstößen mit SS-Personal gekommen. Erst neulich waren beurlaubte Männer der Waffen-SS saufend und feiernd durch Berlin gezogen, hatten im Nuttenviertel am Schlesischen Bahnhof randaliert und sich anschließend mit Wehrmachtssoldaten geprügelt, wobei es fast zwanzig Verletzte gegeben hatte. Sogar der *Völkische Beobachter* hatte die Vorfälle scharf kritisiert.

Der frühere Respekt vor den schwarzen Uniformen verwandelte sich bei der Bevölkerung schon seit einiger Zeit eher in Furcht. Himmler fand das wohl nur angemessen.

Jetzt, im Frühherbst 1943, war für Carl jede deutsche Uniform längst zum Symbol für die Schande eines Krieges geworden, der weder zu gewinnen noch irgendwie zu rechtfertigen war.

Nach dem vorangegangenen Krieg, glaubte er, hatte Deutschland der Welt noch in die Augen blicken können. Selbst wenn es dort vor allem auf Furcht, Wut und tiefe Trauer gestoßen war. Nach seiner Niederlage legte man das Land mithilfe von Verträgen und Auflagen an die Kandare wie einen bissigen Hofhund. Das, meinte Carl, mochte wirklich ein politischer Fehler gewesen sein, wie es Hitler und dessen Spießgesellen so eifrig behaupteten. Aber der neue Krieg, den der kleine Trommler mit den Zurücksetzungen nach dem vorangegangenen rechtfertigte, bildete auch nur die eine Seite der Medaille. Die andere bestand aus den Massenmorden, die unter dem Deckmantel dieses Krieges vollzogen wurden. Und darüber war für Carl nun keinesfalls zu diskutieren. Sie waren mit nichts zu rechtfertigen. Sie würden als Frevel an allen haften bleiben, die in diesem Krieg die deutschen Uniformen trugen oder als Zivilisten ihre Augen davor verschlossen, dass man in den Vernichtungslagern den Tod industrialisiert hatte.

Dabei waren schon in den ersten Jahren der Diktatur die Hinweise darauf, wohin die Reise wirklich ging, kaum zu übersehen gewesen. Das begann mit den Heldenkellern der SA, in denen bereits kurz nach der Machtergreifung Tausende Regimegegner auf Nimmerwiedersehen verschwanden. Bald darauf entstanden die ersten Konzentrationslager, deren Existenz ja auch niemals verschwiegen worden war. Selbst wenn die Propagandamaschinerie jene Verbrechen, die dort stattfanden, beschönigten. Anschließend folgte Ende Juni

1934 die Nacht der langen Messer, während der sich Hitler seiner alten SA-Gefährten entledigte und seine Spießgesellen so manche persönliche Rechnung beglichen. Spätestens jedoch mit den Nürnberger Gesetzen Ende 1935, die dazu dienten, alle Juden auszugrenzen, war es unmöglich geworden, zu ignorieren, was Deutschland und den Deutschen unter der Herrschaft des kleinen Trommlers wirklich blühte.

Carl hatte sich zu dieser Zeit bereits immer mehr zurückgezogen und begann erneut seiner Leidenschaft für das Malen zu frönen. Einerseits hasste er es, denn er kam sich dabei wie einer jener Amateurkleckser vor, deren höchste Ambition es war, einmal in Pfarrhäusern oder Rathaussälen auszustellen. Andererseits sorgte die Malerei dafür, dass er seine geistige Balance aufrechterhielt und daher weiterhin seinen täglichen Dienst so effektiv absolvieren konnte, wie es von ihm erwartet wurde. Doch nach den Olympischen Spielen im Sommer 1936 verlor auch die Malerei ihre Zauberwirkung. Setzte er sich zu jener Zeit an die Staffelei, um eines der Bilder zu malen, die seiner Frau heimlich Angst machten, dann stellte er fest, dass er auf Stunden hinaus unfähig war, auch nur den einfachsten Strich zu ziehen. Die Farbe trocknete auf seiner Palette ein. Damals wurde ihm außerdem immer wieder der Uniformkragen zu eng, oder die Luft in der Dienststelle kam ihm so stickig vor, dass er sich spontan auf lange Spaziergänge durch die Stadt begab. Die nach Kohlefeuern, Benzin, Öl und Pferdemist stinkende Großstadtluft war ihm eine Erleichterung gegenüber dem bedrückenden Mief des mächtigen Polizeipräsidiums am Alexanderplatz, in dem er zu dieser Zeit seinen Dienst versah.

Was man mit den Juden trieb, war ja allein schon anhand all der Hinweise im Straßenbild klar ersichtlich. Das fing mit den Schildchen an, die ihnen verboten, Parkbänke zu benutzen oder sich in den Tanzlokalen unter die restliche Bevölkerung zu mischen. Diejenigen, die die verschiedenen Hetzblätter von *Stürmer* bis zu *Völkischem Beobachter* gar nicht bezogen, konnten deren Schlagzeilen überall in den öffentlichen Aushängen, vor den Parteibüros oder an den Kiosken und Bahnhofsbuchhandlungen unmöglich übersehen. Auch bekleidete Carl inzwischen einen Dienstrang, bei dem er es nicht vermeiden konnte, immer mehr Details darüber zu erfahren, wie furchtbar man in den Konzentrationslagern mit den politischen Gefangenen umsprang. Andere verschlossen die Augen vor diesen Vorgängen. Carl konnte das nicht. Doch er beneidete solche Leute aufrichtig um ihre Fähigkeit zur selektiven Ignoranz.

Er kannte Menschen, die Deutschland verlassen hatten, und warf dies keinem von ihnen vor. Die Mehrzahl von denen, die gingen, verließen ihre Heimat aus Angst oder Scham. Carl aber wusste, dass Exil für ihn nicht infrage kam. Er war deutscher Verwaltungsbeamter und Jurist. Er hätte in Prag, London, Brüssel, Amsterdam oder Paris kein Auskommen gefunden, redete er sich ein. Und was die Malerei betraf, die ihm vielleicht ja ein mageres Einkommen verschafft hätte, so war die ihm mittlerweile so sehr zuwider geworden, dass er glaubte, sie für immer hinter sich gelassen zu haben. Außerdem hätte er seine Ehefrau Gertrud niemals dazu überreden können, ihre Heimat zu verlassen. Sie war zwar keine glühende Verehrerin des Trommlers und seiner Gossenparvenüs. Dazu war sie zu elitär erzogen worden. Aber sie mochte die Annehmlichkeiten, die mit seiner Stellung einhergingen, und hätte diese niemals aufs Spiel gesetzt.

Sein eigenes Leben war durch die Diktatur auch gar nicht

bedroht. Im Gegenteil. Zumindest materiell war es ihm nie besser gegangen als nach der Machtergreifung. Schon im Herbst 1934 konnten sie sich eine größere Wohnung leisten und sie mit neuen, sehr modernen Möbeln ausstatten, die noch dazu überaus günstig zu haben gewesen waren. Seit April '34 wurde Carl stetig befördert, bis er schließlich im Rang eines Verwaltungsrats, später eines SS-Sturmbannführers, zum Chef der Abteilung für Beschaffung im Berliner Polizeipräsidium aufstieg. Das war zwar ganz und gar kein glamouröser Posten, aber er ging mit einem sehr guten Gehalt einher, war angesehen und hielt ihn abseits der Kompetenzrangeleien und Karriereintrigen, mit denen die Mehrzahl der übrigen höheren Polizeiführer und Verwaltungsbeamten zu kämpfen hatte.

Irgendetwas gegen das Regime zu unternehmen brachte er nicht über sich, obwohl er diesbezügliche Gerüchte, Andeutungen und unwilliges Gemurmel vor allem aus Kreisen der Wehrmacht aufschnappte. Manchmal beschuldigte er sich dann, ein Feigling zu sein. Aber so viel wusste er über die Stimmung im Volk, dass jedem Versuch eines Widerstands keinerlei Erfolgschancen zuzurechnen waren. Der kleine Trommler und dessen Truppe waren selbst jetzt, im Frühherbst 1943, nach immerhin vier Jahren Krieg, in der Bevölkerung beliebt.

Zugleich hatte Carl als Jurist auch keinerlei Schwierigkeiten damit, die rein abstrakten Mechanismen zu erfassen, derer man sich bediente, um aus Menschen zunächst Verdächtige, dann Parasiten, danach Fremde und schließlich Gegner zu machen, an deren Schicksal der größte Teil der Bevölkerung keinen echten Anteil mehr nehmen wollte.

Trotzdem schien es ihm, sobald er sich zu Hause in sein

Arbeitszimmer zurückzog, dass seine dumpfen Vorahnungen über die Zukunft wie ein Krebs wirkten, der sich siegessicher, aber quälend langsam durch ihn hindurchfraß. Dann erhöhte er die Taktzahl, mit der er in seinem Arbeitszimmer Bier und Schnapsflaschen leerte, und soff sich in einen dunklen traumlosen Schlaf.

Als Carl in seinem Zugabteil Platz nahm, entkam er endlich dem Geruch nach klammen Kleidern.

»Herr Obersturmbannführer?«

Rottenführer Heinz Becker steckte seinen Kopf durch die Abteiltür hinein. »In einer Stunde gibt's im Speisewagen Nachtmahl. Soll gut sein, hab ich gehört. Gibt Kaffee, Cognac und Bier!«

Carl nickte leise amüsiert darüber, dass für Heinz ein gutes Abendessen offenbar vor allem flüssig war und mit ordentlich Alkohol serviert wurde.

»Sekt, Heinz?«

»Jawohl, Herr Obersturmbannführer, haben die auch!«

»Mag ich nicht. Doch falls Sie ein Glas Champagner auftreiben können, würde ich nicht Nein sagen. Lassen Sie sich aber nichts anderes andrehen, kapiert? Champagner oder nichts. Man fährt schließlich nicht jeden Tag nach Paris …«

Heinz nickte und verzog sich wieder.

Carl fragte sich, ob Heinz echten Champagner überhaupt von Sekt unterscheiden könne. In seiner jungenhaften Frische wirkte er, als hätte er noch vor ein paar Tagen in irgendeinem Provinznest ein Pferdegespann über flache Felder geführt.

Von irgendwo in jener brandenburgischen Ödnis, durch die

der Zug bereits vor Stunden hindurchgedampft war, stammte die Familie von Carls ältestem Freund York von Trott zu Seitz. Drei Jahre auf einem kalten Internat hatten sie zusammengeschweißt.

Der Knochenmühle in den Schützengräben des ersten großen Krieges entgingen sie beide nur, weil man sie nach dem Abitur in den rückwärtigen Diensten der Feldgendarmerie einsetzte, wo sie tagein, tagaus zunächst Feldpostbriefe zensierten und später Ausrüstungslisten verglichen. Wie irgendjemand im Generalstab auf die Idee hatte kommen können, ausgerechnet in ihnen vielversprechende junge Bürokraten zu sehen, würde Carl auf ewig ein Rätsel bleiben. Damals stellten sie beide regelmäßig Anträge auf Versetzung zum Fronteinsatz, die jedoch jedes Mal abgewiesen wurden.

Carls Vater war da bereits schwer krank gewesen und verstand sich außerdem sowieso nicht so gut mit den Militärs. Also vermutete Carl, dass es Yorks Familie war, die dafür sorgte, dass sie beide für die ersten drei Kriegsjahre vom Fronteinsatz verschont blieben. Ab März 1916 war Carl auch heimlich dankbar für seine kleine, hässliche Schreibstube bei Kassel. Damals stiegen die deutschen Verluste noch einmal gewaltig an, und er war überzeugt, dass er den Frontdienst keine Woche überlebt hätte. Etwa zu dieser Zeit teilte man ihm einen Feldwebel zu, der vor dem Krieg als Kunstlehrer und Landschaftsmaler gearbeitet hatte. Carl hatte schon von frühester Jugend an gezeichnet und gemalt und träumte davon, es als Künstler zu Ruhm zu bringen.

So nutzte er jetzt jede freie Minute, um bei dem Feldwebel Privatunterricht zu nehmen, von dem er hoffte, dass er ihn angemessen für die Aufnahmeprüfung an einer der großen Kunstakademien vorbereiten würde. Es dauerte nur einige

Monate, bis Carl von dem Feldwebel gelernt hatte, was dieser ihm beizubringen vermochte. An Fantasie und gestalterischem Mut überflügelte Carl ihn bereits vom allerersten Tag an.

Während Carl weiterhin Feldpostbriefe zensierte und nebenbei Ölstudien produzierte, brachte York es fertig, zumindest für das letzte Kriegsjahr zur Front versetzt zu werden, wo er sich tapfer genug schlug, um ausgezeichnet zu werden.

Anders als Carl zog er nach Kriegsende die graue Uniform auch nicht aus, sondern machte bei der Reichswehr Karriere, während Carl zur selben Zeit einsehen musste, dass er seinen Traum vom Kunststudium nicht würde verwirklichen können. Die von Maugs waren nach dem Tod seines Vaters finanziell so auf den Hund gekommen, dass sie nach dem überschuldeten Gut auch das Familiensilber und sogar ihr Meissener Porzellan verkaufen mussten und in eine Mietswohnung umzogen, die so klein war, dass seine Mutter sich ein Zimmer mit Carls Schwester Hannah teilen musste.

So wurde Carl plötzlich zum einzigen Mann im Haus, von dem erwartet wurde, dass er gleich drei Mäuler stopfte. Das wenige, was geblieben war, investierte man in ein Jurastudium für Carl. Obwohl er das Studium hasste, fiel es ihm nicht sonderlich schwer. Es kam dabei hauptsächlich darauf an, über ein gutes Gedächtnis zu verfügen und außerdem niemals vor den Professoren aufmüpfig zu erscheinen. Beiden Anforderungen gerecht zu werden machte Carl keinerlei Schwierigkeiten.

Einem Zufall hatte er es zu verdanken, dass er in jenen ersten Hungerjahren auch sein grafisches Talent einsetzen konnte, um die Familie über Wasser zu halten. Denn ein ehemaliger Kamerad, der inzwischen bei einem Bordellchef als

Rausschmeißer angeheuert hatte, führte ihn ins Milieu des Schlesischen Viertels ein, wo er sich neben dem Studium als Plakatmaler für die Bars und Kaschemmen verdingte. Während er tagsüber in der Uni oder der Staatsbibliothek Verwaltungsgesetze büffelte, entwarf er am Abend den Berliner Wirten und Luden Handzettel, Werbeplakate und Reklameanzeigen für ihre Schwoofs und Nuttenbälle. Im Gegenzug bekamen er und seine Familie neben den für Carl und Hannah unverzichtbaren Zigaretten auch Bier und Mahlzeiten aus den Kneipenküchen.

Sobald die Zeiten etwas besser wurden, erhielt Carl Angebote vom Ringverein »Immergrün«, dessen Vorstand ihn engagierte, um seine Jahrbücher zu gestalten und seine opulenten Feste auszustatten. Seine Mutter nahm die Art und Weise, wie er sie durch die Hungerjahre brachte, klaglos hin. Doch Carls Schwester verabscheute, dass sie ihr Überleben Zuhältern, Huren und vereinsmäßig organisierten Diebesbanden wie dem Ringverein verdankten. Sie sorgte sich um ihre Heiratschancen.

Carl genoss diese Zeit in vollen Zügen. Hannah hatte der Familienname und die Tradition, für die er stand, immer schon mehr bedeutet als Carl. Das Adelsverzeichnis »Gotha« war ihr Ein und Alles. Dabei war Carl längst nicht der einzige Spross eines der alten Adelshäuser, der nach Revolution und Bürgerkrieg seine Haut zwischen halbseidenen Cabarets und Bordellen zu Markte trug. Und so gut waren die Zeiten noch lange nicht geworden, als dass eine der großen Kanzleien in Berlin erpicht darauf gewesen wäre, einen jungen Juristen mit Carls inzwischen zweifelhaften Verbindungen anzustellen. Zumal die auch nur Hungerlöhne zahlten.

Wieder war es ein Zufall, dem er es zu verdanken hatte,

dass er schließlich zu einer Anstellung in der Roten Burg kam, dem Polizeipräsidium am Alexanderplatz. Denn zur Preußischen Polizei pflegten seine Halbweltkontakte von den Ringvereinen ausgezeichnete Beziehungen, und da in Carls Zeugnissen seine Verwendung bei einer Einheit der Feldgendarmerie verzeichnet war, akzeptierte man ihn sofort als Kriminalassistenten.

In jenen Jahren ließen sich selbst die Spitzen der Berliner Kripo bereitwillig auf den Jahrestagen der Ringvereine sehen, und Berlins berühmtester Kripomann Ernst Gennat schmetterte bei den Weihnachtsfeiern des Ringvereins Immergrün regelmäßig die Festreden von der Bühne. Im Präsidium am Alex hielt man in Vereinen organisierte Zuhälter und Diebe für das geringere von zwei Übeln und vertraute bei der Verfolgung von Kriminellen ganz allgemein der Devise »Teile und Herrsche«. Daher war es kein Wunder, dass Kripomänner und organisierte Kriminelle sich wie alte Bekannte, die auf verschiedenen Seiten derselben Straße aufgewachsen waren, gemeinsam an den Theken der Bierkneipen und Puffs drängten. Ernst Gennat, der legendäre Chef der Mordinspektion, war es auch, bei dem Carl seinen ersten Posten antrat. Der »Buddha vom Alex«, wie er wegen seiner immensen Leibesfülle auch genannt wurde, hatte sich ihn aus den Neuzugängen herausgepickt. Er war der wohl populärste Polizist Deutschlands, aber wegen seiner modernen Ermittlungsmethoden auch umstritten. Gennat hatte dem Fingerabdruck als gerichtlich verwertbares Beweismittel in Preußen zum Durchbruch verholfen und ein Strafregister angelegt, mit dem sich kaum ein anderes weltweit messen konnte. Er galt überdies auch als Erfinder des sogenannten »Mordwagens«. Dabei handelte es sich um ein Dienstfahrzeug der Kripo, das mit allerlei Utensilien zur Tatortaufnahme bestückt war, die von Pulver und Pinseln zur Feststellung von Fingerabdrücken über verschiedene Fotokameras bis hin zu konfisziertem Einbruchswerkzeug reichten.

Dieser Mann also schickte Carl von Berlin nach Hannover, um dort die Ermittlungen gegen den »Totmacher« Haarmann zu beobachten und in einem Bericht zusammenzufassen, aus dem ein Memorandum erstellt werden sollte, in dem Verbesserungsvorschläge für Ermittlungen in ähnlichen Fällen zusammengetragen werden würden.

Das war kein ganz unbedeutender Auftrag für einen frischgebackenen Kriminalassistenten, der eigentlich viel lieber Kunstmaler geworden wäre. Heinrich Rätz, der Kommissar, der den Haarmann-Fall in Hannover bearbeitete, zählte zu den Beamten, die die Methoden des Buddha für Unfug hielten, und trat Carl auch entsprechend ablehnend entgegen. Rätz' Vorgesetzter Heinrich Lange legte ihm zwar nicht ganz so viele Steine in den Weg, aber dass er ihn deswegen mit offenen Armen empfangen hätte, konnte Carl auch nicht behaupten. Lange respektierte Carl wohl eher wegen seines Namens und seines Ranges. Nicht jedoch aufgrund seines Auftrages.

Obwohl Carl im Präsidium nur widerwillig geduldet wurde, bekam er Gelegenheit, Haarmann zu sehen und kurz mit ihm zu sprechen. Haarmanns Gesicht mit der prominenten, fleischigen Nase, dem vollen Kinn und den irgendwie ständig herausfordernd blickenden Augen wirkte völlig gewöhnlich und banal auf Carl. Eine Visage, wie man sie zu Tausenden in den Städten und Dörfern sah. Sie wirkte auch keinesfalls anziehend. Und so einer, hatte Carl sich gefragt, brachte es fertig, ansehnliche Jungen in seine Höhle und sein Bett zu locken?

Gesprochen hatten sie nicht viel miteinander. Doch daran, dass Haarmann pervers stolz darauf gewesen war, dass man seinetwegen extra einen Kriminalassistenten aus Berlin nach Hannover gesandt hatte, erinnerte er sich. Ganz Deutschland fragte sich damals, ob Haarmann ein Menschenfresser war und ob er tatsächlich das Fleisch seiner Opfer durch einen Wolf gedreht und in Büchsen verfüllt hatte, um es an seine Nachbarn zu verkaufen.

Mörder, fand Carl, waren grundsätzlich nicht interessant. Sie waren auch nur ganz gewöhnliche Menschen. Was sie von anderen unterschied, war höchstens, dass sie sich selbst nicht so gut unter Kontrolle hatten wie ihre Mitmenschen. Letztlich, dachte er, war sogar Fritze Haarmann nichts wirklich Besonderes gewesen. Er hatte seine Triebe eben noch weniger im Griff gehabt als die meisten gewöhnlichen Mörder, die aus Gier, Geltungssucht oder Angst töteten.

Faszinierender als Mörder fand Carl deren Opfer und ihre Angehörigen. Das unverdiente Leid dieser Menschen traf ihn jedes Mal wieder tief. Und anders als über Haarmann hatte man über sie und ihren Schmerz bisher weder Gassenhauer noch reißerische Kolportageromane verfasst.

Buddha Gennat hatte Carls Haarmann-Dossier in seinen Stahlschrank geschlossen und ihn anschließend für eine Verwendung in der preußischen Polizeiverwaltung vorgeschlagen, ohne mit ihm auch nur mehr als zehn Worte über seinen Auftrag in Hannover gewechselt zu haben.

Erst einige Jahre später holte man Carls Bericht wieder hervor, kürzte und glättete ihn und sorgte dafür, dass er zusammen mit einer Reihe von anderen in einer Denkschrift abgedruckt wurde, deren Gesamtauflage seither zweifellos in irgendeinem Archiv verstaubte.

Er sah auf, weil sich die Abteiltür öffnete.

Heinz trat mit einer Flasche Champagner unter dem Arm und einem Sektglas in der linken Hand herein. »Mit besten Grüßen von Oberst York von Trott zu Seitz, soll ich ausrichten. Der hat die Ihnen beim Küchenpersonal hinterlegt. War die einzige, die sie dahatten.«

Carl lächelte, nahm Heinz die Flasche ab, ließ den Korken knallen und schenkte sich ein. Alle Achtung, dachte er, da hatte York zweifellos so einige seiner Kontakte bemüht, um ihm im richtigen Zug zur passenden Zeit seinen Willkommensgruß zukommen zu lassen.

Heinz warf einen sehnsüchtigen Blick auf Flasche und Glas. Falls er gehofft haben sollte, dass Carl ihn einlud, dann hatte er sich getäuscht. So schlug er nur die Hacken zusammen, legte dazu die Hand an die Mütze und ließ Carl wieder allein.

7

Carl schaute aus dem Fenster. Der Zug rollte weiter in die Nacht hinein. Über Gleise und Weichen hinweg vorüber an Städten und Dörfern, auf derselben Strecke, die jene Züge genommen hatten, mit denen ein Jahr zuvor die ersten Juden aus Frankreich Richtung Osten in die Vernichtungslager transportiert worden waren.

Carl wusste davon. Eine Menge Leute im Stab des Reichssicherheitshauptamtes wussten schließlich davon.

Vor ein paar Jahren hatte er sich noch hin und wieder gefragt, wie viele der Ringvereinsmitglieder, der Huren und Gassensteher, die er seinerzeit gekannt und für die er einst Weihnachtskarten und Festplakate entworfen hatte, wohl nach der Machtergreifung in den Heldenkellern im Columbiahaus oder der Prinz-Albrecht-Straße gelandet waren. So viele der Kriminellen waren Kommunisten oder Sozis gewesen und hatten für ein paar Groschen Honorar beim Rotfrontkämpferbund oder dem Reichsbanner Schwarz-Rot-Gold Schupos und Nazis verdroschen.

Der Champagner, den York ihm hatte hinterlegen lassen, war ein alter Heidsieck. Carl hob das Glas und starrte eine Zeit lang auf seine verzerrte Reflexion im Abteilfenster.

»Prost, Horrido und fette Beute!«, sagte er zu seinem Spiegelbild im Fenster und trank. Doch seine Worte klangen hohl.

Der Champagner befeuerte seine Erinnerungen weiter.

Himmlers Visage, dachte er grimmig, hatte ihn schon immer irgendwie an die von Fritze Haarmann erinnert. Und von Himmlers Visage war es – wenigstens in seiner Erinnerung – nur ein Wimpernschlag zu einem ganz besonderen Abend im Wedding. Wann war das gewesen? Herbst 1936? Nach den Olympischen Spielen. War es Oktober gewesen? Ja, dachte er. In Berlin herrschte schlechtes Wetter, und er war angetrunken gewesen, als er sich spontan zu einem Besuch bei einem seiner Lieferanten entschloss. Der Mann hieß Günther Singer, und seine Firma stellte Schlüssel her.

Carl hatte mit Singer in dessen Büro noch zwei weitere Korn genommen, bevor sie zu der Führung durch die Produktionshallen aufbrachen.

Während er Singer durch die drei Hallen seiner Schlüsselrohlingproduktion folgte, überfiel Carl unvermittelt eine Vision, die er später auf den Alkohol schob. Was sie jedoch nur zum Teil erklärte. Denn eigentlich neigte Carl nicht zu plötzlichen Tagträumen. Unter dem Hämmern riesenhafter Pressen und dem Geräusch von Metallsägen meinte er zu sehen, wie sich Abertausende von Schlüsselrohlingen formierten und auf eine Wand voller Schlösser zumarschierten, in die sie einsprangen, um sich dort klaglos zu drehen. Immer in dieselbe Richtung: nach rechts. Er spürte dabei, dass jeder dieser zahllosen Schlüssel für einen Menschen stand. Die Schlüssel glichen einander wie ein Ei dem anderen, und sie drehten sich in ebenso gleichförmigen Schlössern. Doch aus dem Inneren der Schlösser fuhren keine Schließbolzen heraus, sondern zu blutigem Brei zermahlene Menschen. Als er bemerkte, dass die riesigen Pressen in Singers Fabrikhalle im Takt der Schlüssel auf die dicken Bleche herabfuhren, hatte Singer ihn angestoßen, sich erkundigt, ob ihm nicht gut sei, und ihn auf einen Stuhl gedrängt, der neben einem der Ölbäder stand, in die Singers Angestellte Gitterkisten voller Rohlinge eintauchten.

Als er an diesem Abend nach Hause kam, seine Frau allein im Bett schlafend vorfand und daraufhin in sein Arbeitszimmer ging, um sich dort mit Bier und Cognac den Rest zu geben, begriff er, dass das, was er da gesehen hatte, ein Blick in die Zukunft gewesen war. Und fürchtete, dass es auf der ganzen Welt nicht genug Bier und Korn gab, um diese Vorahnungen je vollständig aus seinem Gedächtnis zu tilgen.

Trotzdem blieb er selbst nach diesem Oktoberabend fasziniert davon, dem Treiben des kleinen Trommlers und dessen Bande aus Aufschneidern zuzusehen.

Und damals fragte er sich auch längst nicht mehr, wie es so weit hatte kommen können, dass – bis auf wenige penibel totgeschwiegene Ausnahmen – keiner die Stimme erhoben hatte, während überall im Lande immer mehr Nachbarn, Kollegen, Bekannte oder Freunde auf Nimmerwiedersehen verschwanden. Über die Propaganda und ihre Wirkung machte Carl sich schon längst keinerlei Illusionen mehr.

Als dann erst vor wenigen Monaten Reichskripochef Arthur Nebe und Carls direkter Vorgesetzter SS-Gruppenführer Martin Gerlach einer handverlesenen Anzahl ihrer Untergebenen reinen Wein darüber einschenkten, was im Osten wirklich vor sich ging, begriff Carl, dass selbst jener Blick in die Hölle, der ihn seinerzeit in Singers Schlüsselfabrik überfallen hatte, der furchtbaren Realität nicht gerecht geworden war.

Gruppenführer Gerlach wirkte dabei zunächst etwas gehemmt, suchte nach Worten und benutzte ungelenke Umschreibungen. Nebe hingegen war von Beginn an unmissverständlich deutlich. Woraufhin Gerlach seine anfängliche

Scheu ablegte und erklärte, wie schwierig es sei, Massengräber für mehrere Tausend Opfer auszuheben und diese nach dem Morden seuchen- und geruchsfest wieder zu verschließen. »Meine Herren!«, hatte Gerlach gesagt. »Sie müssen bedenken, keiner im Offizierskorps und unter den Mannschaften hatte jemals vor solch einer Aufgabe gestanden. Dennoch dauerte es nur Stunden – Stunden! –, bis unsere Ingenieure Listen aufstellten, die die nötigen Abmessungen für Massengräber mit einem Fassungsvermögen zwischen achtzig und neunhundert Leichen festlegten! Das soll uns Deutschen erst einmal wer nachmachen. Wir haben bei Katyn schließlich die NKWD-Gräber gefunden. Kein Vergleich, meine Herren, zu der Art und Weise, wie eine deutsche Sondereinheit solche Aufgaben ausführt. Gar kein Vergleich!«

Später hörte Carl, dass einige der übrigen Anwesenden seine zur Schau getragene Gelassenheit während der Besprechung für Zustimmung zu dem Frevel hielten, von dem Nebe und Gerlach berichtet hatten.

Die Wahrheit war jedoch, dass ihn nichts von dem, was er über die Gräuel der Massenmorde hörte, zu diesem Zeitpunkt noch hätte überraschen können.

Aber selbst nach dieser Besprechung streifte er weiterhin täglich seine Uniform über und erfüllte penibel und zuverlässig seine Aufgaben im Präsidium.

Manchmal stand er dann am Abend allein in seinem Arbeitszimmer vor der Staffelei und den eingetrockneten Farben und fragte sich, ob er noch einmal neue kaufen sollte. Doch jedes Mal sagte er sich dann, dass es zwecklos sei.

Denn die Hunderttausende Morde, die man in den besetzten Gebieten, am Rande der Schlachtfelder und vor allem in den Lagern, die der industriellen Vernichtung Unschuldiger gewidmet waren, beging, hatten längst eine immense Sprengladung an die Fundamente der Zivilisation gesetzt. Deren Explosion mit jedem weiteren sinnlos vernichteten Leben näher kam. Da noch Farbe auf eine Leinwand zu bringen wäre ihm wie purer Hohn und Verachtung für all die Opfer vorgekommen.

Die Ignoranten und Fanatiker redeten sich ein, dass es die Volksgemeinschaft mit den Wunderwaffen schon noch richten würde. Doch Carl wusste, dass sie alle im Reich nur noch in gestundeter Zeit lebten. Er hatte sich heute Morgen, während er in seiner Wohnung auf die gepackten Koffer schaute, fest vorgenommen, seinen Teil dieser gestundeten Zeit dafür zu verschwenden, sich in Paris methodisch totzusaufen. Idealerweise geschah dies dann so punktgenau, dass er noch vor der heranrückenden Götterdämmerung den Arsch zukniff, wie es SS-Rottenführer Heinz Becker zweifellos ausgedrückt hätte.

Und für einen lang gezogenen Alkoholsuizid gab es derzeit in ganz Europa keinen besseren Ort als Paris.

Womöglich, dachte er, war dieser Entschluss auch nur eine Konsequenz aus dem brüllenden Schweigen, das ihn inzwischen so fest in seinem Griff hatte wie alle übrigen Deutschen.

Aber da ihm im Grunde jedes Pathos widerstrebte, dachte er gleich darauf, dass sein Vorhaben vielleicht auch nur eine Folge seiner Scheidung von Gertrud war.

Vor elf Monaten hatte sie ihm vor dem Scheidungsrichter vorgeworfen, seine Seele verloren zu haben. Das traf ihn unerwartet tief, weil es ihm als ein völlig absurder Vorwurf erschien. Als ob man seine Seele verlieren konnte, wie man einen Regenschirm verlor oder ein Taschenbuch aus der Leihbücherei.

Trotzdem hatte Gertrud seinerzeit darauf bestanden, dass es genauso sei.

Dabei war sie es gewesen, die als Erste fremdgegangen war. Fast ein halbes Jahr lang, und dann gleich mit einem SS-Standartenführer. »Wir haben nie wirklich zusammengepasst, Carl«, erklärte sie ihm im tristen Korridor vor dem Gerichtssaal. »Das ist doch jetzt für uns beide eine Gelegenheit, unser Leben neu zu ordnen. Du darfst mir das auch gar nicht übel nehmen. Ich habe die Scheidung doch genauso für dich wie für mich eingereicht.«

Und ob er ihr das übel nahm.

Ihre Ehe war zwar schon länger am Ende gewesen. Doch Gertrud hatte sich nicht einmal die Mühe gemacht, mit ihm darüber zu reden, bevor sie für diesen Standartenführer die Röcke hob.

Seit fast fünfzehn Jahren schob er Dienst in der Abteilung für Beschaffung, war verantwortlich für den Einkauf von Streifenwagen, Büromaterial, Bauleistungen, Uniformen, Schreibtischen. Sogar die Abrechnungen für Telefone und Briefmarken liefen über seinen Tisch. Seit fast fünfzehn Jahren ertrug er die dummen Witze und abschätzigen Blicke der übrigen Beamten, die in ihm einen bloßen Verwaltungshengst sahen und ihn für einen halben Mann hielten. All das hatte er – nicht nur, aber eben auch – für Gertrud und ihre Ehe ertragen. Dass Gertrud ihm vor dem Scheidungsrichter vorwarf, er habe seine Seele verloren, war nur eine Ausflucht gewesen, die es ihr gestattete, ein reines Gewissen zu bewahren, während sie umso engagierter für ihren Standartenführer die Beine breitmachte.

Nein, dachte Carl, *der beste Beweis dafür, dass ich meine Seele noch nicht verloren habe, besteht darin, dass ich mich allmählich zu Tode saufe.* Das war zwar vor allem ein Ausweg für Feiglinge. Aber es bildete die einzige ehrenhafte Art von Fahnenflucht, die er sich vorstellen konnte. Der Gipfel der Absurdität dabei bestand gar nicht mal darin, dass diese Variante mit demselben Ergebnis endete, für das in gewöhnlichen Fällen von Desertion das Erschießungskommando sorgte. Sondern darin, dass beide Arten von Fahnenflucht in dieser Welt letztlich nur leere Gesten bleiben mussten.

Carl stand auf, öffnete die Tür des Abteils, brüllte Heinz herbei und trug ihm auf, gefälligst Bier und Korn zu beschaffen. Eine Viertelstunde darauf war Heinz noch immer nicht mit Nachschub zurück. Carl dämmerte für einige Zeit in einen leichten oberflächlichen Schlaf weg, der zu dem Krieg passte, in dem er diente. Er erwachte, während der Zug sich Köln und Düsseldorf näherte, wo die alliierten Bomber ganze Arbeit geleistet hatten.

Er fragte sich, ob aus den Ruinenfeldern, durch die sich der Zug schlängelte, je wieder Städte auferstehen könnten. Und welche Form diese annehmen mochten. Wahrscheinlich, dachte er, gliche das, was immer da wiedererstehen mochte, eher erbärmlichen Ameisenhaufen als Metropolen.

8

Paris empfing Carl trüb und regnerisch. Er hatte den Mantelkragen aufgeschlagen und den Kopf zwischen die Schultern gezogen, als er in den Kübelwagen stieg, der sie zu seinem Quartier bringen sollte.

»Man hört ja, die Herren Generäle hätten es sich hier in Paris so richtig gemütlich gemacht. Angeblich liegt der beste Offizierspuff keine drei Minuten um die Ecke vom Hauptquartier«, plapperte SS-Rottenführer Becker los, während er unter der Plane des Wagens hindurch die baulichen Wunder in der Stadt des Lichts bestaunte.

Carl hatte an diesem Morgen noch nicht genug getrunken, um wirklich wach zu werden. Was Heinz ihm im Zug beschafft hatte, war für einen Mann mit Carls Fassungsvermögen bei Weitem nicht genug gewesen. Sein Reisepegel war jedoch halbwegs hoch genug, um einen Kater zu erzeugen, der Carl in eine unangenehme Stimmung von trister Wehmut versetzte.

Immerhin hatte Carl sich im Zug die Zeit genommen, die Akte seines Burschen Heinz Becker zu lesen. Geboren und aufgewachsen war er in einem Dorf bei Stettin, Vater Landwirt, Mutter Hausfrau, Volksschule und anschließend Lehre zum Kaufmann. Danach ein paar Jahre angestellt bei einer Raiffeisengenossenschaft in Königsberg. Früh in die SS eingetreten. Davor ein Jahr und ein paar Monate SA. Dann Kriegseinsatz als Fahrer und Melder. Er war seit vier Monaten in Paris stationiert. Carl befand, dass Heinz Becker harmlos sei.

Der Fahrer des Kübels hatte noch keinen Ton gesagt und trieb den leichten Wagen so mutig über die Boulevards, dass sie alle sich immer wieder festhalten mussten. Die Plane hatte ein Leck. Ab und zu fielen einige Tropfen Regenwasser auf sie herab.

Der Invalidendom erschien ihm an diesem grauen Morgen wie eine Trutzburg, und die Champs-Élysées wirkten trist und schmutzig. Trotz oder ja vielleicht auch gerade wegen der gut gekleideten Passanten, die dort unterwegs waren. Carl kannte Paris ein wenig und wunderte sich über die Strecke, die der schweigsame Fahrer nahm. Das Hauptquartier von Gestapo und SD lag in der Avenue Foch. Diese hätten sie längst erreicht haben müssen.

»Wohin geht's denn, Unterscharführer?«, fragte er daher.

»Zur Avenue Kléber, ins Hotel Majestic. Antrittsmeldung bei von Stülpnagel«, antwortete der Mann.

Heinrich von Stülpnagel war Militärbefehlshaber von Frankreich und damit Hitlers Stellvertreter und Statthalter hier in Frankreich. Carl wunderte sich, dass der ihn empfing. Gewöhnlich waren die Herren von der Wehrmacht nicht scharf darauf, SS-Personal Audienzen zu gewähren.

Verdammt, lauerte da etwa bereits der erste Anschiss auf ihn? Weshalb? Er war pünktlich eingetroffen und seine Personalakte so glänzend sauber wie langweilig. Was konnte von Stülpnagel von ihm wollen? Sein neuer Posten war nach allem, was Carl darüber herausfinden konnte, rein bürokratischer Natur. Weder waren damit Pfründe verknüpft noch echte Macht. Allerdings war Carls neuer Posten hier auch eines jener bürokratischen Ungetüme, wie sie nur die SS-

Verwaltung hervorzubringen vermochte. Denn obwohl Carl eigentlich Angehöriger der Verwaltung des Reichssicherheitshauptamts in Berlin war, hatte man ihn im Zuge seiner Versetzung nach Paris zunächst dem Sicherheitsdienst – SD – zugeteilt, der eigentlich als Spionageabteilung der SS diente und eine kleine verschworene Elite war, die von den übrigen SS-Institutionen und vor allem der Wehrmacht und der Gestapo ständig misstrauisch beäugt wurde.

Doch statt ihn, wie es üblich gewesen wäre, dem hiesigen SD-Chef zu unterstellen, hatte man Carl in seinem Versetzungsschreiben einen ungewöhnlich verschwommenen Kompetenzrahmen zugesprochen und dabei außerdem darauf bestanden, dass er nominell einzig der Reichsführung SS und dem Führer unterstellt und rechenschaftspflichtig war. Kein Wunder, dass seine Versetzung in der Personalverwaltung des Reichssicherheitshauptamtes und der SS eine Menge Kopfschütteln ausgelöst hatte.

Der innere Stab des Reichsheinis Himmler war inzwischen berüchtigt für solche personellen und bürokratischen Alleingänge, und keiner in Berlin hatte es gewagt, offen gegen Carls Versetzung zu opponieren. Zumal dazu auch kaum Zeit gewesen war, so unerwartet und rasch, wie seine neue Verwendung durchgeboxt worden war.

»Dann hoffe ich nur, dass der Militärbefehlshaber von Frankreich damit leben kann, dass ich keine Gelegenheit hatte, mich in meine Paradeuniform zu werfen«, knurrte Carl.

Der Unterscharführer zuckte mit den Achseln. »Der Militärbefehlshaber ist in der Beziehung Kummer gewohnt, Herr Obersturmbannführer. Geht hier ein bisschen lockerer zu als in Berlin.«

Das bezweifelte Carl jedoch. Von Stülpnagel gehörte zur

alten Reichswehrelite. Er war Preuße alter Schule. Schwer vorstellbar also, dass er seinen Leuten irgendeine Nachlässigkeit in der Kleiderordnung durchgehen lassen würde.

Andererseits war Carl aber auch kein Wehrmachtsangehöriger und daher von Stülpnagel nicht direkt unterstellt. Sein direkter Vorgesetzter hier in Paris war SS-Standartenführer Helmuth Knochen, der Befehlshaber der Sicherheitspolizei in Paris. Aber sein alter Freund York arbeitete im Stab des Militärbefehlshabers. Und der erwartete ihn offenbar hier. Weshalb sonst hätte er ihm den Champagner im Nachtzug auf Eis legen lassen sollen? Es war zwar kein wirkliches Geheimnis gewesen, dass Carl nach Paris wechseln sollte. Aber die Versetzung war auch sehr überraschend gekommen. Ganz besonders für Carl selbst, der nicht mehr damit gerechnet hatte, noch einmal versetzt zu werden, und dann auch noch ausgerechnet nach Paris. Erstaunlich eigentlich, dass York rechtzeitig davon erfahren hatte, um ihm den kleinen Champagnergruß zu senden.

Der Antrittsbesuch bei von Stülpnagel ging dann trotz Carls Kater vorüber wie in einem Rausch. Er konnte sich hinterher kaum erinnern, wie der Militärbefehlshaber aussah oder was er gesagt hatte. Mehr als ein paar Höflichkeitsfloskeln konnten es sicher nicht gewesen sein.

Sein neuer Chef Knochen und dessen Vorgesetzter Oberg erwarteten ihn erst gegen Mittag, also setzte der wortkarge Fahrer ihn bei seinem Quartier ab.

Carl legte Mütze und Uniformjacke ab, schickte Heinz los, um Cognac, Brot und Rühreier zu besorgen, und legte sich dann mit pochendem Kopf und grauem Gesicht aufs Bett. Dass weder Knochen noch Oberg ihn sofort sehen wollten, war seltsam, dachte er. Man sollte ja erwarten, dass sie gespannt darauf waren, wen man ihnen da aus Berlin zugeteilt hatte. Und soweit Carl das bisher durchschauen konnte, war es sogar so, dass seine neue Dienststelle im Hauptquartier des SD in der Avenue Foch Nummer 84 auf derselben Etage lag wie die von Oberg und Knochen.

Seine Unterkunft befand sich in einer Sackgasse namens Rue Sainte-Anne. Der Name war ihm zuvor schon irgendwo einmal untergekommen. Ein Blick in Heinz' Baedeker-Reiseführer klärte Carl auf. Einst befand sich in dieser Straße das Sicherheitsbüro des legendären Kommissars und Spions Louis Marais, der hier angeblich die erste moderne Polizeiabteilung der Welt aus der Taufe gehoben und mit Unterbrechungen fast zehn Jahre lang geführt hatte, bis er ins Außenministerium Talleyrands wechselte und eine geheimnisvolle Rolle beim Wiener Kongress spielte. Und seit ein Groschenheftschreiber ihn zu seinem Helden erkoren hatte, wusste in Frankreich jedes Kind über die Rue Sainte-Anne und Marais' Sicherheitsabteilung Bescheid.

Heinz kehrte schneller zurück als erwartet. Er hatte zwei Pullen Napoléon Cognac, einige Flaschen Bier, eine Büchse Ersatzkaffee, Brote und zwei Pappen Eier dabei, die er in der kleinen Küche fröhlich vor sich hin summend aufschlug und in Butter briet. Nicht übel, die hatten echte Butter hier in Paris, dachte Carl beeindruckt, während er den Korken an einer der beiden Cognacflaschen zog und den ersten Schluck gleich aus der Flasche nahm.

In zwei Stunden erwartete ihn SS-Gruppenführer Oberg im Gestapo-Hauptquartier in der Avenue Foch. Bis dahin sollte er seine Katerreste vertrieben, sich rasiert und umgezogen haben. Doch zunächst schaufelte Carl Rühreier und Brot in sich hinein.

In seinen Versetzungspapieren war der Name seines neuen Adjutanten vermerkt gewesen: Obersturmführer Otto Heiliger. Laut seinem Lebenslauf ein Hamburger Kriminaler, der sich auffallend lange geziert hatte, in Partei und SS einzutreten, aber durchweg gute Beurteilungen von seinen Vorgesetzten erhielt und ab 1931 einige Monate bei Gennat in Berlin gearbeitet hatte.

Nach allem, was Carl anhand seines Lebenslaufs über Heiliger sagen konnte, war er ein gewöhnlicher Straßenpolizist, der es für sein Alter von Mitte dreißig rangmäßig mittelprächtig weit gebracht hatte. Interessant fand Carl neben dem Umstand, dass Heiliger für Gennat tätig gewesen war, höchstens, dass er einige Zeit in einer Polizeieinheit gedient hatte, die kurz nach Kriegsende zusammen mit Freikorps und Reichswehr an der Niederschlagung von Arbeiteraufständen in Mitteldeutschland beteiligt gewesen war. Einige Wochen lang musste er dabei auch dem direkten Befehl von Carls Freund York von Trott zu Seitz unterstanden haben.

Nur ein Zufall?

Carl wischte den Rest des Rühreis mit einem Brotstück von seinem Teller, schob es in den Mund und spülte mit kaltem Bier nach. Auch wenn er es im Reichssicherheitshauptamt nur bis zum Verwaltungshengst gebracht hatte und sich nicht anmaßen würde, sich als einen echten Polizisten zu bezeichnen, waren das doch zu viele Zufälle auf einmal, als dass sie wirklich zufällig genauso geschehen sein konnten. Nein, irgendwer hatte sich mehr dabei gedacht, ihn nach Paris zu schicken und auf diesen Posten zu hieven, als es zunächst den Anschein gehabt hatte. Wer bewies solch ein Interesse an noch einem weiteren schlichten Verwaltungsspezialisten in dem an Verwaltungshengsten nicht gerade unterversorgten Paris? Und was erhoffte er sich ausgerechnet von Carls Versetzung?

Andererseits konnte seine Versetzung auch aus ganz profanen Gründen erfolgt sein und im Zusammenhang mit dem Fall Kurt Lischka stehen. Lischka war als Befehlshaber der Sicherheitspolizei und des SD 1940 nach Paris transferiert worden, hatte hier auch zuverlässige Arbeit geleistet und unter anderem die Deportation von Zehntausenden Juden reibungslos umgesetzt und es sogar fertiggebracht, die Terroristen der Résistance mittels rascher und unbarmherziger Vergeltungsmaßnahmen im Zaum zu halten.

Nur hatte ausgerechnet jener Kurt Lischka – Jurist, Regierungsrat, überzeugter SS-Offizier und blonder Hüne – seine Finger offenbar auch in undurchsichtigen Geschäften gehabt und sich dabei bereichert. Jedenfalls warf man ihm dies vor, als er überstürzt aus Paris nach Berlin zurückbeordert und angeklagt wurde. Jetzt erwartete er in Berlin seinen Prozess. Lischkas tiefer Sturz hatte Staub aufgewirbelt und dafür gesorgt, dass man auch so einige andere Umbesetzungen vornahm.

Mehr Bier, dachte Carl, er brauchte noch mehr Bier. Und Cognac dazu.

Der Alkohol war wie andere Götter auch. Irgendwann hatten die immer genug von der Zuwendung ihrer Anhänger und stießen sie entweder höhnisch aus dem Kreis der Eingeweihten aus – oder umschlangen sie so fest mit ihren Ansprüchen, dass sie ihnen nach und nach zuerst jedes bisschen Luft aus den Lungen pressten und dann sogar noch ihr Blut aussaugten, um sie zuletzt als fahlweiße Mumien an ihren steinernen Leibern herabgleiten zu lassen.

Vielleicht, dachte Carl noch, bevor sein Kopf neben den

Teller mit fettigen Rühreiresten auf den Tisch fiel, hätte er sich zur Feier des Tages etwas zum Ficken suchen sollen. Ficken spülte die Blutgefäße frei, und der unweigerliche Melancholieanfall danach bot einem wenigstens eine gute Ausrede dafür, früher am Tag als alle anderen mit dem Saufen zu beginnen.

9

Carls Antrittsbesuch bei Polizeiführer Oberg und SD-Chef Helmuth Knochen am späteren Nachmittag war unerwartet kurz. Ein paar Floskeln, eine Führung durch das Amt, dann ein Kaffee in Knochens weitläufigem Büro. Anschließend begleitete ihn einer von Obergs Obersturmführern zu einigen Räumen im zweiten Stock des Gebäudes. Die ganz sicher nicht zufällig weitab von den Zimmerfluchten lagen, aus denen heraus Oberg und Knochen ihre Unterlinge dirigierten. Noch dazu befanden sie sich ganz am Ende eines langen, ziemlich düsteren Flurs. Außerdem hing neben der Tür ein Schild, das darüber informierte, dass man die Räume gerade renovierte und vor feuchter Farbe und losen Elektrokabeln warnte.

Es war dem Obersturmführer, einem jungen Münchener, der sich fast schon rührend um reines Hochdeutsch bemühte, offensichtlich ein wenig unangenehm, Carl diese Zimmer vorzuführen.

Beiden war klar, dass sie Carls Rang keinesfalls angemessen sein konnten, und in dem Zustand, in dem sie sich gerade befanden, auch gar nicht genutzt werden konnte. »Man hat uns aus Berlin leider viel zu spät über Ihre Versetzung informiert«, erklärte der Obersturmführer. »Aber in der Rue Sainte-Anne, Sie wissen schon, da, wo auch Ihr Quartier liegt, steht ein ganzes Gebäude für Sie bereit. Selbstverständlich nur eine Übergangslösung, bis wir hier so weit sind …«

Carl nickte dem Jungen zwar einsichtig zu, dachte sich dabei aber seinen Teil: Keiner wollte ihn hier haben. Der SD traute ihm nicht. Die SiPo traute ihm erst recht nicht. Und wer wusste schon, was Himmler ihnen aus Berlin über ihn mitgeteilt hatte.

Der junge Münchener Obersturmführer erwartete von Carl wohl einen Anschiss. Als der allerdings nicht erfolgte, sondern Carl ihn einfach nur höflich darum bat, zu seinem Wagen und dem Fahrer geführt zu werden, wirkte der Junge erleichtert.

Er begleitete ihn in demselben Kübelwagen, der Carl zuvor abgeholt und hierhergefahren hatte, zurück zur Rue Sainte-Anne, wo er vor einem unauffälligen, recht schmalen Haus hielt, dessen untere Fensterreihe vergittert und dessen Tür durch drei Schlösser gesichert war.

So chaotisch und baufällig seine angeblichen Diensträume in der Avenue Foch gewirkt hatten, so aufgeräumt, sauber und präpariert wirkte dieses Haus. Darin waren auf zwei Stockwerke verteilt Büros eingerichtet worden, und im Erdgeschoss befand sich hinter einer Stahltür auch ein Funkraum mit Telefonzentrale, der jederzeit eine stehende Verbindung zum SD-Hauptquartier, der Pariser Polizeipräfektur und zum Reichssicherheitshauptamt in Berlin ermöglichte.

Dennoch hätte Carl angesichts seines Postens als deutsche Schnittstelle zur französischen Kriminalpolizei in Paris erwartet, dass man für ihn, wenn schon nicht im SD-Hauptquartier in der Avenue Foch, dann wenigstens im Polizeipräsidium am Quai des Orfèvres, Diensträume reservierte.

Auf Carls entsprechende Frage antwortete der Junge: »Standartenführer Knochen hat strikt davon abgeraten, Ihre Dienststelle am Quai einzurichten. Man will den Anschein vermeiden, dass wir uns zu sehr in die innere Verwaltung der Franzosen einmischen. Die Vorgabe lautete: so wenig sichtbare Einmischung wie nötig, bei so viel Kontrolle der französischen Verwaltung wie möglich.«

Carl nickte und dachte an die vier Bier, die Heinz ihm in seiner Wohnung kalt gestellt hatte. Er fragte sich, ob der Junge wirklich an das glaubte, was er hier erzählte: so wenig sichtbare Einmischung wie nötig, so viel Kontrolle wie möglich? Ganz Paris war voller Wehrmachtssoldaten und Rekrutierungsplakate für den Arbeitsdienst in Deutschland. Außerdem waren da die Ankündigungen über Geiselerschießungen und die Warnungen vor der Résistance, die er auf dem Weg durch die Stadt gesehen hatte. Sonderlich subtil war das ganz bestimmt nicht.

»Und dies alles hat man nur für meinen Stab eingerichtet? Weshalb hier und nicht in der Avenue Foch?«, fragte Carl und wies auf die Telefonanlage.

Der Junge hob abwehrend die Hände und schaute Carl an. »Nein, hier hat eine Spezialeinheit der Gestapo gesessen, die Standartenführer Knochen inzwischen aufgelöst hat.«

Obwohl Carl gern mehr über jene aufgelöste Einheit erfahren hätte, verkniff er sich die Frage danach.

»Wo sind meine Leute?«, fragte er darum den Obersturmführer. »Ich brauche Personal, um den Laden hier in Schwung zu bringen, das sollte Obergruppenführer Oberg klar gewesen sein.«

Der Junge aus München nickte. »Wir haben ja frühestens am Montag mit Ihnen gerechnet, Herr Obersturmbannführer. Daher konnte Obersturmführer Heiliger all die nötigen Versetzungen zu Ihrer Truppe noch nicht …«

Der Junge wandte sich überrascht um, weil hinter ihnen

im Treppenhaus die Eingangstür schlug und gleich darauf Schritte zu vernehmen waren.

Die linke Hand des Obersturmführers zuckte zu seinem Pistolenholster. *Interessant*, dachte Carl kühl. *Der* Obersturmführer *ist Linkshänder, und er ist außerdem verdammt nervös, wenn er nur wegen einer klappenden Tür und Schritten gleich nach seiner Waffe greift.* Paris schien für Deutsche nicht ganz so sicher zu sein, wie man es in den Berichten nach Berlin darstellte.

Der Mann, den Carl dann im Treppenhaus sah, musste über einen Schlüssel zum Haus verfügen und zumindest geahnt haben, dass Carl und der Obersturmführer hier waren. Er trug einen Zivilanzug, der Carl deutlich schicker erschien als das meiste, was man in Berlin bekommen konnte.

»Guten Tag!«, sagte der Fremde, streifte sein Jackett ab und warf es sich über die Schulter. Er war mittelgroß und hatte kurze blonde Haare. Sein schmales Gesicht wurde von einer breiten Nase und vollen Lippen beherrscht. Seine Augen waren verwaschen grün.

»Heiliger, mein Name, Otto Heiliger. Man hat mir gesagt, ich soll in dem Laden hier die Nummer zwei geben«, stellte er sich vor und machte ein paar Schritte weiter in die Eingangshalle hinein, blieb dann allerdings stehen und schaute offen herausfordernd zu Carl am Treppenabsatz hinauf. In seinem schmalen Gürtel steckten ein Paar Handschellen, ein Totschläger und etwas, das Carl für ein Springmesser hielt. Abgesehen von den Handschellen, entsprach nichts davon den Vorschriften zur Bewaffnung deutscher Polizeibeamten. Das waren Straßenschlägerutensilien.

Sein Begleiter funkelte Heiliger zornig an. »Jetzt nehmen Se gefälligst Haltung an, Mensch!«, blaffte er zu ihm nach unten.

Doch Carls neue »Nummer zwei« tat nichts dergleichen, sondern grinste den übereifrigen Jungen überheblich an. »Entspann dich, Häschen. Das hier ist nicht die Napola!«, sagte er.

Dem Jungen aus München fehlten die Worte. Doch bevor er etwas erwidern konnte, entschärfte Carl die Situation. »Danke, Obersturmführer! Sie sind entlassen. Grüßen Sie mir die Herren in der Avenue Foch!«

Der Junge schaute Carl verdutzt an und salutierte. Dann wandte er sich zackig ab und ging die Treppe hinunter, an Heiliger vorbei und hinaus.

»Ihn Häschen zu nennen war übertrieben«, meinte Carl, sobald der Junge draußen war.

Heiliger schaute Carl unangenehm lange in die Augen und schüttelte dann unmerklich den Kopf. »War es nicht, Obersturmbannführer. Ich kenne den Jungen, frisch von der Schule und macht heimlich für die SS-Schwulen die Rosette glatt. Bitte nicht falsch verstehen, Obersturmbannführer, aber anfahren lass ich mich von so einem fettigen Napola-Häschen nicht. Dazu bin ich schon zu lange bei der Truppe. Stehe mich auch nicht besonders gut mit Lochmann, dem Chef von dem Kleinen. Der ist dritter Mann bei der Gestapo hier und 'n ganz fauler Fisch. Trotzdem ganz gut angesehen bei Himmler. Erst recht, nachdem sie ja jetzt den Lischka zurückkommandiert und unter Anklage gestellt haben. Lochmann kommt ursprünglich von der SA, war dort aber Konkurrent von Röhm, was Himmler seinerzeit angeblich weidlich ausgenutzt hat. Außerdem hat er auch 'ne Ehefrau mit Mutterkreuz zu Hause in Potsdam. Wenn einer dem Reich genug Soldatennachwuchs gepimpert hat, sehen die Lametta-Träger hier inzwischen schon mal drüber weg, dass er nebenbei außerdem ab und zu 'n Rohr in den Arsch von so 'ner Honigmelone wie dem Obersturmführer verlegt.«

Angesichts seiner Erklärung begriff Carl, weswegen Heiliger in seinem Alter nur Untersturmbannführer war. Allein diesen Münchener Jungen als Schwuchtel zu beschuldigen reichte unter Umständen schon für eine Anklage vor dem SS-Ehrengericht. Otto Heiliger musste entweder gute Beziehungen zu wirklich mächtigen Männern haben, oder er war einfach schon darüber hinaus, sich noch vor einem SS-Ehrengericht zu fürchten. Beides war nicht besonders beruhigend für seinen neuen Vorgesetzten.

»Ich lasse Ihnen Ihre Offenheit heute noch mal durchgehen, Untersturmbannführer!«, antwortete Carl scharf. »In Zukunft mäßigen Sie sich aber besser in dieser Beziehung, verstanden?«

Heiliger nickte ihm zu.

Carl dachte wieder an die vier Bier, die Heinz Becker schräg gegenüber kalt gestellt hatte, streifte seine Handschuhe einen nach dem anderen ab und lief die Treppe hinunter auf Heiliger zu. »Dann sorgen Sie mal dafür, dass der Laden hier bis morgen früh halbwegs in Schwung kommt!«

10

Es DAUERTE DANN zwar doch fast achtundvierzig Stunden, bis Carls Dienststelle in der Rue Sainte-Anne so weit eingerichtet und mit Personal versehen war, um den Betrieb aufnehmen zu können. Aber Carl hatte es auch nicht eilig damit gehabt, seine Zeit dort verbringen zu müssen.

Die nächsten zwei Wochen absolvierte er Sitzungen, sprach mit Untergebenen und Vorgesetzten und funktionierte dabei zwar, war aber niemals wirklich geistig anwesend.

Das Schlimmste oder – je nachdem – Beste daran war: Nachdem er sich die ersten Tage in Paris nahezu auf Vollrauschlevel gehalten hatte und dabei begriff, dass für deutsches Führungspersonal in dieser Stadt der Nachschub an noblen Alkoholika nicht ausgehen würde, scherte er sich im Grunde nicht einmal mehr darum, ob seine Umgebung begriff, dass er ein Säufer war.

So war alles, was an Eindrücken von den ersten Tagen auf seinem neuen Posten übrig blieb, ein seltsam flacher Bilderreigen von Räumen, Gesichtern und Uniformen, die sich bedeutungslos und zerbrechlich wie bunte Seifenschaumblasen in seinem Kopf bewegten.

Der einzige von all den Funktionären, Offizieren und Beamten, der in ihm tatsächlich einen etwas tieferen Eindruck hinterließ, war sein zweiter Mann Otto Heiliger.

Carl zweifelte zwar keine Sekunde daran, dass diesem von Anfang an klar gewesen sein musste, was er von ihm zu erwarten gehabt hatte. Angesichts all der intimen Details, die Otto über den Rest der Führungsclique von SD und Gestapo in Paris wusste, konnte ihm das kaum verborgen geblieben sein. Es versetzte Carl trotzdem einen leisen Stich, dass ausgerechnet Heiliger ihn für das halten musste, was er ja wirklich war: ein Trinker.

Soweit Carl dies anhand seiner verschwommenen Erinnerungen beurteilen konnte, erledigte Heiliger seine Aufgaben effizient und offensichtlich zu jedermanns Zufriedenheit. Selbst wenn Carl bei Weitem nicht durchschaute, was sein Stellvertreter den lieben langen Tag über so alles trieb.

Er hatte sich nach seinem Freund York erkundigt und dabei erfahren, dass der sich auf einer nur schwammig umschriebenen Mission irgendwo im Osten befand, gefährlich nahe an der russischen Front. So blieb nicht einmal eine Begegnung mit York, für die es sich ja vielleicht gelohnt hätte, den Alkoholpegel kurzfristig etwas abzusenken.

Carl entsann sich, dass er in diesen ersten beiden Wochen einige Male einen Sûreté-Commissaire namens Bruno Perreau traf, mit dem Otto über Diebstähle im Fleischmarkt sprach und der vor einer Bande von Einbrechern mit Handgranaten und Maschinenpistolen warnte, die einen Kleinkrieg mit Zuhältern angezettelt hatten, um sich einige Bordelle und Hurenlokale bei den Bahnhöfen unter den Nagel zu reißen.

Doch da Otto die entsprechenden Akten und Vorgänge fast vollständig im Kopf hatte, blieb Carl von seinen ersten Begegnungen mit Perreau nichts als eine weitere jener verschwommenen Seifenblasenerinnerungen.

Wenn er seine Tage in diesem Zustand des angenehm bunten Zwischenrausches verbrachte, den man in Hamburg

Schmiersuff nannte, so bemühte er sich in seinen Nächten und an den Abenden darum, aus dem Schmiersuff-Zwischenrausch in den Vollrausch zu gleiten.

Er tat das allein im Schlafzimmer seines Quartiers, während Heinz Becker sich nebenan im Wohnzimmer seine Zeit am Radio vertrieb oder zu einer Skatrunde mit zwei Feldwebeln und einem SS-Fähnrich im Bistro Malheur vorbeischaute, das am Ende der Rue Sainte-Anne lag und – entsprechend seinem ungewöhnlichen Namen – angeblich nicht den allerbesten Ruf genoss.

11

Carls beschauliches Säuferdasein fand ein Ende, als eines Morgens Heiliger in Zivil und mit einem Revolver im Hosenbund Heinz Becker aus dem Bett scheuchte und ihn anschließend mit Fußtritten und zornigen Befehlen dazu zwang, Carl um vier Uhr früh aufzuwecken.

Das war volle drei Stunden früher als gewöhnlich. Und sobald Heiliger ihn in seinem Bett müde und verschlafen nach dem Bier greifen sah, das Heinz ihm vorsorglich dort bereitgestellt hatte, trat Heiliger ihm die Flasche aus der Hand, noch bevor er dazu kam, den Schnappverschluss daran zu öffnen.

»Wohl wahnsinnig geworden, oder was?«, brüllte Heinz von der Schlafzimmertür herüber.

»Schnauze!«, antwortete Otto und warf Carls Bettdecke zur Seite.

Carl war wegen seiner üblichen abendlichen Cognacration noch immer nicht in der Lage, wirklich zu erfassen, was vorging. Nur kalt war ihm plötzlich geworden, weswegen er sich in seinem Bett zusammenrollte und die Augen wieder schloss.

Heiliger starrte auf Carl hinab, ergriff das Bier, das er beiseitegetreten hatte, schnappte es auf, trank einen kräftigen Schluck davon und schüttete den Rest der schäumenden Flüssigkeit über Carls Gesicht.

»Auf, Obersturmbannführer! Raus aus der Pupsmuhle!«, brüllte Heiliger.

Carl begriff mit einem Teil seines Hirns, dass er da gerade von einem Untergebenen angebrüllt wurde und ihm außerdem Bier über sein Gesicht lief.

»Heiliger?«, sagte er.

»Und ob, Obersturmbannführer!«, antwortete Otto und schaute sich nach Heinz um. »Kaffee! So stark, dass er entweder dran krepiert oder endlich mal nüchtern wird! Abmarsch, Rottenführer!«

Heinz verzog sich tatsächlich durch die Tür und klapperte wenig später in der Küche mit Geschirr, während Otto seinem Vorgesetzten aus dem Bett half und ihn zum Badezimmer führte, wo er Carls Kopf über das Waschbecken hielt und ihn dann mit kaltem Wasser aus dem Hahn überschwemmte.

Prustend wehrte sich Carl gegen die Behandlung, kam damit aber nicht weit. Heiliger war eindeutig zu kräftig und zu erfahren für ihn. Von der Küche her zog erster Kaffeeduft herüber.

»Ich bring disch … vorsch … Kriegschgerischt …«, blubberprustete Carl aus dem Waschbecken heraus.

»Das Risiko geh ich ein, Obersturmbannführer. Solange Sie es bloß nicht heute Morgen tun«, antwortete Heiliger und ließ Carl dann endlich los. »Kriminaldirektor Lochmann ist gerade dabei, Perreau entweder umzulegen oder ins KZ zu verschicken.«

Carl begriff nicht die Hälfte von dem, was Heiliger ihm berichtete. Aber schon aus dessen Tonlage war zu erahnen, dass er Carl nicht wegen einer Lappalie aus dem Bett gerissen und zwangsausgenüchtert hatte.

»Wer ist Perreau? Und … Lochmann … keine Ahnung. Bin ich dem schon vorgestellt worden?«, brabbelte Carl tropfend vor sich hin. »Ach ja, Lochmann. Mein Pendant bei der Geheimen, oder?«

Heiliger nickte, warf Carl ein Handtuch zu und ging zur Küche, wo Heinz gerade drei Kaffee einschenkte. Otto wirkte auf ihn wohl eindeutig wie ein Mann, der eine Tasse davon nötig hatte. »Gehen Sie rüber und helfen dem Mann in seine Uniform. Wir haben keine Zeit zu verlieren. Ach, und Becker? Ich dreh Ihnen Ihren Hals auf halb acht, falls das Ding nicht picobello und aufgebügelt ist, kapiert?«

Als Carl einige Minuten darauf in der Küche erschien und dort wortlos zwei Tassen Kaffee ohne Milch und Zucker hinunterschüttete, war Otto Heiliger gerade dabei, seine vorschriftswidrige Straßenschlägerausrüstung am Gürtel zu justieren.

»Dann mal los, Heiliger!«, blaffte Carl seinen Adjutanten an, sobald er sicher sein durfte, dass er auch die zweite Tasse Kaffee bei sich behielt.

Heiliger schlug nachlässig die Hacken zusammen und streckte dazu den Arm aus. »Jawohl, Obersturmbannführer!«

Vor dem Haus parkte ein dunkler Citroën Traction Avant, der zu den vier Dienstwagen gehörte, die Carls Abteilung zugewiesen worden waren. Carl selbst hatte allerdings bisher nie darin gesessen, weil Heinz Becker für ihre Dienstfahrten den wendigeren BMW bevorzugte.

»Jetzt mal unter uns, Heiliger, und nur für den Dienstgebrauch«, sagte Carl, sobald er neben Otto Platz genommen hatte. »Wer ist dieser Franzose, und weshalb ist er so wichtig, dass Sie mich seinetwegen mitten in der Nacht aus dem Schlaf reißen?«

Heiliger wendete den Wagen ausgesprochen geschmeidig in der engen Gasse und schaltete hoch.

»Commissaire Bruno Perreau ist unser Verbindungsmann zur Sûreté Nationale am Quai des Orfèvres. Das sollte Ihnen eigentlich geläufig sein, Obersturmbannführer. Immerhin sind Sie ja wohl der Mann, der die Sûreté fürs Reichssicherheitshauptamt in Berlin zu überwachen hat.«

Das war so nicht ganz richtig, dachte Carl, wider Willen amüsiert über Ottos leichtfertige Zusammenfassung seines offiziellen Auftrags. Denn in Carls Versetzungsdokumenten war nicht vermerkt worden, dass er die Sûreté in Paris zu »überwachen« habe, sondern dass er sie »koordinieren« sollte. Das war ein feiner, aber entscheidender Unterschied. Es bedeutete, frei aus dem Bürokratenverwaltungsdeutsch übersetzt, ganz einfach, dass Carl gefälligst keinerlei Entscheidungen zu treffen habe, daher keinerlei Ärger zu verursachen und ansonsten dafür zu sorgen hatte, dass jeder innerhalb seines Arbeitsbereichs weiterhin seinen Dienst genau so verrichtete, wie er es auch vor seiner Versetzung hierher tat.

»Aha, Perreau arbeitet für mich. Sagen Sie das doch gefälligst gleich!«, knurrte Carl.

»Perreau ist am Quai für Schwerstkriminalität zuständig. Bandenwesen, Raub, schwerer Diebstahl, Mord. Jedenfalls soweit das nicht uns Deutsche betrifft. Denn dann wären ja entweder die Wehrmacht oder die Gestapo zuständig.«

»Das ist mir klar«, gab Carl ungehalten zurück. »Aber weshalb ist der Mann Ihnen denn nun so wichtig, Heiliger? Es gibt ja wohl noch mehr Kommissare am Quai, nehme ich an!«

Heiliger raste über die verlassene Rue Saint Denis auf die Rue de Rivoli zu. Obwohl das eigentlich ein Umweg zur Avenue Foche war, wo Kriminaldirektor Lochmanns Dienststelle lag.

»Perreau ist mein Mann am Quai, Obersturmbannführer. Na ja, eigentlich ist er damit vor allem *Ihr* Mann dort. Die meisten der übrigen Kommissare würden sich nämlich lieber pensionieren lassen, als mit uns zusammenzuarbeiten. Oder sie stehen schon längst auf Lochmanns Gehaltsliste. Perreau ist der Einzige dort, der garantiert, dass wir wissen, was am Quai wirklich los ist. Das ist das eine. Das andere ist, dass Lochmann Perreau kassiert hat, weil er eine riesige Sauerei vertuschen will. Perreau hat ihm ein paarmal in die Suppe gespuckt. Also befürchtet Lochmann jetzt, dass er ihn bei Ihnen anzinkt und Sie ihn dann wegen Korruption womöglich vor ein SS-Gericht bringen. Der hat einfach Schiss, dass er so endet wie sein Freund Kurt Lischka. Deswegen hat Lochmann seine Totschlägertruppe aus der Rue de Villeblanc auf Jacky le Mec angesetzt. Ich hab ihn die ganze letzte Nacht gesucht, heute Morgen gefunden und in einem sicheren Quartier eingesperrt. Lochmann hat daraufhin seine Gorillas auf Perreau gehetzt, weil er wusste, dass Jacky ihm …«, sagte Heiliger, unterbrach sich und warf einen längeren Blick auf Carl.

Er sah ihm zweifellos an, dass er kein Wort von dem, was Heiliger ihm gerade erklärt hatte, begriffen haben konnte. Außer vielleicht den Teil über Kurt Lischka und die Korruption Lochmanns.

»Obersturmbannführer?«, fragte Heiliger. »Kann es sein, dass Sie keine der blauen Akten, die ich Ihnen jeden Morgen auf den Schreibtisch lege, je gelesen haben? Ich meine die mit dem Stempel ›Streng Geheim‹ auf dem Deckel?«

Natürlich nicht, dachte Carl, lehnte sich in den Sitz zurück und schloss seine Augen, weil er hoffte, dass dies das gleichmäßige Hämmern in seinem Kopf besänftigen würde.

Er erinnerte sich zwar dunkel daran, dass er solche Dossiers auf der Schreibunterlage gesehen, aber sie auch jeden Morgen ungelesen wieder in den Stahlschrank gelegt hatte. Dort bildeten sie im mittleren Fach einen bürokratisch exakt ausgerichteten Stapel.

Sie näherten sich dem Hôtel Meurice, in dem die Stadtkommandantur von Paris untergebracht war. Doch Heiliger raste, ohne die Geschwindigkeit zu reduzieren, an dem Gebäudekomplex vorüber.

»Bei allem gebotenen Respekt, Herr Obersturmbannführer, aber was tun Sie eigentlich die ganze Zeit in Ihrer Dienststelle?«

Carl öffnete die Augen und warf Otto einen konsternierten Blick zu. »Ihnen durch meine bloße Anwesenheit so weit den Rücken freihalten, dass Sie ungestört meine Aufgaben erledigen können. Was hatten Sie denn gedacht? Also geben Sie mir eine Zusammenfassung. Möglichst verständlich.«

Heiliger bog auf eine der großen Seinebrücken ab, an deren Zufahrt zwei Landser Wache schoben. Sie wirkten allerdings zu müde, um den Citroën aufhalten und kontrollieren zu wollen.

»Unmöglich, Ihnen das alles jetzt auf dem Weg zu erklären, Obersturmbannführer. Wichtig ist nur: Wir brauchen Perreau, um mit seiner Hilfe Lochmann in Schach zu halten, weil der nichts lieber hätte, als mich an die Ostfront zu verschicken und Sie zurück nach Berlin zu loben. Ihre Versetzung hierher hat die Laune einiger Herren bei der Gestapo und dem Pariser SD nämlich gehörig getrübt. Denen stehen die Frackschöße auf Halbmast, weil sie vermuten, dass Himmler Sie vor allem deswegen nach Paris versetzt hat, um mit der Schlamperei hier aufzuräumen. Wenn es schon so ein großes Tier wie Lischka erwischen konnte, fürchten die, dass keiner mehr wirklich sicher ist.«

Offenbar, dachte Carl erstaunt. Davor, dass man der Korruption beschuldigt wurde, fürchtete sich im deutschen Beamtenapparat derzeit jeder. Es war die effektivste Methode, um unliebsame Konkurrenten oder Neider auszuschalten.

»Also gut, Heiliger. Ich vertraue Ihnen in dieser Angelegenheit mal. Wie haben Sie sich die Befreiungsaktion denn konkret vorgestellt?«

Heiliger schaltete einen Gang höher. »Sie tragen Ihre Uniform, und ich halte meinen Revolver schussbereit. Das sollte für die Bahnhofskaschemmenbrut in Lochmanns Sondereinsatzkommando ausreichen.«

Carls Kater war immer noch zu frisch und lebendig, als dass er es für nötig gehalten hätte, Heiligers Expertise bei solchen Aktionen anzuzweifeln.

Heiliger bog in die Rue Villeblanc ein und ließ dort den Wagen bei abgestelltem Motor einige Meter weit über das Kopfsteinpflaster rollen, bevor er die Handbremse anzog und den Citroën damit zum Stehen brachte. Er warf einen Blick auf die Uhr im Armaturenbrett. »Wir sind zu früh. Bevor die Ablösung auftaucht, kommen wir nicht in den Laden hinein …«, erklärte er und steckte sich eine Gitane an, die er aus einem silbernen Etui fingerte.

Obwohl Carl ebenfalls Raucher war, hasste er den Geruch von Gitanes am frühen Morgen. Also kurbelte er das Wagenfenster herunter und schaute einige Minuten lang hinaus. Die frische Luft tat ihm gut. Aber zu sehen gab es weiter nichts als einen schmutzigen Bürgersteig und einige gräulich langweilige Hausfassaden.

»Da sind sie, Obersturmbannführer. Der schwarze Renault!«, flüsterte Heiliger, öffnete die Tür, trat davor seine Kippe aus und schlenderte auf den Renault zu.

Wie sehr Carl sich doch nach einem kalten frischen Bier sehnte. Und dazu vier Rühreier. In Butter gebraten. Serviert mit einem backfrischen halben Baguette.

Heiliger schaute sich ungeduldig nach Carl um.

Die zwei Männer in dem schwarzen Renault schienen noch nicht auf die beiden aufmerksam geworden zu sein. Gemächlich stiegen sie aus und riefen sich halblaut derbe Witze zu.

Sie waren deutlich unter dreißig, schlank und trugen Anzüge mit übermäßig betonten Schulterpartien, breiten Revers und gerade geschnittenen Hosen, die weit und luftig um ihre Beine wehten. Dazu breitkrempige Hüte und zweifarbige spitze Schuhe. Die beiden bewegten sich so selbstsicher, als gehörte die Straße ihnen.

Falls das Lochmanns französische Hilfstruppen sein sollten, dann kleideten sie sich und redeten wie Filmgangster, fand Carl.

Heiliger zog seinen Revolver, spannte ihn und hielt ihn schussbereit an seinen rechten Schenkel gepresst. Er stieß einen langen Pfiff aus.

Lochmanns Männer schauten sich um. Einer von ihnen griff unter sein Revers.

Carl kam das lächerlich klischeehaft vor. Dennoch legte er seine Hand auf das Holster seiner Dienstpistole. Selbst wenn er sicher war, dass er sie niemals rechtzeitig gezogen und schussbereit gemacht hätte, um sich bei einer Schießerei damit verteidigen zu können. Ganz abgesehen davon, dass er sowieso ein lausiger Schütze war.

»Die Hacken zusammen, ihr Scheißer, wenn der Herr

Obersturmbannführer erscheint!«, brüllte Heiliger die Männer in Gossenfranzösisch an.

Und wirklich nahmen sie so etwas wie Haltung an. Zwei von ihnen streckten sogar ihre Arme zum Hitlergruß aus.

Wie hatte sein Adjutant vorhin noch ihre Taktik zusammengefasst? Carls Uniform und Heiligers schussbereiter Revolver.

Schien zu funktionieren, dachte Carl.

»Wir gehen mit euch rein. Und wer übermütig wird, dem knall ich den Schwanz von den Eiern, kapiert?«, drohte Heiliger.

In die Haustür war ein kleines Fenster eingefügt, an das einer von Lochmanns Männern klopfte, woraufhin die Tür geöffnet wurde. Carl stellte sich mit Heiliger so daneben, dass er nicht gesehen werden konnte, bis sie vollständig offen war.

12

Drei Männer mit aufgekrempelten Hemdsärmeln, geöffneten Westen und zurückgeschobenen Hüten saßen um einen Tisch in einem Raum, dessen gediegene Einrichtung an ein Wohnzimmer erinnerte. Sie spielten Karten und hörten Radio. In dem Raum stand der Qualm von Hunderten Zigaretten, und es stank nach Alkohol, Schweiß und etwas, das Carl für angeschimmeltes Obst hielt.

Zwei der Männer im Zimmer reagierten auf Heiligers Erscheinen damit, dass sie nach ihren Pistolen in den Schulterholstern griffen.

»Guten Morgen, Messieurs. Der Obersturmbannführer und ich sind hier, um euch vor einem Fehler zu bewahren. Ihr habt den falschen Mann festgenommen. Perreau gehört zu uns. Und wir wollen ihn zurück«, verkündete Heiliger und richtete seinen Revolver auf den Kopf des Mannes, der am nächsten zur Tür saß.

Einer der Männer am Tisch stand auf und sagte: »Verpiss dich, Arschloch!« Er sprach Deutsch, wenn auch mit klar elsässischem Einschlag. Er war massig, aber nicht fett, und hatte ein breites quadratisches Gesicht sowie längere graue Haare. Und er war mit Abstand der Älteste hier.

Heiliger presste die Mündung seines Revolvers gegen den Nacken des Mannes bei der Tür.

Falls einer von ihnen jetzt zu schießen beginnt, gehen wir wahrscheinlich alle drauf, dachte Carl. *Und was zur Hölle schreiben die im Hauptquartier dann in ihren Bericht?* Seine Kopfschmerzen waren wie weggeweht.

»Ich erwarte, dass die Anweisungen des Untersturmbannführers ausgeführt werden. Und zwar tout de suite, Messieurs!«, verkündete er und tat dabei so, als hätte er wirklich eine Ahnung, was er hier eigentlich trieb.

»Nichts, was wir hier tun, geht die Sûreté Nationale etwas an. Das betrifft nur die Gestapo!«, erwiderte der grauhaarige Elsässer.

Carl ging an Heiliger vorbei zu dem Tisch. Er musterte den Mann mit den grauen Haaren einen Augenblick lang, dann streifte er seine Handschuhe ab. Die Blicke des Elsässers folgten aufmerksam jeder seiner Bewegungen. »Sie haben einen Befehl erhalten! Führen Sie ihn aus!«

In die angespannte Stille hinein, die auf Carls Befehl folgte, flüsterte irgendeiner der Männer: »Merde.«

Heiliger presste weiterhin die Mündung seines Revolvers gegen den Nacken des Mannes bei der Tür. Der Elsässer trat hinter dem Tisch hervor und durchquerte sehr langsam den Raum. Sein Gesichtsausdruck blieb dabei verschlossen, nur in seinen Augen blitzte kurz Zorn auf.

Carl glaubte, dass jeder hier seine Angst sehen, riechen und spüren konnte.

Heiliger richtete seine Waffe jetzt auf den Elsässer. »Du legst dein Jackett auf den Tisch, schön breit. Dann parkt ihr einer nach dem anderen alle eure Zimmerflaks darauf. Und zwar schön langsam, wenn ich bitten darf!«

Der Elsässer wischte mit einer harten Armbewegung sämtliche Ascher, Gläser, Karten und Weinflaschen vom Tisch, die am Boden entweder klirrend zerbrachen oder vor die Füße der übrigen Männer rollten. Dann streifte er das Jackett ab und breitete es mit dem Innenfutter nach außen auf dem Tisch aus.

Heiliger hielt seine Waffe dabei weiterhin gelassen auf den Elsässer gerichtet. Er war der Erste, der daraufhin seine Pistole aus dem Schulterholster zog und auf das Jackett legte. Seine Kameraden taten es ihm nur widerwillig nach.

»So ist es brav!«, sagte Heiliger und wandte sich dann an die Männer der Ablösung, die immer noch im Flur standen. »Ihr folgt jetzt dem guten Beispiel! Zack, zack, wenn ich bitten dürfte!«

Die Männer der Ablösung schoben sich bemüht vorsichtig an Heiliger vorbei ins Zimmer hinein und legten ihre Waffen zu den übrigen. »Sehr schön, das läuft hier wie der Rotz bei 'ner Grippewelle!«, lobte sie Heiliger. Er wandte sich wieder an den Elsässer. »Schaff den ganzen Kram nach draußen!«

Der Mann schlug sein Jackett über den Waffen zusammen, ergriff es und trug es zur Tür.

Heiliger und Carl folgten ihm mit einem Schritt Abstand. Dann verschloss Heiliger hinter ihnen die Tür. Er drehte den Schlüssel dabei gleich dreimal um.

Der Elsässer legte das Bündel auf dem einzigen Sessel im Flur ab. Dann suchte er Heiligers Blick und zuckte betont gelangweilt mit den Achseln.

»Du gehst voran!«, befahl ihm Heiliger und wies zu einer Treppe.

Der Elsässer folgte dem Befehl, hob sogar seine Hände und hielt sie weiter so, während er als Erster die Treppe hinaufstieg.

Sie hatte zwei Absätze.

Vom ersten ging ein Raum ab, der mit Fernmeldeausrüstung vollgestopft war, die sich hinter jener in Carls Hauptquartier in der Rue Sainte-Anne nicht zu verstecken brauchte. In dem Zimmer war kein Mensch.

Hinter der scharfen Wendung, die die Treppe nahm, stand ein junger Mann, der mit einem riesigen alten Smith-&-Wesson-Revolver auf sie zielte.

»Tja. Entweder sehen wir gleich, wer von uns schneller ist, oder du legst das Ding weg und bleibst übrig, Junge!«, sagte Heiliger, der seine Waffe immer noch auf den Hinterkopf des Elsässers gerichtet hatte.

Der Junge auf dem Treppenabsatz zögerte. Er wirkte mit der Situation deutlich überfordert.

»Ich bin Obersturmbannführer von Maug. Falls du nicht vor dem Kriegsgericht landen willst, tust du, was mein Adjutant dir befiehlt«, meinte Carl.

Doch erst ein Befehl des Elsässers brachte ihn dazu, die Waffe sinken zu lassen. »André? Lass sie durch!«

»Sehr schön!«, kommentierte Heiliger, griff nach seinen Handschellen, fesselte den Elsässer und zwang ihn, sich auf den Treppenabsatz niederzuknien. Anschließend befahl er André, den Raum zu öffnen, den er so heldenhaft bewacht hatte.

Der Raum hinter der Tür war etwa doppelt so groß wie die Wachstube unten. Die drei Fenster, die zur Straße hinausgingen, waren von innen mit weißer Farbe bestrichen worden und außerdem mit Werg abgedichtet. Zweifellos, um den Raum schalldicht zu machen. An den Wänden befand sich immer noch eine cremefarbene Schlafzimmertapete mit blau-rotem Blumenmuster. Zwei Schirmlampen, wie man sie in Billardsalons über die Spieltische hängte, spendeten ein diffuses Licht. Der Boden bestand aus dicken dunkelroten

Holzdielen. Und es herrschte ein Gestank nach kaltem Zigarettenrauch, Blut, Urin und Erbrochenem, der bei Carl unwillkürlich Brechreiz verursachte.

In einem seltsam geformten Metallstuhl mit schmaler Rückenlehne und gelochter Sitzfläche saß dort ein Mann in dunkler Hose und blauem Hemd, dessen Gesicht Carl entfernt bekannt vorkam. Seine Hände waren mit Handschellen an die Armlehnen des Stuhls gefesselt und sein Gesicht so blass, dass es in dem diffusen Licht beinah leuchtete. Seine Füße waren nackt und steckten in einer Blechwanne voller Wasser, auf dem Eiswürfel schwammen und neben der vier ziemlich große Autobatterien auf dem Boden standen.

Mit dem Blick des erfahrenen Einkäufers erkannte Carl, dass es sich um Vartas handelte. Und sobald er außerdem begriff, dass die Batterien durch Kabel miteinander verbunden worden waren und zwei weitere Kabel zu der Wanne führten, in der die Füße des Gefangenen steckten, wurde ihm auch klar, weshalb gerade die Gestapo damals in Berlin darauf bestanden hatte, dass er für sie deutlich mehr Batterien einkaufte, als die Kripo oder die Schupo bestellten, obwohl die über eine deutlich größere Dienstwagenflotte verfügten als die Geheimen.

Der Mann mit den Füßen in der Wanne war Perreau.

Doch es war noch ein zweiter Mann im Raum. Auch ihn hatte man auf einen dieser Metallstühle mit Lochsitzfläche gefesselt. Im Gegensatz zu Perreau war er nackt. Unter seinem Stuhl hatte man ebenfalls eine jener Wannen platziert. In ihr stand eine sämige rotbraune Flüssigkeit, die nach Blut, Urin und Dünnschiss stank. Der zweite Gefangene wirkte deutlich jünger als Perreau, obwohl Carl das angesichts seines zu Brei geschlagenen Gesichts im Grunde nur vermuten konnte. Bis auf die Daumen hatte man ihm jeden einzelnen seiner Finger mit einer Blechschere abgeschnitten. Blut floss aus beiden Händen auf den Dielenboden.

Die Schere lag feucht rötlich schimmernd auf dem schlichten Tisch, der zwischen Perreau und dem Fremden stand.

Man hatte es nicht bei den Fingern belassen, denn auch dort wo eigentlich seine Brustwarzen hätten sein sollen, klafften zwei Wunden, aus denen Blut über die olivfarbene Haut des Mannes lief. Um seine Brust herum, an seinen Oberarmen und den Lenden, war der Mann weitflächig so heftig verbrannt worden, dass seine Haut dort schlichtweg nicht mehr vorhanden war und verbrannte Knochen und Muskelmasse freilagen.

Der junge Gefangene gab Geräusche von sich, die an Wimmern erinnerten, bei jedem seiner Atemzüge blubberten feine Bläschen aus blutgefärbtem Speichel aus seinem Mund.

Carl empfand tiefen Ekel und Scham über das, was er hier sah. Aber er fühlte sich zugleich auch gelähmt. Dass Heiliger angesichts des Schreckens hier überhaupt handeln und denken konnte, war ihm unbegreiflich.

»Scheiße, scheiße, scheiße …«, sagte Heiliger. André betrachtete ihn verwundert, dann wandte er sich mit einem Achselzucken an Carl.

Das brach den Bann, unter dem Carl gestanden hatte. Er stieß den Jungen an und befahl ihm: »Machen Sie den Mann da los!«

Der Junge schaute ihn ungläubig an. Als seine Blicke das tiefe Entsetzen in Carls Augen erfasst hatten, setzte er sich widerwillig in Bewegung und näherte sich Perreau.

Heiliger stürzte inzwischen blindlings auf den zweiten

Gefangenen zu, kniete vor ihm nieder und hob dessen herabgesunkenen Kopf an. »Das ist Jacky le Mecs Bruder Battista …«, flüsterte er.

Carl musste sich nicht lange fragen, was für eine grausame Vorstellung hier gegeben worden war oder wozu sie hatte dienen sollen: Man hatte Battista gefoltert und Perreau gezwungen, zuzuschauen. Um ihm vor Augen zu führen, was ihm selbst bevorstand, sollte er Lochmanns Handlangern nicht geben, was die sich von ihm erhofften.

Carl, der bisher André zugesehen hatte, wie dieser Perreau von seinen Fesseln befreite, schaute zu Heiliger herüber.

»Ist er tot, Heiliger?«, fragte er.

Der Obersturmführer schüttelte den Kopf.

Perreau war inzwischen befreit. Schwankend und unsicher trat er auf Carl und Heiliger zu. »Merci!«, sagte er. Dann tippte er Heiliger an und wies auf dessen Revolver.

Ohne zu zögern, händigte Heiliger ihm die Waffe aus, machte dann einen Schritt von Battista zurück und schob dabei sanft auch Carl beiseite. Carl begriff erst jetzt, dass dort, wo eigentlich Battistas Hoden und Penis hätten sein sollen, nichts weiter als eine große Wunde klaffte, aus der Blut strömte und durch die Löcher in der Sitzfläche in die Wanne darunter tropfte.

Perreau kniete ächzend vor dem Jungen nieder. Seine bloßen schmutzigen Füße verliehen ihm dabei etwas unpassend Verletzliches. Der Commissaire legte Battista die Hand unter das Kinn, hob sanft dessen Kopf an und blickte ihm für einen langen Moment in die Augen. Dann setzte er dem Jungen die Mündung von Heiligers Revolver unter das Kinn und drückte ab.

Carl wandte sich gerade noch rechtzeitig ab, um nicht mit

ansehen zu müssen, wie Battistas Kopf zersprang. Dafür sah er aus dem Augenwinkel heraus durch die offene Tür hindurch die Reaktion des Elsässers auf den Schuss. Er fuhr heftig zusammen und kroch sogar einige Zentimeter an der Wand entlang von der Tür und dem Raum dahinter weg.

»Was soll das …?«, hörte Carl André rufen.

Carl wagte es, sich nach Perreau und Heiliger umzuschauen. Über Battistas Kopf befand sich jetzt ein großer hellroter Spritzfleck an der cremefarbenen Blumentapete.

»Weniger nachsichtige Beamte als ich könnten Ihnen das als Mord auslegen«, flüsterte Carl Perreau zu.

»Das, Monsieur, war ein Gnadenakt«, entgegnete Perreau. »Kein Arzt hätte ihn mehr retten können. Nicht nach dem, was der da mit ihm angestellt hat.«

Perreau wies mit der Waffe auf André und schlug ihm damit zweimal ins Gesicht. Carl war sicher, dass beim ersten Schlag dessen Kiefer brach, der zweite zerschmetterte das Nasenbein, und als Perreau dann noch einmal nachlegte, zerschlug er Andrés Lippen zu blutigem Fleischbrei.

Der Junge riss seine Hände vor das Gesicht, fiel auf die Knie, wiegte seinen Oberkörper einige Male hin und her. Dann sank er mit einem für Carl kaum erträglichen Wimmern zu Boden. Carl bemerkte, dass vor seinem Fuß ein Zahn lag. Unmöglich zu sagen, ob er von Battista stammte oder von André. Er hätte ein Symbol für irgendetwas darstellen können, dachte Carl zusammenhanglos. Vielleicht für die Aussichtslosigkeit von Hoffnung. Oder die Art von Erniedrigung, die immer mit jeglicher Form von Gewalt verbunden war.

»Er hat gelacht, als er Battista die Finger abschnitt«, kommentierte Perreau seine Tat und ging dann an Carl vorüber ins Treppenhaus.

Carl folgte ihm, während Heiliger – überflüssigerweise, wie Carl fand – den jungen André weiter mit seinem Revolver in Schach hielt.

»Hast du den Jungen umgelegt?«, fragte der Elsässer.

Perreau schüttelte den Kopf. »Ihr seid hier die Mörder. Ich bin der Flic. Also, wohin willst du deine Fahrkarten gelocht haben?«

Carl verstand nicht, weshalb Perreau in dieser Situation von Fahrkarten sprach.

»Um mich dran zu hindern, dich eines Tages umzulegen, müsste es schon Strasbourg sein, Flic!«, sagte der Elsässer.

Perreau schüttelte den Kopf. »Den Gefallen tu ich dir nicht!«, sagte er. »Also wird's 'ne Rundreise, was? Wie wär's mit Finisterre und Saint-Denis?«

Der Elsässer schloss die Augen und ließ seinen Kopf gegen die Wand zurückfallen. Perreau schoss ihm in den rechten Fuß und setzte gleich darauf einen zweiten Schuss in die Schulter des Mannes.

Der Elsässer verlor das Bewusstsein und rutschte sehr langsam an der Wand entlang zur Seite, wobei er auf der Tapete einen etwa drei Finger breiten Blutstreifen hinterließ.

Schulter und Fuß, dachte Carl. Fahrkarten nach Finisterre wie Fuß und Saint-Denis wie Schulter?

Perreau betrachtete sein Werk einen Augenblick lang, dann wandte er sich um und rief nach Heiliger in der Folterkammer mit den Blümchentapeten. »André hat meine Schlüssel und Papiere.«

Carl hörte ein sattes Klatschen aus dem Zimmer, dann Heiligers Schritte. »Hast du ihn …? Ist er tot?«, fragte er wie nebenbei, als er den Elsässer sah.

»Nein, Obersturmführer! Natürlich nicht! Kommissar

Perreau war so rücksichtsvoll, es bei einer schweren Körperverletzung zu belassen, obwohl die sich gut und gern zu einem Mord auswachsen könnte, so schlecht, wie der Mann da gerade aussieht …«

Heiliger stieß dem Elsässer sacht den Fuß gegen den Kopf. Der Mann stöhnte dabei leise krächzend auf. »Zäher Hund. Der beißt wegen dem bisschen lange nicht ins Gras, Chef!«, kommentierte er und übergab Perreau einen Schlüsselbund und eine dünne Brieftasche.

Vom Flur unten waren dumpfe, harte Geräusche zu hören. Die Männer in der Wachstube versuchten wohl auszubrechen. Sie mussten die Schüsse gehört haben, dachte Carl.

Perreau reichte Heiliger die Waffe. Dann schaute er sich mit gerunzelter Stirn in dem Raum um. »Meine Schuhe, die haben mir meine Schuhe geklaut«, flüsterte er dabei, ging zurück in die Blümchentapetenfolterkammer und kehrte kurz darauf mit Andrés Schuhen an den Füßen wieder zurück. Carl fragte sich, ob das der Höhepunkt an Absurdität sein konnte, den dieser Morgen ihm bescherte: ein barfüßiger Kommissar und Mörder, der einem Totschläger und vielleicht ja sogar Mörder die Schuhe stahl.

Perreau hatte sich endlich in Andrés elegante schwarzweiße Treter gezwängt und schaute jetzt zu den hell getünchten Fenstern, dann zu Battista und zuletzt auf Carl.

»Für mindestens zwei der Männer hier in diesem Haus existiert ein Haftbefehl, Monsieur. Sogar für den armen Battista. Nur falls Sie meinen Umgang mit ihnen für übertrieben oder unangemessen halten sollten«, erklärte er.

Heiliger griff in seine Jacketttasche, holte eine Handvoll Munition daraus hervor und lud seine Waffe nach. »Zeit, dass wir verschwinden«, sagte er.

Obwohl Carl ihm recht geben musste, zwang ihn sein pures Entsetzen dazu, einen letzten Blick in die Folterkammer zu werfen.

Solange er in Paris war, hatte er nie daran gedacht, sich an einem neuen Gemälde zu versuchen. Dieses Tableau des Schreckens wäre es allerdings möglicherweise wirklich wert gewesen, auf ein Gemälde gebannt zu werden, dachte er.

Hinter ihm stürmten Perreau und Heiliger bereits die Treppe hinab.

Carl verdrängte den Gedanken an die Malerei und folgte seinen beiden Gefährten die Treppe herab.

Perreau und Heiliger schoben im Flur gerade eine Kommode und den Sessel vor die Tür zur Wachstube, hinter der weiterhin heftiges Klopfen und zorniges Rufen zu vernehmen war. Es war eine stabile Tür, die sicher noch einige Minuten den Schlägen und Tritten der eingesperrten Männer standhalten würde.

Perreau griff das Bündel aus dem Jackett des Elsässers und trug es auf die Straße hinaus.

Bevor er auf den Citroën zuging, zückte Heiliger ein Springmesser und zerstach die Reifen der vier Wagen, die um das Haus herum parkten.

»Sie schulden mir Erklärungen. Und zwar Sie beide!«, sagte Carl, nachdem Heiliger den Citroën angeworfen und etwas hektisch auf die Straße gelenkt hatte.

Perreau, der vorn neben Heiliger Platz genommen hatte, drehte sich nach hinten um und schaute konzentriert durchs Rückfenster auf das Haus von Lochmanns Sonderkommando zurück. Er schien sich erst zu beruhigen, als die Rue Villeblanc hinter ihnen lag und sie auf eine der breiteren Straßen der Seinebrücke zurasten.

»Weshalb arbeiten Männer für Lochmann, die Sie per Haftbefehl suchen lassen, Perreau? Der Kriminaldirektor sollte eigentlich schlau genug sein, Totschläger anzuheuern, deren Namen nicht in den Fahndungsbüchern der Sûreté Nationale auftauchen.«

Perreau antwortete nicht, sondern blickte nur weiter konzentriert an ihm vorbei, was Carl aufregte. Er mochte ja nicht der beste Vorgesetzte der Welt sein und war noch dazu ein Besatzer in Perreaus Stadt. Aber die Uniform, die er trug, und der Rang, den sie symbolisierte, sollten dem Mann immerhin so viel Respekt einflößen, seine Frage zu beantworten.

»Da hinein, schnell, Otto!«, rief Perreau und wies auf die Einfahrt zu einem Hinterhof, der offenbar zu einem Hotel mit Restaurant gehörte, denn zwischen Mülltonnen aus rostigem Blech standen dort auch Türme von Obst- und Bierkisten.

Heiliger hatte den Wagen gerade in dem Hinterhof gestoppt und das Licht abgeschaltet, als Carl auch schon Sirenen hörte und dann durchs Rückfenster zwei Gestapo-BMWs und ein Kuriermotorrad sah, die in Richtung der Rue Villeblanc rasten.

»Die nächsten paar Minuten sind wir hier sicher«, vermutete Heiliger, öffnete sein Zigarettenetui, steckte sich eine Gitane zwischen die Lippen und bot dann auch Perreau eine an, der sich mit einem knappen Nicken bedankte und bediente.

»Sie haben meine Frage nicht beantwortet, Perreau. Und nur um das noch einmal völlig klarzustellen: Nach dem, was Sie sich eben in diesem Haus erlaubt haben, könnte ich Sie jederzeit hinrichten lassen. Falls ich es wirklich eilig damit hätte, wäre ich zweifellos sogar fähig, Heiliger zu befehlen, Sie gleich hier im Wagen zu erschießen.«

Heiliger kurbelte das Wagenfenster herunter und sagte: »Keine gute Idee, Obersturmbannführer. Nicht, dass ich es nicht tun würde, Befehl ist nun mal Befehl. Aber erstens ist das 'n guter Wagen. Ich würde ihn deswegen nur ungern mit Perreaus Blut versauen. Zweitens wäre es nicht gut für unser Verhältnis zur französischen Polizeiführung, denn die würde so was gar nicht gutheißen.«

»Monsieur hat trotzdem eine Erklärung verdient, Otto«, erwiderte Perreau kühl und blies ein Wölkchen Gitanerauch gegen den Wagenhimmel.

»Nicht hier, Bruno«, sagte Heiliger unwirsch.

Perreau nickte. »Dann zum Hôtel-Dieu, Otto. Dort sucht uns auch ganz sicher keiner.«

»Hôtel-Dieu? Das Hospital?«, erkundigte sich Carl.

»Ja«, antwortete Heiliger.

»Und was erwartet mich dort? Ganz abgesehen davon, dass Sie sich weiterhin der Beantwortung meiner Fragen entziehen?«

Heiliger konzentrierte sich darauf, den Wagen durch die schmale Toreinfahrt zu lotsen, und sagte nichts. Doch noch bevor sie das Tor durchfuhren, blickte Perreau sich zu Carl um. »Ein Blick in die Hölle, Monsieur Obersturmbannführer.«

»Ich kann für Sie und meine Laune nur schwer hoffen, dass es in dieser Hölle etwas zu trinken und ein Frühstück für mich gibt«, meinte Carl, weil er spürte, dass sein Kater sich hoffnungsfroh zurückmeldete.

Trotz seiner Kopfschmerzen und des immer stärker werdenden Verlangens nach Alkohol war er erstaunt darüber, wie rasch sich – scheinbar von einer Minute zur anderen – die Straßen der Stadt mit Fahrradfahrern und Passanten füllten. Nur noch wenige gewöhnliche Pariser hatten die Möglichkeit, Benzingutscheine zu ergattern. Der Autoverkehr war daher für eine Metropole dieser Bedeutung inzwischen beinah zu vernachlässigen und bestand nahezu ausschließlich aus Wehrmachts- oder Dienstfahrzeugen.

Das Hospital Hôtel-Dieu war ein beeindruckend weitläufiges Gebäude aus dem für Paris typischen hellgrauen Sandstein, das sich im Herzen der Stadt gleich bei der Kathedrale von Notre-Dame auf der Ile de la Cité befand.

Da sein Kater inzwischen wirklich grimmig wieder in seinem Schädel pochte, hatte Carl kaum einen Blick für die alte Kathedrale und das Hospitalgebäude übrig. Heiliger parkte den Wagen und betrat zusammen mit Perreau und ihm durch den Haupteingang eine Halle, welche die größte Krankenaufnahme enthielt, die Carl je gesehen hatte. Trotz der vielen Menschen herrschte ein erträglicher Lärmpegel, und die Schwestern und Ärzte in ihren Kitteln und Kleidern wirkten gelassen und zielstrebig bei ihrer Arbeit. Keiner von ihnen wagte es, Carl oder Heiliger ins Gesicht zu schauen. Selbst Perreaus Blick, dem man wohl eher ansah, dass er Franzose war, mieden die meisten.

Perreau ging in den Flur rechts von ihnen. Dann öffnete er mit seinem Schlüsselbund eine Tür, hinter der ein schmales Treppenhaus lag. Heiliger bewegte sich hier so sicher und routiniert, als befände er sich auf dem Weg in seine eigene Dienststelle.

Sie liefen bis zu einem Treppenabsatz, wo der Kommissar

eine weitere Tür aufschloss, sie öffnete und über die Schwelle trat. Bisher war ihnen hier kein Mensch begegnet.

Die plötzliche Helligkeit hinter der Tür blendete Carl. Er blinzelte und glaubte sich Dutzenden von Augen gegenüberzusehen, die aus Gesichtern ohne Hälse und Leiber kalt zu ihm herüberstarrten.

Er brauchte einen Moment, bis er begriff, dass all die Köpfe sich in einem großen weißen Metallregal befanden, hinter dessen Glastüren sie wie in einem übergroßen Setzkasten aneinander und übereinander gereiht waren. Es waren Köpfe von Männern und Frauen, obwohl die männlichen eindeutig überwogen. Nicht alle gehörten zu Erwachsenen. Einige wenige gehörten auch zu Kindern. Jeder von ihnen wies irgendeine Deformation auf. Erst auf den zweiten und dritten Blick verstand Carl, dass es Wachsmodelle sein mussten, allerdings mit höchster Kunstfertigkeit hergestellt.

Perreau bog nach links ab und schritt an dem Regal vorbei auf einen Wald aus Skeletten zu.

Carl verharrte verblüfft, um den Anblick jenes Totenwaldes auf sich wirken zu lassen. Unmöglich zu sagen, wie viele dieser Skelette in dem langen hohen Raum standen. Es waren große und kleine.

Aufrecht gehalten wurden sie durch dünne Drähte, mit denen man jeden der vielen Knochen bis hin zum kleinsten und geringsten miteinander verknüpft und dann mit einer schmalen Metallstange verbunden hatte, die in einem Fuß aus schwarzem poliertem Stein endete.

»Nur keine Scheu, Obersturmbannführer! Die beißen nicht mehr«, flüsterte Heiliger neben ihm.

Vor Carl blitzten Bilder aus dem Hannoveraner Hospital auf, in dem man die Knochen von Haarmanns Opfern gesammelt hatte, welche damals bei einer großen Suchaktion aus der Leine geborgen worden waren. Doch er vertrieb die Erinnerungen, konzentrierte sich auf das Hämmern seines Katers unter der Schädeldecke und war zum ersten Mal dankbar dafür, weil ihn der Schmerz von den Gedanken an Hannover ablenkte.

Während Carl sich durch den Skelettwald bewegte, war er ängstlich darum bemüht, nur ja keines der Exponate zu berühren.

Perreau und Heiliger öffneten einige Meter vor Carl eine Schiebetür. Dichter Dampf stieg aus der Öffnung und wallte über die Schädel der Skelettreihen. Eine Geruchsmischung aus Kernseife und Lysol wehte ihn an. »Voilà, Obersturmbannführer, willkommen im Vorhof der Hölle!«, hörte er Heiliger durch die Dampfschwaden hindurch rufen.

Der Saal hinter der Schiebetür enthielt Sterilisatoren und mächtige Dampfkessel mit Sieben darin, auf denen chirurgische Instrumente in dampfend heißem Wasser kochten. An der hohen Decke drehten sich träge einige riesige Ventilatoren, die Schwaden von hellem Dampf verwirbelten. Ihr Flappflappflapp-Geräusch wirkte beklemmend. Kein Mensch schien vonnöten zu sein, um das Wasser in den Kesseln am Kochen und die Sterilisatoren unter Druck zu halten. Andererseits herrschte aufgrund der beißend riechenden Dampfschwaden nur begrenzte Sicht, sodass Carl sich auch irren konnte, was die Anwesenheit anderer Menschen betraf. Der Saal musste dazu dienen, Tücher, Kleider oder auch Instrumente zu sterilisieren, dachte Carl.

Ein Büroraum mit weiß getünchten Fenstern war von dem Saal abgetrennt worden. Er stellte offenbar das Ziel ihres Ganges zwischen dem Schädelsetzkasten und dem Skelettwald dar.

13

Perreau trat einige Male gegen die offenbar verklemmte Metalltür des Büros, die sich daraufhin nach innen öffnete.

Hier endlich erwartete Carl der versprochene Blick in die Hölle. Sie wirkte umso abgründiger und beklemmender, weil sie aus realen Versatzstücken bestand und der Teufel, der in ihr hätte herrschen sollen, nur indirekt anwesend war. Heiliger zog hinter Carl die Blechtür wieder zu. »Der Dampf zerfrisst Papier und Dokumente«, erklärte er.

Doch Carl sah hier weder Dokumente noch Papier. Zwar standen zwei Schreibtische zusammengeschoben in der Raummitte. Sie waren jedoch mit Betttüchern bedeckt. Auch die Wände waren damit verhängt worden. Ab und zu spannten und bauschten sie sich ein wenig durch den Luftzug, der durch eines der Fenster hereinwehte, sodass Carl zunächst den verstörenden Eindruck hatte, ein Zimmer mit lebendigen, beweglichen Wänden betreten zu haben. Falls es hier Papiere gab, dann mussten sie unter den Tüchern verborgen sein.

Heiliger lehnte sich gegen die glatte Blechtür und steckte sich eine Zigarette an. Der Boden war mit Kippen übersät.

Perreau ging an Carl vorbei zu einem der Schreibtische, lüpfte das Tuch, das darübergedeckt war, öffnete eine der Schubladen und holte eine Flasche Cognac hervor, die er Carl zuwarf. Eifrig bemüht, sie aufzufangen, ließ dieser sie beinah fallen.

Für die Dauer eines Wimpernschlags schämte sich Carl

vor dem Franzosen, aus dieser Flasche zu trinken wie ein Bahnhofssäufer. Trotzdem zog er den Korken aus der Öffnung und trank gierig einen langen Schluck, der ihm brennend und belebend durch den Hals rollte und dann in die Eingeweide fuhr. *Ich kann den Scheißkerl immer noch erschießen lassen, falls er jetzt auch nur ein einziges falsches Wort sagt*, dachte Carl.

»Perreau und ich arbeiten seit mehr als einem Jahr an einem Fall, Chef«, erklärte Heiliger. »Ich habe schon vor Wochen gehört, dass Sie hierher kommen würden. Deswegen nahm ich an, dass die Sie hierher versetzen, weil Sie 1924 diesen Bericht über Haarmann für Gennat verfasst haben. Ich war seit dem Frühjahr '30 am Fall Kürten dran. Gennat hatte mich dazugeholt und dabei jedem von uns in der Sonderkommission Ihren Bericht unter die Nase gehalten.«

Peter Kürten war ein Massenmörder, den der Buddha vom Alex im Jahr '30 in Düsseldorf geschnappt hatte. Unglaublich eigentlich, dass Gennat sich dabei tatsächlich an seinen Bericht aus Hannover erinnert haben sollte.

Heiliger trat seine Zigarette aus und schaute Carl in die Augen. »Ende Juli '42 schneite Perreau in meine Dienststelle und zeigte mir das da …«, sagte er, griff dabei nach dem Tuch, das rechts von der Tür die Wand verdeckte, und schob es beiseite.

Dahinter kam eine Reihe von Fotos zum Vorschein, die Carl zunächst für die Arbeiten eines perversen Retuschierkünstlers hielt.

Auf dem ersten Foto war ein abgetrenntes Männerbein zu sehen. Es war angewinkelt und dicht behaart. Aus der Trennwunde am Oberschenkel war Blut auf den Steinboden geflossen, auf dem es lag.

Das zweite Bild zeigte ein weiteres Bein. Zwar war dieses ebenso angewinkelt wie das erste, doch es war eindeutig das einer Frau. Keiner ganz jungen Frau, denn über den Unterschenkel zogen sich einige Krampfadern. Fotos drei und vier zeigten weitere Beine. Mit dem einzigen Unterschied, dass das auf Foto drei zu einer jüngeren Frau gehören musste.

Während Carl die Bilder betrachtete, schob Heiliger den Lakenvorhang noch etwas weiter zurück, sodass neben den untereinander angebrachten Fotos eine Straßenkarte von Paris sichtbar wurde.

Kleinere Abzüge der vier grotesken Bilder waren auf die Karte gepinnt worden. Neben jedem von ihnen waren Postleitzahlen und Hausnummern vermerkt. Zwischen die Fotos waren Linien gezogen worden, die sie miteinander verbanden. Sie kreuzten sich am Vélodrome d'Hiver, einer Radsporthalle beim Eiffelturm. Dort waren am 16. und 17. Juli 1942 die bei einer Großrazzia festgenommenen Pariser Juden interniert worden, bis man sie in Sonderzügen ins Reich und zu den Lagern im Osten deportiert hatte.

Das war für Carl befremdlich genug. Doch was ihm eine Gänsehaut über Arme und Nacken jagte, war die Tatsache, dass er plötzlich erkannte, was diese vier angewinkelten Beine eigentlich darstellten. Denn auf diese Weise angeordnet, bildeten sie ein Swastika. Das Symbol der Partei und des Dritten Reiches, mit dem immer noch nahezu ganz Europa geflaggt war. Und seinen Mittelpunkt bildete das Vélodrome d'Hiver.

»Das ist ein verrückter Zufall, oder, Heiliger?«, fragte Carl verblüfft.

Perreau schüttelte den Kopf. »Ich hielt die ersten Funde ja auch für den perversen Scherz von Medizinstudenten oder Bestattern. Aber das stellte sich als Irrtum heraus.«

Monsieur le Commissaire zog die Laken vollständig von diesem Teil der Bürowand zurück.

Was dahinter zum Vorschein kam, übertraf in seiner grotesken Eindringlichkeit sogar die absurde Brutalität der ersten Reihe von Fotos.

Bei seiner zweiten Inszenierung hatte der Urheber sich nicht an einem Puzzlespiel versucht, dessen vollständiger Inhalt erst in der korrekten Anordnung der Summe seiner Teile deutlich wurde. Er hatte sein Arrangement an einem Ort vorgenommen. Dokumentiert war es auf einer Reihe von Fotos, die zweifellos von einem Polizeifotografen gemacht worden waren. Denn sie wiesen Vorgangsaktennummern auf.

Darauf zu sehen waren eine ganze Reihe menschlicher Arme, die alle kreisförmig um einen Mittelpunkt angeordnet worden waren. Jeder Arm war dabei kurz unter der Schulter abgetrennt, dann einmal am Ellenbogengelenk und ein zweites Mal am Handgelenk gebeugt worden. Sodass ihre Drapierung entfernt an eine SS-Rune erinnerte.

Es waren zwölf Arme. Und sie waren um etwas angeordnet, das Carl zunächst für einen kreisförmig ausgelegten Schlauch hielt. Es dauerte einen Moment, bis ihm klar wurde, dass es sich dabei um den Teil eines Dickdarms handelte. Im Zentrum des Darmkreises lag eine abgetrennte Frauenbrust. Der breite Hof mit dem aufgestellten Nippel zeigte nach oben, sodass er wie ein wahnwitziges Fischauge wirkte.

»Falls Sie 'nen Kotzeimer brauchen, Obersturmbannführer, da drüben hinter dem Schreibtisch steht einer«, sagte Heiliger.

Zutiefst abgestoßen und verwirrt, betrachtete Carl die gut

und gern zwanzig verschiedenen Fotos des bizarren Arrangements an der Wand.

»Es sind zwölf Arme, Monsieur«, sagte Perreau.

Seine Worte erreichten Carl verzögert und verzerrt, so wie man Töne und Laute beim Tauchen unter Wasser hörte. Zu sehr war er immer noch in den Anblick der Bilder versunken.

So albtraumhaft absurd die Inszenierung war, ahnte Carl, was sie darstellen sollte. Nur war ihm völlig unbegreiflich, wieso das Symbol, das sie zeigten, ihm auf diese Weise und hier in Paris wiederbegegnete. Denn in dieser Form hatte er es bisher nur ein einziges Mal gesehen. Und zwar zu einer Gelegenheit und an einem Ort, an den er sich gar nicht gern erinnerte.

Das war an einem Abend, kurz nachdem ihm klar geworden war, dass seine Ehe nicht mehr zu retten sei und er von Freunden erfuhr, bei wem seine Frau in den letzten Monaten heimlich ihre Röcke fallen ließ. Für einen Standartenführer, immerhin der zweithöchste SS-Rang, wohnte Carls Rivale eher bescheiden in seiner Etagenwohnung in einem Mietshaus beim Grunewald. Nachdem Carl das erfuhr, setzte er sich eines Nachts angetrunken in seinen Dienstwagen und fuhr zu dem Mann. Nur machte ihm dort niemand auf. Carl, der blind vor Wut und angefeuert von Alkohol und Adrenalin annahm, dass der Kerl sich vor ihm versteckte, trat die Wohnungstür ein und rannte dann Gertruds Namen brüllend durch die acht oder zehn Zimmer, bis er endlich einsah, dass er dort tatsächlich alleine war und sich klar darüber wurde, was er gerade getan hatte. Statt zu fliehen, brach er nach der Wohnungstür nun auch die Bar des Standartenführers auf und bediente sich reichlich von dessen Sammlung erlesener Whiskys. Zwar machte ihn der Alkohol träge. Aber das Gefühl von völligem Versinken und Kontrollverlust, das normalerweise mit einem solchen Tieftrunk einherging, wollte sich nicht einstellen. Sodass er immer noch ganz gut beisammen war, als später der Standartenführer zusammen mit seinem Adjutanten und zwei Schupos die Wohnung stürmte.

Nie war Carl irgendetwas so peinlich gewesen, wie der Moment, als er in den Augen des Standartenführers erkannte, wie sehr dieser sich offenbar für ihn schämte. Er schickte seinen Adjutanten zusammen mit den Schupos hinaus, half Carl auf und kochte ihm persönlich eine Kanne Kaffee, von der er ihm zwei steife Tassen einflößte, wobei er ihm versicherte, dass er auf eine Anzeige verzichten würde. Anschließend rief er ihm ein Taxi, das ihn nach Hause brachte, und verlor tatsächlich nie wieder ein Wort darüber.

Im Arbeitszimmer des Standartenführers jedoch hatte Carl sich in seiner ersten Raserei durch einen Stapel als streng vertraulich markierter Pläne gewühlt, die Himmlers verrücktes Ordensburgprojekt bei Paderborn betrafen.

Und dort in jenen geheimen Plänen hatte er Darstellungen jenes Symbols gesehen, das ihm eben auf Perreaus grotesken Fotos wiederbegegnet war. Was er dort sah, war ein Sonnenrad, das hin und wieder auch als »Schwarze Sonne« bezeichnet wurde. Ein uraltes okkultes Symbol, das sich der irre Heinrich von einem seiner Hofastronomen oder Germanenkaspern als Wahrzeichen für die Ordensburg hatte einreden lassen.

Wieso stellte irgendjemand eines der okkulten Symbole, mit denen der Reichsheini seine verrückte Burg schmücken wollte, ausgerechnet hier in Paris nach? Und dann auch noch geformt aus menschlichen Gliedmaßen?

»Sie wissen, was das ist, Heiliger?«, fragte Carl schärfer, als er eigentlich beabsichtigt hatte.

Heiliger wich seinem Blick aus. »Ja, Chef. Perreau hat es mir gesagt …«

»Un soleil noir«, fügte der Commissaire hinzu.

Carl nahm einen für seine Verhältnisse zaghaften Schluck aus der Cognacflasche. »Was ist das für eine verdammte Schweinerei, in die Sie mich hier hineingezogen haben?«, fragte er leise.

Doch Heiliger und Perreau waren bereits damit beschäftigt, die übrigen Laken von den Bürowänden zu ziehen. Alle, bis auf ein letztes. Das schmalste von allen, das sich gleich rechts neben der Tür befand.

Aber schon das, was hinter den anderen zum Vorschein gekommen war, erschien Carl unfassbar in seiner grotesk unmenschlichen Brutalität.

Soweit Carl es überblicken konnte, mussten wenigstens vier Menschen das Ausgangsmaterial für das Bein-Swastika geliefert haben. Um die Schwarze Sonne nachzubilden, hatte es allein für die Arme sechs Menschen gebraucht. Und da diese Arme auf den Bildern glatt, zart und relativ kurz wirkten, konnte es sich dabei nur um die von Frauen oder sogar Kindern handeln.

»Das ist doch völlig unmöglich …«, flüsterte er erschrocken.

»Sie haben noch nicht alles gesehen, Monsieur Obersturmführer!«, sagte Perreau, nahm Carl am Arm und führte ihn zu der Blechtür zurück, wo er Heiliger zunickte, der daraufhin das vorletzte Stück weißen Vorhangs beiseiteschob.

Was darunter verborgen war, schlug an Obszönität und

schierem Wahnwitz selbst die bizarre Nachbildung des Schwarze-Sonne-Symbols.

Carl verharrte voller Ekel und Grauen vor der eindeutig furchtbarsten Ansammlung von Fotos, die er je zu Gesicht bekommen hatte. Sie zeigten ein groteskes Familienporträt. Darauf waren ein vielleicht dreißig- bis vierzigjähriger Mann, eine deutlich jüngere Frau sowie ein Junge und ein Mädchen zwischen zehn und zwölf zu sehen.

Der Kopf des Mannes lag am Hals des mit einem Spitzenhemdchen bekleideten Mädchens. Den Kopf des Mädchens hatte man auf der nackten, bleichen Brust des Jungen drapiert. Und den Kopf des Jungen auf dem mit einem blutigen Unterhemd bekleideten Bauch des Mannes. Der Kopf der Frau war zwischen den ausgebreiteten Schenkeln des Jungen platziert worden.

Carl erinnerte sich an einen Begriff, den die Schupos und Kripos vom Alex für besonders furchtbare und unbegreifliche Verbrechen geprägt hatten. Sie diagnostizierten den Tätern etwas, das sie »Vernunftfäulnis« nannten.

»Wer waren all diese Leute?«, fragte er, weil ihm jede andere Frage sogar noch würdeloser erschien als diese.

»Keiner von denen wird jedenfalls offiziell als vermisst geführt, Chef. Weder bei den Franzosen noch bei uns«, antwortete Heiliger. »Die Frage sollte daher vielleicht auch nicht lauten, *wer* die Opfer sind, sondern *was*.«

Es war überhaupt kein Rätsel, was Heiliger damit andeutete.

»Sie meinen, das da sind Juden?«, sagte Carl und wies in einer raumgreifenden Geste auf die Bilder und Dokumente.

Heiliger nickte. Perreau schaute zu den beiden Schreibtischen in der Mitte des Raums.

»Ja, Chef. Aber Perreau und ich sind sicher, dass das da …«, sagte Heiliger und zeigte ebenfalls auf das unerträgliche Familienporträt, »… kein Franzose angerichtet hat. Sondern einer von uns. Ein Deutscher!«

Carl schaute sehnsüchtig auf die Cognacflasche in seiner Hand, stieß auf und blickte dann wieder Heiliger an. »Ihre Unterstellung, dass für diesen Wahnwitz einer von uns verantwortlich sei, sollten Sie mir aber schon plausibel begründen!«

»Ich habe Ende letzten Jahres bereits einen Bericht darüber verfasst, den ich an die Gestapo, die geheime Feldpolizei, den SD und die Kripozentrale in Berlin geschickt habe. Zum Glück, ohne Perreau darin zu nennen«, erklärte Heiliger. »Alles, was daraufhin passierte, war, dass man mich von der Beförderungsliste strich, mir Lochmann vor versammelter Gestapo-Mannschaft in der Avenue Foch eine Rüge wegen Insubordination erteilte und man mich anschließend zum Innendienst versetzte. Kann ja sein, dass das für Sie noch unter die Kategorie ›Zufall‹ fällt, Obersturmbannführer. Aber ich kenn den Laden hier. Ich weiß, weshalb mich der Amtsschimmel in den Arsch gebissen hat, kurz nachdem ich den Lamettaträgern diese Sauerei hier unter die Nase gerieben habe. Dahinter steckte Lochmann. Hätte das hier ein Franzose angerichtet, wäre ich mit Sonderurlaub und ’nem Kriegsverdienstkreuz nach Hause gefahren, um mir zur Abwechslung mal in aller Glorie auf der Reeperbahn statt den Champs-Élysées die Binde stramm zu ziehen.«

Carl musste zugeben, dass Heiligers Argumentation bis hierher recht überzeugend war. Und der Obersturmführer war noch nicht fertig. »Perreau und ich haben daraufhin alles, was wir an Material zu dem Fall hatten, hierher ausgelagert und so gut es ging allein weiter ermittelt. Nicht einmal Perreaus Leute am Quai wissen bisher um das ganze Ausmaß dieser Schweinerei. Aber dann kriege ich vor sechs Wochen einen Anruf von einem alten Kameraden aus Berlin, der mir steckt, dass der Reichsheini ausgerechnet Sie hierher nach Paris versetzen lässt. Ich erinnerte mich an Ihre Haarmann-Denkschrift und hoffte, dass die in Berlin endlich aufgewacht seien.«

Es fiel Carl schwer, gerade hier in diesem Vestibül der Hölle seinem Adjutanten die Wahrheit zu sagen. Denn keiner in Berlin hatte sich für einen Bericht interessiert, den ein kleiner Obersturmführer vielleicht vor einem Jahr aus Paris geschickt hatte. Dass ein gewisser Obersturmbannführer von Maug hier in der Stadt des Lichts gelandet war, hatte gar nichts mit dem Albtraum zu tun, in dem Perreau und Heiliger ermittelten. »Tja, Heiliger«, sagte er mit einem tristen Lächeln. »Da haben Sie erwartet, dass man Ihnen aus Berlin ein Kriminaler-Ass schickt, aber alles, was Sie bekommen haben, war ein Säufer mit Ordensanspruch für Verwaltungssitzfleisch. Falls in Berlin überhaupt jemand Ihren Bericht über diese Schweinerei hier gelesen hat, hat er ihn anschließend in irgendeinen Stahlschrank gelegt und dort allmählich Schimmel ansetzen lassen.«

Carl zog den Korken wieder aus der Cognacflasche, hob sie an und wedelte ein wenig mit ihr in Richtung der Bürowände, als wolle er all den Menschen, deren niederschmetternd tristes Ende darauf festgehalten war, zuprosten. Dann trank er gierig einen immensen Schluck daraus.

»Ich will den ganzen Scheißdreck in einem Bericht«, sagte

er, während er die Flasche wieder verkorkte. »Verteilungsschlüssel: nur ich. Kapiert?«

Perreau ging zu einem der Schreibtische, entfernte die Laken und kehrte mit einem eng maschinenbeschriebenen, grob gehefteten Blätterstapel zurück, dessen Deckblatt das Siegel der Sûreté Nationale trug.

»Da ist noch Platz für Ihren Streng-geheim-Stempel, Monsieur Obersturmbannführer!«, kommentierte er und reichte Carl den Bericht.

Carl rollte ihn zusammen und schob ihn in seine Rocktasche. Er spürte, wie ihn der Alkohol allmählich überwältigte. Sein Blick verschwamm zunehmend, und er hatte das Gefühl, der Boden, auf dem er stand, sei aus Wackelpudding gemacht, in dem er bei einer Bewegung zu versinken drohte.

»Heiliger? Was ist mit diesem Kerl, den Sie angeblich in der Rue Sainte-Anne sichergestellt haben? Wie hieß der noch? Jacky? Hat der mit dem Scheißdreck hier was zu tun?«

»Ein Informant, Obersturmbannführer. Der Bruder des Jungen, den Perreau vorhin erschossen hat. Hatte Ärger mit Lochmanns Sonderkommando, kam zu mir und wollte ein Geschäft machen: Wir schützen ihn vor Lochmann, und er bringt uns das Dreckschwein, das diese ganze Sache hier angerichtet hat. Fürchte nur, dass es dafür zu spät ist. Nach allem, was die in der Rue Villeblanc mit seinem Bruder angestellt haben, muss der gesungen haben, und bestimmt hat Lochmann unseren Mörder längst gewarnt. Aber Perreau dort rauszuholen hatte nun mal Priorität!«

Carl dachte, dass er den Begriff Priorität in seiner Antwort eindeutig vermeiden sollte, weil er bereits zu betrunken war, um ihn noch verständlich aussprechen zu können. Perreau ersparte ihm jedoch diese mögliche Peinlichkeit, da er seiner

Antwort zuvorkam. »Nachdem André Battista den achten Finger abgeschnitten hatte und bevor er ihm die Zähne aus dem Mund prügelte, hat Battista endlich doch geredet. Jacky le Mec weiß nichts. Battista und Jacky haben Lochmanns Sonderkommando betrogen. Sie lieferten ihm drei provenzalische Geisteskranke, gaben sie als Juden aus und kassierten die Kopfprämien dafür. Nachdem Lochmanns Leute dahinterkamen, lösten sie eine Fahndung nach den beiden aus. Jacky wollte einfach nur sein Leben retten. Aus Angst vor dem, was Lochmann mit ihnen anstellt, hätte er uns sogar Fischgräten in einen Rehrücken hineingeredet. Ich hätte niemals darauf hereinfallen dürfen.«

Carl betrachtete abwesend die leere Flasche in seiner Hand, machte schwankend zwei Schritte über den weichen, wogenden Wackelpuddingfußboden und schmetterte den Cognac plötzlich gegen die Blechtür, wo die Flasche zersprang.

»Führer Heil!«, brüllte er dazu, schwankte noch ein wenig heftiger und fiel schließlich auf seinen Hintern. Bevor er die Augen schloss, glaubte er Heiliger und Perreau auf sich zukommen zu sehen.

14

Zwei Stunden später erinnerte sich Carl nur bruchstückhaft daran, wie er aus dem Hôtel-Dieu in seine Dienststelle in der Rue Saine-Anne gelangt war. Dass er sich vor Perreau und Heiliger blamiert hatte, war ihm hingegen bewusst. Und gleich in mehrfacher Hinsicht peinlich.

Doch jetzt war er hier und sah durch die beiden Fenster auf ein Stück blauen Himmel hinaus, über den ein paar weiße Wolken trieben. Er öffnete eine Flasche Bier, die ihm seine Stabssekretärin SS-Helferin Hilde Neumeier vor einigen Minuten zusammen mit einem Frühstück gebracht hatte. Obwohl daran nichts auszusetzen war, kostete es ihn Überwindung, den ersten Bissen zum Mund zu bringen. Was nur teilweise mit seinem neu erwachten Kater zu tun hatte. Sondern vor allem damit, dass ihm all die schrecklichen Fotos aus dem Hôtel-Dieu nicht mehr aus dem Sinn gehen wollten.

Ihm fiel ein, dass Perreau ihm einen Bericht gegeben hatte. Wo war der nur?

Er fand ihn in seiner Rocktasche, zog ihn hervor und schaute ihn an.

Sollte er ihn wirklich lesen? Es würde ihm nichts anderes übrig bleiben. Heiliger hatte ihn mit seiner Befreiungsaktion in der Rue Villeblanc bereits zu tief in diesen Sumpf aus Mord, Verrat und Wahnwitz hineingezogen, als dass er sich noch erlauben dürfte, den Fall zu ignorieren.

Das Telefon klingelte. Dabei hatte seine Sekretärin Hilde

Neumeier den strikten Befehl, sämtliche Anrufe zu den Tagesgeschäften auf Heiligers Leitung zu schalten. Wer immer ihn da gerade anklingelte, zählte daher zu einem sehr überschaubaren Kreis aus Lametta-Trägern und Funktionären, deren Anrufe er nicht übergehen sollte.

Er nahm das Gespräch an.

»Obersturmbannführer? Endlich!«, hörte er eine Stimme, die ihm unbekannt war. »Ich erwarte Sie in einer halben Stunde in meiner Dienststelle zum Rapport! Verdammte Sauerei, die Ihr Stellvertreter angerichtet hat!«

Carl versuchte vergeblich zu ergründen, wer ihn anrief. »Von Maug am Apparat. Ihren Namen muss ich wohl überhört haben …«

»Kriminaldirektor Lochmann, Sie Witzbold! Wer sonst hätte Ihrer Meinung nach wohl Zeit und Nerven, sich mit dem Mist abzugeben, den Sie da produzieren, Obersturmbannführer?«

Aha, dachte Carl. *Die Gestapo.* »Guten Morgen, Kriminaldirektor. Ihr Vorschlag trifft sich gut. Ich hatte sowieso vor, mich im Laufe des Tages mit Ihnen in Verbindung zu setzen. Nur bin ich aktuell leider beschäftigt. Meine SS-Helferin wird sich mit Ihnen über einen passenden Zeitrahmen für unsere Besprechung abstimmen. Heil Hitler!«

Er legte auf, verschränkte die Hände hinter dem Kopf und lehnte sich in seinem Stuhl zurück. In dieser Haltung wurde sein Kater nahezu erträglich.

Sein Telefon klingelte erneut.

Carl ignorierte das Klingeln, bis es aufhörte. Kurz darauf trat SS-Helferin Hilde Neumeier ein. »Obersturmbannführer? Der Herr Kriminaldirektor besteht darauf, Sie zu sprechen.«

Carl warf ihr einen müden Blick zu. »Ist er wütend?«

Hilde nickte.

»Sehr schön. Dann warten Sie zehn Minuten, rufen ihn zurück und richten ihm aus, dass ich heute zwischen zwei und drei Zeit für ihn hätte.«

Hilde war ihre Verblüffung anzusehen. »Sie wollen den Kriminaldirektor wirklich warten lassen? Die Gestapo?«

Carl griff schweigend nach dem Bier und trank.

Hilde verließ den Raum.

Er wartete ab, bis sie die Tür geschlossen hatte, dann öffnete er seinen Stahlschrank und betrachtete lange den Stapel blauer Akten darin. Ziemlich viel Lesestoff, den er bis zum Nachmittag besser bewältigen sollte, dachte er skeptisch. Er seufzte und packte den Aktenstapel auf seinen Tisch. »Horrido und fette Beute!«, flüsterte er.

Dabei fiel sein Blick auf die Bierflaschen. Eine hatte er bereits ausgetrunken, und die zweite enthielt auch nur noch einen letzten Schluck. Zwar standen in seinem Safe noch zwei Flaschen Champagner, ein guter Bordeaux und drei Flaschen französischer Rum, die seine Notration ausmachten. Aber mit den harten Sachen war er für heute durch. Jedenfalls, wenn er sich bis zu Lochmanns Besuch auf all die Akten konzentrieren wollte.

Scheiße, dachte er, griff zum Telefon, bestellte Heinz Becker zu sich und befahl ihm, einen ganzen Kasten Bier aufzutreiben und unauffällig in seine Dienststelle zu schaffen.

Einige Minuten nach eins hatte sich Carls Kater grimmig verzogen, und der Bierkasten war zu einem Drittel geleert.

Was Heiligers blaue Akten betraf, so bestanden diese hauptsächlich aus aufbereiteten Vermutungen und Gerüchten über die Hautevolee der deutschen Besatzungsmacht in

Paris. Sie lösten Widerwillen in Carl aus. Denn auf jeder Stufe der Besatzungsmacht schien man hauptsächlich damit beschäftigt, sich die eigenen Taschen zu füllen. Und die für eine Verfolgung verantwortlichen Lamettaträger schauten dabei angeblich ganz bewusst weg, weil sie selbst ihre Finger zu tief im Schwarzmarkt hatten, um sich erlauben zu dürfen, damit auf irgendeinen korrupten Kameraden zu weisen.

Er hätte Heiliger sehr gern dazu befragt. Vor allem hätte er gern gewusst, woher er sein Wissen bezog. Aber Heiliger war unterwegs, um einen Auftrag durchzuführen, der angeblich keinen Aufschub duldete, und Perreau hatte es vorgezogen, für einige Stunden unterzutauchen, um eventuellen Vergeltungsaktionen von Lochmanns Sonderkommando vorzubeugen. So blieb Carl allein mit den Akten und seinen unangenehmen Gedanken dazu. Den Ritt auf dem hohen moralischen Ross konnte er sich zwar nicht leisten. Denn sein Posten in Berlin hatte Kompromisse erfordert, die bedenklich weit in einen legalen Graubereich hinein reichten. Doch persönlich bereichert hatte er sich nie.

Was er aus Heiligers Dossiers über die Pariser Stäbe und Verwaltungen erfuhr, ging über den Graubereich und die übliche Geschäftemacherei hinaus, die im Reichsgebiet seit der Machtübernahme längst zur Norm geworden waren. In Paris schien man die Plünderei zu einer Kunstform erhoben zu haben. Die Gestapo und die Stäbe der einzelnen Waffengattungen des Heeres hatten entweder durch eigene Mitglieder oder über französische Angestellte und Strohmänner Firmen gegründet oder Sonderkommandos eingerichtet, die für sie die schmutzigen Teile ihrer Geschäfte durchführten. Laut Heiliger führten zum Beispiel zwei der mit Franzosen besetzten Gestapo-Sondertruppen regelrechte Razzien auf wohlhabende Unternehmer und Zivilisten durch, die man dabei in Gangstermanier um Schutzgelder erpresste oder zur Beihilfe in Schiebergeschäften zwang. Kein Wunder also, wenn Perreau behauptete, dass für einige der Männer aus der Rue Villeblanc Haftbefehle bei der Pariser Polizei existierten.

Für Carl gab es nur einen Begriff, der all diese Schweinereien grundsätzlich zusammenfasste: Verrat. Nicht einmal so sehr Verrat am Kodex von Wehrmacht und SS. Denn dieser war durchaus dehnbar und seine Auslegung hing stets auch vom Urteil der jeweiligen Oberkommandos ab. Aber Verrat an jedem einzelnen armen Hund, der gerade für Führer und Vaterland an irgendeiner Front den Hals riskierte und dabei naiv genug war, noch an den vermeintlichen höheren Sinn seines Kampfes zu glauben. Und Verrat auch an allen, die nach einem alliierten Bombenangriff irgendwo im Reichsgebiet unter den Trümmern ihrer Häuser, Fabriken oder Luftschutzkeller begraben wurden und dabei elendig erstickten oder verbrannten.

Der Fall Lischka war nur die Spitze eines sehr großen Eisbergs gewesen. Und so weit verbreitet, wie Korruption und Schwarzhandel in Paris offenbar waren, konnte Lischka auch höchstens als Sündenbock für all die übrigen gierigen Beamten herhalten, die sich hier die Taschen füllten. Diese Männer hofften wohl, dass sein Opfer ausreichte, um die Herren in Berlin genug zu besänftigen, damit sie hier in Paris wieder mal beide Augen zudrücken, sollte irgendein Bereicherungsskandal zu heftig zu stinken beginnen. Und damit, dachte Carl, konnten diese Herren verdammt richtig liegen. Denn noch einen Skandal wie jenen um Kurt Lischka würde Himmler unter allen Umständen zu vermeiden versuchen.

Mit jedem Wort, das Carl in den blauen Dossiers über

Schwarzmarktgeschäfte und offene Plünderei las, verstärkte sich seine Verachtung nur noch. Und dabei hatte er Perreaus Bericht über den Mörder noch nicht einmal aufgeschlagen. Carl drückte seine Zigarette aus und steckte sich eine neue an.

Mindestens ebenso auffällig wie die Verbreitung von Diebstahl und Korruption innerhalb der deutschen Verwaltung erschien ihm die Abwesenheit bestimmter Namen in Heiligers blauen Dossiers. Denn weder wurden darin Lochmann noch Gestapo-Chef Knochen oder gar Polizeiführer Oberg erwähnt. Näher als bis zu einigen untergeordneten Mitgliedern ihrer jeweiligen Stäbe hatten Heiliger und dessen Zuträger sich niemals an diese Männer herangetraut. Dabei hatte Heiliger heute Morgen Lochmann noch ganz offen beschuldigt, selbst ein Schwarzhändler zu sein.

Alte Bürokratenweisheit, dachte Carl: Hin und wieder waren die Lücken in einem Bericht das Interessanteste daran.

Carl schob die Dossiers beiseite und schlug Perreaus Bericht auf. Er benötigte etwa vierzig Minuten, um ihn zu Ende zu lesen und dabei einige Notizen anzufertigen, die er anschließend zusammen mit dem Report und Heiligers blauen Akten in seinem Stahlschrank verschloss.

Nichts darin widersprach dem, was die beiden ihm heute Morgen im Hôtel-Dieu gezeigt und erzählt hatten. Aber der Bericht enthielt einige Schlüsse, Vermutungen und Recherchen, die dabei nicht zur Sprache gekommen waren. So ging Perreau von Anfang an von einem Einzeltäter aus. Monsieur le Commissaire und der Obersturmführer hatten gleich zu Beginn ihrer Ermittlungen in sämtlichen Bezirken und Departements im besetzten und im freien Frankreich nach Vermisstenlisten gefragt, die sie dann nach möglichen Opfern des Mörders durchsahen. Was angesichts der teilweise chaotischen Verwaltungsverhältnisse eine grandiose Leistung an detektivischer Kleinarbeit darstellte. Dabei konnten sie einundzwanzig Vermisste mit an Sicherheit grenzender Wahrscheinlichkeit als Opfer des Mörders identifizieren, vermuteten aber, dass diese nur die Spitze des Eisbergs bildeten. Vierzehn der bekannten Opfer – darunter die Personen auf jenem unerträglich wahnwitzigen Familienporträt – waren nachweislich Juden gewesen. Bei den übrigen handelte es sich um Halbjuden oder Ehegatten, beziehungsweise Kinder von Juden. Die Fälle von nichtjüdischen Ehegatten mussten juristisch und polizeilich wie Morde an Franzosen behandelt werden. Was wohl ein Glück für Perreaus Ermittlung darstellte, weil für Vergehen an Juden die Gestapo und deren Sondereinsatzkommandos zuständig waren, die allerdings nur wenig Interesse an einer Aufklärung zeigten und Perreau jederzeit an weiteren Ermittlungen in dem Fall hätten hindern können.

Um die Ermittlungen zu stoppen, wäre ein Befehl Lochmanns ausreichend gewesen, mit dem er den Fall an sich ziehen und anschließend bürokratisch beerdigen würde. Dass er dies noch nicht getan hatte, lag wohl an Heiliger, der ihm als SD-Beamter nicht direkt unterstellt gewesen war und vor seiner Versetzung hierher ein ungewöhnliches Maß an Freiheit genossen hatte.

Bei den meisten Opfern blieb ungeklärt, wie sie getötet worden waren. Außerdem ging aus den Obduktionsberichten hervor, dass die Gliedmaßen der Mordopfer mithilfe von groben und zuweilen sogar recht ungeeigneten Werkzeugen abgetrennt worden waren. Einer der Mediziner vermutete dabei jedoch eine Finte, denn – so zitierte ihn Perreau – die anatomischen Kenntnisse, die nötig waren, um einen Menschen selbst mit teilweise eher ungeeigneten Werkzeugen zu zerteilen, waren bei dem Mörder oder dessen Komplizen durchaus vorhanden.

Carl trank sein Bier aus, öffnete das nächste und warf einen Blick auf die Uhr. Er hatte noch etwa zwanzig Minuten, bis er frühestens mit dem Erscheinen von Kriminaldirektor Lochmann rechnen durfte.

Genug Zeit, um sich einige Aspekte von Perreaus Bericht noch einmal durch den Kopf gehen zu lassen. Das Symbol des Sonnenrads war in bestimmten Kreisen deutlich stärker verbreitet, als er vermutet hätte. Angeblich handelte es sich dabei um ein Zeichen für Fruchtbarkeit und Wiederauferstehung, das von der Völkerwanderung bis ins frühe Mittelalter hinein in Mitteleuropa unter germanischen und keltischen Stämmen als Schmuckelement verbreitet gewesen war.

Ihren Aufschwung in der Moderne verdankte die Schwarze Sonne einer losen Gruppe von Schriftstellern und Sektenführern, die sich Ende des 19. Jahrhunderts in untereinander zerstrittenen geheimen Orden zusammenschlossen, wo sie mit ihren Anhängern uralte heidnische Rituale vollzogen oder sich als Magier versuchten und mit einer Unmenge an obskuren Pamphleten und Magazinen die Welt beglückten. Eine Bewegung, die sich seinerzeit überall in Europa tummelte, nicht nur in Deutschland.

Nach dem Ersten Weltkrieg wurden der heidnische Mystizismus und der Traum von einem neuen Germanentum unter den verbitterten Kriegsheimkehrern und enttäuschten Kaiseranhängern populär. Carl selbst erinnerte sich an gleich mehrere neue Heilsbringer und angebliche Propheten, die damals vor allem in den Großstädten mit ihren Vorträgen riesige Säle füllten und über enorme Anhängerscharen verfügten. Doch in all diesem Schlamm aus den Brackwassern der Ideengeschichte tummelten sich seinerzeit auch einige Herren, die später großen Einfluss auf den Reichsheini und dessen innersten SS-Führungszirkel erlangten. Trotzdem machte Perreau klar, dass solche uralten Sonnensymbole europaweit bei Okkultisten und Spinnern geläufig gewesen waren. Was bedeuten konnte, dass sich die Ermittlungen in den Mordfällen auf solche Leute konzentrieren ließen. Nur hatte Perreau das offenbar nicht getan. Carl fragte sich, warum.

Der nächste Punkt, den er merkwürdig fand, war Perreaus Überzeugung, dass der Mörder nicht zu morden aufhören würde, bis man ihn gefasst hatte. Alle übrigen Thesen und Schlussfolgerungen in seinem Report hatte Monsieur le Commissaire mit Quellen und Aussagen belegt, diese ziemlich bedeutende Schlussfolgerung jedoch unbegründet gelassen.

Erst nachdem er einen großen Schluck Bier getrunken und mit dem Handrücken Kinn und Mund abgewischt hatte, wagte Carl es, sich der letzten Frage zu stellen, die sich für ihn aus Perreaus Report ergab. Wie sollte er weiter verfahren, falls Perreau und Heiliger recht hatten und alles darin der Wahrheit entsprach?

Er war nicht nach Paris gekommen, um hier einen Mörder zu jagen. Darum beschloss Carl, Perreaus Report zusammen mit Heiligers blauen Akten in seinem Stahlschrank zu verschließen und ihn dort auch so lange zu belassen, bis er seine Pariser Pläne bis zum hoffentlich bittersüßen Ende umgesetzt hatte. Sollte sich doch sein Nachfolger einen Reim darauf machen.

15

Es war fast fünf Uhr nachmittags und Carl hatte schlechte Laune. »Obersturmführer? Ich musste mich über eine halbe Stunde durch Paris kutschieren lassen, um dieses Loch hier zu finden. Ich gehe davon aus, dass ich die Mühe nicht umsonst auf mich genommen habe«, sagte er laut und deutlich in die Küche hinein. Sie gehörte zu einem schmalen Haus am Rand des Marais-Viertels. Heiliger saß darin auf einem Stuhl und hatte seine Füße auf dem Küchentisch abgelegt. Er schaute durchs Fenster auf ein Stück von Unkraut überwucherter Wiese hinaus, die früher vielleicht einmal ein Gemüsegarten gewesen war. Er trug seine Uniform, und neben seinen Füßen auf dem Tisch vor ihm stand ein Feldstecher in Wehrmachtsausführung. Sobald er Carl hörte, nahm Heiliger die Füße vom Tisch, stand auf, reichte Carl den Feldstecher und wies auf einen Hof, der an einen verwilderten Garten angrenzte. Der Hof war von Ziegelmauern umgeben und wohl nur aus dieser kleinen Küche wirklich einsehbar.

»Schauen Sie, Chef!«, sagte Heiliger.

Carl setzte den Feldstecher an die Augen und schaute in den Hof. Die untere und mittlere Fensterreihe des dreistöckigen Hauses, zu dem er gehörte, war vergittert. Eine einzige Tür führte aus dem Haus in den Hof. Das Tor zur Durchfahrt auf die Straße hinaus war verschlossen und mit Querholmen gesichert.

»Sie sind gerade noch pünktlich gekommen«, erklärte

Heiliger und lehnte sich neben dem Fenster mit dem Rücken an die Wand, sodass er zu Carl hinsehen konnte, ohne dabei auch den Hof im Blick halten zu müssen.

»Wofür?«, fragte Carl.

»Warten Sie's ab!«

Die Tür öffnete sich, und vier Männer in Zivil führten drei Gefangene durch den Hof zu einer der Ziegelwände. Einer der Zivilisten trug einen seltsamen Hut, der an einen Bowler erinnerte.

Zwei der Gefangenen waren Männer. Einer davon etwa Mitte dreißig und kräftig gebaut. Der zweite wirkte deutlich jünger, vielleicht Anfang zwanzig. Beide trugen dunkle, gewöhnliche Anzüge. Bei der dritten Person handelte es sich um eine schlanke, sehr junge Frau in einem hellen Trenchcoat. Man hatte den dreien die Hände auf dem Rücken gefesselt und ihnen die Augen verbunden.

In all den Jahren im Polizeidienst hatte Carl niemals einen Menschen sterben sehen. Einer der Vorteile des Verwaltungsinnendienstes. Doch dies würde sich jetzt ändern. Denn was da unten bevorstand, war zweifellos eine Hinrichtung.

Man stellte die drei Gefangenen jetzt nebeneinander mit dem Gesicht voran an die Mauer. Jeder der drei wusste, was ihn erwartete, und doch folgten sie widerstandslos den Anweisungen ihrer Henker. Die Zivilisten zogen Waffen aus ihren Achselholstern und schossen den Gefangenen ins Genick. Der ältere Mann fiel zuerst. Nach ihm die Frau. Dann setzte man auch dem dritten Gefangenen den Genickschuss. Jedes Mal war es, als träfe die Opfer ein heftiger Schlag, der ihre Köpfe brutal gegen die Mauer warf, bevor sie gleich darauf niedersanken.

Carl stellte schockiert fest, dass die junge Frau zwar zusammengesunken war, jedoch Spasmen durch ihren Leib fuhren. Hatte der Schütze sie nur schwer verletzt? Der vierte Henker gestikulierte zu seinen Kameraden. Der zweite Schütze wandte sich daraufhin erneut der Frau zu und feuerte ihr nacheinander dreimal in den Oberkörper. Ihr Leib wurde von jedem Einschlag aufgeworfen und blieb zuletzt regungslos liegen.

»Sind die da drüben fertig?«, erkundigte sich Heiliger, der weiter an Carl vorbei auf die schmutzig weiße Küchenwand gegenüber gestarrt hatte.

»Ja«, antwortete Carl.

»Ein kleiner Blonder hat zuerst geschossen, stimmt's? Außerdem ein etwas größerer, älterer Mann mit einem komischen Hut?«

Carl bestätigte Heiligers Vermutungen.

»Der Blonde nennt sich Alexis Demos. Behauptet, dass er Grieche sei, aber ist in Paris geboren. Der mit dem Hut heißt Raymond Albrac. Die Übrigen sind unwichtig. Demos war ein Bankräuber, als ich ihn im Herbst '40 rekrutiert habe. Raymond sein Komplize. Haben seinerzeit ordentlich abgeräumt. Gute Männer, Chef. Habe mit ihnen und vier anderen damals Kommunisten und Terroristen gejagt. Raymond war dabei mein bester Mann. Hatte eine Zweitidentität als Lehrer, falscher Name, falsche Papiere, neuer Akzent, das Übliche. Hat erfolgreich zwei Terroristengruppen infiltriert. Alexis hat mir mal die Haut gerettet, weil er schneller geschossen hat als ich. Waren wilde Tage damals. Bereiten mir immer noch ab und zu Albträume.«

Carl schaute den Henkern im Hof dabei zu, wie sie die Leichen zu einem Krankenwagen schleiften, der vor zwei Minuten in den Hof gerollt war.

»Der Blonde, den sie da unten gerade exekutiert haben, war Jacky le Mec, Battistas Bruder. Ich hab ihn da drüben zwei Stunden lang scharf verhört, bevor ich Sie angerufen und herbestellt habe. Perreau hatte recht: Jacky wollte uns tatsächlich reinlegen. Was von einem Maß an Verzweiflung und purer Dummheit zeugt, das man sich als geistig gesunder Mensch besser gar nicht näher vorstellen will. Jacky schien die einzige heiße Spur zu sein, die wir je zu dem verdammten Mörder hatten. Bloß hat Jacky, die blöde Sau, uns eben belogen.«

Hinrichtungen, wie Carl sie eben mit angesehen hatte, waren eigentlich nicht zulässig. Laut einem Führererlass waren sämtliche Terroristen, Saboteure und aktiven Unterstützer des Widerstands ins Reichsgebiet zu deportieren und dort dann einzusperren, abzuurteilen oder gegebenenfalls dort auch hinzurichten. Todesurteile auf dem Gebiet des besetzten Frankreichs waren rechtlich in Ausnahmefällen nur dann zulässig, wenn es sich bei den Verurteilten um Zivilisten handelte, die per Schnellverfahren durch ein Militärtribunal abgeurteilt werden konnten, woraufhin die Urteile gleich im Anschluss vollzogen wurden. Aber Carl bezweifelte, dass dies hier der Fall gewesen war.

»Wer waren die übrigen beiden – der Mann und die junge Frau?«

»Weiß ich nicht. Habe auch nicht nach denen gefragt. Mein Problem war Jacky le Mec. Damit hatte ich alle Hände voll zu tun. Aber ich nehme an, dass das Terroristen waren. In Paris wird der Widerstand von Schulkindern oder Kriminellen geführt. Wenn er sich nicht aus diesem Milieu rekrutiert, dann sind es die Universitäten und Lyzeen. Ab und zu ist auch mal eine Hausfrau darunter. Doch für eine Hausfrau war sie zu jung, und für eine Hure wirkte sie zu brav. Deshalb nehme ich an, dass sie eine Studentin war.«

Nach den beiden Männern warfen die Henker jetzt auch die Leiche der jungen Frau in den Krankenwagen, schlossen anschließend dessen Hecktür und steckten sich Zigaretten an. Die junge Frau, fragte sich Carl – hatte sie Eltern oder einen Geliebten? Der Mann – war er alt genug gewesen, um Kinder zu haben? Und Jacky le Mec, der so verzweifelt gewesen war, dass er sich ausgerechnet an Heiliger um Hilfe wandte – wartete heute Nacht irgendjemand vergeblich auf ihn?

»Was wird aus den Leichen? Die fallen ja auf. Irgendwer redet doch, falls plötzlich drei Tote mit Genickschüssen auftauchen.«

Heiliger ging zum Herd, öffnete die Feuerluke und warf seine Zigarettenkippe hinein. »Krematorium draußen in Bercy. Gehört einem Italiener. Ist schon ewig in Paris. Hab ihn selbst rekrutiert. Ist zuverlässig. Tut es angeblich, weil er die Franzosen verachtet. Aber ich glaube, er ist einfach nur scharf auf das Geld, das er damit verdient. Kann auch nicht der Einzige sein, der sich mit solchen Geschäften die Nase vergoldet.«

Carl legte den Feldstecher weg und steckte sich selbst auch eine Zigarette an, deren Rauch ihm heiß und rau durch den Mund in den Hals fuhr. Er hatte Durst und fühlte sich gleichzeitig bedrückt und belebt. Obwohl beide Empfindungen zur gleichen Zeit für einen geistig gesunden Menschen einander eigentlich ausschließen sollten. Diese Gefühlsachterbahn musste etwa dem entsprechen, was Männer an der Front nach einem Gefecht empfanden: Trauer und Angst, aber eben auch die Erleichterung darüber, dass der Tod für dieses Mal einen Bogen um sie gemacht hatte.

»Wie viele, meinen Sie, sind seit dem Einmarsch in Paris bereits auf diese Art verschwunden?«, erkundigte er sich.

»Da hat keiner exakt Buch geführt.«

Heiliger hob seine Hände vors Gesicht, hielt sie dort einen Moment lang und beobachtete, wie sie immer heftiger zu zittern begannen. Carl war unwiderstehlich von ihrem Anblick angezogen. Es erschien ihm völlig absurd, dass ausgerechnet der selbstsichere Heiliger auf seine zitternden Hände starrte, als könnte er sie allein durch die Kraft seiner Blicke zur Räson bringen.

»Passiert mir manchmal. Geht vorbei. Dauert nur 'ne Minute oder zwei …«, erklärte Heiliger.

Carl holte seinen Flachmann heraus, den er in der Rue Sainte-Anne aufgefüllt und vorsorglich eingesteckt hatte, schraubte ihn auf, griff Heiligers rechte Hand und zwang deren Finger um das angelaufene Silber. Obwohl sie immer noch zitterten, brachte Heiliger es fertig, den Flachmann zum Mund zu führen und daraus zu trinken.

Carl nahm ihn Heiliger wieder ab und stellte ihn auf den Tisch. Er empfand Mitleid für seinen Stellvertreter. Heiliger hatte sicher an vielen solcher illegalen Hinrichtungen teilgenommen. So etwas ging höchstens an Monstern spurlos vorbei. Aber ein Monster war er nicht.

»Ich hatte heute Besuch in der Dienststelle. Lochmann«, sagte Carl. »War ziemlich ungehalten, weil ich auf meinen Rang pochte und ihn zu mir bestellte, obwohl er erwartete, dass ich zur Avenue Foch fahre und dort bei ihm Männchen mache. Er kam gleich zur Sache: Entweder lassen Perreau und Sie diese Massenmordermittlung sein, oder er wird dafür sorgen, dass Sie an der Ostfront enden. Und Perreau womöglich in einem Hinterhof wie dem da …«

Inzwischen war Heiliger so weit, ohne Carls Hilfe aus dem Flachmann trinken zu können. Also tat er das.

»Was haben Sie ihm geantwortet, Chef?«

»Ich habe ihm garantiert, dass Sie sich am Riemen reißen und diese Ermittlungen ruhen lassen werden. Dasselbe gilt für Perreau.«

Heiliger überging Carls Bemerkung und steckte sich eine Zigarette an. Was auf Carl wirkte, als müsste er sich damit selbst beweisen, dass er wieder dazu fähig sei. Jetzt endlich wagte es auch Heiliger, in den Hof hinunter zu schauen. Obwohl es da unten nichts mehr zu sehen gab. Außer vielleicht ein paar Schatten und Flecken von frischem Blut.

»Als sie '34 oder '35 damit begonnen haben, die ersten Politischen zum Tode zu verurteilen, hab ich mal den Henker vom Bahnhof abgeholt und nach Plötzensee gefahren. War ein Pferdeschlächter. Hieß Gröpler. Sollte an dem Morgen gleich zwei unters Beil kriegen. Der Gröpler hat sich die ganze Fahrt vom Bahnhof drüber beklagt, dass sie in Bayern dafür das Fallbeil benutzt hätten. Das fand er abscheulich. Meinte, dass eine Maschine zu unpersönlich sei für solche Sachen. Ich hab ihn gefragt: Was, wenn's danebengeht? Eine Maschine macht keine Fehler. Gröpler antwortete, bei ihm ginge es halt nicht daneben. Darauf sei er stolz. Das sei seine Ehre, und das sei sein Gewissen, und das sei er denen schuldig, die er unters Beil kriege. Hat mich damals beeindruckt. Fand ich nachvollziehbar. Aber Gröpler hat gelogen, Chef. Bloß hab ich das erst gemerkt, als ich hier zum ersten Mal einem den Kopfschuss verpassen musste. Und bei dem einen blieb's nicht. Ich hätte jederzeit mit einer Maschine getauscht und mir all die Albträume erspart. Perreau wusste zwar nicht alles, aber er ahnte, dass ich hier in Paris nicht nur Blümchen gepflückt und Parademarsch geübt habe. Ich bin Polizist, Chef. Kein Mörder. Ich hab elf Menschen erschossen. Die waren nicht alle an jedem Tag ihres Lebens immer nur schlecht. Geht mir auch nicht darum, einen Befehl zu verweigern. Aber wenn ich das Zittern je wieder wirklich loswerden will, muss ich weiter nach dem Mann suchen, der Perreau ein Familienporträt aus Leichen hinterlässt, bei dem der Kopf einer Mutter zwischen den Beinen ihres Sohnes liegt.«

Unten im Hof sickerte das Blut der drei Toten zwischen die Pflasterritzen, und Carl hatte das Gefühl, sein Uniformkragen zöge sich ständig enger um seinen Hals zusammen. Solchen Dingen, von denen Heiliger sprach, war er sein Leben lang ausgewichen. In einem Zeitalter, das den routiniert industriellen Massenmord hervorgebracht hatte, erschien ihm Gröplers Abneigung, den Tod durch Maschinen zu erteilen, beinah ebenso absurd wie Heiligers trotzige Entschlossenheit, sein Gewissen damit erleichtern zu wollen, einen Mörder aus dem Verkehr zu ziehen.

»Sie lassen Ihre Finger aus dem Fall, Heiliger. Das ist ein Befehl!«, sagte Carl. »Dieser Massenmörder bringt hauptsächlich Juden um. Das ist Angelegenheit der Gestapo. Sie und ich haben damit nichts zu tun. Sollte der Mörder wirklich ein Deutscher sein und von Lochmann gedeckt werden, dann hat der Kriminaldirektor seine Gründe dafür. Die gehen uns nichts an. Ich erwarte außerdem, dass Sie sich künftig von Totschlägern wie den Männern in dem Hof fernhalten. Sie sind inzwischen schließlich Stabsoffizier und Verwaltungsbeamter. Falls Sie Absolution nötig haben, dann gehen Sie gefälligst in eine Kapelle oder in einen Puff! Von beiden hat Paris nun weiß Gott reichlich zu bieten.«

Carl wartete auf irgendeine Reaktion – doch Heiliger rührte sich nicht. Je länger er ihm dabei zusah, wie er sich eben nicht rührte, umso ärgerlicher und wütender wurde Carl. Heiligers Regungslosigkeit wirkte auf ihn wie ein Echo seiner eigenen Lügen. Denn es war ihm ja durchaus klar, dass das, was er von seinem Adjutanten erwartete, sowohl menschlich als auch moralisch das exakte Gegenteil von dem darstellte, was eigentlich angebracht gewesen wäre.

»Und, Heiliger«, sagte Carl schließlich und wies hinunter in den Hof. »Wer garantiert Ihnen denn, dass die meisten der Toten auf Perreaus Massenmörderopferliste nicht Leute waren wie die drei, die dort unten gerade ins Gras gebissen haben?«

Es dauerte lange, bis Heiliger sich rührte. Als er es endlich tat, erschrak Carl. Denn Heiliger sprang auf, schlug die Hacken zusammen, streckte den rechten Arm aus und brüllte: »Sieg Heil, Obersturmbannführer!«

»Geht doch!«, flüsterte Carl, griff seinen Flachmann, steckte ihn ein und verließ die Wohnung.

In dieser Nacht träumte Carl von seiner Wohnung in Berlin. Als er sie in seinem Traum betrat, war sie verlassen und still. Jeder seiner Schritte darin schien feinste Staubwölkchen aufzuwerfen. Er hatte das Gefühl, beobachtet zu werden. In dem leeren Wohnzimmer wehte ein Stück feinster Spitzenstoff umher, obwohl sämtliche Fenster fest verschlossen waren. Erst als er es gefangen hatte, stellte er fest, dass es der Brautschleier war, den seine Frau bei ihrer Hochzeit getragen hatte. Nur an ein weiteres Detail seines Traums erinnerte er sich am nächsten Morgen: In der Wohnung roch es nach Schimmel und Trockenblumen.

16

Nach dem Irrsinn jenes so ereignisreichen Tages dauerte es nicht lange, bis Carl wieder völlig in seinen gewohnten Rhythmus aus stillen Besäufnissen und morgendlicher Katerbekämpfung durch Bier und Cognac verfiel.

Obwohl Heiliger Carl während der folgenden Wochen tatsächlich nicht mehr mit der Mordserie belästigte, legte er ihm trotzdem weiterhin regelmäßig neue blaue Akten mit dem Vermerk »Streng Vertraulich« auf den Schreibtisch.

Hin und wieder las Carl jetzt sogar darin und erfuhr so, dass die internen Brüche zwischen den einzelnen Teilbereichen der Besatzungsbehörden zunehmend tiefer wurden. Jeder erwartete spätestens im kommenden Frühjahr eine Invasion der Alliierten in Frankreich, und obwohl die Moral der Wehrmachtstruppen hier im Westen immer noch gut war, herrschte unter den Offiziersrängen inzwischen reiner Zweckoptimismus statt wirklicher Zuversicht. Interessant fand er Heiligers Analyse, dass der regelmäßig aufflackernde Widerstand in Paris tatsächlich vornehmlich von sehr jungen Männern und Frauen ausging, die entweder eine höhere Bildung aufwiesen oder der Unterwelt angehörten und oft mit den Kommunisten oder den Sozialisten sympathisierten. Was Lochmanns französische Sonderkommandos trieben, hielt Heiliger allerdings völlig aus seinen blauen Dossiers heraus.

In der Dienststelle überprüfte Carl Statistiken und zeichnete Anweisungen ab, die Heiliger ihm vorformuliert bereitlegte, las hin und wieder die Reporte und Meldungen der einzelnen Abteilungen, die seinem Kommando unterstanden und achtete ansonsten darauf, dass sein Blutalkoholniveau niemals unter das kritische Niveau fiel, von dem ab er in die Verlegenheit zu kommen drohte, einen einzigen nüchternen Gedanken fassen zu müssen.

Als Heinz Becker eines Abends vor dem Haus eine dürre graue Ratte erschoss, zuckte Carl bei dem Geräusch heftig zusammen und fühlte sich für einen Moment wie gelähmt. Und das, obwohl er von Heinz' Schuss keineswegs überrascht worden war.

Zwei Katzen stritten sich um die Reste der Ratte.

Carl sah ihnen zu und wunderte sich dabei über sein Interesse. Was konnte inmitten des Krieges banaler sein als diese Szene? Nichts und alles, dachte er.

Er träumte in dieser Nacht von riesigen Hauskatzen, die mit einem winzigen Mann in Uniform spielten, von dem er nicht sicher war, ob es sich dabei um ihn selbst handelte.

Carl sah den Traum dennoch als gutes Zeichen, denn er glaubte, er sei ein erstes Symptom des Wahnsinns, der die beflissenen Säufer früher oder später immer einholte.

Oberg und Knochen ließen ihn weitgehend in Ruhe und demonstrierten ihre Macht höchstens in Form einer Meldung oder eines Aktenvermerks, dem Heiliger dann auf Carls Befehl hin ganz besondere Aufmerksamkeit widmete. Überwiegend ging es dabei um Touristen aus dem Reich.

Trotz des Krieges besuchten Tausende Touristen die Stadt. Wobei es nicht ausblieb, dass einige von ihnen Opfer von Verbrechen wurden. Selten handelte es sich dabei um ernstere Verfehlungen als Diebstahl oder Raub. Hin und wieder waren auch Körperverletzungen dabei. Man soff in Paris offenbar sogar noch mehr und schneller als zu Hause, und da blieb es nicht aus, dass es zu Raufereien kam. Auch Zechprellerei von Touristen war ein häufiges Delikt, mit dem sich die Pariser Polizei herumzuschlagen hatte. Dass die Unterwelt der Stadt heutzutage sogar noch aktiver war als in Friedenszeiten, konnte auch niemanden überraschen. Schließlich boten Krieg und Besatzung fantastische Chancen für illegale Geschäfte. Die Bars, Cabarets und Bordelle waren voller Soldaten und Offiziere, die ihren Sold mit beiden Händen unter die Leute warfen. Doch das Pariser Verbrechermilieu interessierte Oberg und Knochen in ihren Meldungen nur am Rande. Die Herren von Gestapo, Militärverwaltung und SD nutzen schließlich die Zuhälter, Totschläger und Schieber weidlich aus, um sich mit ihrer Hilfe die eigenen Taschen zu füllen.

»Die Luden und Hühner, die sich als Gestapo-Spitzel hergeben, sind zwar Bodensatz, aber nicht ganz und gar Abschaum«, erklärte Heiliger eines Morgens. »Den hat nämlich ausschließlich Lochmann für seine Sonderkommandos unter Vertrag genommen. Jeder andere Kriminelle, der in dieser Stadt was auf sich hält, steckt entweder mit den Terroristen oder den französischen Schwarzhändlern unter einer Decke.«

Dass der Kriminaldirektor sich für seine Drecksarbeit beim Bodensatz des kriminellen Milieus bediente, fand Carl nur folgerichtig. Genauso wie Heiligers Hinweis, dass der Widerstand dies ebenfalls tat. Wenn auch vielleicht mit einem besseren Auge für charakterliche Qualitäten seiner Rekruten. Ausschließlich mit einer Truppe aus blassen Familienvätern, braven Angestellten und kleinen Sekretärinnen gegen die mächtigste Militärmacht Europas antreten zu wollen, wäre auch naiv gewesen. Solche Leute neigten eher dazu, sich mit jeder Form von Macht zu arrangieren, um so ihre Hoffnungen auf ein kleines privates Glück möglichst nahtlos weiterhin füttern zu können. Die Studenten und Gymnasiasten passten da eher. Sie waren zu jung und naiv, um sich für sterblich zu halten. Und was das Milieu betraf – dessen Angehörige blühten im Chaos auf und hatten schon aus professionellen Gründen etwas gegen jede strikte Ordnungsmacht.

»Na dann, nichts leichter als das: Veranlassen Sie die größte Razzia, die die Welt je gesehen hat, buchten Sie dabei sämtliche Pariser Kriminellen ein, und schon haben wir es beim Widerstand nur noch mit Amateuren zu tun, die ja wohl keine Gegner für uns darstellen«, kommentierte Carl sarkastisch Heiligers Analyse. Zu seiner Überraschung überhörte Heiliger den Sarkasmus und nahm Carls Bemerkung ernst.

»Das läuft so leider nicht, Chef. Die Franzosen haben sich zwar nicht gerade in Scharen gewehrt, als wir die Juden eingesammelt und ins Vélodrome d'Hiver gesperrt haben. Aber Perreaus Flics und Greifer haben trotzdem eine Menge von ihnen gewarnt und versteckt. Und dabei waren die Juden ja auch hier nicht nur allgemein beliebt. Aber für ihre Kriminellen haben die Franzosen wirklich ein Herz. Sollten wir dasselbe mit denen versuchen, was wir mit den Juden durchexerziert haben, würden uns die Pariser die Hölle heiß machen. Das wäre der Startschuss zu einem Aufstand, den wir nur mit Panzern und Bombern unter Kontrolle bekämen.«

Carl war überrascht und ein wenig abgestoßen von Heiligers Antwort. Er sprach so unbefangen über die Judenrazzien wie über das Pilzesammeln in einem idyllischen Herbstwald. Carl fragte sich, ob Heiliger wusste, was in den Lagern im Osten mit den Juden und russischen Kriegsgefangenen geschah. Und ob er tatsächlich so abgebrüht war, dass es ihn nicht ebenso anekelte wie ihn selbst.

»Sie haben wirklich nichts für die Juden übrig, was, Heiliger?«

»Ich tue, was man mir befiehlt, Chef. Das hab ich auch schon vor der Machtergreifung getan. Ob's Juden sind, die ich jage, Verbrecher oder schwarz-grün karierte Schoßhündchen, macht für mich keinen großen Unterschied. Wichtig ist, dass man übrig bleibt und aufpasst, sich keine Kugel einzufangen.«

Carl fand, dass Heiliger ihm auswich. Aber er war zu feige, um weiter auf dem Thema zu beharren. Wer wusste schon, was er von Heiliger noch zu hören bekam, das ihm nicht gefallen würde?

»Heiliger, mit Ihnen wird es mal ein schreckliches Ende nehmen. Sie sind schlicht zu ehrlich für einen Polizisten.«

»Verdammt, Chef, und ich dachte bisher, gerade deswegen kommen Sie und ich so gut miteinander aus!«

Carl öffnete ein Bier und schüttelte den Kopf. »Wir kommen nur deswegen so gut miteinander aus, weil Sie meine Arbeit besser erledigen, als ich das je könnte. Erwarten Sie also lieber nicht, dass ich jemals einem Versetzungsgesuch stattgeben werde.«

»Solange ich weiterhin hemmungslos Ihre Portokasse plündern darf, besteht für ein Versetzungsgesuch meinerseits gar kein Anlass«, gab Heiliger zurück.

Carl öffnete eine zweite Flasche Bier und schob sie über seinen Schreibtisch hinweg Heiliger zu.

»Sie sind nicht ehrgeizig genug, Heiliger. Ich verfüge neben der Portokasse immerhin noch über ein Spesenkonto. Und da ist viel mehr drauf!«

»Kommt Zeit, kommt Rat, Obersturmbannführer!«

17

Bislang hatte Carl sich vor den Empfängen mit anschließendem Saufgelage und Puffbesuch, die man hier gemeinhin als Repräsentationsveranstaltung deklarierte, drücken können. Was so weit gegangen war, dass Oberg ihm mit einem schriftlichen Rüffel in Berlin drohte, sollte er sich nicht demnächst bei einem blicken lassen.

Da ihm nichts anderes übrig blieb, machte Carl das beste aus Obergs Befehl und wählte eine Filmpremiere für sein Debut in der Pariser Gesellschaft. Der Streifen nannte sich *L'éternel retour* und war eine moderne Neuinterpretation von *Tristan und Isolde*. Obwohl Carl kein großer Freund von pathetischen Liebesgeschichten war, erschien ihm dies dennoch als das geringere Übel. Einen Opernbesuch oder einen der Empfänge, die die Militärverwaltung regelmäßig veranstaltete, zu besuchen wäre ihm jedenfalls noch schwerer gefallen.

Heiliger hatte einen riesigen offenen Mercedes mit Fahrer organisiert und erschien überpünktlich vor Carls Quartier. »'n Abend, Obersturmbannführer! Was sagen Sie zu der Karre?«, grinste er.

»Bisschen sehr auffällig, was?«

»Ach, man lebt nur einmal!«, entgegnete Heiliger.

Der SS-Rottenführer am Steuer lenkte das schwarz glänzende Cabriolet vorsichtig aus der für solche Gefährte eigentlich zu schmalen Rue Sainte-Anne.

Der Boulevard, der zu dem Kino führte, wurde von einer Autoschlange verstopft, die sich nur noch im Schritttempo voranbewegte.

In diesem verdammten Schlitten saßen sie wie Zielscheiben, dachte Carl und schlug den Kragen seines Mantels hoch. Der Widerstand musste noch nicht einmal einen guten Schützen einsetzen, um hier eine reichliche Ernte einzufahren. Schon eine Handgranate in den Fond eines der vielen offenen Wagen zu werfen genügte, um gleich mehrere mächtige Figuren über den Jordan zu schicken.

Das Foyer des Kinos war so sehr mit Goldlamé und rotem Samt aufgerüscht worden, dass sich die Luden, Einbrecher und Berufsdiebe aus dem Vorstand des guten alten Ringvereins Immergrün sofort wie zu Hause gefühlt hätten. Lediglich der lebendig wogende Wald aus Galauniformträgern, der hier die Frauen in ihren Abendkleidern fast erdrückte, hätte sie vielleicht ein wenig abgestoßen.

Carl war ein Verwaltungsbeamter auf einem langweiligen Posten ohne echten Einfluss, und er geriet an diesem Abend in den Wirbel der High Society in der aufregendsten Stadt Europas. Die Lichter, Farben, Stimmen, das Lachen und die Musik, die eine Band im Foyer spielte, wirkten auf ihn so belebend wie eine Linie des Kokses, das er während der wilden Jahre in Berlin hin und wieder genommen hatte.

»Gesehen, Chef? Da drüben …«, flüsterte Heiliger, während er sich an seinem dritten Glas Schampus festhielt.

Carl folgte seinem Blick zu einem Wehrmachtshauptmann mit eisernem Kreuz und Pour-le-Mérite-Orden an der grauen Uniform, der sich angeregt mit einer exotisch wirkenden Dame unterhielt.

Carl erkannte ihn sofort. Das war der berühmte Schriftsteller und Kriegsheld. Heiligers Gerüchteküchenauswertungen zufolge führte Gestapo-Chef Knochen eine Akte über ihn, in der er heimliche Aufnahmen seiner Affären sammelte, die seine Zuträger ihm lieferten. Schon seit Jahren war der Mann Himmler unheimlich, und er wäre ihn lieber heute als morgen losgeworden. Carl und der berühmte Hauptmann hatten zwar einige gemeinsame Bekannte, waren sich aber bisher niemals persönlich begegnet. Trotzdem musste er ihn erkannt haben, denn der Hauptmann nickte Carl zu.

Nur ein paar Meter von ihm entfernt lachte Edith Piaf über den Scherz eines Anzugträgers mit Boxernase und Blumenkohlohren. Sie war so winzig, dass selbst die hohen Absätze ihrer Lackpumps ihr gerade einmal die Körpergröße einer Viertklässlerin verliehen. Ihr Lachen wirkte allerdings überaus ansteckend.

Carl fragte sich, ob der einzige Mann, der ihn in Paris wirklich brennend interessierte, sich an diesem Abend aus seinem Studio in der Rue des Grands-Augustins Nummer 7 herausgewagt hatte. Sein Gesicht, das er von Zeitungsbildern kannte, war unverwechselbar. Doch in der ausgelassen schwatzenden und trinkenden Menge konnte er es nicht entdecken. Er war enttäuscht darüber, weil es hieß, dass auch der berühmte Paradiesvogel Cocteau hier sei, und Cocteau und der Magier aus der Rue des Grands-Augustins waren gute Freunde.

Stattdessen entdeckte er zu seiner Überraschung Perreau in der Menge. Er trug einen sehr gut geschnittenen Anzug und stand neben der auffallendsten Frau in einem Raum voller Frauen, die sich große Mühe gegeben hatten hervorzustechen. Neben den strengen Uniformen und Smokings der

Männer herrschten bei den Roben der Damen eher gedeckte Farben vor. Die Frau neben Perreau trug jedoch ein rotes, gewagt enges Kleid, dazu schwarze Schnürstiefel und ein schwarzes Hütchen mit Gazeschleier. Sie hatte sehr helle Haut, eine kleine gerade Nase und graue Augen, die selbst unter dem Schleier beeindruckend wirkten. Ihr Haar war weißblond gefärbt.

Sie hielt einen Spazierstock in der Hand, und als sie mit Perreau zu einer Gruppe von Franzosen in Smokings ging, zeigte sich, dass sie leicht hinkte.

»Perreaus Gattin?«, erkundigte sich Carl bei Heiliger.

Der zuckte mit den Achseln. »Nee, er ist Junggeselle. Oder Witwer. Hat mich mal zu sich eingeladen. Ist schon 'ne ganze Zeit her«, antwortete Heiliger etwas zu übereifrig. »Der Kerl wohnt wie 'n General.«

Dass Heiliger sich so sehr beeilte, zu versichern, es sei lange her, dass er bei Perreau zu Gast gewesen war, stieß Carl etwas unangenehm auf.

Er verlor das auffällige rote Kleid für einige Zeit aus den Augen, weil der Hauptmann mit dem Pour le Mérite ihn begrüßte, um mit ihm einige Sätze über ihre gemeinsamen Bekannten zu wechseln.

Der Hauptmann wies Carl auch auf den schmalen, ziemlich exzentrisch gekleideten Jean Cocteau hin, den Drehbuchautor des Films, der heute Premiere hatte. Cocteau winkte dem Hauptmann affektiert zu. Er war ein Bewunderer von Arno Breker, dem Lieblingsbildhauer des Führers, dessen Werke Carl stets an antike Stauten erinnerten. Auch wenn er den meisten von ihnen einen entrückten Heldenblick einmeißelte, der so gar nichts Antikes hatte und Carl abstieß.

Carl erspähte Perreau und dessen rot gekleidete Begleiterin erst wieder in der Menge, als man sich nach einem Klingeln in den Kinosaal begab. Sie war ganz eindeutig das faszinierendste weibliche Wesen hier, dachte er und fragte sich zum zweiten Mal an diesem Abend, wie ein kleiner französischer Kommissar zu einer solchen Frau kam. Selbst wenn er angeblich wohnte wie ein General.

Der Hauptmann und seine Gefährten wurden im Parkett platziert, während ein livrierter Platzanweiser Carl und Heiliger eine kleine, mit rotem Samt ausgeschlagene Loge zuwies. Es gab acht davon – vier auf jeder Seite des Saales. Perreau bezog die, welche direkt gegenüber der von Carl und Heiliger lag. Man hatte für jeden Logengast Operngläser bereitgelegt. Heiliger griff danach und begann die Reihen des Parketts abzusuchen.

Schon wieder Perreau, dachte Carl amüsiert. Nicht nur hatte er diese aparte Frau dabei, sondern konnte sich sogar eine Loge leisten. Er nahm sich vor, den Mann sehr bald etwas näher unter die Lupe zu nehmen.

Carl spielte einige Zeit unschlüssig mit dem Opernglas herum, bevor er es auf Perreaus mysteriöse Begleiterin richtete. Über der linken Brust der Unbekannten entdeckte er eine kleine Brosche, weiß und silbern. Sie war rund, stellte ein rotes Kreuz auf weißem Grund dar und wirkte wie eine recht billige Emaille-Arbeit.

»Hat Perreau irgendetwas mit dem Roten Kreuz zu schaffen?«

Heiliger zuckte mit den Achseln und setzte sein Glas ab. »Keine Ahnung. Aber glaub ich eigentlich nicht. Wieso?«

Carl wies auf die Frau im roten Kleid. Heiliger setzte sein Opernglas wieder an und schaute nun ebenfalls zu ihr herüber. »Die ist jedenfalls keine echte Blondine. Gefärbt wie alle anderen. Und zu dürr für meinen Geschmack. Vielleicht ’ne Verwandte vom Kommissar, was? Und will mal ’n büschen Großstadtluft schnuppern? Oder Perreau hält sich ’ne Mätresse. Oha, Chef! Der alte Bruno hat sich ’ne Schickse angelacht.«

Nun ja, dachte Carl, *beides nicht ausgeschlossen*. Aber diese Frau hatte weder die Haltung einer Provinzpomeranze, noch benahm sie sich wie eine Geliebte. Dazu lag bei aller Nähe doch zu viel Distanz zu Perreau in ihrer Haltung. Sie beugte sich jetzt zu ihm hinüber und flüsterte ihm etwas zu. Dabei rutschte ein silberner Kettenanhänger, der bisher unter ihrem Kleid verborgen gewesen war, hervor. Carl stellte das Opernglas schärfer. War das ein Keltenkreuz? Merkwürdig.

Der Film begann.

Er erschien Carl in seiner düster märchenhaften Stimmung gar nicht so übel, wie er befürchtet hatte. Allerdings drohte ihm einige Minuten vor dem tragischen Tod des überirdisch gut aussehenden Helden ein leichter Kater einzuholen. Da der Vorrat in seinem Flachmann aufgebraucht war, sah er sich gezwungen, ihn so lange zu ertragen, bis der Film zu Ende wäre und man zum Sektempfang der Premierenfeier schreiten würde.

Heiliger reichte ihm seinen eigenen Flachmann herüber. Er war mit einem schlimmen Rachenputzer gefüllt, der selbst Carls Augen zum Tränen brachte.

»Herrgott, Heiliger, wo haben Sie dieses Gift her?«, flüsterte er.

»Schwarzmarkt bei Les Halles, Chef. Macht Tote wieder lebendig!«

Carl nickte und gab den Flachmann zurück.

Heiliger wies auf die Leinwand, wo der Hauptdarsteller gerade ästhetisch anspruchsvoll starb. »Erzählen Sie mir, was Sie wollen, Obersturmbannführer, aber das da haben die auf uns gemünzt. Der Kerl, der gerade ins Gras beißt, weil er zu blöd war, sich diese Schickse zu greifen, als er sie hätte haben können, das sind wir. Und die Schickse, die zu verklemmt war, ihn zu ficken, bevor sie den Baron heiratete, das ist Frankreich. Das braucht doch keiner von uns, Chef! Alles degeneriertes Künstlerpack, das nur Geld und Nerven kostet!«

Carl hätte Heiligers Meinung über die Botschaft des Films jedoch gar nicht gleichgültiger sein können. Denn er stellte fest, dass Perreaus Loge nun verlassen war. Der Ausgang des Films war zwar nicht überraschend gewesen. Dennoch wunderte es ihn, dass Perreau noch vor dem Abspann verschwand. Hatte er sich aus dem Staub gemacht, als Heiliger Carl so zuvorkommend seinen Flachmann reichte?

18

Nicht jeder der Premierengäste erhielt auch Zugang zu der Feier, die man in einem Restaurant gegenüber dem Kino vorbereitet hatte. Es hatte eine dunkle, mit Messingläufen aufgehübschte Theke, verfügte über erstaunlich viele prächtige goldgerahmte Spiegel, und über die Tische waren steife weiße Damastdecken ausgebreitet, auf denen schwere geschliffene Kristallglas-Aschenbecher funkelten.

Kellner servierten Champagner und Bier. Letzteres war wohl eine Konzession an die deutsche Besatzungsmacht. Denn die bevorzugten Alternativen, die man hier vor der Besetzung zum Veuve Clicquot gereicht hätte, wären eher Pastis oder Wermut gewesen.

Carl und Heiliger betraten das Lokal und schauten sich um. Der berühmte Hauptmann war ebenfalls anwesend. Auch Helmut Knochen hatte sich eingefunden, obwohl Carl ihn im Kino nicht gesehen hatte. Jetzt ignorierte Knochen ihn. Wer fehlte, waren Perreau und dessen mysteriöse Begleiterin.

Heiliger plünderte das Büfett, während Carl seinen Kater mithilfe eines guten Calvados in Schach hielt, den er an der Bar verlangt hatte, da ihm weder Bier noch Champagner ausreichend erschienen, um die verdammte Katze in seinem Hinterkopf das Fürchten zu lehren.

Der berühmte Hauptmann näherte sich ihm. »Man hört, Ihr Freund York von Trott zu Seitz sei demnächst zurück in

Paris. Hat vor seiner Fahrt in den Osten über Sie gesprochen«, sagte er, berührte unmerklich Carls Arm und führte ihn etwas weg von den dicht beieinanderstehenden Trauben der übrigen Gäste.

Carl war das nur recht. Mit dem Hauptmann gesehen zu werden konnte von einigen der Anwesenden missverstanden werden. Doch er freute sich, von ihm etwas über York zu hören. Nur war das nicht der Grund, warum ihn der Hauptmann beiseite genommen hatte. »Man hört ja, dieser Heiliger, mit dem Sie gekommen sind, soll ein schlimmer Schlächter sein«, erkundigte er sich.

Carl war überrascht von der Bemerkung. »Heiliger? Nein, der zählt einfach nur zu den Männern, die ein paarmal ein mieses Los gezogen haben.«

Der Hauptmann nahm ein Champagnerglas von einem der Tabletts, welche die Kellner herumreichten. »Dafür stehen Sie mit Ihrem Wort, Obersturmbannführer?«

»Jederzeit!«, antwortete Carl und griff nach einem Bier, um dem Calvados auf die Beine zu helfen.

Der Hauptmann sah schweigend zu einem der Spiegel, in dem sie beide zu sehen waren.

»Plünderer zerschlagen in den Häusern, die sie stürmen, stets zuerst die Spiegel. Muss daran liegen, dass der Mensch sich nicht gern dabei zusieht, wie er zur Bestie wird«, sagte der Hauptmann leise.

Carl empfand das Bier als zu lasch. »Klingt überzeugend.«

Der Hauptmann nickte und lächelte sanft, was im deutlichen Kontrast zu seiner Reputation als großer Krieger und kühler Dandy stand. »Was halten Sie von Paris, Obersturmbannführer? Ich las neulich erst in einem Gedicht, dass es derzeit Géricaults ›Floß der Medusa‹ gleiche.«

Das berühmte Gemälde von Théodore Géricault, auf das der Hauptmann anspielte, zeigte die Überlebenden einer Schiffskatastrophe. Aufgetürmt zu einer Pyramide aus Leibern, halbnackt und von einem Sturm bedroht, trieben sie auf einem unzulänglichen Floß ihrem Ende entgegen und drohten sich dabei aus Hunger und Verzweiflung jeden Moment gegenseitig an die Kehlen zu gehen.

Géricault hatte nicht alles daran seiner Fantasie entspringen lassen, sondern sein Bild nach der Katastrophe einer Fregatte namens Medusa komponiert, die wegen der Ignoranz ihres Kapitäns vor Westafrika auf Grund gelaufen war. Zwar rettete der Kapitän sich selbst und einen Teil der Mannschaft in sichere Boote. Aber aus Feigheit und Selbstsucht verbannte er die übrige Besatzung und einen Teil der Passagiere und Mannschaft auf ein Floß. In brütender Hitze trieb es tagelang steuerlos über die See, was die Menschen darauf schließlich zu Bestien werden ließ, die sich gegenseitig auffraßen.

Es konnte kein Zufall sein, dass der Hauptmann ausgerechnet dieses Bild erwähnte. Und das, nachdem er sich von Carl hatte versichern lassen, dass Heiliger eben doch keiner der üblichen Metzger war, wie sie von den Kreaturen des Reichsheinis bevorzugt Männern zur Seite gestellt wurden, deren Loyalität er sich nicht ganz sicher sein durfte.

Carl hatte einige der Bücher des Hauptmanns gelesen. Er war ein Meister der doppelten Böden und schillernden Symbolik. Die Fregatte Medusa sank aufgrund der Unfähigkeit ihres Kapitäns, der wiederum nur deswegen zu seinem Posten gekommen war, weil man mit seiner Ernennung ein politisches Zeichen setzen wollte. Man konnte die Bemerkung des Hauptmanns daher ohne bösen Willen als Generalkritik am Führer begreifen. Er war mit seiner Anmerkung ziemlich weit gegangen.

»Sie bestehen weiterhin darauf, dass Heiliger vertrauenswürdig ist?«, fragte er noch einmal nach.

»Daran ändert sich nichts«, antwortete Carl.

»Gut, Obersturmbannführer, dann lässt man Ihnen aus der Rue de Rivoli ausrichten, dass Sie Ihren Adjutanten nach Möglichkeit nicht länger daran hindern sollten, seine Ermittlungen in dieser fürchterlichen Mordserie fortzusetzen.«

In der Rue de Rivoli lag das Hôtel Meurice, das die deutsche Militärkommandantur von Paris beherbergte. *Die feinen Herren im Stab der Wehrmacht*, dachte Carl, erstaunt und angesäuert darüber, dass keiner von ihnen den Mumm gehabt hatte, ihm ihre Forderung offen ins Gesicht zu sagen. Stattdessen schickten sie ihren mit Orden behangenen Hauptmann vor, weil sie wohl vermuteten, dieser würde ihn mit seinem Kriegerruhm und Schriftstellerglanz so sehr blenden, dass Carl sich ihrer Anweisung nicht widersetzen würde.

»Ich werde es in Erwägung ziehen«, erklärte Carl, wandte sich ab und ging demonstrativ auf eine Gruppe SS-Offiziere zu, die sich um zwei Frauen scharten, deren Abendroben nicht wesentlich mehr Geschmack bewiesen als ihre überschminkten Gesichter.

Für einen Moment sah er sich plötzlich in einem Saal voller hässlicher Bestien, deren verkrümmte, dicht behaarte Leiber ihre Abendgarderobe zu sprengen schienen und deren Schlangenzungen aus dünnlippigen Mäulern über runzeligen Hälsen zischelten. Nur in all den Spiegeln, die das Lokal beherrschten, zeigten sich jene Bestien weiterhin in ihrer menschlichen Gestalt.

Scheiße, dachte Carl betroffen, *hat der Alkohol mich schon so sehr fertiggemacht, dass ich deliriere? Oder werde ich wahnsinnig, bevor er mich fertigmacht? Verdammt, was dann?*

Sobald er wieder klar sehen konnte, drängte er sich auf der Suche nach den Toiletten durch die dicht beieinanderstehenden Gäste.

Dabei stieß er auf eine Reihe von Paravents, die vor einer Treppe zum Obergeschoß aufgestellt waren, an der ein Aufsteller auf eine Reihe von Separees hinwies. Dort wehte etwas irritierend Rotes in sein Gesichtsfeld.

Carl blieb stehen und sah gerade noch, wie Perreau Heiliger zu der Treppe schob. Die Unbekannte im roten Kleid folgte den beiden. Sie hatte sich jetzt einen schwarzen Ledermantel übergestreift, der das auffallende Kleid fast gänzlich verbarg. Sie stützte sich auf ihren Stock, weswegen sie etwas hinter den beiden Männern zurückgeblieben war.

Es zählte zu Heiligers Aufgabenbereich, sich hin und wieder mit Perreau abzustimmen. Grundsätzlich war also nichts Verdächtiges daran, dass die beiden sich hier unterhielten. Merkwürdig war nur, dass sie es offenbar auf Perreaus Initiative hin in einem abgesperrten Teil des Lokals und in Begleitung dieser Fremden taten.

Carl verschob den Besuch der Toilette. Er wartete ab, bis er sicher war, dass die drei die Treppe hinaufgestiegen waren, trat dann zur Bar, reichte einem der Kellner seinen Flachmann und befahl, ihn mit Calvados aufzufüllen. Danach steckte er den Flachmann weg und griff sich – nur um ganz sicherzugehen – noch eine volle Flasche aus der Bar. Anschließend stieg er selbst die Treppe hinauf.

Der breite, mit Teppich belegte Korridor hier oben war kaum beleuchtet und die Türen zu den Separees verschlossen. Unter einer von ihnen schien etwas Licht hervor. Dorthin mussten sich die drei zurückgezogen haben.

Carl ging zu der Tür und lehnte sich gegen die blaue Seidentapete neben ihr. Ein Kellner in schwarzem Anzug und weißer langer Schürze trampelte die Treppe hinauf. Carl blickte ihm in die Augen und legte dazu den Zeigefinger auf die Lippen. Der Kellner sah Carls Uniform und verschwand.

Es war von hier aus unmöglich zu hören, was in dem Raum besprochen wurde. Carl stieß einen leisen Fluch aus und betrat dann das Zimmer.

»*Bon soir*!«, rief er, warf die Tür hinter sich zu und lehnte sich dagegen.

19

»*Jesus wept! Is he real?*«, rief die Unbekannte erschrocken und starrte Carl entgeistert an.

»Monsieur Obersturmbannführer!«, begrüßte ihn Perreau, der dabei seine rechte Hand unter dem Jackett hervorzog. Wie jeder Kriminalpolizist in Paris trug er eine Waffe im Schulterholster.

»Chef… das ist jetzt nicht so, wie Sie vielleicht denken …«, bemühte sich Heiliger um Schadensbegrenzung.

Carls Blick blieb auf der Frau im roten Kleid hängen. Sie saß in einem versilberten Sessel. Hinter ihr hing einer der goldgerahmten Spiegel an der Wand. Am Sessel lehnte ihr Stock. Er hatte einen Elfenbeingriff, der zu einem Schwanenkopf geformt war.

Der schwarze, feucht schimmernde Ledermantel schien zu groß für sie zu sein, und in dem mächtigen Sessel wirkte sie sehr jung. Im Gegensatz zu all den anderen Frauen, die sich unten im Lokal tummelten, hatte sie weder Lippenstift noch Lidschatten aufgelegt. Was allerdings auch gar nicht nötig war. Denn ihre Lippen stachen fast obszön rot aus dem porzellanweißen Gesicht hervor. Doch dieser Kontrast verblasste fast gegen die verstörende Wirkung ihrer großen, grauen Augen, aus denen sie Carl erschrocken, aber keinesfalls eingeschüchtert anblickte.

Carl hatte seit seiner Trennung von Gertrud keine Frau mehr berührt. Was nicht einem Mangel an Gelegenheiten geschuldet war, sondern eine mehr oder weniger bewusste Entscheidung darstellte.

Er war betrunken, wütend und fühlte sich überfordert von der Lage, in der er sich befand. Das machte ihm Angst, und es erhöhte nur noch seine Wut auf Heiliger und diesen verfluchten Franzosen, der sich so arrogant gab, als gehörte die ganze Stadt ihm. Aber diese Fremde in dem viel zu großen nassen Mantel erregte ihn. Er begehrte sie, wie er früher Gertrud begehrt hatte.

Carl löste seinen Blick mühsam von der Frau und schaute Heiliger an. Dann formte er mit Daumen und Zeigefinger eine Pistole, richtete sie auf Heiligers Kopf und sagte: »Erwischt, Obersturmführer! Das hier entspricht einer Befehlsverweigerung. Oder stellt es sogar eine Verschwörung dar?« Carl knickte seinen ausgestreckten Zeigefinger ein und sagte: »Knall!«

Perreau kniff seine Augen etwas zusammen, wie man das wohl beim Zielen tat. Die Frau im roten Kleid wandte ihre Gesicht Heiliger zu. »*On a scale from five to ten, how fucking drunk is he*?«, fragte sie.

»*Twelve*!«, antwortete Perreau und wechselte gleich darauf zurück ins Französische. »Aber soweit ich weiß, steht er bis mindestens vierzehn noch aufrecht!«

Die Frau im roten Kleid sortierte ihre langen Beine um. Carl brachte es nicht fertig, seinen Blick davon abzuwenden.

»Es ist was passiert, Chef …«, sagte Heiliger.

Carl hatte kein Ohr für ihn. Die Unbekannte schlug ein weiteres Mal ihre Beine übereinander. Diesmal galt ihre Show eindeutig ihm.

Perreau wartete ab, bis Carl es endlich fertigbrachte, seinen Blick wieder von der Frau zu lösen, und schaute ihn einen Moment schweigend an. Anschließend schob er seine reche Hand sehr langsam unter sein Jackett. Dorthin, wo seine Waffe sein musste.

Carl fragte sich, ob er wirklich noch in der Lage sei zurückzuschießen, sollte der Franzose jetzt ernst machen und seine Waffe ziehen. Wahrscheinlich nicht.

Doch Perreau zog nicht seinen Dienstrevolver hervor, sondern eine Zeitung. Er faltete sie auseinander und hielt Carl die Titelseite entgegen.

Es handelte sich um eine Ausgabe von *Fleur-de-Lys*, dem Propagandaorgan einer erzkatholischen, royalistisch angehauchten Widerstandsgruppe, die vor allen in Paris und dem Norden des besetzten Frankreichs aktiv war. Falls man darin gerade nicht gegen die Deutschen hetzte, dann gegen die Widerständlerkonkurrenz der Gewerkschaften und Kommunisten. Unter den etwa zwanzig illegalen Zeitungen, die im besetzten Gebiet mehr oder weniger regelmäßig erschienen und von Kurieren heimlich verteilt wurden, war *Fleur-de-Lys* die mit der geringsten Verbreitung und verfügte angeblich sogar bei den Franzosen über den schlechtesten Ruf.

Das Foto, mit dem diese Ausgabe aufmachte, hatte Carl zuvor schon einmal gesehen. Er starrte es einige Zeit schweigend an.

»Das Familienporträt, Chef. Perreau und ich haben keine Ahnung, wie es bei dem Terroristenblatt landen konnte«, erklärte Heiliger.

»Dafür machen Lochmann und Knochen Sie zur Sau, Heiliger!«, flüsterte er.

Die Frau im roten Kleid warf ihm einen empörten Blick zu.

»Auch wenn es dasselbe Tableau zeigt, ist das keines der

Fotos aus meinen Ermittlungsdossiers im Hôtel-Dieu, Obersturmbannführer«, sagte Perreau.

Carl löste seinen Blick von dem Foto. Er hob die Flasche Calvados und sah sie eine Sekunde an. »Wie haben Sie das denn überprüft, Perreau? Mithilfe einer Wünschelrute?«

Perreau ging Carls Sarkasmus offensichtlich auf die Nerven. »Diese Leichen hat keiner unserer Polizeifotografen je zu sehen bekommen, Obersturmbannführer. Jedes der Bilder zu diesem Fall habe ich selbst geschossen. Das in dieser Zeitung ist keins von meinen. Sehen Sie? Es ist aus ziemlicher Höhe gemacht worden. Vielleicht von einer Leiter aus. Ich habe diese Leichen aber nie aus einem solch hohen Winkel fotografiert.«

Carl trat von der Tür weg zu dem kleinen Tisch, der zwischen dem Sessel der Frau und Perreau stand. Die Frau zuckte unmerklich zusammen, als er sich ihr näherte, die Calvadosflasche auf das Tischchen stellte und Perreau die Zeitung aus der Hand nahm.

»Sie behaupten, dass die Schmierfinken von dem Wurstblatt dieses Foto von dem Mörder bekommen haben?«, fragte er Perreau, während er die beiden reißerischen Artikel überflog, die unter dem Bild abgedruckt waren und die Besatzer beschuldigten, die Pariser Bevölkerung nicht vor einem Wahnsinnigen schützen zu können.

»Würde zu ihm passen«, sagte die Frau im roten Kleid.

»Zu wem?«, fragte Carl, verblüfft darüber, dass sie ihn auf Deutsch angesprochen hatte. Sein Blick verhakte sich dabei unwillkürlich an ihrem schmalen Gesicht und diesem obszön gesund roten Mund.

»Dem Mörder, natürlich …«, antwortete sie.

Carls Blick löste sich mühsam von ihr.

Perreau stellte ihn der Frau vor: »Obersturmbannführer Carl von Maug, vom SD in Paris.«

Sie reichte ihm ihre Hand auf eine Art, die darauf schließen ließ, dass sie einen Handkuss erwartete. »Sehr erfreut! Nathalie Burns de Beauharnais«, sagte sie und reichte Carl dabei eine Visitenkarte, die er unbesehen in seine Tasche gleiten ließ, bevor er seine Lippen unverschämt schmatzig auf ihre Hand presste. Ihre Haut fühlte sich genauso weich und trocken an, wie er vermutet hatte.

Nathalie legte ihre Hände über ihrem Schoss zusammen. »Falls nicht ein zweiter Carl von Maug bei der deutschen Polizei existiert, sind Sie übrigens daran schuld, dass ich hier bin …«

Perreau öffnete die Calvadosflasche und sah sich nach Gläsern um. »Glauben Sie mir, Monsieur ist absolut einzigartig!«, verkündete er dabei, entdeckte Gläser in einem Wandschrank und holte sie.

»De Beauharnais? Sie sind mit Napoleons Josephine verwandt? Und den russischen Zaren?«, fragte Carl. Obwohl ihm sein eigener Titel nie viel bedeutet hatte, war er dennoch im Groben über die komplexen Verbindungen zwischen den großen europäischen Fürsten- und Königshäusern informiert.

»Mein Mann war ein de Beauharnais. Ist im August '40 bei Dunkerque gefallen. Tieffliegerangriff. Ich bin nur die Tochter eines unbedeutenden irischen Landarztes«, erklärte Nathalie.

»Krieg ist leider ein unfaires Geschäft. Ich bin sicher, dass der Pilot des Tieffliegers es bedauerte, ausgerechnet Ihren Mann getötet zu haben«, entgegnete Carl in die betretene Stille, die sich nach Nathalies Erklärung ausgebreitet hatte.

»Ich bin jetzt nicht sicher, ob das ein großer Trost für Madame sein kann, Chef«, flüsterte Heiliger.

Nathalie warf ihm einen irritiert trägen Blick zu. »Mein Mann war vierundsechzig, als er getötet wurde, und hat ein erfülltes Leben gehabt, Monsieur. Ich vermisse ihn zwar hin und wieder immer noch. Doch es gibt andere, deren Tod bedauerlicher war als seiner. Bei dem Angriff sind auch fast zwanzig Schüler eines Lyzeums getötet worden.«

Auf den Mund gefallen ist sie ja nicht, dachte Carl. Madame wandte ihren Blick wieder Carl zu. »Monsieur Perreau behauptet, Sie hätten einst in einer Denkschrift darauf gedrängt, dass man bei Fällen von Massenmord Psychologen zurate ziehen sollte, um ein Charakterbild des Täters entwerfen zu lassen. Stimmt das?«.

Carl traf ihre Frage völlig unvorbereitet. Er hatte nicht damit gerechnet, an seinen uralte Denkschrift im Fall Haarmann erinnert zu werden.

»Schon möglich«, antwortete er vorsichtig. »Was hat das mit Ihnen zu tun, Madame?«

»Sie ist eine von diesen neumodischen Seelenklempnern, Chef«, erklärte Heiliger.

Carl warf ihm einen Blick zu, der ihn zwang, seine Augen niederzuschlagen. Nicht nur hatte dieser Idiot seinen Befehl missachtet, diesen verfluchten Fall links liegen zu lassen. Er hatte offenbar auch noch diese seltsame irische Adelige mit hineingezogen. »Was zur Hölle hat Sie bloß geritten, Heiliger?«

Perreau hob abwehrend die Hände. »Heiliger hat damit nichts zu tun, Monsieur. Ich habe Madame um ein Gutachten über den Mörder gebeten. Sie ist eine ausgezeichnete Psychiaterin und Psychologin.«

Carl stellte sein Glas ab und ging auf den Kommissar zu, bis sie sich so nah gegenüberstanden, dass beide den Atem des anderen im Gesicht spüren konnten. »Ist mir scheißegal, ob Madame sich mal ein paar Jahre an einer Interpretation von Freud versucht hat. Ich bin Koordinator der Pariser Kriminalpolizei, Perreau. Falls Sie eine Zivilistin bei einem Fall von solcher Tragweite hinzuziehen, dann bitten Sie mich gefälligst vorher um Erlaubnis!«

Monsieur le Commissaire erwiderte geradeheraus Carls Blick und wies auf die Zeitung, die neben den Gläsern und der Flasche auf dem Tisch lag. »Jeden Tag könnte der Mörder wieder zuschlagen. Es ist meine Pflicht, zu verhindern, dass er noch mehr Menschen tötet.«

Carl hielt weiterhin Perreaus Blick stand. »Die meisten seiner Opfer waren ja wohl Juden. Und Juden zu töten ist Staatsräson im Deutschen Reich! Trotzdem musste ich mir eben unten im Saal von einem überheblichen Wehrmachtshauptmann sagen lassen, dass der Stab des Militärbefehlshabers von meiner Abteilung *tout de suite* eine Lösung dieses Falles erwartet. Man ging dabei sogar fast so weit, meine persönliche Integrität in Frage zu stellen. Mich wunderte, dass die solch regen Anteil an meiner Arbeit nahmen. Gewöhnlich sind sich die Feldgrauen nämlich zu fein dazu, ihre Generalstabsnasen in Geschäfte des SD zu stecken«, sagte Carl. »Mich von den Wehrmachtsfatzkes bevormunden lassen zu müssen ist schlimm genug. Aber dass die Wehrmacht offenbar früher über die Schlagzeilen in diesem Terroristenkäseblatt informiert ist als ich, nehme ich Ihnen persönlich übel, Perreau. Das ist ein Skandal!«

Der Kommissar trat einen winzigen Schritt von Carl zurück und schob dabei die Hände in die Hosentaschen. »Der

Zweck einer Zeitung besteht darin, von möglichst vielen Leuten gelesen zu werden. Ich kann nichts dafür, dass auch der Stab des deutschen Militärbefehlshabers dieses Käseblatt zu sehen bekommt. Aber vor allem habe ich dieses Foto darin weder gemacht noch den Leuten zugespielt, die es abgedruckt haben. Nur falls Sie mir gleich unterstellen sollten, dass ich mit denen auch unter einer Decke stecke, Monsieur!«

Carl wusste, dass Perreau mit all dem recht hatte. Für einen Moment war ihm die Peinlichkeit seines Auftritts bewusst. Doch gerade deswegen brachte er es nicht über sich, seine Worte zurückzunehmen. Dabei hasste er sich selbst für die Selbstverständlichkeit, mit der er eben behauptet hatte, dass ein Mord weniger verwerflich sei, solange er einen Juden betraf. Aber Perreaus Gelassenheit stachelte Carls Zorn nur noch weiter an. Er geriet selten in Wut. Falls es geschah, dann neigte er dazu, sich zurückzuziehen und brütend die eine oder andere Flasche zu leeren, bis er sich wieder beruhigt hatte. In extremen Ausnahmefällen reagierte er allerdings auch blindlings aggressiv. Dies war einer jener seltenen Momente. Carl schlug Perreau zweimal kurz nacheinander ins Gesicht.

Er hörte, wie Nathalie aufschrie und sah aus den Augenwinkeln heraus, dass sie sich erschrocken in ihrem Sessel zusammenduckte.

Perreau wankte ein wenig. Etwas Blut lief ihm aus dem Mund. Aber er sagte nichts und griff auch nicht nach seiner Waffe.

Doch selbst falls er es vorgehabt hatte, hinderte ihn Heiliger daran. Er zog seine Dienstpistole und richtete sie auf die beiden Männer, bevor Perreau überhaupt die Zeit fand, unter sein Jackett zu greifen.

»Was soll das, Heiliger? Wohl endgültig den Verstand verloren! Weg mit der Zimmerflak!«, brüllte Carl ihn an.

Heiliger versenkte die Waffe wieder in ihrem Holster und sagte: »Das war heute ein langer Tag, Obersturmbannführer, und Sie hatten zu viel zu trinken. Ich schlage vor, wir alle beruhigen uns wieder und reden darüber, wie wir aus der Scheiße mit diesem Käseblatt rauskommen!«

»Ach! Welche Scheiße denn? Etwa die, in die Sie mich reingeritten haben, Obersturmführer?«, fuhr Carl ihn an. Insgeheim war er aber froh darüber, dass sein Stellvertreter die Situation entschärft hatte.

Perreau wischte sich mit dem Handrücken das Blut von der Unterlippe. Nathalie erhob sich und ging zu Carl und Perreau. Sie richtete ihre verwirrend grauen Augen auf Carl und berührte dabei sanft seinen Arm.

»Ich bin neutrale Beobachterin des Roten Kreuzes in Paris, Monsieur von Maug. Interne Kompetenzgerangel der Besatzungsbehörden gehen mich nichts an. Monsieur Perreau war ein enger Freund meines Mannes und hat mich inoffiziell um Unterstützung gebeten, nachdem ihm klar wurde, dass der Fall, mit dem Sie es hier zu tun haben, so außergewöhnlich ist, dass er ihn an die Grenzen seiner Erfahrung führt. Er tat dies auch gar nicht in offizieller Funktion, sondern bat mich darum, ihm als seine Freundin einen Gefallen zu erweisen. Es existieren keinerlei Aufzeichnungen darüber. Weder Monsieur Perreaus, noch Ihre eigene Reputation sind also durch irgendwelche Dokumente gefährdet. Falls Sie dennoch meine fachliche Qualifikation überprüfen mögen, bitte sehr. Mein vollständiger Mädchenname lautet Nathalie Cathleen Emer Shevaun Burns, geboren in Dublin am 12. August 1909. Ich habe an der Sorbonne Medizin und anschließend an der Universität Wien Psychologie studiert. Und beides übrigens summa cum laude abgeschlossen. Ich habe in renommierten Fachjournalen Artikel über sexuelle Deviation und Psychotraumatologie veröffentlicht. Es ist praktisch auszuschließen, dass Sie aktuell im Deutschen Reich und den besetzten Gebieten einen besser qualifizierten Gutachter für Ihren Fall finden werden. Was unter anderem daran liegt, dass die beiden übrigen weltweit anerkannten Koryphäen auf den für Ihren Fall relevanten Spezialgebieten sich in Konzentrationslagern befinden, wo sie wahrscheinlich selbst für einen Offizier in Ihrem Rang gar nicht erreichbar wären.«

Carl hatte nur eine verschwommene Ahnung davon, was man sich unter Psychotraumatologie vorzustellen hatte. Dass Nathalie allerdings auch eine Spezialistin für sexuelle Perversionen sein wollte, überforderte seine Vorstellungskraft. Und zwar schon deswegen, weil ihm nicht in den Kopf wollte, dass irgendeine Institution verrückt genug sein sollte, ausgerechnet einer Frau in diesem Feld Forschungen zu gestatten. Ganz zu schweigen davon, dass sich dann auch noch Fachjournale hatten finden lassen, die ihre Studien dazu veröffentlichten.

Nathalie lächelte. »Keine Sorge, Sie sind nicht der erste Mann, den eine Aufzählung meiner Qualifikationen eingeschüchtert hätte«, versicherte sie ihm.

Carl schaute so lange auf ihre kleinen Finger mit den manikürten, rot lackierten Nägeln herab, die sich um seinen Arm geschlossen hatten, bis Nathalies Lächeln verschwand und sie ihre Hand wieder zurückzog.

»Sie sollten dem Schicksal dankbar dafür sein, dass Sie in diesem Zeitalter geboren wurden. Ein paar Hundert Jahre früher hätte man eine Frau mit Ihren Interessen zweifellos an einen Pfahl gebunden und als Hexe verbrannt«, sagte er.

Keiner lachte oder lächelte darüber. Und genau das hatte Carl auch erwartet.

»Möglich, Obersturmbannführer«, entgegnete Nathalie. »Ich frage mich nur, ob Sie dann den Mut aufgebracht hätten, meinen Scheiterhaufen anzustecken, so sehr, wie Sie sich offenbar gerade vor mir fürchten.«

»Autsch!«, grinste Heiliger.

Carl tippte Nathalie mit dem Zeigefinger gegen die schmale Schulter. »Na dann, erzählen Sie mir etwas über den Mörder, was ich noch nicht weiß.«

Nathalie setzte sich wieder in den Sessel und sortierte dort erneut ihre Beine so, dass bei keinem der drei Männer auch nur der Hauch eines Zweifels darüber aufkommen konnte, dass sie dies nicht nur ihrer bequemen Sitzhaltung wegen tat.

»Gerne. Auch wenn ich zu bedenken geben will, dass mir nicht alle Fakten zu dem Fall zugänglich waren und ich nur wenig Zeit hatte, mir eine Meinung über das psychologische Profil dieses Täters bilden zu können. Mein Gutachten würde wesentlich detaillierter ausfallen, sollten Sie sich dazu durchringen können, mir Einblick in sämtliche Ermittlungsakten zu dem Fall zu gewähren«, begann Nathalie.

Carl trank ungerührt von dem Calvados.

»Folgendes kann ich aktuell sicher über den Täter sagen: Er ist männlich. Und er ist kein Idealist. Sondern bevorzugt nur deswegen Juden als Opfer, weil er hofft, dass er deshalb nicht von Ihnen verfolgt wird. Aber er wird nicht aufhören zu morden, nur weil er eines nicht mehr allzu fernen Tages in Paris keine Juden mehr finden wird. War das neu für Sie, Obersturmbannführer?«

Carl beantwortete ihre Provokation damit, dass er einen weiteren Schluck Calvados trank.

»Er ist ein Raubtier. Für ihn ist Mord genauso ein Grundbedürfnis wie für einen Wolf, seine Beute zu reißen, um nicht verhungern zu müssen. Er hat auch nicht erst letztes Jahr damit angefangen. Sondern muss vorher schon über lange Zeiträume hinweg mehrfach getötet haben. Wahrscheinlich hat er mit Haustieren oder Nutzvieh angefangen. Doch das muss lange her sein. Ich bin überzeugt, dass er bereits viele Jahre vor dem Krieg den ersten Menschen tötete und damit ungeschoren davonkam. Er ist zwar intelligent, und er wird wahrscheinlich einen recht angesehenen Beruf ausüben. Vielleicht ist er ein mittlerer Angestellter oder ein Beamter. Aber dann ist er keiner, der über großen Einfluss verfügt oder über mehr als nur eine Handvoll Untergebene gebietet. Ich schätze sein Alter auf mindestens Mitte dreißig, höchstens Ende fünfzig. Er konzentriert sich bei seinen Morden nicht auf ein Geschlecht, und er tötet Kinder ebenso wie Erwachsene. Er wird von seinen Taten sexuell erregt. Er ist kein sozialer Außenseiter und fähig dazu, eine sexuell erfüllende Beziehung zu führen. Allerdings gelingt es ihm nicht, diese emotional dauerhaft aufrechtzuerhalten, weswegen er entweder mehrfach geschieden sein muss oder nie verheiratet war. Es ist sehr wahrscheinlich, dass er mehrere Affären parallel führt. Was ihm nicht schwerfällt, da er ein guter Organisator ist und außerdem ein Perfektionist. Na, wie klingt das, Obersturmbannführer?«

»Mäßig beeindruckend«, gab Carl zu.

»Sie sind ja nur neidisch, weil Sie nicht selbst auf die Idee gekommen sind, einen Experten hinzuzuziehen«, sagte Perreau.

Carl wandte sich zu ihm um. »Angeblich sind Sie ja auch erst auf diese Idee gekommen, nachdem Ihnen Heiliger meine Denkschrift zum Fall Haarmann zugespielt hat, Kommissar!«

»Ich bin überzeugt, dass es irgendwo in den Archiven der Pariser Präfektur auch eine französische Analyse gibt, die empfiehlt, in solchen Fällen den Rat eines Psychologen einzuholen.«

Nathalie folgte dem Wortwechsel der beiden Männer leicht amüsiert. »Da Sie sich darüber einig sind, meine Herren, darf dann auch die Expertin wieder zu Wort kommen?«

»Natürlich, man will sich schließlich nicht nachsagen lassen, unhöflich zu sein«, entgegnete Carl gehässig.

»Was der Mörder mit diesem Foto bezweckt, ist, Ihnen allen klar zu machen, dass er Sie für unfähig hält, ihn zu identifizieren und festzunehmen. Diese Zeitung ist angeblich vor etwa achtundvierzig Stunden zum ersten Mal aufgetaucht, oder, Monsieur le Commissaire?«

Perreau nickte.

Heiliger holte eine Schachtel Zigaretten hervor und bot den anderen welche an.

Niemand außer Nathalie bediente sich. Carl sah verärgert und wider Willen fasziniert zu, wie sie sich anschließend von Perreau Feuer geben ließ.

»Ohne an Ihrer Intelligenz zweifeln zu wollen, Obersturmbannführer, aber der nächste Teil meiner Prognose wird zweifellos neu für Sie sein. Rechnen Sie damit, dass der Mörder Ihnen demnächst eine weitere schreckliche Überraschung präsentieren wird. Wahrscheinlich hat er sie längst geplant und vorbereitet«, sagte Nathalie und blies eine kleine Rauchwolke aus Nase und Mund. »Davon abgesehen, müssen Sie außerdem wissen: Selbst falls die Zeitung mit dem Foto bisher nur einer sehr übersichtlichen Anzahl von Leuten in Paris unter die Augen gekommen ist, wird alles, was dort zu sehen und zu lesen ist, bereits jetzt in jeder Küche, Fabrik, jedem Büro, Geschäft und Bistro Hauptgesprächsthema sein. Gehen Sie also davon aus, dass die Pariser inzwischen mindestens so viel Angst vor diesem Mörder haben wie vor der Gestapo und der SS.«

»Massenpsychologie zählt dann wohl ebenfalls zu den Gebieten, auf denen Sie sich betätigen, Madame?« unterbrach Carl sie.

»Ich tue, was ich kann, Monsieur«, schnippte Nathalie zurück.

»Zweifellos!«, bekannte Perreau.

Carl ließ das unkommentiert stehen.

»Wie geht es eigentlich Ihrem Kopf, Obersturmbannführer? Selbst geübte Trinker wie Sie werden ja angeblich hin und wieder vom Kater eingeholt«, erkundigte sich Nathalie mit eindeutig gespielter Anteilnahme.

»Mein Kater ist ein deutscher Kater und daher pflichtbewusst zur Stelle. Immer dann, wenn er gerade am wenigsten gebraucht wird. Danke der Nachfrage, Madame«, antwortete Carl, während seine Blicke von Nathalies Beinen zu ihren Augen wechselten.

»Ich könnte Ihnen etwas gegen die Kopfschmerzen verschreiben, falls Sie es irgendwann mal satt haben, den stillen Helden zu geben. Doch was meinen Rat in Ihrem Mordfall betrifft: Angst schüchtert Menschen entweder ein oder erzeugt Aggression. Ganz Paris hat inzwischen Angst vor diesem Mörder. Wundern Sie sich also nicht, falls man in den nächsten Stunden vermehrt Anschläge und Attentate verüben wird. Die werden dann allerdings von kleinen Gruppen oder Einzeltätern begangen, die sich spontan dazu entschließen. Die größeren, besser organisierten Widerstandsgruppen halten sich dabei bewusst zurück und erhöhen eher den Ausstoß ihrer antideutschen Propaganda. Dass dieser Mörder frei herumläuft, ist ein Gottesgeschenk für sie. Deshalb wird die Résistance einen Teufel tun, ihn aus dem Verkehr zu ziehen, sondern so lange, bis er gefasst wird, immer wieder hämisch auf die Polizei und Besatzungsverwaltung weisen und ihr vorwerfen, dass ihr die Sicherheit der französischen Bevölkerung völlig gleich sei.«

Carl gab ihrer Analyse im Stillen recht.

Nathalie blies etwas Rauch an seinem Gesicht vorbei. »Gestatten Sie mir nun Einsicht in Ihre Fallakten, Monsieur Obersturmbannführer?«

Die Blicke aller Übrigen konzentrierten sich auf Carl, während dieser Nathalies Bitte überdachte. Er stimmte ihr nicht in allen Punkten zu. Doch was ihre Einschätzung der Reaktion von Pariser Bevölkerung und Widerstandsgruppen auf die Schlagzeilen dieses Terroristenblatts betraf, so teilte Carl sie.

»Heiliger? Sie haben bis morgen früh Zeit, jeden Terroristen und Schmierenschreiber, der je für dieses Hetzblatt gearbeitet hat, zu finden, festzunehmen und vorzuführen. Irgendeiner von denen weiß, wie das Foto in ihr Wurstblatt kam. Müsste dann schon übles Pech sein, falls uns das nicht auf die Spur des Mörders bringt. Ist mir völlig egal, wem Sie dabei auf die Zehen treten oder den Hahnenkamm knicken müssen. Ich werde die Fahndung von meiner Dienststelle aus persönlich überwachen. Und, meine Herren, hoffen Sie, dass Lochmann uns nicht längst zuvorgekommen ist!«

Nach all der Aufregung, Verwirrung und Wut der letzten Minuten spürte Carl, wie das Verlangen nach einem Nachschuss Alkohol sich durch seine Eingeweide wühlte. Er schenkte sich Calvados nach und steckte sich eine Zigarette an.

»Wer ist Lochmann?«, fragte Nathalie.

Carl prostete ihr herablassend lächelnd zu. »Ach, haben Ihnen das unsere beiden Helden etwa verschwiegen, Madame?«, fragte er etwas zu laut. »Kriminaldirektor Lochmann arbeitet für die Gestapo. Er zählt zu der ganz besonderen Spezies von Monstern, die über die Macht verfügt, ihre Drohung auch wahr zu machen. Nach allem, was man bisher sagen kann, hält er seine Hand über den Mörder. Erst vor ein paar Tagen hat er mir sehr klar dargelegt, wie sehr er es zu schätzen wüsste, dass die Ermittlung in diesem Fall eingestellt wird.«

Perreau zog die Hände aus den Hosentaschen. Carl sah dabei zufällig, dass seine Handflächen eine Reihe roter Flecken aufwiesen. Ihm wurde plötzlich klar, woher sie stammten: Nachdem Carl ihn geohrfeigt hatte, musste er seine Hände so fest zu Fäusten geballt haben, dass seine Nägel sich tief in die Handflächen schnitten.

Monsieur le Commissaire wirkte nicht wie ein gefährlicher Mann. Aber er hatte in dem Haus in der Rue Villeblanc kaltblütig Battista erschossen und anschließend auch dem Elsässer die beiden Fahrkarten verpasst. Es wäre ein grober Fehler, ihn zu unterschätzen.

»Perreau? Sie haben Madame eingeweiht. Sie sind verantwortlich für ihre Sicherheit. Und Sie sorgen außerdem dafür, dass Madame ein schriftliches Gutachten zu dem Fall erstellt, dass Sie mir noch heute Nacht persönlich zustellen!«

»Oui, mon Führer!«, sagte Perreau so leise, dass Carl es fast überhört hätte. Bevor er darauf reagieren konnte, hatte Heiliger jedoch bereits die Tür des Separees aufgerissen und griff nach Carls Arm, um ihn zuvorkommend, aber bestimmt hinauszubugsieren.

Es war kalt und nieselig draußen. Der SS-Rottenführer schlug neben dem Mercedes Cabriolet immer wieder die Arme um die Brust und sprang dabei auf der Stelle. Es war kein Vergnügen, hier draußen in der Kälte stundenlang auf seine Fahrgäste warten zu müssen.

Carl und Heiliger stiegen ein.

Erst als der Rottenführer vor der Dienststelle in der Rue Sainte-Anne hielt, den Schlag aufriss und anschließend in Habachtstellung ging, fielen wieder einige Worte zwischen Heiliger und Carl. Und es waren keine, die Carl gefielen. »Das hatte Perreau nicht verdient, Chef! Der Mann tut, was er kann, um seine Stadt sauber zu halten …«

»Schnauze, Obersturmführer!«, antwortete Carl und ging an dem SS-Posten vorbei, dem deutlich ins Gesicht geschrieben stand, wie sehr er sich über das Erscheinen der beiden Männer um diese Zeit wunderte.

20

WÄHREND CARL SICH in sein Büro begab, instruierte Heiliger die beiden SS-Helferinnen der Nachtbesetzung, die Truppe zusammenzutrommeln, und befahl ihnen, zwei freie Leitungen zu Perreaus Bürotelefon am Quai vorzubereiten.

Was immer Heiliger anschließend tat, entging Carl jedoch, weil er in seinem Büro auf den Schreibtischstuhl sank, die Füße auf den Tisch legte, sich eine Zigarette ansteckte und den Rest der Welt einfach aus seinem Bewusstsein verbannte.

Er dachte darüber nach, wie groß die Chancen waren, dass die feinen Herren in Feldgrau sich hinter ihn stellten, sollte Heiliger heute Nacht tatsächlich mit Lochmanns Gestapo-Männern oder einem von deren französischen Sonderkommandos aneinandergeraten. Seine Antwort darauf lautete: nicht sehr hoch.

Als er etwa eine halbe Stunde später die Beine vom Tisch nahm und zum Aktenschrank ging, dort eines der Biere aus seiner Notration hervorholte, öffnete und in wenigen großen Schlucken austrank, war er fast sicher, dass er vielleicht schon vor Wochen einen Abend im Bordell hätte verbringen sollen. Zwar hieß es, Alkohol betäube das Verlangen. Doch seine Begegnung mit dieser seltsam verführerischen Irin heute Nacht hatte ihn in dieser Beziehung eines Besseren belehrt.

Nachdem er mit zwei weiteren Bieren seinen Blutalkoholpegel halbwegs auf ein Niveau gebracht hatte, das zwar den

Kater in Schach hielt, es ihm aber dennoch erlaubte, nahezu vernünftige Entscheidungen treffen zu können, dachte er darüber nach, wie viel von dem, was Nathalie vorhin über den Charakter des Mörders gesagt hatte, wohl der Wahrheit entsprechen mochte.

Sie behauptete, der Mörder sei männlich und zwischen dreißig und fünfzig Jahre alt. Beides erschien ihm einleuchtend. Dass eine Frau fähig sein könnte, solche Untaten anzurichten, war für ihn völlig ausgeschlossen. Und jüngeren Männern traute er weder die Kaltblütigkeit noch die Erfahrung zu, die für die Sauerei, die der Mörder anstellte, Voraussetzung waren. Dass der Mörder kein Schwachkopf sein konnte, war ebenfalls plausibel. Dass er nicht aufhören würde mit dem, was er tat, erschien ihm zwar nicht ganz so überzeugend, wie Nathalie es dargestellt hatte, aber auszuschließen war es nicht. Haarmann hatte ja auch nicht aufgehört, sobald er ahnte, dass die Polizei seine Spur aufgenommen hatte. Und Kürten in Düsseldorf hatte Gennats Jagd auf ihn angeblich sogar noch angestachelt, der Polizei erst recht zu beweisen, wie haushoch er ihr angeblich überlegen war.

Sollte Madame recht behalten, stand ihnen also wahrscheinlich eine neue Inszenierung des Mörders unmittelbar bevor.

Womöglich machte er dabei endlich einen Fehler und ging ihnen ins Netz. Sollten Perreaus Beamte ihn greifen, bevor Lochmann Wind davon bekam, dann war es besser, wenn sie an Ort und Stelle kurzen Prozess mit ihm machten. Lochmann würde daraufhin zwar schäumen. Aber Carl konnte einen toten Massenmörder der französischen Presse als Erfolg unterjubeln, ohne dabei unangenehme Fragen über dessen mögliche Verbindungen zur Gestapo beantworten zu müssen.

Andererseits hätte Carl selbst nur zu gern gewusst, weshalb Lochmann seine Hand über den Mörder hielt. Lag es wirklich nur daran, dass dieser ausschließlich Juden tötete und daher Lochmanns Arbeit hier in Paris erleichterte?

Carl zweifelte immer stärker an der These, dass es sich bei dem Mörder um einen Deutschen, wahrscheinlich sogar ein Mitglied der Besatzungsverwaltung oder Wehrmacht handelte. Lochmann war korrupt bis auf die Knochen und hatte auch bei seinen französischen Sonderkommandos kein Problem damit, die Hand aufzuhalten, wenn sie bei Lokalen, Transportunternehmen, Schwarzmarkthändlern oder Bordellen Schutzgelder erpressten oder untergetauchte Juden ausplünderten. Irgendwo in diesen Morden steckte Geld. Von dem Lochmann etwas abbekam.

Und wie riskant konnte es für ihn schon sein, einen französischen Mörder zu decken, der ihn an den Gewinnen aus seinen Taten beteiligte? Solange der Mörder sich hauptsächlich an Juden oder andere Illegale hielt, konnte Lochmann sogar intern behaupten, dass er mit seinen Morden die Arbeit der Gestapo unterstützte. Menschen auf der Flucht trugen ihre Wertgegenstände bei sich. Und nicht alle waren arme Leute. Vielleicht handelte Lochmann ja nach der bewährten Devise »Kleinvieh macht auch Mist« und nahm schlichtweg alles, was er kriegen konnte.

Carl fragte sich, ob er Gefahr lief, in diesem Fall zu viel persönlichen Ehrgeiz zu entwickeln. Die feldgrauen Herren aus dem Hôtel Meurice in der Rue de Rivoli oder die im Hotel Majestic auf der Avenue Kléber, wo der Militärbefehlshaber residierte, konnten ihm drohen, sooft sie wollten. Doch solange der SS-Reichsheini in Berlin weiterhin spinnefeind mit ihnen blieb, waren die Feldgrauen auch hier in

Paris letztlich nur bessere Papiertiger, die ihm nicht allzu viel anhaben konnten.

Andererseits fragte sich Carl auch, ob er Heiliger und Perreau wirklich trauen sollte. Die waren beide keine Anfänger, doch dass sie stur darauf bestanden, der Mörder müsse Deutscher sein, nur weil Lochmann ihn deckte, schien Carl plötzlich verdächtig. Er warf einen Blick auf die sechs übrigen Flaschen Bier seiner Notration, steckte sich dann eine neue Zigarette an und dachte darüber nach, ob er heute Nacht mit einem starken, frisch gebrühten Bohnenkaffee nicht besser bedient sei als mit dem Bier.

Sein Telefon klingelte. Carl hob ab und meldete sich.

»Chef? Heiliger hier. Wir haben die Druckerei von *Fleur-de-Lys* gefunden. Am besten kommen Sie vorbei und sehen sich die Scheiße hier selbst an.«

Scheiße?, fragte sich Carl. Doch dann notierte er kommentarlos die Adresse im Marais-Viertel, die Heiliger ihm nannte, und verließ seine Dienststelle, um sich von Heinz dorthin chauffieren zu lassen.

Carl roch das Feuer schon bevor Heinz den BMW vorsichtig in die Straße im Quartier Latin hineinlenkte, in der Heiliger auf sie wartete. Die Fahrt von der Rue Sainte-Anne hierher war lang genug gewesen, um Carl Gelegenheit zu verschaffen, einiges von dem, was er an diesem verzwickten Fall bisher entweder ignoriert oder schlichtweg nicht gesehen hatte, zu durchdenken. Die Schlussfolgerungen, zu denen er dabei kam, gefielen ihm nicht. Aber das änderte nichts daran, dass sie plausibel waren.

Schaulustige in Schlafanzügen und Nachthemden, über die sie hastig Mäntel oder Strickjacken geworfen hatten, bildeten eine dichte Traube, die einen Teil der Straße blockierte. Carl befahl Heinz zu halten, stieg aus dem Wagen und ging auf die Gruppe zu. Keiner wagte es, sich ihm in den Weg zu stellen. Seine Uniform reichte aus, um die Menschen dazu zu bringen, erschrocken vor ihm zurückzuweichen. Das Haus, auf das all die Schaulustigen gafften, wirkte, als sei es von einer Fliegerbombe getroffen worden. Nur hatte es in dieser Nacht keinen Fliegeralarm in Paris gegeben.

Feuerwehrmänner waren dabei, zu retten, was von dem schmalen Gebäude mit den drei Stockwerken und dem kleinen Bäckereigeschäft im Erdgeschoss noch zu retten war.

Carl war einen Anblick wie diesen aus Berlin gewohnt, wo man schon seit November '41 regelmäßig mit Luftangriffen rechnen musste. Paris war vom Bombenkrieg bislang weitgehend verschont geblieben. Obwohl Anfang September einige der westlichen Vorstädte durch alliierte Bomber verwüstet worden waren, wobei man über dreihundert zivile Opfer zählte, scheuten die Alliierten vor Großangriffen auf Paris zurück.

Ein Kordon aus übel gelaunten Gendarmen verhinderte, dass die Gaffer nah genug an das Haus herankamen, um sich selbst in Gefahr zu bringen oder die Arbeit der Rettungskräfte zu behindern. Auch die Polizisten ließen Carl unbehelligt passieren, sobald sie im Schein der Flammen und Autoscheinwerfer seine Uniform erkannt hatten.

Er entdeckte einige Stapel verbrannten Papiers sowie Teile von Letterkästen unter dem Schutt, der sich über den Bürgersteig bis zur Mitte der Straße ausbreitete. Nahezu die gesamte Fassade des Hauses war herabgebrochen. In einem der oberen Räume, der vielleicht einmal ein Wohnzimmer gewesen war, baumelte eine Lampe mit zerbrochenem Schirm von der Decke, die immer noch brannte. An einer Tür, die zu einem Bad geführt haben musste, bauschte sich ein königsblauer Morgenmantel aus Satin im frostigen Nachtwind.

Carl entdeckte Heiliger an einen zivilen Citroën der Pariser Polizei gelehnt, dessen Scheinwerfer auf das brennende Haus ausgerichtet waren und so alles, was hinter der lang gestreckten Motorhaube des Wagens lag, in einen tiefen Schatten tauchten.

»Ich wollte, dass Sie es mit eigenen Augen sehen, Chef. Die Bombe ging vor 'ner halben Stunde hoch, kurz bevor ich hier eintritt. Da ist nichts mehr zu retten. Die Feuerwehr glaubt, dass noch Menschen im Haus waren, die jetzt entweder immer noch da drin sind oder unter dem Schutt liegen. Eine Leiche haben sie schon geborgen. Männlich. Völlig verbrannt. Schwer zu identifizieren. Möchte bloß wissen, wer uns dieses Ei gelegt hat. Die Terroristen? Entsinnen Sie sich? Die Doctoresse hat angekündigt, dass die Terroristen unruhig werden, sobald sich die Nachricht von diesem Mörder verbreitet.«

Carl erinnerte sich an Heiligers Warnung in einem der blauen Dossiers, dass die Pariser Polizei berüchtigt dafür war, mit Terroristen-Sympathisanten durchsetzt zu sein. Die größeren Résistanceverbände, die hauptsächlich kommunistisch oder nationalistisch geprägt waren, konnten mit der royalistischen Splittergruppe der Fleur-de-Lys angeblich nicht viel anfangen. Daher wäre es nicht auszuschließen, dass dieses Haus von einer der Terrorgruppen zerstört worden war, um der politischen Konkurrenz eins auszuwischen. Doch Carl glaubte nicht wirklich daran, dass es überhaupt Terroristen gewesen waren, die diese Bombe gelegt hatten.

»Lochmann?«, sagte er und steckte sich dabei eine Zigarette an.

Heiliger zuckte mit den Achseln. »Der Hinweis auf die Druckerei kam von einem Kontakt, den ich bei der Gestapo habe. Die waren bisher zurückhaltend, was die Fleur-de-Lys betraf, weil sie die als weniger gefährlich einstuften als die übrigen Terroristenverbände. Lochmann könnte deshalb vielleicht den Braten gerochen haben«, sagte Heiliger und zog einige halbverkohlte Papiere aus seiner Tasche, auf denen das Symbol der Fleur-de-Lys prangte. »Das hier war jedenfalls die richtige Adresse. Mein Kontakt war sicher, dass die Redaktion aus der Druckerei heraus gearbeitet hat. Die war hinter der Backstube des Ladens im Erdgeschoss versteckt. Angeblich besteht die ganze *Fleur-de-Lys*-Zeitungstruppe bloß aus fünf Mann. Möglich, dass die heute Nacht alle da drin zusammen aufs Ende der Ausgangssperre gewartet haben und deswegen bei dem großen Knall allesamt draufgegangen sind.«

»Was unternehmen Sie jetzt, Obersturmführer?«, fragte er.

»Perreau ist unterwegs, um einen der Schreiberlinge zu greifen, der verdächtigt wird, regelmäßig für das Fischblatt Artikel verfasst zu haben. Ich habe noch nichts von ihm gehört. Aber Monsieur le Commissaire hat so seine Beziehungen und Methoden. Wenn er verspricht, dass er den Kerl auftreibt, dann treibt er ihn auch auf. Vorausgesetzt, dass dem nicht auch irgendwer 'ne Bombe unters Bett geschoben hat.«

»Rufen Sie mich an, sobald Perreau den Mann gefasst hat«, befahl ihm Carl.

»In der Dienststelle?«

Carl trat seine Zigarette aus. Er spürte, wie die Kopfschmerzen anrückten. »Entweder da oder in Nathalies Quartier.«

»Was wollen Sie denn da?«

»Sie hat mich vorhin angelogen, Heiliger. Sie und Perreau übrigens auch …«

»Ich? Wann soll ich Sie denn belogen haben?«, entgegnete Heiliger erstaunt.

Carl tippte ihm mit dem Zeigefinger gegen die Brust, was Heiliger offensichtlich nicht sehr amüsant fand. »Als Sie mir einreden wollten, dass der Mörder Deutscher sei, nur weil Lochmann ihn deckt. Aber das ist er nicht, oder? Das war eine Notlüge, um mich bei Ihrer Ermittlung ins Boot zu holen. Ihnen und Perreau war klar, dass mich ein französischer Massenmörder ungefähr so sehr interessiert wie der Stiefelwichseflüssigkeitsgrad eines Rekruten an der Ostfront. Aber sollte ich so naiv sein, Ihnen die Lüge von dem deutschen Mörder abzukaufen, dann hofften Sie, ich würde schon einlenken und Ihnen gestatten, Ihre Ermittlung fortzuführen. Die vielleicht ja sogar offiziell machen und Ihnen und Monsieur le Commissaire dabei den Rücken gegenüber der Gestapo und der Wehrmachtsführung freihalten.«

Heiliger griff in die Jacketttasche, zog seinen Flachmann hervor und bot ihn Carl an.

Doch der lehnte ab.

»Und wenn's so gewesen wäre, Chef? Was soll daran so furchtbar sein?«

Carl hätte es vorgezogen, den Moment der Wahrheit noch mindestens bis zum Morgen hinauszuzögern. Aber die Gelegenheit hier in dieser Straße neben einem zerbombten Haus, zwischen Leichen, Polizisten, Gaffern, brüllenden Feuerwehrmännern und stinkendem Schutt erschien ihm letztlich passender als jede andere.

»Sie haben mich verraten und hintergangen, als Sie mich

mit Ihren Lügen für Ihren persönlichen Kreuzzug gegen diesen Mörder einspannten«, sagte er. »Nicht der Mörder hat diesem Fischblatt das Foto zugespielt, sondern Perreau und Sie! Das war der letzte Trumpf, den Sie noch in Ihrem Ärmel hatten, Otto. Keine deutsche Publikation hätte es gewagt, die Mordserie öffentlich zu machen. Aber der Résistance, dachten Sie, käme ein Massenmörder, den die Besatzungsmacht nicht fassen konnte oder wollte, gerade recht. Und war die Katze erst mal aus dem Sack, konnten weder die Militärbefehlshaber noch die Gestapo oder der SD den Fall weiterhin unter den Teppich kehren und würden schon etwas unternehmen. Dieses zerbombte Haus da geht ausschließlich auf Ihr Konto, Otto!«

Heiliger trank seinen Flachmann leer und warf ihn durchs offene Fenster in den Wagen.

»Nein, Chef. Das hier geht auf das Konto von dem, der die Bombe gelegt hat. Wenn Sie ein echter Bulle wären, dann wüssten Sie das auch!«

Carl blickte an ihm vorbei zu dem zerstörten Haus, aus dem zwei Feuerwehrmänner gerade eine zweite Leiche herausschleppten, die ebenso furchtbar zugerichtet war wie die, von der Heiliger berichtet hatte.

»Schauen Sie hin, Heiliger! Falls Sie nicht derart besessen davon wären, sich durch die Festnahme dieses Mörders Ihre Sünden von der Seele zu waschen, wären die da noch am Leben!«

»Was wissen Sie schon von meinen Sünden, Obersturmbannführer? Und was, glauben Sie, haben die da drin den lieben langen Tag über so getan? Druckerschwärze sämig gerührt und Bleilettern geschnitzt? Nein, die gehören zu den Schweinen, die sich in der Metro hinter einen von unseren

Kameraden stellen und ihm einen Genickschuss verpassen. Oder unsere Truppentransporte in die Luft jagen. Keiner von denen, der da gerade draufgegangen ist, bereitet mir schlaflose Nächte. Das hier ist kein Sonntagsausflug, sondern Krieg!«

Krieg, dachte Carl, *sollte von Männern in Panzern, Flugzeugen oder Schützengräben geführt werden. Aber nicht mit Bomben, die man in Bäckereien warf.*

»Was hat der Mörder, den Sie mit Ihrer Scharade hervorlocken wollten, damit zu tun, ob irgendein Franzose einen von uns in der Metro erschießt oder eine Sprengladung unter einen Truppentransporter legt? Was ist Moral denn für Sie, Heiliger? Eine weiße, weiche Mullbinde, die Sie bequem um die Konsequenzen Ihrer Entscheidungen wickeln können?«

Heiliger schaute an Carl vorbei zu dem zerstörten Haus hinüber. »Die dort drin hat keiner dazu gezwungen, gegen uns zu kämpfen. Die Entscheidung haben sie selbst getroffen. Und sie kannten die Risiken. Glauben Sie, die hätten auch nur 'ne Sekunde gezögert, Sie oder mich über den Haufen zu ballern, falls wir ihnen die Gelegenheit dazu gegeben hätten? Und wer die Terroristenschmierer da drin letztendlich über den Jordan geschickt hat, spielt sowieso keine Rolle. Wichtig ist, dass deren Tod einen Sinn hatte, weil er vielleicht dazu führt, dass wir dieses Monster zu fassen bekommen. Der hat seinen Opfern nämlich nie eine Wahl gelassen. Sie haben die Doctoresse doch gehört, Obersturmbannführer! Der Mörder wird so lange nicht aufhören zu töten, bis wir ihn fassen.«

Unter seinen stetig heftiger hämmernden Kopfschmerzen ahnte Carl zwar, dass Heiligers Argumente von jedem in seiner Bullenwelt, als stichhaltig akzeptiert werden würden.

Aber das war nicht Carls Welt. Im Gegenteil. Denn Carl redete sich ein, dass er – wenigstens theoretisch – hier war, um das beständig unter der Oberfläche brodelnde Chaos, das Heiligers Welt beherrschte, im Zaum zu halten, bevor es womöglich noch die ganze Stadt anstecken würde. Vielleicht war es Zeit, wenigstens vorübergehend die Sauferei sein zu lassen und sich um seine Aufgabe hier zu kümmern.

»Sie sind doch nur ein Totschläger, Otto, der zu ignorant ist, sich dieser Tatsache zu stellen. Das hier«, sagte Carl und wies drohend auf das zerstörte Haus, »werden Sie nicht mehr los! An dem Tag, an dem wir diesen Massenmörder festnehmen, werde ich dafür sorgen, dass Sie im nächsten Zug an die Ostfront sitzen!«

Carl sah Heiliger an, dass seine Drohung ihn getroffen hatte. Zwar lag für ihn keine echte Befriedigung darin. Aber andererseits war er längst so weit, dass er selbst die kleinen Siege zu schätzen gelernt hatte.

Es hatte wieder stärker zu regnen begonnen. Ein warmer beständiger Regen, dessen große Tropfen träge vom Himmel fielen und auf dem Pflaster und den Gesichtern und Leibern der Menschen zerbrachen.

»Haben Sie mal drüber nachgedacht«, rief Heiliger und wies seinerseits zu dem zerbombten Haus, »dass das hier auch dieser Mörder angerichtet haben könnte?«

Carl hatte das in Erwägung gezogen. Aber die Möglichkeit verworfen. Er hielt es vor allem deswegen für ausgeschlossen, weil es dem Mörder eine geradezu gespenstische Fähigkeit zugesprochen hätte, sich seiner Gegner zu entledigen, bevor die Polizei sie erreichen konnte.

Carl wandte sich ab und ging in Richtung des Schutthaufens, der Gaffer und Feuerwehrmänner, um zu seinem

Wagen zurückzukehren. Dort stand Heinz Becker mit einer Zigarette im Mund und unter seinen Achseln verborgenen Händen und wartete auf ihn.

»Wohin? Zurück in die Dienststelle, Obersturmbannführer?«, fragte Heinz, darüber erfreut, dass er endlich aus dem Regen heraus und zurück in den Wagen kam. Carl fischte Madames Visitenkarte aus seinem Uniformrock und betrachtete sie schweigend. Er war jedoch noch nicht bereit, ihr wieder gegenüberzutreten. Selbst wenn er nicht genau hätte sagen können, weshalb.

»Ja, in die Dienststelle«, antwortete er.

21

Gegen sechs Uhr morgens kehrte Heiliger in die Dienststelle zurück und teilte Carl trocken mit, dass Perreau den Redakteur der *Fleur-de-Lys* wider Erwarten doch nicht hatte aufspüren können.

Carl spielte Heiligers Scharade widerspruchslos mit, verabschiedete sich gegen sieben und befahl seinem Stellvertreter, er solle ihn wecken, sobald das Gutachten der Doctoresse in der Dienststelle eintraf. Dann ging er über die Straße hinweg in sein Quartier, wo er innerhalb von Minuten in einen tiefen Schlaf fiel, aus dem er erst gegen Mittag wieder erwachte.

Nach einem Frühstück, bei dem er auf das sonst übliche Bier verzichtete, kehrte er wieder in seine Dienststelle zurück.

Er war sich klar darüber, dass letzte Nacht etwas zwischen ihm und Heiliger zerbrochen war, das sich nicht wieder kitten lassen würde. Was Heiliger mit seinem Verrat an Vertrauen zerstört hatte, war nicht zu verzeihen. Sie würden die Bedingungen ihres Umgangs miteinander neu aushandeln müssen. Carl fürchtete sich davor. Denn es war für ihn nur zu offensichtlich, dass am Ende dieser Verhandlungen ein zerbrechlicher Status quo stehen musste, der ihn zwang, deutlich mehr Verantwortung für seinen Posten zu übernehmen.

In der Dienststelle teilte ihm Hilde Neumeier mit, dass Heiliger bereits seit zwei Stunden außer Haus sei und Carl mehrere Anrufe aus dem Hotel Majestic versäumt habe, in dem der Stab des Militärbefehlshabers residierte. Carl rechnete damit, dass diese aus dem Dunstkreis Heinrich von Stülpnagels, des Militärbefehlshabers von Frankreich, kamen und dazu dienen sollten, ihm noch einmal klarzumachen, wie beharrlich man dort darauf bestand, dass er diesen Massenmörder fasste.

Er war gerade jetzt allerdings nicht in der Stimmung, sich womöglich Vorwürfe oder versteckte Drohungen von einem Feldgrauen anzuhören. Zumal es etwas nachzuholen gab, das er schon zu lange vor sich hergeschoben hatte. Er öffnete seinen Stahlschrank und zog aus einem doppelt gesicherten Fach zwei Personalakten hervor. Eine trug das Amtssymbol der Pariser Polizeipräfektur. Die zweite zeigte den Dienststempel des deutschen SD mit Reichsadler und Hakenkreuz. Doch auf beiden Aktendeckeln war der Name Bruno Perreau vermerkt. Und beide waren als streng vertraulich gekennzeichnet.

Er las beide Akten aufmerksam durch, dann legte er sie in den Stahlschrank zurück und setzte sich wieder an seinen Schreibtisch.

Perreau war in eine Familie hineingeboren, die sozusagen zum französischen Polizeiadel zählte, denn sowohl sein Vater als auch sein Großvater waren bereits hochrangige Polizeibeamte gewesen. Sein Urgroßvater schoss in dieser Beziehung jedoch gewissermaßen den Vogel ab: Bei ihm handelte es sich um den legendären Polizeiagenten und Spion Louis Marais, dem man hier in Frankreich in einer langen Reihe von Groschenheften und billigen Romanen ein fragwürdiges Denkmal gesetzt hatte. Außerdem war Perreau laut Auskunft seiner französischen Dienststelle kein ganz armer Mann, denn er besaß zwei Mietshäuser am Rande von Saint-Germain und ein Landhaus in der Provence, nicht weit von Aix.

Doch auch wenn er inzwischen eine gewisse Stellung erreicht hatte, schien er nicht gar so ambitioniert wie seine Vorfahren zu sein, denn diese hatten es in seinem Alter bereits zu Präfektenposten gebracht. Der Vater Perreaus hatte spät geheiratet und war dann auch noch kurz nach der Geburt seines Sohnes plötzlich Witwer geworden. Der junge Bruno hatte Schwierigkeiten in der Schule, lief von zu Hause fort und trieb sich offenbar mit kleinen Diebesbanden herum. Sein Schulabschluss war so schlecht, dass er es damit zunächst an keine Universität schaffte. Aber eine wilde Jugend gehabt zu haben konnte für einen Polizisten nicht immer nur von Nachteil sein, fand Carl. Nachdem Perreau zu Kriegsbeginn 1914 zur Armee eingezogen wurde, machte er dort rasch Karriere und beendete seine Laufbahn mit einigen Auszeichnungen im Range eines Oberleutnants der Militärpolizei. Nach seiner Entlassung studierte er merkwürdigerweise einige Semester Medizin, brach sein Studium aber plötzlich ab und bewarb sich bei der Polizei. Was Carl ungewöhnlich fand. Dort machte Perreau zwar langsam, aber stetig Karriere, bis er es zum Commissaire und Chef der Pariser Abteilung für Schwerstkriminalität brachte. Jeder seiner Vorgesetzten empfahl ihn uneingeschränkt als fleißigen, einfallsreichen und kompetenten Beamten. Seiner französischen Personalakte zufolge war Perreau also ein echter Musterknabe.

Seiner deutlich schmaleren deutschen Akte nach war er dies auch. Allerdings nur auf den ersten Blick. Denn dem Gestapo-Beamten, der ihn durchleuchtete, fiel etwas auf, das man in der französischen Akte unerwähnt ließ: Perreau war nicht verheiratet. Abgesehen von einer etwas jüngeren Schwester, die im unbesetzten Teil Frankreichs lebte, schien es nie eine Frau in seinem Leben gegeben zu haben. Was den deutschen Beamten zu der Vermutung verleitete, Perreau sei möglicherweise homosexuell. Doch darüber hinaus ging der Gestapo-Mann davon aus, dass Perreau – anders als viele seiner Kollegen in der Präfektur – es nicht mit der Résistance hielt, sondern völlig unpolitisch sei.

Carl dachte darüber nach. Er kam zu dem Schluss, dass der Gestapo-Mann sich irrte. Perreau war sicher nicht schwul. Sondern eher ein Eigenbrötler, dem Frauen und Sex nicht viel bedeuteten. Carl kannte einige solcher Männer aus Berlin, die mit ihrem Beruf statt mit einer Frau verheiratet waren. Und Heiliger, da war er sicher, hätte sich nicht derart eng an Perreau und dessen Mordermittlung gebunden, falls dieser wirklich homosexuell wäre.

Typisch Gestapo, ständig bauschte man da Mücken zu Elefanten auf und sah Gespenster wo keine waren, meinte Carl.

Hilde Neumeier stellte ihm einen weiteren Anruf aus dem Stab des Militärbefehlshabers durch, und Carl war so zerstreut, ihn diesmal auch anzunehmen. Zu seiner Überraschung meldete sich ein müde klingender Stabshauptfeldwebel, der ihm mitteilte, dass Oberst York von Trott zu Seitz ihn am Abend zu einem gemeinsamen Umtrunk in einem Lokal namens L'Étranger erwarte.

Carl legte auf, lehnte sich zurück und starrte an die von winzigen Rissen durchzogene Zimmerdecke.

Dann war York also aus dem Osten zurück, und so müde, wie sein Hauptfeldwebel gerade am Telefon klang, waren sie wohl auch erst heute Morgen wieder in Paris eingetroffen. Wahrscheinlich war Carl der Erste in der Stadt, mit dem er Kontakt aufzunehmen versucht hatte. Aber weshalb schlug York kein gemeinsames Mittagessen vor, bat ihn, in der Rue de Rivoli vorbeizuschauen, oder kam selbst auf eine Stippvisite hier in seiner Dienststelle vorbei, fragte sich Carl verwundert. Doch die Erleichterung darüber, dass sein Freund wohlbehalten zurück in Paris war, verdrängte die Fragen nach solchen Details.

Er bestellte bei Hilde einen starken Kaffee, räumte die leeren Bierflaschen zusammen und stellte sie neben die Tür. Dann setzte er sich wieder an seinen Schreibtisch und dachte darüber nach, ob er angesichts ihres Verrats Heiliger und Perreau nicht doch besser heute als morgen loswerden sollte. In Perreaus Fall würde eine einfache Versetzungsempfehlung ausreichen, um ihn in die Provinz zu verbannen. Heiligers Versetzung müsste jedoch bei einigen Herren im Gestapo- und SD-Hauptquartier zumindest Stirnrunzeln verursachen. Carl beschloss, die Entscheidung darüber noch etwas aufzuschieben.

Ihn plagten mittlerweile neben den Kopfschmerzen auch plötzliche Schweißausbrüche. Das waren die schlimmsten Katerauswirkungen seit Monaten. Dennoch holte er noch einmal Heiligers blaue Lagedossiers hervor und las sie erneut. Das dauerte bis zum späten Nachmittag.

Weder der Untersturmbannführer noch Perreau waren bis dahin wieder in ihren Dienststellen aufgetaucht. Obwohl Hilde Neumeier mehrfach versuchte, die beiden anzurufen, erreichte sie damit nichts.

Carl sandte daher Heinz Becker zu Heiligers Quartier und Perreaus Wohnung. Aber der kehrte eine Stunde später mit leeren Händen zurück. Bei Heiligers Quartier hielt zwar ein SS-Schütze Stellung, doch dieser versicherte glaubhaft, dass er ihn seit fast vierundzwanzig Stunden nicht mehr gesehen hätte.

Auch in Perreaus Wohnung in einem alten Stadtpalais öffnete keiner. Heinz zeigte sich allerdings deutlich beeindruckt von Perreaus Haus und der Straße, in der es sich befand. »Das ist 'ne Gegend für reiche Leute, Obersturmbannführer!«

Carl steckte sich die mindestens zwanzigste Zigarette des Tages an und versuchte das Hämmern in seinem Kopf aus seinem Bewusstsein zu verbannen, das daraufhin allerdings nur noch heftiger wurde.

Wie eine böse, aber hartnäckige Erinnerung stieg dabei immer wieder die Frage in ihm empor, ob die Bombe vom Vortag nicht doch der Mörder gelegt haben konnte. Oder vielleicht ja von ihm angeheuerte Verbrecher?

Carl zog Nathalies Visitenkarte hervor und glättete sie nervös auf seiner Schreibunterlage. Sie hätte bereits letzte Nacht, spätestens jedoch heute Morgen ihr Gutachten bei ihm abliefern sollen.

Ob Perreau und Heiliger etwas zugestoßen war? Das schien ihm unwahrscheinlich. Denn sollte man einen der beiden angegriffen haben, wäre er hier in der Dienststelle einer der Ersten, die davon gehört hätten. Er hätte die beiden Männer offiziell zur Fahndung ausschreiben und suchen lassen können. Doch angenommen, dass Perreau und Heiliger gerade damit beschäftigt waren, irgendwo in Paris einer Spur zu dem Mörder nachzugehen, wäre damit keinem geholfen.

Blieb die seltsame Doctoresse Nathalie, deren Gutachten immer noch durch Abwesenheit glänzte. War sie in Perreaus und Heiligers Lügenmasche eingeweiht? Schwebte sie etwa in Gefahr, Opfer eines Attentats Lochmanns, des Mörders oder der Terroristen zu werden, die gestern die Druckerei der *Fleur-de-Lys* zerstört hatten?

Er wählte die Nummer, die auf Madames Visitenkarte angegeben war und stellte fest, dass sich dahinter die Zentrale der Geschäftsstelle des Roten Kreuzes in Paris verbarg. Nur erreichte er dort nichts, weil ihm ein sehr höflicher Angestellter mitteilte, dass »Madame la Doctoresse« unter keinen Umständen ohne Voranmeldung zu sprechen sei und sich aktuell auch gar nicht in der Geschäftsstelle aufhalte.

Wenigstens wusste er jetzt, dass sie, was Ihre Stellung betraf, nicht gelogen hatte.

Er wies Hilde an, ihm Nathalies Privatadresse herauszusuchen, und wartete nervös, bis sie sich zurückmeldete und ihm eine Hausnummer in der Rue Paul-Valéry im 16. Arrondissement nannte. Nicht allzu weit von der Avenue Foch entfernt. Jedoch war es auch ein Haus, zu dem kein Telefonanschluss registriert war.

Als Carl sie in seinem Baedeker nachschlug, stellte er fest, dass Nathalies Quartier Tür an Tür mit der Botschaft der Republik Irland lag. »Ich bin nur die Tochter eines unbedeutenden irischen Landarztes« – so hatte sie sich gestern bei ihm vorgestellt.

Bis zu seinem Treffen mit York waren noch einige Stunden Zeit. Die konnte er damit verbringen, sich zu vergewissern, dass Nathalie wohlauf war, indem er sie in ihrer Wohnung besuchte. Außerdem könnte er dort die Gelegenheit nutzen, sie zu fragen, ob sie in Heiligers Scharade mit diesem Foto in der letzten Ausgabe von *Fleur-de-Lys* eingeweiht gewesen war. Aber vor allem darauf bestehen, dass sie ihre Gedanken zu dem Mörder endlich in einem schriftlichen Gutachten zusammenfasste. Womöglich fand sich darin dann ja tatsächlich irgendeine Idee, die ihn auf eine Spur brachte.

Er knöpfte seinen Kragen zu, strich den Uniformrock glatt und rief nach dem Wagen.

Es gab mehr Straßensperren und Kontrollpunkte an diesem Nachmittag als üblich.

Die Wehrmachtsführung hatte prompt auf die Affäre Fleur-de-Lys reagiert.

Einige der Straßen in Paris waren schon seit dem Beginn der Besatzung für jeden nicht dienstlichen Verkehr gesperrt. Die Avenue Foch gehörte selbstverständlich dazu, angesichts der deutschen Dienststellen, die sich dort niedergelassen hatten. Aber auch einige der Nebenstraßen in ihrer Umgebung wirkten verwaist.

Carl hatte das Gefühl, durch eine tote Stadt gefahren zu werden. Eine Stadt, die sich ihm und seinesgleichen zwar nicht entgegenstellte, aber grimmig entschlossen war, sich ihnen zu verweigern. Das war in Anbetracht der Lage auch nur nachvollziehbar.

Trotzdem wollte er nicht denselben Fehler begehen, den so viele andere Besatzungsangehörige machten. Für sie war diese Stadt eine alternde Halbweltdame, die sie insgeheim verachteten und als zur gemäßigten Plünderung freigegeben wähnten. Doch Paris war keine verkommene Kokotte. Sondern glich einer Hexe mit Schlangenhaar. Jede ihrer sich windenden und in verschiedenen Farben schillernden Strähnen versehen mit einem anderen Gesicht. Manche davon jung, andere alt, einige geschminkt und aufgehübscht. Wieder andere so erschreckend hässlich wie verweste Ratten in einer Gosse. Die alte Hexe Paris hockte in ihrer Höhle und überwachte Hunderte brodelnde Töpfe, aus denen eine neue Aufklärung ebenso entspringen konnte wie die Raserei einer blutigen Revolution, die sogar jene letzte übertraf, mit der sie sich seinerzeit einer in Schock erstarrten Welt präsentiert hatte.

Unter dem gleichgültigen Schweigen, mit dem Paris auf die Besatzung reagierte, lauerte ein Panoptikum an uralten Gespenstern und halb vergessenen Monstern nur darauf, zu einem neuen Auftritt zu kommen. Eine einzige Regung der alten Hexe mit dem Schlangenhaar reichte aus, sie hervorzutreiben, um mit ihrer Hilfe die bedrückende Stille über den Straßen in eine Arena voller Blut, Schreie, Schmerzen und Tod zu verwandeln.

Carl warf seine Zigarettenkippe aus dem Wagenfenster und fragte sich, ob er jenes blutige Chaos nicht sogar willkommen heißen würde, sobald es über sie alle hier hereinbrach. Sollte ihn dann eine Kugel treffen, müsste er allerdings damit rechnen, zu einer Erwähnung in den Heldenlisten der Zeitungen zu kommen. Was keine Aussicht war, der er wirklich etwas abgewinnen konnte. Dann lieber doch so lange weiter saufen, bis ihm die Leber platzte oder das Hirn so sehr verwässerte, dass er nichts mehr davon registrierte, was um ihn herum vorging.

Aber solange der Militärbefehlshaber und die Gestapo ihm Druck wegen dieses Mörders machten, konnte er dieses Szenario vergessen. Und falls Heiliger weiter verschwunden blieb, sowieso. Daher beschloss er, das Saufen besser so lange herunterzufahren, bis er diesen verdammten Knoten aus Mord, Korruption und purem Wahnsinn aufgelöst hatte.

An einem schmiedeeisernen Balkongitter flappte träge eine irische Flagge im feuchten Wind hin und her. Das musste das gesuchte Haus sein. Carl parkte den Wagen und stieg aus.

Es stand nur der Name der irischen Botschaft am Klingelschild der Tür, die hinter einem kunstvoll mit Löwen und

Efeuranken verzierten Gitter verborgen lag. Die drei übrigen Klingelschilder wiesen stattdessen Nummern auf. Doch da Carl nicht davon ausging, dass Madame la Doctoresse in einer Kellerwohnung residierte und er weiterhin schloss, dass die Wohnung über der Botschaft wahrscheinlich Diplomaten vorbehalten sei, betätigte er die Klingel mit der Nummer vier.

Nach einer Minute öffnete sich die zweiflügelige Haustür, und ein junger Mann in einem grauen Anzug erschien, der Carl und dessen Uniform einen Moment intensiv musterte. Dann verschwand er und schloss die Tür wieder.

Aha, dachte Carl. Doch er bewegte sich nicht von der Stelle, da er entschlossen war, so lange zu klingeln, bis der Mann wiederauftauchte.

Doch so weit kam es nicht, denn der junge Mann öffnete schweigend das Gitter und bat ihn mit einer Geste herein.

»*Miss Burns will not be happy to see you, but see you she will anyways, she said*«, erklärte er mit einem deutlichen irischen Akzent, der es für Carl schwer machte, ihn zu verstehen.

Der Mann wies auf eine breite Treppe aus dunklem fein polierten Holz, die aus der mit allerlei abstrakten Mosaiken ausgeschmückten Empfangshalle nach oben führte.

Nathalie empfing Carl in einem beigen Kostüm und einem schwarzen Hütchen mit Schleier, das er eher bei einer Beerdigung erwartet hätte. Offenbar war sie ausgegangen und noch nicht lange genug zurück, um den Hut abgelegt zu haben. Er hatte Glück, sie anzutreffen.

Ihre Wohnung wirkte kleiner, als er erwartet hatte. Dafür waren die beiden Räume mit ungewöhnlichen Möbeln und Bildern ausgestattet.

»Obersturmbannführer«, sagte sie und wies in einen schmalen Flur mit grünen Seidentapeten, an dessen Ende eine helle Tür halb geöffnet war. »Kommen Sie!«, lud sie ihn ein und humpelte auf ihren Stock gestützt los.

Er folgte ihr ins Wohnzimmer, dessen Fenster zur Straße hinaus gingen und in dessen Kamin ein Feuer brannte. Über dem antiken Sofa hing ein Picassogemälde, das ihn sofort faszinierte. Viele Picassos hatte er bisher nicht zu sehen bekommen. Es musste sich um eine Studie für ein größeres Werk handeln. Denn es war nicht vollständig ausgeführt. Aber vielleicht gerade deswegen umso eindrucksvoller.

»Sie kennen ihn, oder?«, fragte er und zeigte auf das Bild.

Nathalie antwortete nicht, sondern trat zu einem kleinen Sekretär, um aus einem der Schubfächer einen dünnen Ordner hervorzuziehen.

»Deswegen sind Sie gekommen, nicht?«, erklärte sie einsilbig.

Carl öffnete den Ordner und fand darin vier eng getippte Seiten, die weder mit einem Rubrum noch einer Unterschrift versehen waren.

»Heiliger und Perreau sind heute nicht zum Dienst erschienen. Haben Sie von ihnen gehört?«

Nathalie schüttelte verhalten den Kopf. Doch vielleicht blitzte dabei für den Bruchteil einer Sekunde Überraschung in ihren Augen auf.

»Das dachte ich mir«, sagte Carl und vertiefte sich in die erste Seite des Gutachtens.

Trotz seiner hämmernden Kopfschmerzen dauerte es nicht lange, bis er auch den Inhalt aller übrigen gelesen hatte.

Die Präzision, mit der sie in ihrem Text die Seele des Monsters seziert hatte, machte ihm Angst. Niemand, fand

Carl, sollte je fähig sein, einen solch klaren Einblick in die Abgründe seiner Mitmenschen werfen zu können. Ganz gleich, ob es sich dabei um Monster oder Spießer handelte.

Er warf den dünnen Ordner in den Kamin. »Verlieren Sie niemals ein Wort darüber, dass Sie dieses Gutachten erstellt haben!«

Nathalie sah mit versteinerter Miene zu, wie die Flammen sich durch das Papier fraßen. »Das waren etwa zwanzig Stunden harter Arbeit, Obersturmbannführer. Und wie ich mal völlig unbescheiden anmerken will, nicht meine schlechteste«, sagte sie.

»Das ändert nichts daran, dass bestimmte Männer dieses Gutachten als Bedrohung betrachtet hätten. Und keiner von denen ist zu seinem Posten gekommen, weil er als zimperlich gilt. Ich habe ihnen damit gerade einen Gefallen getan, Madame!«

»Sie sind wirklich ein Feigling, nicht wahr, Obersturmbannführer? Wie Perreau es behauptet hat.«

»Der Mann sollte besser auf sich und seine Worte achtgeben.«

»Es ist wirklich ganz besonders herzerfrischend, mit anzusehen, wie offen Sie mit unangenehmen Wahrheiten umgehen.«

Ihre Bemerkung traf ihn härter, als er es ihr zeigen wollte. Doch er hatte ihr Gutachten nun mal nicht leichtfertig vernichtet. Allerdings wäre es schwer gewesen, ihr seine Gründe dafür zu erklären, ohne ihr dabei zu großen Einblick in die komplexen inneren Vorgänge der Besatzungsbehörden zu gewähren. Und was wusste er schon von dieser Frau? Letztlich kannte er nicht viel mehr als ihren Namen. Und ihre so unheimliche Fähigkeit, sich in die Seelen ihrer Mitmenschen hineinzuversetzen. Letzten Endes konnte sie gut und gern genauso Agentin einer der alliierten Mächte sein wie die harmlose Tochter eines kleinen irischen Landarztes, als die sie sich vorgestellt hatte.

Nathalie schaute weiter auf das brennende Gutachten. Der Hutschleier machte es unmöglich, ihren Gesichtsausdruck zu lesen.

»Ich hätte ja erwartet, dass Sie die Drecksarbeit von einem Ihrer Lakaien erledigen lassen. Dass Sie das nicht getan haben, rechne ich Ihnen hoch an. Obwohl Sie dieses Charakterprofil ja vielleicht sogar zu Recht ins Feuer werfen. Nach den Meldungen, die Radio Paris seit etwa einer Stunde verbreitet, wäre darin eh nicht mehr viel Neues über den Killer zu entdecken.«

Radio Paris war der Hauptsender der Besatzungsbehörden in der Stadt. Doch Carl war nicht bewusst, dass dort Meldungen verbreitet wurden, die einen Bezug zu dem Mordfall hatten.

Nathalie steckte sich eine Zigarette an, die sie aus einer hübschen chinesischen Lackdose auf ihrem Wohnzimmertisch zog. Sie erwartete eindeutig nicht, dass Carl ihr Feuer gab, wie sich das eigentlich gehört hätte, denn sie griff hastig nach einem Tischfeuerzeug. Beinah so, als fürchtete sie sich vor seiner Berührung.

Carl schaute auf seine Uhr und trat zum Radiola, dem französischen Pendant zur deutschen Goebbelsschnauze, das auf einem Schrank beim Kamin stand. Er schaltete es ein. Der unverwechselbare Piepton ertönte, mit dem die britische BBC ihre stündliche Nachrichtensendung einläutete.

»Feindsender?«, sagte er und verzog dabei abschätzig den Mund.

»Ich bin Diplomatin einer neutralen Nation. Ich darf hören, was ich will«, schnappte Madame ungehalten zurück.

»Ich würde keine Wette darauf eingehen, dass Kriminaldirektor Lochmann das auch so sieht.«

Carl stellte Radio Paris ein. Die letzten Takte eines Schlagers ertönten, dann erklang die Stimme eines Sprechers, der die neuesten Nachrichten ankündigte. In einem betont gelassenen Tonfall dementierte er die Existenz eines Massenmörders in Paris und versicherte der Bevölkerung, dass die Besatzungsbehörden die Sicherheitslage in der Hauptstadt unter Kontrolle hatten. Obwohl diese Haltung nur logisch war, nannte man in dem Beitrag mindestens ein Detail, das eigentlich nur aus dieser Wohnung hatte kommen können, da es sich mit einer sehr speziellen These in Madames Gutachten deckte. Dass man den Beitrag über die Morde sogar noch vor den aktuellen Frontmeldungen brachte, deutete außerdem darauf hin, dass er dem Presseamt außerordentlich wichtig war.

Sobald der Sprecher zu den Frontlagemeldungen überging, schaltete Carl das Gerät wieder aus. Seine Kopfschmerzen wurden erträglicher, was womöglich daran lag, dass er sich gerade ziemlich aufregte.

»Erstaunlich, oder? Woher haben die das, wenn es nicht von Ihnen kam, Obersturmbannführer?«, sagte Nathalie mit einem aggressiven Unterton.

»Erstaunlich? Und ob es das ist, Madame!«, entgegnete Carl. »Nur ist aus meiner Dienststelle nichts davon zum Presseamt durchgesickert!«

Er schaute sich in dem Raum um. Carl war sich ziemlich sicher, wie das Presseamt des Militärbefehlshabers zu einer Information gekommen war, die es eigentlich nicht hätte haben dürfen.

»Ich brauche ein Telefon, Madame!«, forderte er.

»Ich habe keins«, antwortete sie.

»Das bezweifle ich«, entgegnete Carl und wies auf drei Telefonbücher, die in ihrem Sekretär standen und eindeutig benutzt wirkten.

»Also, wo ist es?«, bestand Carl auf seiner Forderung.

»Wen wollen Sie denn anrufen? Und weshalb so überstürzt?«, fragte sie.

»Das werden Sie schon hören! Wo ist Ihr Telefon?«

»Ich habe keins. Und selbst wenn, würde ich es Ihnen nicht geben, damit Sie eins Ihrer Schlägerkommandos rufen. Um mich festzunehmen oder verprügeln zu lassen, würde ich es Ihnen sowieso nicht leihen!«

Carl lachte. »Was bringt Sie auf die Idee, dass ich Sie nicht selbst übers Knie legen würde, falls mir danach wäre?«

»Unter anderem die Art, wie Sie mich gerade anschauen!«, gab sie schlagfertig zurück, warf ihm einen genervten Blick zu, ging zum Flur und zur Wohnungstür hinaus, kehrte aber eine Minute später mit einem Telefonapparat zurück, dessen Schnur durchs Treppenhaus und den Flur bis zum Wohnzimmer reichte.

Carl griff nach dem Apparat, wählte die Nummer seines Vorzimmers und wartete, bis man ihn durchstellte. »Hilde? Ab sofort herrscht in der gesamten Dienststelle Funkstille. Jegliche Kommunikation erfolgt schriftlich über Melder und wird chiffriert! Das ist ein Befehl!«, rief er in den Hörer und legte wieder auf. Dann schaute er Nathalie an, legte den Zeigefinger auf die Lippen und schrieb ein Wort auf einen Einkaufszettel, den er in ihrem Sekretär fand: »Abhörgeräte!«

Sie las es und schüttelte energisch den Kopf.

»Sie irren sich!«

Doch Carl war sicher, dass er richtig lag. Ihre Wohnung war nicht nur verwanzt, sondern wurde sicherlich auch regelmäßig durchsucht. Das war grundsätzlich zu erwarten gewesen. Auch die Räume der übrigen Diplomaten in Paris wurden schließlich regelmäßig heimlich gefilzt. Carl fürchtete allerdings, dass Madame la Doctoresse intensiver im Visier des Gestapo-Hauptquartiers stand, als er es bislang für möglich gehalten hatte. Was wiederum bedeutete, dass ihre Aufgaben hier weitaus umfangreicher sein mussten, als sie es bisher zugegeben hatte. Eine regelmäßige Observation durch Abhörgeräte war ziemlich zeit- und personalintensiv. Diese Sorgfalt ließen Gestapo, Abwehr oder SD eigentlich nur den Diplomaten in Paris zukommen, die im Verdacht standen, Spione zu sein.

Weil er immer mehr überzeugt davon war, dass jedes Wort, das in diesen Räumen fiel, aufgezeichnet und an Knochen oder Lochmann weitergeleitet wurde, wollte er es nicht riskieren, Nathalie hier in die Zange zu nehmen.

»Ziehen Sie sich etwas über. Ich fürchte, ich muss Sie bitten, mich zu begleiten.«

»Das kann nicht Ihr Ernst sein!«, protestierte sie.

»Doch. Und ich würde es begrüßen, wenn Sie keine Szene dabei machen.«

Sie griff nach ihrem Stock, humpelte wütend zum Flur und streifte dort ihren schwarzen Ledermantel über.

»Ich protestiere noch einmal in aller Form gegen diese Behandlung, Obersturmbannführer!«

»Ihr Protest ist registriert. Sie werden Gelegenheit erhalten, ihn später auch schriftlich niederzulegen!«

Nathalie griff nach einer Handtasche und einem kleinen Lederkoffer. Millionen von Menschen überall in Europa hielten in jenen Tagen einen solchen Koffer griffbereit. In Berlin nannte man ihn »Bombenkoffer«. Er enthielt die nötigsten Dinge, um sich einige Tage lang durchzuschlagen, sollte man das Pech haben, nach einem Luftangriff seine Wohnung zerstört vorzufinden.

Carl versuchte ihr den Koffer abzunehmen. Doch sie bestand darauf, ihn selbst zu tragen.

In der Halle schaute ihnen der junge Ire im grauen Anzug zwar nach, rührte aber zum Glück keinen Finger, um sie aufzuhalten.

Carl schob Nathalie in seinen Wagen und fuhr zu einem winzigen Park in der Nähe des Palais Royal.

»Was soll das?«, fragte sie, sobald ihr klar wurde, dass er den BMW weder zu seiner eigenen Dienststelle noch zum Quai des Orfèvres oder dem Gestapohauptquartier in der Avenue Foch lenkte.

»Später!«, antwortete er und hielt dann vor dem Park, den man in einer Baulücke zwischen zwei alten Stadtpalais angelegt hatte. Er bestand aus vier Bäumen, zwei Bänken und einigen mäßig gepflegten Büschen und Beeten.

Sie verweigerte ihm ihren Arm, als er ihr aus dem Wagen helfen und sie durch das schmiedeeiserne Gittertor in den Park führen wollte.

»Jeder Diplomat in Paris wird von uns regelmäßig abgehört«, erklärte er. »Mit wem haben Sie also in Ihrer Wohnung über das Gutachten gesprochen? In der Radiomeldung wurde ein Punkt genannt, den nicht einmal der Artikel in der *Fleur-de-Lys* erwähnte!«

Nathalie humpelte auf ihren Stock gestützt zu der Bank und setzte sich darauf.

»Natürlich weiß ich, dass meine Wohnung abgehört wird, Obersturmbannführer! Der Telefonanschluss, den ich benutze, gehört zur irischen Botschaft. Die haben Techniker, die sämtliche Räume und Telefone regelmäßig überprüfen.«

Carl hielt ihre Überzeugung für naiv. Diese Botschaftstechniker arbeiteten zweifellos nach einem festen Zeitplan. So regelmäßig, wie sie Nathalies Räume und die Telefone im Haus überprüften, konnten die Spezialisten von Gestapo oder SD sie danach auch wieder mit ihren Mikrofonen verwanzen. Carl hatte in Berlin öfter mit den Ingenieuren zu tun gehabt, die dort die Diplomatenquartiere und Botschaftsgebäude verwanzten und sich dabei über die Blauäugigkeit ihrer Zielpersonen lustig machten. In Paris würde es nicht anders zugehen.

»Außerdem habe ich mit niemandem über das Gutachten gesprochen, bis ich mich vorhin ankleidete, um es Ihnen zu bringen«, erklärte Nathalie. »Dabei hörte ich die Meldung von Radio Paris. Danach dachte ich mir, dass es nun nicht mehr nötig sei, Ihnen mein Gutachten hinterherzutragen. Sie waren ja ganz offensichtlich bereits über die wichtigsten Punkte darin informiert.«

Obwohl ihre Geschichte zu dem passte, was er gesehen hatte, als sie ihn vorhin empfing, glaubte er ihr nicht.

»Der vorletzte Punkt, den Sie in Ihrem Charakterprofil des Mörders erwähnen, war mir jedenfalls völlig neu. Den kann man nur von Ihnen haben, Madame!«

Nathalie legte den Kopf ein wenig in den Nacken und schaute ihn durch ihren Hutschleier an. »Sie lügen, Monsieur. Und ehrlich gesagt nicht einmal besonders gut«, sagte sie.

Carl war wütend. »Ich? O nein, meine Liebe! Sie sind diejenige, die hier lügt. Aber ich habe Lügen so satt! Irgendwie muss die Pressestelle des Militärbefehlshabers zu der Information aus Ihrem Gutachten gekommen sein. Falls man es also nicht aus Ihrer Wohnung bekommen hat, woher dann? Mit wem haben Sie darüber gesprochen? Obersturmführer Heiliger? Kommissar Perreau?«

»Mit niemandem! Das Profil, das Sie vorhin verbrannt haben, ist erst letzte Nacht entstanden. Anhand der Fakten und Bilder, die mir Perreau auf Ihre Anweisung hin zur Verfügung gestellt hat. Und keiner außer Ihnen hat es gelesen. Aber vielleicht haben Perreau oder Heiliger uns ja beide hintergangen und ein zweites Gutachten in Auftrag gegeben, von dem weder Sie noch ich etwas wussten?«

Das war zwar nicht grundsätzlich auszuschließen. Doch Carl glaubte das nicht. Es hätte einfach nicht zu Perreau oder Heiliger gepasst.

»Heiliger und Perreau hätten keinen Grund gehabt, eine weitere Meinung einzuholen. Außerdem haben Sie gestern doch behauptet, dass es gar keinen zweiten qualifizierten Psychiater gäbe, dessen Meinung die beiden hätten einholen können!«

Sie saß vor ihm auf der Bank, den Bombenkoffer neben sich, und klammerte die linke Hand um den Schwanenknauf ihres Stocks. Sie wirkte so verletzlich dabei, dass Carl plötzlich Angst um sie hatte. *Dabei sollte eigentlich vielleicht ich mich besser vor ihr fürchten*, dachte er.

»Perreau und Heiliger haben der *Fleur-de-Lys* ein Foto und einige handverlesene Informationen aus ihren Ermittlungsakten zugespielt. Sie spekulierten darauf, dass die Veröffentlichung einen Skandal auslöst, der mich dazu zwingt, eine offizielle Ermittlung einzuleiten. Das ging nach hinten los.

Letzte Nacht hat man die geheime Redaktion der Zeitung in die Luft gejagt. Dabei gab es vier Todesopfer. Ich will wissen, ob Sie in diese Scharade eingeweiht waren.«

»*Jesus wept*«, flüsterte sie erschrocken. Ihre Überraschung wirkte echt. »Vier Menschen sind wegen dieses Artikels gestorben?«

»Und es ist unwahrscheinlich, dass es dabei bleibt«, bestätigte Carl. »Denn wer auch immer hinter dem Anschlag steckt, wird vielleicht versuchen, auch alle anderen Mitwisser zu beseitigen. Heiliger und Perreau sind seit letzter Nacht unterwegs, um die übrigen Mitglieder der *Fleur-de-Lys*-Zelle auszuheben. Da keiner von ihnen sich bei mir zurückgemeldet hat, gehe ich davon aus, dass ihnen das bisher nicht gelungen ist. Oder die beiden selbst Opfer der Attentäter geworden sind. Was eine Katastrophe wäre.«

Nathalie schwieg.

Carl ärgerte sich darüber. Wie konnte sie jetzt hier vor ihm auf dieser Bank sitzen und einfach schweigen?

»Ich bin mir nicht sicher, ob Sie die Tragweite der Situation einschätzen können, in der Sie sich befinden, Madame. Sollte Heiliger oder Perreau etwas zugestoßen sein, werde ich Sie kaum schützen können. Dann wird Kriminaldirektor Lochmann von der Gestapo die Ermittlungen übernehmen und früher oder später auf Ihre Verbindung zu den beiden stoßen. Weder Ihr Name noch Ihr Pass kann Ihnen dann helfen. Also, falls Sie wissen, wo Perreau und Heiliger jetzt sind, dann teilen Sie mir das gefälligst mit!«

Nathalie schüttelte den Kopf und schaute weiterhin an ihm vorbei auf einen der Bäume des Parks. »Ich weiß es nicht, Obersturmbannführer!«

Carl war nicht sicher, ob er ihr das glauben sollte. »Ihr

schriftliches Gutachten war wesentlich umfangreicher als die Zusammenfassung, die Sie mir nach der Premiere in dem Bistro aufgetischt haben. Selbst falls man unser Gespräch dort abgehört haben sollte, kam darin zumindest dieser vorletzte Punkt in Ihrem Charakterprofil des Mörders gar nicht zur Sprache. Irgendwem müssen Sie davon erzählt haben, Madame! Erinnern Sie sich gefälligst!«, bedrängte er sie, während ihn sein Kopfschmerz mit doppelter Intensität wieder einholte.

»Geht es Ihnen nicht gut, Obersturmbannführer?«, fragte sie leise. Sie stand auf, trat zu ihm und legte ihm zwei Finger an den Hals, griff dann nach seiner linken Hand und fühlte seinen Puls. »Wie viel haben Sie heute getrunken?«, fragte sie ihn in dem typischen bevormundenden Medizinertonfall, den er noch nie hatte ertragen können.

»Das ist doch egal!«, antwortete er unwirsch und entzog sich ihren Berührungen.

»Ist es nicht! Also … wie viel?«

»Nichts. Bei dem verfluchten Chaos, das Heiliger angerichtet hat …«

Nathalie nickte und legte ihm ihre Hand auf die Stirn. »Hm, wenigstens haben Sie keine Temperatur. Sie brauchen dringend etwas Festes in den Magen. Außerdem sollten Sie die Zigaretten lassen, während Sie Ihren Alkoholkonsum verringern. Tabak steigert den Blutdruck und verengt zugleich die Blutgefäße im Hirn. Bei der Menge, die Sie rauchen, ist es kein Wunder, dass Ihr Kater Sie gerade beinah umbringt.«

»Lassen Sie das endlich!«

»Männer. Mimosen sind nichts dagegen«, flüsterte sie gereizt.

»Das Gutachten«, sagte Carl. »Wir waren gerade bei Ihrem Gutachten und wie es in die Hände der Gestapo oder der Wehrmacht fallen konnte.«

»Jedenfalls nicht, indem man es in meiner Wohnung gelesen oder mich abgehört hat.«

Sein Kopfschmerz stach plötzlich so heftig, dass ihm fast schwarz vor den Augen wurde. Er klammerte sich an die Lehne der Parkbank. Nathalie erhob sich, nahm den Hutschleier hoch und sah ihn an. »Wenn Sie schon nichts essen, Obersturmbannführer, dann trinken Sie wenigstens weiter. Oder Sie werden die nächsten achtundvierzig Stunden mit heftigen Entzugserscheinungen in einem Bett verbringen müssen. Also los! Wo ist Ihre Flasche?«, sagte sie.

»Danke, es geht schon wieder«, log Carl.

Sie schüttelte den Kopf, griff in ihre Tasche, fand eine Packung Aspirintabletten und reichte sie Carl. »Ärztlich verordnet, Sie Sturkopf! Los, nehmen Sie gleich zwei. Runter damit!«, forderte sie ihn auf.

Carl würgte nach einer Sekunde des Zögerns widerwillig zwei der flachen weißen Filmtabletten herunter.

»Das Aspirin ist keine dauerhafte Lösung. Sie sollten also weiterhin schleunigst entweder etwas essen oder eben in Gottes Namen weitertrinken, Obersturmbannführer.«

Carl zog aus reiner Gewohnheit sein Zigarettenetui hervor.

»Auf jeden Fall sollten Sie die verdammten Kippen lassen!«, zischte Nathalie. Gehorsam steckte Carl sie wieder weg.

»Es gibt übrigens eine ganz einfache Erklärung dafür, weshalb man bei Radio Paris so viele Details über den Mörder kannte, Obersturmbannführer. Wer immer die Pressestelle mit der Meldung fütterte, kannte eben den Mörder und wusste daher aus erster Hand über seine Vorgehensweise Bescheid. Ihr Freund Heiliger behauptet schließlich, dass der Mörder von der Gestapo gedeckt wird. Da ist es doch nur logisch, dass man dort mindestens so viel über ihn weiß, wie ich von Perreau über ihn erfahren habe.«

Carl setzte sich ungeschickt auf die Bank und legte den Kopf in die Hände. Das betäubende Hämmern in seinem Kopf ließ dank des Aspirins bereits etwas nach.

Natürlich, dachte er. Dass man bei der Gestapo über den Mörder so detailliert Bescheid wusste, war wirklich die naheliegendste Erklärung. Doch sie führte auch zu einer weiteren Schlussfolgerung. Die Radiomeldung war vielleicht nicht allein an die Pariser Bevölkerung gerichtet gewesen, sondern auch an den Mörder.

»Verfluchte Scheiße, Madame. Wissen Sie, was das bedeuten würde?«

»Ja. Der Mörder wird jetzt glauben, dass man ihm einen Freifahrtschein dafür ausgestellt hat, einfach weiterzumachen. Und glauben Sie mir, Obersturmbannführer, genau das wird er auch tun. Rechnen Sie besser damit, dass in den nächsten Tagen ein weiteres furchtbares Tableau irgendwo auftaucht«, bestätigte sie.

Lochmann, dachte Carl wütend, *muss vor Lachen beinah vom Stuhl gekippt sein, als er die Meldung verfassen und freigeben ließ. Der Militärbefehlshaber mit seinen Feldgrauen sitzt mir im Nacken, die Gestapo auch, die beiden Ermittler in dem Fall sind spurlos verschwunden, und ich bin wahrscheinlich gerade zum Gespött des gesamten höheren Pariser Besatzungsstabs geworden.*

Zum zweiten Mal innerhalb weniger Stunden wurde er

unwillkürlich an jenen Abend im Berliner Wedding im Herbst 1936 erinnert, an dem ihm endgültig klar geworden war, wohin die Reise im Dritten Reich wirklich ging. Wieder verachtete er sich für seine Feigheit. *Ich hätte damals schon die Koffer packen oder mir eine Kugel durch den Kopf jagen sollen,* dachte er.

»Obersturmbannführer? Alles in Ordnung?«, erkundigte sich Nathalie mit einem besorgten Blick.

»Ja, ja, mir geht's gut. Ich musste nur eben an Schlüssel denken. Nicht wichtig, vergessen Sie es!«

»Schlüssel?«, fragte sie erstaunt.

»Ich sagte doch: Nicht weiter wichtig!«

Er schaute auf seine Uhr. Noch mehr als drei Stunden bis zu seiner Verabredung mit York im L'Étranger. »Solange nicht klar ist, ob Heiliger und Perreau etwas zugestoßen ist, können Sie nicht in Ihre Wohnung zurück. Ich würde Ihnen ja mein Quartier anbieten, aber das wird von der Gestapo sicher auch observiert. Hilde Neumeier wird Sie aber bestimmt unterbringen können. Ich glaube, sie hat ein ganz ordentliches Quartier abbekommen.«

»Wer ist Hilde Neumeier?«, fragte sie neugierig. »Und lassen Sie dieses höfliche ›Madame‹ endlich sein, Obersturmbannführer. Sie kennen meinen Namen.«

»Hilde ist meine SS-Helferin. Nettes Mädel.«

Nathalie lachte auf. »Sie glauben wirklich, ich krieche bei Ihrer SS-Taube unter? Ganz bestimmt nicht!«

»Dann nehme ich Sie eben fest und lasse Sie für die nächsten Tage im Knast von Fresnes wegschließen. Dort kommen Sie mir wenigstens nicht abhanden. Außerdem rechnet nicht einmal Lochmann damit, dass ich Sie ausgerechnet direkt unter seiner Nase versteckt haben könnte.«

Nathalie rollte ihren Hutschleier wieder hinab. »Sie machen sich viel zu viele Sorgen, Obersturmbannführer. Heiliger und Perreau sind wohlauf, glauben Sie mir. Und die Zelle in Fresnes sparen Sie lieber für eine auf, die da wirklich hingehört. Ich werde für ein paar Tage zu einem Prinzen in seinen Palast ziehen. Dort wäre ich wahrscheinlich sogar vor Perreau sicher, sollte der mal böse auf mich sein. Die Gestapo wird mich dort erst recht nicht finden.«

Carl bezweifelte, dass es in Paris einen Adeligen gab, der nicht von einer der geheimen Dienststellen überwacht wurde.

»Ein Prinz?«, hakte er misstrauisch nach.

»Ja, wenn auch keiner, der sich je Hoffnung auf eine goldene Krone machen dürfte. Aber ein Prinz ist er nichtsdestotrotz. Und Sie werden mich zu ihm chauffieren und ihn vielleicht sogar kennenlernen. Was eine seltene Ehre für einen deutschen Offizier darstellt«, sagte sie schnippisch.

Carl stand von der Bank auf. »Wir haben diese Stadt erobert, schon vergessen, Madame? Wir können hier machen, was wir wollen. Also bestimmen wir auch darüber, wem es eine Ehre sein sollte, einen von uns empfangen zu dürfen!«

Sie lachte. »Das hier ist Paris. Es lässt sich vielleicht von Ihnen besetzen, aber niemals erobern, Monsieur.«

»Spitzfindigkeiten, Madame«, antwortete er, nahm ihren Arm und ging mit ihr zum Wagen zurück.

Wobei er feststellte, dass es sich seltsam zwiespältig anfühlte, sie so zu halten. Beinah wie ein exotisches Insekt, dessen Bewegungen man auf seinem Handballen und zwischen den leicht gekrümmten Fingern spürte, während man seinen bunt schimmernden Panzer und die nahezu transparenten Flügel bewunderte. Aber zugleich darüber nachsann, ob jenes winzige Wesen über einen giftigen Stachel verfügte, mit dem es jederzeit zustoßen könnte.

Carl war nie dem Technikkult anheimgefallen, der seine Generation nach dem ersten Weltkrieg im Sturm erobert hatte. Für ihn mussten Maschinen vor allem nützlich sein. Sie mit einer symbolischen Bedeutung aufzuladen fand er übertrieben.

Madame la Doctoresse sah das eindeutig anders. Sie hatte bereits vorhin dem schlanken schwarzen BMW-Sechszylinder bewundernde Blicke zugeworfen und ließ jetzt erst recht keinen Zweifel darüber aufkommen, wie sehr sie den schnellen Wagen mochte.

»Lassen Sie mich fahren!«, bat sie, während er die Beifahrertür öffnete.

»Nein! Dieser Wagen ist Eigentum des Dritten Reiches. Ich werde ihn nicht von Ihnen gegen einen Baum setzen lassen.«

»Ich bin in einem Rolls-Royce drei Jahre lang unfallfrei durch Dublin gefahren, aber habe trotzdem Strafzettel für überhöhte Geschwindigkeit kassiert. Ich bin ganz sicher eine bessere Fahrerin als Sie!«, verkündete sie trotzig.

Carl kannte Dublin nicht, und einen Rolls-Royce hatte er auch noch nie gefahren. Aber so tollkühn, ihr nur aufgrund ihrer Behauptung seinen BMW anzuvertrauen, war er nicht. »Wie kommt die Tochter eines angeblich unbedeutenden irischen Landarztes zu einem Rolls-Royce?«

»Unbedeutend heißt ja nicht, dass er auch arm gewesen ist«, gab sie lächelnd zurück.

»Offenbar. Allerdings hat er wohl trotzdem Ihre Erziehung vernachlässigt. Sie sind einfach zu vorlaut!«

»*Boche!*«, antwortete Nathalie ihm mit dem Schimpfwort, das die Franzosen für die Besatzer verwendeten.

»Ein Anruf von mir genügt, um Ihnen doch noch eine feuchte Zelle in Fresnes zu sichern!«

Ohne ein weiteres Wort raffte sie ihren Mantel zusammen und stieg anmutig in den Wagen. Trotz des kalten Zigarettenrauchs, der darin hing, fand Carl ihr Parfum plötzlich nahezu überwältigend.

»Was?«, fragte sie.

»Nichts ...«, antwortete er und startete den Motor.

Sie lächelte unter ihrem Hutschleier.

Carl folgte ihren Anweisungen, fuhr auf die Rue Saint-Denis, überquerte die Rue de Rivoli und die Seinebrücke, wobei er an zwei Wehrmachtsstraßensperren müde durchgewunken wurde, sobald man seine Uniform erkannte. Die Straßen füllten sich inzwischen mit Radfahrern und Pferdewagen, Autos waren nur wenige zu sehen, und selbst die fuhren meist mit Holzgas, was den Smog und Gestank nach Kohleöfen, der über der Stadt lag, nur weiter verstärkte.

»Wie lange haben Sie jetzt nichts mehr getrunken?«

»Etwa vierundzwanzig Stunden«, antwortete er.

»Falls Sie wirklich weniger trinken wollen, müssen Sie damit rechnen, Schweißausbrüche zu bekommen. Außerdem wird Ihnen von Zeit zu Zeit schwindelig werden, und Sie werden zu zittern beginnen. Möglicherweise sogar alles auf einmal. Aber dafür kehrt allmählich Ihr Geruchssinn zurück. Und falls Sie die nächsten zwei, drei Tage wirklich trocken bleiben, verlieren sich auch alle übrigen Symptome nach und nach.«

Carl hatte weder um einen medizinischen Vortrag gebeten, noch gefiel ihm, was er da gerade gehört hatte. »Danke. Aber ich habe das Trinken nur vorübergehend abgestellt. Sobald diese Morde geklärt sind, werde ich meiner alten Gewohnheit nur umso eifriger zusprechen.«

»Glückwunsch, Obersturmbannführer! Dann schaffen Sie es zweifellos, sich bis zum Frühjahr zu Tode zu trinken.«

Carl hatte befürchtet, dass sie ihn fragen würde, weshalb er so entschlossen war, sich totzusaufen. Sie hüllte sich jedoch hinter ihrem Schleierchen in Schweigen. Was ihm nur recht war.

Hinter einer scharfen Biegung, in einer der schmalen Straßen, in die Nathalie ihn mit stummen Gesten leitete, bremste er plötzlich den Wagen und legte den Leerlauf ein.

»Stimmt etwas nicht?«, fragte Nathalie erstaunt.

»Alles in Ordnung«, antwortete er kühl, öffnete das Koppelholster und zog seine Dienstwaffe hervor.

Nathalie fuhr herum, als gleich darauf die Bremsen eines Wagens hinter ihnen aufkreischten. Sie sah erschrocken zu, wie nur wenige Zentimeter vom Kotflügel des BMW entfernt ein grüner Renault über die feuchte glatte Gasse schlitterte, gegen einen Hydranten stieß, sich daraufhin einmal halb um sich selbst drehte und schließlich halb auf der Gasse, halb auf dem Gehsteig zum Halten kam.

»Egal, was jetzt geschieht, Sie bleiben hier sitzen!«, befahl Carl, stieg aus und ging mit schussbereiter Waffe auf den Renault zu.

Darin saßen zwei Männer. Einer von ihnen hatte sich bei dem Aufprall die Schläfe aufgeschlagen und blutete heftig. Der zweite schien unverletzt. Carl öffnete die Wagentür und richtete seine Waffe ins Innere. »*Bonsoir, Messieurs!* Bestellen Sie Kriminaldirektor Lochmann, dass Obersturmbannführer von Maug nüchtern ist. Und das auch in nächster Zeit zu bleiben gedenkt!«

Er wandte sich von dem Wagen ab und setzte dann nacheinander drei Schüsse durch die Haube in den Motorraum und anschließend zwei weitere in die Reifen.

Während er zurück zu dem BMW ging, sah er, dass Nathalie ans Steuer gerückt war und den Sechszylinder jetzt in ziemlich tollkühner Geschwindigkeit auf ihn zulenkte. Sie bremste ab und rief: »Einsteigen!«

Carl sprang auf den Beifahrersitz und hielt sich fest.

»Dieser Wagen ist, wie schon erwähnt, Eigentum des Dritten Reiches, und ich würde es begrüßen, wenn Sie ihn nicht zu Schrott fahren«, knurrte er, während Nathalie die Straße hinabraste.

»Das ist ein fantastischer Wagen! Sie hätten die Welt mit dem Verkauf Ihrer Autos statt mit Ihren Soldaten erobern sollen. Hätte Ihnen und uns eine Menge Ärger erspart. Und wäre bestimmt sogar erfolgreicher verlaufen!«

»Wie man's nimmt«, antwortete Carl unwillig. »Bisher beherrschen wir immerhin Zentraleuropa. Das nenne ich nicht gerade eine Pleite!«

Sie kniff ihre Lippen zusammen. Carl konnte nicht sagen, ob sie es tat, um sich ein Lachen zu verbeißen oder eine zornige Widerrede.

Stattdessen fragte sie eine Minute später: »Wer waren die Männer in dem Renault? Kollegen von Ihnen?«

»Die gehörten zu Lochmanns Ausputzertruppe. Sie sind bereits seit der Rue Saint-Denis hinter uns her gewesen. Und ich fürchte auch, dass sie mich nicht zum letzten Mal observiert haben. Inzwischen hat es sich zweifellos sogar bis zur Gestapo herumgesprochen, dass Monsieur le Commissaire und Heiliger verschwunden sind. Lochmann wird entweder nervös oder mutig. Beides kann nicht gut für uns sein.«

»Dann gehören die zu einem der Sonderkommandos, wie Heiliger mal eins geführt hat? Spezialitäten: Mord, Totschlag, Diebstahl?«, erkundigte sie sich. Carl fragte sich, woher sie so gut über Heiligers Vergangenheit Bescheid wusste. Von Perreau? Dann war ihr Verhältnis womöglich sogar noch enger, als er angenommen hatte. Ob die beiden wirklich eine Affäre miteinander hatten? War Perreau nicht viel zu alt für sie?

»Was die Spezialitäten betrifft, die variieren. Aber das sind keine Leute, mit denen Sie nähere Bekanntschaft schließen wollen. Oder sollten«, antwortete er.

Sie fuhr durch ein Gewirr von Nebenstraßen in eine Gegend von Paris, die mit ihren nicht immer gut in Schuss gehaltenen Gebäuden und den kleinen Geschäften und verwahrlost wirkenden Bistros nicht zu denen zählte, in denen man als Deutscher willkommen gewesen wäre. Was in den großbürgerlichen Vierteln der beiden Arrondissements im Stadtkern durchaus anders aussah. Dort hatte man sich rascher mit den neuen Herren arrangiert als in den Arbeitervororten und dem studentisch geprägten Quartier Latin.

»Da ist etwas, das ich noch wissen muss, bevor wir am Ziel sind, Madame«, verkündete Carl schließlich.

»Nur zu. Solange Sie von mir nicht erwarten, Sie zurück ans Steuer zu lassen, können Sie fast alles fragen, Obersturmbannführer«, entgegnete sie fröhlich.

Carl bezweifelte, dass ihre Laune weiterhin so gut bleiben würde, wenn er seine Frage erst einmal gestellt hatte. Denn die betraf jenen für ihn unerklärlichen Punkt in ihrem Charakterprofil des Mörders.

»Sie haben in Ihrem Gutachten geschrieben, dass der Mörder seine Opfer fotografiert, wahrscheinlich sogar filmt. Wie kommen Sie darauf? Weshalb sollte er so eindeutige Beweise hinterlassen? Jedes dieser Fotos oder gar ein Film reicht doch aus, um ihn vor Gericht zu überführen.«

Nathalie bremste und lenkte den Wagen mit bewundernswerter Präzision genau zwischen zwei Mülltonnen und einem Baum hindurch hart an den Gehsteig.

»Jesus, Obersturmbannführer, ich dachte schon, Sie fragen nie«, flüsterte sie, griff in ihre Handtasche, zog ein Etui hervor und steckte sich eine ihrer kräftig duftenden türkischen Zigaretten an.

Ihre Reaktion überraschte ihn. »So, Sie haben also auf diese Frage gewartet?«

»Ja. Ich bin allerdings nicht sicher, ob Sie meine Antwort wirklich hören wollen.«

»Lassen Sie es auf einen Versuch ankommen!«

»Sie haben damals Fritz Haarmann getroffen, stimmt's?«

Carl nickte. »Ich fand ihn fast schon zu banal, um ihn ernst nehmen zu können. Aber ich habe ihn auch nur kurz gesehen.«

Sie lachte auf. »Der Akt des Tötens hat Haarmann einen Höhepunkt verschafft, den er anders nicht oder nur sehr schwer erreichen konnte. So weit war man sich damals wohl einig. Aber dass er seine Opfer auch zerlegt und von ihrem Fleisch gegessen hat, kam im Prozess nicht zur Sprache, richtig?«

Carl war es unangenehm, darüber zu reden. Zumal er keine Verbindung zu dem Mörder in Paris sah. »Das ist ja auch nie bewiesen worden.«

Sie schüttelte den Kopf. »Stellen Sie sich gefälligst nicht so an, Obersturmbannführer! Noch vor Inzest ist Kannibalismus das höchste Tabu. Haarmann war Narzisst. Er konnte gar nicht anders, als seine Bedürfnisse über die aller anderen zu stellen. Natürlich hat er von seinen Opfern gegessen und außerdem Teile von ihnen an seine Nachbarn weitergegeben. Das war ein zentraler Teil der Befriedigung, die er aus seinen Taten zog. Er ist sein Leben lang geschunden, verachtet, geprügelt und in seiner Jugend auch ganz sicher von einer Autoritätsperson sexuell misshandelt worden. Der Mann mag ein Massenmörder gewesen sein. Aber ein Stein war er nicht. Seine Rache an der Gesellschaft, die ihn ausgrenzte und verachtete, fiel genauso monströs aus wie die Kränkungen, die man ihm seiner Meinung nach zugefügt hatte. Denn mit den Wurstbüchsen und Fleischpaketen, die er an seine Nachbarn verkaufte, machte er sie zu seinen Komplizen und stempelte sie damit gewissermaßen zu *seinesgleichen*.«

Carl erinnerte sich, dass ihm damals in Hannover ein Mann, den er kaum kannte, eine ganz ähnliche Analyse von Haarmanns Charakter und Motiven geliefert hatte. Dennoch sah er – neben dem Offensichtlichen – immer noch keinen weiteren Zusammenhang zwischen Haarmann und dem Massenmörder in Paris.

»Sie wollen mir hoffentlich nicht weismachen, dass auch unser Mörder hier seine Opfer aufisst?!«, fragte er betont ironisch.

»Gewissermaßen doch. Perreau hat mir Fotos der Schwarzen Sonne und dieses Familienporträts gezeigt, die der Mörder arrangiert hat. Sehr aufschlussreich. Der Mann, mit dem Sie es zu tun haben, ist intelligenter und gebildeter als Haarmann, Obersturmbannführer. Aber seine Persönlichkeitsstruktur ähnelt dennoch der von Haarmann. Genau wie dieser empfindet er beim Akt des Tötens sexuelle Lust. Aber damit endet es für ihn nicht. Denn was für Haarmann seine Fleischpakete waren, das sind für ihn die Tableaus, die er inszeniert. Damit bestätigt er einerseits die Allmacht über seine Opfer. Und wenn er Beine, Arme oder Brüste zu einer Inszenierung arrangiert, dann beraubt er seine Opfer ihrer Individualität und würdigt sie zu bloßem Material für seine Werke herab. Solche Rituale der Entmenschlichung sind bei diesen Tätern kein seltenes Phänomen. Aber dieser Mörder stellt mit seinen Inszenierungen alle bisherigen weit in den Schatten. Was er da tut, ist eine Form von symbolischem Kannibalismus. Denn er beraubt seine Opfer zuerst ihres Lebens, dann ihrer Identität und sogar ihres Geschlechts. Dass er sie anschließend auf Filme oder Fotos bannt, ist für ihn der eigentliche Akt des Kannibalismus. Damit verleibt er sich seine Opfer sozusagen symbolisch ein. Ich hoffe, Sie können mir immer noch folgen, Obersturmbannführer?«

Das konnte er. Oder glaubte es zumindest. Ihrer Logik zufolge hatte Haarmann, als eher zupackender, weniger subtiler Typ, seinen Kannibalismus ganz klar als Menschenfresserei betrieben und damit nicht nur seinen perversen Sexualtrieb, sondern auch seine Eitelkeit befriedigt, indem er seine unbedarften Nachbarn daran teilhaben ließ. Doch was das Monster hier in Paris tat, war eine rein symbolische Form des Kannibalismus, verwirklicht dadurch, dass es sich seine Opfer zwar nicht im wahrsten Sinne des Wortes einverleibte, sie dafür aber völlig ihrer Identität beraubte und anschließend zum Material seiner Inszenierungen machte.

»Keine Angst, Madame. Ich bin leider zu nüchtern, um Sie nicht verstehen zu können«, verkündete Carl.

Sie lächelte. »Sehr gut! Der Mörder muss eine sehr lange Entwicklung durchgemacht haben. Vor seinen aktuellen, sehr ausgereiften und komplexen Inszenierungen muss er einfachere gemacht haben. Von denen er allerdings wahrscheinlich nicht wollte, dass sie je gefunden werden. Er verfügt über einen Raum, in dem er sich sehr sicher fühlt, und er muss einen Weg gefunden haben, sich der Leichen unbehelligt zu entledigen. Schließlich hat er recht viele davon produziert, bevor er so weit war, dass er eine Schwarze Sonne oder ein Familienporträt anrichten konnte.«

Auch das erschien Carl plausibel.

Nathalie steckte sich eine neue Zigarette an. »So weit, so gut, Obersturmbannführer. Psychologie ist allerdings keine besonders exakte Disziplin. Deswegen stehe ich zwar zu allem, was ich gerade gesagt und auch in meinem Charakterprofil geschrieben habe. Doch es wäre nicht fair, Ihnen eine zweite, psychologisch mindestens ebenso plausible Erklärung vorzuenthalten.«

»Natürlich nicht«, antwortete Carl ironisch. Er sehnte sich mindestens so sehr nach einer Zigarette wie nach einem frischen, kühlen Bier.

»Es könnte sein«, fuhr Madame la Doctoresse etwas leiser und unsicherer fort, »dass der Mörder glaubt, seine Inszenierungen und die Bilder, auf denen er sie festhält, seien ein Mittel, um einer Autoritätsfigur seine Ergebenheit zu beweisen. Das setzt allerdings voraus, dass er Grund dazu hat, anzunehmen, diese Person wisse zu schätzen, was er für sie inszeniert. Wer immer diese Person ist, deren Wertschätzung ihm so viel bedeutet, müsste ihm allerdings an Macht und Ansehen weitaus überlegen sein. Obwohl der Mörder sich ihr zumindest intellektuell als gleichwertig empfindet, betrachte er sie als eine Art Übervater. Er hält sie für unantastbar und nahezu allmächtig.«

Carl saß einige Minuten schweigend neben ihr und schaute blicklos durch die Frontscheibe auf ein Stück grau verputzter Hauswand. Er war lange unfähig, das, was er gerade von ihr gehört hatte, an sich heranzulassen. Schließlich sah er ein, dass es unmöglich zu ignorieren war. Denn es fügte sich einfach zu gut zwischen die übrigen Puzzleteile, die Perreau und Heiliger in dem Fall bereits zusammengetragen hatten.

»Es wäre also denkbar, dass es sich bei dieser gottgleichen Übervaterfigur um ein Mitglied der deutschen Besatzungsmacht handelt?«

»Eindeutig«, antwortete sie. »Der Mörder muss mit dieser Person nicht einmal persönlich gut bekannt sein. Allerdings muss er zumindest in irgendeiner Form von Kontakt mit ihr stehen.«

Carl schwieg, bis sie ihre Zigarette zu Ende geraucht und aus dem Wagenfenster geworfen hatte. »Und damit konfrontieren Sie mich ausgerechnet am ersten Abend seit über einem Jahr, an dem ich nahezu völlig nüchtern bin?«

Nathalie spürte zweifellos, wie hilflos er sich gerade fühlte. Sie berührte ihn sacht an der Schulter und wies durch die Frontscheibe des Wagens zu dem Stück dunklem Abendhimmel, das neben der grauen Hauswand gerade noch zu erkennen war. Carl war ihre Berührung unangenehm, weil er ahnte, dass sie dazu dienen sollte, ihn irgendwie zu trösten. Doch er wollte nun einmal ausgerechnet von ihr nicht getröstet werden.

»Sehen Sie die Sterne da oben?«, fragte sie. »Immer wenn es mir so geht wie Ihnen gerade, nehme ich mir die Zeit, einen Blick in den Himmel zu werfen. Ich weiß dann, dass zwar auch die Monster manchmal dort hinaufsehen. Doch ihre Sterne müssen dann sehr viel dunkler schimmern als jeder, den ich dort oben erblicken würde. Das ist meistens Trost genug. Für den Fall, dass selbst das nicht ausreicht, gibt es gute Gedichte, Champagner, ein neues Kleid oder eben eine Nacht in einer wirklich guten Cocktailbar.«

Carl dachte, dass seine Sterne derzeit auch nicht gerade hell strahlenden Sonnen glichen. Aber er brachte es nicht über sich, das auch laut auszusprechen.

»Weshalb wissen Sie eigentlich so gut über den Haarmann-Fall Bescheid, Madame?«

Sie lächelte. »Es gibt nicht viele Fälle, die so gut dokumentiert sind wie der des Totmachers, Obersturmbannführer. Haarmann war in unseren Seminaren beinah so etwas wie ein heimlicher Held!«

Aha, dachte Carl, etwas angeekelt von ihrer Bezeichnung Haarmanns als Helden.

Heiliger war hinter dem Mörder her, weil er gegen jede Vernunft darauf hoffte, es würde ihm Absolution für seine eigenen Morde verschaffen, wenn er ihn aufhielt. Perreau versuchte verzweifelt, seine Stadt vor einem weiteren Albtraum zu bewahren. Und er? Weshalb ließ er sich tiefer und tiefer in diese Mörderhatz hineinziehen, die ihm inzwischen wie die Jagd nach einem Gespenst in einem von Nebel und Leichengestank verseuchten Sumpf vorkam?

»Warum gehen Sie das Risiko ein, Perreau bei seiner Ermittlung zu unterstützen, Madame?«

Sie wandte sich mit einer für ihn unglaublich langsamen Bewegung zu ihm um und sah ihm in die Augen. »Bis gestern Nacht war mir nicht klar, dass ich damit überhaupt ein Risiko eingehe. Aber da kannte ich Sie ja auch noch nicht.«

Das war nicht die Erklärung, auf die er gehofft hatte.

»Fahren Sie«, befahl Carl.

Während sie den Wagen vom Gehsteig lenkte, begriff er, dass sie unrecht hatte. Die Sterne schauten auf Monster ebenso gleichgültig herab wie auf Unschuldige.

Alles, was dir angesichts des Wahnsinns bleibt, um dein bisschen Verstand zu wahren, dachte er, *sind entweder deine Angst oder deine Eitelkeit.* Wobei längst nicht ausgemacht war, wo das eine begann und das andere endete.

Nathalie hatte angekündigt, dass sie bei einem Prinzen unterschlüpfen könnte, der niemals eine goldene Krone tragen würde. Als sie den Wagen in die Rue des Augustins im 6. Arrondissement lenkte, wurde ihm klar, wer jener Prinz war. Carl war erstaunt und ein wenig neidisch darauf, dass sie den einzigen Mann, den er in dieser Stadt wirklich hätte kennenlernen wollen, offenbar gut genug kannte, um bei ihm Unterschlupf finden zu können.

»Picasso?«, fragte er.

Sie griff nach ihrer kleinen schwarzen Handtasche, öffnete sie, zog einen Füllfederhalter und ein Notizbüchlein daraus hervor und notierte ihm zwei Telefonnummern. »Falls Sie mich brauchen sollten, hinterlassen Sie unter einer der beiden Nummern eine Nachricht.«

Sie reichte ihm den Zettel, und Carl steckte ihn in seine Uniformtasche. »Ich helfe Ihnen mit dem Koffer. Moment!«, bot er ihr an.

»Danke, das schaffe ich schon allein«, entgegnete sie, öffnete den Kofferraum, hob ihren Bombenkoffer heraus, stellte ihn ab und reichte ihm dann den Wagenschlüssel. »Ich glaube immer noch, dass das unnötig war, Monsieur«, sagte sie und wies auf ihren Koffer, das deutlichste Symbol für Flucht und überstürzten Umzug.

»Es wird nicht lange dauern, das verspreche ich Ihnen! Und Vorsicht ist die Mutter der Porzellankiste.«

»Perreau ermittelt doch angeblich bereits seit mehr als einem Jahr in diesem Fall. Was macht Sie so sicher, dass es nicht noch ein weiteres Jahr braucht, um den Mörder zu fassen? Oder dass die Gestapo nicht demnächst *Sie* verhaftet, wenn die Sie schon observieren?«

Carl wies auf seine Schulterstücke mit den Rangabzeichen darauf. »Es gibt in diesen Zeiten keine Gelegenheit mehr, darauf stolz zu sein. Aber das heißt ja nicht, dass die nicht hin und wieder nützlich sein können.«

Sie verzog sarkastisch den Mund. »Ich glaube nicht, dass es jemals einen Moment gab, ausgerechnet auf diese Uniform stolz zu sein.«

Carl hätte dieser Aussage – heute und hier – am liebsten unumwunden zugestimmt. Doch er hätte sich außerdem lieber in einen dressierten, bunt geschminkten Affen verwandelt, als ausgerechnet ihr das einzugestehen. Er fand, er hatte sich ihr gegenüber nicht mehr allzu viel an Würde bewahrt. Doch deswegen hielt er sich nur umso verbissener an dem letzten Rest davon fest.

Sie streifte den Hutschleier wieder hinab, ergriff den Koffer und ihren Stock und humpelte dann auf den Eingang des Hauses Rue des Augustins Nummer 5 bis 7 zu. Carl hatte das Gefühl, sie so nicht gehen lassen zu dürfen. Nicht in dieser Stimmung aus Angst und Abweisung.

»Madame?«, rief er ihr nach.

Sie stellte den Koffer ab und schaute sich nach ihm um.

»Das Jean-Harlow-Blond steht Ihnen nicht!«

»*Jesus wept*, Obersturmbannführer! Falls das ein Kompliment sein sollte, dann tun Sie mir den Gefallen, und versuchen Sie heute Nacht besser keine Frau ins Bett zu kriegen. Es könnte sonst sein, dass die Ihnen die Augen auskratzt, noch bevor die Gestapo oder die Résistance die Gelegenheit bekommt, Sie umzubringen!«

22

Es WAR NICHT weit von Picassos Wohnung zum L'Étranger, das beinah in Sichtweite vom Café de Flore in der Rue de Lille lag.

Carl parkte den Wagen in der Nähe des Lokals, steckte sich eine Zigarette an und schaute auf den Bürgersteig hinaus. Selbst wenn die Pariser von ihren Büros oder Fabrikhallen nach Hause in ihre nur unzulänglich geheizten Wohnungen hetzten, taten sie es mit einer auffallend distanzierten Haltung, die er aus deutschen Metropolen nicht kannte, und die durchaus mit Arroganz verwechselt werden konnte. Doch so beeindruckend die Pariser in ihrer Haltung waren. Einige der Frauen trugen auch Schuhe mit hölzernen Sohlen, und an so manchem Männeranzug war zu erkennen, dass er aus einer umgefärbten Uniform geschneidert war. Die Versorgungslage der Bevölkerung in den Städten war schlecht, das hatte Heiliger in seinen Berichten oft hervorgehoben. Und je schlechter sie war, desto mehr Pariser würden sich den Terroristen anschließen. Dass sie sich nun neben der mangelnden Versorgung auch noch vor einem mörderischen Monster zu fürchten hatten, war ein zusätzlicher Faktor, der sie dem Widerstand in die Arme trieb. Wer immer gerade bei den großen Résistancegruppen das Ruder führte, sollte dem Killer zu Dank verpflichtet sein.

Carl fragte sich, ob die Führer des Widerstands zynisch genug seien, Perreau, Heiliger und ihn selbst auszuschalten, um zu verhindern, dass sie den Mörder zur Strecke brachten und damit der Pariser Bevölkerung bewiesen, dass die Besatzungsmacht eben doch ihrer Pflicht nachkam, für Ruhe und Ordnung in der Stadt zu sorgen.

Stolze Leistung, dachte Carl sarkastisch, *mich innerhalb von kaum vier Wochen hier schon zwischen alle Stühle gesetzt zu haben.*

Die vierzig oder fünfzig Tische des L'Étranger waren gut gefüllt. Uniformierte Deutsche machten den größten Teil der Gäste aus. Die wenigen französischen Gäste wirkten wie Geschäftsleute. Außerdem schien das L'Étranger keines der Lokale zu sein, in die man als Besatzungsangehöriger Frauen ausführte. Denn er konnte kaum mehr als eine Handvoll von ihnen im Lokal ausmachen.

York hatte reservieren lassen. Ein ausgesucht höflicher Ober führte ihn zu einem der wenigen Zweiertische, der in einer zugigen Nische ganz in der Nähe des Eingangs stand. In gewöhnlichen Zeiten hätte er nicht zu den wirklich begehrten gezählt. Aber dies waren keine gewöhnlichen Zeiten. Und so wog der Vorteil, dass man von hier aus sowohl die Tür als auch den Gastraum und sogar den Eingang zur Küche gut im Blick hatte, sämtliche Nachteile mehr als auf.

York kam etwas zu spät, und er kam auch nicht allein. Ein junger Leutnant begleitete ihn, der sich jedoch noch an der Tür von ihm trennte und zu einem Tisch in der Mitte des Lokals trat, an dem zwei Generalstäbler und ein Sanitätsoberst saßen.

York wirkte ausgelaugt. Seiner Wiedersehensfreude haftete etwas Aufgesetztes an, von dem sich Carl heimlich abgestoßen fühlte, während sie die Speisekarte studierten, den Wein und die Gerichte auswählten.

York bestellte Rindertartar, von dem Carl aus Heiligers blauen Dossiers wusste, dass es sich dabei höchstwahrscheinlich um mit wenig Rind gestrecktes Pferdefleisch aus der Schlachterei eines berüchtigten Kriminellen namens Lucas Lelouche, genannt Le Corbeau, handelte.

Sie sprachen über Yorks Frau und die drei Kinder, die er auf einem Landgut in der Nähe von München vor den Bombenangriffen in Sicherheit gebracht hatte. Dann wechselten sie zu den Karriereverläufen gemeinsamer Bekannter und bestellten dazu eine zweite Flasche Wein. Der Alkohol und die Mahlzeit halfen Carl, seine Kopfschmerzen niederzuhalten.

Hin und wieder grüßte einer der übrigen Gäste zu ihnen herüber. Wobei keiner der Grüße Carl galt, sondern York. Er hatte sich im Osten als Kommandeur ein Ritterkreuz verdient, das er jetzt zur Uniform trug. Ab und zu spielte er nervös an dem Orden unter seinem Kragen herum. Damit war er unter den Feldgrauen in Paris eine kleine Berühmtheit.

Was die Kriegslage betraf, war York ganz offen. Vor etwas mehr als einem Monat hatte Italien kapituliert. Zwar war es der Waffen-SS und einigen Wehrmachtsverbänden gelungen, dort ein neues Regime zu installieren und große Teile der italienischen Streitkräfte zu entwaffnen, sodass man die Front im Süden zunächst halten konnte. Aber schon mittelfristig würde das nicht länger möglich sein. Auch der Krieg in Afrika war unwiderruflich verloren. Und seit Stalingrad trieb die Rote Armee die Wehrmachtsverbände im Osten gnadenlos vor sich her Richtung Westen.

Als Carl vor knapp sechs Wochen Berlin verlassen hatte,

gaben die klügeren der Generalstäbler in ihren geheimen Kasinoflüsterrunden den Alliierten noch zwei Jahre, bis sie an den Grenzen des Reiches standen. York glaubte jedoch, dass es noch einige Monate länger dauern könnte.

»Das Problem ist der deutsche Landser«, sagte er. »Dessen verdammter Kadavergehorsam ist einfach nicht totzukriegen. Ich habe Generäle gesehen, denen Tränen in den Augen standen, als sie die Verlustlisten aufnahmen. Aber das hinderte ihre Landser nicht daran, ohne Rücksicht auf Verluste einfach noch mal und noch mal auf die Russen draufzuhauen!«

In Yorks Stimme schwang ein unüberhörbarer Stolz mit, während er davon berichtete. »Ich war vor einer Woche in der Wolfsschanze beim Führer. Vortrag über den Frontverlauf im Osten, außerdem Heldenbehängungsritual«, senkte York zum ersten Mal seine Stimme. »Der Führer hat seine Kerze an beiden Enden entzündet, Carl. Der wartet inzwischen nur noch darauf, dass die Flammen sich über die Mittellinie hinwegfressen.«

Beim Anblick der tafelnden Männer an den Tischen um sie herum rührte sich trotz des Weins und des reichlichen Abendessens, das er genossen hatte, Carls Kopfschmerz erneut.

Carls Exgattin Gertrud hatte immer gesagt, dass York einer der hässlichsten Männer war, die sie je getroffen hatte. Mit den dunklen Haaren, dem etwas zu wuchtigen Kopf und der tiefen Narbe am Kinn war sie mit ihrer Einschätzung nicht allein gewesen. Trotzdem hatte York sich nie über zu wenig weibliche Zuwendung beklagen müssen. Denn sobald er erst einmal in der passenden Stimmung war, konnte er mit seiner Selbstironie und seinem Witz eine Gesellschaft durchaus bezaubern. Carl hatte die Abneigung der Kriminaler in Berlin nicht vergessen, die ihn nie als einen von ihnen akzeptierten. Lange hatte er das Gefühl gehabt, sich ständig rechtfertigen zu müssen. York hingegen war spätestens mit seinem Ritterkreuz über solche Rechtfertigungsansprüche wohl für den Rest seines Lebens hinaus. Worum Carl ihn heimlich beneidete.

»Wie kommst du zu dem da?«, fragte er und zeigte auf das Ritterkreuz an Yorks Kragen. »Mir hat man gesagt, du wärst auf einer reinen Beobachtermission gewesen. Und zwar hinter der Front.«

York legte die Hände flach auf den Tisch und schaute darauf hinab. »Es war keine Beobachtermission. Jedenfalls nicht nur. Der Regimentskonvoi, dem ich mich angeschlossen hatte, wurde angegriffen. Zweitausend Mann mit leichter Bewaffnung auf Lastwagen und Pferdekarren. Die Russen haben uns innerhalb von einem halben Tag fast vollständig eingekesselt und uns dann mit ihren Panzern wie Hasen gejagt. Fast fünfzehnhundert Mann sind auf unserer Seite innerhalb von achtundvierzig Stunden entweder gefallen, verwundet oder gefangen genommen worden. Das Offiziersmaterial war überfordert. Lauter Jungspunde frisch aus der Offiziersfabrik, kein Rückgrat und keine Kampferfahrung. Ich habe den Rest der Männer in einen Sumpf geführt. Dort waren die Panzer der Russen zwar nutzlos, dafür zogen sie ein Kampfgeschwader zusammen, und nach den Panzern haben uns die Iljuschins aus der Luft zerpflückt. Wir haben fünf Tage in dem scheiß Sumpf festgesteckt, bis uns eine Einheit der Waffen-SS rausgehauen hat. Ich war der letzte überlebende Offizier über Hauptmannsrang. Das Oberkommando brauchte dringend Heldentaten für die Wochenschau, und immerhin waren wir aus einem Kessel entkommen. Deswegen gab's die Behängungszeremonie mit GröFaZ und Kameras.«

Carl war beeindruckt von Yorks trockener Schilderung, die kaum einen Bruchteil der Hölle erfassen konnte, der er entkommen war.

»Trotzdem, Glückwunsch!«

Sie tranken.

»Ich habe mir für das Ding hier jedenfalls nichts zuschulden kommen lassen, was sich in der Situation, in der wir waren, nicht rechtfertigen ließe. Das können nicht alle behaupten, die damit behängt worden sind …«, sagte York und winkte den Kellner herbei. »Die Rechnung!«

Während sie warteten, erwähnte er, dass man ihn später am Abend noch zu einem Umtrunk in einer kleinen Runde von Wehrmachtsoffizieren erwartete, bei dem Carl herzlich willkommen sei. Immerhin hatten sie bisher fast nur von York und dem Krieg gesprochen und Carls Dienst in Paris kaum erwähnt. Carl war daher mehr als nur bereit, noch weiterzuziehen. Denn auch ihm brannte eine Frage auf den Nägeln, die er bei York bisher nicht hatte anbringen können. Außerdem war er sicher, dass in diesem Lokal, das bei den Wehrmachtsoffizieren so beliebt war, bestimmt jeder Kellner und Küchenjunge in der einen oder anderen Weise als Informant für die Gestapo arbeitete. Er hätte hier deswegen nur ungern über Perreau, Heiliger, Lochmann und einen Mörder gesprochen, der die Gliedmaßen seiner Opfer zu bizarren Familienporträts oder okkulten Symbolen arrangierte.

»Ich habe einen Dienstwagen draußen. Ohne Fahrer. Vielleicht fährt uns ja dein Leutnant?«, schlug Carl vor.

York warf einen Blick zu dem Tisch, an dem der Leutnant vorhin Platz genommen hatte. »Nee, Carl, der ist für heute Nacht nicht mehr kriegsverwendungsfähig!«, erklärte er lächelnd.

Der Junge wies wirklich schwere Schlagseite auf. Bemerkenswert daran war, dass die übrigen Männer an seinem Tisch nicht halb so angetrunken wirkten wie er.

»Außerdem ist noch Zeit bis zu unserer Runde. Ich schlage vor, wir legen einen Stationsstopp in einer Wehrmachtskaschemme ein, von der ich im Stab gehört habe. Wird Zeit, dass du alter Verwaltungshengst mal unter richtige Soldaten kommst!«, schlug York lachend vor.

Carl hatte auch dagegen nichts einzuwenden.

»Ich will ja nicht behaupten, dass du dein Ritterkreuz nicht verdient hättest, York, aber das hätte ins Auge gehen können«, sagte Carl auf dem Weg zum Wagen.

»Ich hatte bestimmt keine Halsschmerzen, als ich mich auf dem russischen Feld durch den Dreck gewühlt habe. Das kannst du mir glauben. Ich wollte einfach bloß übrig bleiben.«

Dass jemand an Halsschmerzen litt, war die Umschreibung der Landser für Männer, die es darauf anlegten, zu einer der hohen Tapferkeitsauszeichnungen zu kommen, welche bei der Wehrmacht üblicherweise am Uniformkragen getragen wurden. Solche Leute waren gefürchtet, da bei ihren tollkühnen Versuchen, zu einer derart begehrten Auszeichnung zu kommen, regelmäßig auch eine Menge ihrer Kameraden ins Gras bissen.

»Ich habe weniger getrunken als du. Außerdem kenn ich den Weg. Her mit den Wagenschlüsseln!«, verlangte York.

Carl sah keinen Grund, ihm die Schlüssel nicht herauszugeben.

»Lass uns fahren! Die Nacht bleibt nicht ewig jung!«

Eine halbe Stunde später nahmen Carl und York in einem Lokal Platz, das Heiliger als »Tankstelle« charakterisiert hätte. Denn Personal und Einrichtung waren darauf getrimmt, die Gäste so rasch und so gründlich wie möglich mit Bier, Schnaps oder Wein abzufüllen. Carl wunderte sich, dass York ihn ausgerechnet in einen solchen Laden geführt hatte. Keiner der Gäste hier hatte einen Rang über Oberleutnant. Die überwiegende Mehrzahl waren Unteroffiziere.

Vor allem Carls Erscheinen löste irritierte Blicke und das eine oder andere Stirnrunzeln bei den Gästen aus. Man mochte hier offenbar keine SS-Leute. York hingegen ignorierte man geflissentlich. Selbst wenn er eindeutig der ranghöchste Offizier hier war. Ein Kellner wies ihnen übertrieben eifrig und devot einen Tisch zu.

Am Nachbartisch saßen vier Wehrmachtsfeldwebel, die hart an ihrer Füllung arbeiteten und dabei inzwischen so weit gekommen waren, dass sie die Lautstärke, in der sie ihre Argumente vorbrachten, mit deren Stichhaltigkeit verwechselten. »Weißte, was die da gemacht haben, Junge?«, brüllte einer von ihnen über das Schlagergeschrammel der Hauskapelle hinweg seinen etwas jüngeren Nachbarn an. »Nee, weißte nich, deswegen sag ich's dir ja! Die haben eine von den Russenleichen genommen, dem seinen rechten Arm ausgestreckt – so! – und dann 'nen Eimer Wasser drüber! Eine halbe Stunde später war der steif gefroren. Dann haben die den so an der Kreuzung in den Schnee eingegraben und an den Arm 'n Schild gehängt: ›Stalingrad 140 Kilometer‹. Een Straßenschild aus 'nem toten Russen. Da muss der Mensch doch erst mal drauf kommen! Das waren echte Frontschweine! Das waren Männer, vastehste? Männer!«

Der Hauptfeldwebel, der da seine Heldentaten kundtat,

nannte sich Lewandowsky und stammte seinem Dialekt nach aus der Brandenburger Gegend. Er war nicht der Einzige, der angetrunken mit der Schilderung seiner Fronterlebnisse die seiner Kameraden zu übertreffen versuchte. Doch er zählte zu denen, die es eifriger als die anderen taten.

»Schon mal Partisanen gehängt?«, rief ein Fahnenjunker zwei Tische weiter zu Lewandowsky herüber. »Nee, was? Ist prima. Haben das auf dem Balkan gemacht. Zwanzig auf einmal. Mit Stahldraht. Da wird der Hals lang, sag ich dir! Und die pissen sich ein, wenn die da strampeln. Vergisst du nicht mehr, wenn du's einmal gesehen hast.«

»Ich war in der Ukraine dabei«, fiel ein älterer Oberfeldwebel ein. »Wenn da ein Terrorist einen von uns umgelegt hat, dann hieß es rein ins nächste Dorf, zack, zack, alle Männer zusammen und dann Genickschuss. Da war ein Obergefreiter, neunzehn, zwanzig, der hat gesagt: Die haben doch auch Weiber bei den Terroristen, wieso bei den Männern aufhören? Dann hat der sich eben auch die Weiber in dem Dorf vorgeknöpft. Alle. Und weißte, unser Major, das war so ein ganz Stiller sonst. Der hat danach beim Abmarsch gesagt: Was soll jetzt aus den Kindern da werden? Da hat der Obergefreite sich geschämt und gefragt, ob er mit zwei Mann zurückgehen soll, und die auch plattmachen. Wie bei den Ratten, wenn du da eins von deren Nestern im Hof findest. Da machste ja auch die Jungen tot, wenn du die Alten schon erledigt hast. Da hat unser Major gesagt: Ja, tun Sie das. Ist doch besser so für die armen Würmer. Da ist der Obergefreite mit einem anderen noch mal zurück und hat das erledigt. So war das in der Ukraine.«

»Ist doch dasselbe mit Kriegsgefangenen. Was soll man denn mit denen machen auf dem Marsch? Da mussten wir die erschießen. Die halten sich nicht lange bei unserer Truppe!«, rief ein anderer.

York lauschte schweigend den Prahlereien der Männer und trank dabei sein Bier. Carl jedoch stießen ihre Erzählungen zutiefst ab. Solche Gestalten, fand er, passten eher zu den Landsknechten eines Tilly oder Wallenstein als zu den Mitgliedern einer modernen Armee.

»Herrgott, York, in was für ein Loch hast du mich hier geschleppt?«, flüsterte er. York hatte auch früher schon einen Hang zu Haudegen und Landsknechttypen bewiesen, wie sie nach dem Ersten Weltkrieg in die Freikorps geströmt waren. Aber dass er sich ausgerechnet den Abend ihres Wiedersehens dazu auserkoren hatte, ihn auf eine Stippvisite in den Abgrund zu führen, begriff Carl nicht.

»Sag bloß, du fühlst dich unter dieser Auswahl an Frontschweinen nicht wohl?«, entgegnete York trocken und bestellte mit einem Wink eine weitere Runde Bier. »Das sind die Männer, mit denen ich an der Front zu arbeiten hatte. Und die hier zählen wahrscheinlich sogar noch zu den besseren.«

»Und deswegen muss ich ihre Prahlereien ertragen?«

»Die Bude hier ist mir empfohlen worden, weil sie einigermaßen sicher vor der Gestapo sein soll«, rechtfertigte sich York. »Und ihr in der Etappe solltet ruhig mal hören, was draußen an der Front los ist!«

»Danke, York, ich lese die Frontlageberichte«, entgegnete Carl beleidigt.

York prostete ihm zu. »Die sind reine Propaganda!«

»Lass den Unsinn!«, entgegnete Carl gereizt.

Für die vier Männer am Nachbartisch hatte der Abend seinen Höhepunkt erreicht. Lewandowsky stieg plötzlich auf seinen Stuhl, der dabei bedenklich wackelte. »Ruhe! Funkstille im Puff!«, brüllte er in das Lokal und wedelte dabei heftig mit den Armen. »Morgen früh ist wieder Arschbackenzusammenkneifen für den GröFaZ! Aber heute gibt's Saalrunde! Ober? OBEEER?! Schnaps! Bier! Zack, zack! Das ist ein Befehl!«

Rundum brach Jubel aus. Lewandowsky wartete ab, bis dieser sich etwas gelegt hatte, und streckte dann die Arme zur Kapelle hin aus. »Kapelle?«, brüllte er. »›Die Wacht am Rhein‹! Wer saufen kann, der kann auch singen! Also alle!«

Sobald die ersten schief gespielten Takte der Hymne erklangen, dirigierte Lewandowsky so übertrieben zackig von seinem Stuhl aus mit, dass der unter ihm zusammenbrach und er mit rudernden Armen und eingezogenem Kopf auf seinen Tisch stürzte, woraufhin der umfiel. Die übrigen drei Männer rollten brüllend zwischen zerbrochenen Gläsern und leeren Flaschen übereinander. Während die Kapelle weiterhin ihre zaghafte Version der »Wacht am Rhein« spielte, lachte das komplette Lokal über Lewandowsky und dessen Tisch.

»Verdammte Jauchegrube!«, rief Carl und wischte sich einige Glassplitter von der Uniform.

»Ganz ruhig, Carl. Spätestens übermorgen stehen die alle wieder im Feld. Da sollen sie vorher ruhig mal über die Stränge schlagen. Und wenn du zusiehst, wie neben dir Kameraden fallen, mit denen du durch jeden Dreck gegangen bist, dann kann es schon mal vorkommen, dass da einer überreagiert, falls man auf Partisanennester oder Terroristen trifft«, erklärte York und trank sein Bier aus.

Carl glaubte ihm zwar, dass im Feld andere Regeln galten, als sie in der Haager Landkriegsordnung oder den Wehrmachtsvorschriften festgeschrieben waren. Auch Rache war als Motiv für die Gräueltaten, von denen die Männer an den Tischen berichteten, nachvollziehbar. Doch das änderte nichts an seiner Abscheu.

»Wir werden den Krieg verlieren, York«, zischte er. »Was glaubst du, was die Russen oder die Tommys mit uns anstellen, sobald sie Adolf erst mal in die Knie gezwungen haben? Nach dem, was diese angeblichen Helden hier so zum Besten geben?!«

York zog ein zweites Glas Bier zu sich heran und trank schweigend. Carl fragte sich, wie viel York über die Vernichtungslager im Osten wusste. Die Rache der Alliierten für die Lager würde furchtbar ausfallen. Und sie würde das ganze deutsche Volk betreffen. Diese Schande, davon war er überzeugt, würde länger an den Deutschen hängen bleiben als die Erinnerung an Adolfs Tausendjähriges Reich.

»Apropos Gestapo«, flüsterte York. »Ich habe Gerüchte gehört. Die ersten davon schon auf dem Weg hierher. Es heißt, du hättest deinen Laden nicht im Griff, widersetzt dich und jagst Gespenstern nach. Außerdem hältst du angeblich deinen Stellvertreter an einer viel zu langen Leine. Muss man sich etwa Sorgen um dich machen?«

Carl beschloss, York die Wahrheit zu sagen. Was ihm schwerer fiel als erwartet. Nachdem er mit seiner Schilderung fertig war, schwieg sein Freund beinah verletzend lange.

»Verflixte Zwickmühle, in der du da sitzt. Wenn du meinen Rat hören willst, schieb diesen Heiliger und den Franzosen irgendwohin ab, und begrab den Fall dann in den Akten. Das ist doch alles, was der Militärbefehlshaber und die Stadtkommandantur eigentlich von dir erwarten. So kommst du wenigstens ungeschoren aus der Sache heraus.«

Carl überraschte Yorks Lösungsvorschlag nicht. Er war

schon immer der Pragmatischere von ihnen gewesen. »Daran habe ich auch schon gedacht«, antwortete Carl. »Aber diese Psychologin behauptet, dass der Mörder nicht aufhören wird, bis wir ihn stoppen. Was, wenn sie recht hat, demnächst neue Leichen auftauchen und das Ganze von vorn beginnt? Dann ist keinem geholfen, wenn die beiden Männer, die mehr über ihn wissen als jeder andere, nicht mehr verfügbar sind.«

Lewandowsky wetzte die Scharte seines Unfalls damit aus, dass er tatsächlich zu seinem Versprechen einer Saalrunde stand. Die Kellner und Bierzapfer brachen in Schweiß aus, während sie allen ihre Getränke servierten. Die Kapelle hatte nach der zaghaft gespielten »Wacht am Rhein« zu neuem Selbstbewusstsein gefunden und intonierte einen flotten Schlager, den einige der Gäste lauthals mitgrölten, während sie Lewandowsky zuprosteten.

York warf einen Blick auf seine Uhr. »Lass uns hier verschwinden, bevor die damit beginnen, sich gegenseitig in die Arme zu fallen!«

Carl war nichts lieber, als Yorks Vorschlag zu folgen.

Das Bier und der Wein hatten seine Kopfschmerzen niedergehalten, und als er jetzt an die frische Nachtluft trat, fühlte er sich zwar etwas müde, aber kerngesund. *Zur Hölle mit Madames Hinweis, die Zigaretten und den Alkohol zu lassen*, dachte er.

»Was nun?«, fragte er, als er York dabei zusah, wie er völlig selbstverständlich um die Motorhaube des BMW herum zur Fahrerseite schlenderte.

»Ich stelle dich den Kameraden vor, die dafür gesorgt haben, dass du hierher nach Paris versetzt wurdest«, antwortete York trocken.

Carl hatte vermutet, dass hinter seiner plötzlichen Versetzung nach Paris irgendeine Intrige steckte. Doch dass York etwas damit zu schaffen hatte, war ihm neu. Er hätte ihm den dazu nötigen Einfluss in Berlin auch bisher gar nicht zugetraut. Andererseits hätte ihn allein schon jene Flasche Champagner, die er damals für ihn im Zug deponiert hatte, eines Besseren belehren sollen.

»Aha! Mir wäre es allerdings lieber gewesen, wenn du mich zuvor gefragt hättest«, beschwerte er sich.

»Dann hättest du wahrscheinlich aus lauter Stolz abgelehnt. Du warst schon immer empfindlicher als ich«, entgegnete York.

Carl fühlte sich nicht nur übergangen, sondern auf eine unbestimmte Weise auch von York benutzt. Er ahnte, dass seine Versetzung ihren Preis hatte. Der ihm zweifellos noch heute Nacht von Yorks Kameraden präsentiert werden würde.

»Wohin geht denn die Reise? In die Avenue Kléber und das Hotel Majestic?«

»Nö«, antwortete York. »In den Puff«. Er richtete dabei wieder nervös sein Ritterkreuz am Kragen aus.

Offenbar zählten Yorks Halsschmerzen zu einer ungewöhnlichen Variante. Denn sie hatten wohl – anders als bei den übrigen Ritterkreuzträgern – nicht vor der Verleihung, sondern danach erst so richtig begonnen.

Die Pariser Bordelle waren seit Jahrhunderten ein bedeutender Teil der Faszination, die die Metropole auf den Rest der Welt ausübte. In den Handbüchern und auf den Stadtplänen, die den Wehrmachtsangehörigen bei ihrem Einzug in die Stadt ausgehändigt wurden, waren die als sicher und sauber geltenden Lusthäuser extra gekennzeichnet worden. Was unter dem weiblichen Besatzungspersonal übrigens für hörbares Murren sorgte. Für Männer im Dienstrang eines York von Trott zu Seitz und Carl von Maug kamen jedoch nur eine Handvoll Etablissements in Frage. Das berühmteste davon war das One-Two-Two in der Rue de Provence, das seinen Namen den britischen Besuchern verdankte, die es bis zur deutschen Besetzung bevorzugt frequentiert hatten. In derselben luxuriösen Kategorie wie das One-Two-Two arbeitete das Chabanais, nur einige Straßen weiter, das vor allem für die prunkvolle Einrichtung seiner Salons berühmt war. Sein Kleopatra-Boudoir war wegen seiner riesigen Badewanne legendär, die innerhalb weniger Minuten von einer Reihe barbusiger Mädchen mit Champagner aufgefüllt werden konnte, wobei dem Gast die Auswahl aus mehreren Dutzend Jahrgängen und Marken offenstand.

Yorks mysteriöser Herrenabend fand allerdings weder im One-Two-Two noch im Chabanais statt, sondern war im Chat Noir angesetzt, dem ältesten und teuersten Etablissement seiner Art in Europa. Der Legende nach hatte seine Besitzerin einst den Titel »Herrin der Nacht« getragen und war damit Fürstin sämtlicher Pariser Kurtisanen gewesen, zugleich verantwortlich für deren Betragen wie Wohlergehen. Bis vor sechzig Jahren hatte es sich noch im Gebäudekomplex des Palais Royal befunden. Inzwischen war es in ein dreistöckiges Haus in der Rue de Provence, nicht weit vom One-Two-Two, umgezogen.

Vor dem Eingang standen zwei schwarze Marokkaner in roten Fantasieuniformen. York bedachte die Männer mit einem Lächeln, und Carl folgte ihm ins Innere des Hauses.

Für Carl war das zwar beileibe nicht der erste Besuch in

einem Bordell. Allerdings war das Chat Noir das erste Etablissement seiner Art, das er hier in Paris betrat.

Carl hatte etwas abgewetzten Plüsch erwartet, viel Rot und etwas Gold, noch mehr Spiegel und antike Möbel, die zusammen einen leisen Hauch von Vergänglichkeit und koketter Unterwerfung vermittelten. Doch die Halle, in der ihnen zwei lächelnde barbusige Mädchen Mäntel und Handschuhe abnahmen, war klar und modern gestaltet. Sie strahlte mehr von einem Vorstandsvorzimmer als von einer Lasterhöhle aus.

York gab den beiden Frauen fast zweitausend Franc. Ein sehr stolzer Preis für einen Bordellbesuch. Carl vermutete, dass diese Summe nur den Eintritt umfasste und keine der übrigen Dienstleistungen abdeckte.

»Was denn, Carl? Sehe ich da gerade, wie der berühmteste Puffmaler des Schlesischen Viertels blass wird?«, neckte ihn York.

»Das ist nur das Licht, du Held!«, entgegnete Carl grinsend.

Sie gingen durch die Halle auf einen Gastraum zu, aus dem gut gespielte Tanzmusik ertönte.

Carl spürte, wie die ständige leise Beklemmung, die ihn seit Wochen begleitete, von ihm abfiel. Er fühlte sich befreit. Seit ihn jene merkwürdige erotische Anwandlung beim Anblick von Madame la Doctoresse überkommen hatte, war er sich wieder bewusst darüber geworden, dass er immer noch sexuelle Bedürfnisse hatte. Er glaubte, dass es ihm nur guttun konnte, sich hier auf ein unverbindliches Abenteuer einzulassen. Vorausgesetzt, dass er dazu noch fähig war, nachdem York ihm endlich jene Männer vorgestellt hatte, die angeblich dafür gesorgt hatten, dass er hierher nach Paris versetzt wurde.

»Wenn du jetzt sagst, das hier sei fast wie in den alten Zeiten, trete ich dir in den Arsch!«, grinste York.

»Angeber!«, gab Carl zurück. Und genoss den Anblick des Saales, der sich hinter der Flügeltür aufgetan hatte.

Dort waren um ein großes, in den Boden eingelassenes Bassin Tische arrangiert, die von Mädchen in strahlend blauen, streng geschnittenen Kleidern und jungen Männern im Frack bedient wurden. Tische und Stühle waren im Bauhausstil gehalten, wie Carl ihn auch in seiner eigenen Wohnung in Berlin bevorzugt hatte. Im Hintergrund spielte eine sechsköpfige Kapelle in Barockkostümierung auf einer kleinen Bühne ihre flotte Schlagermusik. Und aus einer Küche servierten die Mädchen und ihre männlichen Gefährten Tabletts mit Speisen und Wein.

In dem Bassin tummelten sich mindestens zwanzig nackte Frauen. Die meisten hielten sich am Rand auf und tranken dort aus schmalen Kristallkelchen Wein oder Champagner. Nur einige wenige schwammen gelassen durch das dampfend heiße Wasser.

Es waren nicht mehr als vierzig Gäste anwesend. Die Mehrzahl von ihnen trug Zivil. Carl erkannte dennoch einige der Offiziere von den wöchentlichen Lageberichten wieder.

Eine der Frauen führte sie zu einem Tisch in dritter Reihe um das Bassin, wo zwei ledergebundene Mappen bereitlagen, die Carl zunächst für Speisekarten hielt. Doch sie priesen mit kleinen Fotos und Beschreibungen die Boudoirs des Hauses und die darin tätigen Kurtisanen an.

»Appetit bekommen?«, fragte York.

»Du?«

»Warum nicht? Das römische Zimmer wurde mir jedenfalls heute Nachmittag im Hôtel Meurice sehr empfohlen.«

So, so, dachte Carl, York trieb sich also bei der Stadtkommandantur von Paris herum. Er schaute noch einmal auf die Karte, der zufolge das römische Boudoir das einzige war, das ausschließlich von jungen Männern bedient wurde.

»Scheint bei den Feldgrauen genauso beliebt zu sein wie bei der SS. Ich hatte auch schon mit einem dieser Herren zu tun. Wunderknabe aus München. Heiliger behauptete, er sei ein besonders guter Kamerad von Kriminaldirektor Lochmann«, entgegnete Carl betont gelassen.

»Da muss ich deinem Zweiten aber widersprechen. Auf der Welle schwimmt der gute Herr Kriminaldirektor nämlich nicht. Was bedauerlich ist, denn das hätte dir und mir das Leben hier in Zukunft um einiges erleichtert.«

Carl nahm mit einer gewissen Genugtuung zur Kenntnis, dass sich offenbar selbst der sonst so gut informierte Heiliger irren konnte. Andererseits hatte York eben wohl angedeutet, dass er länger in Paris zu bleiben beabsichtigte.

»In Zukunft? Du bleibst also länger in der Stadt?«

York öffnete den Uniformkragen. »Wenn es nach mir ginge, bis zum bitteren Ende.«

»Genug Zeit, dir zu überlegen, ob du es doch noch mal mit dem römischen Zimmer versuchen willst?«

York lachte auf. »Nur, falls du mitkommst, mein Freund!«

Als eines der Mädchen seinen Blick suchte, schüttelte York unmerklich mit dem Kopf, steckte sich eine Zigarette an und warf einen Blick auf seine Uhr. »Es ist Zeit. Tu einfach so, als gingen wir rauf zu einer der Bumsstuben. Hauptsache, wir fallen nicht auf!«

Carl nickte und folgte ihm an dem Bassin vorbei.

Im ersten Stock ging York zielstrebig auf eine Tür zu, hinter der eine ganz bestimmte Sorte eindeutig zweideutiger Geräusche schon von Weitem klar machte, was dort getrieben wurde.

»Helm ab zum Gebet, mein Freund!«, sagte York.

Dieser Saal gehörte eindeutig zu einer anderen Kategorie als die eleganten Räume unten. Denn hier waberte eine Mischung aus Weindunst, Schweiß, Parfum, Samen und Vaginasäften über halbnackten Leibern, die sich auf Tischen, Sesseln und breiten Liegen dem Sex hingaben. Da waren Gruppen nackter Frauen, die wie eingeölt von dünnem Schweiß ineinander verschränkt über Sesseln und auf den Liegen lagen. Daneben standen oder saßen Paare an Tischen und tranken, ausgelassen miteinander lachend.

Carl sah eine Frau, die sich in einem jener strengen langen Röcke gerade über eine Tischkante drapierte, um sich den Hintern versohlen zu lassen, während gleich vor ihnen ein Major mit aufgeknöpfter Uniformjacke und zerrissenem Hemd am Boden lag und die Möse einer rundlichen Kurtisane leckte, die dabei dunkel gurgelnde Lustschreie ausstieß.

Im Hintergrund wechselte ein Fahnenjunker in Unterhosen und Uniformjacke die Platte auf einem Grammofon.

York schlenderte scheinbar unbeeindruckt von dem Treiben durch den Saal auf einen Tisch und zwei Sessel zu, die etwas erhöht auf einer kleinen Erhebung standen, die sonst wohl einer Kapelle als Bühne diente.

Für Carl war dies ein Anblick, der es wert gewesen wäre, von einem der großen Künstler gemalt zu werden. Unwillkürlich begann er den Saal in die Perspektivlinien und Quadranten eines großflächigen Gemäldes einzuteilen.

York hatte inzwischen an dem Tisch auf der winzigen Bühne zwei Gläser mit Wein gefüllt und sich eine Zigarette angesteckt. Er reichte ihm eines der Gläser und zeigte dann auf eine Gruppe von drei Feldgrauen mit Generalstabsstreifen an den halb heruntergelassenen Hosen. »Sieh sie dir an! Der da drüben ist Hauptmann Meerbusch – vier stramme Kinder und 'ne fesche Hausfrau mit Mutterkreuz zu Hause. Wie eifrig der die Titten der Brünetten knetet … Dahinter sind Klausner, Heimbach, Keller und von Gleisner – auch alle verheiratete Etappenhelden. Trotzdem ficken die hier gerade ihre Huren auf der Tischkante. Die alle haben dabei geholfen, dich auf deinen Posten hier zu befördern. Außer dem Fahnenjunker am Grammofon. Der spielt keine Rolle«, erklärte York.

Carl bekam plötzlich eine Ahnung, worauf York mit seinem Besuch hier hinauswollte. Selbst wenn er sich zunächst noch weigerte, diese Ahnung ernst zu nehmen.

Schon länger plante man im Wehrmachtsstab Aktionen gegen den Führer und die SS-Führung. Bei der Gestapo und dem SD kursierten streng vertrauliche Berichte über eine angebliche Offiziersverschwörung, von denen Carl in den Offizierscasinos und auf den Verwaltungskorridoren hatte flüstern hören.

In Berlin hatte er sich von solchen geheimen Intrigen leicht fernhalten können. Obwohl er spürte, dass er hin und wieder von einigen einflussreichen Herren in der Verwaltung und der Wehrmachtsführung intensiver beobachtet worden war, als es eigentlich nötig gewesen wäre.

Ob York wirklich mit der geheimen Offiziersopposition unter einer Decke steckte? Wenn Carl einen Mann kannte, der sämtliche soldatischen Tugenden und Untugenden in sich vereinte, dann war es York. Eine Rebellion zu unterstützen passte einfach nicht zu ihm.

York senkte den Kopf, stellte sein Weinglas ab und klopfte Carl lächelnd auf die Schulter.

»Sei gefälligst nicht so verdammt zimperlich, Carl. Als ob du nicht längst geahnt hast, weswegen wir dafür gesorgt haben, dass du hierher versetzt wurdest. Oder bist du etwa überrascht, dass ausgerechnet ich zu denen gehöre, die den Führer besser heute als morgen ins Gras beißen sehen wollen?«

»Verdammt, York, leiser!«, zischte Carl aufgebracht. »Das ist ja wohl nicht der Ort, um über so etwas zu sprechen!«

York lachte auf. »Es gibt keinen besseren! Was glaubst du, weshalb ausgerechnet hier das halbe Oberkommando West gerade so hemmungslos fickt? Weil sie mit deinem Freund Lochmann ein Abkommen haben, dass hier in diesem Loch niemand je einen Bericht für ihn verfassen oder eine Wanze einbauen wird. Dies ist derzeit der sicherste Ort in ganz Paris. Wahrscheinlich sogar im ganzen Reich!«

Carl zweifelte an Yorks Aussage. Und zwar schon allein deswegen, weil Lochmann nicht der Mann war, der sich an irgendein Gentlemen's Agreement halten würde. Andererseits war der Lärmpegel im Saal aber auch zu hoch, um ein Gespräch zweier einzelner Männer herausfiltern zu können, solange sie nicht direkt in ein verborgenes Mikrofon oder die Ohren eines geheimen Informanten hineinsprachen.

»Mit einigen dieser Männer hier muss ich gelegentlich zusammenarbeiten. Dabei zuzuschauen, wie sie sich besoffen die Seelen aus dem Leib vögeln, macht das nicht gerade leichter.«

York trank von dem Wein. »Du Mimose! Lenk jetzt gefälligst nicht vom Thema ab, Carl. Ich muss mit dir reden. Über die Lager. Du weißt darüber …«

»Ja«, unterbrach ihn Carl leise. »Ich habe in Berlin Baupläne dafür gesehen und Berichte gelesen. Aber ich war damals nicht zu Heydrichs Konferenz in der Wannseevilla eingeladen. Deswegen weiß ich nicht alles. Stuckart, Gestapo-Müller und diese Ratte von Eichmann waren dort. Besonders Eichmann ist mir ewig auf den Nerven herumgetrampelt, dass er vom Reichssicherheitshauptamt mehr Budgetfreigaben für sein Judenreferat brauche. Aber da habe ich ihm einen Strich durch die Rechnung gemacht.«

York zog an seiner Zigarette. »Ah, die geheime Konferenz? Dachte nicht, dass du überhaupt darüber Bescheid weißt. Heydrich soll ja im ganz kleinen Kreis geprahlt haben, dass keiner je darüber ein Wort verlieren würde.«

»Ich bin doch nicht einfach irgendwer in der SS, York. Natürlich habe ich davon gehört!«, zischte Carl.

»Schon gut, reg dich wieder ab! Du hast also Baupläne gesehen und Berichte gelesen. Aber ich war dort! Deswegen bin ich ja eigentlich in den Osten gefahren, um für von Stülpnagel einen geheimen Bericht darüber zu verfassen, was in den Lagern vorgeht. Diese Beobachtermission an der Front war nur Fassade für die Gestapo und den Führer.«

Teile der Wehrmachtsführung sahen die SS-Vernichtungsoperation in den besetzten Gebieten extrem kritisch. Dass sie Offiziere, denen sie vertrauten, dort hinschickten, um sich ein genaueres Bild darüber zu verschaffen, war nachvollziehbar. York war Soldat mit Leib und Seele. Er konnte weiß Gott rücksichtslos handeln. Doch die Lager mussten ihn mindestens ebenso sehr abstoßen wie Carl selbst. Wenn auch zweifellos aus anderen Gründen. Für Carl bildeten allein schon ihr Konzept und die Motive dahinter einen bodenlosen moralischen Abgrund. Für York hingegen mussten sie einen einzigen Affront gegen seine Offiziersehre darstellen.

»Der Führer hat die beste Armee der Welt zu Schlachtergehilfen für die SS herabgewürdigt, Carl!«

Carl trank seinen Wein aus. »Schlachtergehilfen für die SS? Die Wehrmacht hat im Osten selbst auch ordentlich gewütet! In dieser Scheiße hängt ihr Feldgrauen genauso tief drin wie wir von der SS! Gerlach und Nebe haben bei der höheren Polizeiführung und dem SD in Berlin Rapport darüber erstattet, was die Einsatzgruppen angerichtet haben. Ihr von der Wehrmacht habt die nicht nur geduldet, sondern unterstützt. Und was ist mit den Kriegsgefangenen, die ihr zu Tausenden abknallen lasst? Oder dem Kommissarbefehl? Dachtest du etwa, ich wüsste nichts davon?«

Carl regte es auf, dass York versuchte, die Weste der Wehrmacht weißer zu reden, als sie war. Aber er war auch ein Romantiker. Und wie alle echten Romantiker konnte er gar nicht anders, als die brutale Gleichgültigkeit, mit der die Welt dem Leid der Menschen begegnete, als eine persönliche Kränkung zu verstehen. Paradoxerweise teilte er diese Haltung mit Figuren wie Himmler. Der letzten Endes wahrscheinlich der größte Romantiker von ihnen allen war. Weil er nämlich daran glaubte, dass er in Adolfs Tausendjährigem Reich eine Neuauflage von König Artus' Tafelrunde aus Rittern ohne Fehl und Tadel etablieren und von dort aus heimlich die Geschicke der Welt lenken könnte.

Ein paar Meter von ihnen entfernt legte der kindliche Fahnenjunker, den man mit der Betreuung des Grammofons betraut hatte, Edith Piafs »L'Accordéoniste« auf. Dann stellte er einen Champagnerkühler vor den Tisch und begann breitbeinig hineinzupinkeln.

Carl schaute an ihm vorbei zu einer nackten Frau, die selbstvergessen in einem Sessel saß und eine Zigarette aus einer langen Elfenbeinspitze rauchte. Ihre Augen waren dabei geschlossen, und sie fuhr sich mit ihrer freien Hand immer wieder über die kleinen Brüste.

Oberstleutnant Theodor Meerbusch, Generalstabsoffizier, vierfacher Vater und Ehemann einer reichsweit bekannten Mutterkreuzträgerin, warf die Arme hoch, während er lautstark in einer der Huren des Chat Noir kam.

»Sobald wir den Gefreiten töten«, sagte York, »wird die Wehrmacht die SS-, SD- und Gestapo-Schweinehunde in Berlin verhaften und eine provisorische Regierung bilden. Sobald es so weit ist, wirst du hier dafür sorgen, dass die Pariser Polizei spurt und mit uns zusammen das Gestapo-Rattennest in der Avenue Foch aushebt. Deswegen haben wir dich hierher gelotst. Sollten wir in Berlin durchkommen, aber hier in Paris scheitern, könnten wir alles verlieren. Wir zählen auf dich, Carl!«

Nominell gebot Carl als Koordinator der Pariser Kriminalpolizei zwar nur über siebzig Beamte. Doch da die Kriminaler das Recht hatten, die Gendarmerie und die technischen Dienste zur Unterstützung bei ihren Aufgaben heranzuziehen, konnte er um die achthundert bewaffnete und verhältnismäßig gut ausgestattete Männer unter seinem Befehl vereinigen. In Paris war dies neben der Wehrmacht die größte bewaffnete Truppe überhaupt. Sogar den verschiedenen SS-Dienststellen überlegen. Das hier, dachte Carl erschrocken, war der Augenblick der Wahrheit, vor dem er sich seit Langem schon gefürchtet hatte, weil er ahnte, dass er ihm nicht gewachsen sein würde.

»Euer Staatstreich ist Wahnsinn, York! Der scheiß Gefreite war doch niemals so beliebt wie jetzt! Nichts, was du oder ich noch tun könnten, wird irgendetwas daran ändern, dass

Deutschland verloren ist. Falls uns keine Bombe erwischt, können wir von Glück reden, wenn wir den Zeitpunkt bestimmen können, an dem wir uns eine Kugel ins Hirn jagen!«

York lächelte und schüttelte den Kopf. »Ich kenne dich, alter Feigling! Aber so einfach, wie du dir das denkst, kommt keiner von uns davon. Wenn der scheiß Gefreite die Wehrmacht schon zu Schlachtergehilfen degradiert hat, dann ist es unsere Pflicht, ihm dafür sein Fell über die Ohren ziehen! Das sind wir Deutschland und der Ehre der Armee schuldig! Eine Menge ehrenwerter Männer haben sich schließlich ganz schön ins Zeug gelegt, um Kurt Lischka zu stürzen und dich dann hierher lotsen zu können.«

Also stimmte es, dachte Carl. Man hatte Lischka nur deswegen angeschwärzt und angeklagt, um ein Postenkarussell auszulösen, das dazu dienen sollte, ihn auf seine Position hier in Paris zu hieven.

»Lischka ist eine Drecksau, wie sie im Buche steht. Den vor ein Erschießungskommando zu bringen war längst überfällig. Erwartest du jetzt, dass ich euch etwa dankbar dafür bin?«

»Dankbarkeit? Bestimmt nicht. Ich erwarte, dass du deine verdammte Pflicht und Schuldigkeit für Deutschland tust!«, erwiderte York scharf.

Er war wohl völlig überzeugt, dass Tyrannenmord und Staatsstreich die letzte Ehrenrettung für Wehrmacht und Nation darstellten, dachte Carl. Aber auch wenn die SS tatsächlich furchtbarer wütete als die Feldgrauen, dienten beide denselben Herren. Wer wollte schon die unschuldigen Opfer der einen gegen die der anderen Institution aufrechnen? Das wären letztlich sinnlose Rechenexempel, herausgerufen aus einem Wald voller Totenschädel und Gehängter.

»Und dann ende ich zusammen mit dir und deinen Verschwörerkameraden vor einem Erschießungskommando?«, antworte Carl ihm zornig. »Das wäre bloß eine feige Abkürzung. Denn keiner von uns wird seine Ehre retten können, indem er von einem SS-Peloton erschossen wird. Die ist nämlich schon verreckt, bevor überhaupt der erste Schuss in diesem Krieg fiel! Hast du die Judengesetze vergessen? Den Röhmputsch? Was sie damals mit all den Verschwundenen in den Heldenkellern angestellt haben? Seinerzeit hätten du und ich uns vielleicht noch anständig aus der Affäre ziehen können. Aber damals bist du ja mit ausgestrecktem Arm und Sieg-Heil-Gebrüll vor dem Führer in Nürnberg aufmarschiert und hast wie ein Backfisch vom Tausendjährigen Reich geschwärmt. Wir sind zehn Jahre zu spät dran, um noch von Ehre reden zu dürfen! Wie viele haben sie wohl allein heute in die Gaskammern geschickt? Ein paar Hundert? Ein paar Tausend? Wie viele Kriegsgefangene und Zivilisten springen gerade jetzt an der Ostfront über die Klinge? Mit jedem, der dort draufgeht, krepiert die Ehre Deutschlands einmal mehr. Wir haben den Zeitpunkt längst verpasst, an dem wir noch erhobenen Hauptes beim Rest der Welt um Gnade hätten bitten können. Gnade, York. Nicht Vergebung. Denn darüber sind wir hinaus. Unsere einzige Möglichkeit, einen letzten Rest Würde zu bewahren, besteht darin, gefälligst ohne zu klagen draufzugehen. Und zwar in dieser verdammten Uniform! Du hast die Lager ja gesehen. Wir vegetieren doch alle längst in der Hölle.«

Die rauchende Frau in ihrem Sessel starrte einen Moment lang angewidert auf den Fahnenjunker, bevor sie nach einem Glas Champagner griff, es über ihren Brüsten ausleerte und diese einem jungen Hauptmann anbot, der sie begierig abzulecken begann.

York winkte ihnen lächelnd zu.

Carl war zum Kotzen zumute. Er klammerte sich an das Weinglas, aus dem er bisher noch keinen Schluck getrunken hatte.

»Und falls euer Staatsstreich erfolgreich sein sollte? Was dann? Eure neue Regierung schickt den Alliierten ein Kapitulationsangebot? Stalin und Churchill werden euch etwas husten!«

York steckte an seiner bis zum Filter heruntergerauchten Zigarette eine neue an. »Unsinn! Churchills Tommys sterben doch auch wie die Fliegen! Die Briten machen ganz sicher Frieden mit uns. Und dann geht's gemeinsam mit denen und den Amis gegen die Russen. Vorher wird auch noch den Japsen der Krieg erklärt. Die hätte der Führer niemals mit ins Boot holen dürfen, diese kleinen gelben Ratten! Gegen uns, die Amis und die Tommys kommen die Russen nicht an. Wir ziehen die Front hinter der Ukraine steif und machen dort den Laden dicht. Das wird dem Arschloch Stalin eine Lehre sein. Dann gibt's einen Frieden wie anno '17, und wir warten in aller Ruhe hinter der Demarkationslinie ab, bis die Kommunisten sich gegenseitig selbst zerfleischen.«

Carl glaubte nicht an Yorks Vision von einem Separatfrieden und einer neuen Allianz mit den Briten und Amerikanern. Kriege hatten ihre ganz eigene Dynamik des Schreckens. Aus Yorks Plänen sprach letztlich nur eine ganz ähnliche Form von Verachtung und Überheblichkeit wie die, mit der die Verbrecher des kleinen Trommlers die Welt vergiftet hatten. Sein Staatsstreich konnte nur in einem von zwei Szenarien enden. Und eines war so schrecklich wie das andere. Entweder gelang es, den Führer zu töten und in einem Coup die SS-Führung auszuschalten. Das musste unmittelbar zu einem erbitterten Bürgerkrieg führen, dessen Chaos die Alliierten zweifellos zu einer Offensive im Osten und Süden nutzen würden, der eine moralisch angeschlagene Wehrmacht nicht mehr viel an Kampfkraft entgegenzusetzen hätte. Das andere Szenario bestand darin, dass Attentat und Staatsstreich fehlschlugen. Diesen Ausgang nähmen Führer und SS-Spitze dann zum Anlass, eine erbarmungslose Säuberungsaktion durchzuführen, der zweifellos nicht nur Yorks Mitverschwörer zum Opfer fallen würden, sondern auch Hunderte Unbeteiligte, an denen die vor Zorn schäumende Führerkamarilla alte Rechnungen begleichen würde.

»Ich habe das so satt, York. Immer die ganz großen Worte: Deutschland! Nation! Ehre! Würde! Damit haben sie uns unser Leben lang bis zum Überdruss gefüttert. Und wohin hat's uns geführt? In einen Pariser Puff voller Stabsoffiziere, die sich aus lauter Angst vor der Götterdämmerung besinnungslos besaufen und ihre Huren ficken, als gäb's kein Morgen mehr! Denen geht es nicht um Ehre, Nation und Vaterland. Die hoffen höchstens darauf, in letzter Minute vielleicht doch noch die Hälse aus der Schlinge ziehen zu können. Hinter eurem Staatsstreich stecken doch bloß Angst und Eitelkeit. Erbärmlich.«

York schenkte Wein nach. Seine Hände wirkten vollkommen ruhig. Er steckte sich eine erbeutete Lucky Strike an »Du scheiß Feigling! An dem Tag, an dem wir unsere Uniformen anzogen, haben wir auch die Verantwortung für Deutschland akzeptiert, die mit ihr einhergeht. Und wenigstens ist meine Uniform feldgrau! Ich habe mir persönlich nichts vorzuwerfen, für das ich nicht geradestehen könnte, sobald es nach dem Krieg an die Aufrechnung geht!«

»Ah, das!«, entgegnete Carl zornig. »Die Wehrmacht hat ja vielleicht wirklich ein paar Dreckflecken weniger auf der Uniform. Doch es sind trotzdem noch zu viele, um mir jetzt noch mit Verantwortung und Moral zu kommen!«

York legte seine Zigarette in den Ascher auf dem Tisch. »Diese Uniform symbolisiert eine Tradition! Wir stehen hier für die preußische Armee. Der scheiß Gefreite hat das Andenken jedes Preußen besudelt, der für den alten Fritz, für Scharnhorst und Lützow gefallen ist oder bei Leipzig, Waterloo und vor Verdun ins Gras gebissen hat. Deine Ahnen haben dabei genauso Blut gelassen wie meine. Wenn du dich uns schon nicht aus Anstand und für die Würde der Armee anschließen willst, dann werde wenigstens deiner Verantwortung für deine Erziehung und deine Familientradition gerecht!«

Natürlich, dachte Carl, Tradition und Familienehre. Die beiden letzten Ressorts der Väter, Pauker und Schleifer, durch deren Hände sie in ihrer Jugend gegangen waren. Sich auf deren Tradition zu berufen und dafür Blut zu vergießen erschien ihm wie eine Huldigung an Geisterbeschwörer. Ihre Jugend hatte man ihnen damit vergiftet, ihnen Geschichte als unausweichliche Abfolge von Heldentaten einzutrichtern. Aber diese Heldentaten waren letztlich nur Bausteine eines verführerisch schillernden Luftschlosses, das sich bequem abwechselnd als Vorsehung oder Schicksal betiteln ließ.

»Ich pisse auf die verdammte Familientradition, York! Ich habe nur deswegen der Versetzung hierher zugestimmt, weil Paris der beste Ort in Europa ist, um sich allmählich totzusaufen. Falls ihr auf meine Hilfe bei eurem Staatsstreich setzt, solltet ihr euch damit verdammt beeilen.«

York stellte sein Weinglas ab. »Ach? Du machst dich davon, aber mich lässt du alleine in der Scheiße sitzen? Du scheiß Etappenkrieger! Das wird nichts! Du reißt dich zusammen und tust gefälligst deine Pflicht!«

»Meine PFLICHT?«, knurrte Carl. »Ich habe meine Pflicht getan, als ich meine Schwester und meine Mutter so lange mit Puffbildern durchgebracht habe, bis Charlotte ihren Grafen heiraten und sich auf ihr Gut in Pommern verpissen konnte. Ich hätte das Talent zu einem großen Maler gehabt, aber stattdessen habe ich Autobatterien, Radiergummis und Aktenschränke fürs Reichssicherheitshauptamt eingekauft und mich dabei noch von irgendwelchen Crétins mit Bullenmarke als halben Mann beschimpfen lassen! Mein Pflichtkonto ist ausgeglichen und abbezahlt! Und zwar mit Zins und Zinseszins! Ich scheiße auf deinen Staatsstreich und deine Lamettakameraden!«

Nie zuvor in ihrer über dreißig Jahre dauernden Freundschaft hatte Carl so mit York gesprochen. Und noch während seine letzten Worte verklangen, schämte er sich dafür.

York blickte verkniffen auf das Chaos aus Leibern, Sex und Alkohol um sie herum und sagte nichts.

Er hielt sein Schweigen so lange aufrecht, bis Carl endgültig der Kragen platzte. »Was jetzt? Hat's dir die Sprache verschlagen, du Held? Keine Drohung, dass ihr mich nicht lebend aus diesem Fickloch herauslasst, solange ich nicht doch verspreche, dass ich mich an eurem Mummenschanz beteilige? Und wer von euch locht mir dann den Schädel? Du? Und wie geht's danach weiter? Schiebt ihr meinen Tod den Terroristen in die Schuhe?«.

»Als ob es einer von uns hier nötig hätte, sich die Hände mit einem Feigling wie dir dreckig zu machen. Falls du eine deutsche Kugel kriegst, dann kommt die von Lochmann! Der wartet ja angeblich nur darauf, dich loszuwerden. Und der könnte das den Terroristen auch müheloser unterjubeln als einer von uns!«, antwortete York schließlich leise.

»Na, dann sind wir uns ja einig! Lasst die Gestapo die Drecksarbeit für euch erledigen«, zischte Carl zornig. Bisher hatte er sich stets darauf verlassen können, dass der temperamentvollere und eigenwilligere York während eines Streits in letzter Sekunde nachgab, weil er es nicht riskieren wollte, ihre Freundschaft aufs Spiel zu setzen. Dieses Mal war das anders.

Ein paar Meter Luftlinie von ihnen salutierte Oberstleutnant Heimbach nur mit Stiefeln und Unterhemd bekleidet vor Generalleutnant Diedrich Schuhmann, während dieser breitbeinig auf einem Sessel saß und sich dabei von einer der Frauen einen blasen ließ.

»Du wirst da sein, wenn wir dich rufen, Carl!«, sagte York leise. »Gerade weil du so ein scheiß Feigling bist, würdest du mich niemals verraten.«

Die Frau, die vorhin in dem Sessel so selbstvergessen geraucht und sich anschließend von einem Hauptmann Champagner von den Brüsten hatte lecken lassen, erhob sich und schritt auf York und Carl zu.

»Bonsoir, Monsieur. Voulez-vous coucher avec moi?«, sagte sie und strich dabei über Carls Gesicht.

Er musterte sie, und sie war erfahren genug im Umgang mit Männern, um sich das regungslos gefallen zu lassen.

»Nicht hier!«, entgegnete Carl, zog zwei Fünfhundertfrancnoten aus seiner Brieftasche, leckte sie an wie Briefmarken und klebte sie über die Brustwarzen der Frau.

»Dann folgen Sie mir, Monsieur!«, antwortete sie, wandte sich ab und schritt zur Tür.

»Bevor du gehst, Carl, denk mal darüber nach: Wir sind viele, und wir sind überall. Falls du dich gegen uns stellst, bist du allein. Und einsame Männer geben die besseren Opfer ab«, verabschiedete ihn York.

Aber, dachte Carl, während er ohne zurückzuschauen der Frau durch den Saal folgte, *einsame Männer sind nun mal meistens auch Männer, die nichts mehr zu verlieren haben.* Und zumindest in den alten Mythen fürchteten sich vor solchen Männern sogar die Götter. Deshalb nannten sie sie »Monstrum«. Was im engsten Sinne des Wortes Mahn- oder Warnzeichen bedeutete und anzeigen sollte, dass man ihnen besser nicht zu nahe kam.

Carls Begegnung mit der Fremden in einem der Boudoirs verlief für ihn selbst überraschend gelassen. Auch wenn es keine war, an die er später mit sonderlicher Befriedigung zurückdenken würde, fiel sie persönlich genug aus, um ihm eine grimmige Befriedigung zu verschaffen.

Am Morgen, auf dem Weg zurück zur Rue Sainte-Anne, hatte er das seltsame Gefühl, dass die Straßensperren und Kontrollpunkte sich vermehrt hätten und alle ihm gälten.

Was selbstverständlich Unsinn war.

Sobald er zurück in sein Quartier kam, nahm er sich vor, Heinz Becker aufzuscheuchen und ihm zu befehlen, sämtlichen Alkohol aus der Wohnung und dem Büro in der Dienststelle zu entfernen.

Weder Madame la Doctoresses Mahnungen noch Yorks halb versteckte Drohungen hatten ihn zu dieser Entscheidung bewogen. Sondern blanker Zorn. Denn angefangen bei seiner Exfrau, die ihm vorwarf, keine Seele mehr zu haben, über York und dessen Verschwörerkameraden, die glaubten, ihn wie eine verdammte Schachfigur von Feld zu Feld schieben zu können, sowie Heiliger und Perreau, die seinetwegen sogar Dienstgeheimnisse an Terroristen weitergaben, bis hin zu Oberg, Knochen und Lochmann, die ihn für einen rückgratlosen Hampelmann hielten, schien jeder in Berlin und Paris zu glauben, dass er mit ihm umspringen dürfe, wie es ihm gerade in den Kram passte.

Doch er war weder ein Hampelmann noch eine Schachfigur. Und er würde es beweisen, indem er diesen verfluchten Mörder fand und dingfest machte. Danach war zweifellos immer noch genug Zeit, um sich in einem einzigen lang gezogenen Gelage über den Jordan zu saufen.

Carl stoppte vor einer letzten Straßensperre, zeigte dem Obergefreiten dahinter sein Gesicht und die Schulterstücke und fuhr dann weiter Richtung Rue Sainte-Anne.

23

Heinz Becker öffnete ihm die Tür. Er trug Uniform und hatte mindestens eine Rasur versäumt.

»Gott sei Dank, Obersturmbannführer! Ich habe die ganze Nacht kein Auge zugetan!«, begrüßte er ihn.

»Was ist denn los, Heinz? Sie sind nicht mein Kindermädchen. Weshalb schlafen Sie sich nicht aus, wenn ich unterwegs bin? Reicht doch, wenn einer von uns sich die Nacht um die Ohren schlägt.«

»Da ist ein Flic, Obersturmbannführer, der sitzt schon seit Stunden in der Küche und behauptet, dass er mit Ihnen sprechen muss. Alleine. Und Hilde Neumeier hat gesagt, Sie hätten Funkstille angeordnet und dass sie Sie nicht erreichen könne. Aber der Flic hat 'ne Verbrechervisage, wenn ich den nicht schon mal mit Ihnen gesehen und wenn der keine Polizeimarke gehabt hätte, dann hätte ich …«

Carl ließ ihn stehen und ging in die Küche.

Dort saß Perreau mit einem Glas Milch am Tisch. Er hatte eindeutig mehr als nur eine Rasur versäumt. Sein Kinn und die Wangen zierte eine dunkler Dreitagebart, der ihm zusammen mit der fast aufgerauchten Zigarette, die zwischen seinen Lippen steckte, etwas Verwegenes verlieh. Carl war erleichtert, ihn hier zu sehen.

»Bonjour, Obersturmbannführer«, sagte Perreau. »Ich fürchte, Sie müssen mich begleiten. Es ist etwas passiert, mit dem ich zwar gerechnet habe, allerdings nicht so schnell.«

Heinz Becker steckte hinter Carl neugierig den Kopf zur Küchentür herein. Carl wandte sich um. »Machen Sie die Tür von draußen zu, Heinz!«

Carl trat zu Perreau an den Tisch. »Wo ist Heiliger?«

»In Sicherheit«, antwortete Perreau.

Carl war erleichtert, aber deswegen nicht weniger wütend auf Monsieur le Commissaire und seinen eigenen Stellvertreter. »Sie haben mich hintergangen, Perreau! Ich weiß um die Scharade, die Sie zusammen mit Heiliger angezettelt haben. Ich sollte Sie wegen Geheimnisverrats einsperren lassen. Und SS-Gruppenführer Oberg ist immer froh über ein paar Geiseln mehr, die er standrechtlich erschießen lassen kann!«

Perreau erhob sich und warf in Ermangelung eines Aschenbechers seine Kippe in das Milchglas. »Monsieur, Sie und ich sind doch über solche Kinderspiele hinaus. Aber falls Sie mich verhaften lassen wollen, bitte sehr, ich stehe zur Verfügung!«

Perreau streckte Carl seine Hände entgegen, wie man es tat, wenn man erwartete, dass jeden Moment die Reifen einer Handschelle um die Handgelenke klickten.

Carl und Perreau schauten sich einige Zeit wortlos an. Was Carl in den Augen des Kommissars sah, waren eine tiefe Müdigkeit und ein bemerkenswert gezügelter Zorn. Der womöglich schon zum festen Bestandteil von Perreaus Charakter geworden war.

»Lassen Sie das, Perreau!«, sagte Carl.

Der Kommissar ließ seine Hände auf den Tisch fallen.

»Habe ich Zeit, mich umzuziehen und frisch zu machen?«

»Nein«, antwortete Perreau knapp.

»Dann eben ab dafür!«, verkündete Carl.

»Besser, ich fahre, Monsieur.«

Carl hatte nichts dagegen.

Heinz schaute ihnen erstaunt dabei zu, wie sie in den Flur und zur Wohnungstür gingen. Carl sah sich dort nach ihm um. »Rasieren, Heinz! Das ist ein Befehl!«, sagte er.

Heinz salutierte.

Nur zwanzig Minuten darauf hatte Carl längst den Überblick darüber verloren, in welchen Teil der Stadt sein wortkarger Chauffeur ihn entführt hatte. Konnte dies noch das Marais-Viertel sein? Einige der alten Stadtpalais, die sie passiert hatten, deuteten darauf hin. Aber falls es so war, dann zählte diese Gegend nicht zu denen, an deren Beschreibung sich Carl aus seinem Baedeker oder dem *Handbuch für Deutsche Soldaten in Paris* erinnerte.

Jetzt sah er zu seinem Schrecken, dass Perreau den BMW in Richtung eines verdammt schmalen Tors lenkte, das unvermittelt die schmale Straße, die sie herabdonnerten, zerschnitt.

»Herrgott!«, rief er, als Monsieur le Commissaire mit nahezu unverminderter Geschwindigkeit darauf zuraste. Beinah schrammten Kotflügel und Trittbretter des Wagens am Stein der massiv gemauerten Torsäulen, zwischen denen Perreau den schweren Wagen hindurchsteuerte.

»Wenn Sie diesen Wagen beschädigen, Perreau, dann zwinge ich Sie, den dazugehörigen Papierkrieg höchstpersönlich zu führen!«, drohte Carl.

Perreau nickte geistesabwesend, verminderte die Geschwindigkeit aber nicht.

Sie rasten an einer Reihe von niedrigen, beinah völlig baugleichen Häusern vorüber, die von einer Art Park oder größerem Garten unterbrochen wurde. Hinter den uralten

Bäumen verbarg sich vielleicht eine Kapelle oder kleine Kirche.

Perreau schaltete herunter und verringerte die Geschwindigkeit. Sie mussten wohl ihrem Ziel nahe sein.

Hier hörte Carl die Schreie zum ersten Mal. Obwohl das ein unzureichender Begriff für die Geräusche war, welche die Stille der Straße zerschnitten. Nie zuvor hatte Carl etwas Derartiges gehört. Es klang wie eine Mischung aus einem explodierenden Klavier, einer überanstrengten Kreissäge und dem Brüllen eines Menschen in allerhöchster Todesnot.

Und je weiter der BMW die Straße hinabrollte, umso durchdringender und unerträglicher wurden die Schreie. Plötzlich brachen sie jedoch ab. Carl war sicher, dass der Stille ein Schuss vorausgegangen sein musste. Er spürte einen Stich von Angst und Panik. War das eine Falle? Fuhr Monsieur le Commissaire ihn seinem Tod entgegen? Wartete am Ende der Straße ein Terroristenkommando auf sie? Carl riss sich zusammen. Falls Perreau ihn töten wollte, dann hätte er es nicht derart plump angestellt, dachte Carl. Der Mann war immerhin Polizist. Und die stellten die besseren Verbrecher dar. Falls Perreau ihn beseitigen wollte, würde er sicherstellen, dass danach keine Spur zu ihm führte.

Perreau warf Carl einen kalten Blick zu. »Sie sind ja so blass, Obersturmbannführer?!«, sagte er.

»Was war das, Perreau? Diese Schreie eben?«, fragte Carl.

»Pferde, Monsieur. Das sind nur Pferde ...«

Carl sah im Scheinwerferlicht des Wagens Bäche von Blut über die Pflastersteine rinnen. Er beugte sich etwas hervor und sah hinaus. Was er da erblickte, erschien ihm wie ein Bild aus einem längst vergangenen Zeitalter.

Da lag eine weitere Häuserzeile. Sie wirkte seltsam geduckt und winzig im Vergleich zu einem mindestens drei Stockwerke hohen grauen Granitgebäude, dessen Mauern von auffallend kleinen Fenstern unterbrochen wurden, die eher an etwas zu groß geratene Schießscharten erinnerten. Ein hohes Tor führte in das massige, bedrohliche Gebäude, über das eine Gruppe von grimmigen Engelsfiguren wachte, deren blicklose Augen, ausgestreckte Arme und übergroße Flügel ihn unwillkürlich an Totenvögel erinnerten.

Vor dem Tor standen Männer mit Fackeln, die im zaghaften Morgenlicht Pferde am Zaum hielten, deren Augen mit Scheuklappen versehen waren. Die Tiere waren Arbeitspferde, kräftige Geschöpfe mit starken Hufen, hohen, breiten Rücken und gekürzten Schwänzen und Mähnen. Sie waren höchst unruhig, und bei einigen brauchte es mehrere Männer, um sie unter Kontrolle zu halten. Die Männer riefen sich gegenseitig Anweisungen oder vielleicht nur Scherzworte oder Flüche zu.

Perreau steuerte den Wagen in Schrittgeschwindigkeit zwischen den unruhigen Tieren hindurch in den weitläufigen Hof.

Darin lagen zwei tote Pferde, aus deren Köpfen Blut sickerte. Sie lagen halb übereinander. Das oben liegende Tier war eindeutig ein Hengst. Das darunter eine Stute.

Eine Gruppe von Männern in hellen glänzenden Schlachterschürzen beugten sich über die Hinterläufe des Hengstes und befestigten Ketten daran. Ganz in der Nähe stand ein tuckernder Bulldog-Traktor, offenbar dazu gedacht, den Hengst von dem darunterliegenden Tier zu ziehen. Die beiden toten Pferde mussten es gewesen sein, die vorhin derart markerschütternd geschrien hatten, bevor man sie erschoss.

In den Nebengebäuden, die um einen Stock niedriger waren als das Haupthaus, brannte gedämpftes Licht. Carl sah die Schattenrisse und Schemen von Schlachtern, die darin mit Knochensägen, Messern und großen Äxten getötete Tiere zerlegten.

Rinnsale von Blut liefen über den Hof und vereinigten sich auf dem Pflaster zu kleinen Bächen, die zum Tor hinaus auf die Straße rannen.

Carl wurde klar, wo er hier war. Er hatte in einem von Heiligers blauen Dossiers davon gelesen. Dies war das Hauptquartier von Lucas Lelouche, genannt Le Corbeau, einem der größten Schlachter und Fleischhändler von Paris. Laut Heiliger wurde er zwar allerhand illegaler Geschäfte verdächtigt, aber seine Unternehmen wurden von den Besatzungsbehörden als unerlässlich für die Sicherstellung der Versorgung der Pariser Bevölkerung eingestuft. Daher brachte man ihm ein weit höheres Maß an Toleranz entgegen als anderen Unternehmern. Heiliger hatte ihn in seinen Berichten verdächtigt, Chef eines Ringvereins von Kriminellen zu sein, die ihre Finger in Spielcasinos, Bordellen und dem Schwarzmarkthandel mit Brennstoffen, Lebensmitteln, Antiquitäten und Gold hatten. Aber zugleich auch Beziehungen zum Widerstand und Pétains Regierung in Vichy unterhielten. Lelouche schien ein Mann zu sein, der sich gern nach allen Seiten absicherte. Angeblich stammte der überwiegende Teil des Fleisches, das in den Pariser Restaurants und Hotels verzehrt wurde, von ihm. Und war alles andere als das, was auf den Menükarten stand.

»Dies hier ist das Hauptquartier von Le Corbeau, oder?«, sagte er.

»Ja«, antwortete Perreau.

Sobald er aus dem Wagen stieg, überwältigte Carl der Gestank nach Pferdemist, saurem Blut, frischen Innereien und verbranntem Fell, der über dem Gelände lag.

Keiner der Männer, die mit den beiden toten Pferden beschäftigt waren, würdigte sie eines Blickes. Man schien hier den Besuch von deutschen Offizieren gewohnt zu sein.

Aus einem Portal im Haupthaus trat eine Frau in einem blauen Kleid, über das sie eine schmalere Version einer dieser hellen Schlachterschürzen geschlungen hatte, und lief auf Carl und Perreau zu. »Wie gut, dass Sie endlich zurück sind, Monsieur!«, rief sie aufgeregt. Dann verharrte sie in ihrer Bewegung und schaute erstaunt auf Carl. »Oh, wer ist der *Boche*?«

»Der Freund, von dem ich erzählt habe, Lucille. Keine Angst!«, antwortete Perreau.

Lucille wies auf die beiden toten Pferde inmitten des Hofes. »Vorhin ist der Hengst durchgegangen und hat eine Stute bestiegen. Dominique Braque hat versucht, ihn zu halten, aber ist dabei unter die Hufe gekommen. Dominique sieht furchtbar aus! Und dann bringen Sie auch noch einen Boche hierher! Ich weiß wirklich nicht mehr, wo mir der Kopf steht.«

»Was geht hier vor, Perreau?«, fragte Carl.

»Das sehen Sie gleich, Monsieur«, antwortete Perreau gehetzt.

Hinter einer hohen Eingangshalle, von der aus eine breite Treppe in die oberen Stockwerke führte, lag ein Raum, der einst eine Kapelle gewesen sein musste. Es waren noch die Erhöhungen eines Altars zu erkennen, und von einer der Wände schaute das Gemälde eines grimmigen Erzengels mit einem Schwert herab. Die Kirchenbänke hatte man entfernt, die Kapelle diente jetzt wohl als Lager und Speiseraum. Statt der Bänke standen hier nun lange Tische und schlichte Stühle aufgereiht. Und an den Wänden waren Säcke mit Pferdefutter, Decken und Ballen von grobem Stoff aufgeschichtet.

Auf einem der Tische, gleich neben der Tür, lag ein Mann mit schütterem dunklen Haar und einem beachtlichen Bauch, dessen Hemd zerrissen worden war und der aus halb geschlossenen Augen an die hohe Decke starrte. Seine Brust war eingefallen. Das musste der verletzte Dominique Braque sein.

»Wo ist Heiliger?«, fragte Carl ungehalten, während zwei ältere Frauen sich um den Mann auf dem Tisch bemühten.

»Da!«, sagte Perreau, wies auf eine Seitentür und ging darauf zu. Aus den Augenwinkeln heraus sah Carl einen weiteren Mann, der mit gesenktem Kopf und breit ausgestellten Füßen an einem der Tische unter der Altarerhöhung saß. Er war allerdings zu weit von ihnen entfernt, um ein Wort von dem verstehen zu können, was Carl und Perreau gesagt hatten.

Hinter der Tür lag eine Sakristei mit Gewölbedecke und einem winzigen vergitterten Spitzbogenfenster, das auf den Hof hinausging. Ein altes, ziemlich großes Kruzifix stand verkehrt herum an einer der unverputzten Wände.

Heiliger lehnte daneben an der Wand. Sein Jackett hing lose über seinen Schultern, und er trug einen Verband um den linken Arm, durch den etwas Blut gesickert war.

Zwischen Tür und Fenster stand ein Lehnstuhl, in dem eine mit Handschellen gefesselte Frau saß. Sie war Ende zwanzig oder Anfang dreißig, aschblond und schlank, beinah ausgezehrt. Ihre weiße Bluse war durchgeschwitzt und hatte auf der Brust und am Kragen Blutflecken. Im Mundwinkel der Frau war ein feiner Blutfaden zu sehen, und sie hatte einige Kratzer auf Stirn und Wangen. Sie blickte Carl erwartungsvoll aus ihren hellblauen Augen an, aber sagte kein Wort.

»Obersturmbannführer!«, sagte Heiliger auf Deutsch. »Darf ich vorstellen, Mademoiselle Marie Cassin.«

Carl war es unangenehm, die junge Frau so sehen zu müssen, gefesselt und offenbar verprügelt. Zumal er keine Ahnung hatte, wer sie war und wie Heiliger und Perreau dazu kamen, sie hierher zu bringen. Ins Haus eines stadtbekannten Kriminellen.

»Wer hat die Frau geschlagen? Sie, Untersturmführer?«, fragte er mit einem harten Unterton in der Stimme.

»Ich? Nein. Da waren andere am Werk«, antwortete Heiliger.

»So?«, antwortete Carl skeptisch.

»Ja, so, Chef!«

»Weshalb ist sie hier und nicht in der Rue Sainte-Anne, wenn Sie sie schon verhören?«

»Weil wir dort keinem trauen können, Monsieur!«, mischte sich Perreau in die Unterhaltung ein. »Nicht in dieser Sache. Mademoiselle ist eine von den Judengreifern der Gestapo.«

Mademoiselles Blicke wischten aufgeregt zwischen Carl, Heiliger und Perreau hin und her. Sie verstand wohl kein Wort von dem, was gerade gesprochen wurde. Carl war das nur recht so. Er war selbstverständlich über die Judengreifer informiert. Dabei handelte es sich um Juden, die man aufgegriffen und vor die Wahl gestellt hatte: Halfen sie den Behörden dabei, andere untergetauchte Juden aufzuspüren, stellte man sie von der Deportation in eines der Lager zurück. Weigerten sie sich, dann setzte man sie unverzüglich auf die Listen für den nächsten Transport und schickte sie ins Lager.

Carl konnte es keinem Menschen verdenken, sich angesichts dessen für eine Zusammenarbeit mit der Gestapo oder der SS zu entscheiden. Wer hatte schon den Mut, die Moral über das eigene Leben zu stellen? Dennoch konnte er nicht ganz verhehlen, wie sehr er die Judengreifer im Grunde verachtete.

»Erklären Sie mir, weshalb Sie Mademoiselle festgenommen haben, Untersturmbannführer!«

»Wir haben die letzten beiden Tage damit zugebracht, dem Mörder eine Falle zu bauen, Chef. Und sie wird der Köder sein, mit dem wir ihn hineinlocken. Er tötet Juden, wie wir schon vermutet haben. Aber er kassiert dafür ja offenbar keine Kopfgelder. Das Schwein tut es wirklich nur zum Vergnügen.«

Dass der Mörder für die Juden, die er aufspürte und tötete, nie das berüchtigte Kopfgeld kassierte, war keine sonderlich aufregende Information. Das lag in der Natur seiner Verbrechen. Die Gestapo zahlte für lebende Juden. Keine verstümmelten Leichen oder bloße Gliedmaßen.

»Nathalie hat gesagt, dass der Mörder seine Opfer und diese Inszenierungen der Leichen filmt. Und zwar tut er das, um damit eine Person zu beeindrucken, die er fast schon anbetet. Was immer Sie ihm für eine Falle mit Mademoiselle hier bauen wollen, vielleicht wäre es ergiebiger, Fotografen und Filmentwicklerfirmen zu überprüfen, statt ihm irgendeine Falle mit Mademoiselle hier zu bauen«, schlug Carl vor, dem es mit jeder Sekunde ungemütlicher in diesem Raum mit der eingeschüchterten und blutenden Frau wurde.

»Er filmt sie?«, fragte Heiliger perplex.

»Das hat Madame la Doctoresse zumindest behauptet«, entgegnete Carl kalt.

Perreau trat zu Marie Cassin und öffnete ihre Handschellen. Sie rieb sich die Handgelenke, zupfte dann den verrutschten Rock zurecht und schloss den Kragen ihrer Bluse. »Monsieur?«, wandte sie sich an Carl. »Ich muss zurück. Mein Gestapo-Kontakt erwartet mich. Wenn ich nicht pünktlich bin, wird er mich bestrafen«, sagte sie auf Französisch.

»Du bleibst hier!«, entgegnete Heiliger und drückte sie gegen die Stuhllehne zurück. »Ich bin noch lange nicht fertig mit dir!«

Marie sank müde und ängstlich zusammen und schaute dabei zu Carl herüber, der jedoch Heiligers Anweisung nicht widersprach.

»Alle Fotografen und Entwicklerfirmen in Paris zu überprüfen würde länger dauern, als ihn mit Mademoiselle in unsere Falle zu locken«, sagte Perreau auf Deutsch. Das Mademoiselle Marie Cassin offensichtlich nicht verstand.

Carl dachte über die Konsequenzen nach, falls man darauf kam, dass Heiliger sich einer von Lochmanns Judengreiferinnen bedient hatte, um Lochmanns Schützling zu überführen. Er kam zu dem Schluss, dass er damit leben könnte.

»Erzählen Sie mir von Ihrer Falle, Heilliger!«

Es dauerte einige Minuten. Währenddessen verharrte Marie wortlos in ihrem Stuhl, und Perreau rauchte schweigend eine Zigarette.

»Wir wissen, wo er seine Opfer findet, und wir wissen, wie er sie findet, Chef«, begann Heiliger. »Die Schickse hier ist zwar schon vor einer Woche aufgeflogen, aber erst vorgestern als Greiferin rekrutiert worden. Selbst falls der Mörder einen guten Draht zur Gestapo hat, ist es unwahrscheinlich, dass er schon von ihr gehört hat. Und schauen Sie sich die Kleine doch mal an, Chef! Sie ist der perfekte Lockvogel. Wir wissen, dass die letzten drei Opfer des Mörders zuletzt in der Nähe der Gare de l'Est gesehen wurden. Also lassen wir sie bis zum Mittag hier und bringen sie dann zu diesem Bahnhof. Perreau hat gestern Abend von einem Informanten gehört, dass dort einige der Bahnbeamten Juden dabei helfen sollen, aus der Stadt herauszukommen. Das kann ja wohl kein Zufall sein. Jetzt, wo nach dem Artikel in der *Fleur-de-Lys* ganz Paris über ihn spricht, wird der Scheißkerl bestimmt nicht das Risiko eingehen, sich ein neues Jagdrevier zu suchen. Aber Madame la Doctoresse war ja sicher, dass er nun erst recht wieder zuschlagen wird. Perreau und ich werden Mademoiselle im Bahnhof observieren. Wir finden das Schwein dann schon. Und falls wir dabei nur herausfinden, wer von den Eisenbahnern den Juden aus der Stadt hilft, dann quetschen wir aus dem Kerl eben jedes bisschen Information darüber heraus. Irgendwie muss der Mörder ja dort zu seinen Opfern kommen. Und irgendeiner hat schließlich immer etwas gesehen. Aber ich glaube eigentlich auch gar nicht, dass das nötig sein wird, weil der Saukerl garantiert auf die kleine Mademoiselle hier anspringt und wir ihn dann endlich hochnehmen können.«

Carl musterte die junge Frau in dem Stuhl skeptisch. Was Heiliger vorhatte, war riskant. Es konnte so viel dabei schiefgehen. Marie setzte ihr Leben aufs Spiel. Seine Uniform mochte zwar dieselbe Farbe haben wie Lochmanns, aber er war trotzdem nicht bereit, eine junge Frau ohne ihre Zustimmung auf eine derart gefährliche Mission zu schicken.

Ob sie Jüdin war oder nicht, spielte für ihn dabei keine Rolle.

»Mademoiselle?«, wandte er sich an Marie, die seine Blicke beinah schon übereifrig devot erwiderte. »Haben der Kommissar und mein Untersturmführer Ihnen erklärt, was sie von Ihnen verlangen?«

Marie schüttelte den Kopf.

»Das dachte ich mir!«, sagte Carl und traf eine Entscheidung. »Perreau, Sie teilen ihr mit, worauf sie sich einlässt. Falls sie einverstanden ist, gebe ich mein Placet für Ihre Aktion. Falls sie auch nur zögern sollte, bringen Sie sie gefälligst schleunigst dorthin zurück, wo Sie sie hergeholt haben!«

Perreau nickte. »Sie wird einverstanden sein, Monsieur. Ihre Eltern und ihr Mann sind in Drancy.«

Drancy war ein Vorort von Paris. Dort befand sich seit dem Oktober 1941 das mittlerweile größte Sammellager für Juden, die man aus Frankreich in die Lager deportierte.

»Versuchen Sie Ihr Glück!«, verkündete Carl. »Heiliger? Sie kommen mit mir. Wir haben zu reden.«

Carl winkte seinem Stellvertreter und verließ die Sakristei.

In der umgestalteten Kapelle breitete ein älterer Mann in einem dreiteiligen Anzug gerade ein Tuch über das Gesicht von Dominique Braque, dem Schlachter, der unter die Hufe des Hengstes gekommen war. Die beiden Frauen, die bei ihm gewesen waren, sammelten Schüsseln und Handtücher zusammen. Eine von ihnen hatte dabei Tränen in den Augen. Sie alle waren zu weit weg, um ein Wort von dem zornigen Anschiss hören zu können, den Carl seinem Stellvertreter gerade verpasste.

»Wo waren Sie, verdammt?«, fuhr Carl ihn halblaut an.

»Ich führe keinen Lampenladen, sondern eine Behörde! Sie sind mein Stellvertreter, Sie haben zur Verfügung zu stehen, wenn ich Sie benötige!«

»Was denn nun, Chef? Wollen Sie den Mörder schnappen, oder nicht? Ich bin fast dreißig Stunden mit Perreau durch die hintersten Dreckslöcher von Paris gekrochen, um seinen Informanten aufzutreiben, und habe dann fast jeden Gefallen bei meinen früheren Kameraden eingefordert, um unter der Hand an eine Liste der Judengreiferinnen zu kommen. Danach mussten wir das Mädel da drin aus einer Zelle in Fresnes herausholen, wo sie gestern Abend irgendein Arschloch von Feldjäger wegen eines angeblichen Diebstahls eingeliefert hatte. Der hat sie übrigens auch verdroschen. Das Judenreferat bei der Gestapo sucht sie wahrscheinlich auch gerade überall. Aber davon weiß sie nichts. Das bleibt auch besser so, weil sie sich sonst nämlich vielleicht doch noch ihr Höschen vollmacht und uns davonläuft, bevor wir dazu kommen, sie als Lockvogel einzusetzen.«

»Weshalb ich mich umso mehr wundere, dass Sie ausgerechnet unter dem Dach eines Kriminellen und Gestapo-Informanten Zuflucht gesucht haben.«

»Lelouche? Ach, der tanzt doch auf jeder Hochzeit in der Stadt. Bei dem bedienen sich die Terroristen genauso wie wir. Aber Perreau schuldet er etwas. Muss noch vom letzten Krieg herrühren. Außerdem reitet er regelmäßig mit Madame la Doctoresse im Bois de Boulogne aus. Hier sind wir sicherer als in einem Bunker!«

Madame, nahm Carl erstaunt zur Kenntnis, schien für eine Diplomatin über einen ausgesucht merkwürdigen Bekanntenkreis zu verfügen, wenn dieser sowohl einen Polizeikommissar wie den Chef einer Verbrecherbande umfasste.

»Was meinten Sie vorhin damit, dass der Mörder seine Schweinereien filmt? Davon hat Madame nie etwas erwähnt«, erkundigte sich Heiliger.

»Ich habe mit ihr gesprochen. Da hat sie es mir gesagt. Dabei stellte sich übrigens auch heraus, dass sie unter Gestapo-Beobachtung steht. Darum versteckt sie sich vorübergehend bei einem Freund, bis dieser ganze verdammte Haufen dampfende Scheiße, in den Sie und Ihre verdammte Mörderhatz uns hineingeritten haben, sich irgendwie aufdröseln und wegschaufeln lässt. Sehr wahrscheinlich wird auch unsere Dienststelle abgehört, Heiliger. Weswegen ich gestern Nachmittag eine vorläufige Funkstille angeordnet habe, bis sich ein vertrauenswürdiger Techniker findet, der den Laden überprüft und als sauber deklariert. Bis dahin läuft sämtliche Kommunikation nur persönlich oder per chiffrierter Meldung über Boten, verstanden?«

»Lochmann wäre schön blöd, wenn er sich mit Wanzen in unserem Laden abgäbe, wo er doch Hilde Neumeier eingeschleust hat, um uns beide zu überwachen«, entgegnete Heiliger. Er schien den Schlag durchaus zu genießen, den er Carl damit versetzte.

»Woher wissen Sie das, Sturmbannführer? Und seit wann wissen Sie das?«

»Erst seit heute Morgen. Reiner Zufall, dass mir das einer meiner alten Kumpel gesteckt hat, als ich auf der Suche nach der Judengreiferliste war. Er heißt Georg, war mal unter mir Schupo und ist jetzt bei der Fahrbereitschaft der Gestapo. Er hat es zufällig vor ein paar Tagen aufgeschnappt und mir dann gestern gesteckt.«

»Und Sie vertrauen ihm?«

»Absolut!«

Der Tisch mit Dominiques Leiche war verlassen. Die beiden Frauen und der sehnige ältere Mann im Dreiteiler waren gegangen. Dass da vorhin noch ein weiterer Mann bei dem verlassenen Altar gesessen hatte, war Carl nicht mehr bewusst. Doch das änderte sich. Denn dieser Mann kam gerade auf sie zu. »Wer ist der andere *Boche*, Heiliger, und weshalb hast du ihn in mein Haus gebracht?«, rief er.

Carl war sofort fasziniert von dem Mann. Das musste Lucas Lelouche alias Le Corbeau, der Rabe, sein. Er war groß und schlank. Sein einfacher grauer Anzug war zerknittert und fleckig. Ein Teil seines Gesichts war von einer metallenen Maske verdeckt, die in dem Licht aus den drei eigentlich zu schwachen Lampen, die die Kapelle erhellten, irritierend glänzte. In seiner rechten Hand hielt er einen schwarzen Borsalino.

»Obersturmbannführer Carl von Maug«, entgegnete Heiliger und wies auf Carl.

Lelouche blieb einige Schritte von ihnen entfernt stehen und musterte ihn. Seine Augen waren schwarz. Ein feines Geflecht von dünnen Narben zog sich über den Bereich seines Gesichts, der nicht von der Maske verdeckt wurde. Sie war wohl aus Silber oder vielleicht auch Stahl gefertigt und bedeckte den größten Teil seiner rechten Gesichtshälfte, ließ dabei jedoch sein rechtes Auge frei und zog sich über das Jochbein und die Wange bis hinab zum Kinn. Sie war mit einer komplizierten, sehr feingliedrigen Gravur versehen.

»Sie sind also der neue Chef der Pariser Kriminalpolizei. Ich hätte erwartet, dass Sie älter sind.«

»Nun ja …«, antwortete Carl, weil ihm schlicht nichts besseres einfiel.

»Ich habe mich schon gefragt, wann Sie hier auftauchen

würden, Obersturmbannführer. Selbst unsereiner erlebt es nicht jeden Tag, dass ihn gleich drei Polizisten um Hilfe bitten.«

»Der eine, so hört man, soll ja ein Freund von Ihnen sein.«

»Die Leute reden eine Menge, wenn der Tag lang ist«, entgegnete Lelouche, ging dann zu dem toten Dominique auf dem Tisch und schlug das Tuch über seinem Gesicht zurück. Er beugte sich über den Toten und versetzte ihm einen Kuss auf die Stirn. Dann schlug er das Tuch wieder über Dominiques Gesicht und setzte den Borsalino auf.

»Ich lade Sie zum Frühstück ein, Obersturmbannführer. Falls Bruno sich uns anschließen will, ist er herzlich willkommen. Aber Ihr Unterling bleibt besser, wo er ist. Ein *Boche* an meinem Tisch ist mehr als genug.«

Wegen der Maske war es nicht eindeutig zu erkennen, aber Carl war sicher, dass Lelouche lächelte.

»Fragen Sie hier, wen Sie wollen. Den Weg zu meinem Esszimmer wird Ihnen jeder zeigen.« Lelouche tippte an seine Hutkrempe und verließ die Kapelle.

Heiliger schaute ihm nach.

»Arrogantes Arschloch«, flüsterte er.

Allerdings wartete er damit ab, bis er wirklich sicher war, dass Lelouche ihn nicht mehr hören konnte.

Carl genoss Heiligers Zurücksetzung durch den Herrn des Hauses und setzte noch einen drauf. »Sie haben ihn ja gehört. Schicken Sie Perreau hinterher, sobald er da drin fertig ist!«

Als er sich dann abwandte und zur Tür ging, war er sicher, dass Heiliger ihm ebenfalls irgendeine geflüsterte Beleidigung nachsandte. Es war unwahrscheinlich, dass sie schmeichelhafter ausfiel als jene, die er Lelouche zugedacht hatte.

Während die ältere Frau aus der Kapelle zwei gedeckte Schüsseln und eine Kanne Kaffee servierte, schaute Carl aus einem Fenster in den Hof, der inzwischen von Feuern in einer Reihe alter Ölfässer erleuchtet wurde. Von den beiden getöteten Pferden war nichts mehr zu sehen. Ein Metzger kehrte Reste von Blut in einen Gully. Eine lose Gruppe von etwa zehn bis zwölf Pferden wartete darauf, dass man sie durch ein Tor in eins der Nebengebäude führte, wo sie wohl getötet und später in den beleuchteten Hallen der übrigen Häuser zerteilt werden würden. Zweifellos ahnten sie, was ihnen bevorstand, trotzdem strahlten die Tiere eine unbegreifliche Ruhe aus.

Lelouche warf einen Blick zu Carl am Fenster. »Sie sollen essen, Monsieur. Also essen Sie!«, sagte er und hob die Deckel von den beiden Schüsseln ab, in denen sich eine Auswahl von heißen Würsten, Wellfleisch, Elsässer Sauerkraut und kleinen dampfenden Kartoffeln befand.

Carl wandte sich vom Fenster ab, setzte sich an den Tisch und griff nach dem Besteck.

Es war verstörend, Lelouche mit seiner Maske so nah gegenüberzusitzen. Da sie so viel seines Gesichts bedeckte, hatte Carl das Gefühl, vor einem sprechenden und beweglichen Automaten zu sitzen. Selbst jetzt, da er sie so nah vor sich sah, wurde Carl aus den Gravuren in der Maske nicht klug. Obwohl er überzeugt was, dass sie irgendeine symbolische Bedeutung hatten.

Lelouche berührte die Maske. »Ein Granatsplitter an der Somme«.

Er begann damit, sich herzhaft aus der zweiten Schüssel zu bedienen. Währenddessen stocherte Carl lustlos in seiner Schüssel herum.

»Wenn Bruno Sie heute nicht hierher gebracht hätte, wäre

ich selbst auf Sie zugekommen. Es geht ein Mörder in Paris um, von dem offenbar auf Ihrer Seite keiner etwas wissen will, Obersturmbannführer. Trotzdem existiert er und wird nach allem, was man sagen kann, auch weiter töten. Aber wenn Perreau recht hat, sind Sie nur ein Amateur. Und Ihr Stellvertreter ist im Grunde bloß ein Straßenschläger und Wichtigtuer. Sollte sich nicht endlich etwas in diesem Fall tun, sehe ich schwarz für Paris. Ihr Oberkommando hat heute Morgen zwar bereits mit neuen Geiselerschießungen gedroht, sollte sich die Résistance in Paris nicht zurückhalten. Aber das wird sie kaum tun, nachdem man letzte Nacht die Druckerei einer der Widerstandszeitungen in die Luft gejagt hat.«

Lelouche hatte ihn gerade als Amateur bezeichnet. So sehr Carl eine offene Diskussion auch zu schätzen wusste, war er nicht hierher gekommen, um sich beleidigen zu lassen.

»Sie sind ein Verbrecher, Lelouche. Ich bezweifle, dass Sie sich anmaßen dürfen, für ganz Paris zu sprechen. Sollten Sie sich aber eben im Namen der Terroristen geäußert haben, die meine Kameraden als Freiwild betrachten und für die Alliierten Sabotageakte begehen, dann reicht das theoretisch aus, um Sie festzunehmen und an die Gestapo zu überstellen.«

»Das mag sein«, gab Lelouche zu. »Bloß ändert es nichts an den Tatsachen, Monsieur. Jeder in Paris ist nervös. Nervosität führt zu Entscheidungen, die man später bereut. Mit der Gestapo mache ich gute Geschäfte. Ich bezweifle also, dass die mich auf Ihr Wort hin festnehmen würden.«

Carl war zu stolz, um ausgerechnet diesem Schwarzhändler und Kriminellen gegenüber zuzugeben, dass er mit seiner Analyse richtig lag.

»Sie erwarten, dass ich die Stadt sauber halte, Lelouche?

Dann lassen Sie sich von einem angeblichen Amateur etwas sagen: Heiliger und Perreau arbeiten seit über einem Jahr an diesem Fall, und zwar allein und unter ständiger Bedrohung von den Terroristenbanden, die den einen als Kollaborateur betrachten und den anderen als dumpfen Henker. Nichts wäre den Terroristen lieber als Perreau, Heiliger und mich zu erschießen oder in die Luft zu sprengen. Aber das, was dann auf unsere Posten nachrückt, wäre echtes Kroppzeug. Falls Sie also über Kontakte zu den Terroristen verfügen sollten, lassen Sie die wissen, dass es für alle Seiten besser wäre, mich und meine Männer so lange in Ruhe zu lassen, bis wir dieses Monster gefasst und unschädlich gemacht haben.«

Lelouche schenkte sich selbst und seinem Gast Kaffee nach und hob dann seine Tasse. Carl tat es ihm gleich. Sie stießen an. Es war klar, dass sie beide damit einen Pakt geschlossen hatten. Carl wollte zwar nicht so weit gehen, ihm die wenigen Erkenntnisse über den Mörder mitzuteilen, die seine Behörde bereits zusammengetragen hatte. Trotzdem glaubte er, dass die Terrorbanden des Widerstands ihm bei den Ermittlungen hilfreich sein konnten. Irgendwo in der Stadt musste es Leute geben, die den Mörder anhand des Charakterbilds identifizieren konnten, das Madame la Doctoresse gestern über ihn angefertigt hatte und das Carl mühelos aus seiner Erinnerung reproduzieren und als seine eigene Arbeit deklarieren könnte. Sollte die Resistance sich auf einen Burgfrieden einlassen und an der Jagd nach dem Mörder beteiligen, dann war Carl mehr als nur bereit, sein Wissen über den Mörder mit ihr zu teilen.

»Dabei fällt mir ein, dass der Mörder wahrscheinlich ein Filmenthusiast ist. Wahrscheinlich Schmalfilm. Aber ganz sicher ist er ein Hobbyfotograf. Die Sujets, die er auf seine

Filme bannt, machen es ihm allerdings unmöglich, sich damit an eine gewöhnliche Entwicklerfirma zu wenden. Trotzdem wird er seine Werke entwickeln wollen. Er braucht Chemikalien und Geräte dazu. Die müssen schließlich irgendwo herkommen.«

Lelouche hatte Carl sehr aufmerksam zugehört. »Es gibt bestimmt Tausende von Filmenthusiasten in Paris. Wie sollte man ohne eine nähere Beschreibung den Mörder da herausfiltern können?«

»Das ist zweifellos ein Problem, Monsieur. Aber auch wenn ich Ihnen weder mit dem Namen noch einer Beschreibung des Mörders dienen kann, verfüge ich immerhin über ein Charakterbild von ihm.«

Lelouche nahm schweigend einige Bissen Sauerkraut und Würstchen.

»Was verstehen Sie unter Charakterbild, Monsieur?«

»Es enthält nichts über sein Äußeres. Doch es würde sich auf Ticks und bestimmte Vorlieben beziehen und seine Herkunft und Entwicklung beleuchten.«

»Hm, Monsieur. Das wäre zwar nicht ideal. Aber könnte trotzdem nützlich sein. Fragt sich bloß, wo ein solches Charakterbild herkommen sollte.«

»Das wäre ein Problem, das sich lösen ließe, Monsieur. Ich frage mich nur, wie man es in der Stadt bei den entsprechenden Firmen verbreiten könnte. Das wäre nämlich ziemlich viel verlangt von meinen paar Kriminalpolizisten, die ja daneben auch noch ihren Dienstalltag bewältigen müssten.«

Carl wartete gespannt darauf, was Lelouche erwidern würde. Dieser schob seine Antwort allerdings hinaus.

»Interessant zu lesen wäre ein solches Charakterbild schon,

Monsieur. Bedauerlich, dass es – falls es existiert – sicher vertraulich wäre.«

»Nun ja, mit der Vertraulichkeit ist das heutzutage so eine Sache. Kein wirklicher Verlass mehr auf das Personal. Nicht einmal auf deutsches. Sie würden staunen, wenn ich Ihnen erzählen würde, wie viele Dokumente schon durch reine Unachtsamkeit in die falschen Hände gelangt sind.«

Lelouche schien wieder zu lächeln. »Ich bestücke meine Unternehmen mit Familienangehörigen oder Kameraden aus der Armee. Da ist die Loyalität einfach größer.«

»Schätzen Sie sich glücklich darüber, Lelouche. Ich bin gezwungen, mit dem Personal zu arbeiten, das man mir zuweist. Ebenso wie Ihr Freund Perreau. In dessen Abteilung soll es übrigens ja ganz besonders schlampig zugehen«, erwiderte Carl. Er hoffte, dass Lelouche zwischen den Zeilen las: Ja, ein solches Charakterbild existierte. Nein, es war nicht möglich, dies direkt aus Carls Dienststelle zu erhalten, sondern musste ihm aus Perreaus Büro zugespielt werden.

Lelouche stand auf, öffnete eine Lackdose und hielt sie Carl hin. Darin befand sich eine Sammlung kubanischer und dominikanischer Zigarren. Ein seltener Luxus im Paris dieser Tage. Carl zog eine der Zigarren heraus.

»Kommen Sie, Monsieur. Ich zeige Ihnen etwas«, forderte Lelouche ihn auf, während er Carls Zigarre mit einem großen Streichholz entzündete.

Er trat zum Fenster und wartete dort, bis Carl ihm gefolgt war.

»Sehen Sie die vier Männer, da am Tor?«, sagte Lelouche. »Die stehen dort seit einem Jahr. Sie sind bewaffnet und sorgen dafür, dass niemand meinen Schlachthof überfällt. Früher hatte ich einen Mann mit einer Pistole in meinem Büro, der die Kasse bewacht hat, weil die Räuber hinter meinem Geld her waren. Aber diese vier da unten sollen mir Räuber vom Hals halten, die so verzweifelt sind, dass sie für ein paar Stücke Knochen, Innereien oder Knorpel einen Überfall riskieren, für den sie den Kopf auf der Guillotine verlieren könnten. Das rücksichtsloseste Raubtier auf dieser Welt ist ein verzweifelter Mensch, Obersturmbannführer. Also unterschätzen Sie die Pariser nicht.«

Das hatte Carl bestimmt nicht vor.

»Heiliger berichtete mir, dass Sie regelmäßig im Boie de Bologne ausreiten. Ein Pferdeschlachter mit einem Hang zu Reitpferden, wie geht das zusammen?«

Lelouche zog an seiner Zigarre. »Wir alle töten letztlich, was wir lieben, Obersturmbannführer. Zuweilen benutzen wir sogar Waffen dafür. Aber meistens reichen Zärtlichkeit und Begehren schon aus.«

Im Hof sah Carl, wie Heiliger Marie Cassin eine grobe Arbeiterjacke reichte und ihr dann in den Beiwagen eines Wehrmachtsgespanns half.

Perreau stand bei ihnen. Er schaute zu Lelouches Fenster hinauf, als Heiliger und Marie davonfuhren.

Carl hatte gesagt, was zu sagen war. Er griff nach seiner Mütze, die er zum Essen abgelegt hatte, setzte sie auf und reichte Lelouche die Hand. Dieser zögerte nicht, sie zu schütteln.

Perreau erwartete ihn neben dem BMW. »Keinen Appetit auf Frühstück gehabt?«, erkundigte sich Carl.

»Es gab Elsässer Sauerkraut, nehme ich an? Lelouche mag es. Aber ich kann das Zeug nicht ertragen.«

Carl war sicher, dass Perreau log. Schon deswegen, weil er

nicht wie ein Mann wirkte, der so viele Einladungen zu einem reichhaltigen Frühstück erhielt, dass er es sich leisten konnte, eine davon auszuschlagen.

»Sie werden einen Schriftsatz für mich aufsetzen müssen, Perreau. Briefkopf von Ihrem Verein. Den Inhalt werde ich Ihnen diktieren. Anschließend sorgen Sie unauffällig dafür, dass Lelouche eine Kopie davon zugespielt wird.«

»Wenn Sie meinen, Obersturmbannführer«, entgegnete Perreau trocken.

Während Carl um den Wagen zur Beifahrerseite ging, fiel ihm etwas an einer der Wände des Haupthauses auf. Er blieb stehen, um es sich anzuschauen. Dort waren drei Sinnsprüche in die Wand eingemeißelt:

Kraft in Glauben ◦ Erlösung in Hingabe ◦
Freiheit in Gemeinschaft

Perreau wartete gelassen, bis Carl seinen Weg fortsetzte, bevor er die Inschriften kommentierte. »Man könnte glauben, dass die von Ihrem Doktor Goebbels stammen. Aber die stehen da schon ewig. Vielleicht ist das ein Beweis dafür, dass alles schon einmal da war.«

Carl hätte ihm jederzeit zugestimmt, dass diese Inschriften fast schon gespenstisch gut zu dem kleinen Doktor mit dem verkrüppelten Fuß gepasst hätten.

»Fahren wir! Es gibt viel zu tun!«, befahl er Perreau, sobald er es sich auf dem Beifahrersitz bequem gemacht hatte.

Ich muss Madame la Doctoresse anrufen und ihr mitteilen, dass Perreau und Heiliger wohlauf sind und sie in ihre Wohnung zurückkehren kann, nahm er sich vor.

III

Requiem
für einen Mörder

24

Dermot Lynch legte ein neues Blatt in die Remington-Schreibmaschine ein. Straatmanns Aussage mitzutippen, erlaubte es ihm, Distanz zu wahren. Doch der Papierstapel neben ihm umfasste inzwischen fast dreißig eng beschriebene Seiten. Der Nacken tat ihm weh, und der Aschenbecher auf dem Tisch war fast voll.

Dermot brauchte unbedingt frische Luft.

War Straatmann nun ein Monster, ein Feigling oder einfach ein Lügner, fragte er sich. Wobei, dachte er gleich darauf, ja sowieso nicht gesagt war, dass er bis zu einem gewissen Grad nicht auch all das zugleich gewesen sein könnte.

Dermot lehnte sich zurück, beugte den Kopf etwas nach vorn und massierte seinen Nacken. Wie sehr er sich doch wünschte, dass seine Verlobte Melissa hier wäre, um ihm Schultern und Nacken so zu massieren, wie nur sie es konnte.

»Völlig unmögliche Entscheidung, vor die man Sie da gestellt hat, Straatmann, sich an dem Staatsstreich zu beteiligen. Ich an Ihrer Stelle hätte nicht gewusst, wie ich mich entscheide. Man hat ja einen Eid geschworen. Und ein Soldat, der seinen Eid bricht, ist nur ein Söldner. Oder Schlimmeres«, bemerkte Assistant Commissioner Broi gerade. »Doch dass Sie Ihrem Second Man erlaubt haben, die Frau als Lockvogel für den Killer einzusetzen, war verflucht riskant. Das hätte ich keinem meiner Leute durchgehen lassen. Zu unübersichtlich, das Ganze. Sogar in Friedenszeiten.«

Perreau schüttelte zaghaft den Kopf und widersprach ihm. »Haben Sie je eine Stadt brennen sehen, Monsieur? Ich schon. Paris war damals ein Pulverfass, das jederzeit hätte explodieren können. Und dieser Mörder hätte sich da gut und gern als die Lunte herausstellen können, die die Explosion auslöst. Nein, Carl hat seinerzeit die einzig vernünftige Entscheidung gefällt.«

Dermot glaubte sich verhört zu haben. Ausgerechnet der Commissioner, von dem ihm McGuiness erzählt hatte, dass er einst selbst ein Attentäter gewesen war, schien Straatmanns Entscheidung zu begrüßen, sich *nicht* an dem Attentat auf Hitler zu beteiligen?

Straatmann schaute zu Dermot hinüber. Er lächelte dabei. »Sie scheinen angewidert, Inspector. Und zwar nicht zum ersten Mal während meiner Ausführungen.«

Dermot beschloss, ihn endgültig als monströsen Feigling einzuordnen. Wie eine ganze Menge anderer hochrangiger Nazis auch, von denen er gelesen oder die er in der Wochenschau gesehen hatte.

»Sorry, Assistant Commissioner«, sagte Dermot. »Aber es wäre ja wohl Mister Straatmanns Pflicht gewesen, sich an der Verschwörung zu beteiligen! Er hat doch selbst zugegeben, dass er über die Vernichtungslager von Anfang an Bescheid wusste. Nur ein unglaublicher Feigling hätte sich dem verweigern können. Und Sie haben doch selbst anno '19 gegen die Briten gekämpft!«

Dermot war erschrocken über das Schweigen, das sich auf seine Worte hin im Raum ausbreitete. *Jesus*, dachte er, *bin ich zu weit gegangen?*

McGuiness, der Anwalt, warf Dermot einen besorgten Blick zu. Vielleicht war das, was Dermot für Besorgnis hielt, aber auch Überdruss. Bei McGuiness konnte er sich nie wirklich sicher sein.

Broi reagierte endlich auf Dermots Worte. Er hob seine Hände – sämtliche Finger gerade ausgestreckt – und hielt sie für einige Augenblicke so. »Den ersten Mann habe ich mit sechzehn Jahren getötet. Er hieß Owen Jones und war ein Soldat der Highland Fuseliers. Stand Wache vor einer Polizeistation in Galway, als ich ihn erschossen habe. Nach ihm habe ich noch neun weitere Männer getötet. Sehen Sie meine Hände, Inspector? Es hat siebzehneinhalb Jahre gedauert, bis sie aufgehört haben, ständig zu zittern. Nach jedem meiner Kills hat es Tage gedauert, bis ich auch nur eine Tasse Tee so ruhig halten konnte, um sie ohne etwas zu verschütten zum Mund zu führen.«

Das Schweigen, das auf Brois Erklärung folgte, dauerte deutlich länger als das vorangegangene.

»Acht, Eamon. Du hast nur acht getötet. Der neunte und der zehnte gingen auf mich«, erklärte McGuiness gerade, als Dermot glaubte, dass keiner der vier anderen Männer am Tisch je wieder ein Wort sagen würde.

McGuiness hoffte wohl, dass Broi etwas erwiderte. Als das nicht geschah, wandte er sich an Dermot. »Keiner hier wird dir deine Dummheit übel nehmen, Junge. Aber ich denke, wir alle würden es begrüßen, falls du von deinem hohen Ross heruntersteigst und einfach weiter zuhörst. Außerdem könntest du uns eine neue Kanne Tee aufbrühen lassen.«

Dermot, der den Anwalt bisher als seinen Verbündeten in der Runde betrachtet hatte, war entsetzt. Straatmann steckte sich eine Zigarette an und schob ihm die Teekanne zu. »Was Mister McGuiness sagen will, Inspector, ist, dass jeder, der mal vor der Wahl stand, töten zu müssen oder nicht, dabei immer allein war und seine eigene Entscheidung treffen musste. Wenn es um Verrat und Attentate geht gibt es kein Richtig oder Falsch. Da gibt es höchstens Angst oder Hoffnung. Eine Menge guter Männer haben damals auf beiden Seiten ganz allein in einer Welt gestanden, die um sie herum in Scherben zerfiel. Der einzige Strohhalm, der ihnen noch blieb, war der Eid, den sie mal geschworen hatten. Aber mir ging es auch gar nicht um meinen Eid. Sondern darum, dass ich den Verschwörern nicht zutraute, erfolgreich zu sein. Schauen Sie in ein Geschichtsbuch, Inspector! Staatsstreiche erfolgreich durchzuführen ist ein Geschäft für ruchlose Abenteurer. Aber die Verschwörer im deutschen Generalstab waren Idealisten und Romantiker, die sich einbildeten, dass das deutsche Volk ebenfalls aus Idealisten bestünde. Das tat es aber nicht. Was die Deutschen wollten, waren drei Dinge: weiterhin an ihren Führer glauben, neue Siegesmeldungen aus dem Osten und jeden Abend genug zu essen auf dem Tisch.«

McGuiness nickte Carl zu. »Das ist das Problem bei Männern wie diesem Hitler. Sie behaupten, sie hätten für alle Probleme einfache Lösungen. Aber wenn man dann auf sie reinfällt, stellt sich früher oder später jedes Mal heraus, dass ihre angeblich so einfachen Lösungen einen vor verdammt knifflige Probleme stellen.«

Dermot hatte genug von der Überheblichkeit dieser alten Männer. Er stand auf, griff wütend nach der Teekanne und ging hinaus.

In dem kleinen Vorzimmer öffnete er das Fenster und schaute auf die Straße mit den schmalen weiß gekalkten Häusern hinaus. Sie wirkte ebenso langweilig und ein wenig heruntergekommen wie immer. Hierher gehörte er. Das war ein Ort mit einfachen Problemen. Die einfache Lösungen verlangten.

Sergeant McGready schaute aus der Revierstube in das Vorzimmer hinein. »Wie läuft's da drin, Inspector?«.

Dermot wies auf die Teekanne. »Nicht gut. Brühen Sie eine neue Kanne Tee auf!«

McGready griff sich die Kanne und verschwand wieder.

Dermot hoffte, dass McGready sich mit dieser Kanne Tee noch länger Zeit ließ als sonst. Dieses Schwein Straatmann, dachte er, hatte ihn wie einen dummen Schuljungen behandelt mit seinem selbstgefälligen Spruch über verblendete Idealisten. Und dann empfahl er ihm sogar noch einen Blick ins Geschichtsbuch? Er war Ire, verdammt noch mal. Hier wuchs man zwangsläufig mit den Geschichten über fehlgeschlagene Aufstände und tragische Rebellen auf. Die Iren hatten volle siebenhundert Jahre gegen die Briten gekämpft. Sechshundertfünfundneunzig davon hatten sie eine Auseinandersetzung nach der anderen verloren. Und dieser Krautfresser wollte ihm eine Lektion in Geschichte erteilen? Unverschämter Bastard, dachte Dermot. Ganz gleich, wie der Assistant Commissioner oder McGuiness den Fall am Ende beurteilen mochten, Dermot würde jedenfalls empfehlen, Straatmann wegen Mordes anklagen zu lassen.

Perreau, der Franzose, kam herein. In der Revierstube hantierte Sergeant McGready noch mit dem Herd und dem Wassertopf.

»Tut mir leid, dauert noch etwas mit dem Tee«, sagte Dermot über die Schulter hinweg.

Aber Perreau schien nicht in Eile zu sein. Er stellte sich neben ihn an das geöffnete Fenster.

»Ich nehme an, dass Sie wütend sind, Inspector?«, sagte er nach einer Weile in seinem weichen und unsicher lang gezogenen Englisch. »Carl kann manchmal … überheblich … sein. Sehr sogar.«

Dermot schaute zu Perreau hinüber. »Wäre mir niemals aufgefallen.«

»Ja, das dachte ich mir schon«, antwortete Perreau lächelnd. »Aber bevor Sie Ihr Urteil über ihn fällen, hören Sie seine Geschichte bis zu Ende an. Sie ist es wert.«

»Nur weil Sie selbst darin eine Rolle spielen?«

»Nein, weil es eine mit einem offenem Ende ist«, antwortete Perreau. Dann ging er zurück in Dermots Büro.

Dermot war jedoch nicht bereit, Straatmann einfach so vom Haken zu lassen. Dazu erinnerte er sich einfach zu gut an die Bilder und Berichte über den Prozess in Nürnberg und die furchtbaren Grausamkeiten des deutschen Regimes, die dort aufgedeckt worden waren. Straatmann hatte Broi und McGuiness fraglos eingeladen, weil er glaubte, sie auf seine Seite ziehen zu können. Aber das sollte er mal mit den britischen oder amerikanischen Ermittlungsbehörden versuchen, die, soweit Dermot wusste, immer noch nach Kriegsverbrechern fahndeten und entsprechende Listen führten. Er löste sich vom Fenster und rief nach seinem Sergeant. »Du gehst zur Post. Dort schickst du Telegramme an die französische und die amerikanische Botschaft in Dublin, die haben Polizeiattachés, und du bestehst darauf, dass sie noch heute beantwortet werden.«

»Geht in Ordnung, Inspector. Was soll denn drin stehen?«

Dermot griff einen Bleistift und einen Bogen Papier mit dem Dienstsiegel der Polizei und schrieb es ihm auf:

Offizielle Anfrage nach dem Fahndungsstand im Fall Carl von Maug, von 1943 bis 1944 im Range eines Obersturmbannführers der SS, Befehlshaber der Pariser Kriminalpolizei, Frankreich, Paris. Sämtliche Angaben zu besonderen persönlichen Kennzeichen, vermutetem Aufenthaltsort und eventuellem Ermittlungsstand in einem Verfahren wegen Kriegsverbrechen besonders willkommen. Gez. Inspector Dermot Lynch, Garda Ennis, County Clare, Republic of Ireland.

Der Sergeant schluckte einige Mal heftig, sobald er las, was Dermot ihm da aufgeschrieben hatte. »Ist das Ihr Ernst, Inspector? Ich meine, wo doch da drin gerade der Assistant Commissioner sitzt? Könnte der das nicht selbst viel schneller erledigen?«

Dermot drückte ihm den Bogen Papier gegen die Uniformbrust. »Sergeant? Ich werde hier fürs Denken bezahlt. Sie dafür, Befehle auszuführen!«

Der Sergeant nahm das Papier und schob es widerwillig in seine Tasche. »Aber weshalb soll ich denn erst zur Post gehen, Inspector? Wo wir doch hier ein Telefon haben? Und Greg Conroy um die Zeit bestimmt schon einen gezischt hat und im Pub sitzt?«

Dermot atmete einmal genervt ein und aus. »Weil ich es sage, Sergeant! Und falls Greg Conroy besoffen ist und den Telegrafen nicht bedienen kann, dann machen Sie es gefälligst selbst. Und falls der Telegraf kaputt ist, dann rufen Sie von der Post aus eben in Dublin bei den Botschaften an. Ich übernehme sämtliche Kosten!«

Als Dermot einige Minuten danach die Teekanne auf dem

Tisch abstellte, unterbrach er damit eine erregte Diskussion darüber, wie nützlich psychologische Gutachten in einer Mordermittlung waren.

»Neumodischer Humbug!«, sagte Broi gerade. »Einen Mörder ermittelt man damit«, er hob seinen Fuß. »Und damit«, er tippte sich an die Stirn.

McGuiness schüttelte den Kopf. »Ich kann mich noch daran erinnern, wie man damals über Fingerabdrücke geschimpft hat. Und jetzt sieh mal, wie weit wir damit gekommen sind!«

Broi ließ das nicht gelten. »Du hast mich doch so weit gebracht, mal einen von diesen Hexenmeistern zu engagieren, erinnerst du dich? Nichts ist dabei herausgekommen!«, regte sich Broi weiter auf.

McGuiness wischte sich eine Flocke Zigarettenasche vom Ärmel. »Was einmal versagt hat, muss nicht immer versagen. Außerdem hast du ja darauf bestanden, dass es dieser Universitätsprofessor mit dem Tick für den deutschen Psychiater Jung wurde, und nicht Burns' Tochter Nathalie. Die hätte dir sicher helfen können.«

Dermot setzte sich wieder an seine Remington. Perreau schenkte allen, die sich nicht dagegen wehrten, Tee nach. »Das Charakterprofil, das Madame Nathalie angefertigt hat, war korrekt, Messieurs«, erklärte er.

»Sie hat sogar die Farbe seiner Anzüge korrekt vorhergesagt …«, ergänzte Straatmann leise.

Dermot unterbrach seine Arbeit an der Schreibmaschine und schaute misstrauisch zu ihm hinüber. Er glaubte, eine echte Regung auf Straatmanns Gesicht gesehen zu haben. Bisher war dem Deutschen sein bemerkenswertes Pokerface nur zweimal entglitten. Zum ersten Mal, als er darüber sprach, wie er Nathalie Burns kennenlernte. Zum zweiten Mal, während er schilderte, was er hinter diesem furchtbaren Skelettwald in dem Pariser Hospital zu sehen bekommen hatte. Was Straatmann jetzt aber so sehr daran bewegte, dass Nathalie Burns angeblich sogar die Anzugfarbe des Mörders in ihrem Profil exakt vorhergesagt hatte, begriff Dermot nicht.

Aber vielleicht war es auch gar nicht so wichtig, das zu begreifen. Denn wichtig war, dass schließlich immer noch eine Leiche ohne Namen in der Aufbahrungshalle von Ennis lag. Und dass Straatmann derjenige gewesen war, der sie dahin gebracht hatte. Soweit es Dermot betraf, war es höchste Zeit, dass er darüber sprach, wer dieser Tote war und wie er dazu gekommen war, ihn angeblich in seinem Haus anzugreifen …

25

CARL HATTE SICH bisher nur selten in der Pariser Polizeipräfektur Quai des Orfèvres 36 blicken lassen. Gemessen an der »Roten Burg«, dem Polizeipräsidium am Alexanderplatz, war das Gebäude der Pariser Kollegen zwar größer und eindrucksvoller. Aber es war auch unübersichtlicher und in einem schlechteren Zustand. Perreaus Abteilung für Schwerstkriminalität befand sich im dritten Stock. Die Beamten im Gebäude behandelten Carl betont geschäftsmäßig und fast schon herablassend. Und das, obwohl er überzeugt war, dass man ihn hier selbst in dem Zivilanzug erkannte, den er heute Morgen trug.

Seit zwei Tagen versuchten Heiliger und Marie Cassin nun schon ihr Glück an der Gare de l'Est. In ihrer Rolle als Lockvogel für den Mörder hatte sie jedenfalls bisher rundum versagt. Eher hätte sie an dem Bahnhof ihr Glück als Prostituierte machen können, so oft wie irgendwelche Fremde – Deutsche wie Franzosen – sie nach ihrem Preis gefragt hatten.

Positiv war eigentlich derzeit nur zu vermerken, dass Perreau ihm gestern versichert hatte, Madame la Doctoresses Charakterprofil, das Carl aus der Erinnerung rekonstruiert und Perreau diktiert hatte, bei Lelouche angekommen sei, und sie daher davon ausgehen durften, dass man beim Widerstand bald darüber nachdenken würde, sich an der Suche nach dem Mörder zu beteiligen. Obwohl Carl keine große Hoffnungen darauf setzte, dass die Terroristen mitspielten, war er froh darüber, dass er diese Sache wenigstens in die Wege geleitet hatte.

Vorgestern Abend hatten Perreau, Heiliger und Carl beschlossen, dass Marie ihre Bemühungen noch für drei weitere Tage fortsetzen sollte, bevor sie die Aktion abblasen und Marie erneut ihrem Gestapo-Führungsbeamten überstellen würden. Dort galt sie bislang immer noch als vermisst oder untergetaucht. Davon ahnte Marie allerdings nichts. Ebenso wenig wie davon, dass ihre Verwandten bereits am Abend nach ihrer Rekrutierung in einen Transport überstellt und Richtung Reich deportiert worden waren. Immerhin hatte Carl dafür sorgen können, dass man ihre Familie dort in einem Zwischenlager festhielt, bevor man sie weiter in eins der Vernichtungslager im Osten verschickte. Es konnte nicht mehr lange dauern, bis bei der Gestapo die Alarmglocken anschlugen und man dort ahnte, dass mit Marie Cassin etwas nicht stimmte.

Die vier Kriminalbeamten, die sich das große, verqualmte Büro vor Perreaus teilten, nahmen Carls Auftauchen zum Anlass für eine müde Begrüßung und misstrauische Blicke.

Einer von ihnen erklärte, dass man seit letzter Nacht zwar nichts mehr vom »Patron« gehört habe, aber Perreau trotzdem jede Minute zur täglichen Dienstbesprechung erwarte.

Carl bedankte sich und trat in Perreaus Zimmer. Es war größer und prächtiger ausgestattet als jedes vergleichbare Büro in Berlin. Sogar ein kleines Badezimmer gehörte dazu.

Carl steckte sich eine Zigarette an und wartete. Allein in Perreaus Arbeitszimmer musste er seine Nervosität nicht mehr verbergen. Bei den wenigen Gelegenheiten, an denen er zuvor in diesem Raum gewesen war, hatte Carl nie länger als wenige Minuten hier verbracht. Heute Morgen hatte er Gelegenheit, sich das Büro näher anzuschauen. Überrascht stellte er fest, dass jedes der vier Gemälde, die darin hingen, echt war. Eines davon, das Porträt eines schlanken Mannes mit dunklen Haaren und einer betont hellen Haut, musste sogar ein echter Delaques sein. Ein Bild wie dieses hätte man eher in einem Museum erwartet als im Büro eines Kriminalkommissars. Zumal auch die übrigen Bilder – detaillierte Pariser Stadtansichten aus der Mitte des vergangenen Jahrhunderts – durchaus wertvoll waren. Doch Carl war einzig fasziniert von dem Porträt des dunkelhaarigen Mannes. Zusammen mit Jacques-Louis David galt sein Schöpfer Delaques als einer der einflussreichsten französischen Künstler der Revolutionszeit.

»Bonjour, Obersturmbannführer. Dies ist ein Porträt von Louis Marais. Er war einer der Gründer der Pariser Sûreté und der erste Chef der Mordabteilung. Außerdem hatte er die vielleicht eher zweifelhafte Ehre, einer meiner Vorfahren zu sein«, sagte Perreau und schloss dabei die Bürotür hinter sich.

Carl schaute sich über die Schulter hinweg nach ihm um. »Sie sollten sich vor Reichsmarschall Göring in Acht nehmen, Perreau. Der ist ein erklärter Bewunderer von Delaques und könnte auf die Idee kommen, Ihnen das Bild abnehmen zu lassen!«

Perreau zog seinen Mantel aus und warf ihn über einen der Besuchersessel vor seinem Schreibtisch.

»Da er sich schon beide Delaques aus dem Louvre gestohlen hat, besteht wohl Hoffnung, dass er meinen weiterhin übersehen wird.«

Carl drohte dem Kommissar lächelnd mit dem Zeigefinger. »Der Reichsmarschall stiehlt nicht, Perreau. Er kauft. Oder er lässt sich von guten Freunden dazu überreden, bestimmte Leihgaben anzunehmen.«

Monsieur le Commissaire ließ das so im Raum stehen, setzte sich an seinen Schreibtisch und zündete sich eine Zigarette an. »Sie sind heute früh auf den Beinen, Obersturmbannführer. Heiliger wird sich gerade erst mit Mademoiselle zum Bahnhof aufmachen. Weshalb wollen Sie nicht in der Rue Sainte-Anne auf seinen Bericht warten? Muss doch dort viel bequemer für Sie sein.«

Carl setzte sich in einen der Besuchersessel. »Ich bin hier, um Sie zu warnen, Perreau. In ein paar Tagen ist eine Konferenz in Berlin angesetzt, zu der auch Lochmann und Knochen erwartet werden. Dort wird man besprechen, wie weit die Bereinigung der besetzten Gebiete von ihren jüdischen Bevölkerungsteilen schon gediehen ist. Daher ist zu erwarten, dass vorher in der Avenue Foch einige Herren an den Statistiken dazu arbeiten und Alarm schlagen, sobald ihnen auffällt, dass eine ihrer vielversprechenden neuen Judengreiferinnen nicht da ist, wo sie sein sollte. Die Zeit für unsere Mörderfalle läuft ab.«

Bela Ayrol, einer von Perreaus Inspektoren, kam herein. Er wirkte blass und hielt ein Formular für Telefonmitschriften in der Hand. »Patron? Da ist etwas passiert. In einem Gebäude draußen an der Bahnstrecke nach Poissy. Keiner weiß bisher was Genaues. Aber in der Meldung von der Eisenbahn heißt es …«

»Was?«, fuhr Carl ihn an.

»Da sind einige Tote. Die haben angeblich alle keine Köpfe mehr«, antwortete Ayrol und reichte Perreau die Meldung.

Carl war aufgesprungen und griff nach Mantel und Hut.

Perreau warf die Meldung auf seinen Tisch und sah ihn an. »Hier steht, eines der Opfer sei eine blonde Frau Anfang zwanzig ...«

Carl dachte unwillkürlich an Marie Cassin. Er sah Perreau an, dass ihm derselbe Gedanke gekommen sein musste. Doch das konnte nicht sein, beruhigte er sich. Denn Marie Cassin war bei Heiliger und damit in Sicherheit.

»Drei von euch fahren in einem gesonderten Wagen los!«, befahl Perreau seinem Inspektor. »Die Mordausrüstung vorher in meinen Wagen! Ihr trommelt einen Zug der Gendarmerie zusammen. Die sollen das Gebäude weiträumig absperren. Keiner außer mir und dem Obersturmbannführer betritt es! Ein Mann bleibt hier und besetzt die Telefone.«

Bela Ayrol nickte und verschwand.

»Ich frage mich, ob wir Madame dazu holen sollten, Obersturmbannführer.«

Carl hielt das für einen sehr tollkühnen Gedanken. Er wollte eher Heiliger an seiner Seite haben, wenn sie dieses Haus betraten, in dem es wahrscheinlich aussah wie in einer Schlachterei.

»Das kann man ihr wohl kaum zumuten, Perreau. Außerdem würde damit klar werden, dass sie uns geholfen hat.«

»Das weiß inzwischen auch so schon jeder, der es wissen will, Obersturmbannführer. In der Beziehung ist Paris nicht besser als ein Dorf. Und dass man ihr den Anblick nicht zumuten sollte, ist kein Argument, das Madame zulassen würde. Ich fürchte eher, dass sie es uns nie verzeihen würde, falls wir ihn ihr vorenthalten.«

Angesichts von Madame la Doctoresses abwegigen Forschungsdisziplinen konnte es durchaus sein, dass sie Interesse daran hätte, einen solchen Fundort mit eigenen Augen sehen zu wollen. Was trotzdem kein zwingender Grund dafür sein musste, es ihr auch zu gestatten.

»Und Ihre Ritterlichkeit in allen Ehren, Obersturmbannführer. Aber ich habe hier einen Mörder zu fassen, und da nehme ich jede Hilfe an, die ich bekommen kann!«, verkündete Perreau.

»Es ist viel wichtiger, Heiliger anzurufen, finden Sie nicht, Perreau?«

Monsieur le Commissaire nickte und wählte die Nummer von Heiligers Quartier. Nur meldete sich da keiner. »Muss schon unterwegs zum Bahnhof sein. Ich schicke jemanden hin, um ihm Bescheid zu geben«, erklärte er.

Gleich darauf wählte er eine zweite Nummer, von der Carl annahm, dass es sich dabei um die der irischen Botschaft in Madames Haus handelte. Bemerkenswert, dachte er, dass Monsieur le Commissaire sie im Kopf hatte.

Doch auch hier hatte Perreau kein Glück. Also wählte er eine zweite, längere Nummer. Jetzt hob endlich jemand ab. Doch Perreau sprach nur kurz, bevor er wieder auflegte. Und mit wem auch immer er da gesprochen hatte, es musste ein Bediensteter gewesen sein, dem er ausrichtete, Madame auf ihr Kommen vorzubereiten.

»Gehen wir, Obersturmbannführer«, sagte Perreau und schob dabei seinen Hut zurecht.

»Mir ist trotzdem nicht wohl dabei, dass Sie Madame dazu holen wollen, Perreau«, verkündete Carl.

»Glauben Sie mir, Obersturmbannführer, Madame hat Dinge gesehen, vor denen sogar mir grausen würde. Ihr Seelenheil ist da draußen in Poissy wahrscheinlich in deutlich geringerer Gefahr als das eines gewissen SS-Offiziers, dessen

Erfahrungen mit Mordfällen nach allem, was man hört, ziemlich eingeschränkt sind.«

Obwohl ihn Perreaus Frechheit kränkte, wollte Carl sich ausgerechnet ihm gegenüber nicht die Blöße geben, seine Kränkung auch nur indirekt einzugestehen.

Zwanzig Minuten später hielt Perreau zu Carls Überraschung vor Picassos Haus in der Rue des Grands Augustins. »Hier kommt sie immer hin, falls sie sich vor irgendetwas fürchtet«, erklärte er knapp und stieg aus, um zu klingeln.

Dann hatte Perreau nicht nur Madames Nummer im Kopf sondern sogar die Picassos, dachte Carl überrascht und ein wenig neidisch.

Madame musste bereits gewartet haben, denn es dauerte kaum eine Minute, bis sie auf die Straße hinaustrat. Sie trug ihren schwarzen Ledermantel und grobe Arbeiterschuhe, die voller winziger Farbspritzer waren. Außerdem waren Reste von fettiger weißer und blauer Schminke um ihre Augen und an ihren Wangenknochen zu sehen. Sie musste sich wohl in aller Eile das Gesicht abgewischt haben, dachte Carl. Madame la Doctoresse hatte ihren Schwanenkopfstock und eine ziemlich große Tasche dabei, die er an ihr zuvor noch nie gesehen hatte.

»Bonjour, Obersturmbannführer. Gratulation! In einem Anzug sehen selbst Sie ja fast wie ein gewöhnlicher Mensch aus. Sollten Sie öfter tragen!«, begrüßte sie ihn.

»Auch Ihnen einen guten Morgen, Madame«, antwortete Carl einsilbig.

Sie stieg in den Wagen und rutschte auf den Rücksitz.

Carl schaute ihr gebannt dabei zu. Es waren noch nicht einmal zwei Minuten vergangen, und schon brachte sie ihn völlig durcheinander. Das musste aufhören, dachte er, schloss die Tür und setzte sich neben Perreau auf den Beifahrersitz.

»Könnte sein, dass es nur ein erweiterter Selbstmord ist«, sagte Monsieur le Commissaire. »Dann haben wir dich umsonst von der Probe weggeholt. Aber auch möglich, dass es ein neues Werk des Mörders ist. Dann fällt dir vielleicht etwas ein, worauf Monsieur und ich von allein nicht gekommen wären ...«

Madame la Doctoresse raffte ihren Mantel zusammen und machte es sich auf dem Rücksitz bequem. »Was Monsieur betrifft, kann ich mir das ja durchaus vorstellen, Bruno. Aber ein alter Hase wie du? Unwahrscheinlich, dass mir etwas auffallen sollte, was du nicht auch gesehen hättest. Trotzdem danke für die Einladung. Ich bin ganz froh, da einmal herauszukommen. Albert und Françoise können ziemlich anstrengend werden, wenn sie um die Aufmerksamkeit des Meisters buhlen.«

Carl fragte sich unwillkürlich, wer Albert und diese Françoise waren? Er wagte es nicht, Madame danach zu fragen. *Vielleicht hätte ich doch wieder trinken sollen*, dachte er. *Betrunken ließe ich mich von ihr nicht halb so sehr einschüchtern.*

»Sie schauen so verblüfft, Obersturmbannführer? Picasso hat ein Theaterstück verfasst, das er mit ein paar Freunden jetzt inszenieren lässt.«

Aha, dachte Carl, nicht rundum zufriedengestellt.

Als Perreau später in einer der Vorstädte vor einem der allgegenwärtigen Kontrollposten anhielt, sah Carl zwei Arbeiter, die im Korb ihres Lastenfahrrads Eimer, Bürsten und riesige Papierrollen transportierten. Sie hielten an einer Litfaßsäule und bürsteten Leim über das Filmplakat von Cocteaus *L'Éternel retour*. Dann überklebten sie es mit einer auf rotem Grund gedruckten Bekanntmachung über eine Geiselerschießung von zehn jüdischen und acht französischen Zivilisten in Nanterre. Die Vergeltung für einen Terroranschlag auf eine Bahnstrecke, über die man junge französische Facharbeiter für den SOT, den Pflichtarbeitsdienst, als Fremdarbeiter ins Reichsgebiet transportierte. Der SOT war bei der französischen Bevölkerung zutiefst verhasst, und die Widerstandsgruppen bemühten sich, ihn zu stören, wo es nur ging.

Der Anblick der Bekanntmachung drückte die bereits angespannte Stimmung im Wagen nur noch mehr nieder.

Hoffen wir nur, dass das kein schlechtes Omen war, dachte Carl.

»Sie wissen, dass niemand mehr unsere Ermittlungen ignorieren kann, falls sich herausstellen sollte, dass diese Leute wirklich von dem Mörder umgebracht worden sind?«, bemerkte Perreau.

»Ob das wirklich ein Segen ist, muss sich erst noch zeigen«, antwortete Carl einsilbig und schaute weiter aus dem Fenster. Die flache, trostlose Landschaft war die passende äußere Entsprechung seiner Stimmung, fand er. Abgeerntete, schwarzgraue Felder, unterbrochen von einigen laublosen Pappeln und alten Weiden. Nur ab und zu ein kleiner Hof oder Weiler, der von der Anwesenheit und Lebensmühe von Menschen zeugte. Dazu ein bleigrauer Himmel voller dichter, niedrig hängender Wolken, vor dem hin und wieder ein einsamer Telefonmast oder eine Oberleitung auftauchte.

»Ich erinnere mich an den Ort!«, sagte Perreau. »Da war früher mal eine Großwäscherei …«

Carl fragte sich, wer auf die verrückte Idee gekommen war, hier draußen ausgerechnet eine Wäscherei zu errichten.

Bei ihrem Ziel handelte es sich um ein allein stehendes Fabrikgebäude aus Backstein, dessen Schornstein schon von Weitem zu sehen gewesen war. Ein schmaler verschlammter Feldweg zweigte von der Landstraße ab und führte an einem kahlen Feldrain entlang darauf zu. Der Feldweg schien früher mal eine Eisenbahnverbindung hierher gewesen zu sein, die von der Hauptstrecke einige Hundert Meter entfernt abzweigte. Denn tief im Schlamm des Feldweges lagen noch hin und wieder Schwellen.

Etwa auf der Mitte des Weges hatte sich ein schwarzer Viereinhalbliter-Maybach im zähen Schlamm festgefahren und blockierte den schmalen Weg.

Es gab nicht viele Maybachs in Frankreich. Einen davon hatte Carl vor dem Gestapo-Hauptquartier in der Avenue Foch gesehen.

»Merde! Quel crétin!«, fluchte Perreau, der offenbar einfach nur wütend darüber war, dass der riesige Luxuswagen den Feldweg blockierte.

»Das ist ein Maybach, oder? Mit der großen Maschine?«, sagte Madame la Doctoresse erstaunt und reckte ihren Hals an Carl vorbei, um den Wagen vom Rücksitz aus sehen zu können.

Ein SD-Hauptscharführer lehnte an der schier unendlichen Motorhaube der Limousine und rauchte eine Zigarette, aber löste sich von ihr, sobald der BMW anhielt. Er legte die linke Hand an das Koppel und streckte ihnen die rechte Handfläche entgegen. »Anhalten! Papiere! Hier ist Durchfahrt verboten!«, sagte er.

Für einen schlichten Mord oder erweiterten Suizid hätte sich keiner von denen die Mühe gemacht, persönlich hier herauszufahren. Dies deutete darauf hin, dass sie es tatsächlich mit keinem gewöhnlichen Verbrechen zu tun hatten.

Carl stieg aus und ging auf den Hauptscharführer zu. »Obersturmbannführer Carl von Maug. Machen Se mal Meldung, Mann!«

Der Hauptscharführer wirkte nicht halb so überrascht, dass ihm hier am Arsch der Welt ein Obersturmbannführer in Zivil entgegenkam, wie er es eigentlich hätte sein sollen. Was Carl nicht als sonderlich gutes Zeichen wertete.

»Melde: Zufahrt zum Gebäude gesperrt, Obersturmbannführer!«

Carl sah bei dem Fabrikgebäude einige Zivilfahrzeuge. Offenbar sowohl deutsche als auch französische. Außerdem standen dort Männer in Zivil sowie einige SS-Schützen. Auch jenen Zug Gendarmen, den Perreau vorhin in seinem Büro angefordert hatte, konnte er ausmachen. Es schien, als sperrten die SS-Männer den Zugang zu dem Gebäude ab und die Gendarmen diskutierten mit ihnen. Verdammt, dachte Carl, dann hatten sie es vielleicht wirklich mit einem neuen Werk des Mörders zu tun. Lochmanns Gestapo-Männer waren ihnen zuvorgekommen und versuchten wohl, was auch immer sich in dieser alten Fabrik befand, vor ihnen verborgen zu halten.

»Weg freimachen!«, befahl Carl.

»Bei allem Respekt, Obersturmbannführer, aber Befehl ist Befehl!«, antwortete der Hauptscharführer.

Carl nickte, zuckte mit den Achseln und wandte sich ab. Allerdings nur, um Perreau durch die Frontscheibe des BMW einen Blick zuzuwerfen, seine Waffe aus dem Schulterholster zu ziehen und sich dann – beinah noch in derselben Bewegung – wieder zu dem Hauptscharführer umzudrehen und die Waffe auf dessen Kopf zu richten. Der SS-Mann war von Carls Aktion völlig überrumpelt und hob seine Hände.

»Perreau? Entwaffnen und fesseln Sie den Mann!«, befahl Carl.

Monsieur le Commissaire kam dem Befehl nur zögernd nach. Er nahm dem Mann die Dienstwaffe ab und fesselte ihn dann ans Steuer des Maybach.

Carl warf einen Blick zu ihm ins Wageninnere. »Keine Sorge, Hauptscharführer, ich rede mit Ihrem Vorgesetzten. Er wird Ihnen das sicher nicht nachtragen«, versicherte ihm Carl.

Der Hauptscharführer wirkte davon allerdings ganz und gar nicht überzeugt. Doch bevor er sich dazu äußern konnte, stieg auch Madame la Doctoresse aus Carls BMW. Der Hauptscharführer hatte sie hinter Perreau auf dem Rücksitz bisher wohl übersehen, denn er wandte sich erschrocken an Carl. »Sie können das einer Frau nicht zumuten, Obersturmbannführer! Sie haben ja keine Ahnung, was Sie da in der Fabrik erwartet! Das ist ein einziges Schlachthaus!«, sagte er.

Carl und Perreau tauschten einen langen Blick aus. Das war dann wohl die Bestätigung dafür, dass sie es wirklich mit dem Mörder zu tun hatten, dachte Carl.

Madame la Doctoresse jedoch schaute den Hauptscharführer etwas mitleidig an und schüttelte den Kopf. »Manchmal wünsche ich mir, Männer würden einfach mal bei einer Geburt zuschauen, damit sie eine Ahnung davon bekommen, was man einer Frau an Angst, Schrecken und Schmerz wirklich zumuten darf«, sagte sie, ging an dem Maybach vorbei und lief als Erste von ihnen auf das unter dem grauen

Himmel bedrohlich wirkende Fabrikgebäude zu. Wobei sie ihren Stock bedächtig zwischen die Schlammfurchen setzte.

Die ehemalige Fabrik bestand aus einigen großen Hallen, einem Heizhaus mit dem Schornstein und einem gepflasterten Hof mit einer Laderampe, in dem man wohl angeliefert und abgeholt hatte.

In dem Hof standen ein Lkw und eine Mercedes-Limousine, die beide ziemlich schmutzig waren.

Sechs SS-Schützen sperrten mit quer vor den Oberkörper hängenden MP-40-Maschinenpistolen den Zugang zum Hof ab, und drei weitere blockierten den Eingang zum Hauptgebäude.

Perreaus Kripobeamte standen vor dem Hauptgebäude um ihre beiden Citroëns herum und rauchten Zigaretten. In einer zweiten Gruppe drängten sich zehn Gendarmen um ihre beiden Renault-Dienstfahrzeuge und beäugten die SS-Männer sogar noch zorniger als Perreaus Pariser Kripos.

»Das sieht nicht gut aus, Obersturmbannführer«, bemerkte Perreau.

»Abwarten«, entgegnete Carl.

Perreaus Männer, Bela Ayrol voran, traten zu ihnen und erklärten, dass die SS-Männer bereits vor ihnen hier gewesen seien, ihnen den Zugang zum Gebäude verwehrt hatten und dass vor etwa einer halben Stunde vier Gestapo-Männer und ein kleinerer Glatzkopf in Zivil in die alte Wäscherei gegangen und seither nicht wieder herausgekommen waren.

Madame la Doctoresse steckte sich eine Zigarette an und schaute fasziniert auf die schweigenden SS-Posten.

»Hat keiner von denen etwas darüber gesagt, was da drin ist?«, fragte Perreau bei Ayrol nach.

»Nein, Monsieur le Commissaire«, erklärte Ayrol. »Sie haben allerdings auch nicht erlaubt, dass wir uns wieder zurückziehen. Sondern bestehen darauf, dass wir hier warten«,

Perreau tauschte einen Blick mit Carl und zuckte mit den Achseln. »Ich kann meinen Männern schlecht befehlen, sich mit der SS eine Schießerei zu liefern, um da hereinzukommen«, erklärte er leise, aber wütend.

»Müssen Sie auch nicht! Sie kommen mit mir! Alle anderen bleiben, wo sie sind. Ich habe die Schnauze gestrichen voll von diesem Spiel!«, versicherte ihm Carl und ging zusammen mit Perreau auf die SS-Posten zu.

»Sie haben doch wohl nicht erwartet, dass ich meine Probe bei Picasso unterbreche, mir meinen neuen Mantel dreckig mache und dann einfach mit allen anderen hier abwarte, Obersturmbannführer«, sagte Madame und schloss sich ihnen stockschwingend an.

»Na, immerhin«, bemerkte Perreau. »Auf Frauen schießt es sich nicht so leicht wie auf Männer.«

Carl fand seine Bemerkung unangebracht, aber hinderte Madame nicht daran, sich ihnen anzuschließen.

Die SS-Schützen wirkten nervös, als sie Carls kleine Gruppe auf sich zukommen sahen.

»Obersturmbannführer Carl von Maug!«, stellte Carl sich zackig vor. »Das sind Kriminalkommissar Perreau von der Pariser Mordabteilung und Stabsärztin Dr. Burns.«

Madame, der bisher nicht bewusst gewesen sein konnte, dass sie den Rang einer deutschen Stabsärztin bekleiden sollte, machte dennoch gute Miene und lächelte die beiden SS-Schützen am Eingang freundlich an.

»Ich müsste Ihre Papiere sehen, Obersturmbannführer«, antwortete einer der SS-Schützen.

Carl händigte ihm seinen Dienstausweis aus. Er warf einen Blick hinein und nahm Haltung an.

»Man erwartet Sie bereits, Obersturmbannführer. Allerdings nur Sie!«, meldete der SS-Schütze.

»Dann steht denen da drin eine angenehme Überraschung bevor, sobald sie mich neben dem Obersturmbannführer sehen«, sagte Madame lächelnd und hakte sich bei Carl unter.

»Ich …«, entgegnete der SS-Schütze überfordert.

»Halt am besten den Mund!«, entgegnete Carl und trat zusammen mit Madame und Perreau an ihm vorbei durch die offene Tür.

»Ach«, sagte Perreau und wandte sich noch einmal zu dem Schützen um. »Einer Ihrer Kameraden ist ein bisschen in der Klemme da drüben bei dem Maybach. Falls Sie einen Mann entbehren können, der ihm da heraushilft, dann sollte er besser einen Handschellenschlüssel dabeihaben.«

Madame kicherte noch, während sie eng an Carl geschmiegt ins dunkle, muffig riechende Innere der ehemaligen Wäscherei eintrat. Gerade als sie so weit ins Innere vorgedrungen waren, dass die geöffnete Tür hinter ihnen nur noch ein grauer Fleck in Filmplakatgröße war, erhellte plötzlich eine Reihe von grellen Blitzen die Dunkelheit.

Carl fuhr erschrocken zusammen. Gleich darauf schämte er sich dafür, denn Madame la Doctoresse an seiner Seite musste es registriert haben.

»Und ausgerechnet Sie hatten Angst um mein Seelenheil, Obersturmbannführer?«, flüsterte sie.

Die grellen Lichtblitze verebbten.

Die drei waren erneut in Dunkelheit getaucht.

Perreau blieb stehen und lauschte.

»Da links sind Stimmen zu hören«, sagte er und klickte sein Dupont-Feuerzeug an. Vor ihnen tauchte aus dem Schatten das verblasste Bild eines fröhlich lächelnden Dienstmädchens auf, das einen Korb gelegter und sortierter Wäsche vor sich her trug.

26

Etwa in der Mitte einer hohen weitläufigen Halle waren fünf große Karbidstrahler, wie sie die Luftwaffe und die Straßenmeistereien benutzten, in einem lockeren Kreis aufgestellt. Ihre kräftigen Strahlen waren gegen die Decke gerichtet, sodass Carl zunächst den Eindruck eines Lichtdoms hatte, wie man ihn von den Parteiaufmärschen in Nürnberg kannte. Dies verlieh der Szene etwas zutiefst Surreales. Es war von hier aus dennoch nicht genau auszumachen, wie viele Männer sich dort zwischen den Lichtsäulen bewegten. Doch da war mitten in der gefliesten hohen Halle ein stabiler Esstisch aufgestellt, der offensichtlich das Zentrum der Aktion hier darstellte. Man hatte ihn mit einer hellblauen Tischdecke und einfachem weißen Porzellangeschirr gedeckt.

Carl, Perreau und Madame traten zögernd näher.

Auf den vier Stühlen, die sich um den Tisch gruppierten, saßen eine Frau, zwei Kinder und ein Mann. Aus ihren Schultern ragten blutige Halsstümpfe.

Wie Mahlzeiten waren drei Köpfe auf den Tellern vor den Leichen angerichtet worden. Der des Mädchens lag auf dem Teller des Mannes, der Kopf der Frau auf dem Teller vor der Leiche des Jungen, dessen Kopf wiederum auf dem Teller vor derjenigen des Mädchens drapiert worden war.

Der Kopf des Mannes befand sich in einem von Blut durchtränkten Einkaufsnetz, das an einem dünnen Strick über der Mitte des Esstisches von der Decke der Halle herabhing.

Auf den letzten Stufen einer Klappleiter, die drei oder vier Meter von dem Tisch entfernt aufgestellt war, machte sich ein Mann in Zivil gerade an einer Kamera zu schaffen. Offensichtlich wollte er von dem Tisch und den Leichen ein weiteres Bild schießen.

»Holy gobshite«, flüsterte Madame, sobald sie den Anblick erfasst hatte. Unwillkürlich drängte sie sich dabei näher an Carl heran.

Perreau wirkte völlig gefangen von dem schrecklichen Bild, unfähig, ein Wort hervorzubringen.

Vier weitere Männer in Anzügen und Hüten gingen am Tisch ihren Aufgaben nach, zwei füllten Notizbücher, ein dritter kniete am Boden, einige Schritte von der Leiche des Mädchens entfernt, und betrachtete dort irgendetwas intensiv.

»Wie um Gottes willen soll ein einziger Mann diese vier Leichen hierher gebracht und an den Tisch gesetzt haben?«, fragte Madame la Doctoresse flüsternd.

Da er den Anblick der Toten an dem Tisch nicht länger ertragen konnte, schaute Carl sich in der Halle um. Hier mussten einst die Wannen, Schleudern und Wäschepressen gestanden haben.

Dann bewegte ein Luftzug oder einfach auch nur der in sich verdrehte Strick den Kopf im Netz. Und so sah Carl zum ersten Mal das Gesicht des toten Mannes.

Von Angst überwältigt, rannte er blindlings darauf zu, obwohl er sich zugleich unfähig fühlte, zu verarbeiten, was er sah. Wenige Meter vor dem Tisch mit den Leichen blieb er plötzlich stehen, schaute nach oben und starrte den Kopf im Netz atemlos an. Plötzlich wandte er sich um und schaute zu Perreau zurück. »Bruno, wie kann das sein? Weshalb Otto?«, rief er.

Perreau steckte sich eine Zigarette an, aber rührte sich nicht von der Stelle. Madame la Doctoresse schlug die Hand vors Gesicht und setzte sich schließlich ebenfalls in Bewegung, um Carl zu folgen. Er hörte das Tack-tack-tack, immer wenn sie ihren Stock auf die Fliesen setzte.

Perreau jedoch blieb weiter einige Schritte vom Halleneingang entfernt stehen und rauchte seine Zigarette zu Ende. Doch er tat es hastig. Und er tat es mit zusammengekniffenen Augen und zitternden Händen.

27

Carl stand vor dem Tisch mit den Leichen und hielt sich ein Taschentuch vors Gesicht. Er hatte die letzten Meter bis hierher wie unter einem Bann zurückgelegt und wunderte sich, dass er überhaupt noch fähig war irgendeinen klaren Gedanken fassen zu können.

Der Gestank, den die Leichen absonderten, war furchtbar. Sie mussten auch schon seit vielen Stunden tot sein. Denn auf dem Dekolleté der Frau war bereits schimmerndes Leichenwachs zu erkennen, und sämtliche Halsstümpfe waren voller dunkel geronnenem Blut.

»Das müssen Sie mit Kriminaldirektor Lochmann besprechen«, sagte der Gestapo-Beamte zu Perreau, der gleich neben Carl stand und gerade fassungslos den Jungen anstarrte, aus dessen Hals eine Handvoll Würmer auf das weiß schimmernde Porzellan des Tellers fielen. Dort tummelten sich bereits Dutzende weitere.

»Wo ist der Kriminaldirektor?«, fragte Carl unter seinem Taschentuch hervor.

»Das kann ich Ihnen nicht sagen, Obersturmbannführer.«

»Da draußen steht sein Maybach! Hören Sie auf, mich für dumm zu verkaufen, Mann!«

Der Beamte zuckte mit den Achseln. »Das ist unser Mordwagen, Obersturmbannführer. Den benutzen wir immer, wenn wir zu einem Tatort gerufen werden. Der Kriminaldirektor fährt mit dem Maybach nur zu gesellschaftlichen Anlässen. Sonst benutzen wir den …«

Als ob die verdammte Gestapo-Brut in Paris je zuvor Verwendung für einen Mordwagen gehabt hätte, dachte Carl wütend. Eher schon für einen, mit dem sie ihre Opfer zu dem Krematorium in Bercy transportieren konnte.

»Meine Beamten bekommen uneingeschränkten Zugang zu den Leichen und dem Gebäude. Das ist ein Befehl!«, verkündete Carl.

Der Gestapo-Mann wirkte verunsichert, aber noch längst nicht geschlagen. Er schüttelte den Kopf und wollte wohl zu einem Widerspruch ansetzen, als Perreau ihn beiseiteschob, vorsichtig auf den Tisch stieg, sich dort unter dem Netz mit Otto Heiligers Kopf auf die Zehenspitzen stellte und es mit seinem Taschenmesser von dem Seil abschnitt, an dem es hing. Dabei achtete er sorgsam darauf, keinem der Teller oder kopflosen Leiber zu nahe zu kommen. Perreaus Gesicht wirkte in dem Licht der Karbonstrahler geisterhaft bleich. Sobald er Heiligers Kopf in den Händen hielt, fielen aus diesem zahllose Maden. Sie hatten Augen, Mundhöhle, Halsstumpf und sogar Ottos Ohren bevölkert. Und es mussten Hunderte von ihnen sein.

Perreau schwankte und er riss seine Augen vor Panik und Ekel auf, sobald er einige der kleinen wimmelnden Tierchen über seine Schultern und den Jackettaufschlag kriechen sah.

Die Aktion des Franzosen hatte die Gestapo-Männer kalt erwischt. Keiner hatte rasch genug reagiert, um Perreau aufhalten zu können. Doch jetzt zog einer von ihnen seine Dienstwaffe und richtete sie auf Monsieur le Commissaire. »Das Schwein versaut uns doch den Tatort!«, rief er. »Runter da, du Arschloch!«

Doch Perreau war offenbar so sehr von seinem Ekel übermannt, dass er sich nicht rühren konnte.

Carl hatte Angst. Sie hielt seinen Abscheu über diese monströse Inszenierung im Zaum. Und hinderte ihn paradoxerweise daran, sich die Seele aus dem Leib zu kotzen. Alles, wozu er sich gerade noch fähig fühlte, war, Perreau gebannt anzustarren, wie er da leise schwankend mit Otto Heiligers Kopf in den Händen auf dem Tisch zwischen kopflosen Leibern und wie zum Familienessen auf Tellern drapierten Kinderköpfen stand.

Madame la Doctoresse trat sehr langsam auf den Beamten mit der Pistole zu, legte ihm sanft die Hand auf den Arm und schaute ihn an. Er schien von ihrer Berührung mindestens so verunsichert wie davon, dass es überhaupt ein lebendes weibliches Wesen in dieses surreale Schlachthaus verschlagen hatte. »Ich bin Stabsärztin Burns und arbeite für den Obersturmbannführer«, sagte sie. »Der Mann auf dem Tisch ist Commissaire Bruno Perreau von der Pariser Kripo. Er hat einen Schock. Bedrohen Sie ihn mit Ihrer Waffe, so lange Sie wollen, aber Monsieur ist in seinem Zustand unfähig, darauf zu reagieren.« Sie legte ihre freie Hand auf die Pistole des Gestapo-Beamten und drückte sie vorsichtig herab. »Also schlage ich vor, dass wir Monsieur einfach dort herunterhelfen und ich ihn behandle.«

Carl registrierte, dass Madame la Doctoresse nicht nur so geistesgegenwärtig gewesen war, Perreaus Schock zu registrieren, sondern auch die Lüge aufrechterhielt, sie sei deutsche Stabsärztin.

»Tu, was sie sagt!«, befahl der Gestapo-Mann neben Carl seinem Kameraden, der daraufhin gekränkt die Waffe endgültig sinken ließ und wieder ins Holster zurückschob.

»Helfen Sie mir, Carl!«, sagte Madame und schob sich vorsichtig in den Raum zwischen den Stühlen mit den Leibern der Frau und des Jungen. Dann streckte sie über die von Maden und trägen grün schimmernden Fliegen bevölkerten Halsstümpfe hinweg ihre Hände nach Perreau aus. Der weiter steif und bleich mitten auf dem Tisch verharrte.

»Es ist alles gut, Bruno. Gib mir das, ja?«, flüsterte sie. »Ich nehme dir das Netz ab.«

Carl hatte es irgendwie fertiggebracht, sich neben sie zu begeben. Als Perreau dann schließlich reagierte und ihr wirklich das Netz reichte, war er sogar in der Lage, es ihr abzunehmen. *O Gott*, dachte er, während Perreau mit seltsam mechanisch steifen Bewegungen von dem Tisch herunterstieg, *halte ich tatsächlich Ottos Kopf in den Händen? Seinen KOPF?*

Perreau stand jetzt zwei Schritte von dem Tisch entfernt, hob seine Hände und sah sie an, als würde ihm gerade in diesem Augenblick bewusst, dass es wirklich seine Hände waren.

Einige der trägen grünlichen Fliegen lösten sich von den Leichen am Tisch und begannen Carl zu umschwirren. Maden fielen von Heiligers Kopf herab zu Boden, wo sie von irgendeinem Instinkt geleitet aufeinander zukrochen und kleine, wimmelnde Häufchen bildeten.

Perreau brach in hektische Bewegung aus. Er warf sein Jackett und die Weste von sich und begann dann panisch mit den Händen durch sein Haar zu fahren. Einige wimmelnde Maden fielen daraus zu Boden.

Madame la Doctoresse sah ihm einige Zeit ebenso fasziniert und verblüfft zu wie alle anderen in der Fabrikhalle. Dann legte sie ihre Arme um Monsieur le Commissare, blickte ihn an und sagte leise: »Schon gut, Bruno. Wird ja alles wieder gut …«

Carl begriff endlich, dass er immer noch Heiligers von Ungeziefer wimmelnden Kopf in seinen Händen hielt. Er hatte keine Ahnung, was er damit anstellen sollte. Der Gestapo-Mann neben ihm trat auf einen der wimmelnden Madenhaufen und zerquetsche die Tiere mit seinem auf Hochglanz polierten Schuh. Dann schaute er zu Perreau und Madame la Doctoresse hinüber. »Scheiß Amateure«, flüsterte er.

28

»Moment mal! Stopp!«, sagte Assistant Commissioner Broi und schob dabei seine Teetasse von sich weg, als wolle er seine Anweisung damit unterstreichen. Er sah Straatmann in die Augen. »Da gibt es ein paar Dinge in Ihrer Story, die ich nicht begreife.«

Straatmann nickte dem Commissioner zu. »Dann nur zu, fragen Sie!«

»Ich bin nicht erst seit gestern in dem Geschäft und hatte mehr als genug Mordfälle zu bearbeiten. Aber Ihr Killer muss doch fast ein Übermensch gewesen sein, wenn er ganz allein diese vier Leichen in die Fabrik transportiert und dann dort an diesem Tisch arrangiert hat. Und wie war das mit diesem anderen Familienporträt? Wo sind diese Leichen eigentlich gefunden worden und von wem? Von Ihnen, Perreau? Und davon soll keiner Ihrer Männer etwas mitbekommen haben? Das fällt mir aber schwer zu glauben, Gentlemen!«

Dermot nahm die Finger von der Tastatur der Remington und schaute ebenfalls zu Straatmann herüber. Froh darüber, dass der Assistant Commissioner wenigstens einige der Fragen angesprochen hatte, die auch ihm durch den Kopf gingen.

Straatmann setzte zu einer Erklärung an, doch Perreau gab ihm mit einer Geste zu verstehen, dass er Brois Fragen beantworten wolle. Straatmann fand sich widerspruchslos damit ab.

»Die ersten Gliedmaßen habe ich auf Parkplätzen und in Hinterhöfen gefunden. Dass sie alle Teil jenes ersten Arrangements waren, wurde mir erst einige Tage nach dem Fund des letzten Beins klar. Sie erinnern sich, was Carl dazu berichtete? Vier Beine von Erwachsenen, einer Frau und drei Männern, die so abgelegt worden waren, dass sie ein Hakenkreuz ergaben, dessen Mittelpunkt das Vélodrome d'Hiver darstellte? Damals hielt das keiner außer mir selbst für relevant. Allgemein ging man davon aus, dass es sich um den bizarren Ulk von Medizinstudenten handelte, die damit ihre Abscheu vor den Judenrazzien ausdrücken wollten. Meine Vorgesetzten und ich waren deswegen nicht erpicht darauf, die Sache an die große Glocke zu hängen. Ich war mir damals auch noch nicht ganz klar darüber, was ich wirklich davon halten sollte. Das zweite Zeichen des Mörders machte mir allerdings sehr eindringlich klar, womit ich es wirklich zu tun hatte. Denn seine bizarre Schwarze Sonne hatte er aus den abgetrennten Gliedern und Organen von acht verschiedenen Menschen arrangiert, die laut Obduktionsbericht nicht sehr viel länger als vierundzwanzig Stunden tot gewesen sein konnten. Diese neue Inszenierung befand sich in einem Haus, dessen Dach und hintere Fassade bei einem Bombenangriff der Luftwaffe im Juni 1940 schwer beschädigt und danach zum Abriss freigegeben worden war. Es befand sich am Rande der Citroën-Werke in Saint-Ouen, die das Ziel der Angriffe gewesen waren. Es war zusammen mit vier anderen in der Straße getroffen worden. Die Straße war seither abgesperrt und jedes der Häuser bereits über ein Jahr zuvor geräumt worden. Einem Arbeiter, der in der Gegend wohnte, fiel eine Katze auf, die hinter der Absperrung gerade etwas fraß, was er für ein menschliches Herz hielt. Er rief die

Gendarmerie, die wiederum meine Abteilung informierte. Der Arbeiter hatte als Sanitäter im ersten Weltkrieg gedient und war sich daher sicher, was er da gesehen hatte. Bevor er die Gendarmerie informierte, verscheuchte er die Katze und sicherte das Herz, so gut er konnte. Inspecteur Bela Ayrol und ich durchsuchten das Haus, vor dem der Mann die Katze gesehen und das Herz gefunden hatte. In einer Wohnung im Erdgeschoss fanden wir dann das, was der Mörder angerichtet hatte. Zwölf Arme, die angeknickt und abgewinkelt jenes Symbol der Schwarzen Sonne ergaben, in ihrem Zentrum eine Brust, und um sie herum ein etwa zweieinhalb Meter langer Teil eines Dickdarms.

Ayrol war davon ebenso geschockt wie ich. Doch im Gegensatz zu mir erkannte er nicht sofort die symbolische Tragweite des Arrangements. Wir waren überzeugt, dass wir es mit Morden zu tun hatten und dass diese Morde womöglich mit jener Hakenkreuz-Inszenierung einige Wochen zuvor im Zusammenhang stehen mussten. Das brachte uns allerdings in eine politisch ziemlich heikle Lage. Womit hatten wir es hier wirklich zu tun? Mit einem grotesken Mörder? Einem Akt der Résistance? Und wer waren die Menschen, deren Gliedmaßen zu diesem furchtbaren Tableau angerichtet worden waren? Für wen war es gedacht? Ayrol fand Spuren von Armeestiefeln im Treppenhaus. Außerdem einige Zigarettenkippen der deutschen Marke Juno.

Handelte es sich bei dem Mann, der diese Scheußlichkeit verbrochen hatte, also vielleicht um einen Deutschen? Dann wäre die Gestapo für die Ermittlungen zuständig gewesen, und nicht wir. Ayrol und ich waren uns einig darüber, dass uns dies in eine gefährliche Lage bringen konnte, und beschlossen so gut es möglich war, den Tatort zu sichern, Zeugen zu befragen und dabei offiziell zu behaupten, es handle sich um ein gewöhnliches Verbrechen unter Kriminellen. Außer uns beiden hat keiner je das Arrangement der Soleil noir gesehen.

Wir kamen allerdings nicht weit mit unserer Suche, denn nach Einbruch der Dämmerung war die Gegend wie ausgestorben, und Anwohner gab es nach dem Bombardement auch keine mehr. Zudem waren wir nur zu zweit und wagten es zunächst nicht, weitere Beamte in den Fall einzubinden. Inspecteur Ayrol bedrängte mich zwar, den Fall publik zu machen und eine groß angelegte Suche nach Zeugen und Vermissten einzuleiten. Aber ich entschied mich dagegen. Wir weihten jedoch den Polizeiarzt in unsere Ermittlungen ein. Der erstellte aus den Leichenteilen, die wir ihm brachten, einen Obduktionsbefund, den er strikt vertraulich hielt. Darin machte er klar, dass wir es mit acht verschiedenen Opfern zu tun hatten, zwei davon weiblich, und eines mit hoher Wahrscheinlichkeit sogar minderjährig. Auch er war angesichts der Spuren von Armeestiefeln und dieser deutschen Zigarette am Fundort alarmiert und eingeschüchtert. Wir waren – um es deutlich zu sagen – ziemlich aufgeschmissen. So viel wussten wir jedoch sicher: Wer immer diese Menschen getötet und ihre Glieder dort arrangiert hatte, musste über ein Transportmittel verfügen. Er musste außerdem über einen Ort verfügen, an dem er ungestört töten und seine Opfer zerstückeln konnte. Er kannte sich in Paris und der Umgebung auch recht gut aus. Dies alles traf auf eine erschreckend hohe Anzahl von Männern zu. Selbst Zugang zu deutschen Armeestiefeln und Zigaretten hatten ja nicht nur Zehntausende Besatzungsangehörige, sondern auch Tausende Franzosen, die für die Besatzer arbeiteten oder mit ihnen Geschäfte machten. Inspecteur Ayrol verfügte über Kontakte zu einer Résistancegruppe, die sich in Paris formiert hatte und mit anderen Gruppen und den Alliierten in Verbindung stand. Er informierte seine Kontakte über den Fall. Man muss das verstehen, Messieurs, er war unglaublich aufgebracht über unsere Hilflosigkeit in der Sache und erwartete sich vom Widerstand Unterstützung. Doch dort beschied man ihm, dass man mit den Ermittlungen nichts zu tun haben wollte.«

»Um diese Erfahrung beneidet Sie in diesem Raum keiner, Perreau. Obwohl es dennoch klüger gewesen wäre, die Deutschen darüber zu informieren, nehme ich an. Oder wenigstens ein paar Ihrer Männer einzuweihen, um die Ermittlungen voranzutreiben«, kommentierte Assistant Commissioner Broi.

»Nein, Monsieur, das hätte mit Sicherheit dazu geführt, dass man mir die Ermittlungen entzogen und sie der Gestapo zugeschanzt hätte. Aber die war nun mal in Paris nicht dafür bekannt, Verbrechen zu verhindern. Sondern eher dafür, selbst welche zu begehen. Und ich war Polizist. Ich wollte diesen Mörder unschädlich machen. Eine Frage der Professionalität.«

»Sie müssen die Lage damals begreifen, Gentlemen«, sagte Straatmann. »Bruno hätte mit einer Meldung an die Besatzungsbehörden nicht nur riskiert, dass seine Ermittlungen beendet werden, sondern vielleicht sogar sein Leben riskiert. Immerhin wäre es bei der Militärführung und besonders der Pariser Gestapo nicht besonders gut angekommen, einen Deutschen des Massenmords zu verdächtigen. Um es mal vorsichtig zu formulieren.«

Broi schien weiterhin skeptisch.

»Was haben Sie also getan, Perreau? Zu zweit heimlich

weitergemacht und auf ein Wunder gehofft? Immens professionell«, meinte McGuiness.

»Selbstverständlich haben Ayrol und ich allein weiter ermittelt!«, verteidigte sich Perreau. »Der Polizeiarzt hatte uns in seinem Obduktionsbericht immerhin einen kleinen Hinweis geben können. Denn das minderjährige Opfer, dessen Arm wir gefunden hatten, wies für einen Kaukasier eine ungewöhnlich hohe Zahl an dunklen Pigmentierungen auf, und die Haare an diesem Arm waren von einer seltenen, fast orangeroten Färbung. Außerdem war der Arzt sicher, dass es sich dabei um den Arm eines Jungen handelte. Also bestand unser nächster Schritt darin, in den großen Pariser Zeitungen eine Annonce unter ›Vermischtes‹ aufzugeben. Darin suchten wir nach Zeugen, die uns Auskunft über die Identität eines Jungen verraten konnten, der bei einem Unfall in Paris sein Gedächtnis verloren hatte, aber besonders auffälliges, beinah orangerotes Haar hatte. Wir bekamen nicht viele Rückmeldungen dazu und selbst von den wenigen war keine hilfreich. Dafür statte uns eines Tages ein ziemlich unangenehmer Mann namens Raymond Albrac einen Besuch ab. Er diente in einem Sonderkommando des SD. Albrac verhaftete meinen Inspecteur und mich in unserem Büro am Quai und fuhr uns ins Hôpital Beaujon, das Krankenhaus von Clichy.

Dort traf ich Otto Heiliger zum ersten Mal. Er trug Zivil und wies sich als Untersturmführer beim Sicherheitsdienst der SS aus. Er präsentierte uns die zerstückelte Leiche eines rothaarigen Jungen, die die Gendarmerie vier Tage zuvor am Rand der Bahnstrecke zwischen Neuilly und Clichy gefunden, aber zunächst als die Überreste eines Selbstmörders deklariert hatte. Heiliger hatte den Jungen jedoch als Mitglied eines aus untergetauchten Juden gebildeten Résistancekommandos identifizieren können, dem er bereits seit Wochen auf der Spur gewesen war. Sein Handlanger Albrac drohte uns mit seiner Waffe. Trotzdem hielt Inspecteur Ayrol zunächst den Mund darüber, weswegen wir den Jungen gesucht hatten. Aber ich sah keinen Grund, unser Leben zu riskieren, und legte die Karten vollständig auf den Tisch. Heiliger wirkte nicht so, als glaubte er mir. Aber er ließ uns Flics mit einer scharfen Verwarnung wieder gehen. Sehr zum Verdruss seines Handlangers übrigens. Der mit einer ganzen Latte an schweren Straftaten aktenkundig war. Was den SD-Untersturmführer betraf, dessen Akten waren zwar nicht von uns Flics einzusehen. Aber Ayrol zog Erkundigungen über ihn bei seinen Résistancekontakten ein. Die hielten Heiliger für einen brutalen Henker, der mehr als ein Dutzend Menschen auf dem Gewissen hatte und ziemlich weit oben auf der Abschussliste gleich mehrerer ihrer Aktivistenzellen stand. Ayrol konnte kaum fassen, dass wir ungeschoren aus Heiligers Zugriff entkommen waren. Aber diese Erleichterung währte nicht lange. Denn vier Tage später klingelte Heiliger mich mitten in der Nacht aus dem Bett. Diesmal trug er Uniform, wirkte übernächtigt und gab sich zahmer als in Clichy. Er befahl mir, ihm alles zu zeigen, was ich bisher über den Mörder zusammengetragen hatte. Also fuhren wir zu meinem Büro am Quai, und ich legte meine Dossiers offen. Nach allem, was ich von Ayrol über Heiliger gehört hatte, war mir nicht wohl damit. Otto warf einen Blick in die Dossiers und konzentrierte sich dabei besonders auf die Fotos. Anschließend bat er mich, meine Mordausrüstung zusammenzusuchen und ihn in die Rue Sebastian de Grace am Rande des Faubourg Saint-Denis zu begleiten. In dem Moment verlor ich meine Angst vor ihm. Denn in Saint-Denis war er in größerer Gefahr als ich. Die Rue Sebastian de Grace ist heute noch eine schmutzige Straße voller alter Häuser und kleinerer Metallbetriebe. In dieser Gegend hatte die Wehrmacht nie wirklich Fuß fassen können. Dort herrschten Kommunisten und Sozialisten. Harte Männer, die allesamt Kriegsteilnehmer gewesen waren und über Waffen verfügten, die sie jederzeit hervorholen konnten. Eine Menge der Geiseln, die die Boches als Vergeltung für Anschläge erschießen ließen, stammten aus dieser Gegend. Nach Einbruch der Dunkelheit hatte zu diesem Zeitpunkt bereits die Résistance mehr oder weniger das Sagen in dem Gebiet. Ich fragte mich, ob Heiliger besonders mutig oder bloß außerordentlich naiv sei, wenn er ausgerechnet in Saint-Denis in Uniform auftauchen wollte.«

»Otto war weder feige noch naiv«, warf Straatmann ein, als Perreau eine Pause machte, um von seinem inzwischen kalt gewordenen Tee zu trinken.

»Damals kannte ich ihn ja kaum«, entgegnete Perreau, ungehalten über Straatmanns Unterbrechung. »Heiliger führte mich in ein unbewohntes Haus. Ich nahm den Leichengeruch schon vor der Tür war. Im Haus selbst wurde er schlagartig fast unerträglich. Denn auch wenn das Erdgeschoss aufgeräumt und wie frisch gereinigt wirkte, waren sämtliche Fenster und die beiden Türen mit zusammengerollten Tüchern abgedichtet worden. Das erinnerte mich an Selbstmörder, die ihre Köpfe in die Gasöfen steckten, aber zuvor die Küchentüren und Fenster abdichteten, damit nicht so viel von dem Gas entwich und kein anderer in Gefahr geriet. Heiliger hatte auf dem Weg nichts darüber verraten, was uns am Ziel der Fahrt erwartete.«

Dermot hing gebannt an Perreaus Lippen und vergaß dabei immer wieder mitzuschreiben, sodass er ausgerechnet an diesem spannendsten Punkt von Perreaus Geschichte den Franzosen darum bitten musste, innezuhalten, damit er seine Notizen nachholen konnte.

»Herrgott, Lynch! Doch nicht jetzt! Ihr Getippe fällt mir die ganze Zeit schon auf die Nerven!«, regte sich der Assistant Commissioner auf.

»Aber wie soll er denn zu dem Protokoll kommen, wenn er nicht mehr mitschreibt?«, erwiderte McGuiness.

»Soll er es nachher aus dem Gedächtnis rekonstruieren, das ist doch keine Zauberei!«, wies Broi Dermot an.

Straatmann und Perreau tauschten daraufhin einen langen Blick aus, den Dermot nicht recht zu deuten wusste. Waren die beiden etwa erleichtert darüber, dass er ab jetzt kein Protokoll mehr führte? Oder nicht doch eher besorgt? *Das wird es sein*, dachte Dermot. Ein akkurates Protokoll wäre in einem möglichen Prozess gegen Straatmann sehr wichtig. Und der Kraut traute ihm nicht zu, seine Aussage später aus dem Gedächtnis heraus exakt rekonstruieren zu können. Womit er nicht ganz unrecht hatte, fand Dermot. Er schaute auf seine Armbanduhr. Fast eine Stunde, seit er seinen Sergeant zum Postamt geschickt hatte. Zu früh, um Ergebnisse zu erwarten? Zweifellos, dachte er.

»Also los, Perreau! Erzählen Sie! Was war da in diesem Haus in Saint-Denis?«, forderte Broi den Commissaire auf.

»Im oberen Geschoss waren die Fenster mit Tüchern verhangen, Bauschutt lag herum, und zunächst brannte auch kein Licht, bis Heiliger mich durchs Treppenhaus und eine Art Abstellkammer in einen Raum lotste, der durch das Niederbrechen einiger Zwischenwände deutlich vergrößert worden war. Daher stammte der Bauschutt überall am Dielenboden, nahm ich an. Und dort befand sich auch die einzige Lampe, die oben noch funktionierte. Eine einfache Glühbirne, die ohne Schirm von einem Balken herabhing …«

Perreau unterbrach sich erneut und schenkte Tee nach. Danach war die Kanne leer. Er schob sie Dermot zu. Eindeutig eine Aufforderung, neuen Tee brühen zu lassen. Dermot ignorierte die Geste. Zu sehr fesselte ihn Perreaus Schilderung, als dass er ausgerechnet jetzt hätte den Raum verlassen wollen.

»Direkt unter der nackten Glühlampe saß eine Frau auf einem Stuhl. Sie hatte den Kopf eines etwa sechsjährigen Jungen auf dem Schoss und keine Arme mehr. Denn die lagen zu einem Kreuz geformt vor ihren Füßen am Boden. Heiliger fragte mich, ob ich so etwas schon einmal gesehen hätte. Ich antwortete: Ja.«

»Bloody hell!«, flüsterte Assistant Commissioner Broi.

Es dauerte einige Zeit, bis es einer der Männer am Tisch wieder wagte, das darauffolgende Schweigen zu brechen. Dass es sich dabei ausgerechnet um Straatmann handelte, ärgerte Dermot.

»Ich weiß, dass Otto noch fast ein Jahr später Albträume über dieses Haus plagten«, erklärte er leise.

Perreau schob die Teekanne ein weiteres Stück auf Dermot zu. Doch der ignorierte den wiederholten Hinweis erneut.

»Wir begannen mit unserer Tatortaufnahme. Dabei stellte ich fest, dass Heiliger darin mindestens so erfahren und geschickt war wie ich selbst. Wir fanden auffallend wenig Blut und kaum Spuren, die erklärten, wie der Mörder seine Opfer so in Szene setzen konnte. Doch was wir auch hier wieder fanden, waren Spuren von deutschen Armeestiefeln und sechs Zigarettenkippen der Berliner Marke Juno. Heiliger und ich waren uns deswegen schnell darüber einig, dass sowohl die Stiefelspuren als auch die Zigaretten als Visitenkarte des Mörders dienten.

Ebenso rasch wurden wir uns darüber einig, dass es zu gefährlich war, eine offizielle Ermittlung einzuleiten und die Taten des Mörders öffentlich zu machen. Das hatte zwei Gründe: Wir waren überzeugt, dass auch diese beiden Opfer Juden waren. Und wir glaubten, dass die Stiefelspuren und deutschen Zigarettenkippen uns klarmachen sollten, mit wem wir es zu tun hatten. Nämlich nicht mit einem Franzosen. Sondern einem Besatzungsangehörigen. Dass es sich bei den Opfern um Juden handelte, ließ sich daraus schließen, dass die Frau einen Davidstern und das Wort ›Jahwe‹, hebräisch für ›Gott‹, auf ihre linke Schulter tätowiert hatte. Ich denke, es ist überflüssig, zu betonen, dass damals in ganz Frankreich kein Christ oder Muslim so tollkühn gewesen wäre, seine Haut ausgerechnet mit diesen beiden Symbolen verzieren zu lassen.

Ich rief Ayrol herbei, und gemeinsam brachten wir die beiden Toten ins Leichenschauhaus des Polizeiarztes, der sie als Selbstmörder deklarierte und inoffiziell obduzierte. Die Ergebnisse seiner Autopsie: Die Frau war womöglich an einer Gasvergiftung gestorben und bereits tot, als ihre Arme abgetrennt wurden. Woran das Kind gestorben war, konnte nicht exakt festgestellt werden. Doch seine Blutgruppe, das Alter und der Gesichtsschnitt legten nahe, dass es sich um das Kind der Tätowierten handelte. Heiliger versprach, unauffällig sämtliche SD- und Gestapo-Akten nach Perversen durchzusehen. Wir sagten ihm zu, dasselbe auf französischer Seite zu tun. Keiner von uns versprach sich aber allzu viel davon.«

Broi griff nach seiner Teetasse und hob sie hoch. »Inspector? Lassen Sie noch eine Kanne aufbrühen, ja?«

Dermot konnte diese Bitte nicht ignorieren. Der Assistant Commissioner war immerhin sein Vorgesetzter. Also stand er auf und griff nach der Teekanne. Dennoch verließ er das Büro nicht.

»Es war unverantwortlich von Ihnen, Mister Perreau, diese Morde nicht an die große Glocke zu hängen und eine offizielle Untersuchung einzuleiten! Wie viele Menschen hat dieser Killer letztlich umgebracht? Straatmann behauptet zwanzig. Oder waren es mehr? Sie hätten einige davon zweifellos retten können!«

»Beruhige dich, Junge, und sorg endlich dafür, dass die Teekanne nachgefüllt wird!«, antwortete Broi ungehalten. »Gar nichts hätte Perreau unter diesen Umständen anders machen können. Solange er nicht wusste, was er von diesem Heiliger zu halten hatte. Es war immerhin Krieg. Seine Seite hatte verloren, und seine Stadt war besetzt. Die ganze Sauerei zu diesem Zeitpunkt unter der Decke zu halten war gerechtfertigt. Was allerdings nicht heißt, dass er sie später nicht hätte offenlegen sollen!«

McGuiness sah zu, wie Dermot zur Tür ging. »Bloody Jesus, Broi! Wir sind nicht hier, um Perreau zu vernehmen, sondern Mister Straatmann. Also lass den Mann zufrieden, ja?«

Broi warf ihm einen langen Blick zu und blies seine Wangen auf. Dann wandte er sich trotzdem wieder an Monsieur le Commissaire. »Wie hat Heiliger denn nun überhaupt von der Toten in dem Haus erfahren, Perreau?«

»Über eine Zeitungsanzeige«, antwortete Perreau.

Dermot wandte sich von der Tür ab und wieder dem Tisch

zu. Und auch alle Übrigen starrten gebannt auf den Franzosen. Sogar Straatmann machte dabei keine Ausnahme.

»Sie war in der *Paris-Soir* aufgegeben worden. Das war eine dieser Besatzerzeitungen, in denen Jubelmeldungen und Kritiken für Bars, Shows und Filme verbreitet wurden. Kaum ein Franzose las die. Die Anzeige kam per Brief, das Honorar lag in Münzen und kleinen Scheinen passend bei. Die Absendeadresse stellte sich später als fiktiv heraus. Was für keinen von uns eine Überraschung war. Briefumschlag und Papier waren Dutzendware, und der Brief sowie der Anzeigentext mit einer Schreibmaschine verfasst worden. Auch da gab es keine verwertbaren Spuren.«

»Fingerabdrücke?«, fragte Broi.

Perreau zuckte mit den Achseln. »Nur die der Postler.«

»Was stand denn nun in der Anzeige, Perreau? Machen Sie's doch nicht so spannend, Mann!«, rief McGuiness.

»Entschuldigen Sie, Monsieur«, entgegnete Perreau. »Es war eine Kontaktanzeige, und sie erschien in der entsprechenden Rubrik. Ich glaube, sie lautete folgendermaßen: *Hamburger SS-Helferin, dreiundzwanzig, blond, recht ansehnlich, würde gern Hamburger Untersturmführer Otto Heiliger wiedersehen, der neulich so zuvorkommend zu ihr war.* Dazu die Adresse des Hauses in Saint-Denis und eine Zeitangabe, an die ich mich beim besten Willen nicht mehr erinnern kann.«

Broi schlug mit der flachen Hand auf den Tisch. McGuiness schaute Perreau ungläubig an. Und Straatmann griff nach seinen Zigaretten.

»Das Schwein hat eine Kontaktanzeige aufgegeben? Das ist unerhört!«, rief McGuiness schließlich.

»Er musste gewusst haben, dass Heiliger regelmäßig die

Kontaktanzeigen in der *Paris-Soir* las«, erklärte Straatmann leise, nachdem er seine Zigarette angesteckt hatte. »Unter anderem deswegen gingen Perreau, Otto und Inspecteur Ayrol ja davon aus, es mit einem Deutschen zu tun zu haben. Schwer vorstellbar, dass ein Franzose so gut über Ottos Gewohnheiten Bescheid gewusst hätte. Otto war nämlich sehr vorsichtig im Umgang mit Franzosen. Und er war sicher, dass er nicht überwacht worden war.«

»Immerhin ist er angeblich ganz allein in das Haus im Faubourg Saint-Denis gefahren. Obwohl er doch wissen musste, was man dort von SS-Offizieren hielt«, sagte Dermot leise.

»Ich habe gesagt, dass Heiliger vorsichtig war. Nicht dass er ein Feigling war«, entgegnete Perreau. »Bela Ayrol verachtete mich zwar dafür, dass ich mich mit Heiliger verbündete, um unsere Ermittlungen gemeinsam mit ihm weiterzuführen. Doch es hätte keine Alternative dazu gegeben. Sogar Bela musste dies schließlich einsehen. Und Otto erwies sich ja als zuverlässiger Verbündeter. Ohne ihn wäre es uns niemals gelungen, immerhin sechzehn der zweiundzwanzig Opfer des Mörders zu identifizieren. Mit Ausnahme des rothaarigen Jungen und einer etwa dreißigjährigen Hausfrau handelte es sich bei ihnen ausnahmslos um untergetauchte Juden. Keiner von uns zweifelte daran, dass diese Auswahl Teil der Methode des Mörders war. Selbst wenn Madame la Doctoresse später in ihrer Expertise darauf bestand, dass dem Mörder Religion und Herkunft seiner Opfer gleich seien und er Juden nur deswegen bevorzugte, weil er in ihrem Fall davon ausgehen konnte, dass deren Tod kaum Konsequenzen für ihn hätte.«

»Was allerdings auch naiv war«, warf Straatmann ein. »Die

Beamten vom Judenreferat waren jedenfalls nicht erpicht auf die Konkurrenz eines Mörders, von dessen Opfern sie nie recht wussten, wie sie die in ihre Statistiken einfügen sollten.«

»So weit, dass einer von denen bei der Gestapo oder dem SD interveniert hätte, um den Mörder auszuschalten, der ihnen da auf eigene Rechnung Konkurrenz machte, ging ihr Pflichteifer dann aber doch nicht«, entgegnete Perreau ungewöhnlich sarkastisch.

»Nein«, gab Straatmann unumwunden zu.

Dermot, der noch vor weniger als einer Stunde Straatmanns Schilderung von Heiligers Dienst in einem Killerkommando des SD oder der Gestapo protokolliert hatte, fand es unerträglich, wie man hier über den Untersturmführer sprach. Nämlich so, als hätte es sich bei ihm um einen Polizeikollegen gehandelt, der für seinen Dienst nicht einfach nur Respekt, sondern beinah schon Bewunderung verdiente. Doch nach allem, was Dermot über Otto Heiliger gehört hatte, war und blieb dieser in erster Linie ein ganz gemeiner Henker.

»Sie reden von dem Mann, als sei er ein Held gewesen«, sagte er. »Dabei war er letzten Endes doch bloß ein weiterer gewöhnlicher Mörder!«

Die Männer am Tisch reagierten mit betretenem Schweigen auf seinen Einwurf. Doch Dermot sah, wie Perreau seine schmalen Lippen hart zusammenkniff und dabei seine Blicke auf den Tisch gerichtet hielt. Seltsam, dachte er, dass ausgerechnet Perreau derart deutlich reagierte. Dabei hätte er das eigentlich von Heiligers Vorgesetztem Straatmann erwartet, der immerhin vielleicht auf einer Liste von Naziverbrechern verzeichnet war.

»Der Tee, Junge«, erinnerte ihn McGuiness.

Dermot wandte sich wieder zur Tür und öffnete sie. Gleich darauf hörte er jedoch hinter sich ein Geräusch, das er nicht zuordnen konnte, und sah sich unwillkürlich danach um.

Straatmann war aufgestanden und sah ihn an.

»Inspector? Ich werde Ihre Intelligenz nicht damit beleidigen, darauf hinzuweisen, dass wir alle nur Befehle befolgt hätten. Denn das wäre eine Ausrede, und ich bin hier, um Schluss mit den Ausreden zu machen. Nur sollten Sie wissen, dass nicht jeder, der in einem Krieg hinter den Fronten kämpft, ein Monster ist. Otto Heiliger hat im Namen von Führer und Vaterland eine Menge Menschen getötet. Die Menschen, die er hinrichtete, haben furchtbar gelitten. Doch Otto musste danach jahrelang mit dem, was er getan hatte, leben. Auch Henker sind letztlich nur Opfer. Und verdienen zumindest das bisschen Respekt, sie weiterhin als Menschen zu betrachten. Nicht als Monster, wie Sie das offenbar tun.«

Dermot fand die überhebliche Art, mit der Straatmann zu ihm gesprochen hatte, zum Kotzen. Aber noch mehr regte ihn dessen Ansicht auf, auch Henker seien letztlich nur Opfer. Dermot konnte in dem Untersturmführer kein Opfer sehen. Denn Heiliger hatte damals eine Wahl gehabt. Aber was Opfer in Dermots Augen erst wirklich zu Opfern machte war ja gerade der Punkt, dass sie nie eine Wahl bekommen hatten. Für Männer wie Heiliger hingegen existierte immer ein Ausweg. Und in besonders schwierigen Lagen fiel der eben ganz besonders radikal aus. Heiliger hätte sich immer noch den Lauf seiner Waffe in den Mund stecken können, falls er es nicht ertragen hätte, für Führer und Vaterland zum Killer zu werden. Dass er dies eben nicht getan hatte, war für

Dermot Beweis genug, dass er eben kein Opfer, sondern ein Täter gewesen war.

»Glauben Sie, was Sie wollen, Mister Straatmann. Aber für mich hat Ihr Second-in-command gekriegt, was er verdiente, als sein Kopf über diesem Tisch in einem Einkaufsnetz baumelte«, sagte Dermot. Er wackelte etwas mit der Teekanne und trat in die Wachstube.

Als er etwas später zurückkehrte, fand er die Männer am Tisch schweigend vor. Er setzte sich an seine Schreibmaschine, legte ein neues Blatt ein und nickte dem Assistant Commissioner zu. Der offenbar keinerlei Probleme mehr damit hatte, dass Dermot erneut begann, Straatmanns Aussage mitzutippen.

Bisher hatte Straatmann sein unausgesprochenes Versprechen, die Wahrheit und nichts als die Wahrheit zu berichten, rücksichtslos eingehalten. Doch von nun an gab es einen Punkt, über den er seine Zuhörer bewusst belog. Und einen weiteren, den er ihnen wohlweislich verschwieg.

Er war ein guter Lügner, und er zweifelte nicht daran, dass keiner seiner Zuhörer die Lüge bemerken oder über die bewusste Auslassung stolpern würde.

29

Der Mann trug einen Anzug, der aussah, als hätte er ihn bei einem Ausstatter für Handlungsreisende erworben. Doch der Rubin an seiner Krawattennadel hatte gut und gerne drei Karat, und seine Schuhe waren handgenäht. Er betrat die Halle auf demselben Weg wie Carl, Perreau und Madame la Doctoresse.

»Hübsch hässlich, das alles hier, oder?«, begrüßte er sie.

Carl betrachtete Kriminaldirektor Lochmann und kam sich ausgesprochen unzulänglich dabei vor. Zumal zu seinen Füßen gerade Heiligers Kopf lag und von noch mehr trägen grünen Insekten umschwirrt wurde.

»Ich sehe, Sie sind nicht allein gekommen, Obersturmbannführer. Der Herr Kommissar Perreau ist ja schon ein ganz besonderes Früchtchen. Spielt der Feindpresse kriegswichtige Informationen zu und unterhält ein zweites geheimes Büro im Hôtel-Dieu. Ich hätte erwartet, dass Sie klüger sind, von Maug. Solche Gesellschaft färbt immer ab. Das ist wie eine Grippe, irgendwann steckt man sich eben an«, sagte Lochmann und wies dabei auf Perreau, dem Madame la Doctoresse inzwischen eine Zigarette angezündet und zwischen die Lippen geschoben hatte.

Carl lockerte die Krawatte. *Seltsam,* dachte er dabei, *dass mir nie zuvor aufgefallen ist, welche Ähnlichkeit Lochmann mit dem spießigen Gutelauneschauspieler Heinz Rühmann hat.*

Der Kriminaldirektor schob die Hände in die Hosentaschen und schlenderte weiter direkt auf Carl zu, der ihn regungslos erwartete. Bei ihm angekommen, baute sich Lochmann breitbeinig auf und blickte an ihm vorbei zu Heiligers Kopf in dem Netz, dann hob er den Kopf wieder ein wenig und schaute lange schweigend zu dem Tisch mit den Leichen hinüber. »Heiliger war ein treuer Beamter. Hat nie in seiner Loyalität gewankt. Prima Schütze außerdem. Und wusste noch, was echte Polizeiarbeit wert ist. Hat mehr Terroristennester in Paris ausgehoben als jeder andere, der für mich gearbeitet hat. Otto hätte niemals so enden dürfen. Daran sind Sie schuld, von Maug. Und diese blond gefärbte Schickse da drüben natürlich!«, erklärte er und zeigte auf Madame la Doctoresse, die zu ihm aufsah, als sie sich angesprochen fühlte.

»Mit dem Detektivspielen ist jetzt Schluss, von Maug! Ab heute werden hier andere Saiten aufgezogen. Heiliger war einer von uns. Ich werde nicht zulassen, dass Sie und Ihre beiden Amateure die Ermittlungen in dieser Sache verderben!«

Carl fühlte sich von Lochmanns Auftritt unwillkürlich eingeschüchtert. Es regte ihn furchtbar auf, dass dieser Mann, der aussah wie ein etwas zu alt gewordener Pennäler, ihn derart tief treffen und aus der Bahn zu werfen vermochte. Doch unter seiner instinktiven Furcht vor Lochmann begriff er plötzlich auch, dass der Kriminaldirektor eben eine Reihe von Andeutungen gemacht hatte. *Will dieses Schwein*, dachte Carl, *sogar angesichts zweier enthaupteter Kinder und Ottos Leiche noch herauskitzeln, wie weit Perreaus Ermittlungen gekommen sind?* Oder was sonst sollte diese lächerliche Behauptung, Heiliger hätte für ihn und seine Gestapo-Truppe gearbeitet? Dabei war Otto schließlich bereits vor Monaten zu seiner Abteilung und dem SD versetzt worden. Und was sollte der Vorwurf, dass Nathalie Burns Schuld an Ottos Tod hätte?

Madame la Doctoresse löste sich von Perreau und schlenderte auf Lochmann zu, der sie mit tiefem Abscheu, sogar Ekel im Blick erwartete. »Tantouze!«, zischte sie ihm zu, bevor sie ihm eine Ohrfeige versetzte. Und was sie dem Kriminaldirektor da verpasst hatte, war keineswegs ein damenhaftes Streicheln, sondern ein handfester Schlag, der rote Flecken auf dessen Wange hinterließ.

Lochmann strich über seine Wange, senkte den Kopf ein wenig und schlug dann zurück. Sein Schlag wirkte zwar weniger heftig als ihrer. Dennoch flog ihr Kopf zur Seite, und ihre Lippe platzte auf. Sie schwankte und ließ dabei ihren Stock los, der auf die brüchigen Fliesen fiel.

Perreau erwachte aus seiner Starre und griff nach seiner Waffe. Sein Gesicht war eine furchtbar emotionslose Maske. Doch bevor er dazu kam, auf Lochmann zu feuern, richteten dessen Beamte ihre Waffen auf Perreau, Carl und Madame. Ein Patt. Wer immer jetzt überreagierte, lief Gefahr, eine Schießerei auszulösen, der niemand in der Halle unversehrt entkommen würde. Perreau ließ seine Hand etwas sinken. Sie blieb dennoch nah genug an seinem Holster, um seine Waffe jederzeit erreichen zu können.

»Nutte«, kommentierte Lochmann schließlich leise Madames Ohrfeige.

Carl sah zu, wie sie sich mit dem Zeigefinger über die Lippen fuhr, ihn anschließend betrachtete und das Blut davon ableckte.

Ich muss etwas tun, dachte er. *Irgendetwas.*

Doch er war einfach nicht fähig, das Gefühlschaos aus

Angst, Zorn, Überraschung und Verwunderung in seinem Kopf zu bändigen. Also blieb er stehen, wo er war.

»Sie sollten sich jetzt im Spiegel sehen, von Maug. Erbärmlich! Sie sehen ja aus wie ein geprügelter Kettenhund«, sagte Lochmann leise. Doch es klang auf eine für Carl unerträgliche Art weniger nach einem verächtlichen Vorwurf als nach einer vor Mitleid triefenden Feststellung.

»Wie jetzt, Obersturmbannführer, sprachlos, hm? Man begreift gar nicht, wie naiv Sie sind. Ihre kleine perverse Fotze hier hat Heiliger die Klöten geleckt und ihm außerdem im Bett heimlich zugeflüstert, was sie über ihre Terroristenfreunde weiß. Wie lange ging das schon so? Ein Jahr? Ein paar Wochen länger? Egal. Jedenfalls war sie wirklich eine produktive Quelle. Und der gute, treue Otto hat alles fein säuberlich notiert und bei der drallen Hilde aus Ihrem Vorzimmer abgeliefert, die es mir dann per Melder hat zukommen lassen. Ihr Laden da in der Rue Sainte-Anne war nie mehr als ein etwas zu reichlich ausgepolsterter Frühstücksdirektorenposten, dazu gedacht, den Stuhl warm zu halten, bis wir Kurt Lischka in Berlin rehabilitiert und hierher zurückgehievt haben. Sie blutiger Amateur haben gedacht, dass irgendwer in Paris Sie und Ihren Posten ernst nehmen würde? Man fragt sich ja, wie Sie all die Jahre in der Hauptstadt Ihren Dienst für Führer und Vaterland leisten konnten, wo Sie doch blind sind wie ein vergammelter Rollmops.«

»Fils de pute!«, rief Perreau und griff trotz der immer noch auf ihn gerichteten Pistolenläufe nach seinem Schulterholster.

»Nicht!«, rief Carl, streckte seine Hand aus und trat dabei mit einer für ihn selbst überraschenden Geistesgegenwart zwischen Perreau und den Kriminaldirektor. Doch mehr noch als Carls Befehl schienen Madame la Doctoresses erschrockene Blicke Monsieur le Commissaire daran zu hindern, seine Waffe zu ziehen und Lochmann eine Kugel zu verpassen.

»Da ein Gestapo-Beamter getötet worden ist, übernimmt selbstverständlich meine Abteilung die Ermittlungen in diesem Fall, Obersturmbannführer. Ich erwarte, dass Sie mir bis zum Mittag sämtliche relevanten Akten und Effekten aushändigen lassen. Inklusive derjenigen, die Monsieur le Commissaire im Hôtel-Dieu versteckt hat«, erklärte Lochmann ruhig.

Carl schien erst jetzt wirklich zu begreifen, was Lochmann gerade gesagt hatte: Heiliger und Madame waren zusammen ins Bett gegangen, Heiliger hatte sie über ihre Résistancekontakte ausgehorcht und anschließend seine Erkenntnisse über die dralle Hilde Neumeier an Lochmann weitergegeben. Otto hatte für Lochmann gearbeitet und ihn wohl die ganze Zeit auch über die Ermittlungen zu dem Mörder auf dem Laufenden gehalten. Sein Stellvertreter hatte Carl nach Strich und Faden hintergangen. Oder war all dies nur eine weitere Lüge Lochmanns, dazu gedacht, ihn einmal mehr zu demütigen?

Carl griff sehr langsam in seine Jacketttasche, zog Zigarettenetui und Feuerzeug hervor und zündete sich dann eine Zigarette an. »Halten Sie Ihre Gossenratten zurück, wenn wir jetzt gehen, Lochmann. Da draußen warten ein halbes Dutzend Gendarmen auf uns. So gut sind die paar grünen SS-Schützen bestimmt nicht, dass sie es mit den Franzosen vor der Tür aufnehmen könnten. Gut möglich, dass Inspecteur Bela Ayrol und die Gendarmen zu absoluter Höchstform auflaufen, falls sie die Gelegenheit bekommen, ausgerechnet

Ihnen einen Ehrenplatz auf der Reichsheldenliste des *Völkischen Beobachters* verschaffen zu dürfen.«

Carl trat zu Madame, beugte sich hinab, hob ihren Stock auf und winkte dann Perreau, der sich jedoch nur sehr widerwillig in Bewegung setzte. Er griff nach seinem Jackett und legte dann den langen Weg zum Tor rückwärts gehend zurück. Das Gesicht hatte er weiter Lochmanns Gestapo-Beamten zugewandt, die immer noch ihre Dienstwaffen schussbereit auf ihn richteten.

Carl jedoch hielt weiter Madames Arm und verließ die Halle, ohne Lochmann, seinen Beamten und den Toten am Tisch noch einen letzten Blick zugeworfen zu haben.

Draußen standen die Gendarmen und Perreaus Kripos immer noch in zwei lockeren Grüppchen vor dem Gebäudeeingang und schauten erwartungsvoll zu ihnen herüber. Wir müssen einen traurigen Anblick abgeben, dachte Carl, der verbitterte Obersturmbannführer in Zivil, der eine blasse Ärztin am Arm hielt, gefolgt von dem kreidebleichen, gedemütigten Kommissar, der sein Jackett in der Hand hielt, als würde er es nicht übers Herz bringen, es je wieder überzustreifen.

»Patron?«, sagte Bela Ayrol zu Perreau, sobald er dessen leeres Gesicht vor sich hatte.

»Otto ist da drin. Sein Kopf baumelte in einem Netz über einem Tisch voller Leichen. Ich habe es heruntergeschnitten, und dabei sind mir Maden ins Haar und auf meine Jacke gefallen. Ich ...«, antwortete Perreau, trat beiseite und erbrach sich.

Carl schaute zu und nahm dennoch kaum auf, was er da sah. Madame la Doctoresse trat zu Perreau, um ihm zum zweiten Mal an diesem Morgen Beistand zu leisten. Bela Ayrol wirkte, als habe er längst noch nicht begriffen, was hier eigentlich geschah. Die Gendarmen und SS-Schützen beäugten sich so verbissen feindselig, als fragten sie sich, wer von ihnen jeden Moment den ersten Schuss abgeben würde.

Carl wurde klar, dass dies jetzt sein Augenblick der Wahrheit war, der jedem Menschen irgendwann im Leben einmal blühte. *Dass ich ein Feigling bin*, dachte er, *hatte ich längst begriffen, bevor ich nach Paris kam, und mich damit arrangiert, so gut es ging. Aber Lochmann hat mir in dieser Hölle aus Lichtsäulen, Leichen, Fliesen und Maden bewiesen, weshalb ich es bin. Nämlich nicht aus Angst vor Schmerz und Tod. Sondern aus Furcht vor der Freiheit. Die immer auch mit Einsamkeit und Verantwortung einhergeht. Meine Frau warf mir vor, dass ich meine Seele verloren hätte. Mein bester Freund verschob mich wie eine Schachfigur von Berlin nach Paris, ohne dass ich es überhaupt begriffen hätte. Und nun behauptet Lochmann, dass mich sogar Heiliger hinters Licht geführt hat, und die einzige Frau, mit der ich seit meiner Scheidung wirklich hätte schlafen wollen, trieb es frisch und zweifellos fröhlich mit meinem verräterischen Stellvertreter.*

Sie haben einen Lappen aus mir gemacht, dachte Carl. Schuster Voigt in Zuckmayers Erfolgsstück *Der Hauptmann von Köpenick*, hatte es immerhin wenigstens zur Fußmatte gebracht, auf der jeder achtlos herumtrampeln durfte. Aber er selbst war bloß ein scheiß Lappen. Ein Lappen war vielfältiger einsetzbar als Voigt, die Fußmatte. Denn ein Lappen eignete sich genauso dafür, dass seine Exfrau Gertrud damit den Staub von ihrem schlechten Gewissen wischte, wie für Heiliger und Perreau, sich darunter zu verkriechen, wann immer sie es für nötig gehalten hatten. Und York erwartete offenbar, dass er und seine Verschwörerkameraden den Lappen Carl von Maug dazu missbrauchen konnten, ihre ganz große Geste für die von Blut, Eiter und sinnlosem Tod besudelte Vaterlandsehre aufzupolieren.

Doch den Vogel abgeschossen hatten in der Beziehung ja wohl gerade Lochmann und seine Gestapo. Die wie selbstverständlich davon ausgingen, dass der Lappen Carl von Maug perfekt dafür taugte, jenen Scheuereimer abzudecken, in dem sie all ihren gärenden, stinkenden und schimmelnden Schmutz gesammelt hatten.

Carl rückte den Schlips wieder zurecht. Er sah, dass zwei der SS-Schützen ihrem Kameraden dabei halfen, den Gestapo-Maybach aus dem Dreck zu schieben und so die Straße wieder freizumachen.

Madame la Doctoresse hatte Perreaus Wagen zwischen leeren Feldern und kahlen Bäumen an den Straßenrand gelenkt und Monsieur le Commissaire dann herausgeholfen, damit er sich erneut übergeben konnte.

Dieser Ort wirkte auf Carl furchtbar trost- und zeitlos. Vor allem schien er von Paris so unglaublich weit entfernt, dass er kaum fassen konnte, dass die Stadt irgendwo am Ende der Landstraße dennoch auf sie wartete.

Er war zusammen mit den Übrigen ausgestiegen und hatte sein Jackett in der feuchten Kälte eng um den Leib zusammengezogen. Er hätte es bevorzugt, die Lügen und Halbwahrheiten, die es mit Perreau zu besprechen galt, nicht hier zu diskutieren, sondern in dessen Büro am Quai. Aber vielleicht, dachte er, war dieser trostlose Ort sogar passender als jeder andere. Er beugte sich ins Wageninnere und zog den Zündschlüssel aus dem Schloss.

Perreau erbrach am Feldrand schwitzend grünlichen Schleim. Madame hielt ihn dabei. Beide waren so sehr mit sich beschäftigt, dass keiner von ihnen bemerkte, wie Carl den Schlüssel an sich nahm. Er wartete ab, bis Perreau sich wieder aufrichtete und Madame ihm ein Taschentuch reichte, mit dem er sich den Mund abwischte.

»Muss an Ihrem Frühstück liegen, was, Perreau? Da ist Ihnen wohl etwas nicht gut bekommen«, sagte Carl und wedelte mit dem Wagenschlüssel vor seiner Brust herum, den er dann in seine Jackentasche gleiten ließ. »Versuchen wir uns doch mal an einem kleinen Wunder und sind zum ersten Mal aufrichtig zueinander. Selbst wenn zu lügen so viel praktischer ist. Heiliger hat mich also an Lochmann verraten, und Sie, Perreau, wussten davon?«

Madame steckte ihr Taschentuch wieder in den Mantel. »Sie glauben doch wohl nicht Lochmanns Lügen, Obersturmbannführer!«

Das war schon verdammt dreist, ausgerechnet von ihr, dachte Carl wütend. Er war nicht nur zornig darüber, dass er von Lochmann vorgeführt und gedemütigt worden war. Sondern auch darüber, dass er Madame blind zutraute, es tatsächlich mit Heiliger getrieben zu haben, während er sich wochenlang abends allein in seinem Quartier gefragt hatte, ob er es wirklich wagen sollte, sie um ein Rendezvous zu bitten.

»Welche meinen Sie, Madame? Der Kriminaldirektor hat vorhin so viele Neuigkeiten verkündet, ich fürchte fast, dass mir die eine oder andere entgangen sein könnte. Aber sagte er nicht auch etwas darüber, dass Otto mit Ihnen das Bett geteilt hätte? *Das* fand ich bemerkenswert. Immerhin hätte ich Ihnen ein bisschen mehr an Geschmack und Fingerspitzengefühl zugetraut, als sich ausgerechnet mit einem Boche einzulassen. Und dann sogar noch mit einem weit unter Generalsrang.«

Perreau begann heftig zu husten, und Madame la Doctoresse schaute Carl an, als hätte er eben verkündet, sie einer Horde übereifriger Anatomiestudenten als Übungsobjekt für ihre Messerkünste ausliefern zu wollen.

»Was haben Sie denn, Madame?«, setzte Carl mit übertriebenem Sarkasmus nach. »Vorhin in der Halle wirkten Sie doch noch so bewundernswert selbstbeherrscht. Und da hing immerhin der Kopf Ihres Liebhabers in einem Netz über einer Tafel voller Leichen! Aber jetzt schauen Sie mich an, als hätte ich Ihnen gerade Ihr Todesurteil verkündet. Wie passt das zusammen?«

»You German swine«, flüsterte sie, wandte sich ab und stolperte mit ihrem Stock einige Meter auf das schlammige Feld hinaus, wo sie, den Rücken Carl und dem Wagen zugewandt, stehen blieb und zum Himmel hinaufblickte.

Das musste ja sein, dachte Carl und ärgerte sich über sich selbst, weil nun sogar Perreau begriffen haben musste, wie eifersüchtig er auf den toten Heiliger und dessen Affäre mit Madame la Doctoresse war. »Ja, immer laufen Sie davon, Madame! Nur wird Ihnen das auch nichts nützen, sobald Lochmann Sie trotz Ihres Diplomatenpasses in Fresnes an eine Wand stellt!«

Madame reagierte auf seine Vorwürfe, indem sie ihren Stock hob und einige Male verächtlich damit herumwedelte.

»Sie haben gar nichts begriffen, Monsieur!«, rief sie ihm zu. »Natürlich hat Otto Berichte für Lochmann geschrieben! Was hatten Sie denn erwartet? Dass die Gestapo sich mit dem Büroklatsch Ihrer kleinen SS-Maus zufriedengibt, die sie Lochmann jeden Abend in die Avenue Foch hinüberfunkte?«

Carl schaute Perreau an, in dessen Gesicht allmählich ein Anflug von Farbe zurückgekehrt war. »Wussten Sie etwa davon?«

»Otto hat die meisten Berichte mit mir abgestimmt, bevor er sie an die Gestapo weitergab. Wir hatten eine Abmachung. Bela Ayrol und ich hielten ihm den Rücken bei der Résistance frei, so gut wir es konnten, dafür hat Otto Lochmann in seinen Berichten belogen und uns bei der Mordermittlung unterstützt. Außerdem irrt sich Lochmann, wenn er behauptet, dass Otto und Nathalie etwas miteinander hatten.«

Madame schaute sich zu ihnen um. »Nicht, Bruno! Das hat er nicht verdient! Das ist zu intim ...«

Carl begriff nicht, was sie da sagte.

»Was denn, Nathalie?«, entgegnete Perreau. »Monsieur weiß schon so viel, da macht es nichts mehr aus, dass wir endlich wirklich reinen Tisch machen!«

Er zog einen Flachmann hervor und spülte sich den Mund mit Alkohol aus, den er jedoch nicht hinunterschluckte, sondern wieder ausspuckte.

Carl fühlte sich, als würde sein Bauch mit heißen Nadeln gefüllt, so sehr sehnte er sich nach einem Schluck des Fusels. Dennoch verzichtete er darauf, den Kommissar darum zu bitten.

»Madame hat Otto und mir hin und wieder ihre Wohnung zur Verfügung gestellt«, erklärte Perreau, als ginge er wie selbstverständlich davon aus, dass Carl klar sein müsse, was er zusammen mit Heiliger dort getan hatte.

»Sie meinen ...? Dieses Kampfschwein Heiliger soll ...?!«

»Jawohl, Monsieur. Otto und ich waren das Paar. Madame

hat sich nur als Feigenblatt hergegeben, um den Schein zu wahren. Ich gebe zu, dass ich zunächst gezögert habe, auf Ottos Avancen einzugehen. Aber das blieb nicht so. Keiner von uns kann sich aussuchen, wen er liebt. Dieser großmäulige, verschlagene, feige, tollkühne und so erbärmlich einsame und verletzte Boche war die Liebe meines Lebens.«

Scheiße, dachte Carl verblüfft, *auch das noch!* Allmählich wurde es wirklich unmöglich, nachzuzählen, auf wie vielen Ebenen Heiliger ihn hintergangen, verraten oder manipuliert hatte. Andererseits erklärte Perreaus Geständnis immerhin, weshalb Herr Untersturmführer Otto Heiliger eine solche Narrenfreiheit in Paris genossen hatte. Lochmann, der ja selbst ein Hinterlader war, musste seine Hand über ihn gehalten haben, und zuvor hatte bestimmt Lischka ebenfalls beide Augen zugedrückt. »Lochmann ist ja angeblich selbst ein ... na, Sie wissen schon was, Perreau ... Soll das heißen, Heiliger hat auch mit ihm ...?!«

Perreau schüttelte den Kopf. »So weit ist es nie gekommen. Lochmann hat Ottos spezielle Vorlieben zwar als Druckmittel eingesetzt und ihn so dazu gebracht, als sein Werkzeug zu fungieren. Aber mit ihm geschlafen hat er nie. Dazu war Otto ihm auch zu alt. Lochmann mag nur blutjunge Männer.«

Wie diesen Münchener Schnösel, den Heiliger bei meiner Ankunft hier in Paris so heruntergemacht hat, dachte Carl, immer noch hin und her gerissen zwischen Abscheu und Faszination über Heiligers Geheimnisse.

»Otto hatte seine Fehler«, sagte Perreau und schaute Carl dabei geradeheraus ins Gesicht. »Aber schon allein dafür, dass Lochmann ihn gezwungen hat, sich so weit zu entwürdigen, dass er zum Henker wurde, hat dieses Dreckschwein es verdient, dass man ihm seinen Kopf mit Blei füllt!«

Madame hinkte schwer auf ihren Stock gestützt auf sie zu. »For fuck's sake, Bruno! Sei still! Du redest dich doch um Kopf und Kragen!«

Vielleicht hatte sie recht, dachte Carl. Immerhin bot Perreaus Geständnis die Gelegenheit für einen bequemen Ausweg aus dem Sumpf, in den Heiliger ihn hineingezogen hatte. Dazu brauchte er Perreau nur bei Lochmann offiziell anzuzeigen und dann der Gestapo zu überlassen. Lochmann wäre dafür sicher sehr dankbar. Trotzdem kam das für Carl nicht infrage. Es war eine Sache, sich zu einem bloßen Lappen herabwürdigen zu lassen. Aber eben eine ganz andere, dann auch noch über die Witze, die die Putzkolonnen über einen rissen, lauthals mitzulachen. Und genau das hätte es bedeutet, Perreau und Madame auszuliefern. Zumal die Uniform, die er sonst trug, schon schmutzig genug war, ohne dass er selbst sich so weit erniedrigte, ihr einen weiteren Schandfleck hinzuzufügen. Carl zog sein Zigarettenetui hervor, öffnete es und bot den beiden daraus an.

»Es ist mir weiß Gott nicht egal, dass mein Stellvertreter mich belogen hat. Oder dass Sie regelmäßig Kontakte zu Terroristen pflegen, die meine Kameraden als Zielscheiben betrachten. Aber falls einer von Ihnen je von der Gestapo an eine Wand gestellt werden sollte, habe ich damit bestimmt nichts zu schaffen.«

Carl gab danach zuerst Madame la Doctoresse und dann auch Perreau Feuer. Einige Zeit lang rauchten sie schweigend.

»Lochmann wird Ottos Tod dem Widerstand in die Schuhe schieben, oder?«, fragte Madame schließlich.

Carl nickte.

»Ich bin sicher, dass er selbst hinter der Meldung über den Leichenfund heute Morgen steckte«, sagte Perreau.

»Hm, Sie glauben, während wir hierher gefahren sind, hat er die Ermittlungsakten und Fotos aus dem Hôtel-Dieu holen und sicherstellen lassen?«

»Zweifellos!«

»All das Material, das Otto und Sie gesammelt haben, kann kein einzelner Mensch im Kopf behalten. Lochmann hat die weiteren Ermittlungen damit praktisch unmöglich gemacht.«

Perreau schüttelte den Kopf. »Das glaubt er bestimmt. Aber er hat dennoch einen Fehler gemacht, als er uns heute Morgen hier heraus lockte.«

»So? Welchen denn?«, fragte Carl.

Perreau atmete Rauch aus und warf dann mit angeekelter Miene seine nur halb aufgerauchte Zigarette zu Boden und trat sie aus. »Er hat damit gerechnet, dass wir uns gegenseitig zerfleischen. Deswegen sein dramatischer Auftritt und all die Enthüllungen. Damit wollte er sichergehen, dass Sie tun, was er erwartet. Nämlich Madame und mich kaltstellen und damit die Mordermittlung endgültig beerdigen. Aber das ist nicht passiert.«

»Noch nicht, Bruno!«, sagte Madame ziemlich kalt.

»Er hat die Ermittlung trotzdem beendet. Und Sie werden ja wohl nicht so wahnsinnig sein, sie an der Gestapo vorbei heimlich weiterzuführen, oder, Perreau?«, fragte Carl.

Doch der Blick, den ihm Monsieur le Commissaire daraufhin zuwarf, war Antwort genug.

»Pech gehabt, Obersturmbannführer. Gekränkte und verletzte Männer sind für rationale Argumente nicht zugänglich. Fest etablierte Erkenntnis meiner Branche«, kommentierte Madame Perreaus Blick.

Carl warf seine Zigarette auf das Feld und lehnte sich gegen den Wagen. Er wog zum hundertsten Mal ab, ob er tatsächlich zornig genug auf den Kriminaldirektor war, um Perreau bei seiner geheimen Ermittlung den Rücken freizuhalten. Und mindestens zum neunundneunzigsten Mal wurde ihm klar, dass er über die Art, wie Lochmann ihn behandelt hatte, zornig genug war, um ihn selbst bei passender Gelegenheit über den Haufen zu schießen.

»Was haben Sie jetzt vor, Perreau? Heiligers letzte Stunden rekonstruieren, nehme ich an?«

»Zuerst einmal sollte man Marie Cassin finden. Sie könnte die Letzte gewesen sein, die Otto lebend gesehen hat.«

Madame lachte dunkel auf. »Good luck with that, Bruno!«, sagte sie.

Carl steckte sich eine neue Zigarette an. »Ich fahre jetzt zurück nach Paris. Nur falls irgendeiner von Ihnen mitkommen möchte …«

Perreau warf ihm einen langen Blick zu. »Sie fahren? Das ist immer noch ein Dienstwagen der französischen Polizei, Monsieur!«

Carl zuckte mit den Achseln. »Jetzt werden Sie aber wirklich kleinlich, Perreau!«

30

Es STELLTE SICH heraus, dass Lochmann tatsächlich sowohl Perreaus Büro am Quai des Orfèvres als auch die geheime Materialsammlung im Hôtel-Dieu hatte ausräumen lassen. Gegen Mittag erhielt Carl per Melder zusätzlich den offiziellen Bescheid darüber, dass die Ermittlungen im Todesfall Otto Heiliger samt allen damit zusammenhängenden laufenden oder zukünftigen Verwaltungsvorgängen der Gestapo zugewiesen worden waren und die Pariser Polizei davon entbunden sei.

Zu diesem Zeitpunkt hatte er bereits alle Mitarbeiter seiner Dienststelle zusammenrufen lassen und dann darüber informiert, dass »Untersturmführer Otto Heiliger in Ausübung seiner Pflicht für Führer und Vaterland gefallen« sei. Als er danach seine Bürotür wieder hinter sich schloss, war ihm, als hätte er das Andenken Otto Heiligers mit Füßen getreten. *Ich brauche etwas zu trinken*, dachte er. Aber er fand keinen Alkohol in seinem Büro. Früher hätte er jetzt nach Heiliger verlangt und ihm aufgetragen, gefälligst welchen zu beschaffen und unauffällig liefern zu lassen. Doch die verräterische Hilde Neumeier wollte er nicht darum bitten. Das wäre ihm wie ein Kotau vor Lochmanns Erwartungen vorgekommen. Daher beschränkte er sich auf Bohnenkaffee und ein schmales Mittagsmahl aus pochierten Eiern und frischem Brot. Als erste Amtshandlung nach seiner Rückkehr hatte er York eine Nachricht zukommen lassen, in der er bewusst nebensächlich und gelassen erwähnte, wie sehr ihm ihr gemeinsamer Abend neulich gefallen habe, und anfragte, ob sie diesen nicht demnächst wiederholen sollten. Er war überzeugt, dass York ihm noch heute einen weiteren Besuch in den Kaschemmen und im Chat Noir vorschlagen würde. Doch zu seiner Überraschung erschien, noch bevor er seine Nachricht absenden konnte, ein Wehrmachtsmelder in seiner Dienststelle, der ihm eine Einladung von York zu einer Zusammenkunft im Hotel Majestic, dem Sitz des Militärbefehlshabers, überbrachte.

Seltsamer Zufall, dachte Carl. Oder eben keiner.

Er bestätigte dem Melder seine Teilnahme und bestand dann darauf, ungestört zu bleiben.

Allein in seinem Büro vermied er es, an Heiliger oder den Mörder zu denken, und lenkte sich damit ab, die auf seinem Schreibtisch aufgelaufenen Verwaltungsvorgänge zu erledigen.

Perreau war in sein Büro am Quai zurückgekehrt, und Madame hatte es vorgezogen, sich an der Seinebrücke bei den Champs-Élysées absetzen zu lassen, weshalb es unmöglich zu sagen war, wohin sie von dort aus gegangen war. Sämtliche Proteste Perreaus hatten sie nicht umzustimmen vermocht. Und auf seine Einwände hatte sie erst recht nicht gehört. Er fragte sich, ob sie wohl zu Picasso zurückgekehrt war? Sie hatte – mit Ausnahme dieser eindeutigen Trotzreaktion an jenem Feldrand – all das Grauen heute Morgen unerhört gefasst ertragen. Selbst ihre letzten sarkastischen Spitzen waren nicht über das bei ihr sonst übliche Maß hinausgegangen. Carl fand das befremdlich, beinah schon bedrohlich. Welche Abgründe, fragte er sich, mochten sich in ihr verbergen, wenn sie angesichts des Tafeltableaus in der Halle derart gefasst blieb?

Nachdem er vor einigen Wochen zugesehen hatte, wie Perreau den Elsässer verwundete, war ihm klar gewesen, zu welcher Brutalität Monsieur le Commissaire fähig war, und ihn insgeheim für mindestens so gefährlich gehalten wie Heiliger. Doch vielleicht irrte er sich ja, und die zarte, humpelnde Madame la Doctoresse konnte sogar Perreau in Sachen Brutalität und Entschlossenheit das Wasser reichen. Es grenzte daher wahrscheinlich an Wahnsinn, sich mit ihr auf mehr als nur diese distanzierte Beziehung einzulassen. Zumal Lochmann sie offenbar verdächtigte, in Verbindung mit Terroristen zu stehen. Was sie übrigens mit Perreau und Inspecteur Bela Ayrol gemeinsam hatte. *Weshalb*, überlegte er weiter, *denkst du dann trotzdem ständig an sie, seit du hierher zurückgekehrt bist? Sogar häufiger als an Heiliger. Aus dessen Kopf und Hals du heute Morgen immerhin Maden und Fliegen hast kriechen sehen.*

Gegen zwei Uhr informierte ihn eine Meldung von Bela Ayrol darüber, dass Marie Cassin in aller Frühe verhaftet und ins Gefängnis nach Fresnes gebracht worden war, wo man sie in einer Einzelzelle festhielt. Die Gestapo verweigerte ihr dort jeden Kontakt zur Außenwelt, da man sie als mögliche Komplizin oder zumindest wichtige Zeugin im Mordfall Heiliger führte.

Elf Minuten nach vier rief Hilde Neumeier nach ihm, da man bei Radio Paris das laufende Programm für eine Sondermeldung unterbrochen hatte. Carl erschien gerade noch rechtzeitig in seinem Vorzimmer, um hören zu können, wie ein Sprecher in getragenem Tonfall seine Zuhörer über einen feigen Anschlag von Terroristen auf einen deutschen Offizier informierte, auf den man zu gegebener Zeit mit einer angemessenen Gegenmaßnahme reagieren würde.

»Er meinte unseren Untersturmführer, nicht wahr?«, fragte Hilde offensichtlich ehrlich erschüttert.

Carl bestätigte das und kehrte in sein Büro zurück. Er spekulierte darüber, wie lange man in der Avenue Foch und in Berlin damit warten würde, ihm Heiligers Nachfolger zu präsentieren. Und ob man so sensibel wäre, ihm zu helfen, sein Gesicht zu wahren, indem man ihm zumindest ein Mitspracherecht bei der Auswahl zugestand.

Da bei jener nicht näher definierten geselligen Runde am Abend Erscheinen in Uniform erwartet wurde, wies Carl Hilde Neumeier an, Heinz Becker mitzuteilen, seine Uniform ausbürsten zu lassen und schloss sich anschließend in seinem Büro ein. Wo er den Stahlschrank öffnete, Heiligers blaue Dossiers herausholte und sie auf dem Schreibtisch stapelte. Das war Ottos Vermächtnis, dachte Carl. Besser, es fiel nicht in die falschen Hände. Wen auch immer man zu Heiligers Nachfolger bestimmte – dieser Jemand konnte Zugriff auf Carls Verschlusssachen verlangen. Oder von Lochmann mit einem Schlüssel zu seinem Safe ausgestattet werden. Carl war überzeugt, dass seine neugierige Vorzimmerschnüfflerin Hilde bisher keinen Blick in die Papiere geworfen haben konnte. Heiliger war stets darauf bedacht gewesen, die Dossiers von ihr fernzuhalten. Und dafür, dass Hilde über keinen Zugang zu seinem Stahlschrank verfügte, hatte Carl gesorgt. Er stopfte die blauen Dossiers in seine Aktentasche, um sie vorläufig in seinem Quartier zu verstauen.

Heinz Becker empfing ihn untypisch schweigsam und zerstreut. Zwar waren die Uniform ausgebürstet und die Stiefel auf Hochglanz gewichst, doch in der Küche stand noch Abwasch herum, und Heinz hatte nicht einmal gelüftet. Er war kein Freund von Heiliger gewesen und reagierte auf dessen Tod nur mit ein paar Floskeln. Das konnte es also nicht sein, dachte Carl, während er die von Heinz vorbereiteten Brote aß und den dünnen Tee trank, den er dazu servierte.

»Heinz? Was ist los?«, erkundigte sich Carl schließlich.

Becker druckste herum, tat zunächst, als hätte er Carls Frage überhört, verschwand dann ins Bad und reagierte selbst dann noch nicht, als Carl seine Frage wiederholte.

Carl rauchte eine Zigarette und öffnete das Fenster, aus dem kühle, von Kohlenfeuergeruch schwangere Luft einströmte.

»Jetzt ist es aber genug, Becker. Raus mit der Sprache!«, befahl er, sobald Becker erschien, um abzuräumen.

Endlich rückte Heinz damit heraus, was ihn so bedrückte. Er griff in seine Uniformtasche und brachte einen in Paris abgestempelten Briefumschlag hervor, der an eine gewisse Mademoiselle Julie Nazaire adressiert war. Carl erinnerte sich, dass Becker vor einigen Wochen ungewöhnlich aufgekratzt gewesen war und zu dieser Zeit auch öfter die Abende außerhalb des Quartiers verbrachte. Er glaubte daher zu ahnen, was Heinz belastete: Der Mann hatte wohl Liebeskummer. Angelpunkt und Auslöserin jenes Kummers war zweifellos diese Mademoiselle Julie. *Auch das noch*, dachte Carl und öffnete den Brief. Darin befand sich ein einzelnes gefaltetes Blatt Papier, auf dem in einem schlechten Druck ein schwarzer Sarg mit der französischen Lilie darauf abgebildet war.

Carl begriff sofort, was er da vor sich hatte. Denn in einem von Heiligers Berichten hieß es, dass die Pariser, die als Kollaborateure mit der Besatzungsmacht galten, in den letzten Wochen häufig Briefe mit dem Bild solcher schwarzer Särge darin erhielten.

»Das ist doch unerhört, Obersturmbannführer! Wir verstehen uns, und wir gehen zusammen aus. Da kann doch keiner was gegen haben, oder? Wir tun doch niemand was! Julie ist Buchhändlerin. Sie verkauft Romane und Gedichte an die Leute. Und ich mach hier bei Ihnen die Wäsche, die Küche und den Putz. Das tut doch nun wirklich auch keinem weh! Aber die Terroristen schicken ihr 'n schwarzen Sarg in 'nem Briefumschlach!? Die Julie hat seit Tagen vor lauter Angst kein Auge mehr zugekriegt. Die Julie ist auch nicht die Einzige, die so 'nen Dreck bekommen hat. Das geht in Paris gerade rum wie 'n Tripper im Puff. Also wer so was macht … nee, Obersturmbannführer, das is' nicht recht. Was haben wir denn mit Politik zu tun? Nüscht. Gar nüschte!«, regte Heinz Becker sich auf. Er legte dazu das Foto einer schmalen Brünetten auf den Küchentisch, die zwischen einigen Bouquinistenständen am Seineufer in die Kamera lächelte.

Carl hatte durchaus Verständnis für Heinz' Empörung. Aber so war das nun einmal in diesen Zeiten, in denen jeder, der eine deutsche Uniform trug, auch für die deutschen Untaten verantwortlich gemacht wurde. Carl konnte es den Franzosen nicht ganz und gar verdenken, dass sie ihre Landsleute an die kommende Generalabrechnung mahnten. Heinz' kleine Mademoiselle Julie war in ein Räderwerk geraten, das längst nicht mehr aufzuhalten war. Doch es würde zu viel Einsicht und Verständnis von Heinz verlangen, ihm diese Tatsache zu erklären, fürchtete Carl. Zumal Recht und Unrecht in dieser Art von Situation sowieso in eine Art brackiger Pfütze verschwammen, die jegliches Bild nur noch als Schemen zeigte und selbst das nur, falls der Winkel stimmte, aus dem heraus sie angeleuchtet wurde.

Er versicherte Heinz daher lediglich, dass er den Vorfall an die entsprechenden Dienststellen melden und diese schon für Julies Sicherheit sorgen würden. Seine Zweifel über den Effekt dieses Versprechens waren Heinz ins Gesicht geschrieben. Dennoch steckte er Brief und Foto wieder ein und machte sich dann an den überfälligen Abwasch.

Carl ging ins Wohnzimmer. Es war ihm plötzlich unangenehm, mit Heinz im selben Raum zu sein. In der einzigen Kiste, die er hier in Paris noch nicht ausgepackt hatte, waren seine Malutensilien, Farben, Töpfe, Tuben, Spachtel, Pinsel, Paletten und ein paar Bücher, die er gerne beim Malen um sich wusste. Er warf einen langen Blick darauf, griff dann aber nach seiner Aktentasche, öffnete sie und schaute sich suchend nach einem passenden Versteck für Heiligers Dossiers um.

Der Fahrer, den York ihm schickte, brachte ihn später zu der Zusammenkunft ins Hotel Majestic. Carl hatte es seit seiner Versetzung nicht mehr als vier- oder fünfmal betreten, da bisher Heiliger den Kontakt – sowohl hierher als auch zur Stadtkommandantur im Hôtel Meurice ein paar Ecken weiter – gehalten hatte. Daher gab es für Carl keinen Grund, sich öfter hier herumzutreiben.

Das Gebäude war einst als Luxushotel errichtet worden, wurde im Ersten Weltkrieg aber als Lazarett genutzt, bevor man es später erneut als Hotel wiedereröffnete. Wenige Jahre vor Beginn des jetzigen Krieges hatte es der französische Staat als Residenz des Verteidigungsministeriums angekauft. Was einer gewissen Ironie nicht entbehrte, wenn man bedachte, welche Dienststellen heute hier residierten.

Carl war auch heute wieder schlichtweg beeindruckt von dem Haus, sobald er es betrat. Trotz seiner wechselvollen Geschichte hatte sich darin noch viel von dem alten Glanz erhalten, für den es zu seinen Hochzeiten als eines der besten Luxushotels der Welt gerühmt worden war.

Die Wände waren mit teuren Tapeten und verschwenderischem Stuck verziert, dazu gab es überall goldgerahmte Spiegel, einige von ihnen groß genug, dass sich darin halbe Regimente spiegeln konnten. Die Böden bestanden aus edlem Holzparkett, bedeckt von zwar abgetretenen, aber nicht weniger wertvollen Läufern und Teppichen. Doch am beeindruckendsten fand er die verschwenderische Höhe der Räume und Größe ihrer Fenster. Es musste eine echte Plage sein, dieses Haus im Herbst und Winter zu heizen, dachte er, als er für einen Augenblick in seine frühere Rolle als Beschaffungsbeamter zurückfiel. Hier ein Büro beziehen zu dürfen, fand Carl, konnte eine schlichte preußische Beamtenseele durchaus aus dem Gleichgewicht bringen. Andererseits würde auch kein deutscher Kanzler oder Minister je auf die Idee kommen, ein ehemaliges Luxushotel zum Hauptsitz des Verteidigungsministeriums zu machen.

Der Fahrer wusste nicht viel über die Veranstaltung, zu der er Carl chauffierte. Nur dass sie auf Stabsebene stattfand und man dabei reichlich zu essen und zu trinken auffahren würde. Beides schien dem Mann besonders wichtig zu sein. Ein Gefreiter in Ausgehuniform empfing Carl und geleitete ihn in einen der Säle im ersten Stock. Dafür, dass von diesem Gebäude aus eine der gewaltigsten Militärmächte der Weltgeschichte dirigiert wurde, fand Carl, ging es in den Fluren und Büros hier bemerkenswert ruhig zu. Die so furchtbare wie bewundernswerte deutsche Effizienz – hier konnte man sie aus erster Hand studieren.

Der Saal, vor dem er schließlich den Mantel ablegte, zählte sicher zu den kleineren. Was allerdings in diesem Gebäude eine sehr relative Kategorie darstellte. Denn der Raum war immer noch zu weitläufig, um von der hohen Doppeltür aus sofort überschaubar zu sein. Immerhin erkannte Carl in einer Gruppe an der Fensterfront zunächst von Stülpnagel und einige seiner Stabsoffiziere, die sich dort gerade angeregt mit niemand Geringerem als Generalfeldmarschall Rommel unterhielten. Dass er die Stadt besuchte, war Carl nicht bekannt gewesen. York hingegen entdeckte er unter den etwa vierzig Gästen, die sich in zumeist kleineren Gruppen in dem Saal zusammengefunden hatten, zunächst nicht. Zumal sich dem Saal eine Terrasse anschloss, auf der sich ebenfalls einige Gäste aufhielten, die Carl den Rücken zukehrten. Doch Männer in SS-Uniformen waren hier nur sehr spärlich vertreten.

Gefreite servierten Sekt, Cognac und Bier. Gemessen an den absolut makellosen Uniformen der kellnernden Gefreiten war die des berühmten Hauptmanns, der plötzlich wie aus dem Nichts neben Carl erschien, fast schon als unordentlich zu bezeichnen, denn er hatte einige beinah schon stumpfe Flecken auf seinem Koppel.

»Dafür, dass man Sie so selten auf dem gesellschaftlichen Parkett sieht, Obersturmbannführer, haben Sie eine geradezu unheimliche Art, dort aufzutauchen, wo nun wirklich keiner mit Ihnen gerechnet haben kann«, sagte der Hauptmann.

Carl ahnte, dass sie beide nicht ganz zufällig zu dieser Zusammenkunft eingeladen worden waren. »Das könnte ich von Ihnen ebenso gut behaupten, Hauptmann. Obwohl ich fürchte, dass weder Sie noch ich dieses Zusammentreffen einem bloßen Zufall zu verdanken haben.«

Der Hauptmann griff sich ein Glas Sekt, in dem einige Erdbeeren schwammen. Jetzt im November – so lange nach Ende der Saison – waren sie sogar in Paris ein Luxus.

»Sie haben mich übrigens hintergangen, Hauptmann. Es gab keinen Grund für dieses Dementi bei Radio Paris vor einiger Zeit.«

Der Hauptmann trank nachdenklich von seinem Sekt. »Ich hätte dieses Vorgehen nicht empfohlen, Obersturmbannführer. Ich glaube nur bedingt an die Maxime, dass die Wahrheit stets das erste Opfer eines Krieges zu sein hat. Selbst wenn es ohne ein gewisses Maß an Propaganda nicht möglich ist, überhaupt Krieg zu führen, so existieren doch Dinge, deren widerliche Natur besser offen benannt werden sollte. Bestimmte Geheimnisse sind wie eitrige Entzündungen, die unter dem Schorf der Lüge weiterwuchern, um eines Tages nur umso ekliger aufzubrechen. Aber wer weiß dann schon, wie hoch der Schaden sein wird, den sie am Volksempfinden und dem Vertrauen in die Macht anrichten?«

So, so, dachte Carl, *du klingst beinah wie einer von Goebbels' Aufpeitschern. Dabei soll der dich doch persönlich gewarnt haben, dass du dich längst der Zone der Kopfschüsse näherst.* Aber immerhin bestätigte der Hauptmann ihm damit, dass es tatsächlich nicht die Feldgrauen, sondern wirklich die Gestapo gewesen war, die jene Meldung auf den Weg gebracht hatte.

»Dieser Mörder wird nicht aufgeben, nur weil man ihn offiziell ignoriert, Hauptmann. Das hat er erst vor Kurzem unter Beweis gestellt.«

»Wie man hört, haben Sie in dieser Angelegenheit ja inzwischen der Gestapo das Feld überlassen müssen, Obersturmbannführer. Das sollte Sie entlasten.«

Aha, deswegen bin ich eingeladen worden, dachte Carl. *Da-*

mit der Hauptmann mich auf meine Stimmung und Auffassung hin abklopfen kann. Nicht dumm, es ausgerechnet hier zu tun, in diesem Saal voller über jeden Zweifel erhabener Helden. Aber auch nicht gerade subtil.

»Sie haben demnach gehört, was man draußen an der Bahnstrecke nach Poissy gefunden hat, Hauptmann?«

Der Hauptmann zögerte mit seiner Antwort. »Nicht en detail, Obersturmbannführer. Sie waren vor Ort?«

Das war ich, dachte Carl. Wie weit einen das Leben innerhalb weniger Stunden führen konnte – von einem Schlachthaus bis ins Herz des Hofes von Hitlers mächtigstem Militärführer. Unbegreiflich grotesk, dieser Kontrast. Trotzdem war er jetzt hier.

»Nicht nur auf den Schlachtfeldern erweist sich, aus welchem Holz wir wirklich geschnitzt sind, Obersturmbannführer. Falls es Ihnen unangenehm ist, darüber zu sprechen – es lag mir fern, Sie verletzen zu wollen.«

Das hast du nicht, dachte Carl. *Auch wenn es eine anständige Geste war, mir eben zu versichern, dass sich der wahre Charakter von Männern nicht nur auf dem Schlachtfeld erweist. Auf der anderen Seite lässt sich solch ein Sinnspruch auch verdammt einfach dahinsagen, wenn man dabei einen Pour le Mérite um den Hals hat und das Band eines Eisernen Kreuzes am Revers trägt.*

Carl lieferte dem Hauptmann eine Beschreibung dessen, was sie heute Morgen in der alten Wäscherei vorgefunden hatten.

Der Hauptmann hörte ihm regungslos zu. Er schien dabei sogar seinen Atemrhythmus verlangsamt zu haben, so sehr konzentrierte er sich auf Carls Worte.

»Ich bin nicht sicher, wie lange Kommissar Perreau brauchen wird, um darüber hinwegzukommen, dass er sich die Maden, die aus dem abgetrennten Kopf des Untersturmführers fielen, aus dem Haar kämmen musste«, beendete Carl seine Schilderung auf einer dem Thema angemessen makaberen Note.

»Das sind Abgründe der Moral, vor denen einem schaudert. Doch sie sind ein Symbol unserer Zeit. Es stand zu erwarten, dass da, wo Mord zur Alltäglichkeit wird, sich früher oder später eine Figur zeigt, die den individuellen Mord zu einer grotesken Kunstform zu erheben versucht.«

Das war einerseits zwar die kühlste Analyse zum Werk des Mörders, die Carl bisher zu Ohren gekommen war. Aber andererseits auch kaum hilfreich dabei, ihn unschädlich zu machen.

»Da sprechen Sie diesem Ungeheuer wohl zu viel an ästhetischem Einfühlungsvermögen zu.«

»Na ja, Obersturmbannführer, Gilles de Rais soll angeblich Liebesgedichte rezitiert haben, während er auf seiner Burg Hunderte Bauernjungen ausbluten ließ, und schuf damit ein Kunstwerk des Abgrunds, das heute noch in Legenden und Sagen verbreitet wird. Was wir tun, wirkt ja immer über unser eigenes Zeitalter hinaus. Und mancher von uns ist dabei unbewusstes Werkzeug höherer Mächte. Höchst interessant übrigens auch, dass der Mörder die Leiche Ihres Untersturmführers angeblich am Kopfende der Tafel platzierte. Sein Haupt, erwähnten Sie, hing er über die Mitte der Tafel, nicht?«

Carl bestätigte das mit einem Nicken und fragte sich, ob der Hauptmann ihm doch noch etwas mitzuteilen hätte, das über seine Ansichten zu Mord als vermeintliche Kunstform hinausging.

»Demnach hat er Ihren Untersturmführer als pater familias arrangiert? So ist dann auch die Position des Kopfes über dem Tisch plausibel. Dieser Mann legt mit seinen Arrangements einen Brandsatz ans geistige Fundament der Zivilisation. Dazu gehört ein hohes Maß an niedrigem Denken. Aber auch an höherer Einsicht. So paradox das auch scheinen mag.«

Nur solange man Familie wirklich als Fundament der Zivilisation betrachtete, dachte Carl, der das aus sehr persönlichen Gründen bestimmt nicht so selbstverständlich tat wie der Hauptmann.

»Der Kommissar geht davon aus, dass der Mörder aus einer zerbrochenen Familie stammt, Herr Hauptmann. Das wäre nichts Neues.«

Der Hauptmann hob seinen Sektkelch, in dem sich vier Erdbeeren befanden, und drehte ihn einige Male vor seinen Augen hin und her. Das kostbare geschliffene Glas funkelte dabei im Licht. Carl fühlte sich plötzlich abgestoßen von dem Hauptmann, der nichts dabei fand, sich während eines Gesprächs über bizarre Morde am Lichtspiel seines Sektkelches zu erfreuen.

»Ich bin kein Freund des Doktor Freud und dessen Thesen. Sie mögen durchaus ihre Meriten haben, doch der Wiener Doktor hat für meine Auffassung seine Netze zu weitmaschig geknüpft, um die Vielfalt des menschlichen Geistes darin wirklich zielsicher einfangen zu können. Aber kennen Sie Benn, Obersturmbannführer? Seine Gedichte aus der Krebsbaracke? Mir scheint, Ihr gesuchter Mörder beweist in seiner Herangehensweise einen ganz ähnlich explosiven Nihilismus, wie er auch aus Benns frühen Arbeiten spricht. Mein Rat, von Maug, wenn Sie mir denn einen gestatten wollen, lautet daher: Schauen Sie sich unter medizinisch geschulten Männern um. Zwischen Ärzten und Pflegern. Vielleicht ja auch beim Verwaltungspersonal eines Hospitals.«

Carl hatte Gottfried Benns Gedichte nur noch schwach in Erinnerung. Obwohl ihm bewusst war, dass sie seinerzeit wegen ihrer brillanten Verbindung aus sarkastischer Romantik, Tabuthemen und kühler Todesverachtung großes Aufsehen erregt hatten. Benn war Arzt für Haut- und Geschlechtskrankheiten. War der Mörder ein von Film und Fotografie besessener Mediziner? Carl nahm sich vor, bei nächster Gelegenheit mit Madame la Doctoresse darüber zu sprechen.

»Nun ja, Hauptmann, der Fall liegt seit heute Morgen natürlich in den Händen der Gestapo. Lochmann und seine Truppe.«

Der Hauptmann stellte seinen Sektkelch auf einem der Tische ab. »Gewiss, Obersturmbannführer. Ich hatte einige Male flüchtig Kontakt mit ihm. Kein sonderlich gebildeter Zeitgenosse. Dennoch sollten Sie eins nicht vergessen: Sie verfügen im Stab des Befehlshabers über mehr Freunde als Ihnen bewusst sein dürfte«, versicherte er. Dann deutete er ein Nicken an und schlenderte auf die Gruppe um von Stülpnagel und Feldmarschall Rommel zu, wo man ihn erfreut willkommen hieß.

Carl bediente sich an dem Büfett, das gute französische Hausmannskost mit einigen typisch deutschen Einsprengseln bot. Er wartete auf eine Gelegenheit, York allein sprechen zu können. Der schien ihm allerdings auszuweichen. Bei seinen Gängen durch den Saal überhörte er das eine oder andere Gespräch, beteiligte sich selbst allerdings kaum daran. Was auch daran lag, dass man ihn als SS-Offizier nicht gerade dazu ermunterte. Die meisten Gespräche drehten sich um die Frontverläufe und den Zustand von Rommels Festungsanlagen an der Atlantikküste.

Doch einer Konversation folgte Carl intensiver. Bei Bier und Sekt diskutierten Major Kunkel von der Propagandaabteilung des Heeres und Staatsrat Oskar Röhler vom Zivilverwaltungsamt über Sinn und Unsinn von Geiselerschießungen. Kunkel war ein blasser, hochgewachsener Mann Ende vierzig, der linke Ärmel seiner Uniform war leer. Carl kannte ihn bisher nur vom Hörensagen. Anders sah es bei Staatsrat Röhler aus. Er war Jurist aus Dresden, früher wohl auch Professor an der dortigen Universität, den man als juristischen Experten für die Militärverwaltung in Frankreich rekrutiert hatte. Seine Stellung innerhalb der Hierarchie war etwas unklar. Doch er war Carl grundsätzlich nicht unsympathisch gewesen, als er kürzlich zum ersten Mal mit ihm gesprochen hatte.

»Aber Herr Major!«, erregte sich Röhler gerade. »Dass man zwanzig oder dreißig Franzosen hinrichtet, kann den Widerstand nicht beeindrucken. Im Gegenteil, das führt ihm doch nur neue Rekruten zu!«

»Nein, nein, Herr Staatsrat!«, widersprach der Major. »Sie missverstehen ja völlig denn Zweck der Geiselerschießungen! Die sollen der Bevölkerung die Entschlossenheit des Führers vor Augen führen. Nicht nur die Terroristen sollen sich davor fürchten, sondern vor allem die breite Masse der Bevölkerung. Das sind Kommunisten, Terroristen und Juden, die man dazu ausgewählt hat. Übrigens unter Mithilfe französischer Beamter, mein Lieber! Sobald den Franzosen erst einmal wieder völlig klar geworden ist, dass wir es mit unseren Repressalien ernst meinen, werden sie schon einsehen, dass es in ihrem

Interesse ist, die Terroristen nicht zu unterstützen. Sie als Jurist können doch gar nicht bezweifeln, dass Eigennutz die mächtigste menschliche Regung darstellt!«

»Darin gehe ich ja mit Ihnen d'accord, Major! Eigennutz ist überhaupt die mächtigste menschliche Triebfeder. Dennoch kennen Sie ja wohl die Reaktion der Bevölkerung auf die letzten Vergeltungsmaßnahmen. Selbst wenn es vornehmlich Kommunisten waren, die man erschossen hat, waren auch Nationalisten darunter, die mit dem Ruf ›Vive la Patrie!‹ vor das Peloton getreten sind. Diese Maßnahmen sind falsch. Moralisch und politisch. Was man braucht, sind Verfahren vor Militärgerichten, gegen jeden Terroristen und Sympathisanten, den wir fassen können. *Das* wird die französische Bevölkerung den Respekt vor uns lehren. Nicht diese summarischen Hinrichtungen, auf denen der Führer immer noch besteht!«

»Nicht doch, Herr Staatsrat! Bei der Vergeltungsaktion für den SD-Mann, der letzte Nacht bei Poissy vom Widerstand ermordet wurde, werden Sie sehen, dass da wirklich keine Unschuldslämmer ausgewählt worden sind. In dieser Charge befinden sich neben einer Handvoll Juden ausschließlich Terroristen und Saboteure.«

Bis hierher war Carl der Unterhaltung nur flüchtig gefolgt. Doch bei dieser neuerlichen Geiselerschießung konnte es sich nur um eine Vergeltungsmaßnahme für Heiliger handeln. Von dem die beiden Männer zu glauben schienen, er sei von einem Terrorkommando getötet worden. Lochmann hatte offenbar keine Zeit verloren, die für ihn passende Version der Ereignisse zu verbreiten. Carl fragte sich betroffen, wie viele Franzosen wohl für Lochmanns dreiste Lüge büßen würden.

Die Scheinheiligkeit, mit der Röhler und Major Kunkel über die Geiselerschießungen diskutierten, regte ihn auf. Dass der Major sie so offen verteidigte, deutete zudem auf einen gewissen Sinneswandel der Feldgrauen hin, der ihm zu denken gab. Carl verabscheute die summarischen Hinrichtungen nicht mal nur aus rein moralischen Gründen. Als Jurist war er überzeugt, dass jeder Mann, der vor ein Erschießungskommando trat, zuvor von einem ordentlichen Gericht gefälligst dazu verurteilt werden sollte. Dies geschah aber nicht. Das Recht auf einen fairen Prozess zählte jedoch zum Fundament der Zivilisation. Wer es aushebelte, der erzeugte statt Angst vor allem Abscheu und Zorn innerhalb der Bevölkerung. Zorn war die willkürlichste menschliche Regung überhaupt. Sie übertrumpfte auch den Eigennutz, den der Major und Staatsrat Röhler als die angeblich mächtigste menschliche Triebfeder überhaupt charakterisiert hatten. Zorn übertrumpfte zuweilen ja sogar den Selbsterhaltungstrieb, jenen tiefsten Instinkt im Menschen überhaupt. Letztlich, fand Carl, bewies ihre Diskussion nur einmal mehr, wie stark sich das gefährlich schlichte Menschenbild, das die Partei verbreitete, selbst in gebildeten Männern festgefressen hatte, die es eigentlich besser wissen sollten. Die Parteiideologie feierte schließlich nichts anderes als die beiden simpelsten menschlichen Regungen, nämlich Furcht und Eigennutz. Aber ignorierte dabei ganz bewusst alle übrigen, die Carl immer als die wertvolleren, weil komplexeren, bezeichnet hätte.

Mit den Worten »Da bist du ja, mein Lieber!« unterbrach York Carls Gedanken. Er zog ihn sachte aus der Hörweite Röhlers und des Majors zum Balkon hinaus, auf dem sich inzwischen nur noch eine Handvoll Männer aufhielten. Darunter waren allerdings Feldmarschall Rommel, von Stülpnagel und der berühmte Hauptmann, die anscheinend in einer Unterhaltung von der Sorte vertieft waren, bei der man von vornherein zufällige Lauscher ausschloss.

Der Hauptmann und von Stülpnagel schauten daher irritiert und misstrauisch auf, als Carl und York den Balkon betraten. Doch der Militärbefehlshaber schien in dem Moment Entwarnung zu geben, in dem er York erkannte. Er wandte sich wieder seinem Gespräch zu. Nur der berühmte Hauptmann schaute Carl einen Augenblick länger hinterher.

Ein leichter Nebel hing über der Stadt und legte feinste Tropfen auf Haar, Haut und Uniformen. Es war auch kälter geworden. Der erste Frost würde nicht mehr lange auf sich warten lassen.

Einer der kellnernden Gefreiten hatte ein mit halb ausgetrunkenen Sekt- und Rotweingläsern gefülltes Tablett auf der breiten Balkonbrüstung stehen lassen. Carl rührte nichts davon an, obwohl in ihm das Verlangen nach Alkohol heftiger als zuvor brannte.

York warf einen grimmigen Blick auf den Feldmarschall, der gerade dem Militärbefehlshaber die Hand auf die Schulter legte, als wolle er damit ein Argument unterstreichen.

»Sieht nicht so aus, als tauschten die dort Spätzlerezepte aus, was?«, fragte er.

»Bestimmt nicht«, antwortete York abfällig. »Der große Wüstenfuchs. Wenn es um die Zukunft des Reiches geht, sollte man ihn eher die kleine Maus nennen. Aber den arroganten Dandy verehrt er nun mal. Der wird ihm schon klarmachen, was auf dem Spiel steht!«

Trotz Yorks bewusst verklausulierten Angaben konnte Carl sich einen Reim darauf machen, worauf sein Freund sich bezog. Waren der Hauptmann und von Stülpnagel etwa dort einige Schritte von ihnen entfernt gerade dabei, Rommel für die Umsturzpläne zu gewinnen? Das wäre allerdings wirklich ein Coup für die Verschwörer. Der Feldmarschall wurde in der Bevölkerung verehrt wie sonst keiner von Hitlers Generälen.

»Ich bin dabei, York«, sagte Carl leise und schaute dabei bewusst an seinem Freund vorbei auf die in Nebel gehüllte Stadt.

»So, so, mein Freund. Hat ja ungewöhnlich lange gedauert. Sogar für deine Verhältnisse«, kommentierte York.

»Aber …«, fügte Carl hinzu.

»Was, aber …?«

»Ich will Lochmann persönlich verhören, wenn es so weit ist. Und zwar allein. Wir haben eine Rechnung offen.«

York reagierte auf Carls Bedingung mit einem herablassenden Lächeln, das Carl unangemessen fand. »Da sieh an! Der Herr von Maug, plötzlich ganz der blutrünstige Krieger, was? Hätte nicht gedacht, dass dir der Tod deines Untersturmführers so an die Nieren ging, mein Alter!«

Carl zögerte mit der Antwort. Aber er wusste auch, dass er letztendlich nicht darum herumkommen würde, eine zu geben. »Das ist es nicht. Ich will diesen Mörder fassen, den Lochmann schützt. Er kennt ihn. Irgendwie muss er von ihm profitieren. Und nicht nur in dem Sinne, dass der für ihn ein paar Juden tötet. Das könnte Lochmann mit seiner Truppe effektiver erledigen. Es muss etwas Finanzielles sein. Oder vielleicht ja auch eine Erpressung. Obwohl mir das andererseits unwahrscheinlich vorkommt.«

York trat wortlos an die Balkonbrüstung und schaute zur Straße hinab, die unter Nebel und leichtem Nieselregen verborgen war. Carl war außerstande zu beurteilen, was seinem Freund dabei durch den Kopf ging.

York beugte sich jetzt gefährlich weit über die Brüstung, wandte sich gleich darauf jedoch von ihr ab und wieder Carl zu. »Wir sind hier nicht bei einer Skatrunde im Casino, Carl. Verdammt unverschämt von dir, Bedingungen zu stellen.«

Und wenn schon, dachte Carl. »Trotzdem braucht ihr mich, wenn es so weit ist. Falls ich meinen Flics und Gendarmen befehlen sollte, gegen euch vorzugehen, sobald ihr damit anfangt, die SS auszuschalten, habt ihr ein Problem.«

»Wer garantiert dir denn, dass deine Greifer ausgerechnet für die SS gegen uns Feldgraue Stellung beziehen würden?«

Kein unberechtigter Einwand, das musste Carl zugeben. Allerdings hatte York ihn mit einer Verächtlichkeit vorgebracht, die ihm schwer im Magen lag.

»Da fällt mir schon etwas ein!«

York schürzte die Lippen und nickte unmerklich. »Aha, da würde dir schon was einfallen?«, sagte er. »Könnte aber sein, dass zuvor auch uns etwas zu dir einfällt. Und vielleicht ist das dann nichts Gutes.«

Carl zuckte mit den Achseln. »Das Risiko gehe ich ein.«

York wandte sich der Balkonbrüstung zu und schaute wieder hinunter zur Straße. »Du hast schon mal überzeugender geblufft, Carl.«

Für ihn bist du genauso nur ein Lappen wie für Gertrud, Lochmann und in gewisser Weise ja vielleicht sogar für Perreau, dachte Carl. Er war wütend über Yorks Arroganz. Aber vielleicht, dachte er weiter, hielten sie ihn weniger für einen Lappen als vielmehr für einen Pausenclown. Von dem jedermann selbstverständlich erwartete, dass er auftrat, sobald der Kapellmeister einen Tusch brachte, und der sich nach seiner Nummer beim Publikum für die Lacher gefälligst auch noch artig bedankte. Dabei übersahen sie alle, dass Clowns nur dann Lacher beim Publikum erzeugen konnten, solange sie daran glaubten, dass ihre Witze auch amüsant waren. Doch der Clown tanzte ab heute nicht mehr nach der Pfeife seiner Herrn, dachte Carl.

Er griff nach einem der Rotweingläser auf dem Tablett, trank es in einem Zug aus und warf es anschließend an York vorbei über die Brüstung. »Das ist das Problem, York. Diesmal bluffe ich nicht.«

York wandte sich um, lehnte sich mit dem Rücken gegen die Brüstung und verschränkte die Arme vor der Brust. »Da unten stehen Wachen«, bemerkte er.

Carl griff nach dem nächsten Glas, trank es aus und warf es an York vorbei ebenfalls herunter.

»Hab gar nicht drauf geachtet. Tragen die Stahlhelme?«, sagte er und griff nach dem nächsten Glas. Bevor er es austrinken und hinunterwerfen konnte, fiel York ihm jedoch in den Arm.

»Drei wäre ein bisschen übertrieben. Außerdem schaut der Feldmarschall zu uns herüber!«

Carl war nur recht, dass Rommel ihnen zusah.

»Du kriegst Lochmann. Aber nur ihn. Die übrigen Schweine stellen wir gleich an die nächste Wand«, flüsterte York.

Na also, dachte Carl stolz über seinen Sieg. Er war immer noch ein Feigling, da machte er sich nichts vor. Aber seit heute – seit jetzt und hier in diesem Moment – zählte er zu den wenigen Feiglingen, die zumindest begriffen hatten, dass ein Feigling zu sein nicht automatisch bedeutete, auch ein Pausenclown oder gar Lappen sein zu müssen.

»Wann ist es so weit?«, fragte Carl kalt und erwartete, von York zu hören, dass man den Anpfiff zum Staatsstreich lange vor der erwarteten Invasion der Alliierten in Frankreich geben würde.

»April oder Mai nächstes Jahr«, antwortete York leise. »Vielleicht auch erst im Juni.«

April oder Mai, dachte Carl erschrocken, bedeutete, dass mindestens fünf Monate vergehen würden, bevor er sich an Lochmann heranwagen konnte. Fünf Monate, in denen der Mörder ungehindert weiter töten konnte. Fünf Monate, die er auf seinem Posten verbringen und dort gute Miene zu einem grotesk bösartigen Spiel machen musste.

Das schlimmste, schmutzigste von allen Dingen/Die Qual, die nicht Gebärde hat noch Schrei/und doch die Erde macht zur Wüstenei, erinnerte Carl sich an ein Gedicht von Charles Baudelaire und hatte das Gefühl, in einer bizarren Welt aus Furcht und Stille gefangen zu sein, aus der kein Ausweg mehr existierte.

Irgendwo am Stadtrand fanden Fliegerangriffe statt, denn es erschien plötzlich Feuerschein am Horizont, der sich graurot aus dem Nebel schälte.

31

Als er in dieser Nacht in sein Quartier zurückkehrte, fand er lange nicht in den Schlaf, sondern wälzte sich ruhelos im Bett hin und her, bis der Morgen dämmerte und er es fast als Erleichterung empfand, aufstehen zu müssen. Heinz Becker, der ihm das Frühstück bereitete und das Rasierwasser anwärmte, schien an diesem Morgen noch zerstreuter denn je. Carl schob es auf die Geschichte mit seiner Liebsten und dem Drohbrief an sie.

Carl hatte Kopfschmerzen und fragte sich, ob diese von den wenigen Mengen Sekt und Wein herrühren konnten, die er gestern getrunken hatte. Er widerstand der einfachsten Medizin, die ihm dagegen zur Verfügung stand, und verzichtete darauf, sein Frühstück mit ein paar Bier oder einem Glas Brandy aufzustocken. Also ging er zwar mit pochendem Kopf, aber immerhin nüchtern in seine Dienststelle. Er fragte sich, weshalb er weiter nüchtern blieb, obwohl es keinen Grund mehr dafür gab. Vielleicht war es bloß eine noch grimmigere Form von Notwehr gegenüber der Realität, als es das Saufen zuvor gewesen war.

Gegen Mittag brachte ein Kurier aus Berlin drei Personalakten von möglichen Nachfolgern auf Heiligers vakant gewordenem Posten. Carl las sie und fand seinen Verdacht bestätigt, dass keinem von ihnen zu trauen sei. Sie alle verfügten über eine offen erkennbare Verbindung zu Lochmann, Standartenführer Knochen oder dem Pariser Gestapo-Chef Oberg.

Daher lehnte er jeden der drei Vorschläge mit einem Schreiben ab, von dem er genau wusste, dass es sowieso niemanden, der es las, überzeugen konnte. Beinah schon fröhlich fragte er sich, wie lange man in Berlin dieses Spiel noch mitspielen würde, bevor man seiner Dienststelle einen dieser Männer einfach per Befehl aufzwang.

Hilde Neumeier öffnete die Bürotür. »Da ist ein Anruf für Sie, Obersturmbannführer«, kündigte sie an. »Von einem Klempner. Irgendetwas ist angeblich drüben in Ihrem Quartier. Der Klempner sagt, da öffnete keiner. Aber ist denn Heinz Becker nicht dort?! Ist da was passiert? Soll ich die Wache rüberschicken? Jetzt, wo doch der Otto … also, wo … Sie wissen schon, von den Terroristen …?! Müssen wir da alle nicht besonders vorsichtig sein?«

Carl hatte keine Ahnung, ob ein Klempner Grund hätte, ihn sprechen zu wollen. Aber er war andererseits auch nicht mal sicher, ob in seinem Quartier wirklich alle Wasserhähne funktionierten und Heinz Becker legte sich nach dem Frühstück auch gern für eine Stunde aufs Ohr und er hatte einen festen Schlaf.

»Lassen Sie nur, ich rede mit dem Mann«, entschied Carl. Hilde stellte den Anruf durch.

»Obersturmbannführer von Maug«, meldete sich Carl.

»Bonjour, Monsieur, ich fürchte, ich muss Sie bitten, zu Ihrer Wohnung zu kommen. Da macht keiner auf, aber angeblich tropft es in die darunter.«

Carl war nicht sicher, was das sollte. Als er vor zwei Stunden sein Quartier verlassen hatte, war noch alles in Ordnung gewesen.

»Mein Bursche sollte zu Hause sein und sich darum kümmern.«

»Hier ist keiner, Monsieur. Am besten kommen Sie selbst mal rüber und schauen nach dem Rechten.«

»Ich bin ziemlich beschäftigt, Mann! Wissen Sie nicht, mit wem Sie sprechen?«, fuhr Carl den Anrufer an.

»Mein Patron, Monsieur Lelouche, behauptet, Sie seien der Chef der Pariser Greifer«, entgegnete der Anrufer.

Daher weht also der Wind, dachte Carl. Lelouche war zwar eine Figur mit mehr dunklen Verbindungen und Geheimnissen, als selbst Heiliger hätte zählen können. Aber er war auch erfolgreicher Geschäftsmann und deswegen ein Pragmatiker. Carl glaubte nicht, dass Lelouche so wahnsinnig sein konnte, ihn in eine Falle des Widerstands zu locken. Andererseits garantierte ihm auch niemand, dass der Anrufer tatsächlich für Lelouche arbeitete.

Carl traf eine Entscheidung. »Warten Sie auf mich!«, antwortete er, beendete das Gespräch, griff sich den Mantel von der Garderobe und ging an der erstaunten Hilde Neumeier vorbei aus der Dienststelle.

Dass der Unbekannte, der ihn vor seiner Wohnungstür empfing, eine Pistole auf ihn gerichtet hatte, fand Carl übertrieben. Andererseits hatte der Mann Heinz Becker bereits gefesselt und im Bad eingesperrt. Was Carl zu denken gab. Jedenfalls so lange, bis der Unbekannte ihm klarmachte, dass Lelouche ihn erwartete und dann nach einem Blick auf Carls Pistolentasche beschloss, seine eigene Waffe wegzustecken.

»Weshalb haben Sie meinen Burschen verschnürt?«, fragte Carl.

»Weil er mit einem Küchenmesser auf mich losging, als ich bei Ihnen eingebrochen bin. Selbst schuld. Hätte er mal zuerst gefragt, bevor er mutig wurde«, entgegnete der Franzose.

Carl ging ins Bad und befreite Heinz Becker. »Sie vergessen, was heute Morgen passiert ist, Heinz. Das ist ein Befehl!«

Heinz wirkte nicht so, als hätte er große Lust, es auf einen Widerspruch ankommen zu lassen, und rieb sich seine Handgelenke.

»Sollte ich mich bis ein Uhr nicht bei Ihnen gemeldet haben, dann schlagen Sie drüben in der Dienststelle Alarm. Aber keine Minute früher!«

»Verstanden, Obersturmbannführer. Aber was immer Sie mit dem Arschloch da draußen im Flur vorhaben, sagen Sie ihm: Noch mal kommt er mit so einem Ding bei mir nicht durch! Beim nächsten Mal werde ich ihm ein Loch in seine Visage stanzen!«

»Ich sehe, wir verstehen uns, Heinz!«, antwortete Carl.

Heinz schaute skeptisch zur Badtür und auf den Flur hinaus. »Dieser Kerl gehört nicht zu den Terroristen, oder?«

Carl schüttelte den Kopf und öffnete dabei seine Pistolentasche. »Der ist ein Berufskrimineller, Heinz. Wäre er ein Terrorist, müsste ich ihn ja verhaften.«

Heinz nickte. »Auch wieder wahr«, sagte er. Ihm schien zu entgehen, dass Carl als ranghöchster Kriminalpolizist in Paris einen Kriminellen genauso hätte verhaften müssen wie einen Terroristen.

»Sie haben Glück, dass Sie meinen Burschen nicht verletzt haben. Sonst hätte ich Sie nämlich festnehmen müssen«, sagte Carl zu dem Franzosen.

»Lelouche meint, Sie seien ein blutiger Amateur. Bezweifle

also, dass Sie mir 'ne Acht hätten verpassen können, Monsieur.«

Carl zuckte mit den Achseln. »Auch Profis haben mal 'ne Pechsträhne.«

Der Franzose verzog abschätzig die Mundwinkel. »Ich glaube an Gott, Frankreich und meinen Revolver, Monsieur. Ungefähr in dieser Reihenfolge. An Glück glaub ich nicht.«

»Dann sollten Sie damit besser mal anfangen. In Zeiten wie diesen braucht man jede Hilfe, die man kriegen kann.«

Zusammen mit dem Franzosen verließ Carl das Haus. Durch die Hintertür. Mit seiner Hand auf der geöffneten Pistolentasche. Obwohl er glaubte, dass die im Grunde nutzlos war. Denn wer immer Lelouches wortkarger Bote war – es bestand kein Zweifel daran, dass er mit seiner Waffe schneller und sicherer umgehen konnte als Carl. Aber es fühlte sich immerhin gut an, die Hand auf die Waffe legen zu können.

»Wohin geht's jetzt?«, fragte Carl.

»Dahin, wo der Pfeffer wächst. Jedenfalls der Pariser …«, antwortete der Mann und zeigte auf einen winzigen Lieferwagen.

Aha, dachte Carl.

Lelouche wartete in einem dunkelroten Rolls-Royce Wraith auf Carl. Der Wagen war vor einem der merkwürdigsten Gebäude geparkt, die Carl je gesehen hatte. Es bestand aus einem vielleicht sechskantigen Unterbau mit abstraktem Mosaikschmuck um die Pforte, das von einer Kuppel gekrönt wurde und über dem ein schlankes Minarett aufragte, aus dem dunkler Kohlerauch quoll. Es sah fast aus wie eine

Moschee. Aber dort dienten die Minarette nicht als Schornsteine.

Carl stieg in den Rolls und nahm neben Lelouche Platz, der daraufhin seinem Fahrer befahl, eine Zigarette rauchen zu gehen.

»Wem haben Sie das Auto gestohlen, Lelouche? Irgendeinem neutralen Botschafter, der seine Pferdefleischrechnung nicht beglichen hat?«, fragte Carl.

»Hm, ein Boche mit Humor. Welch unangenehme Überraschung«, entgegnete Lelouche.

»Man tut, was man kann. Allerdings muss ich anmerken, dass der Mann, den Sie mir geschickt haben, übertrieben hat. Er schlug meinen Burschen nieder, fesselte ihn und sperrte ihn dann ins Badezimmer. Das war unnötig.«

Lelouche trug wieder diese Maske mit den feinen, merkwürdig komplexen Gravuren darauf. Er wies auf die Pforte der eigenartigen Moschee. »Bruno ist dort drin. Es geht ihm nicht gut. Aus bestimmten Gründen ist es allerdings nicht ratsam, dass ich selbst da hineingehe. Bela Ayrol behauptet, dass Bruno seit fast zwölf Stunden dort ist. Ich mache mir Sorgen um ihn. Irgendwer sollte Bruno herausholen. Nachdem Bela ausfiel, habe ich an Sie gedacht, Monsieur. Komisch, nicht?«

Carl warf einen nachdenklichen Blick auf den Eingang der Moschee. »Ich nehme an, es ist Ihnen nicht möglich, mir zu sagen, was das da eigentlich ist?«

Lelouche wiegte den Kopf. »Sagen könnte ich Ihnen das schon. Aber das würde die Überraschung für Sie verderben. Und das bringe ich einfach nicht über mich.«

So, so, dachte Carl. »Falls ich dort hineingehe und mich da drin ein Terroristenkommando erwartet, sollte Ihnen klar sein, dass Sie dabei auch nicht ungeschoren davonkommen werden.«

»Männer, die sich derzeit in Paris einen Rolls-Royce und die Benzinbezugsscheine dazu leisten können, zählen allein schon deswegen zu denen, die sich vielleicht sogar ein Attentat auf einen SS-Offizier herausnehmen könnten, ohne fürchten zu müssen, dafür vor einem Erschießungskommando zu enden.«

Inzwischen war Carl eher amüsiert als eingeschüchtert und fand, dass Lelouche damit wahrscheinlich sogar recht hatte.

»Wie steht es eigentlich mit den Pariser Film- und Fotofreunden?«, erkundigte er sich. Seit ihrem gemeinsamen Frühstück in dem eigenartig deprimierenden Bau am Rande des Marais-Viertels, bei dem Carl ihn gebeten hatte, die Fotografen und Entwicklerfirmen auf einen Mann überprüfen zu lassen, der Madame la Doctoresses Charakterprofil entsprach, hatte Lelouche nichts mehr von sich hören lassen.

»Wie man hört, sind die in letzter Zeit ein bisschen aufgescheucht. Einige von ihnen haben wohl unerwarteten Besuch bekommen«, entgegnete Lelouche.

»Einige?«

»Die wichtigsten.«

»Aha.«

»Manche Dinge brauchen nun mal ihre Zeit.«

»Apropos Zeit, Lelouche. Falls ich mich nicht pünktlich um ein Uhr in meinem Quartier zurückmelde, wird man mich zu suchen beginnen«, sagte Carl, öffnete die Wagentür und ging dann auf die Pforte der seltsamen Moschee zu.

Niemand hinderte ihn daran, das Gebäude zu betreten. Es schien verlassen zu sein. Doch in der Eingangshalle fanden sich verstreute Dokumente am Boden, Türme von Bürostühlen standen umher, auch einige Schreibtische und Maschinen entdeckte er, die man offenbar einfach zusammengeschoben und dem Staub und der Feuchtigkeit überlassen hatte. Er fand einige Kisten voller leerer Zigarettenpackungen mit dem Aufdruck einer Marke, die ihm nichts sagte. Dann, dachte er, war das hier keine Moschee, sondern wohl eine Zigarettenfabrik gewesen.

Doch ganz verlassen konnte der merkwürdige Bau auch nicht sein. Denn aus dem Halbdunkel hörte er leise Stimmen. Carl sah einen Aufsteller, wie ihn Bistros und Tabakhändler benutzten, um darauf vor ihren Türen auf Angebote aufmerksam zu machen. Nur dass auf diesem Aufsteller mit kräftigen Kreidestrichen »Société du temps perdu« geschrieben worden war. Darunter wies ein Pfeil auf einen gewundenen Pfad durch das Gerümpel in der Halle.

Carl folgte ihm, die Finger um den Griff seiner Pistole gelegt. Société du temps perdu – Gesellschaft der verlorenen Zeit. Was sollte das sein?

Er ging weiter und bekam eine Ahnung von dem, was ihn erwartete, als er zwei Frauen an einem der alten Schreibtische vor einer Tür sitzen sah. Sie schauten auf und wirkten zunächst etwas erschrocken über seine Uniform. Vor ihnen auf dem Tisch aufgereiht lagen in Nierenschalen einige Dutzend aufgezogene Spritzen, die eine gelbliche Flüssigkeit enthielten. Vor der breiter gebauten der beiden Frauen stand eine Sammelbüchse mit dem Aufdruck des Roten Kreuzes darauf. Carl bezweifelte jedoch, dass auch nur ein Sou von dem Geld darin je der Organisation zugutekommen würde. Denn er wusste inzwischen, was das hier wirklich war.

Er begrüßte die Frauen mit einem Nicken und einem warmen Lächeln. Eine von ihnen zeigte schweigend auf die Spritzen, während die zweite sagte: »Zweihundert pro Schuss, Monsieur. Ab drei gibt's Nachlass.«

Carl schob einen gefalteten Fünfhundertfrancschein in die Sammelbüchse. Die ältere der wortkargen Frauen öffnete ihm die Tür. Dass Carl eintrat, ohne zuvor eine Spritze gewählt zu haben, schien sie zwar zu irritieren, doch sie sagte nichts dazu.

Hunderttausende von Soldaten aller Seiten waren morphin- oder heroinabhängig aus dem vorangegangenen Krieg zurückgekehrt. Im Deutschen Reich hatten sie noch bis zum Ende der Zwanzigerjahre und darüber hinaus ihre Ration offiziell per Rezept bekommen. In Frankreich hatte man es nicht so streng preußisch gehandhabt, sodass sich hier ein größerer, grimmig geduldeter Schwarzmarkt entwickelt hatte. In Heiligers Dossiers hatte Carl davon gelesen und wusste auch, dass die Besatzungsverwaltung keine sonderlichen Anstrengungen unternahm, solche Häuser zu schließen, solange dort niemand ernsthaft Schaden nahm oder es zu hässlichen Revierstreitigkeiten mit den Lieferanten kam.

Man hatte zwei größere Räume zu einer Halle verbunden und dann darin mittels Sperrholz vier Reihen von schmalen Kammern abgetrennt, in denen jeweils gerade genug Raum für eine Pritsche war.

Der Gestank nach Schweiß, kaltem Tabakrauch, ungewaschenen Leibern und Erbrochenem, der Carl hinter der Tür entgegenschlug, verschlug ihm zunächst den Atem. Er presste sich ein Taschentuch vor Mund und Nase, während er an den Reihen der winzigen Kammern entlangschritt und sich nach Perreau umsah. In der Halle lag ein wabernder Geräuschpegel, der an den Schlafsaal eines Männerasyls erinnerte – Scharren, Husten, gelegentlich ein Schnarchen. Obwohl er nicht damit gerechnet hätte, entdeckte Carl hin und wieder auch Frauen auf den Pritschen. Männer waren hier aber eindeutig in der Überzahl. Es handelte sich vorwiegend um Männer seines Alters. Männer also, die in mindestens zwei Kriegen gekämpft und einen davon bereits verloren hatten.

Er fand Perreau erst, als er am Kopfende der vier Kammerreihen auf ein Areal stieß, das luxuriöser und luftiger wirkte. Dort standen etwa zehn Betten nebeneinander, zwischen denen sich jeweils ein kleiner Schrank befand, vor dem wiederum ein Zinkeimer mit etwas Wasser abgestellt worden war. Eine Frau mit einer OP-Maske vor Mund und Nase versorgte die Gäste hier mit Drinks, neuen sauberen Spritzen und Decken.

Perreau schaute Carl aus weit geöffneten Augen von seinem Bett aus an, als wäre dieser eine Vision. Außer ihm lagen nur zwei weitere Männer auf den Betten hier, die jedoch beide tief in ihrem Drogenrausch gefangen schienen.

»Sie sollten nicht hier sein. Das heißt, falls Sie echt sind«, sagte Perreau.

Carl setzte sich auf das nächstgelegene Bett, nahm das Taschentuch vom Gesicht und öffnete den Uniformkragen. »Ich bin real. Aber Sie selbst sollten auch nicht hier sein, Perreau.«

Monsieur le Commissaire hob seine Hände und schaute eine Weile stumm darauf herab. Dann streckte er sie Carl entgegen. »Damit habe ich anno '17 eine Handgranate in einen Granattrichter geworfen. Mein Sergeant hat später die Toten gezählt. Elf. Zwei ganz junge Burschen darunter. Das habe ich mit diesen Händen getan, Monsieur.«

Carl zählte zu einer Generation, die es gewohnt war, dass sich Männer, wo immer sie ohne Frauen am Tisch zusammenkamen, zunächst über den Krieg unterhielten. Er hatte sich so viele Kriegsgeschichten anhören müssen, dass er inzwischen eigentlich längst vergessen hatte, *wie* man sie sich anhörte.

»Ich habe Lelouche aus einem deutschen Graben gezogen. Neben ihm lag der Fuß seines Colonels. Ich habe ihn unter Querfeuer aus dem Graben übers Niemandsland zu unseren Gräben getragen. Ich glaube, ich war einfach fasziniert davon, dass ein Mann ohne Gesicht immer noch so furchtbar brüllen kann. Wissen Sie, was Querfeuer ist, Monsieur?«

»Ich war im Krieg. Ich weiß, was Querfeuer ist.«

Perreau nickte, drehte dann seine Hände und schaute Carl eigenartig abwesend in die Augen. »Das ist, wenn von drei Seiten die MGs tak, tak, tak, tak, tak, tak, tak, dazu dann die Artillerie, klak, klak, klak, klak, klaklak-klak … Das ist Querfeuer. Viele von uns hat es in der Mitte durchgesägt, das waren eure Maschinengewehre. Aber wenn die Artillerie einschlug, dann blieb manchmal wirklich nur ein Fuß übrig. Oder eine Hand. Der Rest … puff … in nichts aufgelöst.«

Ich will nicht hier sein, dachte Carl. *Wir beide sitzen hier wie Köder für die Terroristen, ganz egal, was wir uns auch einreden mögen, du und ich – wir haben längst Zielscheiben auf unserer Stirn.*

»Otto hat das nie begriffen. Dass einen die Angst nach so vielen Jahren immer noch einholen kann. Otto fürchtete seine Erinnerungen auch. Aber er hat daran geglaubt, dass er sie eines Tages begraben könne. Das kann man aber nicht. Nicht einmal hier. Doch hier weiß ich, dass ich mit den Erinnerungen, die mich quälen, wenigstens nicht allein bin.«

»Wie viel haben Sie von dem Zeug genommen?«, fragte Carl.

»Nicht genug«, zuckte Perreau mit den Achseln. »Marie Cassins Leiche ist in Bercy aufgetaucht. Dort, wo die Sonderkommandos ihre Opfer verbrennen lassen. Lelouche hat einen Mann da, der jedes davon heimlich für die Résistance dokumentiert. Das sollte ich Ihnen gar nicht sagen, was?«

Carl berührte Perreau sacht an der Schulter. »Nein, das sollten Sie wirklich nicht. Ich werde es einfach vergessen. Aber jetzt müssen wir gehen. Lelouche wartet draußen auf uns.«

Perreau schüttelte heftig den Kopf und rieb seine Hände dabei über die speckigen Hosenbeine. »Ich dachte, ich geh hierher, gebe mir einen oder zwei Schuss, und dann fahre ich zur Avenue Foch und werfe eine Granate in Lochmanns Büro. Aber dann hat mich die Zeit hier verloren, und eine von Lelouchs Verbrechervisagen tauchte auf und hat dafür gesorgt, dass sie mich nicht herauslassen. Das war … Wann war das, Monsieur?«

»Ich weiß es nicht, Perreau. Ist nicht wichtig. Nur gut, dass Sie doch nicht zur Avenue Foch gefahren sind. Falls Sie Lochmann getötet hätten, wären auch ich und Madame da mit hineingezogen worden. Lelouche sicher auch.«

Monsieur le Commissaire schüttelte heftig den Kopf. »Als ob es darauf angekommen wäre! Wir leben doch alle nur noch in gestundeter Zeit. Sie, ich, die arme Nathalie. Sogar Lelouche. Wahrscheinlich die ganze Stadt.«

Es war Carl peinlich, Perreau so zu sehen: am Boden, verwirrt, sich innerlich krümmend vor Schmerz über den Verlust seines Geliebten und womöglich ziemlich nah an einem Nervenzusammenbruch. »Sie werden Lochmann und dessen Brut kein Haar krümmen! Das ist ein Befehl!«, sagte er und ahnte dabei, wie lächerlich das klang, angesichts von Perreaus Verlorenheit und Schmerz.

»Weshalb sollte ich auf Sie und Ihre Befehle Rücksicht nehmen?«

Carl hatte nicht vorgehabt, Perreau zu belügen. Aber bis zu diesem Moment hatte er auch nicht damit gerechnet, ausgerechnet Monsieur le Commissaire Mut machen zu müssen. Zumal die Wahrheit, mit der Carl ihn aufzubauen versuchte, für Perreau wie eine Lüge klingen musste.

»Ich brauche Sie für den Tag, an dem wir beide mit Lochmann und dem Mörder abrechnen werden.«

Perreau stand von dem Bett auf und spuckte in den Eimer, der vor dem Nachbarbett stand.

»Ach, hören Sie doch auf! Sie haben mit all dem doch gar nichts zu tun! Was interessiert Sie schon dieser Mörder, der ja doch bloß Juden und Terroristen tötet? Aber ich habe Otto verloren. Für mich ist es etwas Persönliches, wenigstens Lochmann abzuknallen, wenn ich schon unfähig bin, diesen Mörder zu fassen!«

Herrgott, dachte Carl, *er brüllt ja beinah! Alle werden uns hören können.* Carl stand ebenfalls auf und stellte sich so dicht vor Perreau, dass er dessen Atem riechen konnte. Er roch sauer und nach zu vielen Zigaretten. »Bevor Sie hier in Selbstmitleid zerfließen, denken Sie gefälligst mal an mich und Madame la Doctoresse! Sie haben uns in diesen Sumpf hineingezogen. Sie haben einfach nicht das Recht, jetzt zu kneifen!«

Perreau lachte auf und tippte Carl gegen die Brust. »Kein Mann, der diese Uniform trägt, kommt mir noch damit, was Recht und was Unrecht ist!«

Das war zu viel für Carls bereits weit strapazierte Geduld. Der letzte Rest Selbstbeherrschung, der ihn bisher daran gehindert hatte, so persönlich zu werden, wie Perreau es eben ihm gegenüber geworden war, verschwand. Carl verlor zum ersten Mal, seit er in Paris war, wirklich die Contenance. »Als ob ich mir diese Uniform ausgesucht hätte, du französischer Arschficker!«

Perreau ließ sich abrupt wieder auf sein Bett fallen und schaute zu der Bedienung hinüber, die ihnen jedoch bisher keinen Blick gegönnt hatte. »Aha, Monsieur, das ist es also, was? Jetzt ist es endlich raus! Bravo! Aber wissen Sie was? Ich habe keinen Grund, mich dafür zu schämen, was ich bin. Aber Sie? Sie sind bloß ein Feigling und Schwätzer! Sie haben Angst davor, dass ich ernst machen und mir das Schwein Lochmann eben doch greifen könnte. Vielleicht entführe ich ihn ja und prügle so lange die Scheiße aus ihm heraus, bis er mir sagt, wer das Monster ist, das er schützt. Wie gefällt Ihnen das, Monsieur Ober-Sturm-Bann-Führer?«, sagte Perreau und betonte dabei Carls Rang so giftig, als stoße er einen Fluch aus.

Carl unterdrückte seine Wut, was ihm ganz und gar nicht leichtfiel. Letztendlich hatte Perreau ihn ebenso benutzt wie Heiliger, York und Lochmann. Und seine Manipulation war sogar ganz besonders kaltschnäuzig ausgefallen, denn immerhin war er Carls Untergebener. Und als Franzose zählte er außerdem zu den Verlierern des Krieges.

»Nennen Sie mich einen Feigling, sooft Sie wollen, Perreau. Aber Feiglinge bleiben übrig. Deshalb ist die ganze

Welt ja auch voll von ihnen. Helden sind am Ende nur dazu gut, ihnen eine Ausrede dafür zu verschaffen, damit sie sich weiter hinter ihren Schreibtischen verstecken können. Aber selbst die Angst des miesesten Feiglings hat Grenzen. Und meine hat Lochmann überschritten, als er Heiliger dem Mörder auslieferte. Sie helfen mir dabei, diesen Fall auf eine anständige Art zu Ende zu bringen, Perreau! Ob Sie wollen oder nicht! Ich sorge schon dafür, dass Sie bis dahin am Leben bleiben. Selbst wenn ich Sie dafür einsperren lassen muss!«

Perreaus Antwort bestand darin, dass er wieder über das Bett hinweg in den Eimer spuckte.

Scheiße, dachte Carl, *was denkt sich dieses Arschloch bloß dabei, mich immer noch wie ein Stück Dreck zu behandeln? Was will er denn noch von mir?*

»Otto hat nie geglaubt, dass Sie es ernst meinen damit, dieses Monster zu fassen«, entgegnete Perreau schließlich. »Deswegen diese Aktion mit der *Fleur-de-Lys* und dem Foto, das wir denen zuspielten. Was gehen Sie auch ein paar mehr Morde in Paris an? Das ist nicht Ihre Stadt. Das hier ist nicht mal Ihr Land. Aber Nathalie hat ihm widersprochen. Mehr als nur einmal. Sie hat Otto davor gewarnt, Sie zu unterschätzen.«

Carl war unangenehm berührt davon, dass ausgerechnet die Frau, die in ihm solch zwiespältige Gefühle auslöste, ihn vor Heiliger und Perreau verteidigt haben sollte. Doch seine Empfindungen standen hier nicht zur Debatte. Er musste Perreau aus seinem gefährlichen Weltschmerz herauskatapultieren, und dafür war ihm jede Lüge recht, solange Monsieur le Commissaire sie ihm nur abnahm. »Vielleicht hat Madame sich ja geirrt, Perreau? Aber selbst dann sollten Sie nicht vergessen: Feiglinge lieben Gerichte und das Gesetz. Denn die garantieren ihnen Sicherheit gegenüber Raufbolden, Monstern und Idioten. Aber Sie sind der einzige Zeuge, der gegen den Mörder noch übrig geblieben ist. Sie haben die Ermittlungen von Anfang an geführt und müssen mehr darüber vergessen haben, als je in den Akten im Hôtel-Dieu über ihn gestanden hat. Sollten wir den Mörder finden und töten, wären wir nicht besser als Lochmann und seine Sonderkommandos. Deswegen gehört er vor ein Gericht gestellt. Mit Ihnen und mir selbst als Zeugen der Anklage. Otto hätte das auch so gewollt.«

Carl wartete eine Ewigkeit darauf, dass Perreau antwortete. Doch das tat er nicht. In diesem Moment verachtete Carl ihn dafür. Wie weit sollte er sich noch erniedrigen, um ihn dazu zu bringen, ihm zu glauben?

»Lelouche wird Ihnen bei der Résistance nicht mehr ewig den Rücken freihalten können, Obersturmbannführer«, antwortete Perreau schließlich doch noch. »Die verlangt Ergebnisse. Kriegt sie die nicht bald zu sehen, dann sind Sie wieder genauso zum Abschuss freigegeben wie alle anderen deutschen Offiziere in der Stadt.«

Verdammt, dachte Carl, *die einzige Chance, Lochmann zum Reden zu bringen, bekomme ich Yorks Einschätzung zufolge frühestens in vier, vielleicht fünf oder gar erst in sechs Monaten.*

»Nur ein Grund mehr, jetzt diesen Sumpf hier zu verlassen und Lelouche draußen klarzumachen, dass die Terroristen einen Fehler begehen, wenn sie mich über den Haufen knallen. Finden Sie nicht, Perreau?«

Als Carl und Perreau einige Minuten später auf Lelouches Rolls-Royce zugingen, stieg er aus und öffnete seinem Freund die Wagentür. Perreau stieg wortlos ein und ließ sich mit geschlossenen Augen in den Sitz sinken.

»Dafür haben Sie etwas gut bei mir, Obersturmbannführer!«, versicherte ihm Lelouche.

»Nur dafür?«, fragte Carl kalt zurück.

»Das ist das Problem mit euch Deutschen, ihr wisst einfach nie, wann es genug ist«, antwortete Lelouche. Carl hätte schwören können, dass er dabei lächelte, obwohl das wegen der Maske unmöglich mit letzter Sicherheit zu sagen war.

»Ihr Freund braucht ein Bad und jemanden, der auf ihn aufpasst, solange er sich von dem Heroin erholt.«

»Das sollte kein Problem sein, Obersturmbannführer. Sonst noch etwas, was wir zu besprechen hätten?«

»Ja. Machen Sie Ihren Kontakten beim Widerstand klar, dass es noch eine ganze Weile dauern kann, bis Perreau und ich Lochmann und den Mörder fassen können. Aber dass wir trotzdem nicht untätig herumsitzen. Es wäre also nur in deren Interesse, uns nicht in die Luft zu sprengen.«

Lelouche nickte. Dabei brachten die wenigen Sonnenstrahlen, die es durch die graue, niedrig hängende Wolkendecke schafften, seine unheimliche Maske zum Leuchten. Plötzlich erkannte Carl, was das für ein seltsames Muster war, das er darauf hatte eingravieren lassen: Teile einer Generalstabskarte des Fort Douaumont bei Verdun. Der am heftigsten umkämpften Festungsanlage des Ersten Weltkriegs.

»Ach, und noch etwas, Lelouche«, sagte Carl. »Ich bin nicht Ihr Laufbursche, kapiert? Keins der traurigen Wracks da drin hätte Ihnen etwas antun können. Das hier lass ich Ihnen nur deswegen durchgehen, weil ich auf Perreau angewiesen bin, um den Mörder zu überführen.«

Lelouche schob seinen Hemdsärmel hoch und hielt Carl seinen bloßen Arm entgegen, der von unzähligen Einstichnarben übersehen war. »Ich habe nie gesagt, dass ich mich davor fürchtete, dass irgendjemand da drin mir etwas antun könnte, Obersturmbannführer«, sagte er. Dann streifte er den Hemdsärmel wieder herab und verschloss die Manschette. »Ich würde Ihnen ja einen Platz in meinem Rolls anbieten. Aber so wie die Dinge gerade stehen, wäre es schlecht für meinen Ruf, mich in aller Öffentlichkeit mit einem SS-Offizier sehen zu lassen.«

»Ich könnte Ihnen das persönlich übel nehmen, Lelouche. Und vielleicht versucht sein, meine Greifer in Ihrem Schlachthaus eine Razzia durchführen zu lassen«, antwortete Carl.

Lelouche zuckte mit den Achseln. »Sehen Sie, das wäre dann kein Problem für mich. Das wäre eher eins für Sie, Obersturmbannführer, weil ich Sie dann dafür verantwortlich machen müsste, dass halb Paris sein Fleisch nicht rechtzeitig geliefert bekommt. Und zwar inklusive der Kaschemmen, in denen man Ihre Kameraden abfüttert.«

»Ich erweise Ihnen mal den Gefallen, das nicht als Drohung anzusehen, Lelouche«, antwortete Carl und steckte sich eine Zigarette an. »Außerdem wollte ich schon länger mal wieder die Metro benutzen. Man vergisst ja so schnell, dass sie eine der großen Attraktionen von Paris ist …«

Lelouche nickte, und Carl hätte schwören können, dass er – mit was auch immer von seinem Gesicht noch übrig war – lächelte.

»Dass die Metro eine Attraktion ist, habe ich auch gehört. Bloß gibt es ja solche und solche Attraktionen, Monsieur.«

Zurück in seiner Dienststelle rief Carl vom Funkraum aus Heinz Becker an, bevor er Hilde Neumeiers Vorzimmer betrat. Dort erwartete ihn ein Wehrmachtskurier, der ihm die Meldung überbrachte, dass man seine Teilnahme an einer Geiselexekution erwartete, die als Vergeltungsmaßnahme für den Mord an seinem Stellvertreter, dem in Ehren gefallenen Untersturmführer Otto Heinrich Thomas Heiliger, angesetzt worden war.

Während er die Meldung las, klingelte Hilde Neumeiers Telefon. Sie nahm ab, meldete sich, lauschte eine Minute lang und teilte Carl dann mit, dass eben ein Bote aus dem Gestapo-Hauptquartier eine Kiste mit bestem Calvados bei Heinz Becker in Carls Quartier abgeliefert hatte. Versehen mit einer Grußnote von Kriminaldirektor Lochmann.

»Geht es Ihnen gut, Obersturmbannführer? Sie wirken so blass?!«, sagte Hilde Neumeier. Sie stand hinter ihrem Schreibtisch auf und ging auf Carl zu, offenbar um ihm zu helfen, da sie fürchtete, er könnte stürzen oder sich setzen müssen.

In einer brutalen Horrorvision sah Carl sich selbst plötzlich in einem Raum gefangen, dessen spiegelnde Wände unaufhaltsam näher auf ihn zurückten, um ihn schließlich zu zerquetschen. Das letzte Bild, das er dabei sah, war sein Gesicht, verzerrt zu einer Maske aus Angst und Zorn.

Carl schüttelte die Vision ab und wies Hilde Neumeiers Hilfe mit einer Geste zurück. Dann griff er nach dem Telefon und ließ sich mit Heinz Becker verbinden.

»Heinz? Ich bin's. Sie schicken die Kiste Calvados postwendend zurück. Dann gehen Sie los und besorgen eine neue. Das ist ein Befehl!«

In diesem Leichnam von Welt, dachte er, kam den Menschen inzwischen nur noch die Funktion von wimmelnden Maden zu. Eine wie die andere waren sie darauf bedacht, sich schneller als alle anderen aus der sich umeinander windenden Madenmasse durch das längst faulig gewordene Leichenwachs von Moral, Gesetzen und Politik zu den fetten Fressgründen aus mürbem Fleisch und kaltem Blut hindurchzubohren.

32

Carl hatte Heinz Becker in dieser Nacht einen heftigen Anschiss verpasst, weil er glaubte, eine Staubflocke auf seiner Uniform gefunden zu haben. Heinz, dem bewusst war, was Carl bevorstand, hatte die Uniformjacke daraufhin kommentarlos ein zweites und drittes Mal ausgebürstet.

Der Wagen, den man ihm geschickt hatte, wartete mit laufendem Motor vor dem Haus. Carl sagte kein Wort zu dem Wehrmachtsgefreiten des Kraftfahrerkorps, der ihn fuhr, und bot ihm auch keine Zigarette an.

Man hatte ihn darauf hingewiesen, dass es an solchen Tagen ratsam sei, auf ein Frühstück zu verzichten. So tauschte Carl Brot, Eier, Butter und Ersatzkaffee gegen ein Dutzend Zigaretten, die er auf der Fahrt hinaus nach Suresnes und zum Mont-Valérien rauchte.

Er wusste, dass Lochmann dort sein würde, und mit einer gewissen Wahrscheinlichkeit auch Oberg oder Helmut Knochen. Unterbrochen von den in und um Paris allgegenwärtigen Kontrollpunkten dauerte die Fahrt etwas mehr als anderthalb Stunden.

Es war daher immer noch dunkel und empfindlich kalt, als er am Ziel aus dem Wagen stieg und von einer Gruppe Wehrmachtsoffizieren, zwei Stabsärzten und einem Militärrichter empfangen wurde, die ihn wortkarg willkommen hießen und von denen einige ihre Flachmänner herumgehen ließen.

Obwohl er es eigentlich nicht wollte, konnte Carl sich der

Vertraulichkeit, die sich zwischen den zufällig hierher befohlenen Männern eingestellt hatte, nicht entziehen. Anstand, Einsicht oder auch nur pure Übermüdung sorgten dafür, dass kein lautes Wort fiel.

Der Ort, an dem man die Hinrichtungen vollziehen würde, stellte sich als ein kleiner, von Bäumen umstandener Talkessel heraus, in dem man eine Wand gerodet und mit zwanzig Holzpfählen bestückt hatte. Einige davon waren sichtlich mitgenommen von den Kugeln der Pelotons, andere wohl erst kürzlich errichtet worden.

Die ausgewählten Männer befanden sich in einer kleinen Kapelle, wo sie von einem Kaplan betreut wurden.

Im Sommer, mit all den grünen Bäumen, dem Gras, den Fliegen und Mücken musste dieser Ort sogar noch furchtbarer wirken als jetzt im November, wo es einfach nur trostlos und still war.

Erwartungen, dachte Carl, während Soldaten die erste Charge der Männer herbeiführten und vor den Pfählen platzierten, waren quälender und trügerischer als jede Gewissheit. Wahrscheinlich sogar schlimmer als die Gewissheit des bevorstehenden Todes. Was hatten diese Männer in ihren letzten Briefen geschrieben? Wofür hatten sie gebetet, während sie in der Kapelle auf ihren Weg zum Peloton warteten?

Nicht alle der zwanzig Männer akzeptierten die Augenbinde, die man ihnen anbot, und nicht alle waren bereit, sich an die Pfähle binden zu lassen. Keiner der Soldaten zwang ihnen daraufhin eine Augenbinde oder Fesseln auf, sobald sie einmal platziert worden waren.

Befehle eines Leutnants. Dann das Erschießungspeloton, das sich aufreihte. Neue Befehle und einige der Männer an den Pfählen, die »Vive la France!« riefen.

Carl erinnerte sich später an das angewiderte Gesicht des Stabsarztes, der sich nach der Salve aufmachte, um den Vollzug sowie den Todeszeitpunkt festzuhalten. Carl fragte sich, wofür. Keine der Familien der Männer würde jemals diese Aufzeichnungen zu sehen bekommen. Sie landeten zunächst in Akten, dann in Archiven – tot und irgendwann vergessen, so wie jeder dieser Männer es sein würde. Selbst wenn man sich zumindest in Frankreich noch eine oder zwei Generationen lang an ihre Namen erinnern mochte.

»Grausliges Geschäft, Obersturmbannführer!«, sagte ein Major, der in Carls Beobachtergruppe stand. Er nutzte die Zeit bis zur Vorführung der zweiten Charge für einen Schluck aus seinem Flachmann und das Rauchen einer Zigarette.

Carl staunte über die Betroffenheit und Überraschung in den Mienen der Männer, kurz bevor die Schüsse fielen.

Bevor der Stabsarzt seinen Dienst verrichtete, ging der Leutnant von Mann zu Mann und setzte jedem von ihnen einen Gnadenschuss in die Stirn oder Schläfe.

Carl hätte ihn gern danach befragt, was er dabei empfand. An einen Gott zu glauben mochte für den Mann in dieser Situation hilfreich sein. Aber vielleicht käme es auch einem furchtbaren Fluch gleich.

Die Männer der zweiten Charge zählten zu einer kommunistischen Widerstandsgruppe, die gefasst worden war, nachdem einer von ihnen die Übrigen verraten hatte. Als sie den Talkessel betraten, stimmte einer von ihnen die »Internationale« an. Nicht alle fielen in den kratzigen Gesang ein. Doch alle traten über das Blut ihrer Vorgänger hinweg an die Pfähle. Es wirkte schwarz. Nicht rot.

Wieder die Befehle. Die Salve. Der Leutnant, der Gnadenschüsse setzte. Eine leere Geste. Einzig dazu gedacht, Vorschriften Genüge zu tun.

Vielleicht, dachte Carl, wäre es für einige der Männer doch ein Segen gewesen, hier im Sommer zum Sterben geführt zu werden. Unter dem Gesang von Vögeln und dem Summen von Insekten. Die immerhin hätte das trockene Knackern der Schüsse, unter denen sie starben, aufgescheucht und erschreckt.

Den Rest des Tages verbrachte Carl zu Hause in seinem Quartier damit, sich zu betrinken.

Heinz Becker versuchte ihn gegen sieben Uhr abends vergeblich dazu zu bringen, das Arbeitszimmer zu verlassen und sich in sein Bett zu legen.

Während der Tiefrausch anrollte, der ihn schließlich von den Bildern, Gerüchen und der Angst vor den Erinnerungen erlöste, meinte Carl, erneut in diesem Raum aus spiegelndem Glas gefangen zu sein. Nur dass sein Gesicht dieses Mal keinerlei Regung zeigte, während er die glatten, eisig kalten Wände auf sich zufahren sah.

IV

Schwarzer Frost

33

STRAATMANN WAR NICHT sicher gewesen, ob die Männer am Tisch ihm glauben würden. Dass Heiliger und Perreau ein Paar gewesen waren, ging hier in dieser Runde keinen etwas an. Dass Carl allerdings in seiner Aussage zu Heiligers Tod und der Situation in der ehemaligen Wäscherei die Auseinandersetzung mit Lochmann unerwähnt ließ und dann auch noch Perreaus Heroinsucht verschwieg, wog da schon schwerer.

Aber beides war nichts, gemessen an den Lügen, die er gerade zu erzählen im Begriff stand. Diese konnten ihm, sollten sie je aufgedeckt werden, wirklich das Genick brechen.

»Ich fasse das jetzt mal zusammen, Gentlemen!«, kündigte Assistant Commissioner Broi an.

»Falls du das nötig hast, nur zu! Wir werden ja auch immer älter und vergesslicher, was?«, gab McGuiness staubtrocken zurück.

Broi warf ihm einen genervten Blick zu, räusperte sich und begann mit seiner Zusammenfassung. Carl war demnach aktiv an der Verfolgung dieses Mörders beteiligt gewesen. Er hatte sich mit Heiliger und Perreau auf den Plan verständigt, Marie Cassin als Lockvogel einzusetzen, was grandios schiefging, als sich herausstellte, dass Heiliger selbst dem Mörder zum Opfer gefallen war, weil er entweder eine heiße Spur zu ihm gefunden hatte oder von Lochmann in eine Falle gelockt worden war. Außerdem erwähnte er, dass Carl sich auf eine Abmachung mit Lelouche und dessen Résistancekontakten einließ und außerdem – angeblich aus dem Wunsch heraus, Lochmann in seine Gewalt zu bringen und befragen zu können – sich bereit erklärte, den Putschplan der Wehrmacht zu unterstützen.

Straatmann nickte alle Punkte, die Broi aufzählte, aufmerksam ab, trank dabei von seinem Tee und rauchte eine Zigarette.

Schon deprimierend, dachte er, auf wie wenige eigentlich banale Punkte sich sein Leben in Paris, inklusive einiger Morde, eines Krieges und eines geplanten Staatsstreiches, herunterbrechen ließen.

»So weit richtig, Sir?«, erkundigte sich der Assistant Commissioner.

»Durchaus.«

Broi und McGuinnes tauschten einen Blick, der für Straatmann nicht zu entschlüsseln war, aber den er als ein gutes Zeichen zu deuten beschloss.

»Ich kann da bisher nichts erkennen, was uns verpflichten würde, Straatmann wegen seiner Tätigkeit in Paris festzunehmen. Vorausgesetzt, das ließe sich alles durch Zeugenaussagen und Dokumente belegen«, bemerkte Broi.

»Perreau? Irgendwelche Ergänzungen?«, fragte McGuinnes den Franzosen. Monsieur schüttelte feierlich den Kopf.

»Dieser Heiliger, Ihr Stellvertreter, wäre allerdings nicht so einfach davongekommen, Straatmann. Er hatte ja wohl einige Kriegsverbrechen auf dem Kerbholz«, behauptete der Assistant Commissioner.

McGuiness schien ihm darin zuzustimmen. Perreau hielt den Blick auffällig gesenkt.

Der Inspector war jedoch eindeutig wütend, fand Straatmann. Er war zu jung und zu temperamentvoll, um seine Empfindungen gänzlich verbergen zu können. Der Junge könnte tatsächlich zum Problem werden, fürchtete er.

»Dass Sie sich doch noch den Verschwörern angeschlossen haben, Straatmann, war übrigens beachtlich. McGuiness und ich, wir waren zu unserer Zeit ja blutjunge Hunde und wussten es nicht besser. Aber Sie, als erwachsener Mann und Offizier, das muss man Ihnen schon hoch anrechnen«, verkündete Broi.

Dermot lachte auf. »Er hat es doch nur getan, um an diesen Lochmann heranzukommen. Ehrenhaft war daran gar nichts!«

Broi sah von seinem Tee auf. »Sie sind hauptsächlich hier, um das Protokoll zu führen, Inspector. Also tun Sie's auch!«

Da hat sich der Wind aber deutlich gedreht, dachte Straatmann. Noch vor einer Stunde wäre Broi ihm nicht derart über den Mund gefahren.

Eingeschnappt beugte der Inspector sich wieder über seine Remington und zog ein neues Blatt Papier ein.

»Obwohl der Inspector in einem Punkt schon recht hat«, sagte McGuinnes. »Ob Straatmann Kriegsverbrechen begangen hat, ist ja nur eines der Probleme, die heute hier zu klären sind. Wichtiger als das ist der Tote drüben in der Kapelle.«

Der Assistant Commissioner sah auf seine Uhr. »Ist gerade zwei Uhr vorbei, McGuiness. Zeit genug, um den Rest seiner Geschichte zu hören, bevor wir dazu kommen, wen wir da in der Kapelle liegen haben …«

Straatmann schwieg. Dafür meldete sich Perreau. »Sehr richtig. Wenn Sie wirklich beurteilen wollen, ob Monsieur Straatmann sich eines Kriegsverbrechens schuldig gemacht hat und Sie ihn deswegen an die Alliierten ausliefern sollten, dann schlage ich vor, dass er uns weiter berichtet, was in Paris geschah.«

Dermot nickte Perreau mit einem sarkastischen Lächeln zu.

»Als ob Sie das nicht am besten wüssten, was, Perreau? Sie waren ja wohl dabei«, sagte er.

Doch zum Erstaunen von mindestens drei Männern am Tisch schüttelte Perreau den Kopf. »Da irren Sie sich. Nachdem Untersturmführer Heiliger getötet wurde, haben Monsieur Straatmann und ich nämlich auf Monate hin kaum noch miteinander gesprochen.«

Straatmann schenkte sich Tee nach. »Bruno hat recht. Nachdem man mir Heiligers Nachfolger vor die Nase setzte und Perreaus Résistancekontakte mir zusicherten, dass sie mich zunächst von der Liste ihrer Attentatsziele streichen würden, sah ich keinen Grund mehr, mich von meinem eigentlichen Vorhaben in Paris abbringen zu lassen, und ging es mit neuem Elan an.«

»Ihr Vorhaben? Welches? Das verwirrt mich gerade, es waren so viele, Sir«, bemerkte der Inspector und handelte sich dabei einen ärgerlichen Blick von Assistant Commissioner Broi ein.

»Dem Vorhaben, mich in Paris allmählich zu Tode zu trinken, Inspector«, erklärte Straatmann und war dabei nicht sicher, ob er nun log oder nicht. Selbst wenn es darauf gar nicht mehr ankam, denn jeder hier konnte schließlich sehen, dass er dieses Ziel nicht erreicht hatte.

Dermot schaute auf seine Armbanduhr. Inzwischen hätte zumindest beim CID jemand antworten sollen, wenn auch vielleicht nicht bei den beiden Botschaften. Jedenfalls sollte der Sergeant demnächst nun wirklich zurückkehren.

34

Carl wusste nicht mehr, wie oft er in den letzten beiden Monaten morgens an der drallen Hilde Neumeier vorbei in sein Büro gewankt war, wo er sich mit einem Bier – oder in schlimmen Katerfällen Calvados – so weit aufputschte, um für zwei Stunden den Lagevortrag seines neuen Stellvertreters Treugott Lemnitz zumindest mit einem Mindestmaß an Würde durchstehen zu können.

Woran er sich hingegen klar erinnerte, war der Morgen, an dem er einfach damit aufhörte, ins Büro hinüberzugehen. Für die darauffolgenden Tage erfand Heinz Becker noch eine Entschuldigung, die sich auf seine Gesundheit bezog und damit gar nicht so weit von der Wahrheit entfernt war. Irgendwann ließ Heinz aber auch diese durchsichtigen Erklärungen sein.

Kein Mensch in seiner Dienststelle, bei der Pariser Kriminalpolizei, der SS oder dem SD rührte daraufhin einen Finger, um Carl dazu zu bringen, gefälligst wieder an seinem Schreibtisch zu erscheinen.

Er war endgültig zu einem Frühstücksdirektor geworden, der seiner Dienststelle so peinlich war, dass man dort nicht einmal mehr darauf bestand, den Schein zu wahren.

Diese Erkenntnis hatte ihn zunächst getroffen. *Das*, dachte er, *waren meine Arbeit und ich ihnen also wert: nichts.* Selbst York und Perreau scherten sich offenbar nicht um ihn. Ganz zu schweigen von einer gewissen Madame la Doctoresse, die hin und wieder in seinen zunehmend abstrusen Träumen auftauchte.

Die Enttäuschung darüber machte zunächst leisen Zweifeln und schließlich der Erkenntnis Raum, dass er selbst es im Grunde gar nicht anders gewollt hatte. Im Gegenteil, so redete er sich ein, hatte er es genau richtig getroffen. Vorausgesetzt, dass Heinz Becker ihm regelmäßig Nachschub an Alkohol, Grundnahrungsmitteln und Heizmaterial für die drei Öfen seines Quartiers verschaffte, blieb alles in Ordnung. Die Sauferei sorgte zudem dafür, dass er weniger und weniger an all die Bedrohungen und realen Albträume dachte, die bisher sein Leben hier in Paris ausgemacht hatten. Seine Zukunft erschien ihm so grau wie das nasskalte Pariser Winterwetter hinter den Scheiben seines Quartiers, und so verschwommen wie der Blick auf die Dächer und Fassaden dahinter. Trotzdem flackerten von Zeit zu Zeit unter dem angenehm gedankenlosen Schweben, in das ihn der permanente Rausch versetzte, noch Reste von Zorn und Angst auf. Zorn darüber, dass Lochmann und der Mörder davongekommen waren, und Angst davor, dass sie eines Tages doch noch auf die Idee kommen könnten, ihn endgültig mundtot zu machen, bevor er dies selbst mithilfe seiner Sauferei erreichte. Schon unheimlich, dachte er dann zuweilen, in welchen unerwarteten Winkeln und an welchen vermeintlich sicher vernieteten Nähten die Menschmaschine so ihre Sollbruchstellen aufwies.

Mitte Dezember, nach über zwei Monaten harter und konstanter Sauferei, musste Carl sich eingestehen, dass der Alkohol seine Wirkung auf ihn mehr und mehr verlor.

Tagelang kam er sich vor wie ein Jäger, der dem Tiefsuff und dem Vergessen, das damit einherging, zwar hartnäckig auf der Spur blieb, aber ihn dennoch nicht erlangen konnte. Alles, was er mit noch mehr und noch schneller getrunkenem Alkohol erreichte, war ein Zustand unangenehmer Aufgekratztheit, der ihn dazu brachte, wie ein ungeduldiger Gefangener in seinem Quartier auf und ab zu tigern, aber der ihm jenen Zustand des Vergessens verwehrte, auf den er inzwischen so dringend angewiesen war, um sich selbst weiter ertragen zu können.

Hin und wieder riskierte er es dann, sich früh am Morgen in Zivilkleidung aus dem Haus zu schleichen und stundenlang ziellos durch die Stadt zu streifen, bis er durchgefroren und durchnässt an Orten endete, die er nie hatte betreten wollen. Wenn er dann zurückkehrte, fand er für einige kostbare Momente so etwas wie Ruhe. Die sich jedoch spätestens in seinem Quartier wieder verlor und ihn oft genug nur noch rastloser zurückließ, als er es am Morgen schon gewesen war.

Das war das Problem mit dem Saufen und den Säufern. Man konnte das eine zwar ausüben, ohne längst zu den anderen zu zählen, und den Rest seines Lebens damit verbringen, sich zu fragen, wann das eine zum anderen geführt hatte. Jedenfalls bis zu dem Moment, in dem man doch feststellte, dass man gerade am Alkohol verreckte. Der einzig echte Beweis dafür, dass man es letztlich doch geschafft hatte.

Amateure krepierten nicht am Saufen. Sie warfen sich vor U-Bahnen oder bissen in ihre Pistolenläufe.

Nach einem dieser Ausflüge fiel sein Blick auf die Kisten, die seine Maleruntensilien enthielten und als einzige immer noch nicht ausgepackt worden waren. Das holte er jetzt nach.

Aber sobald alles ausgepackt, geordnet und bereitgestellt worden war, fühlte er sich vom Anblick der Staffelei, Farben und Pinsel bedrängt und hätte am liebsten Heinz herbeibefohlen, damit er den ganzen Kram auf die Straße hinabwarf. Er war nicht mehr fähig, sich der Herausforderung einer weißen Leinwand zu stellen, dachte er und ließ es zu, dass ihn Selbstmitleid überflutete. Doch das hielt nicht lange an. In einer Mischung aus Verachtung und Angst brachte er es schließlich fertig, eine der acht Leinwände, die er aus Berlin mitgebracht hatte, auf die Staffelei zu stellen.

Carl trank sein Bier aus, schickte ihm einen großen Schluck Calvados nach und griff nach einem Kohlestift, warf ihn jedoch zu Boden, bevor er den Mut aufbrachte, damit den ersten Strich zu setzen.

Ein weiterer Schluck Calvados. Dann rührte er mit zitternden Händen Öl und Farbe auf einer Palette an. Legte Palette und Pinsel jedoch weg und schleppte anschließend seine Malsachen in den kleinsten Raum des Quartiers, wo er alles unter dessen winzigem Fenster wieder aufbaute.

Da war es etwa drei Uhr nachmittags.

Noch vor sieben befahl Carl Heinz Becker, neue Leinwände zu beschaffen – ganz gleich, woher.

Von diesem Tag an verbrachte Carl seine Tage damit, zu trinken und zu malen. Das Malen war für ihn so anstrengend, dass der Alkohol während der Arbeit an den Bildern zunächst seine Sinne angenehm dämpfte, aber regelmäßig auch dazu führte, dass er danach blind und taub für die Welt in sein Bett fiel und sogleich einschlief.

Damals ahnte er nicht, dass Heinz Becker regelmäßig über ein Telefon in der Kaschemme am Ende der Rue Sainte-Anne Kontakt zu York und Carls neuem Stellvertreter Untersturmführer Treugott Lemnitz hielt. Lemnitz hatte ihn in einem für Heinz sehr unangenehmen Treffen nur Stunden nach seinem Dienstantritt hier in Paris dazu vergattert, ihn über Carl auf dem Laufenden zu halten. Um ihn zu motivieren, hatte er damit gedroht, Heinz' jüngeren Bruder Ehrhard an die Ostfront versetzen zu lassen, sollte er seiner Pflicht für Führer und Vaterland nicht nachkommen. Dass Heinz Becker York über Carls Alltag Bericht erstattete, war hingegen nichts Neues. Denn das tat er schon, seit Carl in Paris eingetroffen war, weil Heinz einst wie Heiliger in der Freikorpseinheit gedient hatte, die York kurz nach dem letzten Krieg befehligt hatte. Nur hatte York später dafür gesorgt, dass Heinz' Dienstzeit dort aus sämtlichen Aktenvermerken entfernt wurde.

Heinz vermittelte York dabei ein deutlich klareres Bild von Carls Zustand als dem Untersturmführer. Doch auch Lemnitz war aufgrund von Heinz' Berichten immerhin in groben Zügen darüber informiert, was Carl in seinem Quartier trieb. Zwei Punkte an Heinz' Berichten fanden sowohl Untersturmführer Lemnitz als auch York durchaus bemerkenswert: Seit er wieder zu malen begonnen hatte, bewegte sich Carls Alkoholkonsum in etwa auf gleichbleibendem Niveau. Außerdem sorgte er dafür, dass kein Mensch seine Bilder je zu Gesicht bekam. Nicht einmal Heinz Becker konnte deswegen sagen, was Carl auf all die Leinwände bannte. Er hielt sein winziges Atelier verschlossen und gab den Schlüssel dazu auch nie aus der Hand. Nur dass es sich um recht monochrome Gemälde handeln musste, stand außer Frage. Denn bei den einzigen Farben, die Carl regelmäßig von Heinz nachkaufen ließ, handelte es sich um Schwarz, Rot und Blau.

Weihnachten ging vorüber, ohne dass Carl sich für länger als nur ein paar kurze Minuten aus seinem Quartier bewegt oder Heinz einen Blick auf seine Werke hätte erhaschen können. Auch die folgenden Feiertage verbrachte er genauso wie alle Werktage damit, Leinwände mit schwarzen, roten und blauen Ölfarben zu füllen.

Damit, dass York ihn eines Tages näher zu Carls mysteriösen Werken befragen würde, hatte Heinz Becker fest gerechnet. Doch dass er auf dem Weg vom Einkaufen eines Morgens von zwei französischen Flics aufgehalten und in einen Wagen gedrängt werden würde, hatte er nicht erwartet. Die beiden Männer in dem Wagen erkannte er. Der eine war Carls Verbindungsmann zum Quai des Orfèvres gewesen, er war Kommissar und hieß Perreau. Der andere war ein Inspektor namens Bela Ayrol. Beide wirkten auf Heinz nicht gerade vertrauenerweckend. Aber sie waren gut informiert über Heinz' Alltag und vor allem über sein Privatleben hier in Paris. Sie scheuten sich auch nicht, dieses Wissen als Druckmittel zu nutzen, indem sie ihm damit drohten, dem kleinen Bouquinistengeschäft von Heinz' Geliebter Julie Nazaire die Genehmigung zu entziehen, falls er sie nicht in Zukunft regelmäßig über Carls Zustand und Verhalten informierte. So wurde Heinz Becker vom Doppel- zum Tripleagenten und fand, dass ihm Paris, wohin er sich vor einem halben Jahr mit so großer Vorfreude hatte versetzen lassen, inzwischen mächtig auf den Sack ging.

35

Am zweiten Weihnachtsfeiertag versuchte York, sich Zutritt zu Carls Quartier zu verschaffen. Er hatte eine Flasche Scotch und Blumen dabei. Doch auf Carls strikten Befehl hin verweigerte Heinz Becker ihm einzutreten, und nach einigen Minuten aufgeregt geführter Diskussion zog York wieder ab. Zwar mit den Blumen, aber ohne die Flasche Scotch, die er Heinz Becker widerstrebend als Weihnachtsgeschenk für Carl überließ.

Zu Silvester hatte Carl Heinz freigegeben, der den Tag mit seiner kleinen Mademoiselle Julie verbringen und am Abend mit ihr zu einem Tanzvergnügen in ein Lokal gehen wollte.

Carl aß zu Mittag ein Stück altbackenes Brot und trank zwei Bier. Den beginnenden Abend läutete er mit Calvados und einem kräftigen Zug aus einer Flasche Pernod ein, der ihm allerdings nicht schmeckte. Während er trank, malte er. Oder er malte, während er trank. So genau wollte Carl sich da nicht festlegen.

Es wurde sieben Uhr. Seit etwa fünf hatte der Verdunkelungsbefehl die Pariser Lichter hinter Vorhänge und in Fenster geheftetes Zeitungspapier verbannt. Er hörte Flieger über der Stadt brummen. Doch vielleicht war es da bereits längst zehn oder elf Uhr geworden. Carl bemaß seine Tage nicht mehr nach Stunden, sondern nur noch danach, wann Heinz Becker die Vorhänge öffnete, um etwas trüb graues Licht hereinzulassen, oder sie aufgrund der Verdunkelung wieder vorzog.

Kein Feuerwerk fand an diesem Silvesterabend des Jahres 1943 in Paris statt. Doch immerhin war die Besatzungsmacht, was die Ausgangssperren betraf, in dieser Nacht nachsichtiger. So traten überall in der Stadt gegen Mitternacht Männer und Frauen vor die Türen der Bars, Tanzlokale und Restaurants, in denen sie gegen jede Hoffnung die Aussicht auf ein besseres neues Jahr feierten und begingen mit Zigaretten und Kerzen ein lautloses Ersatzfeuerwerk.

Carl registrierte nichts von diesem banalen kleinen Wunder innerhalb des großen Krieges. Er lag tumb besoffen auf dem Boden des kleinen Zimmers, das er zu seinem Atelier gemacht hatte. So vor der Staffelei am Boden zu liegen, fand er, fühlte sich gut an.

Dass das Telefon klingelte, registrierte er zwar, blieb beim ersten, zweiten und dritten Mal aber einfach liegen. Nur klingelte es dann auch ein viertes Mal, und gleich darauf wieder. Obwohl Carl es weiter ignorierte, fragte er sich in dem Teil seines Hirns, der hartnäckig immer noch in der Realität wurzelte, wer ihn ausgerechnet in der Silvesternacht anriefe. Falls heute denn überhaupt Silvester war, was ihm plötzlich gar nicht mehr so sicher erschien. Auf jeden Fall sollte es eine Ausgangssperre für Telefone geben, dachte er und glitt wieder in seinen bevorzugten Schwebezustand zwischen gedankenlosem Kopfschmerz und Schwerelosigkeit ab.

Das Hupen unten auf der Straße, das irgendwann einsetzte, war deutlich schwerer aus seinem Restbewusstsein zu verdrängen. Dennoch dauerte es einige Zeit, bis ihm klar wurde, dass sich in den Dauerhupton auch Stimmen mischten. Dann ein Plonggeräusch, das er nicht einzuordnen wusste.

Carl stützte sich mühsam auf und beugte sich zum Fenster hin. Wieder dieses Geräusch.

Dann warf irgendwer von der Straße etwas gegen sein Fenster und hörte nicht mehr damit auf.

Außerdem mischten sich auf der Straße jetzt ärgerliche Stimmen in das Hupen, das gerade wieder eingesetzt hatte.

Carl fragte sich, wo seine Dienstwaffe abgeblieben war. Im Schlafzimmer bei seiner Uniform? So betrunken, wie er war, würde er allerdings keine wirkliche Gefahr für eine Terroristengruppe darstellen, die gekommen war, um ihn zu ermorden.

Die Terroristen mussten bereits die beiden Wachen vor dem Eingang zur Dienststelle erledigt haben, sonst wäre auf der Straße längst ein Feuergefecht ausgebrochen.

Er kroch zur Tür und in den Flur, wo er sich an der Klinke hinaufzog, dann schwankend ins Schlafzimmer trat und dort nach seiner Pistole suchte. Aber in dem Moment, als er begriff, dass diese zusammen mit dem Rest seiner Uniform zum Ausbürsten und Reinigen in Heinz' Kammer gelandet war, hörte er, dass vor seiner Wohnungstür etwas passierte. Carl begriff, dass er es nicht mehr schaffen würde, die Kammer zu öffnen, dort die Waffe zu greifen und wenigstens noch einen Ehrenrettungsschuss abzugeben, bevor man ihn umbrachte.

Also blieb er in der Tür zum Schlafzimmer stehen und wartete einfach darauf, dass die ersten Schüsse ihn trafen oder man ihm eine entsicherte Handgranate vor die Füße warf. Das Saufen wie das Malen, mit denen er die letzten Wochen verbrachte, hatten etwas Zielloses an sich gehabt. Doch der Schuss oder die Granatsplitter, die ihn jeden Moment treffen mussten, waren das Gegenteil von Ziellosigkeit. In diesem Gedanken, fand er, lag eine Art von stacheligem Trost.

Er fragte sich, woher die Terroristen einen Wohnungsschlüssel hatten. Allerdings, so erinnerte sich Carl an Heiligers blaue Dossiers, wäre es nicht das erste Mal gewesen, dass sie eine Concierge dazu zwangen, die Schlüssel herauszugeben. Mit einem Pistolenlauf am Kopf wird schließlich auch der schärfste Hausdrachen folgsam.

Bloß erblickte Carl keine Terroristen, sobald die Tür geöffnet wurde, sondern einen verblüfften SS-Schützen, seinen missmutigen Hauswart Monsieur Nabel und zwischen den beiden Nathalie Burns de Beauharnais, deren Lippen so rot aus ihrem weißen Gesicht stachen, dass sie einmal mehr wie eine blutende Wunde wirkten.

»Danke für Ihre Hilfe, Messieurs! Ich muss mich jetzt um meinen Patienten kümmern«, erklärte sie, schob sich etwas mühsam zwischen den beiden immer noch verblüfft wirkenden Männern hindurch und betrat die Wohnung. Der SS-Schütze besann sich wohl seines Ranges und seines Auftrags, straffte sich und salutierte.

Vielleicht war es die Erleichterung, möglicherweise aber ja auch nur der Schwall kalter Luft, der mit ihr in den Flur wehte. Carl wurde jedenfalls von einem Brechreiz ergriffen, beugte sich schwankend vornüber und erbrach gelbgrünlichen Schleim auf den Korridorboden.

»Merde«, flüsterte der Hauswart.

»Ein Notfall, wie ich schon sagte!«, bemerkte Madame, stellte ihre Arzttasche ab, humpelte auf Carl zu und hielt ihn an der Schulter, während er nur wenige Zentimeter neben ihren Lackschuhen erneut einen Schwall Erbrochenes hervorwürgte.

Der SS-Schütze zog den angeekelten Hauswart beiseite und schloss die Wohnungstür.

Madame griff in Carls Haar, zog seinen Kopf nach oben

und sagte: »Holy Mother of Christ, Obersturmbannführer! Ich kann nur hoffen, dass Ihre Willkommensgeste lediglich zu viel Alkohol und zu wenig fester Nahrung geschuldet war. Sonst müsste ich mir nämlich wirklich Sorgen um meine Wirkung aufs andere Geschlecht machen.«

Alles, was Carl daraufhin herausbrachte, war »Umpf!« und ein neuer, dünnerer Schwall Erbrochenes.

Sie stellte ihre Tasche auf den Küchentisch und holte daraus echte Kaffeebohnen hervor. Außerdem eine Spritze, diverse Aufputschmittel und zwei Einweckgläser, die eine nur schwer einzuordnende Substanz enthielten, welche sie zwar als Nahrung bezeichnete, die aber zumindest in ihrer Konsistenz und ihrem Geruch nach nicht weit von dem Erbrochenen entfernt zu sein schien, das sie vor ein paar Minuten von Carls Korridorboden gewischt hatte.

Während er schwer atmend an der Küchenwand lehnte, versuchte er sich trotz des Karussells in seinem Kopf einen Reim darauf zu machen, weshalb Madame la Doctoresse hier war und warum sie so tat, als hätte er nach ihr rufen lassen. Nathalie mahlte inzwischen die Kaffeebohnen und setzte Wasser auf dem Herd an.

»Sie haben da unten vorhin gehupt und irgendetwas gegen mein Fenster geworfen, oder?«, fragte Carl schließlich.

Sie nickte. »Außerdem habe ich Sie angerufen. Ungefähr zwanzigmal. Aber Sie sind nicht rangegangen. Also habe ich den spanischen Botschafter überredet, mir seinen Chauffeur und seinen Wagen zu leihen, um selbst bei Ihnen nach dem Rechten zu sehen. Die Straßensperren sind heute Nacht lasch. Die Feldgrauen lassen zu Silvester wirklich mal fünfe gerade sein, was, Obersturmbannführer?«

»Es herrscht immer noch Ausgangssperre, Madame. Sie und der spanische Chauffeur sollten froh sein, dass man Sie nicht erschossen hat.«

Sie zuckte mit den Achseln und löffelte frisch gemahlenen Kaffee in einen Filter. »Gott sei gedankt für Ihre Volksschulpflicht, Obersturmbannführer. Die Feldgrauen haben allesamt die Flagge am Ständer des Packards erkannt. Irgendwo in der hintersten irischen Provinz hätte ich so etwas gar nicht erst versucht. Da muss man froh sein, wenn man einen Einheimischen findet, der überhaupt lesen und schreiben kann.«

»Klingt nach einem Land, in dem es sich zu leben lohnen könnte«, antwortete Carl spitz.

»Na, falls Sie mit dem Gedanken spielen auszuwandern, ich hätte da ganz gute Beziehungen zu einem Beamten, der Ihnen ein Visum verschaffen könnte. Beschweren Sie sich nur dann später bei mir nicht über das Wetter dort. Oder das Essen.«

Sie goss heißes Wasser über den Filter und die gemahlenen Bohnen. Das Aroma, das davon aufstieg, fand Carl überwältigend.

»Weshalb sind Sie hier, Madame?«

Sie lächelte böse. »Weil ich 'ne Einladung zu einer Party hatte. Aber erst dort begriffen habe, dass es ein Tanzvergnügen war«, antwortete Madame und klopfte sich dabei auf ihr steifes Bein. »Aber ich bin nun mal eine miese Tänzerin.«

Sie hat die Frage nicht beantwortet, dachte Carl. *Weshalb?*

»Und dann haben Sie gedacht, es könnte amüsant sein, Ihr Leben zu riskieren, um einen betrunkenen deutschen Verwaltungsbeamten zu besuchen? Sie sollten wirklich an Ihrem Sinn für Humor arbeiten, Madame.«

Sie reichte ihm eine Tasse Kaffee. »Trinken Sie, Obersturmbannführer. Das ist eine ärztliche Anweisung!«

Carl nahm die Tasse und trank einen winzigen Schluck des brühend heißen Gebräus.

»Mein Sinn für Humor ist schon ganz in Ordnung, so wie er ist. Worüber ich vielleicht noch mal nachdenken sollte, ist mein Männergeschmack.«

»Oh, verstehe. Der spanische Botschafter ist Tangotänzer und war enttäuscht, als Sie ihm einen Korb für seine Tanzkarte verpassen mussten?«

»Für einen Mann, der so fahl im Gesicht und derart betrunken ist, sind Sie heute fast schon witzig, Obersturmbannführer. Nur dumm, dass ich Sie schon etwas länger kenne und daher weiß, dass das bloß ein vorübergehendes Phänomen ist.«

Carl trug seine Kaffeetasse zum Tisch und war, bis er sie dort abgesetzt hatte, nicht sicher, ob er in der Lage dazu wäre.

Als er das erst einmal glücklich hinter sich gebracht hatte, schaffte er es sogar, einen der Stühle hervorzuziehen und sich vorsichtig darauf zu setzen.

»Ich habe Ihrer Wache von gegenüber erzählt, dass Sie krank seien und Hilfe bräuchten. Ich habe allerdings nicht damit gerechnet, dass Sie wirklich so furchtbar aussehen könnten, wie Sie aussehen, Obersturmbannführer! Wahrscheinlich hat es Ihnen noch keiner so offen gesagt, aber: Es gibt zwei Arten von Menschen. Die einen vertragen Alkohol und können ihr Leben lang saufen wie Löcher. Die anderen vertragen ihn nicht und gehen daran zugrunde. Raten Sie mal, zu welcher Sorte Sie zählen ...«

Nicht schwer zu erraten, dachte er. Hatte aber dennoch nicht die Absicht, ihr zu verraten, wie egal ihm das war.

»Sie sind in mein Quartier eingedrungen und waren dabei, als ich auf Gestapo-Beamte geschossen habe, Madame. Sie dürfen mich ab heute beim Vornamen nennen.«

Sie trank selbst etwas von dem Kaffee und lächelte ihn über den Tisch hinweg an. »Sie machen mir ja Angst, Obersturmbannführer. Ein zutraulicher deutscher Amtsträger? Das muss man erst mal verdauen.«

Carl zuckte mit den Achseln und fragte sich, wo seine Zigaretten abgeblieben waren. Sicher drüben im Atelier. Verdammt.

»Falls Sie sich davor fürchten, dass man uns abhören könnte, das ist unbegründet. Keine der üblichen verdächtigen Institutionen hat derzeit das Personal dazu. Sie können also offen mit mir reden. Woher wussten Sie, dass ich zu Hause bin und nicht auf irgendeiner Feier? Immerhin ist heute Silvester.«

Sie zögerte ihre Antwort einige Augenblicke hinaus. Carl hatte den Eindruck, sie tat das nicht, um Zeit für eine passende Formulierung zu gewinnen, sondern aus Furcht.

»Lelouche oder Perreau – vielleicht sogar beide – haben Ihr Quartier beobachten lassen, und Perreau hat vor einiger Zeit Ihren Burschen unter Druck gesetzt, ihn über Ihren Zustand auf dem Laufenden zu halten. In Ihrer Dienststelle tauchen Sie ja nicht mehr auf«, entgegnete Madame schließlich.

Da schau her, dachte Carl, *der brave kleine Heinz Becker hat sich von Monsieur le Commissaire zum Informanten machen lassen.*

»Ich war von Anfang an bloß ein besserer Frühstücksdirektor. Kein Mensch legt Wert darauf, dass ich meine Untergebenen damit behellige, regelmäßig in meinem Büro vorbeizuschauen. Man sagte mir außerdem, mein neuer Stellvertreter sei ein talentierter Bürokrat, der den Laden voll und ganz im Griff hat. Es besteht also auch gar kein Grund, mich drüben sehen zu lassen«, wich Carl ihrer unausgesprochenen Frage aus.

Sie trug eine nachtblaue Bluse aus Seide oder Satin, dazu eine lange, weit fallende Hose aus schwarzem, weichem Material und hatte ihren zu großen Ledermantel immer noch nicht abgelegt, obwohl es in der Wohnung ziemlich warm war. Neben ihr lehnte ihr Stock an der Tischkante. Er war zwar schwarz, wie der, den sie sonst benutzte. Doch sein Griff war blau, passend zur Farbe ihrer Seidenbluse, und hatte eine schlichte, abstrakt geschwungene Form.

»Ihr Chauffeur? Ist er immer noch unten und wartet?«, fragte Carl.

Sie nickte.

»Da im Korridor ist das Telefon. Rufen Sie in meiner Dienststelle an, und sagen Sie denen, ich sei schlimmer krank, als Sie erwartet hätten, und dass Sie hier bei mir bleiben, bis die Krise überwunden ist. Dann schickt meine Wache den Wagen dahin zurück, wo er herkam. Heute Nacht ist es selbst für Diplomatenkarossen zu gefährlich da draußen.«

Sie mochte es nicht, hin und her geschubst zu werden. Und machte daher keinerlei Anstalten, seiner Anweisung zu folgen. Doch das hier betraf nicht ihre Gefühle, sondern seine Stellung und ihre Sicherheit.

»Tun Sie's doch selbst!«, schnappte sie.

»Ich bin krank, schon vergessen?«, antwortete er.

Also ging sie zum Telefon, rief in der Dienststelle gegenüber an und sprach mit dem wachhabenden SS-Schützen dort.

»Zufrieden?«, fragte sie dann.

»Nein. Aber das macht nichts«, antwortete Carl. »Weshalb sind Sie hier, Madame?«

Diesmal zögerte sie ihre Antwort um eine Winzigkeit weniger hinaus als vorhin. »Ihre Idee, Lelouche um Hilfe zu bitten, hat sich ausgezahlt. Seine – nun ja, nennen wir sie mal Freunde – sind bei ihrer Überprüfung der Filmentwicklerfirmen fündig geworden. Es gibt eine Liste von sechs Verdächtigen, die alle entweder ziemlich große Mengen an Chemikalien und Geräten zur Filmentwicklung oder ungewöhnlich hohe Mengen an Schmalfilmnegativen gekauft haben. Außerdem entsprechen sie in etwa meinem Charakterprofil des Mörders.«

Carl fühlte sich erleichtert und verwirrt zugleich, aber war unfähig, sie jetzt anzuschauen. Also stand er auf und ging in sein Atelier, um die angebrochene Schachtel Zigaretten zu holen, die er dort am Boden hatte liegen lassen. Nur sechs Verdächtige aus einer möglichen Gruppe von mehreren Tausend in Paris und Umgebung, dachte er beeindruckt. Es konnte nur noch eine Frage von Tagen sein, bis Perreau den Mörder identifiziert hatte und ihn verhaften konnte. Kein Wunder, dass Madame la Doctoresse es nicht hatte erwarten können, ihm die Neuigkeit mitzuteilen. Heiligers Mörder würde zu seinem Prozess kommen. Wahrscheinlich würde er dabei sogar Lochmann belasten und zu Fall bringen.

Er kehrte mit einer brennenden Zigarette im Mund in die Küche zurück, aber setzte sich nicht wieder an den Tisch, sondern trat zur Spüle, die er als Aschenbecher benutzte.

Sie schenkte sich Kaffee nach und streckte ihre Hand zu Carl aus.

Er schaute leicht erstaunt darauf hinab.

»Ich brauche eine Zigarette, Monsieur«, erklärte sie.

Also gab Carl ihr eine und zündete sie mit seinem Benzinfeuerzeug an. Vorhin hatte ihn der Anblick ihrer geradezu obszön roten Mundwunde fasziniert und verwirrt. Jetzt jedoch waren es ihre hellgrauen Augen, die ihn nicht mehr losließen. Aus ihnen strahlte eine unbestimmbare Tiefe, die ihn unwillkürlich an die Angst vor dem Meer erinnerte, dessen Nähe er als kleiner Junge nicht ertrug, weil er sich vor den Ungeheuern in seinen nie vermessenen Tiefen fürchtete. Er fragte sich, welche Monster hinter diesen grauen Augen darauf warten mochten, zum Vorschein zu kommen, und ob er Manns genug wäre, damit fertigzuwerden, sobald es so weit war.

»Perreau hätte selbst kommen sollen, um es mir zu sagen. Das hätte mir ein paar verdammt ungemütliche Augenblicke und Ihnen eine Fahrt durch die Stadt während der Sperrstunden erspart.«

»Sie haben vergessen, dass es mich auch davor bewahrt hätte, Ihnen zusehen zu müssen, wie Sie vor meine Schuhe kotzen, Obersturmbannführer. Aber Lelouches Freunde erwarten, dass man Perreau bei seinen Ermittlungen nicht behindert. Andernfalls kündigen sie an, diese selbst in die Hand zu nehmen, die Verdächtigen einen nach dem anderen zu entführen und ihrer ganz eigenen Art von Befragung auszusetzen, die – soweit man hört – der Ihrer Gestapo durchaus ähneln soll.«

»Es war doch zu erwarten, dass der Widerstand den Mörder selbst unschädlich machen will, um der Besatzungsverwaltung und der Pariser Polizei danach vorwerfen zu können, sie seien unfähig, die Stadt vor ihm zu schützen. Weshalb sollten die Terroristen auf diesen Propagandacoup verzichten?«

»Das ist die interessanteste Frage dabei, Obersturmbannführer. Und wenigstens Lelouche und ich haben darauf nur eine plausible Antwort gefunden«, antwortete Madame.

»Ich bin betrunken und habe rasende Kopfschmerzen, helfen Sie mir auf die Sprünge!«, verlangte er.

»Dass Sie betrunken sind und Ihnen der Kopf wehtut, glaube ich Ihnen, Obersturmbannführer. Aber dass Sie deswegen auch Ihr bisschen Verstand verlegt hätten, nicht. Also denken Sie nach«, antwortete sie mit einem feinen Lächeln.

»Sie sollten mich wirklich beim Vornamen nennen, Madame«, entgegnete er, zog an seiner Zigarette, warf sie dann aber plötzlich in die Spüle und schaute Madame erstaunt an. »Die Terroristen fürchten, dass sie dabei selbst irgendwie schlecht aussehen könnten?«, sagte er schließlich. Aber er traute sich selbst dabei nicht ganz. Viel zu weit hergeholt erschien ihm die Möglichkeit, dass dieser Mörder sowohl Lochmann als auch die Pariser Polizei und den Widerstand so weit hatte manipulieren können, dass jede der Seiten zu viel zu verlieren hätte, um riskieren zu können, dass er je vor einem Gericht aussagte.

»Genau so, Monsieur!«, antwortete sie und stippte die Asche ihrer Zigarette dabei ebenfalls in die Spüle. »Und deshalb ist man gern bereit, Ihnen und Perreau die Drecksarbeit zu überlassen, den Mörder zu überführen. Stellt man ihn vor ein Besatzungsgericht, kann der Widerstand immer behaupten, seine Aussagen seien erzwungen worden, um auch ihn zu belasten. Bei dem Ruf, den die Besatzungsverwaltung bei den Parisern genießt, werden die auch gar nicht auf die Idee kommen, das anzuzweifeln.«

Carl steckte sich eine neue Zigarette an. Es wäre letztlich für alle eleganter gewesen, wenn man die Terroristen dazu hätte bringen können, den Mörder beiseitezuschaffen. Perreau hätte diese Lösung zwar nicht sonderlich gefallen, denn der war von seiner Rache für Heiliger getrieben und hätte wohl nur schwer seine Füße stillhalten können. Aber jetzt war die sowieso ins Wasser gefallen. Außerdem war Madame ihm plötzlich verdammt nah, was ihn nervös machte und daran hinderte, klar zu denken.

»Sie sollten so etwas nicht tun, Nathalie«, sagte er und benutzte dabei zum ersten Mal ihren Vornamen.

»Was tue ich denn, Monsieur?«

»Für Lelouche und die Résistance die Brieftaube geben. Ich hab's Ihnen schon einmal gesagt, Ihr Diplomatenpass schützt Sie nicht für immer.«

Sie hatte offensichtlich beschlossen, seine Warnung zu ignorieren, denn sie griff nach ihrem Stock und drehte ihn zwischen den Händen, wie einen deutlich zu langen und zu schlanken Kreisel.

»Bisher mochte ich Sie ja, weil Sie nie langweilig waren. Aber gerade klingen Sie wie mein Vater. Und das ist kein Kompliment.«

»Das war auch nicht als solches gedacht«, antwortete Carl trocken. Sie warf ihren Zigarettenstummel in die Spüle und stand auf, wobei sie sich schwer auf ihren Stock stützte.

»Ich habe meinen Text aufgesagt. Aber Sie haben mich vorhin dazu gebracht, meinen Chauffeur nach Hause zu schicken. Also was sollen wir nun mit dem Rest der Nacht anfangen?«

So weit hatte Carl vorhin nicht gedacht und war jetzt von ihrer Frage reichlich überrumpelt.

»Verstehe, das hatten Sie vorhin nicht bedacht, was? Na, macht nichts. Wenn wir schon mal allein hier sind, schlage ich vor, wir gehen ins Schlafzimmer und vögeln. Das ist gesund und vertreibt die Zeit. Außerdem macht es hin und wieder sogar Spaß.«

An den grauen, trüben Tagen, an denen er sich in Zweifeln und Selbstmitleid badete wie in einem See aus zu lange ausgekochten Enttäuschungen, hatte Carl manchmal das Gefühl, er sei auf der Suche nach einem verborgenen Ort, zu dem er nie gelangen konnte, weil er gar nicht existierte. Doch gerade hatte Madame la Doctoresse ihm die Tore zu diesem verborgenen Ort aufgestoßen. Sein erster Gedanke war: Wie konnte sie es wagen?! Sein zweiter verlief sich in einem sehnsuchtsvollen Ziehen in seinem Bauch, das unmöglich zu ignorieren war, weil er sich davor fürchtete.

Er schaute sie an. »Sie wissen ja gar nicht, was Sie tun!«, sagte er.

Sie legte ihre Hand auf seine Schulter und senkte den Blick. »Sie haben in Paris vielleicht die Vitrinen im Museum Ihrer Angst neu aufgefüllt. Aber ich bin die Tochter eines Monsters und wuchs bei Drachen auf. Ich bin nicht so leicht einzuschüchtern. Ich habe mich nicht einmal gefürchtet, als mir vorhin in der spanischen Botschaft einer Ihrer SS-Kameraden einzureden versuchte, dass die Welt im Grunde doch gut und gerecht sei.«

Carl griff nach ihrem Kragen, legte ihn vorsichtig um und betrachtete sie eine Weile. Er tat es wie ein Mann, der nicht an Gespenster glaubte, einen Geist betrachten würde: mit genügend Restskepsis, um sich weiterhin einreden zu können, dass es keinen Grund dafür gäbe, an seinem Verstand zu zweifeln. Aber auch in der beängstigenden Erwartung, dass das, was immer jetzt geschah, sein Leben auf den Kopf stellen könnte.

»Drachen und Monster, was?«, fragte er leise.

»Drachen und Monster«, bestätigte sie.

36

Madame la Doctoresse hatte beim Sex von Anfang an die Führung übernommen und davon auch später nicht abgelassen. Was Carl irritierte, der so viel Selbstbewusstsein bei seinen Sexpartnern nicht gewohnt war. Zumal sie dabei Dinge tat, zu denen weder seine Exfrau Gertrud noch eine der anderen Frauen, mit denen er bisher geschlafen hatte, je fähig gewesen wären. Außerdem absolvierte Madame dies alles mit einer Selbstverständlichkeit, die für ihn beinah an Verachtung grenzte.

Er hatte eben zum dritten oder vierten Mal die beiden langen Narben an ihrem Bein und ihrer Hüfte mit den Fingerspitzen erforscht, lag jetzt neben ihr im Bett und fragte sich, ob sie beide mit dem Sex nicht einen größeren Fehler begangen hatten, als sie es sich so kurz danach eingestehen konnten.

»Du machst mir Angst. Zuerst dachte ich, es sei Angst davor, überhaupt mit irgendeiner Frau wieder ins Bett zu gehen, seit meine Frau mich verlassen hat. Aber dann schlief ich mit einer Hure im Chat Noir und stellte fest, dass es daran nicht liegen konnte. Doch ich habe dabei an dich gedacht. Dafür habe ich dich verachtet. Dass du so weit in meine Fantasie eindringen konntest.«

Sie schlug ihn hart auf den Po. Aber lachte dabei. »Das, Monsieur, ist nicht das, was eine Frau von einem Mann hören will, nachdem sie sich dazu herabließ, mit ihm Sex zu haben.«

»Na, wenn du dich dazu herablassen musstest, war es wohl ein Fehler«, antwortete Carl eingeschnappt.

»Wieso? Ich bin auf meine Kosten gekommen. Und soweit ich mich erinnere, du auch. Ist bloß ein Fehler, Sex überzubewerten. Der dient nur zur Reproduktion und dazu, den Hormonhaushalt auszugleichen. Die Romantik, mit der er ständig überfrachtet wird, ist gemeingefährlich.«

Carl fand ihre Aussage erschreckend. Er tippte gegen ihre linke Brust. »Aber hinter dieser ziemlich eindrucksvoll entwickelten Titte muss trotzdem ein Herz schlagen. Erzähl mir nicht, es gäbe sich wirklich damit zufrieden, schneller zu schlagen, weil dies dem Ausgleich deines Hormonhaushalts nützt.«

Wieder lachte sie und gab ihm einen Kuss auf die schweißfeuchte Stirn. »Ihr Deutschen seid solche Träumer! Liebe hat mit Sex doch gar nichts zu tun. Die stört dabei nur!«

Carl begriff diese Kälte einfach nicht, auf die sie so stolz zu sein schien. Sie erschien ihm unmenschlich. Abgesehen davon, dass er sie nur für vorgeschoben hielt. Sie angelte an ihm vorbei nach seinen Zigaretten, die neben dem Bett am Boden lagen, steckte sich eine an und warf die Schachtel dann Carl auf den Bauch.

»Du hältst mich für eine kalte putain, stimmt's?«, fragte sie und blies ihm Rauch über die Brust, was sich für Carl unerwartet angenehm anfühlte.

»Erwartest du 'ne ehrliche Antwort von mir?«

»Natürlich!«, entgegnete sie.

»Du hast mich behandelt wie ein Stück Fleisch. Ich glaube, du fürchtest dich vor mir. Aber dazu besteht kein Grund. Jedenfalls nicht heute Nacht.«

»Was ist mit morgen? Oder übermorgen?«, fragte sie leise.

Er zuckte mit den Achseln, so gut das eben im Liegen ging. »Da werde ich hoffentlich zu besoffen sein, um mir darüber Gedanken zu machen.«

Sie schlug ihm mit der flachen Hand auf die Brust. Die Zigarette hing zwischen ihren Lippen und wippte dabei auf und ab. »Du klingst, als ob es keinerlei Hoffnung gäbe.«

Er nickte langsam und feierlich. »Die gibt es. Nur nicht mehr für mich. Aber das habe ich auch genau so gewollt.«

Sie antwortete nicht darauf.

Carl fischte ihr die heruntergebrannte Zigarette aus den Lippen und warf sie in ein Glas Wasser, das auf dem Nachttisch stand. »Du hast vorhin in meiner Küche gesagt, du bist unter Drachen und Monstern aufgewachsen und hättest verlernt, was Angst sei. Aber jeder von uns hat Angst. Selbst du musst dich vor irgendetwas fürchten.«

»Höchstens vor mir selbst. Aber auch das nur noch selten«, antwortete sie, schwieg dann für eine Weile und ging humpelnd und ohne ihren Stock zur Küche, aus der sie dann mit zwei Flaschen Bier zurückkehrte, die sie ihm entgegenstreckte. »Mach sie auf, Obersturmbannführer!«

Er öffnete die Flaschen nacheinander an der Kante des Nachttisches und reichte ihr eine davon.

»Wir Iren sind gut im Geschichtenerzählen. Das ist ein Klischee, an dem wirklich mal etwas dran ist. Wenn du eine Geschichte hören willst, bitte, die kannst du haben.«

»Wir haben gerade miteinander geschlafen, und ich habe deine Akten bei der Abwehr oder dem SD nie zu sehen bekommen. Wie wär's also mit der Wahrheit statt irgendeiner Geschichte?«, fragte er.

Sie setzte sich vorsichtig aufs Bett, zog die Beine an und stellte die Bierflasche auf ihren aneinandergepressten Knien ab.

»Die Wahrheit ist aber immer schlimmer als eine Geschichte, und ich bin nicht sicher, ob ich sie dir zumuten kann.«

»Versuch's! Falls es mir zu viel wird, ziehe ich mir die Bettdecke über den Kopf und tue so, als hörte ich nichts mehr.«

Sie trank von ihrem Bier. »Hör auf mit dem Unsinn, Obersturmbannführer! Weißt du, was Black Frost ist?«

»Schwarzes Eis? Nie gehört«, gab er zu.

»Bestimmt gibt's auch einen deutschen oder französischen Begriff dafür, aber die kenne ich nicht. Also jetzt die Wahrheit statt der Geschichte. Du bist selbst schuld, wenn sie dir nicht gefällt. Also beschwer dich dann gefälligst nicht darüber!«

Carl nickte.

Sie begann zu erzählen. »Meine Mutter ist nach Boston durchgebrannt, da war ich vier. Sie hat zwar behauptet, sie könne meinen Vater zur Not mit seinem Beruf teilen, aber letzten Endes wohl nicht mit mir. Sie hatte Geschwister in Philadelphia.« Sie strich sich mit der Bodenkante ihrer Bierflasche über ihre Hüfte und eine der beiden langen breiten Narben. »Das hier war ein Geburtsfehler. Sie haben mich aus dem Bauch meiner Mutter schneiden müssen, weil ihre Hüfte ähnlich deformiert war wie meine. Sie hat es zwar nie offen zugegeben, aber ich bin sicher, dass sie auch davor weglief, eine Tochter zur Welt gebracht zu haben, die ihr zu ähnlich war. Ich war ein furchtbar hässliches Kind und brauchte lange, bis ich laufen lernte. Und selbst dann war es nur ein Hüpfen an zwei Krücken. Mein Vater brachte mich in einem Internat unter. Es wurde von Schwestern geführt und lag am Ende der Zivilisation, im County Sligo. Geboren wurde ich in Cork, aber die ersten Jahre wuchs ich in Dublin auf. Das war keine Weltstadt. Aber wenigstens hat mich zu Hause keiner wie die Missgeburt behandelt, für die sie mich heimlich alle hielten. Damals gab es nur drei Dinge, die von einem irischen Mädchen aus der oberen Mittelschicht erwartet wurden: genug lesen und schreiben zu lernen, um einen Haushalt führen zu können, eines Tages als Jungfrau zu heiraten, und ihrem Mann danach eine Handvoll Kinder zu bescheren. Lesen und Schreiben war kein Problem für mich. Damit, dass ich mal einen Ehemann finden und ihm Kinder schenken würde, rechneten die Schwestern allerdings nicht. So weltfremd waren sie nun auch wieder nicht. Ich war ein Krüppel und nutzlos. Also behandelten sie mich auch so. Mit einer gewissen mitleidigen Distanz. Das galt nicht für meine Mitschülerinnen, denn die waren ein garstiger Haufen und ließen mich jede Minute dort spüren, dass sie mich für eine Monstrosität hielten. Ich erspare dir Details, Obersturmbannführer. Aber während ich dort war, volle sechs Jahre, haben sich vier der Mädchen umgebracht. In jedem anderen Land wäre das eine Katastrophe für die Schule gewesen. In Irland begrub man sie in ungeweihter Erde und redete nicht darüber. Kann sein, dass ein paar der Schwestern vielleicht heimlich dachten, das sei auch der gnädigste Ausweg für mich. Aber ich war zu renitent, um mich umzubringen. Vielleicht hätte ich es allerdings trotzdem eines Tages getan, wenn mein Vater nicht beschlossen hätte, mich wieder zu sich zu holen.«

»So viel zu den Drachen?«, fragte Carl leise.

»So viel zu den Drachen. Kommen wir zu den Monstern«, erklärte sie. »Die sind komplizierter als die Drachen. Doktor Reginald Burns hat in Cambridge studiert und galt für die Briten als liberal. Deswegen haben sie ihn nie verdächtigt, dass sich unter seiner Maske ein radikaler Nationalist verbergen könnte. Er war kein Attentäter wie seine Freunde Broi und McGuiness, die im Unabhängigkeitskrieg zwei Polizeispitzeln vor den Augen ihrer Frauen ins Gesicht geschossen, drei britische Special-Branch-Männer in einem Park getötet und später im Bürgerkrieg einen Überfall auf eine Polizeistation geführt haben. Und das waren nur die Attentate, die sie zugeben wollten oder die es in die Memoiren ihrer Kameraden geschafft haben. Da muss aber noch mehr sein. Dinge, über die keiner reden will. All das macht sie allerdings nicht unbedingt zu Monstern.«

»Nein, wahrscheinlich nicht. Es war immerhin Krieg«, stimmte Carl ihr zu.

»Mein Vater hat ihre Verletzungen versorgt und ihnen mit Geld und Verstecken ausgeholfen. Ich habe vom Krieg nur mitbekommen, was in den Zeitungen stand oder die Dienstboten in der Küche miteinander flüsterten. Hin und wieder fiel der Unterricht in der Schule aus. Das war auch schon alles. Erst im Bürgerkrieg habe ich Blut und Leichen in den Straßen gesehen. So beschäftigt wie mein Vater mit seiner Praxis und der Freiheit Irlands war, vernachlässigte er meine Erziehung. Vor allem achtete er nicht auf meine Lektüre. Bücher sind der geduldigste Trost für Krüppel und Mädchen mit gebrochenen Herzen. Bücher sind aber auch gefährlich, denn sie machen die Welt durchsichtiger für sie. Die Rebellen waren ständig klamm und auf Spenden angewiesen. Die meisten davon kamen aus den USA. Sie schickten meinen Vater nach Boston, um dort bei seiner Verwandtschaft Spenden für den Kampf einzutreiben. Da war ich dreizehn. Er bestand darauf, dass ich ihn begleite, weil in Boston ein chirurgisches Wunderkind namens Doktor Miles Bethnal praktizierte, dem er zutraute, meine Hüfte durch eine riskante Operation zu richten. Wir fuhren mit einem Frachter, der auch über ein paar Passagierkabinen verfügte, von Cork Harbour nach Island und über Neufundland nach New York. Das Schiff hieß Terence Hobart und war ein besserer Seelenverkäufer, die Mannschaft alt und ausgelaugt, der Kapitän ein Morphinist. Ich hielt es für ein grandioses Abenteuer und humpelte auf meinen beiden Krücken vom Taxi aufs Schiffsdeck. Auf der ersten Etappe rauf nach Island spürte ich die Blicke der Männer, wenn ich mich mit meinen Krücken auf die Brücke oder das Deck wagte. Ich ahnte da nur, was diese Blicke zu bedeuten hatten. Aber ich begriff es allerdings vollends, als mein Vater später in der Kapitänskajüte damit drohte, jeden Mann über Bord zu werfen, der sich und seine Triebe nicht im Griff hatte. Ich hasste ihn dafür, dass er das sagte. Diese ausgelaugten, hässlichen Männer mit ihren nach Öl stinkenden Leibern waren bis dahin die Einzigen gewesen, die mich je als sexuell begehrenswert wahrgenommen hatten.«

»Das waren die Monster?«, erkundigte sich Carl.

»Nein«, antwortete sie und setzte ihre Geschichte fort. Sie berichtete, wie sie in Boston ankamen und von den Verwandten ihres Vaters empfangen wurden. Während ihr Vater vor den Iren in Boston, der größten irischen Stadt außerhalb Irlands, seine Vorträge hielt, unterzog sich die junge Nathalie im Boston University Hospital einer Reihe von Tests und Röntgenaufnahmen, um festzustellen, ob eine Operation an ihrer Hüfte möglich sei.

»Jesus wept, ich hatte mir so viel davon versprochen, meine Mutter wiederzusehen. Aber in der Woche bevor wir in Boston ankamen, verschwand sie nach Kalifornien zu einem

Magier, der angeblich wusste, wie man die Welt von allen Übeln heilen könne. Wahrscheinlich war das Einzige, für das er keine Lösung wusste, das Übel untreuer Mütter. Krüppel sind Außenseiter und entwickeln ihre ganz eigenen Überlebensregeln. Ich war sicher, meine Mutter sei mehr vor mir geflohen als vor meinem Vater, und glaubte daher, dass Liebe gefährlich sei und in dieselbe Kategorie fiele wie Angst. Beides war nach Möglichkeit zu vermeiden, wenn man heil an Herzen und Seele durch sein Leben kommen wollte.

In Boston konntest du es als Ire und Katholik zu etwas bringen. In Chicago auch. Im Rest des freiesten Landes der Welt allerdings nicht so sehr, da warst du entweder ein stinkender, versoffener Paddy, vor dem man unter allen Umständen Frauen, Töchter und Whiskyvorräte zu schützen hatte, oder eben eine irische Bitch, die aus lauter Zorn über die Existenz der Protestanten fortlaufend neue Babys in die Welt würfelte, weil sie dem Papst in Rom eine treue Anhängerschaft zu sichern hatte. Es dauerte zwar ein bisschen, bis ich dies begriff, aber sobald ich es erst einmal verstand, habe ich es so schnell nicht mehr vergessen.«

Carl sah in ihrem verschlossenen Gesichtsausdruck, dass Madame sich allmählich der Zone der Monster näherte. Was ihn überraschte, da er bisher am Horizont ihrer Schilderung keine erspähen konnte. Jedenfalls keine außer den üblichen.

»Ich war erstaunt, wie wohlhabend und einflussreich unsere Verwandtschaft in Boston war. Die meisten von ihnen lebten in Häusern, die so groß waren, dass man sich darin verlaufen konnte. Der Mann, ohne den mein Vater in Boston nichts erreicht hätte, war sein ältester Bruder Matthew Burns.«

Carl sagte der Name etwas. Er unterbrach sie. »Matthew Burns, der Rechenmaschinenhersteller?«

Sie nickte. »Er hat noch im Sommer '38 Hitler in Berlin die Hand geschüttelt und war mit Göring auf der Jagd. Und weißt du, was er euch verkaufte?«

»Ich habe bei Matthew Burns' deutscher Konzerntochter Lochkartenmaschinen für das Reichssicherheitshauptamt gekauft, die wir nutzten, um die Verbrecherkarteien besser zu organisieren«, erklärte er. »Aber ich war nicht der einzige deutsche Einkäufer, der mit ihm Geschäfte gemacht hat.«

»Stimmt, denn ihr habt zuvor schon Lochkartenmaschinen bei ihm und bei seiner Konkurrenz IBM gekauft. Beide Modelle hat die Partei genutzt, um die Volkszählung zu organisieren und dabei die Anzahl von Juden, Zigeunern und Ausländern im Reich zu erfassen. Wohin das geführt hat, weißt du so gut wie ich. Außerdem habt ihr seine Maschinen auch in Polen, Frankreich und Holland benutzt, um die Bevölkerung zu erfassen«, entgegnete sie.

Carl ließ ihre Worte unwidersprochen stehen. Was für sie Antwort genug war. Sie beide wussten, wozu diese Bevölkerungserfassung im Deutschen Reich geführt hatte.

Doch angesichts dieser illustren Verwandtschaft war es auch kein Wunder, dass zwar jeder geheime Verein im Reich Akten über Madame führte, aber man ihr in Paris trotzdem Narrenfreiheit gewährte. Matthew Burns war einer der wenigen amerikanischen Freunde des Führers, der seinen politischen Einfluss unermüdlich dafür eingesetzt hatte, dass die Amerikaner sich aus dem Krieg in Europa heraushielten.

»Ohne meinen Onkel Matthew wäre die Mission meines Vaters in Boston verloren gewesen. Und ich hätte auch meine Operation vergessen können, der ich immerhin verdanke, dass ich ohne Krücken laufen kann. Aber all das hatte seinen Preis. Ich war zwar noch zu jung, um sämtliche notwendigen

Operationen für meine Hüftkorrektur an mir vornehmen zu lassen. Dennoch unternahm Miles Bethnal damals schon eine erste notwendige Korrektur an meiner Hüfte, der ich diese Narbe verdanke …«, sagte sie und fuhr mit der Bodenkante ihrer Bierflasche über die längere der beiden Narben an ihrer Hüfte und ihrem Oberschenkel.

»Mein Vater war erfolgreich bei seiner Tour durch die Villen und Hinterzimmer in Boston. Er bekam fast so viel Geld zusammen, wie die Rebellen erhofft hatten. Aber Doktor Bethnal machte ihm klar, dass mich seine erste Operation für mindestens sechs Monate ans Bett fesseln würde. Onkel Matt war mit seiner Verwandtschaft so großzügig, wie er es für die Sache der Freiheit Irlands war, und bot ihm an, mich so lange zu beherbergen und mir dann die Überfahrt zurück nach Hause zu bezahlen. Trotzdem blieb mein Vater in Boston, bis ich meine erste OP hinter mir hatte und so weit transportfähig war, um in Onkel Matthews Haus zurückzukehren. Dort hatte er für mich im Erdgeschoss ein großes helles Zimmer vorbereiten lassen, von dem aus ich in seinen Park schaute und die Frühlingsvögel singen hörte. Ein Idyll. Nur dumm, dass all die Romane und Gedichte, die ich im Kopf hatte, nicht mein Misstrauen darüber weckten, dass Onkel Matthew immer noch unverheiratet war.«

Sie trank einen Schluck Bier und griff nach den Zigaretten, die zwischen die Falten der Bettdecke gerutscht waren. Sobald sie sich eine aus der Schachtel herausgeschüttelt hatte, gab Carl ihr Feuer.

»Wenn man sich als Kind vor den Schattenungeheuern unter dem Bett fürchtet und um Hilfe schreit, dann sollte ein Erwachsener kommen, um einem zu beweisen, dass sie eben wirklich nur aus Schatten bestehen. Nur was, wenn dein

Vater dir im Gegenteil nicht bloß erklärt, dass die Ungeheuer echt sind, sondern sogar darauf besteht, dass er völlig machtlos gegen sie sei?«

Carl beging den Fehler, es als rein rhetorische Frage zu betrachten.

»Mein Onkel war da, als sie mich in mein schönes helles Zimmer brachten. Eine Vierzehnjährige, mit Tittenansätzen, einem zu großen Mund und einem Gips bis zum Bauch, der sie ans Bett fesselte. Das Monster kroch nicht zwischen den Schatten unterm Bett hervor, sondern kam durch die Tür. Und zwar regelmäßig dreimal die Woche. Er sagte, dass es an mir liege, ob mein Vater je wieder zurück nach Hause könne oder die Briten erfuhren, was er hier für die Rebellen tat und ihn ins Gefängnis steckten. Also hielt ich meinen Mund und stand es durch, wenn er kam, um mich zu berühren, wie ein Mann eine Frau berühren sollte, aber niemals ein Kind. Ich habe ihm sogar seinen Schwanz gelutscht und darüber den Mund gehalten. Alles aus Angst, dass mein Vater nicht nach Hause zurückkehren dürfe. Mein Vater muss es geahnt haben, vielleicht wusste er aber auch schon über seinen Bruder Bescheid, seit sie selbst Kinder waren. Jedenfalls sah ich ihn eines Tages durchs Fenster zu mir hineinschauen, während das Monster mich heimsuchte. Er hat sich nicht von mir verabschiedet, als er nach Dublin zurückfuhr. Mit dem Geld für die Republik und seinem schlechten Gewissen.«

Sie trank ihr Bier aus. Aber sie wollte mehr. Carl reichte ihr schweigend seine noch halbvolle Flasche, ging zur Küche und holte Nachschub. Wobei er nicht sicher war, ob er wirklich den Rest ihrer Schilderung verkraften könnte. Es gab Dinge, die selbst Alkohol nicht erträglicher machte.

Er reichte ihr das geöffnete Bier und blieb vor dem Bett

stehen, während sie weitersprach. »Ich wusste also, dass er es wusste. Aber er verlor nie ein Wort darüber. Bis heute nicht. Er behandelte auch seinen Bruder nicht anders als zuvor. Nur mich hielt er auf Distanz. Sogar dann noch, als ich sieben Monate später nach Dublin zurückkehrte. Mitten hinein in einen *fucking* Bürgerkrieg mit Leichen auf der Straße und brennenden Häusern in der Stadt.«

Sie reichte ihm ihre aufgerauchte Zigarette. Carl warf sie in das Wasserglas auf dem Nachttisch.

»Schwarzer Frost, erinnerst du dich? Danach hatte ich dich vorhin gefragt, und du konntest nichts damit anfangen«, sagte sie.

»Kann ich immer noch nicht«, gab Carl zu.

»Hinter Island musste die Terence Hobart, der Seelenverkäufer, mit dem wir damals nach New York gefahren sind, dem Packeis ausweichen, das sich in diesem Jahr früher als sonst gebildet hatte und weiter nach Süden gedriftet war als sonst. Eines Tages geriet das Schiff in dichten Nebel. Ich mochte Nebel. Er verengte die Welt auf das Wesentliche. Die Seeleute fürchteten sich vor ihm. Der Nebel hing für Tage über dem Meer. Nach dem Nebel fiel Regen, der auf dem Schiff zu einer dunklen Schicht Eis gefror und an den Aufbauten seltsame Figuren bildete. Der Kapitän befahl ›all hands on deck‹, um das Eis abzuschlagen. Doch es war hart und dick und wurde immer mehr, je länger es regnete. Die Seeleute meinten, falls wir es nicht bald aus dem Regengebiet schafften, würde das Eis die Terence Hobart zum Kentern bringen. Ich hatte genauso viel Angst davor wie jeder andere auf dem Schiff. Aber ich konnte trotz meiner Angst vor dem Tod dieses Eis nicht so sehr hassen, wie die Besatzung der Terrence Hobart es hasste. Denn die bizarren Figuren, die es auf den Schiffsaufbauten bildete, waren auf eine bedrohliche Art auch wunderschön. Später in Boston, nachdem mein Vater mich in dem Bett gesehen hatte, während mein Onkel meine Brüste küsste, akzeptierte ich, dass ich begehrenswert war. Nicht trotz, sondern wegen meiner deformierten Hüfte. Ich lernte ein für alle Mal, dass Schönheit im Auge des Betrachters lag. Und deswegen immer gefährlich war. Denn nichts, was irgendeiner von uns wirklich schön findet, kann je wirklich harmlos sein, solange wir alle uns letztendlich damit abgefunden haben, weiterhin die reißenden Tiere zu bleiben, die wir sind.«

Sie trank den nächsten, größeren Schluck Bier, und Carl steckte ihr danach die nächste Zigarette an, die sie zwischen ihren Lippen kleben ließ, während sie fortfuhr. »Sobald ich in Dublin zurück war und meinen Vater wiedersah, wollte ich wissen, was einen Mann dazu brachte, das zu tun, was mein Onkel tat. Und ich wollte begreifen, was dazugehörte, darüber zu schweigen wie mein Vater. Als ich zwanzig war, richtete mir Miles Bethnal meine Hüfte, soweit es noch möglich war. Da war mein Vater schon Minister in der Regierung der Republik Irland.«

Carl nahm die Zigarette aus ihrem Mund und küsste Madame. Sie wehrte sich zunächst dagegen, ließ es dann aber zu. Er hatte dabei nicht das Gefühl, als fände sie darin Trost. Sie tat es eher aus Rücksicht auf ihn und seine Furcht vor seinen ganz eigenen Monstern, vor denen auch ihn keiner je gewarnt oder gerettet hatte und die deswegen in ihm ebenso Spuren hinterlassen hatten wie in ihr.

»Der Trick, in dieser beschissenen Welt über die Runden zu kommen, besteht darin, einzusehen, dass die Monster unter unseren Kinderbetten uns nicht ängstlicher, sondern anziehender und deswegen auch gefährlicher gemacht haben, Obersturmbannführer«, flüsterte sie.

Obwohl er nachvollziehen konnte, weshalb sie so dachte und auch überzeugt war, dass sie zutiefst daran glaubte, konnte er ihre Auffassung nicht akzeptieren. Denn er hatte in dem Menschenfresser Haarmann nie einen Funken jener angeblichen Schönheit aufscheinen sehen, und dies galt in noch viel höherem Masse für die Männer und Frauen, die die Mordmaschinen der Vernichtungslager ins Leben gerufen hatten und die seit Jahren beständig in Schwung hielten.

»Es ist nichts Anziehendes an den Lagern, den Massenmorden und den Männern, die sie befehlen oder durchführen müssen. Sogar die Gemälde des kleinen Trommlers sind so nichtssagend und hässlich, dass es einen bei ihrem Anblick vor Langeweile schaudert.«

»Du redest von Hitler?«, fragte sie.

Carl nickte.

»Der ist doch sogar verführerischer als die Millionen kleiner und großer Ungeheuer, die er unter Befehl hält. Denn er glaubt daran, dass die Welt es eher verdient hätte unterzugehen als gerettet zu werden. Doktor Freud war ein ziemlicher Wirrkopf. Aber in einem Punkt hat er sich nicht geirrt: So sehr wir das Leben lieben, so sehr zieht uns zugleich auch unbewusst der Tod an.«

Sie sprachen nicht mehr viel, während der Rest dieser Nacht verging. Aber sie schliefen noch einmal miteinander, bevor sie zum Telefon humpelte und irgendjemanden um einen Wagen bat, der sie nach dem Ende der Ausgangssperre abholen sollte.

Beim Anziehen lehnte sie seine Hilfe brüsk ab und verschwand mit ihrer Arzttasche für zehn Minuten im Badezimmer. Als sie wieder auf den Flur hinaustrat, hatte er das Gefühl, sie hätte jegliche Spur ihrer gemeinsamen Nacht so tief unter Lippenstift, Puder und Parfum begraben, als wollte sie damit sogar die Erinnerung einer Erinnerung daran vernichten, dass sie je bei ihm gewesen war.

Es war zu spät, sie zu fragen, was sie eigentlich hier in Paris für das Rote Kreuz tat. Die Gelegenheit dazu hatte er versäumt.

Aber dass sie die Spuren ihrer Begegnung eben im Bad geradezu grimmig ausgetilgt hatte, nahm Carl zum Anlass für das Versprechen an sich selbst, sie nie wieder so nah an sich heranzulassen, dass es schmerzte, wenn er sie wieder gehen sah. So wie jetzt, als sie zur Wohnungstür trat, aber sich dabei nicht noch einmal nach ihm umschaute. Es kostete ihn einiges an Stolz, sie zurückzuhalten. »Richten Sie Perreau und Lelouche aus, keiner von ihnen kommt je hierher. Es sei denn, das ist absolut unvermeidlich. Oder dieser verfluchte Mörder ist gefasst worden.«

Sie antwortete ihm mit einem Blick, in dem er nur Leere fand. Sie nickte unmerklich, griff nach der Klinke und verließ die Wohnung.

Es war noch Bier da, dachte Carl, während er betroffen im Flur stand und eine Weile auf die geschlossene Tür starrte. Bier war ein toleranterer Beichtvater als die Bücher, von denen sie vorhin behauptet hatte, dass sie der geduldigste Trost für Krüppel und Mädchen mit gebrochenen Herzen seien.

Bier kannte keine Moral. Es war einfach nur da oder nicht. Und gewährte seinen Trost jedem, der bereit war, eine Flasche zu bezahlen.

Wie brachte sie es fertig, jetzt so zu tun, als kannte sie ihn überhaupt nicht, nachdem sie kurz vorher mit ihm im selben Bett gelegen hatte? Schlimmer noch: als sei er überhaupt nicht vorhanden.

Gegen acht Uhr morgens kehrte Heinz Becker zurück. Carl empfing ihn übernächtigt, aber mit seiner Dienstpistole vor sich auf dem Küchentisch. »Wem außer Perreau erstatten Sie sonst noch Bericht über mich, Heinz?«, fragte er.

Heinz wirkte ertappt. Carl hatte darüber nachgedacht, ihm mit einer Versetzung in den Osten zu drohen, entschloss sich aber in letzter Minute dagegen. »Ich will nicht auf Sie verzichten, Heinz. Aber das werde ich, wenn ich nicht höre, für wen Sie sonst noch arbeiten. York? Lochmann? Die Abwehr?«

Heinz Becker setzte sich, hielt dabei seinen Blick auf die Waffe vor Carl auf dem Tisch gerichtet.

»Nicht Lochmann. Aber für Untersturmführer Lemnitz und den Oberst«, gab er zu.

Das war zwar schlimm. Aber es hätte noch schlimmer kommen können, dachte Carl. Er griff nach der Waffe und registrierte dabei Heinz' zu Tode erschrockene Miene, die sich gleich darauf in Unverständnis wandelte, als Carl die Dienstpistole entspannte und entlud. »Das Ding muss gereinigt werden«, befahl er, stand auf und ging in sein Atelier, um dort weiter an Bildern zu arbeiten, von denen er hoffte, dass sie niemand jemals zu Gesicht bekommen würde.

Als er an diesem Tag zum ersten Mal seit Wochen wieder hinaus auf die Straße trat und einen seiner manischen Spaziergänge durch Paris absolvierte, glaubte er, dass die Stadt jegliche Schönheit und Anmut verloren hätte. Was zurückblieb, glich einer losen Ansammlung von seltsam verwaschenen Bildern, die sich partout nicht zu einem Gesamteindruck verbinden lassen wollten. Er nahm zwar die Gesichter der Pariser, die in langen Schlangen vor Geschäften und an den Busstationen anstanden, wahr. Ebenso die Gebäude. Aber Menschen, Straßen und Häuser wirkten wie von einem Künstler gemalt, der gleich darauf in einem Anfall von Zorn, Trauer oder Selbstverachtung jegliche klare Linie in seinem Werk verwischt hatte.

Ein Leichentuch aus frostiger Verzweiflung lag über der Stadt, und die Kälte, die von ihm ausstrahlte, reichte tief bis in seine eigenen Gedanken und Träume hinein. Von denen er nicht nur heute das Gefühl hatte, sie drehten sich in einem trägen Wirbel nur noch um sich selbst – eine ziellose, einzig um ihrer selbst willen stattfindende Bewegung.

Carl blieb stehen, schaute auf die kahlen Bäume eines kleinen Parks und glaubte für einen Moment, Madame in ihrem roten Kleid und dem zu großen schwarzen Ledermantel zwischen ihnen erkennen zu können. Sobald er einsah, dass er sich irrte, verachtete er sich selbst dafür, dass er doch wieder an sie gedacht hatte.

Mehr Bier, dachte er. Viel mehr Bier.

37

»Perreau hat diese sechs Verdächtigen, die Lelouches Widerstandskontakte ausgemacht hatten, überprüft. Keiner von ihnen kam als Mörder infrage. Die Ermittlungen traten auch im Dezember 1943 und Januar 1944 wieder auf der Stelle«, sagte Straatmann.

»Genauso war es. Glauben Sie mir, ich habe wirklich jeden Stein umgedreht und alles getan, was in Anbetracht der Umstände nur irgend möglich war, um jeden Einzelnen dieser Männer endgültig als Verdächtigen ausschließen zu können«, bestätigte Perreau.

Straatmann hatte kein Wort über Madames Besuch bei ihm erwähnt, sondern behauptet, er hätte mit Perreau losen Kontakt gehalten und so vom Fortgang der Ermittlungen gehört. Während Nathalies denkwürdigem Silvesterbesuch hatte Straatmann zum ersten Mal von Broi und McGuiness gehört. Aber längst nicht zum letzten Mal. Denn es war gar nicht so lange her, dass Nathalie beide als Killer charakterisiert hatte, die – trotz aller Charakterunterschiede – ihre Attentate heimlich bereuten und von den Erinnerungen daran zermürbt wurden. Auch wenn keiner von ihnen dies offen zugeben durfte, weil die Morde immerhin im Namen der Freiheit und der Republik geschehen waren und als Heldentaten galten. Nathalie hatte ihm vor ihrer Abreise auch prophezeit, dass die beiden seiner Sache Sympathie entgegenbringen würden. Wenigstens so lange, wie sie ihn nicht bei einer Lüge ertappten.

»Ich hatte vor Jahren einen ganz ähnlichen Fall auf dem Tisch. Frauenmörder. Drei Opfer, derselbe Täter, ganz eindeutig. Aber keine Zeugen, kein greifbares Motiv, keine zu ermittelnde Verbindung zwischen den Opfern, außer vielleicht ihrem Alter und dem Personenstand. Alle waren um die dreißig und verheiratet. Wo soll man da ansetzen? Ist verteufelt anstrengend und frustrierend, bei so einer Sache am Ball zu bleiben. Das Einzige, worauf man hoffen darf, ist ja, dass der Täter einen neuen Mord begeht und dabei vielleicht einen Fehler macht. Aber dann setzt man darauf, dass es weitere Tote gibt«, sagte Broi. »Das zermürbt die Moral der Truppe.«

»Die eigene nicht zu vergessen, Eamon«, ergänzte Mc Guiness.

»Ja, die eigene Moral trifft's natürlich auch. Aber Perreau, nun sagen Sie doch mal, dieses Charakterprofil von Burns' Tochter, das hat Sie ja nun auch nicht wirklich weitergebracht, oder? Alles Mumbojumbo, dieses neumodische Zeugs! Hab ich ja vorhin schon gesagt.«

»Das geht dann wohl eher gegen mich als gegen Perreau, was, Broi? Weil ich dir damals bei dem Frauenkiller auch Burns' Tochter als Expertin vorgeschlagen habe?«, fragte McGuiness.

Der Assistant Commissioner winkte genervt ab.

Straatmann hielt sich wohlweislich zurück. Sollten sie sich doch weiter kabbeln und dabei unaufmerksam werden, das konnte ihm nur nützen.

Dermot schaute Straatmann misstrauisch an.

»Ähm, Mister Straatmann, nachdem Assistant Commissioner Broi und Mister McGuiness darin übereinstimmen, Sie zunächst nicht wegen eventueller Kriegsverbrechen festsetzen zu wollen, würde ich es doch begrüßen, wenn wir allmählich darüber sprechen, wer der tote Mann da drüben in der Kapelle ist und wie und weshalb er dort hinkam.«

Straatmann warf ihm einen zutraulichen Blick und ein falsches warmes Lächeln zu. »Darauf werden Sie noch etwas warten müssen, Inspector. Der Commissioner und Mister McGuiness waren sich ja vorhin einig, dass sie an einem Protokoll der Ereignisse in Paris interessiert sind. Schon um sichergehen zu können, dass sie tatsächlich keinen Fehler damit begehen, mich nicht wegen eventueller Kriegsverbrechen festsetzen zu lassen.«

Dermot versuchte sich erfolglos daran, seinen Zorn zu verbergen. Doch Broi nickte Straatmann zu. »Wir sollten schon noch wissen, welche Rolle Mister Straatmann bei dem deutschen Putschversuch gespielt hat. Und da wir Perreau schon mal hierhaben, werde ich auch nicht drauf verzichten, zu hören, wie er diesen Mörder doch noch zu fassen bekommen hat.«

»Und, fucking hell, ich will wissen, weshalb das Schwein getan hat, was er tat. Und Sie, mein Junge, sollten es gefälligst auch wissen wollen. Kann nur lehrreich sein für einen ehrgeizigen jungen Inspector«, pflichtete McGuiness dem Assistant Commissioner bei.

»Danke, Messieurs«, sagte Perreau leise, fast entschuldigend.

Broi schaute ihn verwundert an. »Wofür, Perreau?«

»Dafür, dass Sie mir zutrauen, den Mörder gefasst zu haben«, antwortete Perreau.

»Wieso? Haben Sie ihn etwa doch nicht zur Strecke gebracht?«, fragte Dermot erstaunt.

Das, dachte Straatmann, *war eine Frage, die so leicht gar nicht zu beantworten ist.*

Perreau wartete einige Zeit ab, bis er seine Bombe platzen ließ. Er tat es, wie Straatmann fand, auf angemessene Art und Weise, indem er sich nämlich zuerst einen letzten Rest Tee einschenkte, dazu etwas Zucker in seine Tasse gab, umrührte, und dann sagte: »Selbstverständlich.«

Dermot schaute von seiner Maschine auf und vergaß für einen Augenblick sogar Constabler McGready und dessen Nachrichten aus Dublin.

»Na dann, Straatmann, schießen Sie mal los!«, feuerte McGuiness den Gefangenen an.

38

Während der Januar in den Februar überging, war Carl so weit auf den Säuferhund gekommen, dass er fürchtete, jeder Tag könnte sein letzter sein. Während der wenigen klaren Momente, die er noch hatte, schämte er sich dafür, dass er sein Versprechen an Perreau nicht würde halten können. Aber diese Scham dauerte nie länger als ein paar Stunden. Heinz Becker war die einzige Verbindung, die er noch aus seiner Trinkergruft zur Außenwelt aufrechterhielt. Aber selbst Heinz Becker vernachlässigte zunehmend seine Aufgaben und sein Äußeres, seit ihn seine kleine Mademoiselle Julie Mitte Januar verlassen hatte.

York war der Letzte, der regelmäßig zu Carl durchzudringen versuchte, und er hatte es immerhin zweimal geschafft, ihn zu einem Ausflug aus seinem Quartier zu zwingen. Einmal für einen Abend in einem Restaurant, in dem er zwischen allerlei feldgrauen Offizieren mit Carl aß. Das andere Mal für einen Zug um die Häuser, der von einer Party im Hôtel Meurice aus in eine Kaschemme und von dort ins Chat Noir führte, wo York sich eine Hure gönnte, aber Carl zu betrunken war, um es auch nur mit Sex zu versuchen.

Beide Male vermutete Carl, York hätte ihn nur aus seiner Säuferklause geholt, um ihn seinen Verschwörerkameraden vorzuführen, denen zweifellos Gerüchte über seinen Zustand zu Ohren gekommen waren und die deshalb darüber nachdachten, ihn zu ersetzen. Solange es ihnen noch möglich war, ohne damit in Berlin bei Himmler und dem Führer Verdacht zu erregen. Ob die Feldgrauen zufrieden damit waren, was sie da sahen?

York gab sich dabei alle Mühe, Carl aufzuheitern, und er versicherte ihm, dass die Vorbereitungen für ihren Putsch schneller vorangingen, als sie es noch im November des vergangenen Jahres gehofft hatten. Carl glaubte ihm kein Wort davon und war nach jedem der beiden Ausflüge froh, wieder in seinem Bett zu landen. Er erinnerte sich nach dem Abend im Chat Noir immerhin noch daran, dass er sich irgendwann fragte, wie wohl die Huren auf den Tag der deutschen Niederlage reagieren würden. Legten sie dann Trauer an, oder erhöhten sie einfach die Preise? Wahrscheinlich Letzteres. Das entspräche ihrem pragmatischen Beruf, der eine ebenso pragmatische Geisteshaltung voraussetzte.

Heinz hatte sein Versprechen gehalten, ihn darüber auf dem Laufenden zu halten, was York und Lemnitz bei Heinz' regelmäßigen Berichten besonders interessierte. Es war keine Überraschung für Carl, dass York jedes Mal gleich nach den Fragen zu Carls Gesundheitszustand und irgendwelchen Frauenbekanntschaften von Heinz verlangte, endlich einen Blick auf Carls Bilder werfen zu können, die er allein in der Kammer mit dem winzigen Fenster malte, aber die auch Heinz bisher immer noch nicht zu sehen bekommen hatte. Lemnitz, typischer Bürokrat und Polizist, erwartete von Heinz eine detaillierte Auflistung aller Besucher in Carls Quartier, vom Milchmann bis hin zum Hauswart. Da Carl keinen Besuch empfing und auch nur noch sehr sporadisch zu seinen Spaziergängen aufbrach, gestalteten sich Heinz' Berichte an den Untersturmführer dennoch recht übersichtlich. Perreau wollte nur wissen, wonach die anderen beiden Berichtsempfänger Heinz fragten, ob Carl Besuch von Madame la Doctoresse erhielt und wie viel er täglich trank. Da Carl Madame seit Silvester nicht mehr gesehen hatte und das auch nicht wollte, aber stetig mehr trank, fielen Heinz Beckers Berichte an ihn ebenfalls ziemlich kurz aus.

Wenn es nach Carl ginge, hätte es auch so bleiben können. Doch zu Beginn der zweiten Februarwoche, gekennzeichnet von miserablem feuchtkaltem Wetter und heftigen Verlusten der Deutschen an sämtlichen Fronten, zwangen Ereignisse, mit denen niemand gerechnet haben konnte, Carl aus seiner Säufergruft heraus und unter die Leute.

Perreau und Bela Ayrol betraten Carls Haus in der Rue Sainte-Anne durch die Hintertür und hatten auch sonst dafür gesorgt, dass ihr Auftauchen hier den beiden Posten vor Carls Dienststelle und möglichen weiteren Beobachtern unbemerkt blieb.

Bela Ayrol blieb im Hausflur zurück, während Perreau sich zu Carls Wohnung begab. Es war zehn Uhr morgens an einem Dienstag, so verregnet und nebelig, dass es selbst um diese Zeit draußen kaum heller war als während der vergangenen Nacht.

Perreau trug einen grauen Anzug und einen hellen Trenchcoat, hatte seinen Hut in den Nacken geschoben und gab sich im Haus keine große Mühe, die Dienstwaffe im Schulterhalfter zu verbergen. Eine von Carls Nachbarinnen schlug erschrocken ihre Wohnungstür zu, als er an ihr vorbei die Treppe hinaufhastete.

Vor Carls Tür angekommen, gab er sich gar nicht erst mit der Klingel ab, sondern schlug einige Male kräftig gegen die Tür, bis Heinz Becker erschien, unrasiert und im Unterhemd.

Eine für diese Jahreszeit in Paris unfassbare Hitze schlug Perreau aus dem Inneren der Wohnung entgegen. Selbst die Unterkünfte der meisten subalternen Besatzer waren aufgrund des Mangels an Brennmaterial, der in der Stadt herrschte, nur notdürftig beheizt.

Heinz erkannte Perreau und war unsicher, wie er mit der Situation umgehen sollte. Doch Monsieur le Commissaire schob ihn wortlos beiseite, trat ein und ging geradeaus auf Carls Atelierkammer zu.

Dort angekommen, schaute er sich zu Heinz Becker um und befahl ihm, gefälligst die Wohnungstür zu schließen.

Carl hatte ihn gehört, stellte die Bierflasche ab und öffnete die Kammer. In seinem Gesicht wucherte ein Achttagebart, er trug eine farbfleckige Hose und ein Hemd mit abgeschnittenen Ärmeln und durchgescheuertem Kragen.

»Perreau?«, fragte Carl.

»Ja, ich«, antwortete Monsieur le Commissaire und sah ihm dabei direkt in die Augen. »Wie betrunken sind Sie, Obersturmbannführer?«

Carl wischte unruhig seine Hände an den Hosenbeinen ab. »Noch nicht betrunken genug, wenn Sie schon so fragen, Perreau!«

»Es ist etwas passiert. Sie sollten mit mir kommen, um es sich anzusehen. Könnte übrigens länger dauern«, erklärte er.

Carl verhakte sich in Perreaus Blick. Es war ein Ausdruck, den er bei ihm nicht mehr zu sehen erwartet hatte. Denn neben einer tiefen Müdigkeit las Carl darin auch Triumph und Jagdfieber.

»Scheiße«, flüsterte er, drängte sich an Monsieur le Commissaire vorbei ins Badezimmer, wo er sich den Mund ausspülte und anschließend lange im Spiegel betrachtete. Es gefiel ihm nicht sonderlich, was er sah. Sein Gesicht wirkte eingefallen und sein Oberkörper ausgemergelt.

»Heinz?«, brüllte er. »Die Uniform! Sie können sich noch heute warme Unterhosen für die Ostfront kaufen, falls meine Stiefel nicht gewichst sind!«

Dann ließ er Wasser ins Waschbecken ein, griff nach dem Rasierapparat und begann seinen Bart zu entfernen.

Er roch das scharfe, eigenartig erdige Aroma von Perreaus Zigaretten, das durch die angelehnte Badezimmertür drang.

Was nun, fragte er sich, was, *wenn er den Mörder gefasst hat, bevor ich die Chance bekomme, mir Lochmann zu greifen?* York hatte gesagt, es würde mindestens bis Anfang April, vielleicht sogar bis Mai dauern, bis die Verschwörer so weit waren, zuzuschlagen und er Lochmann verhaften und befragen konnte.

Perreau schlug gegen die Tür. »Beeilen Sie sich, Obersturmbannführer! Wir sind nicht die Einzigen, die hinter unserem Wild her sind!«

»Au!«, sagte Carl, der sich gerade ins Kinn geschnitten hatte.

Die Uniform fühlte sich ungewohnt an und war ihm inzwischen zu groß geworden. Carl war erschrocken darüber, wie viel er abgenommen hatte. Er zog seine Waffe hervor, überprüfte, ob sie geladen und gereinigt war und schob sie dann wieder ins Holster zurück.

Heinz Becker stand im Flur und beäugte misstrauisch Perreau, der dort eine Zigarette nach der anderen rauchte und die Kippen auf dem Dielenboden austrat.

»Heinz?«, sagte Carl, schaute auf seine Uhr und dann zu Perreau hinüber. »In zwanzig Minuten rufen Sie drüben in der Dienststelle an und informieren Lemnitz, dass ich krank bin, dass Sie aber bereits nach einem Arzt geschickt haben, der mich gerade untersucht. Wahrscheinlich ist es die Grippe. Doch Genaueres wüssten Sie noch nicht.«

Perreau warf Carl einen erstaunten Blick zu.

»Das wird Lemnitz beruhigen. Falls er vermutet, dass ich mit Ihnen das Haus verlassen habe, könnte es sein, dass er nach mir suchen lässt«, erklärte Carl. »So aber wird er Sie hoffentlich für den Arzt halten.«

Im Flur nickte Bela Ayrol Carl knapp zu und öffnete ihm die Tür zum Hof. Es war kalt draußen, fand Carl. Neben einer unbestimmten Furcht, die aus seiner Magengegend heraufstieg, spürte er, wie sich Euphorie seiner bemächtigte.

Bela Ayrol stoppte Perreaus Dienstwagen vor einem Bestattungsinstitut im Marais-Viertel. Auf der Fahrt dorthin hatten die beiden kaum ein Wort verloren, sondern Carl nur darüber in Kenntnis gesetzt, dass sie den Mörder identifiziert hätten, aber alles Weitere besser am Ziel ihrer Fahrt zu erklären sei.

»Wir konnten die Leichen schlecht im Institut untersuchen. Zu viele Boches, die dort ihre Ohren lang machen«, erklärte Bela Ayrol trocken.

Carls Euphorie, die er noch auf dem Weg zum Wagen spürte, war verflogen und hatte seither einem nicht nur unangenehmen Druck im Bauch Platz gemacht. Die Leichen, dachte er. Dann hatten sie mehrere gefunden? War das, was er hier gleich zu sehen bekommen würde, etwa ein neues Tableau des Mörders?

Bela Ayrol verfügte über einen Schlüssel zum Bestattungsinstitut und ließ sie ein. Dann führte er Carl und Perreau an einer Art Kapelle vorbei zu den Hinterzimmern, aus denen Carl das Geräusch von Stimmen entgegenklang. Es roch nach Vanille, Flieder und etwas scharf Chemischem, das Carl für Einbalsamierungsflüssigkeit hielt.

Bela Ayrol öffnete eine weitere Tür. Der Raum dahinter war ziemlich weitläufig, aber niedrig und voller Särge. Doch sie waren noch nicht am Ziel, denn Bela führte sie weiter zu einem kleineren, aber höheren Raum im Keller des Hauses. Er war gefliest und verfügte über einen Lichtschacht, der zum Hof führen musste. Mit den beiden Metalltischen, dem Abfluss im Boden und allerlei Instrumenten und Geräten, die auf einem langen Arbeitstisch abgelegt waren, wirkte er beinah wie ein Operationssaal.

Zwei Männer hielten sich in dem Kellerraum auf. Einer davon war ein Flic in Uniform und Regenmantel, der zweite war älter, trug einen Arztkittel und Gummihandschuhe. Er stand zwischen den beiden Blechtischen.

»Das ist Doktor Hassel, unser Polizeiarzt«, stellte Perreau ihn vor. Doch Carl hatte kaum einen Blick für den Doktor übrig, denn er war gebannt von dem, was er auf den beiden Tischen sah: Auf einem von ihnen lag die nackte Leiche eines etwa vierzigjährigen dunkelblonden Mannes mit einem klar geschnittenen, etwas kantigen Gesicht, schmalen Lippen und einer feinen, leicht gebogenen Nase. Der rechte Teil seines Brustkorbs wirkte eingedrückt und war violett eingefärbt, während der Rest seines Leibs fast gespenstisch fahl war.

Auf dem zweiten Tisch lagen drei Schenkel und die Köpfe eines etwa zwölfjährigen Mädchens und einer vielleicht zehn Jahre älteren Frau, deren Haarfarbe sich glichen und die, nach dem Schnitt ihrer Gesichter zu urteilen, miteinander verwandt gewesen sein mussten.

Diese Anordnung der Köpfe und Schenkel auf dem silbernen Blech des Tisches wirkte surreal und obszön, beinah so, als hätte man sie in einem bizarren Metzgerladen angerichtet. Carl kämpfte für einen Moment mit Brechreiz, aber vermochte trotzdem die ausgestreckte Hand des Arztes zu schütteln.

»Ich hoffe, er hat Sie erwischt, bevor Sie zu Ihrem Frühstück kamen, Monsieur!«, sagte der Arzt.

»Er nimmt sein Frühstück seit Monaten nur noch flüssig ein, Doktor. Keine Gefahr, dass er Ihnen auf die Leichen kotzt«, erklärte Bela Ayrol.

»Keiner würde es Ihnen übel nehmen, Monsieur, falls Sie hier die Nerven verlieren. Ich habe weiß Gott schon eine Menge gesehen, aber so etwas?«, sagte Doktor Hassel und wies unbestimmt auf den Tisch mit den beiden Köpfen und den Schenkeln. Seine Stimme war hoch und durchdringend, fast weiblich.

»Eigentlich würde ich ohne Obduktion keine Aussagen treffen. Aber unter diesen Umständen lassen wir das Protokoll mal Protokoll sein, und ich gebe Ihnen, was ich bisher habe. Für den Rest der Untersuchung werde ich einige Stunden brauchen, aber ich weiß ja, unter welchem Druck Sie alle stehen«, erklärte er und schaute dabei zwischen Perreau und Carl hin und her.

Er griff nach den Händen des toten Mannes, hob sie auf und drehte sie mit den Innenflächen zum Licht. »Sehen Sie das, Messieurs?«, fragte er und zeigte auf einige Verfärbungen an den Fingern und Handballen. »Das sind chemische Verbrennungen. Abgeheilt. Aber noch nicht besonders alt. Und darunter sind feine Narben von ähnlichen Verletzungen. Er hat regelmäßig mit Säure hantiert.«

Carl betrachtete die bräunlich roten Flecken, von denen keiner größer war als ein Zehnpfennigstück.

»Seine Nägel sind allerdings manikürt. Übrigens auch seine Fußnägel. Ziemlich eitel, unser Monsieur X, finden Sie nicht, Messieurs?«

Carl schaute zu Perreau hinüber, der mit etwas Abstand vor den beiden Blechtischen stand. »Es wäre Zeit für ein paar Erläuterungen, Perreau. Wer ist der Mann? Und wie kommt er hierher?«

Perreau steckte sich, sehr zum Missfallen des Doktors, eine Zigarette an. »Unfall auf einer Einfallsstraße bei Auteuil. Da gab es eine Verkehrsstauung. Er ist mit zu hoher Geschwindigkeit aus einer Nebenstraße abgebogen und mit einem Pferdewagen kollidiert. Daraufhin ist sein Wagen von der Fahrbahn abgekommen und hat sich auf einem Feld einige Male überschlagen. Er wurde durch die Frontscheibe geschleudert, hat sich aber wohl vorher noch die Brust am Lenkrad eingedrückt. Die beiden Köpfe und die Schenkel befanden sich in seinem Kofferraum. Das Kennzeichen seines Wagens und seine Personalpapiere waren gefälscht. Solide, professionelle Arbeit. Ich habe vor zwei Stunden dreißig vertrauenswürdige Flics darauf angesetzt, herauszufinden, wer unser Monsieur X ist. Wegen der Fracht in seinem Kofferraum hielt ich es für besser, den Vorfall zunächst vertraulich zu behandeln. Sie sind der erste Boche, der davon erfährt. Nicht einmal die Flics, die in der Stadt nach ihm suchen, wissen Genaueres. Die glauben nämlich, es handle sich um einen Selbstmörder, der mit einer ganzen Menge an Schwarzmarkt-Benzingutscheinen ertappt wurde. Die drei

Männer, die ihn gefunden haben, und die Kollegen, die den Unfall aufnahmen, werden den Mund halten. Jedenfalls fürs Erste«, beendete Perreau seinen Bericht.

Die Verbrennungen an seinen Händen, die manikürten Nägel und die grauenhafte Fracht in seinem Wagen brachten Carl zu derselben Schlussfolgerung, die auch Perreau und Bela Ayrol gezogen haben mussten: Monsieur X war der Mörder, den sie seit nunmehr zwei Jahren suchten. Oder er stand zumindest mit ihm in Verbindung.

»Kolossal!«, sagte Carl leise und starrte auf das Gesicht des Toten, das so gewöhnlich und unauffällig wirkte wie ein Ei in Normgröße in einer Packung zwischen anderen Eiern.

»Wer ist er?«, fragte Carl und zeigte auf den Flic.

»Nicht wichtig«, antwortete Bela Ayrol.

»Fertig, Messieurs? Können wir uns dann den übrigen Opfern zuwenden?«, erkundigte sich Doktor Hassel.

Als Carl zum letzten Mal einen abgetrennten Kopf gesehen hatte, waren daraus wimmelnde Maden auf Perreaus Anzug gefallen. *Das immerhin bleibt uns heute Morgen wohl erspart*, dachte er.

Irgendwo oben im Haus klingelte ein Telefon. Bela Ayrol gab dem Flic einen Wink, der sich daraufhin in Bewegung setzte und auf die Suche nach dem Telefon machte.

Doktor Hassel hob den Kopf der Frau von dem Blechtisch und wandte ihn vorsichtig zur Seite. »Falls ich dann wieder mit Ihrer Aufmerksamkeit rechnen kann, Messieurs? Ihre Haare sind gefärbt. Und zwar, wenn Sie mich fragen, nicht sehr gut. Sie ist eigentlich eine Brünette, fast Schwarze. Ich schätze ihr Alter auf Anfang bis Mitte dreißig. Sie trägt Reste von Lippenstift. Man müsste die näher untersuchen, um festzustellen, ob es einheimischer oder importierter ist. Ihre

Augenlider waren ebenfalls geschminkt. So weit zum Offensichtlichen.« Er legte den Kopf wieder ab und wies auf den Halsstumpf. »Das Gewebe wurde mit einem sehr scharfen Messer oder Skalpell durchtrennt. Und zwar exakt zwischen C4 und C5, dem vierten und fünften Halswirbel. Dasselbe gilt übrigens für das Mädchen. Ich bin absolut überzeugt, dass diese Präzision kein Zufall sein kann. Wer immer die Köpfe vom Leib trennte, hatte Erfahrung und anatomische Sachkenntnis.«

Carl fragte sich, ob er es ohne sich übergeben zu müssen durchstehen könnte, dass Hassel nach dem Schädel der Frau auch den des Mädchens anhob. Doch der Doktor ersparte ihnen das. Er zeigte lediglich darauf und sagte: »Auch ihre Haare sind gefärbt, sehr wahrscheinlich mit demselben Mittel. Und – ich spekuliere jetzt! – womöglich zum selben Zeitpunkt, denn die Farbe ist bei ihr ungefähr genauso weit herausgewachsen wie bei der Frau. Ich schätze das Alter des Mädchens auf wenigstens zwölf, höchstens aber vierzehn Jahre. Sie könnte daher sehr wohl das Kind des adulten Opfers sein, zumal auch einzelne Gesichtsmerkmale darauf hindeuten. Doch das ist ebenfalls reine Spekulation.«

Perreau hatte seine Lippen zu einem dünnen Strich zusammengepresst, und Carl sah, wie seine Kiefer mahlten. Er zog Befriedigung daraus, dass selbst Monsieur le Commissaire von dem Schauspiel des Doktors ebenso mitgenommen wurde wie er selbst.

»Kommen wir zu den übrigen Extremitäten«, verkündete Hassel und wies auf den kleineren der Schenkel. »Ich kann auch hier zunächst nur spekulieren, aber ich denke, dass dieser Schenkel zu dem Mädchen gehört haben könnte. Muskeltonus, Knochenwuchs und Hautfarbe deuten darauf hin.

Aber sicher ist das keineswegs. Im Grunde könnte dies auch der Schenkel eines männlichen Jugendlichen sein. Er wurde ebenfalls mit anatomischer Sachkenntnis vom Leib abgetrennt, wobei auch hier ein sehr scharfes Messer oder Skalpell zum Einsatz kam. Bei beiden Schenkeln wurde jedoch zusätzlich eine Knochensäge verwendet. Die, das will ich betonen, nicht für jedermann zugänglich ist.«

Perreau entzündete eine Zigarette und bot dabei Carl ebenfalls aus seiner zerknitterten Schachtel an. Carl griff dankbar zu.

»Ein beschissener Verkehrsunfall, was, Obersturmbannführer? Man hätte doch davon ausgehen sollen, dass der Herrgott etwas mehr Einsicht beweist«, flüsterte Perreau.

»Ist ja lange noch nicht raus, ob der da wirklich unser Mann ist, Chef«, entgegnete Bela Ayrol.

Perreau nickte, aber wirkte nicht überzeugt dabei. »Ganz Paris schnallt den Gürtel enger, aber schau ihn dir an, Bela! Der war schön rosig und fettgepolstert, als er durch die Frontscheibe ging. Ganz weiche Hände hat er, und sogar die Zehennägel sind manikürt. Nein, unser Kunde hier hatte nichts auszustehen. Dem ging's gut. Seinen Wagen nicht zu vergessen! Citroën Traction Avant mit sechs Zylindern. Das Spitzenmodell. Das fahren nicht mal wir, Bela!«

Obwohl sich in Perreaus Miene nichts verändert hatte, bemerkte Carl doch, wie Monsieur le Commissaire mit Bela sprach; nicht nur die Wortwahl, auch Ausdruck und Betonung waren anders, als er sonst redete. *Ich sollte ihn im Auge behalten*, nahm er sich vor.

»Wenn Sie nichts dagegen haben, Messieurs, dann lassen Sie mich jetzt gefälligst allein hier. Ist schon schlimm genug, dass ich meine Arbeit in diesem Stall verrichten soll. Aber es wird nicht besser, wenn er auch noch voller Männer ist, die ihn mit ihren verdammten Zigaretten zuqualmen!«, sagte der Doktor.

Auf dem Weg hinaus kam Carl, Perreau und Bela Ayrol der Flic entgegen. Er zog Perreau beiseite und flüsterte ihm etwas zu.

»Wir wissen, wer den Wagen gekauft hat. Die Rahmennummer war registriert«, sagte Perreau dann zu Carl und Ayrol.

»Ist er als gestohlen gemeldet?«, fragte Carl.

Perreau schüttelte den Kopf.

Der Flic verschwand wieder in einem der Zimmer, in dem sich wohl das Telefon befand.

Perreau und Bela Ayrol standen in dem Flur zwischen der Kapelle und einem Raum, der wohl als Salon diente.

Carl war froh, aus dem Keller herausgekommen zu sein, in dem Dr. Hassel eben einen Mann aufschnitt, der vielleicht ein Mörder war. Doch das ganze Haus hatte etwas von einer in Stein und Mörtel, rotem Samt und dunklem Holz manifestierten Gänsehaut. Und zwar keinesfalls von der angenehmen Sorte.

Er musste hier raus.

Sechs Stunden darauf wussten sie über den Toten in dem Keller mehr, als sie am Morgen gehofft hatten. Nur war das, was sie wussten, absolut nicht mit dem zu vereinbaren, was sie dem Mann zugetraut und von ihm vermutet hatten.

Sein Name lautete Dr. Hugo Plaissier. Er hatte als Allgemeinarzt in einem gutbürgerlichen Viertel im 16. Arrondissement von Paris gearbeitet. Er war zwar verheiratet, hatte aber keine Kinder. Seine Gattin Eloise Plaissier war früher

Sprechstundenhilfe bei ihrem Mann gewesen und hatte sich inzwischen mit der Position einer Hausfrau arrangiert. Sie lebte mit ihm in einem hübschen Haus mit einem kleinen Garten, dem sie ihr besonderes Augenmerk widmete. Sie stammte wie ihr Mann aus Auxerre in der Bourgogne und war zwei Jahre jünger als Hugo, der laut seinen Papieren achtunddreißig Jahre alt war, in Paris und Narbonne Medizin studiert und vor dem Krieg zwei Jahre lang neben seiner Praxis in der Kleinstadt Sens auch als stellvertretender Bürgermeister gedient hatte. Vor sechs Jahren zogen Hugo und seine Frau schließlich nach Paris, wo Eloise ein Mietshaus geerbt hatte und ließen sich in dem geerbten Haus mit Garten im 16. Arrondissement nieder, wo Hugo seine Praxis einrichtete, die er wohl ordnungsgemäß, aber nur mäßig erfolgreich führte. Und zwar tat er das allein, wie Madame Eloise betonte.

Perreau hatte Eloise, eine schmale, etwas verhärmte Person mit dunklen Haaren, einer Brille und auffallend kleinen Händen, inzwischen drei Stunden lang intensiv vernommen und dabei nicht viel mehr erfahren, als dass Hugo offenbar ein gesetzestreuer Bürger war und sogar noch langweiliger als seine Frau, die immerhin ein Hobby hatte. Sie züchtete Rosen. »Uns ist ja leider kein Nachwuchs vergönnt gewesen, Monsieur le Commissaire. Also habe ich mir etwas gesucht, womit ich mich beschäftigen kann, wenn Hugo seine Krankenbesuche macht. Rosen sind ja so empfindlich, müssen Sie wissen. Aber auch dankbar. Wenn man sie nur richtig behandelt, blühen die so wunderbar und gedeihen ganz fantastisch!«

Carl hatte dem Verhör im Hinterzimmer eines Polizeireviers im 16. Arrondissement von Anfang an beigewohnt, aber kaum ein Wort dazu beigetragen, obwohl es offensichtlich war, wie sehr seine Uniform Madame einschüchterte.

Bisher wusste Madame Plaissier weiter nichts, als dass ihr Mann tot war, umgekommen bei einem Autounfall. Aber weder hatte Perreau sie über die Umstände dieses Unfalls informiert noch über die bizarre Fracht, die er in seinem Kofferraum transportiert hatte.

Madame hatte die Nachricht vom Tod ihres Gatten recht gelassen hingenommen. Carl fand das bemerkenswert. Aber weder Perreau noch Bela Ayrol schien ihre unterkühlte Reaktion zu überraschen. Womöglich, dachte er, war der Tod in Paris einfach zu allgegenwärtig geworden, und jeder in der Stadt hatte sich bereits damit abgefunden, dass er jeden Augenblick in dieser oder jener Form bei ihm anklopfen konnte, was zu einer generellen Abgestumpftheit geführt hatte.

Carl beschloss eine Pause einzulegen und trat auf den Flur hinaus, um eine Zigarette zu rauchen. Er war überrascht, dass Perreau ihm folgte und Eloise in dem stickigen Zimmer sich selbst überließ. Bela Ayrol war mit zwei vertrauenswürdigen Männern seit fast vier Stunden in Hugo Plaissiers Haus, um es zu durchsuchen. Bisher offensichtlich ohne Ergebnis, denn er hatte sich noch nicht wieder gemeldet.

»Was jetzt, Perreau? Da drin ist bald Ende der Fahnenstange. Es sei denn, Sie konfrontieren Madame Eloise mit dem, was ihr Mann in seinem Kofferraum hatte, als er koppheister durch die Frontscheibe ging«, sagte Carl.

»Mit den Verhören ist es ein bisschen wie mit einem guten Menü. Zuerst die Amuse-Gueules und der Aperitif, um in Stimmung zu kommen. Dann eine Suppe, um die Tiefen des

Gegenübers auszuloten. Danach das Hauptgericht – in unserem Fall natürlich Fleisch, nicht Fisch –, dann aber das Dessert. Und das ist ja immer das Beste am ganzen Menü. Aktuell, würde ich sagen, haben wir bei Madame gerade die Suppe hinter uns und riechen bereits das Hauptgericht, während es aus der Küche zu unserem Tisch getragen wird. Also Geduld, Monsieur!«

Carl zweifelte zwar nicht an Perreaus Polizistenweisheit, aber er war misstrauisch gegenüber der absoluten Überzeugung, mit der er sie vortrug.

Doch Monsieur le Commissaire bewies ihm in der folgenden Stunde, was er unter dem Hauptgericht eines Polizeiverhörs verstand. Denn sobald er Eloise mit dem Kofferrauminhalt ihres Mannes konfrontierte, war es vorbei mit ihrem Fatalismus. Sie beschuldigte Perreau zunächst der Lüge und brach dann in, wie Carl fand, ziemlich theatralische Tränen aus. Zum Schluss stritt sie dann rundweg ab, dass ihr Mann überhaupt tot sein konnte, je in diesem Wagen gesessen hatte und dabei in die Verlegenheit gekommen war, nach einem Kurzflug durch die Frontscheibe des Wagens neben einigen abgetrennten Körperteilen auf einem gefrorenen Feld gelandet zu sein.

Beinah tat ihm Madame Eloise leid, wie sie da so als Häufchen Elend an dem Tisch in dem kargen Raum saß und damit konfrontiert wurde, dass ihr Leben eine einzige Lüge darstellte. Denn an einer Sache ließ Perreau keinerlei Zweifel aufkommen: Doktor Hugo Plaissier musste entweder selbst ein Mörder sein oder zumindest dessen Komplize. Wie Monsieur le Commissaire immer und immer wieder auf die weinende Eloise eindrang und sie dabei mit scheußlichen Details konfrontierte, kam Carl beinah wie eine Schändung vor.

Und das, obwohl er den Sinn von Perreaus Übung nicht im Mindesten anzweifelte.

»Ihr Gatte muss über einen Ort verfügt haben, an dem er seine Taten beging, Madame. Wo ist dieser Ort?«, redete Perreau gerade wieder auf die inzwischen wie versteinerte Eloise ein. »Er muss dort seine Ruhe gehabt und sich vor der Polizei sicher gefühlt haben. Reden Sie! Denken Sie nach! Es stehen wahrscheinlich Menschenleben auf dem Spiel. Er kann Komplizen gehabt haben, die womöglich jetzt – in diesem Moment, Madame! – weiter töten. Wollen Sie dafür verantwortlich sein, dass noch mehr Menschen ihr Leben verlieren?«

Plötzlich regte sich Madame, schaute auf, starrte Carl einen Moment an und zeigte dann auf Perreau: »Darf dieser Unmensch mich so quälen, Monsieur? Ich habe doch immer alles richtig gemacht. Ich habe doch nie jemandem etwas zuleide getan. Ich habe doch mit Mord nichts zu tun. Und wir kümmern uns auch nicht um Politik, mein Mann und ich, Monsieur! Ich habe doch auch Rechte!«

Nicht sehr viele, dachte Carl, dem es unangenehm war, von ihr so vorwurfsvoll angestarrt zu werden.

»Monsieur wird Ihnen nicht helfen können, Madame! Er ist nur ein Beobachter hier. Ich bin der Commissaire, und wenn es mir passt, dann lasse ich Sie gleich jetzt wegen Beihilfe zum Mord anklagen. Das endet dann auf der Guillotine, Madame! Wollen Sie das?«, drohte Perreau.

Das wäre dann wohl das Dessert, dachte Carl.

Madame legte die Arme auf den Tisch, senkte den Kopf darauf ab und weinte.

In Perreaus Blick stand eine Zufriedenheit, die Carl sich nicht erklären konnte. Dann wurde er von Perreau mit einer

Geste darum gebeten, mit ihm gemeinsam den Raum zu verlassen.

»War das klug, Perreau?«, fragte Carl, sobald sie draußen auf dem Flur standen. »Sie schien schon beinah so weit zu sein, uns mehr zu gestehen, als wir überhaupt von ihr wissen wollten.«

Perreau sah auf seine Uhr und gab einem Flic einen Wink, der daraufhin verschwand, nur um eine Minute später Nathalie Burns de Beauharnais in den Flur zu führen. Sie trug ein einfaches Reitkostüm, das gerade weil es so schlicht wirkte alles andere als schlicht war, und dazu einen kleinen Hut ohne Schleier. Ihr Stock war der, den Carl kannte, doch jetzt hatte er einen silbernen Knauf, den er nie zuvor gesehen hatte.

Carl war immer noch dabei, seine Verwirrung und Bestürzung über ihr Erscheinen zu sortieren, als sie Perreau die obligatorischen Wangenküsschen versetzte und Carl anschließend die Hand reichte.

»Sie weiß, was wir bei ihrem Mann gefunden haben. Aber besteht darauf, dass alles ein großes Missverständnis sei. Ich habe sie ziemlich hart angepackt«, erläuterte Perreau.

Madame la Doctoresse hörte zu und zupfte dabei ihre Handschuhe von den Fingern.

»Er muss einen Ort gehabt haben, an dem er seine Opfer tötete und präparierte. Außerdem behauptet sie, dass sie nichts von seiner Vorliebe für Filme und Fotos wisse. Sie schämt sich, und ich bin sicher, dass sie tatsächlich die Augen vor den Hobbys ihres Mannes verschloss. Aber sie hat etwas davon geahnt. Das steht für mich zweifelsfrei fest.«

Madame la Doctoresse betrat, ohne ein Wort oder einen Blick an die beiden Männer zu verschwenden, den Verhörraum.

Perreau schüttelte sich eine Zigarette aus der Packung und steckte sie an.

»Hm, Perreau, was war sie wohl gerade? Dessert oder Hauptgericht?«, fragte er in dem Versuch, etwas Würde und Haltung zurückzugewinnen. Denn er war sicher, dass Perreau seine Bestürzung nicht entgangen sein konnte.

»Das Hauptgericht, Monsieur? Nein, das waren wir beide, Sie und ich, die der armen Madame Plaissier gerade mit der Guillotine drohten. Nathalie hingegen ist Dessert, Käseplatte und Kaffee in Personalunion.«

Einer der Flics winkte. Perreau ging zu ihm und ging dann mit ihm gemeinsam in die Wachstube. Carl blieb allein zurück, unsicher, ob er hier warten solle, bis Perreau zurückkehrte. Er kam sich dabei verdammt klein vor, gemessen an dem respektvollen Schrecken, den seine Uniform bei den Flics hervorrief, die hin und wieder an ihm vorübergingen.

Fünfzehn Minuten später stand er neben Perreau im Hof der Polizeistation und trank Rachenputzer aus einem geborgten Flachmann. Madame la Doctoresse war jetzt schon fast zwanzig Minuten mit Eloise in dem Verhörzimmer. Jeden Moment konnte irgendeiner der Männer, die inzwischen über den Tod Plaissiers und seine bizarren Begleitumstände Bescheid wussten, mit Verwandten, Bekannten oder Kollegen darüber zu reden beginnen, welche die Informationen dann womöglich an Lochmann oder irgendeinen anderen Gestapo-Beamten weitertrugen. Ihnen lief die Zeit davon. Aber Perreau vertraute bei Eloises Vernehmung offenbar auf Madame la Doctoresses weibliche Instinkte oder ja auch bloß auf schieres Glück.

»Sie vertrauen ihr nicht, Obersturmbannführer?«, fragte Perreau schließlich.

Er kennt mich schon zu gut, dachte Carl. Dann nickte er.

»Es gibt nicht viel, was ein Ehemann seiner Frau verheimlichen kann, Monsieur. Meistens hat das etwas mit Geld oder Untreue zu tun. Ich bin sicher, dass es in unserem Fall Untreue ist, aber Eloise sich eher die Zunge abbeißen würde, als mit uns, zwei Männern, darüber zu sprechen. Die ist noch gute alte katholische Schule. Da hält man als Frau den Mund, betet seinen Zorn bei der Heiligen Mutter Gottes weg und steht es einfach durch.«

Carl war Protestant und auch kein Experte in der tieferen Psychologie katholisch erzogener Ehefrauen, daher konnte Perreau durchaus recht haben.

Es dauerte weitere zehn Minuten, bis Madame la Doctoresse im Hof auftauchte. Sie ließ sich von Perreau Feuer für ihre Zigarette geben und sagte: »Er ist früher einige Male fremdgegangen. Hauptsächlich mit Patientinnen oder Professionellen. Daher ist Eloise sicher, dass er sie auch weiterhin betrogen hat. Er war seit zwei Jahren oder etwas länger Mitglied in einem Verein. Da verbrachte er ab und zu angeblich seine Abende. Eloise war misstrauisch und ist ihm einmal dorthin gefolgt. Eine Freundin hat sie gefahren, die auch mit einem Arzt verheiratet ist und darum über einen Wagen und Benzingutscheine verfügte. Der Verein sitzt in einem Haus im Quartier de Javel. Dort sah sie Licht und hörte auch Stimmen, aber kein anderer Besucher erschien, während sie das Haus beobachteten. Sie ist also ziemlich sicher, dass das mit dem Verein ein Vorwand von ihm war. Hat sich aber nie getraut ihn danach zu fragen oder später noch einmal dahin zu gehen.«

Madame reichte Perreau einen Zettel, auf dem eine Adresse notiert war. »Eloise sagt, das Haus sei leicht zu finden, die beiden Nachbargebäude sind nämlich ausgebombt oder abgerissen worden, und es steht ziemlich allein.«

»Die Götter mögen die Eifersucht der Frauen behüten!«, kommentierte Monsieur le Commissaire und schob den Zettel in seine Tasche. »Danke, Nathalie.«

»Danke, Madame«, sagte Carl und reichte ihr zum Abschied die Hand.

Doch sie ignorierte seine Geste. »Sie brauchen mich, Obersturmbannführer. Erwarten Sie also nicht, dass ich jetzt einfach so gehe und brav zu Hause warte, bis mich einer von Ihnen anruft, um mir zu sagen, was Sie in Javel gefunden haben.«

Sie hatte ihn vorhin bereits nahezu ignoriert und trampelte auch jetzt wieder nach Herzenslust auf seinem Selbstbewusstsein herum, dachte er.

»Dass Sie uns begleiten, kommt nicht in Frage, Madame. Sie sind Zivilistin. Das widerspräche den Vorschriften«, erklärte Carl.

Madame schaute an ihm vorbei zu Perreau, der nicht sicher zu sein schien, ob er ihr Angebot beherzigen sollte.

»Monsieur hat recht, Nathalie. Ich werde nach dir schicken, sobald wir wissen, was es dort zu sehen gibt und das Haus gesichert haben.«

Sie schüttelte wütend den Kopf. »Er hat keine Komplizen! Und falls du um meinen Verstand fürchtest, Bruno, den habe ich weiß Gott schon an gefährlicheren Orten riskiert als in der Höhle eines Mörders. Monsieur Hugo Plaissiers kleine pied-à-terre zu durchwühlen ist ein Spaziergang im Park, gemessen an der Gefahr für den Verstand, die zum Beispiel von einem Seminar über Freuds Triebtheorie ausgeht. Und davon musste ich eine ganze Menge durchstehen, bis ich begriff, dass der gute alte Sigmund weiter nichts war als ein alter Mann, dessen Potenzprobleme sein Urteilsvermögen vernebelten«, antwortete sie gereizt.

Carl waren Doktor Freuds Potenzprobleme völlig gleich. Er war froh, dass Perreau sich auf seine Seite geschlagen hatte und er darum kein Machtwort sprechen musste.

»Falls wir entscheiden, dass es für Sie sicher ist, dieses Haus zu sehen, werden wir nach Ihnen schicken lassen, Madame. Also halten Sie sich zu unserer Verfügung!«, entschied Carl, wandte sich ab und ging hinter Perreau her zur Tür.

»Bloody hell!«, rief sie ihnen nach. »Ihr werdet nichts von dem begreifen, was ihr da findet!«

Fehlte bloß noch, dass sie auch mit dem Fuß aufstampfte, dachte Carl amüsiert.

»Hey? Bruno? Als ihr ihn gefunden habt, welche Farbe hatte da sein Anzug?«, rief Madame ihnen hinterher.

Perreau blieb hinter Carl in der Tür zum Revier stehen und schaute sich über die Schulter hinweg nach ihr um. »Dunkelblau«, sagte er schließlich ziemlich leise.

Sie warf ihre Zigarette zu Boden und trat sie aus. »Genauso, wie ich es in meinem Gutachten geschrieben habe. Er trägt Grau, Blau und zu Beerdigungen auch mal Anthrazit. Ich bin tiefer im kranken Hirn dieses Monsters gewesen, als du es je ertragen könntest, Bruno. Aber du und dein Monsieur SS glaubt, ihr müsstet mich vor dem Anblick seiner Höhle schützen? Ihr werdet nichts von dem, was ihr dort findet, begreifen. Nicht ohne mich. Ich war schon einmal in seinem Kopf. Ich finde mich wieder dort hinein.«

Na, wer benimmt sich hier jetzt wie eine beleidigte Leberwurst?, grinste Carl in sich hinein und ging dann hinter Perreau her in das Polizeirevier.

Es war nahezu dunkel, als Perreaus Dienstwagen in Javel einfuhr, wo alliierte Luftangriffe auf die Citroën-Werke und einige chemische Fabriken immer wieder unwirklich scheinende Löcher in die dichte Bebauung gerissen hatten. Das, fand Carl, war sicher keine Gegend, in der ein Mann wie Plaissier sich wohlfühlte. Dazu war sie zu laut und schmutzig und überhaupt zu kleinbürgerlich dumpf und gleichförmig. Aber es war andererseits auch keine Gegend, in der man ohne Weiteres so etwas wie Mord betreiben konnte, ohne von Nachbarn oder Passanten eher früher als später ertappt zu werden.

Perreau hielt vor einem Mietshaus, stieg mit Bela Ayrol aus und ging hinein. Die beiden blieben einige Minuten in dem Gebäude und kehrten dann mit einem untersetzten Mann in einem Zivilanzug wieder zurück.

»Das ist Monsieur Hubert, der Gerichtsvollzieher für diesen Bezirk. Er ist so freundlich, uns das Haus zu zeigen. Es ist nicht weit. Ich schlage vor, dass Sie hier warten, Obersturmbannführer, bis wir zurückkommen und wissen, ob dort die Luft rein ist.«

Doch Carl hätte nicht hier allein warten können. Dazu hatte er zu viel riskiert, um Perreaus Kreuzzug möglich zu machen. Und dazu waren auch seine Neugier und sein Rachedurst zu groß.

»Kommt nicht in Frage, Perreau. Ich begleite Sie!«, sagte er.

Das passte weder Monsieur le Commissaire noch Bela Ayrol. Doch Carl war ihnen nun einmal rangmäßig überlegen. Die drei stiegen ein, und Perreau fuhr los.

Etwas später bog er in eine unbeleuchtete Straße ein, die dichter bebaut wirkte als die übrigen. Sie waren wohl am

Ziel, denn Monsieur Hubert wies nach links auf eine Häuserreihe. Nur war dort keine Lücke in der Bebauung zu erkennen, wie Eloise Plaissier es Madame la Doctoresse zufolge behauptet hatte.

Außerdem war es dunkel, und man hielt sich in dieser Gegend an die Vorschriften, sodass aus keinem der Häuser Licht auf die Straße schien und es schwerfiel, überhaupt ein Gebäude vom anderen zu unterscheiden.

Auf Monsieur Huberts Hinweis hin bremste Perreau den Citroën ab. Der Gerichtsvollzieher wies nach links auf ein Konstrukt, das Carl unwillkürlich für eine Hausfassade gehalten hätte. In Wahrheit handelte es sich dabei jedoch um eine Plane, die über ein Gerüst gezogen worden war.

»Sehen Sie das?« sagte Monsieur Hubert und wies auf die Plane. »Dort sollte vor dem Krieg einmal ein größeres Mietshaus gebaut werden. Aber das Vorhaben ist mit Kriegsausbruch gestoppt worden. Sehen Sie das Haus daneben? Das ist es. Es sollte genauso wie die beiden Nachbarhäuser abgerissen werden. Aber so weit sind die Arbeiten nie gekommen. Also wurde es verkauft. Ich hatte da nie zu tun, bin aber öfter daran vorbeigegangen. Da wohnt niemand. Allerdings beschweren sich die Nachbarn, dass es dort ab und zu schlecht riecht und manchmal auch im Sommer und Frühjahr Rauch aus dem Schornstein quillt, der den Hausfrauen ihre helle Wäsche verdreckt«, erklärte Hubert in einem fast schon amtlichen Tonfall.

»Wenn da angeblich keiner wohnt, weshalb stinkt es dann? Und warum wird dort Feuer gemacht?«, fragte Carl.

»Die Leute behaupten, dort sei die Außenstelle eines chemischen Instituts, in dem manchmal eben Versuche gemacht werden. Gibt ja doch einige Chemiefirmen hier in der Gegend. Aber ein Schild ist da nicht an der Tür«, erklärte der Gerichtsvollzieher.

Carl öffnete das Holster seiner Dienstwaffe, was dem guten Monsieur Hubert nicht entging. Auch Bela Ayrol zog seine Waffe aus dem Schulterholster und spannte sie. »Dann hoffe ich, dass Sie da drin nicht aus lauter Angst und Dummheit auf einen von uns schießen, Obersturmbannführer. Bei allem Respekt!«, sagte Ayrol.

Perreau holte eine Taschenlampe aus dem Kofferraum des Wagens und setzte sich mit einem Schritt Abstand zu seinem Inspecteur auf das dunkle Haus zu in Bewegung. Carl bildete die Nachhut. Monsieur Hubert blieb beim Wagen zurück, wo er seine Aktentasche öffnete, eine Thermoskanne daraus hervorholte und sich irgendetwas in einen Becher schenkte, den er dann zusammen mit Kanne und Aktentasche auf der Motorhaube von Perreaus Dienstwagen abstellte.

»Die Fenster sind von innen verhangen. Wenigstens an die Verdunklungsvorschrift hat der Mann sich gehalten«, sagte Bela Ayrol, während Perreau ein Bund Dietriche aus dem Mantel zog und sich an dem Haustürschloss versuchte.

So rasch, wie er es öffnete, konnte es nicht zu einer wirklich guten Sorte gezählt haben, dachte Carl und legte die rechte Hand auf den Griff seiner Dienstpistole.

Sicher war sicher.

Bela Ayrol stand mit erhobenen Händen vor dem Waschbecken in der relativ kleinen Küche des Hauses und starrte auf den Wasserhahn hinab. Die Küche war sauberer als jede andere, die Carl je gesehen hatte. Alles war hier an seinem Platz, Töpfe, Pfannen, Gläser, Löffel, Gabeln und Messer.

Ayrols Hände waren voller Asche und Dreck. Er hatte vorhin den Ofen im Anbau hinter dem Haus geöffnet. Aber erst jetzt in dem grellen Licht der Küchenlampe erkannte er, wie schmutzig er sich seine Hände dabei gemacht hatte. Inzwischen stand er schon eine ganze Weile so vor dem Waschbecken.

»Ich weiß nicht … Putain de bordel de merde … Diese Sau, ich kann das nicht anfassen. Dieses Schwein hat es vielleicht jeden Tag benutzt!«, flüsterte er.

Carl blickte in Perreaus Gesicht, das in dem grellen Licht der hellen Küche so unwirklich fahl wirkte, als würde es leuchten.

Den einzigen Makel in dieser so gepflegten und sauber gehaltenen Küche bildete ein zerbrochenes Glas, das auf halbem Weg zwischen Tür und Küchentisch auf dem Linoleumboden lag. Perreau hatte es vorhin aus dem Schrank genommen, auf den Boden geworfen und dann zertreten. Wortlos.

Carl zog sein Taschentuch hervor, auf Kante gebügelt und gefaltet von Heinz Becker, und reichte es stumm Bela Ayrol. Perreau erwachte aus der Starre, die ihn bisher ein paar Schritte von den Scherben entfernt hinter dem Tisch festgehalten hatte. Er zog seinen Flachmann hervor. »Warte«, sagte er, griff nach Carls Taschentuch und tränkte es mit dem Rachenputzer. Bela nahm das Tuch an und säuberte sich die Hände.

Es riecht hier nach Seife, dachte Carl, *ich werde den Geruch nach Seife nie wieder ertragen können, ohne an dieses Haus denken zu müssen. Und an den Mann, der es als Mordmaschine benutzt und nach seinen Taten derart penibel geputzt hatte.*

Carl hatte einst in Günther Singers Berliner Schlüsselfabrik geglaubt, einen Blick in die Hölle geworfen zu haben. Seither hatte er begriffen, dass die Vision, die ihn dort überfiel, sich auf furchtbarere Weise bewahrheitet hatte, als er es sich damals hätte ausmalen können. Carl hatte nie den Mut aufgebracht, sich die Lager und Schinderstätten selbst anzuschauen. Obwohl er Gelegenheit dazu gehabt hätte. Und so begriff er erst hier, in dieser vor Sauberkeit strotzenden Küche, dass unter den Arbeitern der Vernichtung, die tagtäglich mordeten, Männer sein mussten, die ihren Dienst nicht nur aus Angst, Pflichtgefühl, Hass oder purer Verzweiflung verrichteten, sondern *glücklich* dabei waren, weil sie darin ihre Erfüllung gefunden hatten. Was für eine unmenschlich banale Erkenntnis, dachte er und schämte sich dafür, wie lächerlich spät sie ihm gekommen war.

Bela Ayrol warf das schmutzige Tuch zu Boden.

Perreau ging zur Tür.

»Wohin wollen Sie, Patron?«, fragte Bela leise, beinah flehend, so als ertrüge er es nicht, womöglich allein mit Carl hier in dem Seifengeruch bleiben zu müssen.

»Hubert hat einen Wagen. Ich schicke ihn los, um Nathalie abzuholen«, entgegnete Perreau.

»Wozu?«, fragte Carl.

»Damit sie mir erklärt, was wir hier gesehen haben und was dieses verfluchte Haus eigentlich ist«, antwortete Perreau.

Carl, der glaubte, dass es nichts und niemanden gab, der ihnen je rundum erklären könnte, was sie hier gesehen hatten, widersprach: »Herrgott, Perreau, seien Sie wenigstens ehrlich! Was Sie wollen, ist keine Erklärung, sondern ein Exorzismus!«

Perreau schüttelte den Kopf, trank den Flachmann leer und warf ihn an Bela Ayrols Kopf vorbei ins Waschbecken. Unter dem Geräusch seines Aufschlags zuckten sie alle zusammen.

»Sie dürfen ihr das nicht zumuten, Perreau!«, sagte Carl und wies auf das zerbrochene Glas am Boden.

»Wer sagt denn, dass Madame nicht ebenso sehr einen Exorzismus nötig hätte wie ich?«, sagte Perreau. »Oder Sie selbst, Monsieur?«

Carl wich Perreaus Blicken aus. Er hatte jedes Recht, sich nach einem Exorzismus zu sehnen. Doch keiner hier in dieser vor Seifengeruch strotzenden Pariser Küche, dachte er, konnte ihn nötiger haben als er selbst. Selbst wenn er bei keinem von ihnen zugleich so nutzlos wäre wie bei ihm.

Perreau nahm Carls Schweigen als Zustimmung und ging zum Wagen.

39

»ICH HABE DAMALS eine diesbezügliche Meldung von Monsieur Perreau bekommen, das ist richtig, Assistant Commissioner«, sagte Straatmann gerade zu Broi.

»Ein Hinweis eines Nachbarn. Der berühmte Zufall«, ergänzte Perreau und zuckte dabei auf eine für Dermot sehr französische Art mit den Achseln.

Dermot goss sich eine neue Tasse Tee ein und beobachtete ihn. Straatmann wirkte so distanziert wie immer. Dermot mochte ihn noch viel weniger als zuvor. Aber was er zu Protokoll gab, war plausibel. Jedenfalls für ihn.

»Dennoch, um das noch einmal unmissverständlich deutlich zu machen, Perreau«, fing Broi an. »Sie bekamen an diesem Morgen einen Anruf von einem Streifenpolizisten, in dem sich eine gewisse Madame Colbert darüber beklagte, dass aus dem Schornstein dieses Hauses ständig solch furchtbar fettiger Rauch quoll, der es ihr unmöglich machte, ihre Wäsche in den Hinterhof zu hängen, weil sie von dem Qualm wieder schmutzig wurde. Außerdem schien dieser Rauch an jenem Tag dichter als sonst zu sein, und er quoll wohl auch bereits vom frühen Morgen an bis in die Nachmittagsstunden kontinuierlich aus dem Schornstein. Ist das richtig so?«

»Jawohl, Monsieur. Madame Colberts Waschtage waren Mittwoch und Freitag. Am Freitag war die Kochwäsche dran, also Bettbezüge, Laken und die Unterwäsche. Deswegen war sie so aufgeregt, denn sie hatte zwei Zuber voller Wäsche, die sie trotz des relativ schönen Wetters nicht hinaushängen konnte.«

»Tja, Frauen und Waschtag. Verdammt gefährliche Sache. Ich sehe ja auch immer zu, dass ich mich in einen Pub verziehe, sobald meine Haushälterin große Wäsche ansetzt«, meinte McGuiness.

Broi zeigte so etwas wie ein schiefes Lächeln. Perreau fuhr mit seinen Erklärungen fort. »Es war nicht das erste Mal, dass Madame sich über den Rauch beklagte. Nur war sie an diesem Nachmittag wirklich wütend und ließ sich daher von den Beamten im Revier nicht wie sonst abwimmeln, sondern bestand darauf, dass sie etwas unternahmen. Also fuhr einer der Flics zu der fraglichen Adresse und versuchte mit den Bewohnern des fraglichen Hauses zu sprechen. Doch dort öffnete ihm keiner. Allerdings war der Mann mittlerweile selbst besorgt über den Rauch, weil der nicht nur furchtbar stank und klebrig erschien, sondern tatsächlich so heftig aus dem Schornstein quoll, dass es unmöglich zu sagen war, ob nicht Teile des Daches vielleicht bereits Feuer gefangen hatten.«

»Weswegen der Beamte die Feuerwehr alarmierte. Die mit einem Leiterwagen anrückte und über den Balkon im ersten Stockwerk ins Haus eindrang«, setzte Straatmann mühelos Perreaus Lügen fort und zündete sich dabei eine neue Zigarette an. »Diese beiden Feuerwehrmänner, ausgestattet mit Karbidhandlampen und einer Axt, hatten erwartet, es mit einem Schwelbrand auf dem Dachboden zu tun zu bekommen. Stattdessen schlug ihnen bereits im Treppenhaus ein solch intensiver Leichengeruch entgegen, dass sie kaum noch atmen konnten. Selbstverständlich rief man sofort nach der Kriminalpolizei.«

Broi nickte bedächtig. »Ja, daran erinnert man sich ein Leben lang, an diesen verdammten Leichengeruch.«

»Es war bereits bei meiner ersten Begehung des Gebäudes offensichtlich, dass das Haus schon vor Stunden von seinen Bewohnern verlassen worden sein musste. Laut dem Katasteramt gehörte es einem Arzt namens Marcel Arnaud, der jedoch bei den letzten Kampfhandlungen im Herbst 1940 umgekommen war. Darum hatte seine Witwe es seit dem Februar 1941 an einen gewissen Monsieur Raymond Hublot vermietet, der jedoch spurlos verschwunden war. Kein Wunder angesichts dessen, was wir in seinem Heizungskeller und dem Anbau im Hof vorfanden«, erklärte Perreau weiter.

Straatmann musterte heimlich die Männer am Tisch. Er war unsicher, ob sie ihnen ihre Lügen tatsächlich abkauften. Doch soweit er es beurteilen konnte, hing sogar der zuvor so misstrauische junge Inspector atemlos vor Spannung an Perreaus Lippen.

»In dem Heizungskeller fanden sich Überreste von insgesamt sieben verschiedenen Leichen, mindestens eine davon war ein Kind. Hublot hatte in dem Heizofen die Überreste seiner Opfer zu beseitigen versucht, und zwar seit Wochen, sehr wahrscheinlich sogar Monaten. Doch dieser Keller bot nur einen Vorgeschmack dessen, was uns im Hof und dem kleinen Garten erwartete. Wir hatten zwar das Haus unseres Mörders gefunden. Aber davon, ihn selbst zu stellen, waren wir offenbar danach ebenso weit entfernt wie zuvor«, sagte Perreau und nippte an seinem Tee. Immer noch war Straatmann sicher, dass keiner der Männer an seinen Worten zweifelte. *Wir haben es geschafft*, dachte er, *wenn sie diese Lüge akzeptieren, dann akzeptieren sie auch alle weiteren, die aus ihr folgen.*

»Jetzt spannen Sie uns doch gefälligst nicht so auf die Folter, Perreau! Was haben Sie denn nun in dem Haus vorgefunden?«, rief McGuiness.

Perreau griff nach seiner Aktentasche, öffnete sie und zog daraus einen dünnen Ordner hervor, den er dann auf den Tisch warf und aufschlug. Darin befanden sich zehn Fotos, deren Anblick nur schwer zu ertragen war. Sogar dem Killer und Polizisten Broi trieben sie die Farbe aus dem eckigen Säufergesicht. Straatmann konnte Brois Reaktion nachvollziehen. Er hatte das, was auf diesen Fotos festgehalten war, mit eigenen Augen im Haus Hugo Plaissiers in Javel gesehen. Keine Lüge war wirklich glaubhaft, wenn sie sich nicht mit einem gewissen Anteil Realität untermauern ließ. Und solange die so schrecklich daherkam wie in ihrem Fall, erfüllte er seinen Zweck nur umso besser.

»Jesus wept, Broi, das erinnert einen ja …«, flüsterte McGuiness.

»Ja, an die Bilder von den Lagern«, setzte der Assistant Commissioner McGuiness' Satz fort.

»Das tut es, Messieurs«, entgegnete Perreau mit einer exakt bemessenen Mischung aus Betroffenheit und Zorn. »Und nicht von ungefähr. Dieses Haus war genau so eine Mordmaschine. Nur dass diese sich im Herzen von Paris befand und von einem Mann entwickelt, gebaut und betrieben wurde, der zweifellos das gefährlichste Raubtier darstellte, mit dem ich es in meiner Karriere je zu tun bekommen habe.«

Straatmann schaute die drei Iren nacheinander an. *Und was jetzt? Nun seid ihr alle so allein mit eurer Überraschung und eurer Angst. Willkommen in meiner Welt,* dachte er.

Dermot schien sein Blick unangenehm zu sein, denn er sah sofort weg, als er ihn auf sich spürte. Kurz darauf hörte er die Haustür klappern. Das musste Constabler McGready sein, dachte er und konnte es kaum erwarten, sich unter einem Vorwand nach draußen in die Wachstube zu begeben, um dort zu hören, wie die Antworten auf seine Anfragen ausgefallen waren.

40

Carl und Bela Ayrol waren von der Küche in das kleine Wohnzimmer gegangen, das man hier in Paris immer noch Salon nannte. Bela war dabei darauf bedacht, nichts anzurühren. Genauso wie zuvor in der Küche. Er legte sein Taschentuch über die Türklinke, bevor er sie benutzte. Carl war sicher, dass er es nicht nur tat, um eventuelle Fingerabdrücke daran zu bewahren. Dann standen sie sich schweigend gegenüber. Die Einrichtung des Raums wirkte überladen mit den altertümlichen Möbeln und Platzdeckchen auf den Tischen und den Spitzentüchern, die über die Sessel gebreitet waren. Carl fand, dass dieser Raum Heinz Becker und seiner eigenen Mutter sicher gefallen hätte. Er schien auf merkwürdige Art aus der Zeit gefallen zu sein. Genau so sahen die guten Stuben von Leuten aus, die er während seiner Kindheit mit Mutter und Schwester besucht hatte, dachte Carl. Einzig der Umstand, dass sich ganze sechs Sessel und eine Couch in dem Raum befanden, unterlief diesen Eindruck, denn so viele Sitzgelegenheiten hätte damals niemand in einem Salon für nötig gehalten.

Der alte Buddha Gennat in Berlin, Erfinder des Mordwagens und wahrscheinlich bester Ermittler seiner Zeit, hätte eine ganze Mannschaft von Beamten hergeschickt, um das Haus, den Keller, Anbau, Hof und Garten absuchen zu lassen. Und zwar wenn nötig auch auf Knien und mit Kämmen und Lupen. All die Männer hätten den Räumen ihren stillen

Schrecken genommen. So aber war Carl mit einem Mann, der ihn heimlich verachtete, allein in diesem Horrorhaus und hatte das Gefühl, jede Sekunde, die er länger hier verbrachte, koste ihn einen Teil seines Verstandes.

Irgendwann zog Bela Ayrol einen der Verdunkelungsvorhänge ein wenig zur Seite und sah hinaus auf die verlassene Straße, während Carl steif und aufrecht zwischen zwei Sesseln stehen blieb, rauchte und dabei achtlos Asche auf die Teppiche und den Parkettboden fallen ließ, jedoch die Kippen in einen schweren Kristallaschenbecher warf, der auf einem der Tische stand.

»Sie sind da, Monsieur«, sagte Bela leise.

Carl nickte und ging zur Haustür, um Madame la Doctoresse und Monsieur le Commissaire zu öffnen.

»Ich war dagegen, Sie hierher zu bitten, Madame. Vergessen Sie das nicht, wenn Sie gleich einen Blick in diese Hölle werfen«, begrüßte Carl Madame.

Sie stellte die Spitze ihres Stocks über die Schwelle und sah ihn ein wenig verträumt an. Dann ging sie wortlos an ihm vorbei in den Korridor.

Madame schaute sich um. »Lassen Sie mich raten, Messieurs«, sagte sie. Dabei wies sie nacheinander auf die Küche, den kleinen Salon und eine weitere Tür, neben der ein Emailleschild angebracht war, das jedoch im dünnen Licht der kleinen Korridorlampe nicht zu lesen war. »Er hat eine Küche hier, sauber und zweckmäßig, jedoch kaum benutzt. Außerdem ein Ess- oder Wohnzimmer, das aussieht, als hätte es seine Mutter oder Großmutter eingerichtet?«

Bela Ayrol bestätigte ihre Vermutung.

Madame nickte und schürzte dabei ihre Lippen, was Carl verunsicherte, weil es für ihn eine erotische Geste war, die zu jener Nacht in seinem Quartier gehörte, aber ihm ausgerechnet hier völlig unangebracht erschien.

»Was ist das da?«, fragte Madame und zeigte auf die Tür neben dem Schild.

»Nicht ganz das, was es zu sein scheint …«, sagte Perreau und richtete seine Taschenlampe auf die Tür. Auf dem Emailleschild stand »Untersuchungsraum eins«.

Madame öffnete sie und sah in einen etwa einen Meter breiten Zwischenraum, von dem eine mit Leder gepolsterte Tür weiterführte. Sie ließ sich jedoch nicht öffnen. Madame versuchte es, aber nichts rührte sich. Sie schaute sich fragend um. Perreau zeigte auf die Tür, durch die sie gerade den Zwischenraum betreten hatte. Sie verfügte über keine Klinke auf der Innenseite.

»Das ist eine Menschenfalle«, sagte er. »Jedenfalls glauben wir das.«

Bela Ayrol trat gegen eine der Tapetenleisten, die neben der Tür an der Wand entlangliefen. Ein Teil der Wand öffnete sich. Dahinter lag eine etwa zwei Quadratmeter große Kammer. In ihr stand ein Stativ, und es waren vier Löcher in das kurze Stück Wand gebohrt worden, die sie von dem Zwischenraum trennte.

Madame musterte die geheime Kammer. »Ist das da ein Kamerastativ?«

Perreau bestätigte das und wies außerdem auf einen Lichtschalter in der Kammer hin. Er betätigte ihn, woraufhin zwei flache Lampen an der Decke des Zwischenraums erstrahlten. »Das reicht aus, um jeden, der hier stand, für einen Film auszuleuchten.«

Bela kniete nieder und zeigte Madame ein kurzes Stück Gewinderohr, das aus der Wand zum Zwischenraum ragte.

Eine Übermutter war daraufgedreht. »Wir wissen nicht, wozu das dienen sollte. Aber das Rohr reicht bis in den Zwischenraum, da ist eine kleine Lochplatte über seinem Ende angebracht. Der Patron meint, es dient vielleicht dazu, Gas einzuleiten.«

Madame beugte sich steif und ungeschickt hinab, stützte sich dabei schwer auf ihren Stock und betrachtete das seltsame Rohrstück. Sie drehte sogar an der Übermutter herum. Dann schüttelte sie nachdenklich den Kopf. »Ich habe so etwas schon in OP-Sälen gesehen. Das ist Teil einer Vakuumpumpe. Ihr Schlauchstück wird dort mit dem Rohrende verschraubt.«

Madame trat mit einem leisen Stöhnen aus der Kammer und betrachtete einen Moment nachdenklich den Zwischenraum. Dann schloss sie dessen Tür und sah sich erneut mit zusammengekniffenen Lippen die Gucklöcher in der Kammer an, die von innen mit einer Glasscheibe verklebt waren. »Ist irgendeiner von Ihnen besonders gut im Kopfrechnen, Messieurs? Dann rechnen Sie aus, wie viele Kubikmeter Luft dieser Zwischenraum wohl enthalten könnte. Und dann fragen Sie sich, wie lange es dauert, die herauszupumpen. Denn diese Tür schließt luftdicht, und die Gucklöcher sind durch dieses Glas ebenfalls gasdicht verschlossen.«

Carl drängte sich zu ihr und stieß dabei fast mit Bela Ayrol zusammen, der ebenfalls unwillkürlich die Tür und die Gucklöcher einer neuen Inspektion unterzog.

»Putain de merde, Madame!«, fluchte er. »Das Schwein hat seine Opfer erstickt!«

Perreau zündete sich eine Zigarette an und tauschte einen langen Blick mit Madame aus. »Einige vielleicht. Aber nicht alle. Die Opfer, deren Torso Doktor Hassel vor einem Jahr obduzieren konnte, wiesen keine Erstickungsspuren auf.«

»Waren sie männlich oder weiblich?«

Perreau dachte nach. »Ich denke … männlich …«

Madame nickte ihm zu und betrachtete dann die Tapete sowie das Türpolster in dem Zwischenraum. Jetzt unter dem grellen Licht der beiden Strahler war jedes Detail deutlich zu erkennen. Da waren tiefe Kratzer in Tapete und Leder, und es waren ziemlich viele.

»Frauen und Mädchen, wahrscheinlich auch einige der noch nicht geschlechtsreifen Jungen, tötete er hier, indem er mit einer Vakuumpumpe die Luft aus diesem Zwischenraum entfernte. Erwachsene Männer haben eine andere Bedeutung für ihn als Frauen. Er war heterosexuell, aber auch in seinem Sexualleben gehemmt. Nicht so sehr, dass er keinen vollwertigen Sexualakt auszuüben fähig gewesen wäre. Aber immerhin so weit, dass er sich anderen Männern unterlegen fühlte. Frauen und Mädchen zu ermorden, ohne sie dabei in irgendeiner Weise direkt oder indirekt penetrieren zu müssen, entspricht meinem Charakterprofil von ihm.«

»Er hätte Frauen und Mädchen also weder erschießen noch erstechen können?«, fragte Carl überrascht. »Aber ihnen die Köpfe und Beine abzuschneiden, das hat er immerhin geschafft. Da stimmt doch etwas nicht mit Ihrer Logik, Madame!«

Sie warf ihm einen überheblichen Blick zu. »Die waren bereits tot, als er sie verstümmelte. Außerdem nutzte er sie für seine Tableaus. Das hat psychologisch eine völlig andere Bedeutung! Aber ich muss mich trotzdem korrigieren. Bislang hätte ich nicht angenommen, dass er nekrophile Neigungen hat. Aber nach dem da – hatte er die bestimmt.«

Die Überheblichkeit, mit der sie ihre Worte hervorbrachte, machte Carl wütend.

»Mein Gott, Madame, er hat ihre Leichen … ich meine … wirklich …?!«, flüsterte Bela Ayrol angewidert.

»Sexuell missbraucht? Wahrscheinlich ist er dabei nicht handgreiflich geworden. Das wäre eine Grenzüberschreitung gewesen, die ihn in schwere Konflikte mit seinem obsessiven Reinlichkeitswahn gestürzt hätte. Aber intensiv darüber fantasiert, Leichen sexuell zu missbrauchen, hat er zweifellos«, antwortete sie.

Bela Ayrol blies die Wangen auf und entließ die Luft langsam wieder daraus.

Madame stand zwischen den beiden Türen und schaute Carl an, der ihren Blick erwiderte. Obwohl er fürchtete, dass sie ihm ansah, dass er sie gerade jetzt und hier sowohl begehrte als auch zutiefst verabscheute. Was ihr zu gefallen schien. Carl senkte den Blick.

»Was stellen die übrigen Räume hier unten dar?«, erkundigte sich Madame.

Bela Ayrol öffnete die Tür zum Salon. Dann die zur Küche.

Madame betrat keinen der beiden Räume, sondern schaute von der Schwelle aus nacheinander in sie hinein. Wobei sie sich für den Salon etwas weniger Zeit nahm als für die Küche, in der immer noch Perreaus zerbrochenes Glas am Boden lag. »Das da stammt nicht von ihm, oder, Messieurs?«, fragte sie leise.

Carl schüttelte den Kopf.

Madame nickte bedächtig. Dann wandte sie sich ab und schaute zu der Treppe, die in den ersten Stock hinaufführte. »Es muss hier irgendwo einen Raum geben, in dem er seine Filme angeschaut hat. Er ist nur mit dem Nötigsten möbliert. Haben Sie ihn schon gefunden?«

»Er ist oben«, sagte Perreau und zeigte mit der Taschenlampe zur Treppe.

Madame ging auf sie zu, blieb aber vor der ersten Stufe nachdenklich stehen.

»Was denn, Madame?«, rief Carl ihr sarkastisch nach. »Keine tiefenpsychologische Erläuterung dazu, wie er die Wischtücher im Küchenschrank stapelte? Oder seine Tassen und Teller putzte? Und was ist mit dem Salon? Ich nehme an, Anzahl und Größe der Platzdeckchen dort müssen schließlich auch irgendeinen seiner perversen Charakterzüge offenbaren?«

»Die Küche ist so sauber wie keine, die Sie je gesehen haben«, antwortete sie kalt. »Der Salon enthält ein paar Sessel zu viel und ist außerdem so eingerichtet, dass Ihre oder ja vielleicht auch meine Mutter ihre helle Freude daran gehabt hätten. Inklusive des beinah manischen Gebrauchs von Platzdeckchen. Das sind Eigenheiten, die zu erwarten waren. Er war besessen von einer altertümlichen Vorstellung von Familie, der er selbst nie gerecht werden konnte. Mit der Einrichtung dieser Räume, die für ihn die Orte eines nach außen überkorrekten Familienlebens ausmachen, hat er seine Wunschvorstellung sozusagen mit dem passenden Bühnenbild versehen.«

Punkt, Satz und Sieg für Madame la Doctoresse, dachte Carl bitter. Perreau wies auf die Küche und sagte: »Zum Hof geht es dort entlang, Nathalie.«

Sie zögerte einen Augenblick, dann wandte sie sich von der Treppe ab und folgte Perreau, Bela Ayrol und Carl zur Küche und durch die Hintertür auf den Hof hinaus. Sie war dabei besonders darauf bedacht, auf keine der Scherben zu treten, die noch immer am Küchenboden lagen.

Monsieur le Commissaire leuchtete ihnen den Weg über den gepflasterten Hof zu einem Stückchen Wiese, das von Steinen eingefasst war und früher wohl mal als Gemüsegarten gedient haben mochte, aber inzwischen verwildert war. Hinter dem früheren Beet lag eine gemauerte Grube, einige Meter breit und lang, nicht ganz quadratisch, die zu der Zeit, als das Haus gebaut wurde, als Mistgrube gedient haben musste. Damals war es noch üblich gewesen, dass man in den Nebengebäuden Pferde, Schweine oder zumindest ein paar Hühner hielt, deren Hinterlassenschaften irgendwo untergebracht werden mussten, solange sie nicht als Dünger für Beete dienten. Doch inzwischen enthielt die Grube weder Pferdedung noch Schweinemist, sondern Löschkalk, in dem sich Knochenbruchstücke und verrottetes Fleisch befanden, wie Perreau mithilfe einer Schaufel demonstrierte, während Bela Ayrol ihm mit der Taschenlampe leuchtete.

»Unmöglich zu sagen, was genau er alles hier untergemischt hat«, erklärte Perreau. »Aber wir haben vorhin die Reste von zwei Schädeln gefunden. Ich nehme an, er hat alle Überreste, die er im Heizofen nicht verbrennen konnte, in den Kalk geworfen. Schon wegen des Geruchs. Siehst du? Da ist noch Gewebe dabei …« Perreau schaufelte ein Stück von einer halb verwesten Hand aus der Grube.

»Vielleicht hat er ja geahnt, dass wir ihm auf der Spur sind. Bei seinem Großreinemachen hat er dann nicht mehr ganz so gründlich gearbeitet wie sonst«, vermutete Bela Ayrol.

Madame nahm ihm die Lampe ab und richtete sie jetzt selbst auf das Stück Fleisch und Knochen, das Perreau zutage gefördert hatte, betrachtete es und richtete den Strahl der Lampe dann wieder auf die Grube.

»Ich will den Keller sehen, Bruno«, sagte sie.

»Zuerst den Stall«, antwortete Carl, den die Erinnerung an seinen Besuch im Keller und an jene Ascheflocke auf seiner Uniform, die eher von einem verbrannten Menschen als einer Zigarette herrührte, umtrieb. Und der deswegen nicht erpicht darauf war, heute Abend überhaupt noch einmal dorthin zurückzukehren.

Das alte Stallgebäude im Hof war etwa so lang wie das Haupthaus, aber dafür auch nur halb so breit, und einstöckig. Die Fenster waren mit Läden verrammelt, und die beiden bei solchen Gebäuden sonst üblichen breiten Tore verkleinert und mit glatten Holztüren versehen worden, von denen eine aufgebrochen war.

»Das war ich«, erklärte Bela Ayrol beiläufig, während er die Tür aufschwang und nach dem Lichtschalter tastete.

Das Innere des alten Stalls enthielt einen improvisierten OP, komplett mit Tisch, Instrumenten und zwei großen elektrischen Strahlern. Auf dem OP-Tisch waren einige blaue und weiße Tücher ordentlich übereinandergestapelt. Sie alle waren von Blut durchtränkt. Hinter dem OP-Tisch standen drei einfache Rollstühle, deren Kautschukräder und lederne Sitzflächen ebenfalls Blutflecken aufwiesen.

Außerdem standen da Dreifüße aus Edelstahl in verschiedenen Längen, und es waren saubere Ketten und Rollen an Haken an der Wand aufgehängt.

Carls Blick blieb, wie vorhin, eine Sekunde zu lange an zwei Sackkarren hängen, die mit breiten Ledergurten versehen waren. Damit hatte Plaissier wohl die Leichen für seine Tableaus transportiert und angeordnet.

»Beste Bedingungen, die die Sau hier hatte, um Frauen und Kinder zu zerlegen, was?«, sagte Bela Ayrol, während

Madame zu einem langsamen Rundgang durch den langen Raum aufbrach. Keiner antwortete ihm.

Madame verharrte etwas länger an den Arbeitstischen, die an der Stirnseite des Raums aneinandergeschoben waren und auf denen unter Tüchern und in Metallschalen verschiedene chirurgische Instrumente lagen. Als Carl sie vorhin zum ersten Mal gesehen hatte, war ihm ein Schauer über den Rücken gelaufen, weil sie ihn so grotesk an das Handwerkszeug eines Zimmermanns, Tischlers oder Schlossers erinnerten.

»Irgendwelche Erkenntnisse, Madame?«, erkundigte er sich, weil sie für sein Empfinden bereits zu lange schweigend den Raum und dessen Einrichtung gemustert hatte.

»Nein, hier ist alles wirklich lächerlicherweise genau so angeordnet, wie man es erwarten durfte«, entgegnete Madame.

»Na, das beruhigt mich dann ja ungemein«, entgegnete Carl. Woraufhin sie ihm kalt zulächelte. »Mit den Rollstühlen hat er seine Opfer aus dem Haus hierher gebracht, um sie zu zerlegen, oder, Bruno?«

Perreau zuckte mit den Achseln. »Liegt auf der Hand, nicht wahr?«

Madame nickte unmerklich. »Erinnerst du dich an diese Geschichte, die du mir mal über deinen berühmten Vorfahren Marais erzählt hast? Angeblich soll er irgendwo hier in Paris einst eine Art Manufaktur des Todes gefunden haben, in der ein verrückter Hexenjäger grausige Forschungen betrieben hat. Das hier erinnert mich daran. Dich etwa nicht? Diese Kammer hinter der Tür, die Vakuumpumpe, dann der Weg durch die Küche hier in den Hof, zu dem OP-Saal und der Kalkgrube. Das ist alles so durchdacht und optimiert.«

»Sie sollten Ihre Bewunderung für das organisatorische Genie des Mörders etwas zügeln, Madame. Jedenfalls so lange, bis Sie den ersten Stock des Haupthauses gesehen haben«, empfahl ihr Carl, der ja wusste, dass dort Dinge lauerten, die kein geistig gesunder Mensch je zu sehen bekommen sollte. Nicht einmal einer, dessen Fantasie so verdreht und verkorkst war wie die von Doktor Nathalie Burns de Beauharnais.

»Jesus, Obersturmbannführer, Sie machen mich ja so richtig neugierig!«, schnappte sie sarkastisch zurück, senkte aber betroffen den Blick, sobald sie Perreaus Miene bemerkte.

»Gehen wir?«, fragte Bela Ayrol.

Sie alle folgten seiner Aufforderung.

Carl fürchtete sich plötzlich davor, mit ihr zusammen die drei Räume im oberen Teil des Hauses zu betreten. Sie waren ihm vorgekommen wie Fenster in die Seele von etwas zutiefst Wahnsinnigem und Bösem. Er vermutete, dass er sich mit jedem weiteren Blick in sie mit dem Bösen, das dort herrschte, infizieren könnte wie mit einem aggressiven Grippevirus. Außerdem war da natürlich noch dieser permanente Gestank nach Mottenpulver, der dort oben über allem hing.

41

Zurück im Haus, führte Perreau Madame zur Treppe, stieg die ersten Stufen hinauf und schaute sich, verblüfft darüber, dass Carl im Flur zurückblieb, nach ihm um.

»Was ist denn, Bruno?«, fragte Madame leicht irritiert.

»Nichts«, antwortete Perreau leise, senkte die Taschenlampe wieder und stieg weiter nach oben. Madame blieb am Ende der Treppe stehen. So, als wartete sie auf irgendetwas.

Carl fürchtete sich jetzt sogar noch mehr davor, das obere Stockwerk noch einmal betreten zu müssen. Aber mehr als dieser eine Moment des Zögerns am Ende der Treppe, der ihm zeigen sollte, dass sie auf ihn wartete, ließ ihr Stolz nicht zu. So lief er kurz entschlossen hastig den beiden hinterher, während Bela Ayrol im Korridor zurückblieb und sich dort eine weitere Zigarette ansteckte.

Dieser verfluchte Geruch nach Mottenpulver traf ihn, noch bevor er die Treppe halb überwunden hatte.

Perreau trat gegen die nur angelehnte Tür eines der drei Räume im ersten Stock. Carl griff nach Madames Arm, um ihr ganz unmissverständlich zu zeigen, dass er für sie da war. Selbst wenn er sich dafür ein wenig verachtete. Schon hier im Korridor war der Gestank nach Mottenpulver so durchdringend, dass Carl husten musste.

Von den drei oberen Räumen war der erste nach dem Treppenende der kleinste und – anders als die übrigen beiden – auch verschlossen gewesen, sodass Bela Ayrol vorhin die Tür hatte auftreten müssen, um ihnen Zugang zu verschaffen.

Carl hatte das gespenstische Gefühl, dass von der halboffenen Tür ein dunkler Sog ausging, der sie in das Zimmer zog.

Madame zuckte merklich zusammen, als Perreau hineinleuchtete, um nach dem Lichtschalter zu suchen. Der Strahl seiner Taschenlampe erfasste dabei die Gesichter von dutzenden Kleinkindern, die kopfüber in dem Raum zu schweben schienen.

»Jesus wept!«, sagte Madame, löste sich aus Carls leichtem Griff und betrat das Zimmer. Endlich hatte Perreau den Schalter gefunden. Zwei kleine Glühlampen, die in einfache Fassungen geschraubt waren, verbreiteten ein schwaches Licht, das sämtliche Gegenstände ungesund gelblich einfärbte. Alles hier war so rein wie die Küche und der Salon unten.

Jene Babygesichter, vor denen Madame eben erschrocken zurückfuhr, gehörten zu etwa fünfzig Puppen, die kopfüber an dünnen Fäden von der Zimmerdecke hingen. Einige von ihnen waren nackt, andere trugen jedoch auch Kleider, die ihnen über die Leiber aus gestopftem Textil und weißem Porzellan herabhingen und ihnen die Anmutung von winzigen Leichen verliehen.

Unter den Puppen standen auf nebeneinander angeordneten Tischen vier Puppenstuben. Küche, Wohnzimmer, Dachboden und Schlafzimmer waren bis in die winzigsten Details möbliert und eingerichtet. Doch die Kinderzimmer enthielten nichts. Nicht einmal Staub. Und ihre Wände waren schwarz angemalt.

Madame durchquerte sehr bedächtig den Raum und blieb

dabei hin und wieder stehen, um irgendein Detail fasziniert näher zu betrachten. Besonders die Puppenstuben hatten es ihr dabei angetan, denn sie widmete ihnen die größte Aufmerksamkeit.

Beinah wirkte sie mit ihren bedächtigen Bewegungen und den strahlenden Blicken selbst wie ein kleines Mädchen, das mit einem unerwarteten Ausflug in einen Spielwarenladen belohnt worden war. Carl fand ihre Reaktion widerwärtig unnatürlich. Perreau war bei ihm an der Schwelle des Raums stehen geblieben. Genau wie Carl wagte er es wohl nicht, ihn noch einmal zu betreten.

Madame schaute sich nach ihnen um. »Bist du dazu gekommen, das hier zu dokumentieren, Bruno?«, fragte sie.

Perreau schüttelte den Kopf.

»Das musst du aber unbedingt!«, verlangte sie, beugte sich dann vornüber und musterte erneut nacheinander die Puppenstuben. »Bruno? Hast du bemerkt, dass die Einrichtung aus drei verschiedenen Jahrzehnten stammt? Wie alt ist er? Vierzig? Fünfundvierzig?«

»Dreiundvierzig«, antwortete Perreau leise.

»Faszinierend! Dann repräsentieren die Puppenstuben jeweils ein Jahrzehnt seines Lebens. Und die Puppen sicher auch. Siehst du?«, Madame wies zur Decke hinauf. »Das fängt mit Porzellanpuppen an und geht bis zu denen aus diesem neuen Kunststoff.«

Carl war dieses Detail nicht aufgefallen. Dazu brauchte es wohl wirklich den Blick einer Frau, dachte er, wenn er sich auch fragte, worin die Relevanz ihrer Erkenntnis bestehe sollte. Außerdem verletzte es ihn, dass sie nur Perreau ansprach, aber ihn ignorierte.

»Es ist natürlich außerdem interessant, dass jede der Puppen noch intakt ist. Ich hätte ihm zugetraut, dass er ihnen zumindest Gliedmaßen abtrennt oder ihre Gesichter zerkratzt.«

»Es gibt noch mehr zu sehen. Und die Zeit drängt!«, sagte Carl.

»Natürlich!«, antwortete sie und ging schwer auf ihren Stock gestützt auf ihn zu. Dann hakte sie sich wie selbstverständlich bei ihm unter. *Als Krücke bist du ihr gerade gut genug*, dachte er bitter, führte sie aber dennoch zum nächsten Zimmer.

Perreau betätigte den Lichtschalter im Flur und trat ein, wobei er Madame und Carl vorausschauend die Tür aufhielt. Hier war der Geruch nach Mottenpulver am stärksten. Was seine Gründe hatte.

Dieser Raum war weitläufiger als die anderen beiden Zimmer, und statt der zwanghaften Sauberkeit und bizarren Ordnung, die das übrige Haus kennzeichneten, herrschte darin Chaos. Allerdings eines, das immerhin noch einen Rest von Struktur aufwies. Angesichts von Madames Charakterprofil war es nachvollziehbar, dass der Mörder eine verdrehte symbolische Vorliebe für Kinderspielzeug hegte. Auch seine besessene Reinlichkeit fand Carl unwillkürlich einleuchtend für einen Täter, der an seinen Opfern und bei den Tableaus, die er aus ihren Leichen arrangierte, so erschreckend wenige verwertbare Spuren hinterlassen hatte. Doch dieser zweite Raum hatte alle seine bisher gefassten Gewissheiten über den Mörder unterlaufen.

Gleich neben der Tür stieß man auf eine Ansammlung von Rollstühlen, Krücken und Gehstöcken, die achtlos übereinandergeworfen worden waren und so eine groteske Skulptur abgaben, die Carl jedes Mal, wenn seine Blicke darauf fielen, einen leichten Schauer über den Nacken jagte. Einen Großteil des Zimmerbodens nahmen Stapel von Kleidern ein, die ebenso übereinandergeworfen worden waren wie die Rollstühle und Krücken. Das einzig erkennbare Ordnungsprinzip bestand darin, dass der Mörder dabei zwischen Frauen- und Männerkleidern unterschieden und sie auf verschiedene Haufen geworfen hatte. Besonders wertvolle Einzelstücke waren jedoch sorgfältig auf Kleiderstangen aufgehängt, darunter elf Pelzmäntel, die allein schon einen Wert von mehreren Hunderttausend Franc darstellten. Über all den Kleiderhaufen hing dieser penetrante Geruch nach starkem Mottenpulver, das der Mörder hier mit vollen Händen verteilt haben musste.

Im Bereich links von der Tür führte eine Art Pfad zwischen den Kleiderhaufen hindurch zu einem Eimer, der beinah bis zur Hälfte mit Brillen, Modeschmuck und Zahnersatz gefüllt und von Schuhhaufen umgeben war, die – anders als die Kleidung – nicht nach Geschlechtern getrennt worden waren. Als Madame la Doctoresse auf ihrem Gang durch den Raum die Kleiderstangen mit den Pelzen erreichte, zögerte sie zum ersten Mal. Sie fuhr nachdenklich mit den Fingern durch einen dichten Polarfuchskragen und wirkte dann, als müsse sie sich regelrecht davon losreißen, um ihre Wanderung fortzusetzen und schließlich zu dem Eimer zu gelangen, dessen Inhalt sie tief bewegte. Sobald sie ihn erfasst hatte, wandte sie sich ab und betrachtete die vielen Schuhe um ihn herum.

Plötzlich schlug sie die Hände vor das Gesicht und warf Carl einen langen, zutiefst erschrockenen Blick zu. Vor wenigen Minuten hätte er ihre Reaktion vielleicht noch als Sieg empfunden, doch das konnte er jetzt nicht mehr. Dazu wirkte sie plötzlich zu verletzlich und allein in ihrem Schrecken.

Bela Ayrol hatte vorhin ganz ähnlich auf den Eimer und die Schuhhaufen reagiert. Denn die enthielten gleich mehrere Dutzend einzelne Kinderschuhe, wovon einige gar nicht mal wirkliche Schuhe waren, sondern bunt bestickte Babyfüßlinge. Weder Perreau noch Bela Ayrol oder gar Carl selbst hatten bisher den Mut aufgebracht, nachzuzählen, wie viele es waren.

»God's grace, Bruno! Das müssen ja …«, sagte Madame schließlich.

»Ich weiß. Er hat mehr Menschen auf dem Gewissen, als wir bisher angenommen haben. Selbst wenn man davon ausgeht, dass seine Opfer untergetauchte Juden waren und vielleicht mehrere Kleidungsschichten übereinander trugen, als er sie tötete, sind das hier, grob überschlagen, Kleider, Krücken, Brillen und Schuhe von vielleicht fünfzig bis sechzig Menschen«, entgegnete Perreau.

Madame schüttelte den Kopf und starrte auf eine Reihe von acht Schneiderpupen, die vor den beiden Fenstern an der gegenüberliegenden Wand aufgestellt waren. Nur vier von ihnen waren mit Alltagskleidern in matronenhaften Größen bedeckt. Madame widmete ihnen einen etwas intensiveren Blick, bevor sie sich dem einzigen Schrank in dem Raum zuwandte, der an der rechten Seitenwand stand. Sie öffnete ihn erst nachdem sie sich mit einem kurzen Blick zu Perreau versichert hatte, dass er es für zumutbar hielt. Der Schrank enthielt Regalfächer, die mit Frauenhandtaschen, Kinderspielzeug, Brieftaschen und einigen Feuerwaffen gefüllt waren, wobei die Anzahl der Handtaschen deutlich allen anderen Gegenständen darin überlegen war.

Madame brauchte einen Augenblick, um sich vom Anblick der Dinge in dem Schrank zu lösen und Carl wieder ihre Aufmerksamkeit zuzuwenden. Dann zeigte sie auf einen der Kleiderhaufen. Er bestand aus Jacken, Mänteln und auch Kleidern, deren Säume aufgetrennt worden waren und deren Innenfutter teilweise lose war.

»Was sollte das, Bruno? Dass er den Kleidern seiner Opfer kaum Aufmerksamkeit widmet, passt zu meinem Charakterprofil. Aber sie zu zerstören, nicht …«, sagte sie leise.

»Schau dir die Handtaschen im zweiten Schrankregal an«, entgegnete Perreau.

Sie griff zwei von ihnen heraus und öffnete sie. Dann schüttete sie kurz entschlossen beide auf den Boden aus. Schmuck, Bündel von Banknoten und einzelne aus den Fassungen gebrochene Edelsteine fielen heraus.

»Heiliger hat ja von Anfang an vermutet, dass er es auf untergetauchte Juden oder Exilanten abgesehen hatte. Die haben es nicht so mit Bankkonten, sondern tragen ihr Vermögen in Gold und Steinen mit sich herum«, erklärte Carl.

Madame begriff. Soweit die Opfer ihren Schmuck nicht offen trugen, hatten sie ihn in ihre Kleider eingenäht, um damit nicht aufzufallen oder bestohlen zu werden. Der Mörder hatte die Kleider aufgetrennt, um an Geld, Gold und Edelsteine zu kommen.

»Ich glaube, dass er noch nicht einmal alle Kleider hier gründlich danach durchsucht hat. Da könnten noch Tausende von Franc in Gold und Schmuck versteckt sein«, ergänzte Perreau.

Madame machte plötzlich ungeschickt und überhastet einen Schritt von den beiden Taschen und deren am Boden verteiltem Inhalt weg. Carl verstand ihre Reaktion. Auch er hätte an ihrer Stelle den Drang dazu verspürt.

»Er hat all die Kleider einfach so auf den Boden geworfen. Dass er mit den Pelzmänteln eine Ausnahme machte, leuchtet mir ein. Aber was sollen diese vier Kleider dort auf den Schneiderpuppen? Hat er die nur zufällig dort drapiert?«, fragte Perreau.

Sie schüttelte den Kopf. »Das sind große Größen und keine Schnitte, wie sie jüngere Frauen tragen würden. Die passen eher zu Matronen, also Frauen im Alter seiner Mutter. Die verachtet er zwar, respektiert sie aber zugleich auch. Daher brachte er es wohl nicht über sich, sie zu den anderen auf den Boden werfen. Er hat sicherlich auch hin und wieder auf sie onaniert. Das hätte eine Art Coup de grâce für ihn dargestellt. Selbstverständlich müsste er dabei dann über seine Mutter fantasiert haben«, erklärte Madame.

Scheiße, dachte Carl, der sich erinnerte, dass er auf seinem ersten Gang durch das Haus eines der Kleider berührt hatte.

»Was ist nebenan, Bruno? Und über uns, auf dem Dachboden?«, fragte sie.

Perreau zögerte mit seiner Antwort.

»Der Dachboden enthält nur Gerümpel, so alt und morsch, dass es wohl schon vom Vorbesitzer stammt. Im Keller steht der Ofen für die Zentralheizung. Der ist viel zu groß für das Haus und ziemlich neu. Dort liegen Teile von Leichen, die er verbrannt hat. Sind ziemlich ungeordnet. Einige Schädel und große Knochen sind dabei, die er mit einem Hammer und Äxten zerteilt hat. Nichts, was man angesichts seiner Arbeit nicht erwarten würde.«

Carl streckte seinen Arm nach Madame aus. »Kommen Sie, ich führe Sie nach nebenan.«

Sie ging auf ihn zu, zunächst langsam, nahezu mühsam. Plötzlich bewegte sie sich aber schneller, bis sie schließlich hastig seine Hand ergriff und fast schon aus dem Raum floh.

Perreau blieb bei der Tür zum Kleidersaal zurück, lehnte sich zwischen den Türen gegen die Wand und schob seinen Hut ins Gesicht. Madame warf ihm auf dem Weg zu dem dritten Zimmer einen Blick zu, den er nicht erwiderte.

»Was hat er denn?«, fragte sie flüsternd, sobald Carl vor der dritten Tür stehen blieb.

»Zu viel gesehen«, antwortete Carl.

Sie drückte seinen Arm und setzte ihren Stock mit etwas Verzögerung auf. Perreau schaute weiter starr zu Boden.

Das rote Licht, das in dem Raum herrschte, verlieh allem darin eine beinah märchenhafte Unschärfe. Der Eindruck von etwas Unnatürlichem wurde durch die zwanzig oder dreißig Streifen von entwickeltem Film, die an quer über den Raum gespannten Leinen hingen und in einem kaum merklichen Luftzug gespenstisch hin und her wehten, nur noch verstärkt. Dies hier hätte die Dunkelkammer eines Filmproduzenten oder professionellen Fotografen sein können. Auf einem Arbeitstisch standen Maschinen und Geräte, die dazu dienten, Filmstreifen zu schneiden oder zu entwickeln. Carl kannte sich damit nicht so gut aus wie Perreau, der ja selbst fotografierte. Aber selbst der Projektor und die beiden Archivschränke aus grauem Blech passten zu dem Eindruck, und vielleicht sogar die beiden Sessel, die vor dem Projektor gegenüber einer über die Wand gespannten Leinwand aufgestellt waren. Aber Carl hatte zusammen mit Bela Ayrol und Perreau gesehen, was einige der so harmlos wirkenden Filmstreifen enthielten, und erinnerte sich nur mit Grauen daran.

Kein Märchen konnte je so grausam sein wie die Realität, die auf die Fotos in den Fächern der Archivschränke und auf die wehenden Filmstreifen gebannt worden war.

Madame la Doctoresse ging durch dieses Zimmer, wie sie vielleicht über einen Friedhof gegangen wäre: ängstlich, verschlossen und verbittert über die Macht, die der Tod über das Leben hielt. »In den Schränken verwahrt er seine Fotos?«, fragte sie.

»Schau besser nicht hinein. Perreau hat es vorhin getan. Ist ihm nicht bekommen. Wir hätten dich niemals hierher bringen sollen«, antwortete Carl.

Sie antwortete nicht darauf, sondern betrachtete einen Moment lang einen kleinen runden Beistelltisch zwischen den beiden Sesseln. Auf ihm standen eine angebrochene Flasche Wein, ein Glas und ein mit Kippen gefüllter Aschenbecher.

»Er muss dort gesessen und die Filme angeschaut haben. Perreau meint, dass der Projektor automatisch lief, sobald er erst einmal angeschaltet und mit einer Filmrolle versehen wurde.«

Sie schaute unwillkürlich zu dem Projektor und stellte sich schließlich hinter einen der beiden Sessel, als wollte sie prüfen, was von dort aus in dem Raum alles zu sehen sei.

»Das passt nicht zu ihm, Obersturmbannführer«, sagte Madame

»Was passt nicht zu ihm?«

Sie zeigte auf den Projektor, die Sessel und den kleinen Beistelltisch mit Wein, Glas und Ascher. »Das alles hier. Diese Anordnung. Dies war ein Arbeitsraum für ihn. Er hätte seine intimsten Momente nicht hier verlebt, sondern drüben in dem Raum mit den Puppenstuben. Dort fühlte er sich sicher. Hier nicht.«

»Du hast dich eben geirrt«, antwortete er leise. »Ein Detail, bei dem du daneben lagst. Alle übrigen Prognosen in deinem Gutachten waren ja richtig. Ein einziger Irrtum. Was macht das schon?«

»Jesus wept, Obersturmbannführer. Ob er hier gesessen und sich seine … nennen wir's mal Werke … betrachtet hat, ist kein bloßes Detail. Und ich irre mich eben nicht!«

Carl begriff nicht, weshalb sie so stur darauf bestand, recht zu behalten. »Was macht es jetzt denn noch für einen Unterschied? Er ist tot. Er kann keinem mehr etwas antun.«

Sie schlug sichtlich aufgebracht mit der Spitze ihres Stocks auf die Lehne eines der Sessel. »Plaissier mag ja tot sein, Obersturmbannführer. Aber, der Mann, der hier in diesem Sessel saß und Plaissiers Filme anschaute ist es wahrscheinlich nicht!«

Sie wies mit dem Stock auf die Leinen und die Filmstreifen, die an ihnen hingen. »Plaissier hat auf seinen Filmen festgehalten, wie sie starben. Es kann gar nicht anders gewesen sein. Er hat dabei durch die Gucklöcher unten in dem Zwischenraum gefilmt. Vielleicht hat er einige seiner Opfer auch fixiert und dann vergiftet, um ihren Todeskampf festhalten zu können, ohne selbst dabei noch einmal Hand anlegen zu müssen. Zum Beispiel an dieser Sackkarre unten in dem Stall.«

Carl, der ihren Zorn jetzt noch weniger begriff als zuvor, war in Versuchung, sie einfach aufzufordern, sich die verdammten Filme und Fotos selbst anzuschauen. »Ich habe nicht alle durchsehen können in der kurzen Zeit. Aber auf den Streifen, die Perreau und ich vorhin überprüfen konnten, hat er wohl wirklich durch die Gucklöcher unten gefilmt, wie seine Opfer in dem Zwischenraum starben. Obwohl wir uns zunächst nicht erklären konnten, woran sie starben. Deswegen gingen wir davon aus, dass er sie vergiftet oder vergast habe. So deutlich sind seine Meisterwerke der Filmkunst nämlich nicht ausgefallen, um sich dessen ganz sicher sein zu können.«

Sie schaute auf die Leinwand. »Erinnerst du dich an meine Vermutung, dass es vielleicht einen Mann gab, dem er seine Werke sozusagen zu Füßen legte, weil er in ihm eine Vaterfigur sah?«

Carl erinnerte sich.

»Ich glaube, ich habe damals gesagt, dass sie nur in losem Kontakt miteinander stünden,« fuhr sie fort. »Aber das war falsch. Diese Vaterfigur hat hier in Plaissiers Haus in einem der beiden Sessel gesessen und sich seine Amateurfilme angeschaut. Und wenn du glaubst, dass es vorbei sei, nur weil Plaissier tot ist, dann irrst du dich, Obersturmbannführer. Denn der Mann, der hier in dem Sessel dabei zusah, wie Frauen, Mädchen und kleine Jungen starben, ist sogar noch gefährlicher, als Plaissier es war.«

Carl hatte das nicht hören wollen. Jedenfalls nicht aus ihrem Mund. Denn er kannte diesen Mann, und er hatte seit Monaten zumindest geahnt, um wen es sich handelte.

»Lochmann«, flüsterte Carl.

Madame la Doctoresse nickte.

»Scheiße!«, sagte Carl eher zu sich selbst.

»Perreau hat es genauso geahnt wie du, Obersturmbannführer. Irgendetwas musste Lochmann schließlich davon haben, den guten Doktor unbehelligt zu lassen. Möglich, dass er ihn zwang, die finanzielle Beute zu teilen. Aber das war dann nur ein Teil des Pakts, den sie beide geschlossen hatten. Den für Kriminaldirektor Lochmann weitaus wertvolleren Lohn für seine Blindheit gegenüber Plaissier hat er sich hier in einem der beiden Sessel abgeholt, während er beim Anblick von sterbenden Menschen masturbierte. Und solchen Männern hat dein Führer die Macht über die Bevölkerung von Paris anvertraut!«

»Er ist nicht mein Führer!«, widersprach Carl ungehalten.

»Du trägst seine Uniform. Immer noch«, antwortete sie.

Carl schaute sie an und wusste, dass er dieses Mal weder seine Wut noch seine Angst zügeln könnte und sie verletzen würde. Und zwar schon deswegen, weil sie mit allem, was sie ihm gerade vorgeworfen hatte, richtig lag. »Ich habe mich gefragt, weshalb du hier in dieser Stadt geblieben bist, obwohl dir klar ist, dass du längst eine Zielscheibe auf dem Rücken trägst. Und obwohl du weißt, dass dich auch deine Diplomatenfreunde und dein neutraler Pass nicht vor der Gestapo und Lochmann schützen können, falls er eines Tages genug davon hat, dich als aufsässige Maus in seinem Käfig von einer Stadt zu halten,« sagte er. »Außerdem habe ich mich gefragt, wieso eine Frau wie du sich dann auch noch all dies hier antun sollte, all den Dreck, durch den Perreau, Heiliger und Bela Ayrol jeden Tag waten. Dabei liegt die Erklärung dafür auf der Hand. Du bist eine Masochistin, die es liebt, sich selbst zu quälen, solange sie keinen Mann hat, der das für sie übernehmen könnte. Wirf mir also nicht vor, dass ich ein herzloser Feigling bin, nur weil ich immer noch diese Uniform trage! Du bist keinen Deut weniger verkorkst als ich!«

Sie hatte ihn regungslos mit halb geöffnetem Wundenmund bis zu Ende angehört, ging dann auf ihn zu und versetzte ihm eine Ohrfeige. Ihnen beiden war klar, dass er sie verdient hatte. Nicht nur, weil sie beide seit ihrer gemeinsamen Nacht in seinem Quartier nur zu genau wussten, dass Madame das exakte Gegenteil einer sexuellen Masochistin war. Obwohl seine Wange von ihrem Schlag brannte, widerstand er dem Drang, sie zu berühren, sondern sagte: »Es gibt noch mehr zu sehen. Nicht so furchtbar wie das hier. Aber schlimm genug.«

Sie trat an ihm vorbei durch die Tür. Das Licht spielte dabei über ihre Haare und den Nacken und färbte sie in einem abscheulichen Rot, das beinah an angetrocknetes Blut erinnerte.

Wahrscheinlich hatte Perreau zumindest Teile ihrer Auseinandersetzung mit angehört. Doch wenn es so war, dann ging er mit keiner Geste und keinem Wort darauf ein, während sie die Treppe nach unten stiegen, wo Bela Ayrol neben einem ganzen Haufen hastig gerauchter Zigaretten auf sie wartete.

»Irgendwas Neues da oben?«, fragte er.

»Ja, Madame behauptet, Lochmann sei hier gewesen, um sich Plaissiers Filme von sterbenden Frauen und Kindern anzuschauen«, antwortete Carl kalt. »Und ich glaube ihr.«

»Merde«, antwortete Inspecteur Bela Ayrol.

»Bliebe nur noch der Keller, oder?«, sagte Madame auf ihren Stock gestützt.

»Bist du sicher, dass du den sehen musst?«, fragte Perreau.

»Wozu hast du mich sonst hierher geholt, Bruno? Däumchen drehen hätte ich auch zu Hause gekonnt.«

Ja, dachte Carl, wozu war sie hier? Wirklich nur, um Perreau seinen Exorzismus zu verschaffen, der doch ebenso unmöglich war, wie es unmöglich war, die grotesken Träume und bizarren Triebe des Mannes zu erfassen, der hier seine tödlichen Fantasien ausgelebt hatte?

»Was Perreau von Ihnen erwartet, können Sie ihm sowieso nicht geben«, flüsterte Carl.

»Was will ich denn von ihr, Monsieur?«, fragte Perreau lauernd.

»Eine Erklärung für all das hier, weil Sie glauben, die sei als Exorzismus gut genug. Aber das wäre sie nicht. Selbst wenn sie existieren würde!«

Madame ging es sichtbar gegen den Strich, dass die beiden Männer über sie sprachen, als sei sie gar nicht anwesend.

»Exorzismus? Daran glaube ich nicht, Obersturmbannführer. Und Bruno war auch schon zu lange nicht mehr in einer Kirche, als dass er darauf große Hoffnung setzen würde. Trotzdem habe ich etwas, das einem Exorzismus zumindest nahekommt. Sobald das alles vorbei ist, werde ich eine Arbeit über diesen und ähnliche Fälle verfassen. Ich nehme an, dass dabei nicht viel Trost zu erwarten sein wird. Aber sie wird helfen, Männer wie Plaissier schneller zu fassen und unschädlich zu machen. Dafür, Monsieur, hat es sich gelohnt, diese Hölle mit eigenen Augen gesehen zu haben, finden Sie nicht?«

»Nur falls wir es alle bis Kriegsende schaffen, am Leben zu bleiben. Was an sich schon ziemlich viel zu hoffen ist, so wie die Dinge nun mal liegen«, antwortete Carl.

»Angst vor Lochmann, Monsieur?«, fragte Bela Ayrol.

»Ich habe wenigstens meine Uniform, die mich vielleicht vor ihm schützen wird. Aber Sie sind bloß ein französischer Straßenbulle. Ich an Ihrer Stelle hätte schon länger die Hosen voll.«

»Ich denke nicht, dass einer von uns schon jetzt Grund hat, sich in die Hosen zu machen«, sagte Perreau. »Falls wir selbst Lochmann nicht ausschalten können, Lelouches Freunde bei der Résistance wären dazu bereit. Alles, was sie dazu bräuchten, wären ein paar Informationen über seinen Tagesablauf, um dann eine Gelegenheit zu finden, ihn in die Luft zu sprengen. Und wenn ich so darüber nachdenke, wer ihnen diese Informationen verschaffen könnte, fällt mir eigentlich nur ein Name ein.«

»Das ist ziemlich viel verlangt, Perreau, finden Sie nicht?«

»Von einem Feigling?«, fragte Madame spitz.

Carl wandte sich ihr zu. »Von einem deutschen Offizier!«

»Was schlagen Sie sonst vor? Ich habe Ihnen gesagt, dass Lochmann mindestens so gefährlich ist wie Plaissier. Sobald ihm klar wird, dass der nicht mehr liefern kann, wird er sich einen anderen Weg suchen, um seine perverse Lust befriedigen zu können.«

»Die Amerikaner und Briten werden spätestens im Frühsommer ihre Invasion beginnen, und die Wehrmacht hat nicht genug Männer und Material, um sie zurückzutreiben, sobald sie erst mal in Frankreich einen Brückenkopf etablieren konnten. Der Krieg ist noch vor Weihnachten vorbei. Falls Lochmann bis dahin übrig geblieben ist, wäre dann Gelegenheit, ihn zu fassen und vor Gericht zu stellen. Als Mörder und Komplize eines Mörders, so wie es sich gehört«, antwortete Carl, obwohl die Versuchung groß war, sie in die Umsturzpläne von York und dessen Verbündeten einzuweihen.

»Ich will bestimmt nicht die Stimmung noch weiter vermiesen, aber nach Plaissiers Tod rücken Sie wieder auf einen ziemlich prominenten Platz auf der Attentatsliste der Résistance, Obersturmbannführer. Darum dürfte es nur in Ihrem Interesse sein, sich beim Widerstand etwas nützlich zu machen, oder?«, meinte Bela Ayrol. »Zum Beispiel ja, indem Sie ihnen den am meisten verhassten Gestapomann in Paris ausliefern.«

42

Auf der Strasse fuhr ein Wagen vor. Perreau war der Erste, der zum Salon lief, dort die Verdunkelungsvorhänge am Fenster etwas beiseiteschob und hinausschaute. »Zwei Zivilisten und drei SS-Männer. In zwei Wagen!«, rief er in die Halle und zog dabei seine Pistole aus dem Holster.

Bela Ayrol sprintete zur Haustür und schob dort die beiden schweren Riegel vor. Gerade noch rechtzeitig, bevor ein hartes Klopfen die Tür traf, das klang, als würde es mit einem Gegenstand ausgeführt, keinesfalls jedoch mit einer Faust oder flachen Hand.

Das hier ist eine verfluchte Mausefalle, dachte Carl, der neben Madame stehen geblieben war und erst jetzt seine Dienstwaffe herauszog und durchlud.

»Weg dort!«, rief Bela, der sich neben der Haustür an die Wand drückte und seine Waffe schussbereit hielt.

Carl begriff, dass Madame und er in der direkten Schusslinie stünden, falls die Männer draußen blind durch die Tür feuern sollten. Ihm fiel nichts Besseres ein, als sie zur Wand vor der Treppe zu ziehen, wobei sie ihren Stock verlor und vor Überraschung oder Erstaunen einen kurzen Schrei ausstieß.

Wieder schlug man von draußen gegen die Tür. »Von Maug? Kriminaldirektor Lochmann hier! Kommen Sie heraus! Ich habe den Befehl, Sie zu von Stülpnagel zu begleiten.«

Perreau und Carl tauschten Blicke aus. Monsieur le

Commissaire wirkte etwas verunsichert. Doch Carl wusste, dass Lochmann log. Von Stülpnagel lag ständig über Kreuz mit Gestapo und SS und würde deshalb niemals ausgerechnet Lochmann schicken, um ihn zu einer Besprechung zu holen.

»Danke, Lochmann, es gibt ein Telefon hier. Ich werde im Majestic anrufen und mich ankündigen lassen!«, rief Carl der verschlossenen Tür zu.

»Leider gegen meine Befehle, von Maug! Soll Sie persönlich vorführen. Oberg und Knochen werden auch dort sein. Wir sind bereits zu spät dran, also öffnen Sie schon die Tür. Das ist doch lächerlich!«, antwortete Lochmann.

Madame presste sich eingeschüchtert an die Wand und schaute auf ihren Stock, der mitten in der Halle auf dem Teppich lag.

»Deswegen werde ich ja im Majestic anrufen, Lochmann. Ich habe einen Wagen draußen. Außerdem einen Chauffeur hier. Richten Sie dem Militärbefehlshaber meine Entschuldigung für die Verspätung aus!«

Einen Augenblick später zerfetzte eine MP-Salve das Blatt der Haustür. Zwischen Holzsplittern, aufgerissenem Putz und Staubwolken sah Carl, wie sowohl Perreau als auch Bela Ayrol blind zurück feuerten. Ein schreiender SS-Schütze trat gegen die zerstörte Tür, wurde aber von den Salven der beiden Franzosen erfasst und stürzte blutend und zuckend mit dem Rest des Türblatts in die Halle.

Perreau und Bela Ayrol hielten ihr Feuer weiter aufrecht, selbst wenn es nur noch Augenblicke dauern konnte, bis zumindest Perreau seinen Revolver leer geschossen hatte und gezwungen war nachzuladen. Belas Position direkt neben der Tür war, denkbar ungünstig, denn um nach draußen feuern zu können, musste er sich ziemlich weit in die Schusslinie ihrer Gegner beugen. Doch Carl und Madame waren hier an der Treppe in einer fast ebenso aussichtslosen Lage. Denn der einzige Fluchtweg, den sie von hier aus hatten, führte hinauf in den ersten Stock. Und dort wären sie erst recht in einer Falle, sobald Lochmann seinen Männern befahl, das Haus zu stürmen. Also wartete er, bis Perreau sein Feuer unterbrach, und schoss daraufhin selbst in Richtung der völlig zerstörten Haustür. Er musste es irgendwie fertigbringen, quer durch die Halle zur Küchentür zu kommen. Doch das war aussichtslos, solange von draußen weiter mit Maschinenpistolen durch die Tür in die Halle gefeuert wurde.

Das Feuer von der Straße brach jedoch plötzlich ab.

Bela Ayrol rollte sich von der Tür weg gegen die Wand.

Carl umschlang Madames Taille, presste sie an sich und lief mit ihr durch die Halle auf die Küchentür zu.

»Handgranate!«, rief Bela Ayrol, zog den Kopf zwischen die angewinkelten Knie und schlang seine Arme darüber.

Carl sah die Granate über den Teppich rollen. Sie sah definitiv anders aus als die gewöhnliche Wehrmachts- und Waffen-SS-Variante, was sie allerdings sicher nicht weniger gefährlich machte. Die Granate blieb kaum zwei Meter neben ihm und Madame liegen.

Dann eben doch die scheiß Heldenliste, dachte er und gab für den Bruchteil einer Sekunde auf. Er versank in die Vorstellung, sich jetzt und hier zerfetzen zu lassen, während er die seltsamste und begehrenswerteste Frau, die er kannte, so fest an sich presste, dass er ihren aufgeregten Atem auf dem Stück Hals zwischen Kinn und Uniformkragen spürte.

Perreau wischte an ihnen vorüber, kickte dann die Granate gegen die Treppe und zog Carl und Madame mit sich zu Boden.

Die Granate explodierte.

Doch statt einem Gewitter aus stählernen Schrapnellen breitete sich mit dem Knall der Explosion eine dichte, in Nase und Mund brennende Nebelwolke in der Halle aus.

Carl war schlagartig taub, und er hatte das Gefühl, dass seine Haut überall dort, wo sie nicht von der Uniform verdeckt war, Feuer gefangen hätte. Dennoch brachte er es fertig, durch den ätzend brennenden Nebel Richtung Küche zu kriechen. Wobei er seine Hand fest um die von Madame geschlossen hielt, die er eher hinter sich herzog, als dass sie sich selbst bewegte.

Perreau feuerte über ihre Leiber hinweg Richtung Haustür. Bela Ayrol schob sich hustend an der Wand entlang ebenfalls zur Küche.

Gerade als er sich aufrichtete, um die letzten beiden Meter zur Küchentür rennend zurückzulegen, tackerte eine MP-Salve in die Halle und riss Fetzen von Treppenholz, Teppich, Putz und Tapete auf. Drei oder vier der Geschosse zerrissen auch Inspecteur Bela Ayrols Brust und Bauch. Er fiel zu Boden, schrie ein paar letzte unverständliche Worte heraus und verstummte.

Perreau warf hinter Carl und Madame die Tür zu und drehte den Schlüssel um.

Carls Waffe war leer geschossen, sein Gesicht brannte, Mund, Nase und die Luftröhre füllten sich mit Flüssigkeit, und seine Augen tränten. Er hatte das Gefühl, blind und schon so gut wie tot zu sein. Perreau schoss auf die Küchenfenster, die klirrend zerbrachen. Frostige Luft wehte herein.

Carl hustete Rotz und eine klare Flüssigkeit aus, während Perreau seinen Revolver nachlud. Madame humpelte hustend zu einem der Fenster.

»Raus hier! Wir müssen hier raus!«, krächzte Perreau und zeigte seltsamerweise nicht auf den Hof hinaus, sondern auf den Boden. Aber vielleicht irrte Carl sich da auch, so schlecht wie er gerade sehen konnte.

»Bloody fucking Jesus, was war das, was da drin gerade explodiert ist? Und wo ist Bela? Bela?«, fragte Madame, die neben der Tür an der Wand lehnte und am ganzen Leib zitterte. Sie sah sich verwirrt um.

»Der hat's nicht geschafft«, brachte Perreau hustend hervor.

»Warum sind die nicht schon längst hier, um uns fertigzumachen?«, wunderte sich Carl.

»Weil sie mindestens einen von uns lebend wollen«, sagte Perreau.

Eine zweite Explosion erschütterte das Haus. Sie riss die Küchentür aus den Angeln, ließ die restlichen Fenster zerbersten und warf Carl und Perreau zu Boden. Außerdem machte sie ihn erneut taub und sorgte dafür, dass Blut über sein Gesicht lief.

Er sah, dass Madame zur Seite gefallen war und jetzt mit offenem Mund und Augen voller Entsetzen auf ihn und Perreau zukroch.

Zwei weitere Maschinengewehrsalven zerrissen die Stille.

Carl drehte sich auf den Rücken, legte die Hände über das Gesicht und schrie.

Dazu sah er Perreau, der halb aufgerichtet, mit einem Gesichtsausdruck irgendwo zwischen Verzweiflung und Lachen, seinen Revolver nachlud und ihn dann auf das dunkle Loch der Tür richtete, durch das jeden Moment Lochmanns SS-Schützen hereinstürzen mussten, um ein Ende mit ihnen zu machen.

Doch dort tauchte niemand auf.

Stattdessen eine neue Salve, die die Halle belegte und dort noch mehr Zerstörung anrichtete. *Lochmann*, dachte Carl, *macht es spannend. Das sadistische Schwein genießt es wohl, uns hier in der scheiß Küche wie Mäuse in der Falle zu halten, bis es ihm endlich passt, uns einen nach dem anderen doch umbringen zu lassen.*

Merkwürdigerweise wandte Perreau sich jetzt den Fenstern zum Hof und der Hintertür zu. Hoffte dieser sture Idiot, dass es wirklich noch einen Weg hier heraus gab? Dabei musste doch gerade Monsieur le Commissaire ebenso gut wissen wie er, dass an dem alten Spruch von der Hoffnung, die angeblich zuletzt starb, nichts dran war. Weil sie eben spätestens dann in den Arsch ging, sobald man in einen Pistolenlauf starrte und dabei einsah, dass derjenige, der die Pistole hielt, wollte, dass genau dies das letzte Bild war, mit dem er einen in den Tod schickte.

Zwei SS-Schützen erschienen an den Küchenfenstern. Einer von ihnen trat gegen die Hintertür, der andere stieß den Lauf seiner MP 40 durch das letzte Fenster, dessen Scheiben noch nicht völlig zum Teufel gegangen waren. Er setzte einen Feuerstoß über ihre Köpfe hinweg in die Küchenwand. Splitter, Putz und Staub füllten den Raum. Perreau zog zwar den Kopf ein, richtete aber seinen Revolver weiter stur auf die Hintertür, die schließlich unter den Tritten des zweiten SS-Schützen nachgab. Er stürzte herein und richtete seine MP auf Perreau, während sein Kamerad weiterhin über ihre Köpfe hinweg in die Küchenwand feuerte und die von Dreck gesättigte Luft im Raum mit noch mehr Staub, Putz und Ziegelschrapnellen füllte.

Monsieur le Commissaire schoss dem SS-Mann zuerst in den Hals, danach in die Brust. Der Mann stolperte und fiel dann mit dem Gesicht voran so unfassbar langsam zu Boden, dass Carl glaubte, nichts von alledem könne real sein. Die Maschinenpistole des SS-Schützen rutschte dabei auf ihn zu. Carls eigene Waffe war irgendwo in der Halle verloren gegangen. Was Mut wirklich ausmachte, waren entweder Erwartung, Hoffnung oder Angst. Also griff Carl nach der Waffe, richtete sie unsicher halb im Liegen auf das Fenster, hinter dem der Gefährte des Toten wohl gerade dabei war, sein Magazin zu wechseln, und schoss. Er war sicher, dass er getroffen hatte. Eine Welle von Angst überwältigte ihn. Er kam mühsam auf die Beine, stieg über die neben ihm zusammengerollte Madame hinweg zur Küchentür, brachte dabei die Maschinenpistole in Anschlag, setzte einen Fuß über die Schwelle und feuerte durch die Halle in Richtung Haustür. Er sah, wie er dabei einen Mann in Zivil traf, dessen Gesicht in einem roten Nebel zersprang. Er lief brüllend weiter in die Halle, setzte einen zweiten Feuerstoß zur Haustür. Direkt davor war ein BMW geparkt, hinter dem er den Schemen eines Schützen in Hut und Mantel ausmachte, der plötzlich verschwand. Carls Magazin war leer geschossen. Erstaunt starrte er eine Sekunde auf die Waffe herab, dann ließ er sich zu Boden fallen und kroch zur Küche zurück, wo jetzt erneut einzelne Schüsse fielen.

Er sah Madame, die über den Boden zu dem gefallenen SS-Schützen gekrochen war und jetzt an dessen Pistolentasche herumnestelte. Zweifellos um an dessen zweite Waffe zu gelangen, während Perreau lang hingestreckt mit aufgestütztem Arm einen letzten Schuss über die Leiche des SS-Manns hinweg durch die Hintertür ins Dunkle abfeuerte, doch dann mit pumpender Brust und weit aufgerissenen Augen zur Seite rollte. Auch seine Waffe war leer geschossen, und da er keine Anstalten machte nachzuladen, war ihm wohl die Munition ausgegangen. Drei von fünf, dachte Carl. Das war keine schlechte Quittung, die sie Lochmann da ausgestellt hatten, bevor dessen beide übrigen Männer sie jeden Moment doch noch umbringen würden. Er kroch weiter auf Madame und Perreau zu. Wenigstens wollte er bei ihr sein, wenn es so weit war, dass sie ihm seine Fahrkarte ins Nichts lochten.

»Von Maug? Hören Sie mich? Kommen Sie raus! Der Kriminaldirektor will doch nur den Franzosen und seine irische Putain. Über alles andere können wir Männer uns doch einigen!«, rief ein Mann aus dem Hinterhof.

Madame hatte die Pistole endlich von der Koppel des Toten losgemacht und betrachtete sie. Perreau rührte sich neben ihr und schaute erschrocken und müde zu Carl, der noch immer einen Meter vor sich hatte, um zu den beiden zu gelangen und dort vielleicht ein Ersatzmagazin für die MP 40 zu finden. Carl wurde klar, dass es mit hoher Wahrscheinlichkeit Lochmann gewesen sein musste, den er eben draußen an dem BMW getroffen und vielleicht getötet hatte. Denn er kannte den Gestapo-Mann gut genug, um zu wissen, dass er niemals einen seiner Unterlinge vorgeschickt hätte, um mit ihm zu verhandeln. Carl hatte damit gerechnet, dass Madame die Pistole des Gefallenen an Perreau weitergeben würde, dessen Waffe nutzlos geworden war. Stattdessen lud sie die Pistole durch und richtete sich auf. »Come on in and kill me yourself, you fucking gobshite!«, brüllte sie und feuerte zwei Schüsse in die Nacht ab. Carl war endlich bei ihr angekommen, griff ihre Beine und riss sie zu Boden. Sie fiel über Perreau und gab dabei einen verschwendeten Schuss in Docteur Plaissiers einst vor Reinheit nur so strotzenden Küchenschrank ab.

»Von Maug? Das ist ein Befehl! Kommen Sie heraus!«, rief der Fremde aus dem Hinterhof.

Perreau zog das Ersatzmagazin für die MP 40 vom Koppel des Gefallenen und reichte es Carl hinüber. »Monsieur, ich schieße auf den Mann da draußen. Doch einer kommt bestimmt gleich wieder zur Haustür herein. Halten Sie ihn auf. Schießen Sie dabei aber um Gottes willen bloß nicht das Magazin leer«, flüsterte Perreau und überprüfte die Pistole.

»Wo bleiben die Flics, Perreau?«, fragte Carl leise. »Die müssten doch längst hier sein.«

Perreau zuckte mit den Achseln.

Carl kroch zur Küchentür, von wo er die neue Attacke erwartete. Und tatsächlich hatte einer der Angreifer den kurzen Verhandlungsversuch dazu genutzt, die Halle zu betreten, wo er sich mit einer MP 40 und einer Pistole ausgerüstet vorsichtig auf die Küche zubewegte. Der Mann trug Zivil und war in dem Durcheinander aus Blendgranatennebel, aufgewirbeltem Staub und zerschossener Einrichtung nur schemenhaft auszumachen.

Drei der fünf Männer waren verwundet oder tot, vielleicht ja sogar vier. Blieben der im Hinterhof postierte und der Zivilist hier in der Halle. War er also der Letzte, der ihnen noch von der Straße her zu Leibe rücken konnte? Oder hatte Perreau sich vorhin geirrt und Lochmann einen Teil seines Kommandos zurückgehalten, das jetzt zum Angriff überging?

Carl sah das Gesicht des Mannes in Zivil, bevor er einen

Feuerstoß in seinen Körper jagte. Es war der junge Obersturmführer aus München, der ihn am Tag seiner Ankunft in Paris zu seiner Dienststelle in der Rue Sainte-Anne begleitet hatte und dem Heiliger vorgeworfen hatte, ein Favorit Lochmanns zu sein. Nach Carls Schüssen brach er zusammen. Carl wagte es nicht, ihn anzusehen, während er an ihm vorbei zu Bela Ayrol sprintete, sich dort zu ihm hinunterbeugte und den Inspecteur auf Lebenszeichen untersuchte. Bela Ayrol war tot. Nicht nur war seine rechte Leibseite völlig zerfetzt, man hatte ihm außerdem noch ins Gesicht geschossen. Das musste einer der Angreifer gewesen sein, die sie vorhin mit ihrem Feuer in der Küche festgehalten hatten.

Aus der Küche ertönten Schüsse, zwei, drei, dann wieder Stille. Kein Gegenfeuer antwortete darauf. Carl war unschlüssig. Sollte er hinaus auf die Straße gehen, um nachzuschauen, ob er vorhin tatsächlich auf Lochmann geschossen hatte?

Carl lief zügig durch die Haustür hinaus auf die Straße und zu dem grünen BMW, der halb auf dem Bürgersteig direkt vor der Tür stand. Sämtliche Seitenscheiben waren zersplittert, und soweit Carl es in der Dunkelheit erkennen konnte, wiesen auch die vorderen Seitentüren und Kotflügel Einschusslöcher auf. Da lag tatsächlich ein Mann in Zivil hinter dem Wagen. Irgendjemand hatte ihm seinen Hut über das Gesicht gelegt. Carl schob ihn zur Seite. Darunter erblickte er tatsächlich diese runde, freundliche Miene, die so an Rühmann erinnerte. Kein Zweifel: Dies war Kriminaldirektor Lochmann. Carl sah zwei dunkle Flecken auf dem hellen Mantel des Toten, einen über der linken Schulter, den zweiten auf der rechten Brust.

Er tastete die Leiche nach Waffen ab und fand einen Revolver in der Manteltasche, leer geschossen. Keine Ersatzmunition. Lochmanns Dienstwaffe war nach einem raschen Blick nirgends zu sehen. Aber im Kofferraum des BMW könnte weitere Ausrüstung verstaut sein, dachte er und versuchte ihn zu öffnen. Doch der klemmte. Carl wandte sich ab und rannte zurück ins Haus und zur Küche.

Dort fand er neben dem Toten am Boden nur noch Madame, die mit undamenhaft ausgebreiteten Beinen dasaß und durch das Loch der zerstörten Hintertür nach draußen in die Dunkelheit des Hofes blickte. Sie wandte ihm ihr Gesicht zu. Es wirkte so blass unter dem Schmutz. »Er ist einfach losgerannt, Carl«, sagte sie. »Dann waren da draußen Schüsse. Oh, fucking Jesus …«

Sie sprach zweifellos von Perreau. Carl lief geduckt zu einem der Fenster, presste sich daneben gegen die Wand, schob den Lauf seiner MP 40 durch den glaslosen Fensterflügel und schaute nach draußen. Dort konnte er in der Finsternis lediglich die Umrisse des Stallgebäudes ausmachen.

»Perreau?«, brüllte er in die Nacht hinein und schreckte damit Madame auf, die hinter ihm einen spitzen Ruf ausstieß. Unwillkürlich blickte er sich um.

Ihre Blicke trafen sich.

»Ich bin hier!«, antwortete Perreau aus dem Hof, wohl ganz in der Nähe der Tür. Seine rechte Wange und die Stirn bluteten. Doch davon abgesehen, wirkte er unverletzt, als er über die Schwelle der Hintertür trat. Er hielt ein Küchenmesser in der rechten und seinen Revolver in der linken Hand. Von dem Küchenmesser tropfte Blut zu Boden.

Perreau wischte sich seine Hände an den Hosenbeinen ab. Dann schaute er sich in der völlig zerstörten Küche um. »Ist Lochmann tot?«

»Draußen hinter dem Dienstwagen.«

Perreau schaute Carl nachdenklich an. »Schade, ich hätte ihn gern selbst erschossen. Aber der ging dann wohl auf Ihr Konto, Monsieur!«

»Ja. Vielleicht«, antwortete Carl leise.

»Was jetzt?«, fragte Madame. »Wo bleiben die Flics? Müssten die nicht längst hier sein?«

»Die werden sich hüten, zu kommen, wenn SS und Gestapo schießen!«, antwortete Perreau verdrossen.

»Vielleicht funktioniert ja das Telefon noch, dann werde ich im Stab des Militärbefehlshabers anrufen und ihnen die Schweinerei hier melden«, sagte Carl.

Perreau zeigte auf die Halle. »Da ist nichts mehr heil geblieben!«

Wahrscheinlich hat er recht, dachte Carl und sah zu, wie Perreau die Küche verließ und dann vorsichtig über die zerschossene Treppe hinauf ins Obergeschoss stieg.

»Ist es vorbei? Sind sie alle wirklich tot?«, fragte Madame leise.

»Ja«, entgegnete Carl und folgte Perreau, weil ihm einfach nichts Besseres einfiel und er es partout nicht über sich brachte, sie in den Arm zu nehmen und zu trösten, wie er es eigentlich hätte tun sollen.

Er schob in der Halle mit den Stiefelspitzen den Schutt umher und beugte sich hinab, um Madames Stock aufzuheben, der wie durch ein Wunder unversehrt geblieben war.

»Ich habe Ihren Stock gefunden«, sagte er und hielt ihn hoch, sodass sie ihn unmöglich übersehen konnte, während sie weiter aus der Küche zu ihm hinsah.

Perreau kehrte zurück. Er hatte eine Aktentasche in der Hand und stieg vorsichtig und steif wie ein wesentlich älterer

Mann die Stufen hinab. Carl fragte sich, was er in der Tasche haben mochte. Fotos? Filme? Beweisstücke? Und woher hatte er überhaupt diese Tasche? Er blieb einen Augenblick vor Bela Ayrols Leiche stehen, ging zu dem Münchner Jungen zurück, hob dessen Leiche an, streifte ihm die Jacke ab und legte sie Bela über das bis zur Unkenntlichkeit zerschossene Gesicht. »Kommen Sie, Monsieur!«, forderte er Carl auf und reichte ihm dabei zwei Ersatzmagazine für die MP 40. Carl steckte sie verwundert, aber wortlos in seine Uniformtaschen.

Sie betraten gemeinsam die Küche, wo Madame sich inzwischen mühsam aufgerichtet hatte und dann dankbar nach ihrem Stock griff, den Carl ihr reichte.

Perreau stellte die Tasche auf den Rest des Küchenbüfetts und öffnete sie.

Carl konnte nicht fassen, was er darin sah.

»Das ist für Ihre Flucht. Und meine. Und Nathalies«, sagte Perreau so ruhig, als hätte er schon seit Jahren damit gerechnet, dass dieser Moment irgendwann einmal kommen musste.

Die Aktentasche enthielt gut und gern ein paar Hunderttausend Franc in Gold, Diamanten und Banknoten.

Madame schüttelte den Kopf. »Das ist … es stammt von ihm … das ist unmöglich!«, sagte sie.

Sie hätte nie hierherkommen dürfen, dachte Carl, als er sie so verloren in der zerstörten Küche sah. *Nicht in dieses Land, nicht in diese Stadt, aber vor allem nicht in dieses Haus.*

Carl sah plötzlich ein, dass sie alle sich längst in einer monströsen Dunkelheit eingerichtet hatten und allmählich in ihr gewachsen waren.

Wahrscheinlich hatten die ersten Fänge jener Düsternis Madame schon auf diesem Schiff vor Island erreicht, das unter jenem schwarzen Frost zu sinken drohte. Und was Perreau betraf, wer wusste schon, wann sie ihn überwältigt hatte? Damals vor Verdun beim ersten Weltenbrand? Oder später, als er erkannte, dass ihn seine sexuelle Vorliebe für immer zu einem verachteten Außenseiter stempelte?

Und ich selbst, dachte er, was war mit mir? Ich habe ihre Kraft zum ersten Mal gespürt als ich mit meinem pickligen Pennälergesicht am Rande der Schützengräben stand und einsah, dass ich dort keinen einzigen Tag lebend überstehen würde? Oder geschah das schon früher, damals in der verfluchten Schule, die eher einer Zuchtanstalt glich? Jedenfalls habe ich mich all die Jahre später nicht gegen ihre Umarmung gewehrt, während ich zusah, wie die Schlägertruppen des kleinen Trommlers durch Berlin zogen und ihren Triumph über Vernunft und Anstand feierten.

Wir alle atmen, lieben, hoffen, verzweifeln und töten, umfangen von dieser immensen Düsternis, die unsere Herzen auffraß und unsere Seelen herunterkühlte, bis wir darin statt Schmerz und Mitleid nur noch einen dumpfen Hunger nach einer trügerischen Ruhe fühlten, die jener ähneln musste, wie sie über nächtlichen Friedhöfen herrschte.

Aber vielleicht, hoffte er plötzlich, strahlte seit heute Nacht auch ein noch deutlich finstereres Licht aus ihnen heraus. Und womöglich bot es die einzige Chance auf Rettung, die ihnen blieb. Denn so finster und gefährlich es auch leuchten mochte, so leuchtete jenes dunkle Licht doch aus keinem von ihnen gleich.

Er hörte das Geräusch von Lastwagen, die draußen auf der Straße näher kamen. Vielleicht lieferten sie Nachschub für die Fabriken in dem Viertel. Aber womöglich transportierten sie auch ein Kommando SS-Männer, das zu Ende bringen sollte, was Lochmann und die Gestapo nicht vermocht hatten.

Perreau schaute ihn an, schloss dann die Aktentasche und reichte sie ihm. »Vielleicht gäbe es ja sogar einen Ausweg für Sie, Monsieur. Aber nicht für Nathalie und mich«, sagte Perreau.

Carl wusste, dass er recht hatte. Er schob eines der Ersatzmagazine in die MP 40 und ergriff die Tasche. *Ich habe heute zwei Männer getötet, und ich fühle nichts für sie*, dachte er. Doch hier war ein Ausweg aus all seinen Zwängen. Einer, den er nie in Erwägung gezogen hatte. Nämlich einfach zu gehen und alles hinter sich zu lassen. Auch wenn ihm klar war, dass er auch dabei die Dunkelheit wieder mit sich nehmen würde, in der er sich unbewusst längst eingerichtet hatte.

»Wir müssen hier weg«, sagte Perreau, nahm Madame am Arm und führte sie durch die Tür in den Hinterhof, mitten hinein in die Nacht, die offenbar alles war, worauf sie zählen konnten.

»Wir sind Ungeheuer«, flüsterte Madame, als sie im Hof den Gestapo-Mann sah, dem Perreau die Kehle durchgeschnitten und anschließend zweimal ins Gesicht geschossen hatte.

Carl fürchtete sich zwar vor dem Weg, der ihm nun bevorstand, aber er spürte auch, dass ihm eine immense Last von den Schultern gefallen war. Er hatte sich sein ganzes Leben lang als Feigling gesehen, aber trotzdem heute Nacht zwei Männer getötet. Und jetzt folgte er einem vor Trauer und unstillbarem Vergeltungsdrang getriebenen französischen Polizisten in den Untergrund. Ohne auch nur den Hauch einer Garantie, dass ihn dessen Widerstandskontakte nicht kommentarlos an die nächste Wand stellten, sobald sie erfuhren, wer er war. Carl dachte an seinen Freund York, der nun ohne ihn auskommen musste, sobald die Feldgrauen den Tyrannenmord wagten, und bedauerte ihn.

»Wir sind Ungeheuer«, hatte Madame vor einem Augenblick noch gesagt. Und keiner hatte ihr widersprochen. Auch wenn Carl nicht exakt hätte sagen können, worauf sie sich damit bezog, so begriff er doch immerhin, dass diese neue Freiheit, von der er das Gefühl hatte, sie sei ihm zugefallen wie eine überreife Frucht von einem Alleebaum, tatsächlich etwas Monströses an sich hatte. Und wie tief und schmerzvoll die Nacht auch sein mochte, der sie gerade entgegengingen – wenigstens diente ihre Dunkelheit dazu, dass er in diesem Augenblick die Sterne am Himmel sehen konnte.

Bevor sie durch eine kleine Gartentür auf das Nachbargrundstück traten, hörte Carl, wie draußen auf der Straße ein Lastwagen hielt, Türen klappten und Männer in Stiefeln herabsprangen, denen ein Vorgesetzter Befehle zubellte.

42

Seit seinen Anfangstagen bei der Polizei hatte Dermot nicht mehr so lange und so schnell nahezu ununterbrochen getippt. Seine Finger brannten, und die Handgelenke waren steif. Er schüttelte jetzt schon zum zweiten Mal innerhalb weniger Minuten die Hände aus.

McGuiness schob seinen Stuhl zurück und stand auf. »Wir haben keinen Tee mehr und außerdem auf den Lunch verzichtet, Gentlemen. Außerdem ist es schon fast vier Uhr. Ich schlage vor, unser junger Freund hier sorgt dafür, dass langsam etwas Stärkeres als Tee auf den Tisch kommt!«

Assistant Commissioner Broi warf seinem alten Freund einen eher durchwachsenen Blick zu. »Also, mir ist Tee ja genug«, verkündete er. »Eine kurze Pause ist trotzdem eine gute Idee. Inspector, öffnen Sie die Fenster! Hier steht ja die Luft!«

Dermot war nur zu froh über den Vorschlag und hatte auch sicher nichts dagegen, das Büro zu lüften, in dem seit Stunden kräftig geraucht worden war. Seit er vorhin Constabler McGready hatte zurückkehren hören, war es ihm nicht möglich gewesen, den Raum zu verlassen, da Straatmann seine Aussage nicht unterbrach und er alle Hände voll zu tun hatte, sie zu protokollieren. Für McGuiness Bier im Pub zu bestellen würde ihm ausreichend Gelegenheit verschaffen, die Antworten der Botschaften zu überprüfen.

»Bloody hell, Broi, dieses Abstinenzlergetue geht mir auf

die Nerven!«, beschwerte sich McGuiness und schaute dann zu Perreau und Straatmann herüber. »Wer von Ihnen ist für Bier? Perreau, sind Sie dabei? Straatmann?«

»Ein Bier wäre tatsächlich wünschenswert. Danke«, entgegnete Monsieur le Commissaire.

Straatmann erhob sich ebenfalls. »Danke, Sir, aber kein Bier für mich«, sagte er etwas steif und steckte sich eine neue Zigarette an.

»Was sind Sie bloß für ein komischer Deutscher, Straatmann? Kein Bier?«, schüttelte McGuiness enttäuscht den Kopf.

Dermot öffnete die beiden Fenster und ging dann zur Tür, gespannt darauf, welche Nachrichten Constabler McGready von den beiden Botschaften in Dublin eingeholt hatte. Nur kam er nicht dazu, den Raum zu verlassen, um dem Anwalt das sehnsüchtig erwartete Bier holen zu lassen, da Assistant Commissioner Broi ihn mit einer Geste aufhielt.

»Bleiben Sie noch eine Minute, Inspector«, sagte er.

Dermot ging widerwillig zurück zu seiner Schreibmaschine, während Broi zu Straatmann trat, der vom Fenster her fragend zu ihm herüberschaute. »Ich will die Abläufe in Paris am Tag Ihres Untertauchens nur noch ein letztes Mal ordnen, Mister Straatmann, falls Sie nichts dagegen haben. Bloß um sicherzugehen, dass ich da nichts durcheinanderbringe.«

»Natürlich!«, entgegnete Straatmann. »Dann hier die Kurzfassung. Nachdem man aufgrund des Hinweises dieser Nachbarin das Haus des Mörders identifiziert hatte, erfragte Inspecteur Bela Ayrol beim Katasteramt den Namen des Besitzers. Dann leitete er eine Fahndung nach ihm ein, die leider erfolglos blieb, da der Mann bereits eine Woche zuvor von seiner Ehefrau als vermisst gemeldet worden war.

Bei einer Befragung der Ehefrau stellte sich heraus, dass sie über keinerlei Kenntnis von den Verbrechen ihres Mannes verfügte. Sie wusste zwar, dass er jenes Haus samt Nebengebäude kurz vor Kriegsbeginn erworben hatte, glaubte aber, dass er dort eine Zweigstelle seiner Arztpraxis unterhielt, die er in ihrem gemeinsamen Wohnhaus betrieb. Da er ihr strikt untersagt hatte, ihn je dort zu stören, hatte sie das auch unterlassen. Sie war finanziell abhängig von ihm und stolz auf ihren Status als Gattin eines Arztes, sodass sie – obwohl sie Befürchtungen hegte, er könnte diese vermeintliche Zweigstelle nutzen, um sie zu betrügen – es nur einmal wagte, gegen seine Anweisung zu verstoßen. Bei dieser Gelegenheit fand sie ihn in dem Haus zwar vor, aber sah lediglich Salon und Küche, da ihr Mann sie zornig zur Rede stellte und ihr drohte, sich von ihr zu trennen, sollte sie seine Anweisungen weiterhin missachten. Wie Monsieur Perreau, der die Frau damals persönlich verhörte, vorhin bereits bestätigte, verschloss sie von da an aus Angst, von ihm verlassen zu werden und damit sowohl ihr Einkommen wie ihren Status zu verlieren, ihre Augen davor, was er dort tat. Zumal sie Perreau gegenüber auch offen zugab, dass sich ihre finanzielle Situation seit Kriegsausbruch kontinuierlich verbesserte und sie nur sehr ungern auf die damit einhergehenden Annehmlichkeiten verzichtet hätte. Ich persönlich wurde von Perreau erst im Verlauf des späten Nachmittags über die Entwicklung in dem Fall informiert und bestand darauf, zusammen mit ihm selbst, Inspecteur Bela Ayrol und meiner späteren Ehefrau das Haus zu durchsuchen. Was meine spätere Ehefrau angeht, so bestand sie Perreau gegenüber darauf, uns zu begleiten, da sie sich davon neue Einsichten für ihre Forschungen zu sexuellen Triebtätern erhoffte. Während unserer Durchsuchung, die gegen sieben Uhr abends begann, stießen wir im Heizungskeller des Hauses und im Garten beziehungsweise Nebengebäude auf zahlreiche Überreste von Opfern des Mörders, die er dort gefoltert und getötet hatte. Bei dieser ersten Bestandsaufnahme wurde deutlich, dass der Mörder sich auf untergetauchte Juden und Kriminelle spezialisiert hatte, denen er versprach, sie gegen Honorar außer Landes zu bringen, und die er in diesem Haus empfing, dort dann aber tötete und ihre Leichen beseitigte, sofern er sie nicht für seine grauenhaften Inszenierungen nutzte. Die wiederum – wie meine spätere Frau ja in ihrem bereits erwähnten Charakterprofil des Täters schrieb – Ausdruck seiner krankhaften sexuellen Triebe waren. Da er sich an seinen Opfern auch bereicherte, die oft ihr gesamtes Vermögen in Form von Bargeld, Schmuck oder Edelsteinen bei sich trugen, hatte Kriminaldirektor Lochmann von der Pariser Gestapo mit dem Mörder einen Pakt geschlossen, der ihm eine Beteiligung an der Beute zusicherte und ihm im Gegenzug garantierte, ihn behördlicherseits zu schützen, solange er sich weiterhin ausschließlich an untergetauchte Juden oder Kriminelle hielt. Was er unserer Kenntnis nach ja auch getan hat. Noch während unserer Durchsuchung des Hauses erschien Kriminaldirektor Lochmann zusammen mit einem Sturmbannführer und zwei SS-Schützen und eröffnete das Feuer auf uns. In dem sich daraufhin entwickelnden Gefecht wurde Inspecteur Bela Ayrol getötet, bevor es uns gelang, in dessen Verlauf Lochmann und dessen Männer auszuschalten. Dabei wurden sowohl Monsieur le Commissaire als auch ich selbst leicht verwundet.«

Straatmann beendete seinen Bericht und trank einen Schluck längst kalt gewordenen Tee.

All das stand so bereits in dem Protokoll, dachte Dermot. Zugegeben, nicht so knapp formuliert, aber dennoch inhaltlich absolut deckungsgleich. Er wunderte sich daher, weshalb Broi darauf bestand, es sich noch einmal zusammenfassen zu lassen. Es sei denn, der Assistant Commissioner zweifelte irgendetwas davon an. Das wäre dann allerdings schon sehr interessant.

»Dieser Lochmann hätte also ein Motiv gehabt, den Mörder weiterhin zu schützen, sehe ich das richtig, Straatmann?«, erkundigte sich Broi und zog seine linke Augenbraue hoch.

»Ja, das hatte er«, entgegnete Straatmann. »Genauso wie er ein eigentlich noch stärkeres Motiv gehabt hätte, den Mörder als gefährlichen Mitwisser zu beseitigen. Perreau und ich gingen ja seit dieser Nacht stillschweigend davon aus, dass er das auch getan habe!«

Broi scheint immer noch nicht ganz zufrieden mit Straatmanns Angaben, dachte Dermot, der dem hohen Beamten ansah, wie konzentriert er nachdachte.

»Also, Straatmann, Sie behaupten, Lochmann hätte den Mörder als potenziell gefährlichen Zeugen beseitigt, weshalb seine Frau ihn ja auch nicht finden konnte und ihn deswegen als vermisst meldete?«

»Nicht nur er behauptet das, Assistant Commissioner, sondern ich auch!«, warf Perreau ein. »Es war ja nicht nur so, dass er von dem Mörder Beuteanteile erpresste und deswegen seine Hand über ihn hielt. Vergessen Sie nicht, was Monsieur vorhin in Bezug auf die Filme berichtete, die wir in dem Haus fanden. Die dienten Lochmann als … wie sagt man noch dazu?«

»Wichsvorlagen?«, ergänzte McGuiness, dem das offenbar nicht halb so peinlich war, wie Dermot es erwartet hätte.

»Ah ja! Das!«, nickte Perreau ihm sichtlich erleichtert zu.

»Sehen Sie, Assistant Commissioner«, fing Straatmann erneut an. »Dass Lochmann von Raubmorden an untergetauchten Juden profitierte, hätte er bei seinen Vorgesetzten jederzeit schönreden können. Aber hätten die jemals Wind davon bekommen, dass er sich außerdem an den Amateurfilmen eines Triebmörders sexuell erregte, wäre ihnen nichts anderes übrig geblieben, als kurzen Prozess mit ihm zu machen. Und zwar schon deshalb, um ihre eigene Stellung und die Reputation von SS und Partei zu schützen. Lochmann war zu allem bereit, um genau dies zu verhindern. Zumal er nicht sicher sein konnte, was Perreau und ich bereits über seine perversen Vorlieben wussten. Er hat das Haus des Mörders zweifellos so erhalten, wie es war, weil er es selbst nach dessen Tod weiterhin bequem für seine ganz besonderen intimen Zwecke nutzen konnte. Sobald Perreau und ich aber dort auftauchten, zudem auch noch zusammen mit meiner späteren Frau, immerhin eine ausgewiesene Expertin für abnormes sexuelles Verhalten, wusste er, dass er handeln musste, um seinen Hals aus der Schlinge zu ziehen. Deswegen dieser Überfall auf uns.«

Für einige Zeit herrschte Schweigen, nachdem Straatmann mit seiner Erklärung fertig war. Dermot ergänzte einige Sätze in seinem Protokoll, zog dann das betreffende Papier und den Durchschlag aus der Maschine und reichte sie Broi über den Tisch, der sie mit zusammengezogenen Augenbrauen überflog, dann nickte und sie an Dermot zurückgab.

McGuiness schloss die Fenster. »Junge? Jetzt sieh endlich zu, dass wir etwas zu trinken bekommen!«

Obwohl Dermot noch vor einigen Minuten nichts lieber getan hätte, als den Raum zu verlassen, hatte er plötzlich das

Gefühl, der Anwalt wolle ihn mit aller Macht loswerden. Doch da weder Perreau noch Broi widersprachen, blieb ihm nichts anderes übrig, als tatsächlich zu gehen. Er tat es absichtlich so, dass man ihm seinen Widerwillen dabei ansehen musste.

43

Perreau hatte sie in dieser Nacht zu einem Bäcker geführt, der in einer der großen Pariser Brotfabriken arbeitete. Er galt für die Behörden als völlig unverdächtig, verfügte aber über einen Keller unter seinem schmalen, etwas vernachlässigten Haus, der einen Zugang zum uralten und Hunderte Kilometer weit verzweigten Netz der Katakomben unter der Stadt aufwies. Der Bäcker führte sie zu einem Gewölbe, das voller Totenschädel und Knochen war, die man am Ende des 18. Jahrhunderts hier eingelagert hatte. Seinerzeit waren mehrere Friedhöfe geschleift worden, weswegen ein forscher junger Ingenieur auf die Idee kam, die nun heimatlosen Knochen in den alten unterirdischen Steinbrüchen und Kellern zu verwahren. In den Gängen und Gewölben lagen sie nun noch genau so, wie man sie damals an den Mauern entlang aufgeschichtet hatte.

Dort blieben sie eine Nacht und einen Tag in der Dunkelheit zusammen mit zwei Studenten, die von einem Fremdarbeitertransport ins Reich geflohen waren, und einem abgeschossenen britischen Flieger, der schwere Verbrennungen aufwies und ständig vor Schmerzen stöhnte.

Carls Französisch war gut genug, um als Elsässer durchzugehen. Nathalie fiel zwar mit ihrem britischen Akzent auf, aber niemand fragte danach, wer sie waren und was sie alle nach hier unten verschlagen hatte.

Sie verbrachten die Zeit in dem feuchten, aber halbwegs

warmen Gewölbe damit, am Boden zu hocken und auf die Wände voller Knochen und Totenschädel zu starren. Mit der höhnischen Sicherheit von Wesen, die ihnen zwar eine unvermeidliche Erfahrung voraushatten, aber es halsstarrig vorzogen, darüber zu schweigen, starrten sie zu ihnen zurück.

Nathalie hatte sich vom ersten Moment an um den verbrannten Piloten gekümmert und alle Hände voll zu tun, ihn am Leben zu halten. Er starb jedoch gegen Morgen des ersten Tages. Sie bedeckte sein Gesicht und flüsterte ein Gebet. Dann ging sie wie selbstverständlich zu Carl und schlief erschöpft in seinen Armen ein. In den Romanen, Filmen und Gedichten waren es die großen Gesten, mit denen Paare sich gegenseitig ihrer Liebe versicherten. Doch hier unten zwischen den Schädeln und Knochen wäre jedes melodramatische Bekenntnis lächerlich gewesen. So brauchte es nicht mehr als Nathalies selbstverständliche Bereitschaft, in Carls Armen einzuschlafen, um ihnen beiden zu versichern, was er längst geahnt, aber sich nicht eingestanden hatte: Sie gehörten zusammen. Und Liebe fragte schließlich nicht nach einem Warum. Liebe war die Antithese zu allem, was mit Gründen zu tun hatte. Sie existierte um ihrer selbst willen.

Carl, dem sein Leben ja eigentlich nichts mehr bedeutet hatte, fragte sich, was er jetzt, da es ihm doch wieder bevorstand, damit anfangen sollte. Würde sich für sie beide ein gemeinsamer Weg aus der Stadt heraus und weiter über das Meer nach Irland oder über die Berge ins nicht ganz neutrale, aber halbwegs sichere Spanien finden? So sehr er es sich wünschte, er zweifelte daran. Auf der Flucht wären sie allein sicherer als zusammen. Nur ein einziges Mal spielte er in den Katakomben mit dem Gedanken, sie alle könnten besser damit bedient sein, wenn er sich eine Kugel durch den Kopf jagte. Das wäre zwar eine egoistische Geste, doch was den eigenen Tod betraf, hatte jeder das Recht auf einen Akt der Selbstsucht. Doch Nathalies hier unten plötzlich so völlig selbstverständlich wirkende Zuwendung vertrieb jeden Gedanken an Suizid. Dennoch blieb die Frage, was er mit dem Rest seines geschenkten Lebens anfangen sollte. Nathalie verfügte immerhin über eine Heimat, die auf sie wartete und sich wohl trotz des Krieges kaum verändert hatte. Aber Carls Welt existierte nach den verheerenden alliierten Bombardements inzwischen nicht einmal mehr als Kulisse und wies allem menschlichen Ermessen nach keinerlei Zukunftsperspektive auf.

Von Perreau sahen sie während dieser Zeit nicht viel. Er war ständig in der Stadt unterwegs, organisierte und sprach mit mysteriösen Kontakten, zu denen zweifellos Lelouche ihm verhalf. Als Perreau endlich wiederauftauchte, hatte er einen Mann in Zivil dabei, der ihnen erklärte, dass er Nathalie als Bürohilfe getarnt im Zuge eines Diplomatenaustauschs in die Schweiz schmuggeln könnte. Perreau zufolge war dies ein sicherer Weg aus Paris und dem besetzten Frankreich heraus.

Nathalie bestand darauf, dass sie entweder zusammen mit Carl ginge oder eben gar nicht. Carl nahm sie beiseite und sagte ihr, dass er allein bessere Chancen habe davonzukommen und sie ihn dabei nur behindern würde. Außerdem würde er es sich nicht verzeihen, sollte ihr etwas zustoßen, wenn sie dieses narrensichere Angebot, aus dem Land herauszukommen, seinetwegen ablehnte.

Er versprach ihr, sich an die nächste irische Gesandtschaft zu wenden, um nach ihr suchen zu lassen, sobald er in Sicherheit war.

Nathalie ging. Carl sah ihr nach und war beinah sicher, dass er sie nie wiedersehen würde. Schon weil er sich kaum reelle Chancen ausrechnete, lebend aus Paris heraus zu kommen, geschweige denn jemals die Grenze nach Spanien zu erreichen.

Nach einem weiteren Tag und einer Nacht in den Katakomben – Carl war inzwischen ebenso schmutzig und abgerissen wie alle anderen hier unten – führte Perreau ihn an die Oberfläche und zu einer Garage für Lastwagen. Von hier aus gingen regelmäßige Transporte in die unbesetzten Teile Frankreichs ab.

Perreau steckte ihm eine Stange Zigaretten und zwei Beutel Goldschmuck zu, bevor sie beide sich ohne ein Wort die Hand gaben, Carl auf die Ladefläche kletterte und sich dort in einem Hohlraum zwischen der Ladung verbarg.

In Vichy, dem Sitz der nominellen Regierung des unbesetzten Frankreichs, wechselte Carl das Transportmittel und versteckte sich zusammen mit drei anderen Männern und einer eingeschüchterten Frau im Waggon eines Güterzugs, der quälend langsam nach Perpignan rollte. Hier trennten sie sich. Ein Eisenbahner gab ihm ein Fahrrad und wies ihn an, einer Straße bis zu einem Dorf namens Carsaque zu folgen, wo ihn ein Bauer erwartete, der ihm die nächste Station der Fluchtroute zeigen sollte.

Die Papiere, die er von Perreau bekommen hatte, waren im besten Falle fragwürdig. Dennoch gelangte Carl ohne Zwischenfall bis zu dem Dorf, wo er drei Tage in einem Stall verbrachte und gegen Abend beim Melken und Füttern der acht Kühe und zwölf Schweine half.

Der nächste Fluchthelfer war ein Landarzt, der ihn im Kofferraum seines Wagens ins Département Ariège an der Grenze zu Spanien transportierte.

Carl hatte nie erfahren, wie der Ort hieß, in dem der Arzt ihn an einen Schäfer übergab, der ihn zusammen mit seinem Hütehund und bewaffnet mit einer alten Schrotflinte schließlich innerhalb von achtundvierzig Stunden an den Grenzposten beider Staaten vorbei nach Spanien brachte.

Carl bot dem Schäfer einen Ring mit einem prächtigen Zweikaräter als Lohn an. Doch der Mann lehnte entrüstet ab und erklärte, er sei Schäfer und Schmuggler, aber in Kriegszeiten vor allem Patriot. Und Patriotismus ließ man sich nun mal nicht bezahlen, der steckte einem entweder im Blut oder nicht. Und wer sich dafür bezahlen ließ, seine Pflicht als Franzose für einen anderen Franzosen zu tun, der sei ein Mann, dem Gott früher oder später seine Gnade entziehen und zu einem bösen Ende führen würde.

Carl verzichtete aus naheliegenden Gründen darauf, den Mann darauf hinzuweisen, dass es in diesem Fall nur ein weiterer Boche war, für den er seine patriotische Pflicht erfüllte.

Hier in Spanien atmete die Luft sich auch nicht anders als in Frankreich, dachte Carl, während er dem Schäfer nachblickte. Und vor allem wurde hier die Frage, was er mit dem Rest seines Lebens anfangen sollte, noch um einiges akuter.

Der Schäfer hatte ihm gesagt, dass in einer der nächsten Kleinstädte ein Vetter von ihm lebte, der Carl helfen konnte, Papiere und vielleicht ja auch eine Anstellung zu finden. Dieser Vetter hieß José Emmanuel Porras und betrieb in dem Ort Meranges eine Kaschemme. *Mit Wirten*, dachte Carl, *kann ich arbeiten.*

Señor Porras war für einen Wirt zwar ein ziemlich mürrischer Geselle. Aber da Carl mit einer Empfehlung seines Vetters kam, damit sozusagen fast schon zum erweiterten Familienclan zählte – und wohl auch längst nicht der erste Flüchtling war, dem Señor Porras hier Unterschlupf gewährte –, wies er Carl eine Kammer über seiner Küche zu und beschäftigte ihn zwei Monate lang als Hof- und Küchenarbeiter. Bis er ihm andeutete, dass es besser sei weiterzuziehen, da die spanische Provinzpolizei zwar anderes zu tun hatte als Fremde aus Frankreich zu überprüfen, aber auf Druck von oben hin und wieder eben auch beweisen musste, dass man den Schutz der Grenzen nicht ganz vernachlässigte.

Die harte Arbeit auf dem Hof und in der Kleinstadtkneipe hatte Carl gnädigerweise so sehr beschäftigt und ermüdet, dass ihm nicht viel Zeit zum Grübeln blieb. Was er durchaus als Segen empfand. Doch jetzt musste er eine Entscheidung treffen, wohin er gehen sollte und was er dort mit sich anfangen könnte. Señor Porras empfahl ihm, in den Kleinstädten zu bleiben. Hier fielen die Fremden zwar mehr auf, aber hier sei die Polizei auch träger, und es bestand immer Bedarf an einem Mann, der zupacken konnte.

Carl entschied sich jedoch, in eine Großstadt zu gehen. Schon allein deswegen, weil es dort Pfandleiher gab und er immer noch über jene beiden prall gefüllten Beutel mit Goldschmuck und Edelsteinen verfügte, deren Inhalt er besser zu Geld machte. Für den Fall, dass sich einer der spanischen Polizisten auf der von oben verordneten Suche nach Exilanten mehr für Bares als für gute Worte erwärmen sollte.

Er hatte nichts von Nathalie und Perreau gehört. Doch den spanischen Zeitungen zufolge – zumindest soweit er sie verstehen konnte – ging man weiter davon aus, dass die alliierte Invasion im Frühjahr oder Frühsommer stattfinden würde.

Spanien kam Carl vor wie ein Land, das unter einen bösen Zauber gefallen war. Der Bürgerkrieg war brutal und verlustreich gewesen und lag erst wenige Jahre zurück. Es gab Orte, die die Menschen mieden, weil man dort Gräber vermutete oder sie Schauplatz von Gefechten gewesen waren. Dafür waren die Kirchen hier in der Kleinstadt regelmäßig gut gefüllt. Carl fand das nur angemessen. Jeder hier hatte wohl gute Gründe, zu seinem Gott zu beten.

Carl brach nach Barcelona auf.

In Barcelona fand er ein ziemlich verlaustes Hotel und einen verschwiegenen Pfandleiher, dessen Geschäft in derselben Straße lag. Dieser hielt Carl wohl eher für einen Kriminellen als einen Exilanten. Denn bereits nach seinem dritten Besuch fragte er ihn in gebrochenem Französisch, ob er wisse, wie man Geldschränke öffnete.

Carl kaufte sich zwei Anzüge, Hemden und Schuhe und ging zu einem Friseur, der ihm Bart und Haare stutzte, die er aus Angst, erkannt zu werden, seit seiner Flucht aus Paris hatte wachsen lassen. Er wies den Friseur an, einen Schnäuzer stehen zu lassen. Beim Blick in den Spiegel fand Carl, dass er trotz des Barts jünger und zupackender wirke. Wie ein Mann, der nicht nur wusste, dass er nichts mehr zu verlieren hatte, sondern der diese Tatsache auch genoss.

Perreaus Gold würde nicht ewig reichen, also suchte Carl nach einer Anstellung. Da er außer den hier eher nutzlosen Erfahrungen als deutscher Verwaltungsbeamter nicht viele Kenntnisse zu bieten hatte, versuchte er es als Kellner. Aber kein Restaurant zeigte Interesse an einem Mann, dessen Spanisch immer noch klang wie Rabengekrächze und der eine Schwäche im Kopfrechnen hatte.

Nachdem dieser Weg gescheitert war, verlegte Carl sich auf das einzige vermarktbare Talent, über das er verfügte, und stellte sich bei verschiedenen Plakatmalern und Anzeigenagenturen als Grafiker vor.

Er klapperte zwanzig von ihnen ab, bis er dabei auf einen Kunstmaler traf, der ebenfalls vergeblich eine Anstellung suchte und ihm vorschlug, sich doch zusammenzutun und ein eigenes Geschäft für das Malen von Kinoplakaten zu gründen.

Der Mann hieß Ronaldo Pereira und war eigentlich Portugiese. Aber er verfügte über den Vorteil, die Landessprache zu beherrschen. Selbst wenn Carl fand, dass seine Porträts berühmter Schauspieler und Sänger zu kubistisch ausfielen, um für Kinobesitzer wirklich interessant sein zu können, versuchten sie es miteinander.

Während in der Normandie die Alliierten sich Meter für Meter auf französischen Boden vorkämpften, zogen Ronaldo und Carl in Barcelona von Kino zu Kino, um ihre Dienste anzupreisen. Sie hatten nur bescheidenen Erfolg damit. Doch immerhin gelang es ihnen, zwei Besitzer kleiner Kinos davon zu überzeugen, bei ihnen Plakate in Auftrag zu geben.

Ronaldo stahl einige Hochglanzmagazine von einem Kiosk an La Rambla, in denen die aktuellen Stars und Sternchen abgebildet waren, und Carl kaufte am selben Nachmittag Farben, Papier und Pinsel. Dann machten sie sich ans Werk.

Gegen Mittag des 20. Juli 1944 schreckte Carl von seiner Arbeit auf, weil er glaubte, dass die Zeitungsjungen unten in der Straße immer wieder den Namen Hitler hinausbrüllten. Er verließ sein Zimmer und kaufte sich die Sonderausgaben sämtlicher Zeitungen, die er finden konnte. Dann ging er in ein Café, in dem den ganzen Tag lang das Radio lief.

Die ersten Meldungen waren unklar und berichteten schwammig von einem Attentat auf den kleinen Trommler in dessen Kommandostand in Ostpreußen sowie mögliche Unruhen in Berlin und Paris.

Carl betrank sich. Was sein neuer Geschäftspartner für eine ganz gute Idee hielt, sodass er es ihm gleichtat. Ronaldo glaubte, Carl sei Franzose, und dachte wohl, er trinke an diesem Nachmittag aus Hoffnung oder Solidarität.

Je düsterer die Neuigkeiten aus dem Reich wurden, umso tiefer versank Carl in sich selbst.

Einige Zeit nach Mitternacht, nachdem klar geworden war, dass Hitler überlebt hatte, rief er ein Taxi und ließ sich zu einem der Strände vor den großen luxuriösen Hotels fahren. Er fand es erstaunlich, dass er immer noch gehen konnte und der Alkohol nicht einmal stark genug gewesen war, um sein Denken auszuschalten.

Gegen ein Uhr dreißig wurde auch in Paris offensichtlich, dass der Putsch auf breiter Linie gescheitert war. Obwohl man dort im Laufe des Tages nahezu die komplette mittlere und höhere SS- und SD-Führung in den Gefängnissen von Saint-Denis und Fresnes festgesetzt hatte. Lemnitz hatte seine Aufgabe, die Pariser Polizei während des Putschversuchs zu neutralisieren, also mit Bravour erfüllt.

In dieser Nacht sah Carl keine Sterne am Himmel über Spanien. Doch er hörte das Meer, und er roch die scharfe salzige Luft, die mit den Wellen übers Land wehte. Nichts davon war Trost für ihn.

Mit dem Sonnenaufgang kroch er auf die Wellen zu, richtete sich auf und sang der gleichgültigen See aus voller Kehle das Deutschlandlied vor, während er schwankend ins Meer pisste.

Um diese Zeit war in Berlin und anderswo das Vergeltungsschlachten längst weit fortgeschritten. Stauffenberg, der Attentäter, war schon gegen Mitternacht mit dem Ausruf »Es lebe das heilige Deutschland!« im Bendlerblock vor das Erschießungskommando getreten. Carls Freund York von Trott zu Seitz fuhr ins Chat Noir, bezahlte zwei bereits recht müde Huren für »Einmal um die Welt zu dritt«, steckte sich nach dem Ende jener kurzen Reise den Lauf seiner Dienstpistole in den Mund und zog ab.

Etwa zur selben Zeit erklärten einige Fischer, die draußen mit ihren Booten vor der Promenade entlangfuhren, den einsam grölenden Mann am Strand für verrückt.

Doch Carl brüllte weiter die See an, von der er hoffte, dass sie als Grab für seine Trauer um das Land taugte, in dessen Namen so viele Millionen sinnlos getötet worden waren. Wieder erschien ihm dabei das gespenstische Bild jener enormen Wand aus Schlössern, deren Schlüssel sich im Takt immer wieder nach rechts drehten und dabei blutigen Menschenbrei im Innern der Schlösser produzierten. Dieser tropfte nun jedoch dicker und zäher aus ihnen heraus und lief bald zu einer so dicken Masse zusammen, dass er die gewaltige Wand aus Schlössern völlig bedeckte. Dennoch drehten und drehten sich die Tausende von Schlüsseln immer weiter in ihren Schlössern.

Zwei Hotelpagen, die gekommen waren, um die Strandkörbe für ihre Gäste vorzubereiten, fanden Carl ausgelaugt und weinend im Sand. Sie halfen ihm auf und brachten ihn zur Promenade zurück, wo er sich vor einer Bushaltestelle auf den Boden setzte, in die Sonne blinzelte und beschloss, dass es an der Zeit sei, die Anschrift der irischen Gesandtschaft in Madrid herauszufinden.

Paris war drei Wochen zuvor gefallen. Carl hatte das Hotel gewechselt. Zusammen mit Ronaldo hatte er zwei alte Strandkörbe geklaut und sie im Hinterhof des Hotels aufgestellt. Es lag so weit vom Meer entfernt, dass man es hier nicht mehr riechen konnte. Stattdessen stank der Hof nach altem Fisch und Brot, die in einem Blechfass nur ein paar Meter von den Strandkörben entfernt gemeinsam in der Sommerhitze vor sich hin rotteten.

Das Kinoplakatgeschäft lief inzwischen unerwartet reibungslos, seit Carl seinem Partner den Kubismus ausgetrieben hatte. Und so kamen Ronaldo und Carl zur Siesta regelmäßig hier im Hof zusammen, aßen etwas Käse und Brot, tranken Kaffee und besprachen ihre nächsten Aufträge. An diesem Nachmittag verspätete Ronaldo sich allerdings. Carl nutzte die Zeit, um darüber nachzudenken, ob er nach der irischen Gesandtschaft in Madrid auch die in Lissabon anschreiben sollte, um sich dort nach dem Schicksal einer gewissen Mrs. Nathalie Burns de Beauharnais zu erkundigen.

In dem Moment, als er die Frau in dem hellen Hosenanzug sah, die durch die schmale Hofeinfahrt schritt und jetzt aus dem Schatten in die heiße Sonne trat, wurden diese Gedanken jedoch überflüssig.

Sie trug eine große Sonnenbrille und stützte sich auf einen neuen Stock. Ihre Haare waren jetzt rötlichbraun und wirkten natürlicher. Carl hielt sie für ein Traumbild. Darum brauchte er ziemlich lange, um zu begreifen, dass sie real war.

»Ein Schnauzbart? Das kann ja wohl nicht dein Ernst sein«, sagte sie lächelnd, beugte sich zu ihm herab und gab ihm einen langen Kuss.

Obwohl draußen ein Wagen samt Fahrer auf sie wartete, gingen sie in sein Zimmer und schliefen miteinander. Keiner von ihnen verlor viele Worte dabei. Erst nachdem sie ausgepumpt, träge und nackt auf seinem Bett lagen, berichtete sie, dass Perreau nach der Befreiung von Paris zum Chef der Kriminalpolizei aufgerückt sei. Sie erzählte ihm, dass sie im Wagen eines Diplomaten über die Schweizer Grenze nach Lausanne geflohen war, wo sie einen detaillierten Bericht über den Fall Plaissier verfasst hatte, den sie über US-Diplomaten der alliierten Militärführung hatte zukommen lassen. Dort wurde er allerdings seitdem unter Verschluss gehalten.

Irgendwann gegen Abend standen sie auf. Carl konnte Nathalie nicht daran hindern, seine Bilder zu betrachten, die er in einem Nebenraum seines ziemlich großen, aber heruntergekommenen Hotelzimmers malte. In einer Ecke des improvisierten Ateliers stieß sie auf Werke, die so ganz anders waren als die Entwürfe für die Kinoauftragsarbeiten.

Bilder, die er nur deswegen gemalt hatte, um bei Verstand zu bleiben, sobald gegen Morgen die Erinnerungen und die Angst kamen. Auf ihnen war nicht mehr zu sehen als Reihen um Reihen von Kreuzen und Schlüsseln. Nathalie zog die Bilder hervor, stellte sie nebeneinander auf und betrachtete sie lange.

Carl stand in einem durchgeschwitzten Hemd und einer alten, mit Farbflecken übersäten Hose neben ihr und schwieg. Schon von Anfang an hatte er sich ein wenig vor ihrem Hang gefürchtet, jeden Menschen unwillkürlich psychologisch zu analysieren. Er fragte sich daher beklommen, was sie aus diesen Bildern wohl herauslesen mochte, die er gemalt hatte, ohne je intensiver darüber nachzudenken, warum sie so abstrakt und streng geometrisch waren.

Doch statt einer Analyse gab sie ihm einen langen Kuss und lud ihn dann zum Essen in ihrem Hotel ein, das natürlich zu den besten gehörte und über einen Blick aufs Meer verfügte. Er versprach, sie am Abend dort zu treffen, nachdem er sich frisch gemacht und in seinen guten Anzug geworfen hatte. Sie verabschiedete sich mit einem weiteren Kuss. Er blickte ihr nach, während sie den Hotelkorridor hinab zur Treppe ging, und fragte sich, ob es nicht geradezu lächerlich war, zu erwarten, dass sie bei ihm bliebe. Nachdem sie nun beide voneinander wussten, dass sie lebend und zumindest körperlich gesund aus Paris hatten entkommen können. Wer war er denn schon? Ein Mann mit Narben auf der Seele und einem Herzen voller giftiger Erinnerungen, der letztlich nicht einmal Anspruch auf irgendeine Art von Zukunft hatte.

Carl kam an diesem Tag jedoch nicht in Nathalies Zimmer an, denn eine Razzia der spanischen Polizei sorgte dafür, dass er den Abend in einer Gemeinschaftszelle mit zwanzig anderen Illegalen verbrachte. Die Guardia Civil hatte es nicht besonders eilig damit, sie zu vernehmen. Und so warteten sie alle bis weit in den nächsten Vormittag hinein in der Zelle.

Carl war überrascht, als man ihn als Ersten überhaupt aufforderte, aus der Zelle zu treten und ihn anschließend in ein Verhörzimmer führte. Dort erwartete ihn jedoch zu seiner Überraschung kein spanischer Ermittler, sondern ein Konsul der Republik Irland, der dem Polizisten erklärte, dass Carl ein Niederländer namens Straatmann sei, verlobt mit der irischen Bürgerin Dr. Nathalie Burns de Beauharnais, und bereits über ein Dampferticket nach Dublin sowie eine Einreiseerlaubnis verfüge.

Auf die deutlich missbilligende Frage des Polizisten, warum Carl ihm dies nicht schon längst mitgeteilt habe, reagierte er nur mit einem Achselzucken. Obwohl er zunächst in die Zelle zurückgebracht wurde, ließ man Carl etwa zwei Stunden später ohne weitere Formalitäten gehen.

Vor der Polizeistation fand er einen Lancia vor, in dem ihn Nathalie erwartete. Sie erklärte ihm, dass sie es durchaus vorgezogen hätte, weniger überraschend und formal ihre Verlobung anzukündigen, ihr aber nichts anderes übrig geblieben war, um ihn aus der Gewalt der spanischen Polizei zu befreien.

»Tut mir leid, ich hätte mir das ja auch etwas intimer vorgestellt«, lächelte sie, als Carl sich zu ihr in den Wagen setzte.

»Ich auch«, gab er zu.

Der Konsul reichte ihm vom Beifahrersitz einen Umschlag nach hinten. Carl öffnete ihn. Darin befand sich ein acht Jahre alter niederländischer Pass, der auf den Namen Claas Johan Straatmann ausgestellt war und in den man ein ziemlich schlechtes Foto von ihm geklebt hatte.

»Mein Hochzeitsgeschenk«, erklärte der Konsul. »Ein bisschen verfrüht, aber in Zeiten wie diesen muss man schon mal Kompromisse machen.«

Carl steckte den Pass ein. »Es ist mir ja peinlich, Monsieur, aber ich habe vorhin Ihren Namen wohl nicht richtig verstanden«, sagte er.

Der Konsul lächelte und reichte Carl die Hand. »Das macht nichts, Mister Straatmann. Ich bin Aaron Banks. Nice to meet you, Sir!«

Ein jüdischer Name. »Aaron?«, fragte Carl, während er über die Lehne des Beifahrersitzes hinweg die Hand des Konsuls schüttelte.

»Yes, Sir. Ich nehme an, Sie verstehen, weshalb ich etwas gegen Nazis und Gefängnisse habe.«

»Deine neuen Papiere sind perfekt«, sagte Nathalie. »Wir könnten in einer Stunde im Konsulat heiraten.«

Carl schaute auf die Straße hinaus, die in müder mittäglicher Stille lag. Irgendwo weit dahinter und jenseits der Mauern aller umliegenden Häuser, die ihm plötzlich erschienen wie die Wände einer neuen, anderen und größeren Art von Gefängniszelle, lag das Meer. Unbezähmbar, unerreichbar, aber trotzdem vorhanden.

»Verdammt, eigentlich ist es ja wohl üblich, dass der Mann den Antrag macht!«, entgegnete er.

»Hauptsache ist, dass du Ja sagst!«, lachte Nathalie und drehte dabei fröhlich ihren Stock.

Der Wagen fuhr los.

44

Sobald die Tür hinter Inspector Dermot Lynch ins Schloss fiel, lehnte McGuiness sich dagegen und schaute leicht angewidert zu Straatmann herüber. »Natürlich haben Sie sich damals vertan, oder, Straatmann? Denn dieser Mörder war nicht tot, wie Sie glaubten. Sonst säßen wir alle nämlich nicht hier in der Provinz und ärgerten uns über unsere trockenen Kehlen.«

»Das ist doch klar, McGuiness! Dieser Mörder ist der Tote drüben in der Kapelle!«, regte Broi sich auf.

»Sehr richtig«, bestätigte Straatmann leise.

McGuiness nahm sein Einverständnis zur Kenntnis, aber schien damit längst noch nicht zufrieden zu sein. »Sie haben Broi und mich hierher geholt, weil Sie von Ihrer Frau wussten, dass wir beide früher auch nicht gerade Unschuldsknaben waren. Das lasse ich Ihnen auch durchgehen. Das ist nur fair für einen Mann in Ihrer Situation. Aber dieses Monster kam bestimmt nicht zufällig nach Irland, lief Ihnen ausgerechnet hier am Arsch der Welt über den Weg und entschloss sich dann spontan dazu, Sie zu beseitigen, bevor Sie auf die Idee kommen, Ihren Freund Perreau hier darüber zu informieren, dass manche Totgeglaubte eben doch noch ein Weilchen länger auf Gottes grüner Erde wandeln, als man es für wünschenswert halten sollte! Sie haben ihn hierher gelockt und dann erschossen. Was nach meiner bescheidenen Rechtsauffassung einen glasklaren Mord darstellt.«

»Und was jetzt, McGuiness?«, fragte Broi in die betretene Stille hinein, die auf die Anschuldigungen des Anwalts folgte. »Erwartest du, dass ich Straatmann nach Dublin bringe und einen Haftbefehl beantragen lasse?«

Perreau trommelte einige Male nervös mit den Fingern auf dem Tisch herum. »Dann sollten Sie allerdings auch einen Haftbefehl für mich beantragen, Monsieur. Denn der Plan für die Falle, die wir dem Mörder gestellt haben, stammt von mir«, sagte er.

Straatmanns Blicke hefteten sich auf Brois Gesicht. Immerhin, dachte er, war bis hierher alles ganz genau so gekommen, wie Perreau und er sich das ausgemalt hatten. Die Iren hatten jede ihrer Lügen widerspruchslos geschluckt. Und damit, dass sie so unbedarft wären, sie nicht wenigstens teilweise zu durchschauen, hatten weder Monsieur le Commissaire noch er selbst je ernsthaft gerechnet.

»Weshalb hast du den Inspector rausgeschickt?«, fragte Broi ungehalten.

»Weil er naiv ist. Und du bist es auch manchmal. Der Junge würde Straatmann doch sofort anklagen lassen, sollte sich sein Verdacht erhärten, dass er einen Mord begangen hat. Aber das würde einen Skandal geben, wie wir ihn lange nicht hatten. Außerdem bezweifle ich, dass man Straatmann überhaupt verurteilen würde.«

»Holy Mother of Christ, McGuiness«, knurrte Broi. »SS-Offiziere, die sich in Irland verstecken, und Pariser Mörder, die ihre Opfer zu Dioramen arrangieren, das gäbe wirklich ein gefundenes Fressen für die Presse ab!«

Dermot hatte in der Wachstube Constabler McGready beiseitegenommen, der ihm berichtete, dass er auf seine Anfragen an die beiden Botschaften lange keine Antwort erhalten habe. Deswegen hatte er sich schließlich dazu entschieden, dort anzurufen, um sicherzugehen, dass man seine Telegramme nicht übersehen oder in die falschen Eingangsordner sortiert habe.

Doch in beiden Botschaften beschied man ihn, dass gegen einen ehemaligen Obersturmbannführer Carl von Maug nichts vorläge.

Dermot schickte ihn enttäuscht los, um McGuiness' Bier zu holen, stellte sich ans Fenster und schaute schweigend in den Nachmittag hinaus.

In Dermots Büro griff Perreau nach seiner Aktentasche, legte sie auf den Tisch und zog zwei in rote Pappdeckel eingeschlagene Dossiers hervor. »Bevor Sie Ihre Entscheidung treffen, bitte ich Sie, einen Blick hier hineinzuwerfen«, forderte er die beiden Iren auf.

Broi zögerte sichtlich, nach den Dossiers zu greifen. Was weder Straatmann noch Monsieur le Commissaire ihm verdenken konnten.

»Fuck!«, rief McGuinnes aus, sobald er die ersten der Fotos darin gesehen und an Assistant Commissioner Broi weitergegeben hatte.

Dermot hatte in der Wachstube inzwischen die Akte Straatmann aus dem Schrank genommen und begonnen, sie zum hundertsten Mal auf irgendein Detail hin durchzuschauen, das er bisher übersehen haben konnte. Er war sich dabei durchaus im Klaren darüber, dass er dies im Grunde nur aus purer Abneigung und Eitelkeit tat. Denn er zweifelte nicht mehr daran, dass Straatmann von Anfang an damit gerechnet haben musste, Broi und dessen alten Attentäterkameraden McGuiness auf seine Seite ziehen zu können, woraufhin sie ihm ein Ticket in die Freiheit ausstellen würden. Nur war für Dermot Mord eben Mord, ganz gleich, welcher Verbrechen sich das Opfer schuldig gemacht hatte. Und dass es sich bei dem Toten in der Friedhofskapelle von Ennis nur um jenen Mörder aus Paris handeln konnte, davon war Dermot inzwischen restlos überzeugt.

»Ich könnte Sie selbstverständlich nicht daran hindern, ein Mordverfahren gegen Monsieur Straatmann anzustrengen, Gentlemen. Selbst wenn ich an dessen Ausgang so meine Zweifel hätte«, sagte Perreau. »Nur fragt sich ja, ob ein solches Verfahren wirklich nötig ist, wenn man bedenkt, wer oder was der Mann war, den er getötet hat. Wie sagt man doch? Gottes Wege sind unergründlich. Was ja nicht heißen muss, dass sie nicht hin und wieder eben doch in Gerechtigkeit münden.«

Broi warf Perreau einen giftigen Blick zu. »Soll heißen, wir überlassen besser jeden Mörder der göttlichen Gerechtigkeit statt der irdischen Gerichtsbarkeit?«

»Nur in den Fällen, in denen es wirklich angebracht ist«, entgegnete Straatmann.

Der Assistant Commissioner schaute Perreau kalt an.

45

Carl hatte immer eine gefährlich romantische Vorstellung davon gehabt, was Liebe sei und wie sich das Zusammenleben zweier Menschen innerhalb einer Ehe gestalten sollte. Nathalie stellte diese rücksichtslos auf den Kopf. Zwar versprach sie, ihm treu zu sein, bestand aber darauf, dass sich das nicht unbedingt auch auf Sex bezog. Den betrachtete sie auch nach ihrer Heirat als einen schönen Zeitvertreib, sah ihn aber als nichts an, dem man darüber hinaus ein größeres Gewicht beimessen sollte. Außerdem erwartete sie gar nicht, dass er etwas zum Familieneinkommen beitrug. Geld verdiente sie selbst genug mit einer Praxis in Dublin und ihrer Tätigkeit als psychologische Gutachterin für verschiedene Krankenhäuser. Davon abgesehen, hatte sie von ihrem ersten Mann einige Ländereien und sogar ein kleines Schlösschen in Frankreich geerbt, die ihr ein ganz bequemes Einkommen sicherten, auch wenn sie selbst keinen Penny verdient hätte. Sie fand Carls Versuche, an ein eigenes Einkommen zu kommen, eher amüsant. Umso erstaunter war sie, als es ihm schließlich tatsächlich gelang, einen Galeristen in Dublin für die Porträts und Landschaften zu interessieren, die er gleich nach seiner Ankunft in Irland zu malen begonnen hatte.

Nathalie mochte das Haus in Doolin, das sie von einer Tante geerbt hatte, aber verbrachte wesentlich weniger Zeit dort als Carl, der es sogleich in sein Herz geschlossen und Teile davon zu einem Atelier umfunktioniert hatte.

Nathalie war eine gefragte Expertin und viel unterwegs, auch wenn ihre Arbeit im erzkatholischen Irland umstritten war.

Nur ein einziges Mal besuchte sie mit ihrem frischgebackenen Gatten das Haus ihres Vaters am Stadtrand von Dublin. Carl war gespannt darauf gewesen. Aber letztlich war er enttäuscht von dem Mann, der sich als still und mürrisch erwies und allein mit einer um viele Jahre jüngeren Haushälterin in dem großen Haus lebte, die, wie Nathalie andeutete, durchaus auch andere Dienstpflichten erfüllte, als ihm nur das Haus zu führen.

Im Frühjahr 1946 fand eine Gemeinschaftsausstellung aufstrebender Künstler in einer recht bekannten Galerie in London statt, zu der man auch den vermeintlich niederländischen Maler Claas Straatmann aus Irland einlud.

Carl befürchtete, dass er sich damit zu sehr exponieren könnte. Schließlich waren die Nürnberger Prozesse noch im Gange und zeigten der Welt eine Gräueltat der Naziführung nach der anderen. Wer wusste schon, ob man nicht nach einem gewissen Obersturmbannführer Carl von Maug fahndete, sei es um ihn anzuklagen oder als Zeugen anzuhören?

Doch Nathalie drängte ihn, an der Ausstellung teilzunehmen. Im Grunde sei es ein wohlverdienter Urlaub, wenn sie einige Tage zu zweit in London verbringen könnten, ohne ihre ermüdende Arbeit. So sehr er Doolin und Dublin auch mochte, heimlich sehnte sich Carl tatsächlich danach, wieder einmal etwas Zeit in einer echten Metropole zu verbringen. Also bestiegen sie zusammen die Fähre nach Liverpool und fuhren von dort mit dem Nachtzug nach London. Die Stadt kam ihm jedoch enttäuschend grau, verzagt und elend vor und entsprach ganz und gar nicht seinen Erwartungen an die Hauptstadt einer Nation, die sich immerhin zu den Siegern des gewaltigsten Krieges der Menschheitsgeschichte zählen durfte.

Die Vernissage erwies sich für die Galerie und die präsentierten Künstler jedoch als Erfolg, was vor allem an einer Handvoll amerikanischer Sammler lag, die sich über die niedrigen Preise wunderten und kräftig einkauften.

Carl und Nathalie kehrten erst spät an diesem Abend ins Hotel zurück. Dennoch bestand Nathalie darauf, noch einen Drink an der Bar zu nehmen.

Dort saß Perreau und machte so gar nicht den Eindruck, als sei er nur zufällig in diesem Hotel und in dieser Stadt. Zumal Monsieur le Commissaire außerdem auch gar nicht so wirkte, als sei er wegen ihres Wiedersehens in der Stimmung für Champagner und Umarmungen.

Carl nahm Perreau nicht übel, dass er hier aufgetaucht war. Doch er empfand es als Verrat, dass Nathalie ihn nicht darüber informiert hatte. Denn es war offensichtlich, dass sie dieses Treffen arrangiert haben musste.

»Was soll das, Nathalie?«, fragte er wütend.

»Madame hat nichts damit zu tun. Aber Sie haben sich damals in Paris geirrt, Monsieur«, sagte Perreau. »Da ist noch etwas offen, das wir erledigen müssen. Sie und ich«.

Perreau bestellte Champagner, der auch umgehend geliefert wurde. Die Londoner Barkeeper waren auf Zack, das musste man ihnen lassen.

»Das Einzige, was Sie Ihrer Gattin vorwerfen dürfen, ist, dass sie weiterhin mit mir in Kontakt blieb, selbst nachdem sie so tollkühn gewesen war, ausgerechnet Sie zum Altar zu führen.«

Carl beruhigte sich wieder und trank von dem Champagner. Er hatte in Irland ein neues Leben begonnen, und Perreau war ein wichtiger Teil eben jener Zeit, die er hinter sich lassen wollte. Weswegen er niemals wieder versucht hatte, mit ihm Kontakt aufzunehmen.

Monsieur le Commissaire zeigte Carl ein etwas verwackeltes Foto. »Erkennen Sie ihn, Monsieur? Dieser Mann ist eine Gefahr für uns alle. Er hat damals versucht, uns auszuschalten und er wird es wieder tun. Jetzt hat er sogar noch mehr zu verlieren als damals in Paris.«

Carl hielt sich an seinem Glas fest

»Jesus wept, Carl. Schau hin. Trägt er etwa eine Polizeiuniform?«, flüsterte Nathalie überrascht.

Der Mann auf dem Foto trug tatsächlich die Uniform eines Polizeipräsidenten, und er war zusammen mit dem niedersächsischen Ministerpräsidenten abgelichtet worden, wie Perreau erläuterte. »Mir sind die Hände gebunden. Die Deutschen halten zusammen und wollen von Nazis nichts mehr hören. Die Besatzungsbehörden haben mir auch signalisiert, dass sie seinetwegen nicht ihr Verhältnis zur Bundesregierung gefährden wollen. Doch er weiß inzwischen, dass Nathalie und ich überlebt haben. Er wird vielleicht auch schon ahnen, dass dasselbe für Sie gilt. Und wir drei sind die Einzigen, die bezeugen können, was er in Plaissiers Haus getan hat. Wir sind eine ständige Gefahr für ihn.«

Carl glaubte Perreau jedes Wort. Sie waren wirklich in Gefahr, solange dieser Mann am Leben blieb, diese Uniform trug und über die Macht verfügte, die mit ihr einherging.

»Carl? Jetzt sag doch was …«, stieß Nathalie ihn an.

Er hob sein Champagnerglas und trank. »Was schlagen Sie vor, Perreau? Dass wir einen vorsorglichen Mord begehen?

Auf westdeutschem Boden und ausgerechnet an einem Polizeipräsidenten?«

Perreau hatte schon darüber nachgedacht, wie dieser Mord sich bewerkstelligen ließe, und legte den beiden seinen Plan in allen Einzelheiten dar. Überraschenderweise spielte ausgerechnet Carls ehemaliger Bursche Heinz Becker eine wichtige Rolle darin.

Carl schenkte allen nach und erhob sein Glas. »Wenn wir schon gemeinsam einen Mord planen, Perreau, sollten wir uns endlich auch duzen!«

46

»Hier! Ich habe das Geld erst einmal ausgelegt …«, erklärte Constabler McGready und stellte vier Flaschen Ale und einen Zweiliterkrug Guinness auf den Tisch der Wachstube.

Doch Dermot hörte ihn kaum, denn er glaubte endlich etwas gefunden zu haben, das Straatmanns Aussage zum Hergang der Schießerei vor seinem Haus widersprach. Denn so wie die Dinge nun mal lagen, konnte seine tödliche Auseinandersetzung mit dem Mann in der Friedhofskapelle gar nicht so stattgefunden haben, wie Straatmann behauptete. Dieser Mann war einmal Polizist gewesen. Selbst wenn er ständig betonte, dass er eigentlich nie mehr gewesen sei als ein Bürohengst, glaubte Dermot, dass er übertrieb. Straatmann hatte angegeben, von dem Angreifer überrascht worden zu sein und dessen Feuer daraufhin von seinem Haus aus erwidert zu haben, wobei er den Mann mehrmals am Oberkörper traf. Angesichts Straatmanns ursprünglicher Angabe, Kunstmaler zu sein und nie am Krieg teilgenommen zu haben, hatte Dermot ihm dies auch geglaubt. Kunstmaler hatten in der Regel keine Erfahrungen mit Schusswaffen.

Doch da Straatmann in Wahrheit Polizist und überdies Kriegsteilnehmer gewesen war, erschienen Dermot seine Angaben zum Hergang des Angriffs in einem neuen Licht. Denn sollte er *gewusst* haben, dass er mit einem Angreifer rechnen musste, entsprach seine Verteidigung bis ins letzte Detail exakt dem, was auch Dermot selbst an Straatmanns

Stelle getan hätte. Das heißt, er hätte den Angreifer ebenfalls unbehelligt genauso weit ans Haus herankommen lassen und ihn dann mit exakt derselben Anzahl von Schüssen exekutiert.

Dermot war mehr denn je davon überzeugt, dass Straatmann ein eiskalter Mörder war, der den Mann in der Kapelle erwartet und dann erschossen hatte. Die Schüsse, die der Angreifer angeblich auf ihn abfeuerte, hätte Straatmann auch mit dessen Waffe abgeben können, nachdem er den Angreifer bereits getötet hatte.

Es wäre zwar nicht einfach, das vor Gericht zu beweisen, dachte Dermot. Aber völlig ausgeschlossen erschien es ihm auch nicht. Und ganz gleich, wer der Mann gewesen war, den Straatmann getötet hatte, und ob es sich bei ihm, wie Dermot vermutete, um den Pariser Killer handelte oder nicht – ein Mord blieb ein Mord.

Straatmann und dieser seltsame Franzose mochten Assistant Commissioner Broi ja bisher ganz schön eingewickelt haben, dachte er. Doch konkrete Hinweise auf einen Mord konnte Broi nicht so einfach ignorieren.

Dermot sah zu dem Bier auf dem Tisch. »Schon gut, ich nehme das gleich selbst mit hinein.«

47

Seit ihrer Reise nach London hatte Carl zu Nathalies Ärger viel Zeit allein in Doolin verbracht, um neue Bilder zu malen, die sein Galerist an Amerikaner verkaufte, welche hin und wieder von Großbritannien aus nach Dublin herüberkamen und für Souvenirs ordentlich in die Tasche griffen. Also war sie überrascht, dass Carl sie eines Tages in Dublin vor der Universitätsbibliothek erwartete, wo sie einige Recherchen betrieben hatte.

Carl nahm sie in den Arm. »Perreau hat begonnen, unser Vorhaben umzusetzen. Es wird gefährlich für dich in Europa. Ich habe der Boston University ein Telegramm geschickt. Sie wären glücklich, wenn du für ein Semester bei ihnen Vorlesungen über Sexualtherapie hältst. Irgendwie bekommen sie das Geld für die Überfahrt schon zusammen, meint der Dekan der psychologischen Fakultät.«

Sie war überrascht, aber auch deutlich verärgert. »Als ob das Geld ein Problem wäre. Wie kannst du erwarten, dass ich nach Amerika fliehe, wenn ihr ihn tötet?«

»Wir wissen nicht genau, wann er hier auftaucht, und ich kann dich nicht rund um die Uhr im Auge behalten«, antwortete Carl. »Aber dass er kommen wird, steht fest, schreibt Heinz Becker aus Hannover.«

Nathalie wusste, was das bedeutete. Sie hatte schließlich zusammen mit Carl und Perreau den Mordplan entwickelt, der jetzt seinen Höhepunkt erreichen würde.

Nach Carls Verschwinden hatte der SD Heinz Becker zwar verhört, war aber zu dem Schluss gekommen, dass er nichts dazu beitragen konnte, das Rätsel um das plötzliche Verschwinden des Obersturmbannführers Carl von Maug zu lösen. So ließ man ihn wieder gehen, versetzte ihn aber in eine Meldeeinheit, die am Atlantikwall diente. Heinz überlebte die ersten schweren Kämpfe nach der alliierten Invasion, aber wurde verwundet und Ende Juli von britischen Truppen gefangen genommen. Sobald sie ihn im Herbst 1945 wieder gehen ließen, wandte er sich an den Suchdienst des Roten Kreuzes, um seine Geliebte, die Bouquinistin, zu finden.

Als das gelang, fuhr er nach Paris zurück, wobei er ins Fadenkreuz von Perreaus Kriminalpolizei geriet, die so gut es ging ein Auge auf jeden aktenkundigen Boche hatte, der versuchte, in die Stadt zurückzukehren.

Perreau ließ Heinz festnehmen und vorführen, wobei er feststellte, dass Heinz tatsächlich harmlos war, aber auch erschüttert über die Nachrichten aus den Vernichtungslagern. Seine Geliebte wollte außerdem nichts mehr von ihm wissen, nachdem sie in den ersten Tagen nach der Befreiung von Paris als »horizontale Kollaborateurin« von einem Mob ergriffen und in aller Öffentlichkeit kahlgeschoren und durch die Straßen getrieben worden war.

Weil Perreaus Behörde auch die Fahndung nach untergetauchten Nazis und prominenten Kollaborateuren oblag, rekrutierte er Heinz Becker als Informanten und schickte ihn mit dem Auftrag nach Deutschland zurück, sich dort nach untergetauchten Nazigrößen umzuhören, die während des Krieges im besetzten Frankreich gewütet hatten. Ganz oben auf der Liste stand zwar Klaus Barbie, der »Schlächter von Lyon« und andere prominente Massenmörder in Uniform.

Aber der reinen Vollständigkeit halber hatte man auch sämtliche einschlägig bekannten Nazis darauf aufgeführt, die entweder als vermisst oder möglicherweise untergetaucht galten. So dass sich dort auch der Name Lochmann fand. Denn der galt seit der Befreiung von Paris als vermisst, wenn man auch allgemein davon ausging, dass er tot sei.

Heinz Becker war nur einer von vielen Boches, die von den Franzosen engagiert worden waren, um in der Heimat nach Kriegsverbrechern zu suchen.

Perreau und seinen Kollegen war klar, dass sie die Obergs und Knochens nur schwerlich überführen könnten, weil die Schreibtischhengste gewesen waren, deren Tatwaffen aus Bleistiften, Löschpapier und Rheinmetall-Schreibmaschinen bestanden.

Doch sie hofften darauf, dass sie immerhin die Männer finden und zur Verantwortung ziehen konnten, die unter ihnen gedient und ihre blutigen Befehle umgesetzt hatten. Also all die Müllers, Schneiders, Lehmanns und Kanopkes, die die Folterkeller bestückt und dort Menschen mit Schlägen, Tritten und Elektroschocks zu Wracks gemacht hatten. Und wer wusste schon, ob nicht einer von denen seine Haut zu retten versuchte und gegen seine früheren Vorgesetzten aussagte?

Heinz Becker kannte aufgrund seines Dienstes bei Carl sowohl die Spitzen der Pariser Gestapo, der SS und des SD als auch deren Unterlinge persönlich, ohne sich damals selbst die Hände wirklich schmutzig gemacht zu haben. Er war daher ein guter Fang als Informant, wie Perreau das nannte.

Und eines Tages meldete sich Heinz Becker tatsächlich, um Perreau mitzuteilen, dass er in Hannover Polizeibeamter geworden sei und dort während der Einschwörungszeremonie für neue Beamte auch den Polizeipräsidenten Dr. Egon-Jürgen Knaup getroffen habe. Aber, dass der ihn doch sehr an den seit den Kämpfen um Paris vermissten Kriminaldirektor Lochmann erinnerte.

Perreau war zunächst skeptisch. Aber er bat Heinz entweder ein Foto oder einen Fingerabdruck von Knaup zu beschaffen.

Was Heinz auch gelang.

Angeblich war Dr. Egon-Jürgen Knaup ein Kriminalkommissar im Reichssicherheitshauptamt in Berlin gewesen, der dort für Schwerverbrechen zuständig gewesen war und nach dem Krieg aus Berlin in die britische Besatzungszone floh, wo er als erfahrener Beamter mit Persilschein rasch Karriere im Polizeidienst machte.

Perreau überprüfte die von Heinz gelieferten Fingerabdrücke. Sie schlossen jeden Zweifel aus. Knaup war mit Lochmann identisch.

Nachdem Heinz den Beweis dafür erbringen konnte, drängte Perreau aufgeregt die Pariser Staatsanwaltschaft, Lochmanns Auslieferung zu beantragen. Doch die hielt ihn mit allerlei bürokratischen Spielchen hin, bis einer der Ermittlungsrichter Perreau beiseitenahm und ihm erklärte, dass aus politischen Gründen auf absehbare Zeit kein französischer Richter oder Staatsanwalt gegen einen deutschen Beamten vorgehen würde, der das Vertrauen einer der übrigen alliierten Besatzungsmächte genoss. Zumal es zwischen den Besatzungsmächten sowieso juristisch umstritten war, aufgrund welcher Rechtslage ein vermeintlicher Kriegsverbrecher nach Frankreich ausgeliefert und da angeklagt werden könne.

Perreau war ausgebremst worden. Er ließ sich davon allerdings nicht aufhalten und entwickelte einen Plan, wie er

Lochmann nun eben anders als auf den offiziellen Wegen zur Verantwortung ziehen könne.

Heinz Becker berichtete, dass Lochmann in Hannover wie die Made im Speck lebte und die oberen Etagen der neuen Polizeibehörden unbehelligt mit ehemaligen Kameraden auffüllte, die ihm alle treu ergeben und dankbar waren. Außerdem war er sehr vorsichtig, rührte sich nie aus seinem Landkreis heraus und vermied die überregionale Presse, wo es nur ging.

Perreaus Plan beruhte nun einmal darauf, Lochmann aus seiner Höhle heraus auf für ihn unsicheres Terrain zu locken.

Doch was Heinz Becker für Lochmanns professionelle Vorsicht hielt, interpretierte Perreau als Angst. Er bat also bei ihrem Treffen in London Carl darum, seinem ehemaligen Burschen einen Brief nach Hannover zu schreiben, aus dem neben Carls wahrer Identität auch die Adresse seines Hauses in Doolin hervorging. Aber in dem er vor allem seine Absicht andeutete, demnächst nach Paris zurückzukehren, um dort in einem Ermittlungsverfahren zu seiner Rolle im Pariser SD und zu der einiger hoher Gestapo-Beamter auszusagen.

So erwähnte einige Wochen später der kleine Streifenbeamte Heinz Becker am Rande einer Veranstaltung des Polizeisportvereins gegenüber seinem Chef, dass er eine Nachricht von seinem ehemaligen Vorgesetzten Carl von Maug erhalten habe, den es ausgerechnet nach Irland verschlagen hätte, nachdem er aus undurchsichtigen Gründen seinerzeit aus Paris hatte fliehen müssen und jetzt beabsichtigte, dahin zurückzukehren, um eine Aussage zu machen.

Lochmann konnte natürlich nicht sicher sein, ob Heinz die Wahrheit sagte und der untergetauchte Obersturmbannführer Carl von Maug tatsächlich aus der Versenkung wiederaufgetaucht war, um bei den französischen Behörden auszusagen.

Nathalie nahm Carls Hände in ihre und küsste sie.

»Was ist, wenn er nicht alleine kommt? Oder zu einem Zeitpunkt, an dem er euch überrumpeln und töten kann?«, fragte sie leise.

»Er kann nicht riskieren, dass es einen Zeugen gibt. Und wir werden zu zweit sein, Perreau und ich. Das haben wir doch alles schon so oft besprochen«, antwortete Carl.

Rundum fluteten unbekümmert schwatzende Studenten aus den alten Gebäuden auf den Campushof. Nathalie stützte sich auf ihren Stock und sah ihnen nachdenklich zu.

»Selbst falls alles gut geht, ist da immer noch die Polizei, Carl. Du brauchst mich, um ihnen glaubhaft zu machen, dass du aus Notwehr gehandelt hast. Jeder Polizist wird verstehen, dass du einen Fremden tötest, der versucht, in dein Haus einzudringen, während deine Frau darin schläft. Das passt einfach zum Charakterprofil von Männern, die Polizisten geworden sind. Aber wenn ich in Amerika bin, könnte es sein, dass sie euch auf die Schliche kommen und du zusammen mit Bruno wegen Mordes im Gefängnis landest.«

»Deswegen haben wir doch abgemacht, es drüben in Doolin zu tun, nicht hier in Dublin, wo die Polizei besser ausgestattet und ausgebildet ist«, antwortete er.

»Nicht alle Provinzpolizisten sind Idioten.«

48

Vor etwa zehn Minuten hatte Dermot in seinem Büro darauf bestanden, den Assistant Commissioner allein sprechen zu dürfen, war dann mit ihm in die Wachstube getreten, hatte seine etwas überraschten Beamten hinausgeschickt und Broi anschließend ausführlich auseinandergesetzt, weshalb er sicher war, dass Straatmann ein kühl kalkulierender Mörder sei. Er legte dabei besonderen Wert darauf, Broi begreiflich zu machen, dass es zwar kompliziert wäre, Straatmann den Mord nachzuweisen, er allerdings dazu verpflichtet war, es dennoch zu versuchen. Immerhin war Straatmann ein Nazi und ein Mörder und schon allein deswegen äußerst gefährlich. Wer konnte schon sagen, ob er nicht wieder tötete, sollte er mit diesem Mord ungestraft davonkommen?

Broi unterbrach Dermots Ausführungen mit einer Haltung und einem Blick, die besagten, dass er ihm damit sogar einen Gefallen erwies. »Sparen Sie sich den Rest Ihres Vortrags, mein Junge. Ich weiß, dass Straatmann diesen Mann vorsätzlich getötet hat. Er hat es nämlich gerade nebenan in Ihrem Büro zugegeben.«

Das verblüffte Dermot, der nicht damit gerechnet hätte, dass Straatmann so rasch einknicken würde. »Er hat es zugegeben?«, fragte er. »Sie meinen ein offizielles Geständnis?«

»Es ist sogar schlimmer als das, denn Perreau hat ihm dabei assistiert. Soweit ich das verstanden habe, hat der Franzose nämlich persönlich dafür gesorgt, dass Straatmann den

Toten vor seinen Pistolenlauf bekam, um ihn dann abzuschießen.«

Dermot kostete das Triumphgefühl voll aus, das ihn nach Brois Worten überlief, und schämte sich auch nicht, ihm das offen zu zeigen. »Dann soll ich Perreau wegen Beihilfe zum Mord also ebenfalls festnehmen, Sir?«

Broi schüttelte den Kopf. »Ich ahne ja, was Sie jetzt von mir halten, Inspector. Aber in dieser Sache bleibt mir nichts anderes übrig, als ein Auge zuzudrücken. Hier wird heute keiner festgenommen. Im Gegenteil, ich erwarte, dass Sie Straatmann sofort auf freien Fuß setzen!«

»Sir, das kann doch nicht Ihr Ernst sein?!«

»Mein voller Ernst, Inspector!«, antwortete der Assistant Commissioner. »Ihnen ist inzwischen klar, wen Perreau und Straatmann da erschossen haben, oder?«

»Diesen Mörder aus Paris?«

»Sehr richtig, Inspector.«

»Aber Mord bleibt ja trotzdem Mord, Sir. Ganz egal, ob das Opfer ein Monster war. Wir können einen Mord doch nicht einfach so unter den Teppich kehren!«

»*Wir* tun das auch gar nicht, mein Junge. Sondern *Sie*. Ich kann Ihnen ja schwer befehlen, einen Mordfall zu vertuschen und sich damit strafbar zu machen …«

»Dann werde ich das auch nicht tun, Sir! Bei allem gebührenden Respekt …«, antwortete Dermot und ertappte sich dabei, eine beinah militärische Haltung angenommen zu haben.

49

Perreau war auf dem Motorkutter eines bretonischen Fischers nach Irland gekommen, hatte sich am Strand von Carl abholen lassen und war dann gemeinsam mit ihm fast vierzig Kilometer durch Dunkelheit und Regen über schmale Feldwege nach Doolin geradelt, wo Carl ihn in seinem Atelier unterbrachte.

Nathalie hatte ihnen Vorräte für eine ganze Woche eingekauft, und Carl ging davon aus, dass Perreau diese schon zu etwas verrühren würde, was man als Nahrung betrachten konnte. Immerhin war der Mann Franzose und verstand etwas von gutem Essen. Nur stellte sich heraus, dass Perreau noch schlechter kochen konnte als Carl. Aber zum Glück war er für einen Pariser auch erstaunlich genügsam, was die Qualität seiner Mahlzeiten anging.

Laut Heinz Beckers letzter Nachricht hatte Lochmann sich für diese Woche vom Dienst entschuldigt, da er angeblich an der Beerdigung einer Verwandten in Oberbayern teilzunehmen hätte und zusätzlich deren Nachlass auflösen müsse. Perreaus und Carls Einschätzung zufolge würde Lochmann mindestens zwei, eher schon drei Tage brauchen, um die Strecke von Niedersachsen nach Irland zurückzulegen. Vorsorglich war Perreau allerdings bereits achtundvierzig Stunden früher in Doolin eingetroffen und bestand darauf, die Tage damit zu verbringen, an dem einsamen Strand in der Nähe des Hauses Carl Lektionen im Schießen zu erteilen. Perreau berichtete an einem jener Abende, nachdem sie ihr ganz und gar nicht appetitliches Dinner eingenommen hatten, von seiner Zeit im Untergrund und darüber, wie er gemeinsam mit Lelouche an den Kämpfen in Paris teilgenommen und dabei beinah von einem amerikanischen GI getötet worden war, der ihn für einen jener Heckenschützen hielt, welche die Wehrmacht zurückgelassen hatte, um ihren Rückzug aus der Stadt zu decken.

Keiner von ihnen rührte in solchen Nächten Alkohol an, und sie verbrachten die meiste Zeit abwechselnd auf Wache hinter der Haustür der kleinen Halle.

Trotz ihrer neu gefundenen Vertraulichkeit kamen zwei Themen während ihrer Unterhaltungen niemals zur Sprache: Carls Ehe mit Nathalie und Bela Ayrols Tod in dem Mörderhaus in Paris. Dafür war Perreau bereit, endlich über ein Rätsel zu sprechen, das Carl bisher nie befriedigend hatte lösen können.

»Woher ich Nathalie kannte?«, fragte Perreau an diesem Abend. »Ich ging davon aus, dass du es wissen müsstest, ihr seid schließlich verheiratet.«

»Sie spricht nicht darüber. Nicht mit mir jedenfalls«, antwortete Carl etwas unsicher.

»Sie hat in Paris Informationen über die Deportationen im Reich und aus dem besetzten Frankreich gesammelt und diese dann an die Alliierten und das IKRK in Genf weitergeleitet. Es hat sie beinah um den Verstand gebracht, dass das Rote-Kreuz-Komitee in Genf nichts unternahm, um die Deportationen und Morde zu stoppen. Wir haben nach der Befreiung von Paris Teile eines Gestapo-Archivs gefunden. Obwohl sie die Hauptakten vernichteten oder wegbrachten, blieben die Handakten und der Zettelapparat erhalten. Die

Akte deiner Frau enthielt fast dreihundert Dokumente und Fotos. Lochmann und Oberg wussten ganz genau, was sie tat, aber in Berlin hinderte man sie daran, Nathalie aus dem Verkehr zu ziehen. Himmler persönlich hat im Januar '44 einem Haftbefehl gegen sie widersprochen. Vielleicht hat er ja damals schon geahnt, dass er das Internationale Rote Kreuz später noch mal brauchen würde. So falsch lag der Reichsheini damit auch gar nicht, denn soweit wir wissen, sind später eine Menge Nazis mithilfe des Roten Kreuzes und der katholischen Kirche nach Spanien, Nordafrika und Südamerika entkommen.«

»Und du?«, fragte Carl nach einiger Zeit. »Du hast also von Anfang an für die Gegenseite gearbeitet?«

Perreau wiegte den Kopf und pulte sich mit einem Zahnstocher zwischen den Zähnen herum. »Bela und ich haben eine Résistancezelle innerhalb der Kripo geführt. Und jetzt tu gefälligst nicht so, als sei das eine Überraschung für dich, Carl. Bela war derjenige, der Nathalie die ersten noch unvollständigen Listen der deportierten Pariser Juden zugespielt hat. Heiliger wusste zwar davon, hat aber den Mund gehalten. Übrigens schon bevor wir beide ein Paar wurden. Du hast also mitten in einem Widerstandsnest gehockt, ohne es zu ahnen. Also, falls du dich je bei mir um einen Posten beworben hättest, weiß ich nicht, ob ich dich eingestellt hätte, Obersturmbannführer.«

»Als Einkäufer war ich besser als jeder andere in dem Laden. Da wäre ich auch besser gewesen als deine Franzosen«, kommentierte Carl angesäuert.

»Hm«, sagte Perreau, tippte auf den Griff seiner Waffe, der aus dem Schulterholster ragte, und prostete Carl dann mit seinem Wasserglas zu. »Ist ja noch nicht aller Tage Abend, was? Und wer weiß, vielleicht taugst du ja als Mörder mehr, als du je als Ermittler getaugt hättest.«

Lochmann kam am vierten Tag ihrer Wache mit der Dämmerung vom Strand her auf das Haus zu, und er kam allein. Perreau entdeckte ihn zu Beginn seiner ersten Nachtwache, als er mit einem Feldstecher das Gelände um das Haus absuchte. Er machte Carl darauf aufmerksam, und beide erwarteten ihn mit schussbereiten Waffen hinter der angelehnten Haustür.

Weder Carl noch Perreau waren gewillt, ein Risiko einzugehen. Sobald Lochmann in sicherer Schussweite war, gab zuerst Perreau einen Schuss ab, der sein Ziel traf und niederwarf. Danach übergab er die Waffe an Carl, der damit auf den Mann am Boden zuging und ihm aus wenigen Metern Entfernung einen weiteren Schuss in den Leib setzte.

Trotzdem war Lochmann noch nicht tot. Er schaute verwundert und vielleicht sogar gelassen den Mann an, der auf ihn gefeuert hatte. Nur als Perreau schließlich in Lochmanns Gesichtsfeld trat, änderte sich der Ausdruck in seinen Augen. Jetzt, den Tod sicher vor Augen, zeigte er Furcht.

Perreau trat Lochmann die Waffe aus der geöffneten, kraftlosen Hand. Dann zog er ein Eisernes Kreuz Erster Klasse aus der Jackentasche und legte es Lochmann auf die Stirn.

»Du scheiß Franzosensau!«, kommentierte Lochmann mühsam, wobei Blut aus seinem Mund perlte.

Perreau schoss ihm ins Gesicht und verwandelte es in eine blutige Fratze aus Knochen, Haut, Fleisch und zerbrochenen Zähnen.

Carl streifte dem Toten die Handschuhe ab, zog sie selbst über und setzte mit Lochmanns Waffe zwei Schüsse in die

Fenster seines Hauses. Danach zog er dem Toten die Handschuhe wieder über und schloss dessen Finger um den Griff der Pistole. Genau so, wie er es zuvor mit Perreau besprochen hatte.

»Sind da noch mehr von denen am Strand, Bruno?«, fragte Carl leise.

Monsieur le Commissaire klaubte Heiligers Orden vom Gras neben Lochmanns Kopf auf und zuckte mit den Achseln. »Unwahrscheinlich«, sagte er und wischte den Orden dann mit einem Taschentuch ab, bevor er ihn wieder in die Jacke schob.

Von der See her wehte eine Brise übers Land, beugte das fette irische Gras und strich über die Gesichter der beiden Männer, die länger als es vielleicht nötig gewesen wäre, schweigend neben der Leiche standen.

50

Dermot hatte darauf bestanden, dass Constabler McGready Straatmann Handschellen anlegte und ihn dann zusammen mit Broi, McGuiness und Monsieur le Commissaire zur Leichenhalle der Saint Joseph's Church begleitete, die nur etwa siebzig Meter von der Polizeistation entfernt lag. Broi hatte zwar über Dermots Aktion pikiert den Kopf geschüttelt, aber auch nicht darauf bestanden, dass er sie unterließ.

Um diese Zeit, nach fünf Uhr nachmittags, waren die Straßen der kleinen Stadt belebter als sonst, und die Gruppe der Männer, die aus der Tür der Polizeistation trat, erregte durchaus Aufsehen. Selbst wenn keiner der Leute so weit ging, den ungewöhnlichen Aufzug zu kommentieren, ernteten vor allem Perreau und Straatmann eine Reihe befremdlicher Blicke.

Der Gefangene war vor allem froh, aus dem stickigen Büro heraus an die frische Luft gekommen zu sein. Er hob den Kopf ein wenig und genoss dabei sichtlich den leichten Nieselregen, der ihm kühl aufs Gesicht fiel. Vor ein paar Tagen, kurz nachdem Inspector Dermot Lynch ihn in eine seiner Zellen schloss und dann dort allein ließ, hatte er sich noch gefragt, ob seine Toten je mit ihm sprechen würden, wenn der Schlaf ausblieb und die Träume sich aus ihrem Zwischenreich der Realität näherten. Heute auf dem Weg zu der Kapelle und der Leiche darin, war er sich dessen beinah sicher und fragte sich, was sie ihm zu berichten haben würden.

Denn nichts stand auf ewig festgeschrieben. Nicht einmal, dass die Guten immer edel sein mussten und Mörder zwangsläufig verdammt seien, nur weil sie Mörder waren. Er war zwar nicht stolz auf den Mord, den er begangen hatte, aber überzeugt davon, dass er ihn jederzeit moralisch rechtfertigen könnte.

Die Saint Joseph's Church war ein alter Natursteinbau. Schlicht und grau ragte sie zwischen einigen alten Bäumen hinter einer niedrigen Trockenmauer auf und reckte tapfer das Symbol des vermeintlichen Erlösers den niedrig hängenden Wolken entgegen.

Dermot verfügte über einen Schlüssel zur Kapelle und der Aufbahrungshalle in ihrem Keller. Er öffnete das angerostete Portalschloss und bestand darauf, dass Straatmann und Perreau ihm nach unten zu dem dort aufgebahrten Toten folgten.

»Ich habe den Mann bereits gesehen, als er versuchte, mich zu töten, Inspector. Ich weiß, wie er aussieht. Es wäre außerdem nicht die erste Leiche, die ich zu sehen bekomme. Ich bleibe hier. Es sei denn, Sie zwingen mich mit Waffengewalt, da hinunterzusteigen«, erklärte Straatmann vor dem Kirchenportal.

Broi und McGuiness tauschten besorgte Blicke aus. Dermot funkelte seinen Gefangenen zornig an. »Weshalb sind Sie dann hierher mitgekommen, Straatmann?«, fragte er.

Der Gefangene hob seine gefesselten Hände und zeigte zum Himmel hinauf. »Wegen der frischen Luft.«

Dermot war darüber so wütend, dass er tatsächlich das Holster seiner Dienstwaffe öffnete und die Hand um deren Griff schloss, dazu bereit, sie jeden Augenblick zu ziehen und auf Straatmann zu richten. »Mord bleibt Mord, Straatmann! Und ich bestehe darauf, dass Sie wenigstens so viel Mumm beweisen, sich anzuschauen, was Sie angerichtet haben, Sie verdammter Feigling!«

Straatmann erwiderte aufreizend gelassen Dermots entrüstete Blicke.

»Schluss jetzt mit dem Unsinn, Junge! Da wartet ein Protokoll auf uns, das unterschrieben werden will. Außerdem ein paar Flaschen Bier!«, versuchte McGuiness ungeschickt die Situation zu entschärfen, während der Assistant Commissioner bereits nach Dermots Arm griff, um ihn von dem Kirchenportal wegzuziehen.

»Ich begleite Sie gerne nach unten, um mir den Toten anzuschauen, Inspector«, sagte Perreau, trat zu Dermot und öffnete das Kirchenportal. Dann schaute er sich nach Straatmann um. »Kommst du, Carl? Kann ja keine Ewigkeit dauern, was?«

Dermot empfand immer noch einen Rest von kindlicher Ehrfurcht beim Betreten der Kirche, der sich mindernd auf seine Wut legte, aber nichts daran ändern konnte, dass er Straatmann dort unten vor dem Toten sehen und aus dessen Mund hören wollte, dass er es nicht bedauern könne, einen Mord begangen zu haben. Das wäre dann der Moment, in dem Dermot offiziell verkünden würde, dem Richter zu empfehlen, ihn wegen Mordes anzuklagen. Ganz egal, ob Broi ihm anschließend die Karriere versaute oder nicht.

Es gab Prinzipien, und es gab Gesetze. Die taugten aber nun mal nichts mehr, wenn sie jeder nach seiner Fasson auslegen durfte, wie es ihm gerade in den Kram passte.

Der Tod hatte die Eigenheit, bestimmte Charakterzüge im Gesicht eines Verstorbenen zu überhöhen und andere fast völlig auszulöschen. Darin bestand eines seiner ganz großen Mysterien.

Doch Lochmanns Leiche, die im niedrigen Gewölbe der Kapelle auf einem alten Holztisch aufgebahrt lag, strahlte für Straatmann gar nichts aus, außer vielleicht eine allumfassende Endlichkeit.

»Jetzt, da wir hier sind, Inspector, sagen Sie, was Sie zu sagen haben«, forderte Straatmann Dermot leise heraus.

Doch bevor Dermot zu seiner Antwort kam, sahen beide erstaunt zu, wie Perreau die in Pappe eingeschlagenen Dossiers aus seiner Aktenmappe zog, sie öffnete und ihren Inhalt am Boden um den Tisch mit dem Toten herum ablegte und zuletzt sogar einige Fotos daraus über dem Leichnam verteilte. Straatmann erinnerte sich an jedes einzelne der vielleicht vierzig oder fünfzig Bilder, die Perreau eben ausgelegt hatte. Sie waren so tief in sein Hirn gebrannt, dass er sie bis zu seiner allerletzten Minute hier auf Erden nicht wieder würde vergessen können. Es waren die Fotos, die Perreau von den Tableaus des Mörders gemacht und einst in dem improvisierten Büro hinter dem Skelettwald im Hôtel-Dieu Straatmann gezeigt hatte, um ihm die bizarre Gefahr vor Augen zu führen, die von dem Mörder ausging.

Inspector Dermot Lynch hatte jedoch keines der Bilder je zuvor gesehen. Gemessen an dem zutiefst erschütterten Ausdruck in seinem Gesicht hätte er sich wohl auch nicht vorstellen können, jemals so etwas anschauen zu müssen.

Perreau steckte sich eine seiner stinkenden französischen Zigaretten an und wartete schweigend ab, bis er sicher sein durfte, dass Dermot das Grauen, das aus jenen Bildern sprach, voll erfasst hatte.

»Das da hat dieser Mann angerichtet, Monsieur Inspecteur.

Auch wenn Sie recht haben, dass Mord immer Mord bleiben und verfolgt werden sollte – schauen Sie sich diese Fotos an, und erklären Sie mir noch einmal, dass die Welt ohne den Mann auf dem Tisch nicht besser dran sei!«

Monsieur le Commissaire nahm Straatmann sacht beim Arm, und beide verließen ungehindert von dem zutiefst geschockten Inspector den Gewölbekeller.

Draußen vor der Kapelle angekommen, fanden sie Broi und McGuiness vor, die sich etwas abseits gemeinsam auf einer Friedhofsbank niedergelassen hatten und leicht verwundert zu ihnen herüberschauten.

»War das wirklich nötig, Bruno?«

»Was?«

»Ihm die Fotos zu zeigen. Die wird der Junge nie wieder vergessen.«

Perreau zuckte mit den Achseln und trat seine Zigarette aus.

Einige Minuten später erschien Dermot vor der Kirche. Er war fahl und hatte Mühe, sich aufrecht zu halten.

»Bloody fucking hell!«, sagte er, bevor er sich am Fuße eines Baumes erbrach.

Die Toten waren tot, dachte Straatmann, aber einige unter ihnen waren so zornig gestorben, dass sie als Gespenster wiederkehrten. Und wehe den Lebenden, die solch zornigen Toten etwas schuldig geblieben waren, denn die Toten trieben ihre Schuld jedes Mal unerbittlich ein. Aber jetzt hatte er bezahlt. Vielleicht würden seine Toten deswegen endlich mit ihm zu sprechen beginnen, damit er ihnen verzeihen konnte, wie sie vielleicht ja auch ihm verzeihen mochten.

Der Regen wurde heftiger, fiel auf sein Gesicht und trommelte auf die müden Blätter in den Bäumen. Nathalie hatte recht, wenn sie darauf bestand, dass die Monster, mit denen wir kämpften, unsere Anziehungskraft erhöhten, weil jeder Sieg über sie uns zugleich auch gefährlicher machte.

– ENDE –

NACHWORT

Nachworte sind wie Blinddärme – im Grunde nutzlos. In diesem Fall scheint mir ein Nachwort angebracht, um einige Freiheiten mit der Historie, die ich mir beim Verfassen von *Zeit der Mörder* genommen habe, zu erklären.

In meinen Augen gibt es nichts, was sich zu erzählen verbietet. Kein Ereignis, keine Biografie, keine Gegebenheit sollte als unerzählbar in einem Roman gelten. Das Qualitätsmerkmal dabei ist, *wie* darüber erzählt wird.

Trotzdem existieren historische Ereignisse, deren fiktionale Darstellung schon aufgrund ihrer Monstrosität vom jeweiligen Zeitgeist mit dem Label *unerzählbar* versehen wird. Solche Warnhinweise des Zeitgeistes haben hin und wieder ihre Berechtigung. Denn sie verhindern, dass bestimmte historische Ereignisse so früh fiktionalisiert werden, dass diese Bearbeitung eher zu einer übermäßig verklärenden Mythenbildung beiträgt. Herrscht solche Zurückhaltung bestimmten Themen gegenüber allerdings zu lange, kann dies zu dem Effekt führen, dass sich das Schweigen darüber zu einer Eiterbeule unter der Haut der Gesellschaft entwickelt, die gefährlich giftigen Ausfluss absondert.

Zeit der Mörder spielt im von der Wehrmacht besetzten Paris. Jede der Hauptfiguren im Roman ist Fiktion. Zudem erfand ich eine komplette Kriminalabteilung und nahm mir heraus, einige Verbrechen der deutschen Besatzungsmacht zu schildern, die so nie stattgefunden haben. Und doch beruhen die Romanfigruen teilweise auf realen Vorbildern, deren Biografien in historischen Fachbüchern und wissenschaftlichen Artikeln aufgearbeitet wurden. Doch das erkläre ich besser der Reihe nach und beginne mit der Hauptfigur, Carl von Maug, alias Claas Straatmann.

Carl ist ein Zauderer und ein Opportunist, der sich lange Zeit nicht dazu überwinden kann, seinem Ekel über die Nazis und die SS, der er ja selbst angehört, auch Taten folgen zu lassen. Er hätte sich zwar seinerzeit durchaus einer SS-Mitgliedschaft widersetzen können, tat das aber nicht. Darin folgt er nur dem Beispiel vieler historisch belegter Kriminal- bzw. Verwaltungsbeamter, die sich vor allem aus Rücksicht auf ihre Karriere der Übernahme in die SS nicht verweigerten, obwohl das durchaus möglich gewesen wäre. Denn es gab Fälle von höherrangigen Kripobeamten, die nie SS-Mitglied wurden, ohne deswegen Schaden an ihrer weiteren Laufbahn genommen zu haben.

Ein nächster Punkt, an dem ich mir die Realität für meinen Plot zurechtbog, war Carls Versetzung nach Paris und vor allem der Posten, den er dort bekleidete. Denn dieser hat nie existiert.

Frankreich genoss, ganz anders als z. B. Polen, einen Sonderstatus unter den von der Wehrmacht besetzten Ländern. Die Besatzungsmacht versuchte lange, mit so wenig Eingriffen wie nur möglich zu regieren, was unter anderem auch bedeutete, dass die französischen Polizeibehörden mehr oder weniger autark agieren konnten. Vor allem nachdem sich erwies, dass die *Flics*, wie man die Polizeibeamten im Volksmund nannte, durchaus bereitwillig an der Internierung und Deportation der Pariser Juden im Sommer 1942 mitwirkten, wuchs das Vertrauen in jene Besatzungspolitik der eher losen Hand noch einmal mehr unter der Führungsriege der deutschen Besatzer. Zwar führten 1941 Attentate der Résistance auf deutsche Besatzungsoffiziere und Verwaltungsbeamte zu ersten furchtbaren Geiselerschießungen. Jedoch konnte der damalige Militärbefehlshaber Frankreich Otto von Stülpnagel ganz im Sinne seiner Doktrin einer eher leise auftretenden Besatzungsmacht wahrscheinlich dennoch für einige Monate die schlimmsten Exzesse verhindern, die im Führerhauptquartier gegen Frankreich diskutiert wurden.

Was die Unterstützung von Teilen der Pariser Unterwelt sowohl für die Besatzungsmacht wie eben auch für die sich bereits rasch nach dem Einmarsch formierenden Widerstandsgruppen betrifft, so ist auch diese historisch belegt. Unter Kriminellen ist die Zahl der Opportunisten nicht geringer als unter den Vertretern anderer, eher legal agierender Berufszweige. Trotzdem gab es auch unter ihnen einen recht hohen Anteil an Kommunisten und Sozialdemokraten, die sich eben nicht den Besatzern anbiederten. Hinzu kommt, dass gerade die Unter- und Halbwelt schon traditionell ein Auffangbecken für allerlei sexuelle und ethnische Minderheiten bot, die sich ebenfalls von den Deutschen bedroht sahen und deswegen teilweise am Widerstand beteiligten.

Ein weiterer Komplex, den ich in *Zeit der Mörder* anschneide ist der Widerstand der Offiziere um Graf von Stauffenberg, von Moltke, Beck, von Wartenburg und der bürgerlichen Politiker wie dem Leipziger Oberbürgermeister Carl Friedrich Gördeler, dem nach dem gelungenen Staatsstreich das Amt des Reichskanzlers hätte zufallen sollen. Der Staat, den sie für die Zeit nach dem Putsch zu errichten planten, hatte keine sonderliche Ähnlichkeit mit der Bonner Republik, die sich nach dem Ende der NS-Diktatur im westlichen Teil Deutschlands herausbildete. Was sie sich vorstellten, war ein Ständestaat, der nur eine recht bescheidene demokratische Beteiligung der Bevölkerung an der Auswahl der Abgeordneten und Funktionsträger vorsah. Obwohl Carls Jugendfreund York rein fiktiv ist, habe ich ihm bei seiner Gestaltung dennoch ganz bewusst Züge und Ansichten von Mitgliedern des Wehrmachtswiderstands mitgegeben. Dies betrifft insbesondere Yorks feste Überzeugung, dass man nach einem Separatfrieden mit den westlichen Alliierten einen gemeinsamen Vorstoß gegen Stalins Rote Armee unternehmen müsse und diese auch besiegen werde. Wie sich herausstellte, war diese Hoffnung, die Alliierten teilen zu können, eine der größten Fehleinschätzungen der Offiziersfronde. Denn bereits in Teheran 1943 hatten sich die Ost- und Westalliierten auf eine – noch oberflächliche – gemeinsame Nachkriegsordnung geeinigt, welche die Aufteilung Deutschlands in fünf verschiedene Zonen mit einschloss, die geografisch allerdings etwas anders gestaltet waren als die nach Kriegsende tatsächlich existierenden Besatzungszonen.

Die Prahlereien der Landser, die York und Carl auf ihrer ersten gemeinsamen Sauftour in Paris überhören, habe ich aus Abhörprotokollen gefangener Wehrmachtssoldaten und aus – nicht ganz so verlässlichen – Frontberichten rekonstruiert, was sie zumindest für mich nur umso erschreckender machte.

Was Madame Nathalie Burns de Beauharnais betrifft, so entsprang sie beinahe vollständig meiner Fantasie. Es gab zwar Vertreter des Roten Kreuzes, die in Paris die Besatzungsmacht beobachteten, doch keiner tat es mit dem erklärten Ziel, Listen untergetauchter oder deportierter Juden anzufertigen oder sich einem Widerstandsnetz anzuschließen. Historisch verbürgt ist hingegen, dass verschiedene Persönlichkeiten sowohl des Roten Kreuzes wie des diplomatischen Korps gemeinsam mit ganz gewöhnlichen Pariser Bürgern Material über die Internierungen und die Deportation sammelten und versuchten, die Weltöffentlichkeit auf das Schicksal der Pariser Juden aufmerksam zu machen. Nathalie soll daher auch als kleines Denkmal für den Mut und die Moral dieser Menschen dienen.

Auch jener Mörder, dem Carl von Maug, Perreau und Heiliger nachjagen, basiert auf einer realen Person, nämlich dem Serienkiller Dr. Marcel Petiot. Doch ich änderte den Tathergang seiner Morde und fügte ihm einen gespenstischen Hang zur Inszenierung seiner Opfer hinzu. Petoit tötete seine Opfer aus Habgier und nutzte dafür die politischen Gegebenheiten raffiniert zu seinem Vorteil, indem er seine Taten erstaunlich lange sowohl vor der Besatzungsmacht wie auch der Unterwelt und den Pariser Widerstandsgruppen verbergen konnte. Doch letztlich ereilte auch ihn das Schicksal, er wurde erneut festgenommen, verurteilt und schließlich am 25. Mai 1946 hingerichtet. Die Anklage lautete auf mindestens siebenundzwanzigfachen Mord.

Was Identität und Zwangslage seiner Opfer betraf, so stimmten die mit der meines fiktiven Serienkillers überein. Denn auch Marcel Petiot tötete vornehmlich untergetauchte Juden, denen er weismachte, dass er sie außer Landes bringen könnte.

DANKSAGUNG

Weil Bücher zu schreiben verdammt viel Geld kostet, gilt mein Dank zunächst meinem Agenten Michael Meller in München, der gelassen und zuversichtlich all die Finanzen und Verträge regelte.

Ich hatte Glück mit meinem Familienclan. Denn obwohl dessen Mitglieder nicht immer wirklich wissen wollen, wie das so geht mit dem Romanschreiben (und, ehrlich gesagt, auch gut daran tun), haben sie immer zu mir gestanden.

Ich kann Elisabeth Torreck gar nicht genug dafür danken, den Inhalt ihres Kühlschranks mit mir geteilt zu haben, und nahm dafür beinah gern jede Menge Ermahnungen hin, die manchmal ja sogar völlig zu Recht erfolgten.

Meine Schwester Anja Torreck war sich weder zu schade dazu – und zwar öfter als mir lieb sein kann – Barrechnungen in der Vodkaria zu übernehmen noch dazu mich pro bono bei allen möglichen Rechtsfragen zu beraten, die im Autorenalltag zahlreicher auftauchen, als man meinen mag. Der Hirsch verzichtete einige Male darauf, mich zum Babysitten zu engagieren, obwohl er deswegen sicher das ein oder andere Golfspiel oder sogar Wichtigeres als das versäumte. Dafür auch vielen Dank, mein Freund.

Stefan Brauße und Jana Neumann hatten immer genau dann, wenn ich es nötig hatte, ein Bier und Zeit für mich übrig.

Der angenehmste Teil einer Danksagung besteht darin,

den Freunden meinen Respekt zu bekunden, die mir ihre Zeit, ihr Wissen, ihre Wohnungen oder Kontakte zur Verfügung stellten, um mir zu helfen, ein weiteres ziemlich langes Buch fertigstellen zu können.

Stefan B. Meyer war wie immer der Mann, wenn es galt, Ideen und Figuren zu testen und zu verbessern. Er ist der beste völlig zu Unrecht immer noch nicht weltbekannte Krimiautor überhaupt.

Pascal, Ole, Haucki und Max hatten für sämtliche medizinische Fragen immer ein offenes Ohr. (Alle medizinischen Fehler, die sich dennoch im Text finden, gehen ausschließlich auf meine Kappe!) Claire Perreau-Solignac hat mir so viele schmutzige französische Schimpfwörter beigebracht, dass ich vielleicht sogar eine Minute Rap-Battle mit Lelouche überstehen könnte, ohne mich dabei vollkommen zu blamieren. (Leider fand letztlich nur ein einziges Eingang in den Text, aber das ist nicht Claire anzulasten.)

Marcus Hünnebeck, Kirsten Wendt, Luci van Org, Isa Theobald, Max Annas, Ralf Schönfelder und ganz viele Menschen mehr aus den weiteren oder engeren Literatenkreisen, haben ebenfalls nie gezögert, mir ihre Expertise zur Verfügung zu stellen.

Dasselbe gilt für Katharina Kraft, Designerin, Kostümbildnerin und Freundin, die mir ihren untrüglichen Geschmack für Settings und Kleider lieh. Alexandra Gentara erklärte mir zum x-ten Mal wie Frauen ticken. Poppy J. Anderson und Melanie Hinz halfen ihr dabei. Ob erfolgreich, steht auf einem ganz anderen Blatt. Wenn nicht, ist es keiner der genannten Freundinnen anzulasten.

Gregor Weber, Bundeswehroffizier, Schauspieler, Koch, Schriftsteller und Freund, brachte mir die Denkweisen eines

Soldaten näher, ohne diese dabei zu stilisieren. Ich hoffe, er wird nicht ganz enttäuscht sein, von den Charakterzeichnungen der Soldaten in meinem Roman, die ja zu einer ganz anderen Zeit und unter ganz anderen Bedingungen dienten.

Katja Rittig lieh unwissentlich einer gewissen Madame la Doctoresse ihr Gesicht und ihre unglaublichen grauen Augen.

Marcus Hünnebeck war zusammen mit Stefan B. Meyer einer der ersten gnädigen Testleser, denen ich es verdanke, um einige Fehler herumgekommen zu sein, die mir selbst niemals aufgefallen wären.

Lars Zwickies war ein exzellenter Redakteur. Jeder Kollege, der mit ihm arbeiten darf, muss sich glücklich schätzen.

Tim Müller war ein fantastischer Lektor und Autorenbetreuer. Tims Kollege Oskar Rauch half dem Roman sicher und zuverlässig über die allerletzte holprige Wegstrecke.

Michael Schweßinger, Reisender, Bäcker, Intellektueller und Literat, hat mit mir in dunklere Ecken der Conditio Humana geleuchtet, als es für die meisten Leute gesund gewesen wäre. Ein gewisser Herr M. Kruppe, Poet, Punk, Autor und Anarchist, hat Michael und mich bei jenen Tauchgängen in die psychologische Finsternis unterstützt und dafür gesorgt, dass danach der Punk nie zu kurz kam. Der Punk hat uns gerettet. Immer schon.

Tilly Domian war da. Und das war verdammt viel, und dafür bin ich ihr dankbarer, als sie glauben würde.

Ohne euch alle hätte ich den Monstern niemals die Stirn bieten können. Chapeau, Mesdames et Messieurs!